KB070559

미늘

나남
nanam

소설가_ 안정효

20세 청년(서강대 영문과 신입생) 때 영문 소설을 쓰겠다는 야심을 품고 습작에 몰두하다.
베트남전쟁 참전 체험을 바탕으로 쓴 장편소설 《하얀 전쟁》과 6·25 전쟁을 소재로 한 《은마》
를 영어, 한국어로 각각 출간하다. 3권으로 이뤄진 정치 풍자소설 《솔섬》으로 주목을 받았다.
〈코리아 헤럴드〉, 〈코리아 타임스〉에서 기자로, 한국 브리태니커에서 편집부장으로 활동하다.
가브리엘 가르시아 마르케스의 《백년 동안의 고독》을 비롯해 150여 권의 책을 번역하다.
소년 시절의 꿈은 만화가. 지금도 자택 다락방에 화실을 꾸며 그림을 그린다. 낚시가 취미여서
주말엔 만사를 제치고 조우(釣友)들과 함께 석모도로 향한다.
영어와 한국어로 작품을 쓰는, 세계에서 거의 유일한 한국인 소설가이다.

미늘

2012년 5월 25일 발행
2012년 5월 25일 1쇄

지은이_ 안정효
발행자_ 趙相浩
발행처_ (주) 나남
주소_ 413-756 경기도 파주시 교하읍
　　　출판도시 518-4
전화_ (031) 955-4601 (代)
FAX_ (031) 955-4555
등록_ 제 1-71호(1979.5.12)
홈페이지_ http://www.nanam.net
전자우편_ post@nanam.net

ISBN 978-89-300-0601-9
ISBN 978-89-300-0572-2(세트)
책값은 뒤표지에 있습니다.

안정효 장편소설

미늘

나남
nanam

The barb

by

Ahn Junghyo

nanam

두 개의 미늘 이야기

인생은 사랑을 거쳐서 죽음으로 끝난다. 우리는 돈이나 성공보다는 사랑을 포함한 여러 관계를 통해 사람들에게서 더 많은 행복을 얻는다. 하지만 사람의 마음이 하는 일이란 가늠하기가 얼마나 어려운가. 그래서 돈을 벌어 성공하기보다는 사랑을 제대로 누리기가 훨씬 힘겹다.

불륜이 무엇인지를 감성적인 공감보다는 조금쯤은 잔혹한 시각으로 해부하려고 시도했던 소설 《미늘》(1991, 열음사)에서는 세 사람이 저마다 다르면서 비슷한 이유로 사랑에 실패한다. 서투른 낭만과 불완전한 양심, 결함으로 가득한 논리와 그에 수반되는 죄의식에 세 주인공이 다 함께 시달린다. 웬만한 사람들이라면 아무렇지도 않게 그냥 넘어갈 문제로 그들이 지나치게 심한 고뇌를 하기 때문이다.

사랑의 실패와 회한 그리고 죽음은 이미 수많은 작가들이 여러 작품에서 자주 다루어 상대적으로 그만큼 낡은 주제이기 때문에 여기에서 더 이상 거론하지 않겠다. 그래서 작품의 내용보다는 등장인물 한 전무(소설에서와는 달리 본명은 한광우가 아니라 한광희였음)에 관한 얘기를 잠깐 하고 싶다. 한 전무와 필자의 관계가 조금쯤은 특별한 사이였어서다.

1984년부터 정식으로 작품 활동을 시작한 필자는 과거의 체험에서 한

5

국전쟁(은마)과 베트남전쟁(하얀 전쟁), 그리고 영화(할리우드 키드의 생애)와 더불어 바다낚시 얘기를 꼭 한 번 다뤄보고 싶었다. 갯바위로 나가면 바위와 바다뿐인 곳에서 벌어지는 '딴 세상'이 평균치 도시인에게 새로운 경험이 기다리는 무대로서 손색이 없으리라는 계산에 따라서였다.

그래서 《문학정신》이라는 잡지에서 중편소설을 하나 써달라는 청탁을 받자마자 나는 몇 해 전부터 수집해 놓았던 바다낚시와 추자도에 관한 자료, 그리고 1987년 한 전무와 함께 추자도의 푸렝이섬으로 단둘이 낚시를 들어갔을 때 써두었던 갖가지 단상들을 꺼내놓고 작품을 짜기 시작했다.

세상과 동떨어진 무인도의 갯바위는 도시에서 생활하는 사람들의 무료한 일상과 견주어보면 예측을 불허할 만큼 매우 위험한 곳이다. 갯바위에서 벌어지는 사고와 죽음이란, 명상생활과는 아무래도 거리가 멀어서 어느 정도 비문학적이기는 하지만, 어쨌든 소설적 상황으로 동원하기가 좋다는 생각이 들었고, 자연 속에서는 인간의 행동이 훨씬 솔직해지고 사고방식도 단순해진다는 현상 또한 고려에 넣었다.

이렇게 일단 작품의 진로를 설정하고 나서 구체적인 자료와 일화를 정리하기 시작했는데, '줄거리'를 엮어야 할 즈음에 한광희 전무라는 인물이 전면으로 나서게 되었다.

한 전무를 처음 만난 것은 30년 쯤 전, 갈현동 청구성심병원 건너편에 위치한 홍해 낚시방에서 매주일 출조(出釣)하던 동네 낚시를 따라다니던 무렵이었다. 자동차가 널리 보급되면서 지금은 너도나도 따로 소규모 무리를 지어 출조하는 바람에 이제는 그런 전통적인 풍속이 슬그머니 사라져 가지만, 1980년대만 해도 수십 명이 떼를 지어 관광버스를 타고 돌아다니던 동네 낚시방의 주말 조행(釣行)은 참으로 즐겁고도 소중한 경험이었다.

세상을 살아가면서 우리는 정말로 좋은 친구를 얻기가 매우 힘들고, 모처럼 얻은 친구와 우정을 영원히 지속시키기는 더욱 어렵다. 낚시방 출

6

조를 통해 사귄 친구들은 예외였다. 낚시방에서 만나던 사람들은 대부분 서로 아무런 이해관계가 없는 다양한 직종에 종사하기 때문에, 좋은 뜻에서 서로 무책임해도 별 탈이 없는 사이들이다. 신세질 일이 없고 피해를 주지 않으니, 서로 미워할 이유가 생기지 않고, 배반의 여지도 없으며, 속셈을 하거나 따질 일이 없어 이해의 충돌조차 일어나지 않기 때문에, 소주잔과 국밥을 주고받는 낚시 친구라면 오래 갈 수밖에 없다.

주말마다 만나 같은 낚시 버스를 타고 여러 해 동안 전국 방방곡곡을 돌아다니기는 했지만 그래서 필자는 한 전무가 어디에서 무슨 일을 하는 사람인지 알지 못했고, 알려고 하지도 않았다. 웬만한 사람은 모두가 호칭이 '사장님'인데 유독 '전무'라고 해서 좀 유별나다고 막연히 생각했을 뿐, 그가 자동차 정비공장의 전무라는 사실조차 여러 해가 지난 다음에야 엉뚱하게도 조선작 작가를 통해서 알게 되었다.

평창동의 오랜 주민인 조선작 작가는 차가 고장나면 한 전무의 녹번동 정비공장으로 고치러 다녔고, 그러다가 얼굴은 서로 잘 알면서 상대방의 직업을 전혀 알지 못했던 우리 두 사람의 희한한 관계를 우연히 알게 되었던 것이다. 그리고 다른 조사(釣士)들은 필자의 소설 《하얀 전쟁》이 신문을 통해서 널리 알려지기 전까지는 내가 무엇을 하는 사람인지 대부분 알지 못했고, 역시 알려고 하지도 않았다.

필자가 번역을 해서 먹고살기 때문에 집에서 일하고 자유로운 시간이 많다는 사실을 뒤늦게 알게 된 다음부터 한 전무는 이곳저곳 꽤 많은 낚시터로 나를 끌고 다녔다. 평일이고 명절이고 가리지 않고 언제라도 전화를 걸어 "낚시가자"고 할 때마다 당장 가방을 싸 짊어지고 냉큼 따라나설 만한 사람이 별로 없어서였고, 추자도의 푸렝이섬으로 단둘이 8일 동안 낚시를 들어간 사연도 그래서였다.

언젠가 둘이서 평일에 경기도의 어느 향어 낚시터로 밤낚시를 갔을 때는 이런 일도 있었다. 머리가 무척 맑아지는 새벽 두세 시경이었는데, 어떻게 도입부를 꾸며야 할지 '영감'이 떠오르지를 않아 며칠 전부터 속을 썩이던 《동생에 관한 연구》의 첫 장면이 한밤중에 기적의 환상처럼 눈앞에서 물 위에 펼쳐지기 시작했다. 그래서 조급한 마음에 더 이상 낚시를 못하겠어서 중단하고, "당장 글을 쓰기 시작해야 할 테니 나를 집으로 데려다 달라"고 한 전무에게 부탁했다. 나보다 일곱 살이 아래였던 한 전무는 그래서 함께 낚시를 접고 내 청을 들어주었는데, 그날 새벽에 자행했던 나의 이기적인 행위는 그 후 두고두고 후회로 남았다.

어쨌든 도시인의 무기력한 고뇌를 단순한 행동인과 대비시키자는 구성에 따라 《미늘》에 등장하게 된 자연아(自然兒)는 당연히 한 전무를 닮아야 했고, 나중에는 아예 이름까지 그대로 가져다 쓰고 싶은 생각이 들었다. 그래서 일단 '한 전무'가 등장하는 원고를 끝낸 다음 나는 잡지사로 보내기 전에 그에게 넘겨주면서 한 번 읽어보라고 했다. 이런 단서를 붙이면서 ….

"내용이 마음에 안 들면 등장인물 한 전무의 성을 갈아줄게."

며칠 후에 내가 정비공장으로 확인 전화를 걸었더니 한 전무가 말했다.

"나더러 자꾸 양아치라고 묘사해서 좀 그런데, 집사람은 재미있다고 하니까 그냥 한 전무로 하세요."

200자 원고지에 손으로 느린 글쓰기를 고집하던 내가 번역과 창작을 병행하던 동업자 이윤기의 충고에 따라 난생 처음 기계(*word processor*)로 작성한 소설 《미늘》은 집필 기간이 40여 일 걸렸고, 아직 잡지가 발간되기 전이었던 어느 날 한 전무는 "울산 오 씨"가 끝내 푸렝이섬에서 바다에 빠져 실종되었다는 소식을 전해주었다.

《미늘》이 단행본으로 출판되고 얼마 후에는 나중에 영상예술전문대학의 교수가 된 박진수 감독이 찾아와서 SBS-TV의 개국기념 작품으로 이 소설을 영상화하겠다는 뜻을 밝혔다. 나는 박 감독에게 한 전무를 소개했다. 주인공의 성격 파악을 하는 데 연출자가 참조하도록 하기 위해서였다. 박 감독은 한 전무 역으로 처음에는 인상이 비슷한 김갑수를 발탁했지만, '성격'을 따져 나중에 무대배우 이호재로 바꾸었고, 대신 김갑수가 서구찬 역을 맡았다.

그리고는 한 전무와 나를 포함한 갈현동 낚시친구들은 변함없이 계속해서 바다와 민물고기를 잡으러 다녔고, 한 전무는 여수의 마랑에서 배의 앞갑판으로부터 암벽으로 뛰어오르다가 낚싯배와 절벽 사이로 추락하여 앞니가 부러지는 사고를 당했으며, 얼마 후에는 평도에서 한 전무와 친했던 '칠득이'가 비바람을 무릅쓰고 낚시하다 거센 파도에 휩쓸려 들어가 목숨을 잃는 사고가 발생했다.

태풍이 심한 철에 칠득이와 단둘이 출조에 나섰던 한 전무는 그 사고를 수습하느라고 현지에서 거의 한 달이나 섬에 갇혀 온갖 고생을 했으며, 나는 다시 이 얘기를 가지고 2000년에 《미늘의 끝》이라는 소설을 써서 《낚시춘추》 잡지에 연재했다가 이듬해 단행본으로 펴냈다. UDT 출신이었던 칠득이 (소설에서는 서구찬 사장) 의 죽음은 차마 소설에서 다 쓰지 못할 정도로 처참했고, 아마도 한 전무는 이때 꽤 큰 충격을 받아서인지, 술집에 가서 안주를 시킬 때는 인간의 시신을 빨아먹는 낙지를 다시는 먹지 않았다. 그리고 칠득이를 위해서 갈현동 낚시 친구들이 세워준 비석 때문에 여수와 돌산 일대의 꾼들은 평도의 마당바위에다 '비석바위'라는 새 이름을 붙여 놓았다.

그러다가 언제부터인가 한 전무는 사람이 달라지기 시작하더니, 어느 날 갑자기 담배를 단숨에 끊었고, 그리고는 또 어느 날 술마저 단호하게 끊었고, 더욱 놀라운 일이었지만 급기야는 낚시마저 끊고는 그가 평생 아껴오던 낚싯대와 가방과 심지어는 떡밥 그릇까지도 우리들에게 골고루 나누어 주었다.

한 전무가 평도에 사놓았던 집을 SBS 박진수 감독에게 '선물'한 것도 이 무렵이었다. 《미늘》의 촬영을 시작할 때까지만 해도 바다낚시에 관해서 전혀 알지 못했던 박 감독은 이후 한 전무를 따라다니다가 섬 생활에 흠뻑 빠졌고, 요즈음에는 주민등록까지 그곳으로 옮겨놓고 한 해 가운데 거의 절반가량을 평도에서 보낸다.

그리고 또 얼마인가 지나서 외환위기가 닥치고, 형이 사장이었던 범아 공업사의 넓은 땅이 남에게 팔려버렸을 즈음에, 한 전무와 우리들은 경기도 고양군 광탄의 산속에 포근히 잠긴 5천 평 땅에다 농사를 짓기 시작했다. 본디 자동차 부품을 생산하는 공장을 짓기 위해서 사 두었던 부지를 농장으로 만들어 놓은 한 전무는 이제 전무도 아니고 낚시꾼도 아니었으며, 그래도 박 감독과 갈현동 낚시 친구들은 매주일 한두 번씩 농장으로 찾아가 만나서 같이 시간을 나누었고, 나도 고추와 고구마와 호박과 상치와 방울토마토 따위를 재배하여 두 차례의 즐거운 여름을 그곳에서 보냈다.

갈현동 꾼들이 힘을 모아 온실을 두 채나 직접 짓고, 조그만 토막집까지 마련해 놓은 광탄의 우리 농장은, 집을 나서 차를 몰고 30분만 가면 되는 거리여서, 저마다 열쇠를 하나씩 마련해 갖고는 아무라도 시간이 날 때마다 찾아가고는 했다. 그래서 나는 평일 오후에 가끔 그곳으로 가서 다른 친구가 아무도 오지 않으면 혼자 두어 시간 농사일을 하다가, 머리가 맑아진 다음 집으로 와서 다시 글쓰기를 했고, 어쩌다 한 전무나 다른 친구들을 만나면 밥을 짓고 밭에서 푸성귀를 따다가 고기를 구워 먹기도 했다. 물론 이런 행복한 여름날에는 항상 한 전무가 중심에 있었지만, 언제부터인가 그는 농장을 비우기 시작했다.

본디 신앙심이 깊었다고 생각되는 한 전무가 종교에 더욱 심취했던 것은 낚시까지 꺾어버린 다음부터가 아니었을까 싶은데, 희한하게도 그가 일했던 범아공업사를 철거한 녹번동 자리에는 나중에 성당이 들어섰다. 나 자신은 종교를 믿지 않아도 딸 하나를 수녀로 둔 필자는 한 전무의 신앙생활에 대해서 부정적이건 긍정적이건 별다른 생각이 없었지만, 걸핏

10

하면 마산 등지의 기도원에서 한참씩 지내다 오는 그를 보고 주변에서는 사람이 변해도 너무 변했다면서 조금쯤은 걱정하기도 했다.

단식도 자주 해서 지나칠 정도로 '심신이 가벼워진' 그의 야윈 모습이 어쩐지 걱정스럽기는 했어도, 단둘이 낚시를 가서 깊은 얘기를 나눠볼 기회가 없어졌던 터라, 필자는 이 무렵에 한 전무가 도대체 무슨 생각을 하면서 살았는지를 잘 알지 못한다.

그러던 어느 날, 한 전무는 갑자기, 좀 이상한 방법으로, 우리들 곁에서 떠나갔다.

내가 환갑을 기념하여 아내와 함께 인도네시아로 여행을 떠나기 바로 전날 밤에, 한광희 전무가 무척 낡아버린 그의 갤로퍼를 끌고 집으로 찾아왔다. 다세대 주택인 우리 집에서 오래 전부터 비워두었던 아래층 집 한 칸을 그가 아는 녹번성당의 어느 수녀가 어머니를 모셔다 살게 하도록 싼 값으로 세를 놓지 않겠느냐고 알아보기 위해서 찾아왔던 한 전무는, 이튿날 아침 일찍 우리 부부가 여행을 떠난다니까, 택시 말고는 따로 교통편이 마련되지 않았던 우리들을 공항까지 태워다 주마고 나섰다. 내가 환갑을 맞았다는 얘기를 아무에게도 하지 않았던 터라, 갈현동 낚시 친구들은 나의 인도네시아 '환갑 여행'에 관해서 아무도 모르고 있었다.

이튿날 새벽, 나는 공항에서 그와 작별인사를 나누었고, 그것이 내가 마지막으로 본 한 전무의 살았을 적 모습이었다.

여행을 끝내고 귀국한 지 열흘쯤 지난 2002년 1월의 무척 춥던 어느 날, 그러니까 《미늘의 끝》이 단행본으로 출판되고 나서 서너 달 후, 한 전무는 광탄의 농장 작디작은 토막집 손바닥만 한 방에서, 성경을 앞에 펼쳐놓고는 꼿꼿하게 앉은 채로 숨을 거두었다.

농장 옆에 붙은 골프장에서 일하는 어떤 젊은 남자가 늘 그러하듯 개를 끌고 주변을 산책하다가, 한 전무의 갤로퍼는 보이는데 몇 시간째 인기척이 어디에도 없어서 이상하다는 생각이 들어 토막집을 확인했고, 신고를 받은 경찰서에서는 한 전무의 몸에서 나온 전화수첩을 뒤져 여기저기 연락을 취했고, 현장에 가장 먼저 도착하여 초저녁 어둠 속에서 토막집으로 들어가 시신을 직접 추슬러 병원으로 옮긴 사람은, 수원으로 이사한 다음 이어서였는지 늦게서야 연락이 닿은 가족이 아니라, 갈현동의 낚시 친구 이삼주였다.

한 전무와 나의 첫 만남이 이루어진 홍해낚시방의 길 건너편 청구성심 병원 영안실에 마련된 그의 '빈소'에 모인 '갯바위 친구'들은 그가 남겨주고 간 것들에 관한 얘기를 했다. 얼마 전에 나누어 준 낚시 장비들은 물론이요, 우리들이 평도를 들어갈 때마다 편히 찾는 언덕 꼭대기의 집, 그리고 공업사 시절에 누가 싼값에 내놓는 차가 들어오면 공장에서 말짱하게 고쳐 자가용이 없는 친구들에게 선물로 주곤 하던 얘기도 했다.

그리고 2012년 봄, 한 전무를 주인공으로 삼은 두 편의 미늘 이야기가, 두 달에 걸친 고쳐쓰기를 거쳐 다시 이렇게 선을 보인다.

2012년 화사한 봄에

안정효

12

안정효 장편소설

미늘

차 례

미늘 · 15

낙반사고로 가족을 잃은 서구찬은 큰아버지의 양자로 입적되어 새 가족들
의 질시를 받는다. 남부럽지 않게 살면서도 한번씩 자살을 꿈꾸며 낚시도구
를 챙겨 바다로 간다. 그러던 어느 날 거친 바닷가에서 당돌하고 어린 수미
를 만나고, 구찬의 일상은 간절한 비밀로 채워진다.

미늘의 끝 · 255

전편에서 관계가 일단락된 듯하던 구찬과 수미는 처음으로 한광우 전무와
셋이서 낚시를 하러 간다. 미묘한 분위기가 감도는 여행에서 결국 비극적인
사건이 일어난다. 한 전무는 진상을 알기 위해 구찬의 본처인 재명을 만난
다. 재명은 그 동안 누구에게도 밝힌 적이 없던 복잡한 심경을 어렵사리 한
전무에게 털어놓고, 한 전무는 조금씩 힌트를 얻는다.

미늘

하나

　사고를 낸 순간에 구찬(九讚)은 죽음을 생각하고 있었다.

　다른 생각을 하느라고 얼핏 낚시방을 10여 미터 지나가 버린 바람에 좁다란 골목에서 겨우겨우 후진을 시켜 가게 앞까지 물러간 그는 갑자기 견디기 힘들 만큼 답답한 짜증을 느꼈고, 짜증이 결국 사고를 일으킨 셈이었다.

　어차피 죽어버리고 말 텐데 무엇 하러 이런 모든 번거로운 예식을 거쳐야 한다는 말인가? 물론 오늘 아침에 집에서 나올 때 구찬이 가방과 배낭에다 낚시 장비와 옷가지를 모두 꾸려 가지고 나선 데는 다 그럴 만한 이유가 있어서였다. 짐도 제대로 챙기지 않고 무인도로 들어간다고 섣불리 아내에게 말했다가는 "또 그년하고 어디론가 새려고 하는 모양이구나" 하며 의심하는 얼굴을 보게 되기가 십상이었고, 그래서 여느 때 갯바위 낚시를 갈 때나 마찬가지로 콩코드 트렁크와 뒷좌석 가득히 차곡차곡 짐을 실었다.

　거기까지는 좋았다. 그런데 횡하니 집을 나서 어디 멀리 가서 정말 죽어버리고 말리라는 생각에 그랬다면 아무 곳이나 골라 행동을 마무리 짓고 말 노릇이지, 도대체 무엇 하러 소래 해물시장까지 차를 몰고 가서 밑밥으로 쓸 새우를 두 자루나 사서 실었는지 그는 자신의 행동을 전혀 논리적으로 설명하기가 힘들었다. 하기야 굳이 따지자면 애초에 아내더러 추자도로 낚시를 간다는 얘기조차도 할 필요가 없었다. 죽기로 마음먹은 사람이라면 자신의 어떤 행동에 대해서 어느 누구에게도 설명하고 납득시킬 의무가 없었을 테니까.

구태여 하루 종일 운전을 해서 이곳 목포까지 내려와야 할 이유도 없었다. 그냥 청계천 고가도로에서 과속으로 달려가다가 난간을 들이받고 떨어져 버리면 간단했다. 밑에서 지나가다가 공연히 당할 사람한테 못할 짓을 해서 그렇기는 하지만, 어디 죽을 사람이 남의 사정이나 눈치까지 봐야 할 필요가 있으랴. 그런데도 그는 중부고속도로에서 무려 시속 160킬로미터까지 밟아 세 번이나 딱지를 떼며 결사적으로 여기까지 내려왔고, 그리고 이제는 크릴새우에다 갯지렁이도 홍청(紅靑)으로 골고루 살 생각으로 아슬아슬하게 좁은 골목에서 신경을 곤두세워 낚시방을 향해 차를 후진시키느라고 진땀을 빼려니, 도대체 지금 내가 왜 이런 짓을 하는지 구찬은 갑자기 짜증이 치밀어 오르고 말았다. 이렇게 주접을 떨 일이 아니라 그냥 계속해서 차를 몰고 전속력으로 달려 선착장 옆 바다로 풍덩 빠져버리면 될 일인데, 왜 이런 고생인가?

구찬은 이것도 역시 또 한 번의 환상자살로 끝나고 말 모양이라는 못마땅한 생각이 얼핏 들었다. 그는 대학에 다닐 때부터, 양자로 들어온 주제에 인생에서 무엇을 새삼스럽게 내 몫으로 떼어 달라고 주장할 염치가 나겠느냐는 생각이 들 때마다, 너무나 여러 번 상상 속에서 자살을 했었고, 창피한 일이기는 하지만 때로는 그런 환상자살을 하고 나면 마치 수음을 하고 난 다음처럼 개운한 안도감을 느껴 그로부터 며칠은 편안한 마음으로 보내기도 했었다.

하지만 지금은 문제가 달랐다. 구찬이 처한 입장은 정신적인 장난을 칠 만큼 한가하지 못했고, 죽음의 선택이 그에게는 필연적인 종말임을 그는 벌써 두 달째 확신을 굳혀왔다. 그런데 그는 지금 무엇을 하려고

18

이러는가? 퍼렁 갯지렁이 뻘겅 갯지렁이를 사서 어쩌자는 말인가? 결국 그는 환상 속에서만 자살을 하는 정도로 이쯤에서 고뇌의 흉내를 끝내고, 사실은 지금쯤 한참 갯바위에 붙었을 감생이를 잡아 보겠다고 기를 쓰며 여기까지 찾아오지는 않았을까?

하루 종일, 아니, 벌써 몇 달 전부터 답답하고 머리가 지끈거리던 구찬은 여기까지 생각이 미치자 갑자기 왜소해진 자기 자신이 창피하고 졸렬하다는 생각이 들었고, 부끄러운 자아의 틀에서 당장 뛰쳐나가야 한다는 묘한 발작적 욕구마저 느꼈다. 그래서 어디론가 박차며 뛰어나가고 싶은 신경질적인 충동에 휘말려 그는 차의 가속기를 밟았고, 웬일인지 그는 다음 순간에 자동차가 선착장 옆 바다로 텀벙 빠져 버린다는 착각을 느꼈다. 그러나 그는 차에 아직도 후진 기어를 넣어놓은 그대로라는 사실을 그만 깜박 잊고 말았다. 우지직 하면서 차의 꽁무니가 우그러져 들어가는 소리를 들으며 순간적으로 브레이크를 밟기는 밟았지만, 너무 늦었다.

구찬이 뒤를 돌아다보았을 때는 방금 목포낚시점 앞에 정차한 쥐색 소나타 한 대가 찡겨 엉거주춤 멈춰선 다음이었다. 황급히 시동을 끄고 내려서 살펴보니 구찬의 콩코드는 짐칸 뚜껑이 풍 맞은 노인의 입처럼 비뚜름하게 약간 비틀어져 열렸고 범퍼가 밑으로 떨어져 늘어졌으며, 상대방의 소나타는 문짝이 움푹 들어간 몰골이었다.

소나타의 반대쪽 문이 열리더니 안에 타고 있던 남자가 내렸는데, 그는 일반적인 도시인의 행태와는 달리 희한하게도 전혀 발작적인 반응을 보이지 않았다. 마치 날마다 남의 차에 받히는 꼴을 보는 일이 천직인 사람처럼 그는 말없이 두 자동차를 찬찬히 살펴보기만 했다. 구찬도 역시 입을 열지 않은 채로 느긋한 낯선 남자의 성품과 인격을 가늠해 보려고 했다. 차 사고가 나면 목소리 큰 놈이 이긴다고는 하지만, 이왕 자신이 사고를 낸 사실이 워낙 빤한 마당이니 처리할 일은 순리대로 처리하고 가능하다면 삿대질만큼은 당하고 싶지 않아서였다.

구찬이 얼핏 얼굴만 보고 피상적으로 판단하기에는 소나타의 주인은 아직 야만적으로 소리까지 질러 대지는 않았더라도 그리 편한 상대처럼 보이지가 않았다. 우선 머리를 시래기 다발처럼 지저분하게 자라도록 내버려둔 꾀죄죄한 양아치 인상도 인상이려니와, 골목 안이 어두워 잘 보이지는 않았지만 분명히 코털도 두어 가닥 삐져나왔음이 분명하고, 턱이 여유가 없이 빠르게 빠져 버렸는가 하면, 작기는 해도 톡 볼그라진 광대뼈 주변에는 별로 살점이 푸짐하게 붙지를 못했으며, 작업복 홀태바지는 무슨 공장에서 일이라도 하다 방금 나왔는지 새까맣게 기름으로 찌들었고, 거기에다 호리호리하면서도 무척이나 민첩해 보이는 체격은 영락없이 장터 뒷골목에서 각목이나 휘두르면 딱 어울릴 그런 위인이었다.

구찬은 상대방이 "이유 없는 반항"이 유행하던 1960년대의 불량 청소년이 나이를 좀더 먹은 중년기 표본쯤 되리라고 규정했다. 어쨌든 별로 마음이 편하지 않았던 구찬은 자신의 낮은 자세가 완충 효과를 갖게 되었으면 하고 은근히 바라는 마음에서 우선 사과부터 하면서 들어갔다.

"정말 미안합니다. 그만 다른 생각을 하느라고 댁의 차를 못 봐서…."

장터 양아치는 호주머니에 손가락만 한 밤낚시용 손전등을 꺼내 피

20

해상황을 재빨리 확인하고는 허리를 폈는데, 이상하게 아직까지도 전혀 화가 난 표정이 아니었다. 꽤나 성깔이 거칠어 보이던 인상하고는 전혀 어울리지 않게.

양아치가 손전등을 낚시조끼 가슴팍 호주머니에 넣고 다시 장갑을 끼면서 물었다.

"무슨 다른 생각을 그렇게 열심히 하고 계셨는지는 모르겠지만, 사장님은 후진하면서 어떻게 뒤도 돌아다보질 않나요?"

사고가 나는 순간을 양아치가 말짱한 정신으로 빤히 지켜봤다는 뜻이었다. 구찬은 다시 무조건 사과를 했다. 그나마 인상과는 달리 제법 점잖은 사람을 만나서 다행이라고 생각하며. 하지만 양아치가 그 다음에 한 말은 무척 뜻밖이었다.

"문짝만 나갔으니까 견적 뽑으면 50만 원 정도 나오겠군요."

계산이 무척 빠른 그의 말을 듣고 섬뜩 의심이 가던 구찬의 머리에 순간적으로 어떤 단어가 하나 떠올랐다. 자해 공갈단. 분명히 자신이 들이받았는데도 구찬은 어느새 반사적인 피해의식에 빠져들려고 했다. 저 양아치가 언급한 견적 얘기는 구찬에게 보험처리니 뭐니 수작은 집어치우고 지금 당장 50만 원을 현금으로 내놓으라는 의미인가? 50만 원이라면 지금 그가 수중에 지닌 돈에서 거의 절반이나 되는 액수였다. 그리고 과연 그가 책정한 문짝 값은 타당한 가격일까?

피해자의 소나타 번호판을 보니까 이 고장이 아니라 서울 차여서 현지의 토박이 불량배는 아니리라고 안심이 되기는 하지만, 그래도 혹시 잘못 걸려들지나 않았는지 갑자기 켕기는 마음으로 구찬이 냉큼 대답하지 못하고 어물어물했다.

"내 차 보험에 들었으니까 우리 가서 신고부터 할까요? 저쪽 약국 골목으로 들어가면 파출소가 …."

양아치가 히죽 웃으며 말했다.

"딱지들이나 좀 보여 주실래요?"

"딱지요?"

구찬은 '딱지'가 무엇인지에 대한 양아치의 단답형 설명을 듣고 나서야 보험증서와 운전면허증을 꺼내 소나타 주인에게 건네주었다. 시래기 머리의 남자는 찬찬히 구찬의 주소와, 주민등록번호와, 자동차번호와, 사고 차주가 거주하는 아파트먼트뿐 아니라 백화점의 전화번호까지도 호주머니를 뒤져 꺼낸 담뱃갑에다 꼬기꼬기 적더니 조심스럽게 찢어내어서는, 필시 낚시비용으로 가져온 것이겠지만 현금과 수표가 두둑이 담긴 지갑에 소중하게 챙겨 넣고 이렇게 태연히 말하는 것이었다.

"신고는 나중에 합시다."

"예?"

"사고 신고요. 나중에 하자고요."

"나중이라니, 언제요?"

"보아하니 댁도 낚시오신 모양인데, 손맛 한번 보자고 몇 달 별러서 모처럼 여기까지 내려와서는, 파출소에 신고하고 공장에 가서 죽치고 앉아 새벽에 출항할 배는 타지도 못하고 아까운 시간을 허송세월해서야 되겠습니까? 내일이 바로 사리인데, 그렇게 좋은 물때를 우그러진 자동차 펴느라고 그냥 놓쳐버리고 싶지는 않으실 텐데요. 그러니 우선 낚시부터 좀 하고 나와서, 사고처리는 나중에 서울로 가서 하자고요."

22

서울에서 출발할 때 그것까지는 확인하지 못하고 떠나왔지만, 정말 내일이 사리라면 양아치 남자의 얘기가 백번 맞는 말이었다. 하지만 생면부지인 사이에 난 사고이니 구찬으로서는 대충이나마 정리할 일은 정리해 두어야만 조금이나마 마음이 개운할 듯싶었다.

　구찬은 그렇지 않겠느냐고 물었다.

　"정 원하신다면 그래도 좋아요. 하지만 뭐 그렇게 꼬치꼬치 따지며 일을 복잡하게 만들 필요가 뭔가요?"

　버르장머리 없는 아이가 자꾸 말을 안 들으니까 조금은 짜증이 난다는 듯 느긋한 말투를 바꿔서 반문하는 남자의 말을 듣고 나니 구찬은 자신이 조금쯤 좀스러운 인간이라는 창피한 생각이 들기도 했고, 어쩌면 상대방을 양아치 정도로 취급하던 자신의 태도가 옳지 않은지도 모르겠다는 짐작도 갔다. 그는 좀더 진지한 태도로 상대방 남자를 대하기로 작정했다.

　"그럼 그때까지 이렇게 쭈그러진 차를 그냥 끌고 다니자는 얘긴가요?"

　깡마른 남자의 제안에 따르겠다는 뜻으로 구찬이 반쯤 웃으며 말했다.

　"어차피 낚시 끝내고 섬에서 다시 나올 때까지는 차를 쓸 일도 없잖아요? 그리고 서울까지 타고 올라가기만 하면 되니까⋯."

　"이런 꼴로 고속도로를 달리면 사람들이 보고 얼마나 웃을까요."

　"사람들이 보고 웃는 게 그렇게 겁나요?"

　소나타 차주가 이제는 정말 비위가 상하는 모양이었다.

　"아니, 뭐 그런 뜻이 아니라⋯."

　"그럼 됐어요. 내가 서울 가서 전화드릴게요."

소나타 주인이 낚시방으로 들어가려고 하자 구찬이 다시 그를 잡아세웠다.

"헌데 말예요….."

"뭐 또 할 얘기가 남았나요?"

"서울에서는 언제쯤 만나게 될까요?"

질문하면서도 구찬은 내가 죽으면 만나고 뭐고 다 쓸데없는 얘기인데 내가 이런 것은 왜 따질까 스스로 조금쯤은 한심한 생각이 들었다.

소나타 남자가 잠깐 마음속으로 무엇인지를 따져 보았다.

"댁은 언제까지 낚시할 계획인가요?"

"글쎄요. 잘 모르겠군요. 그쪽은요?"

"나도 모릅니다. 모처럼 벼르다가 왔으니 한 달쯤은 하겠지만, 감생이가 잘 붙지 않으면 하다 말고 보따리를 쌀지도 모르고, 소나기 입질이라도 만나 손맛이 끝내주게 좋으면 아예 3월까지 썩을지도 모르죠."

"3월까지요?"

"그땐 철수해야죠. 봄이 되면 고기들도 북상을 시작할 때니까요."

"난 그렇게까지 오래 낚시할 처지가 아닌데요. 그렇다면 아무래도 사고처리를….."

"댁도 보름쯤은 갯바위 탈 거 아녜요? 여기까지 멀리 내려온 고생이 아까워서라도 말입니다. 그리고 낚시란 보름을 하고 나면 한 달을 채우고 싶어지게 마련이고, 한 달을 채우면 두 달을 하고 싶어지는 거잖아요. 그러니까 이러면 어떨까요?"

그는 마치 더 이상 설명을 할 필요가 없다는 듯 빤히 구찬을 쳐다보았다. 하지만 구찬은 어떻게 하자는 얘기인지 알 길이 없었다. 그래서

24

다시 물었다.

"어떻게 하자는 말인가요?"

"우리 낚시를 같이 합시다."

"예?"

"옷깃만 스쳐도 인연이라는데, 이거 우리 아주 차로 스친 사이 아녜요? 그것도 같이 낚시 가는 사람끼리 바로 낚시방 앞에서요. 박 사장하고는 잘 아는 사이인가요?"

박종민 사장은 목포낚시점 주인이었다.

"잘 아는 사이까지는 안 되어도 이쪽으로 낚시 나올 때면 꼭 여길 들릅니다."

"것 봐요. 따지고 보면 우린 가까운 사이잖아요. 나도 박 사장하고는 10여 년째 얼굴을 알고 지내니까요. 아까 처음 사고가 났을 때 난 댁의 차 뒷좌석에 실린 밑밥 새우 두 자루를 보고는 혼자 갯바위 타러 온 사람이구나 하는 걸 금방 알았어요. 혼자 낚시 온 미친 사람들끼리 만나기도 쉽지는 않잖아요. 그래서 하도 반갑길래 사고처리 따위는 신경쓰고 싶지도 않았고요. 둘 다 목숨 걸고 갯바위 타는 사이인데 뭘 구질구질하게 따지나 해서 말예요."

"그랬군요."

이 남자를 양아치쯤으로 생각했던 자신의 태도를 이제는 진심으로 멋쩍어하며 구찬이 말했다.

"어때요?"

"뭐가요?"

"낚시 같이 하자는 제안요."

"좋습니다. 그렇게 하죠."

그것은 사실 별로 깊이 따져 볼 만한 문제가 아니었다. 동행이 생겨 오늘밤 여관비를 절약하게 되었다거나 갯바위 타는 동안 하루 세 끼 밥을 꼬박꼬박 스스로 지어 먹어야 하는 부담이 절반으로 줄어든다는 사실 때문만도 아니었다. 그보다는 무인도에 들어가 지내려면 마음에 맞는 동반자와 곁에서 같이 지내야 아무래도 몸과 마음이 편할 터였다. 세상살이란 어느 구석을 봐도 다 그렇듯이, 마음이 이어지는 동반자를 구하기란 얼마나 어려운 일이었던가. 하물며 부부로 인연을 맺어 살아가기도 이토록 힘이 드는 세상이니 ….

하지만 구찬은 양아치라고 한참 경계했던 아까와는 달리 자기도 모르게 어쩐지 낯선 남자에게 마음이 끌리고 있음을 깨달았다. 상대방이 어떤 사람인지 갈팡질팡하던 인상이 아직 제대로 정리가 안 된 상태에서 …. 무엇이었을까? 이토록 짧은 시간에 그의 마음을 슬그머니 흔들어 놓은 힘은? 어쩐지 소나타 남자가 범속하면서도 쉽게 사람을 그에게로 끌어들이는 무슨 힘을 지닌 모양이라고 여겨지는 까닭은?

"그런데 참, 댁은 어디로 들어가시려던 계획인가요?"

소나타의 주인이 물었다.

"추자도요."

"이민 가는 사람처럼 짐을 잔뜩 싣고 온 걸 보고 그쪽으로 가나보다 대충 짐작은 했었어요. 사실은 나도 추자도로 들어갈 계획이고요."

"아."

구찬은 아무 뜻도 없이 그렇게 말했다.

"추자에서 어느 섬으로 들어갈 생각인가요?"

소나타가 물었다.

"글쎄요."

구찬은 어떻게 대답해야 좋을지 잠시 궁리를 해보았다.

"따로 정한 곳은 없어요. 그러니까 뭔가요, 그때그때 조황(釣況)을 봐서 출장낚시를 나가도 좋겠죠. 그래요. 혼자일 때는 차라리 본도에 눌러앉아 편하게 하는 낚시도 좋더라고요. 3만 원만 주면 하루 배삯은 충분하고, 거기다가 감생이들이 이동하는 포인트를 골라서 쫓아다니기도 편하니까요. 오늘은 큰미역섬, 내일은 구멍섬, 모레는 문여도 해가면서요."

"하지만 적어도 한 주일은 버틸 생각이라면 아무래도 어느 섬으로 들어가 한 자리에서 끝장을 봐야죠. 겨울 붕어 잡으려는 구멍낚시가 아닌 바에야 …."

"거기선 어떤 섬으로 들어갈 생각이었나요?"

"푸랭이섬요."

푸랭이섬이라면 하추자도 선착장에서 출발하여 등대다리 밑으로 돌아 남쪽으로 한 시간 가량 내려가 만나는 무인도였다. 밤에는 제주도의 불빛이 수평선에 깔린 듯 저만치 마주 건너다보이는 이 섬은 시커먼 바위들만 삐죽삐죽한 추자군도의 다른 무인도들과는 달리 그나마 나무들이 좀 푸릇푸릇하게 자란다고 해서 '푸랭이섬'이나 '청도(青島)'라고 불렀다.

"그 섬에 어디 쓸 만한 자리가 아직 그대로 남았겠어요? 벌써 1월 중순인데."

"그런 걱정은 말아요. 내 친구 두 명이 벌써 들어가 자리를 잡아놓고

기다리니까 나를 따라오기만 하면 돼요. 그럼 우선 미끼를 사고 여관을 잡아 내일 아침 배 탈 준비도 해야 되겠죠?"

목포낚시방 주인은 구찬을 이름이 유별나서 겨우 기억하는 모양이었지만 소나타 남자는 꽤나 자주 찾아오는지 "한 전무님", "한 전무님" 해 가면서 보통 반색하는 게 아니었다. 짐작으로는 1년에 몇 차례씩 친구들을 몰고 내려와 심심치 않게 장사를 시켜주는 단골고객인 모양이었는데, 구찬은 소나타 남자의 '전무'라는 직위가 좀 색다르게 느껴졌다. 어쨌든 백화점을 하나 경영하는 구찬 자신도 '사장'이라는 소리를 듣기는 했지만, 요즈음에는 통닭집 주인이나 신발가게, 심지어는 뒷골목의 주인 정도만 해도 모조리 '사장'이라는 호칭으로 통하게 마련이었는데, 그런 와중에도 '전무'라는 명칭이 버젓하게 살아서 건재한다는 사실이 신기하기도 했으려니와, 저렇게 깡마른 남자가 도대체 어떤 단위의 경제활동 조직에서 전무 자리를 맡아서 일하는지 그것도 퍽 궁금했다.

구찬은 열흘가량 쓸 미끼와 채비를 샀다. 야광찌 10봉, 3호와 4호와 5호짜리 바늘을 각각 한 봉씩, 여벌로 고추찌 두 개, 목줄로 쓸 2호 줄 50미터, 조개봉 한 봉투, 청갯지렁이 1킬로그램, 냉동 크릴새우 한 덩어리, 혹시 필요할지 몰라서 쏙 10마리, 도래, 고무줄, 손전등 배터리, 릴 받침대 …. 그는 이렇게 물건들을 꼼꼼히 챙겨 넣으며 또다시 한심한 생각이 들었다. 눈이 퀭할 정도로 잠도 못 자고 고민하는 아내를 팽개쳐 버려두고 이곳에 와 주저앉아 쏙이나 헤아리다니 …. 그렇다. 자살이니 죽음이니 하는 것도 결국은 다 장난으로 해본 생각이리라. 늘 그랬듯이.

28

한 전무라는 호칭의 남자는 무엇을 사더라도 구찬보다 세 곱절을 샀다. 남으면 버려도 되지만 모처럼 고기떼를 만났는데 바늘에 꿸감이 없다는 낭패는 보고 싶지 않다면서. 살 물건을 다 사서 트렁크에 넣은 다음 두 사람은 차를 낚시방에 맡기고 옆 골목 백도반점으로 가서 김치찌개와 소주를 시켜 간단히 저녁식사를 하며 처음으로 정식 인사를 나누었다. 먼저 인사를 청한 쪽은 구찬이었다.

"어쩌다 보니 아직 서로 통성명이 없었군요. 나 서구찬입니다. 압구정동에서 가게를 하나 하죠."

"댁 이름은 아까 운전면허증을 봐서 알아요. 난 한광우라고 합니다. 녹번동 소방서 옆 자동차 정비공장에서 일하고요."

"자동차 정비공장요?"

"예. 그러니까 우리 두 사람의 찌그러진 차는 서울 가면 녹번동 공장에 와서 고쳐도 돼요."

한 전무의 얘기를 듣고 순간적으로 구찬은 또다시 어렴풋한 의심이 들었다. 그렇다면 결국 찌그러진 차를 서울로 끌고 올라가 한 전무가 일한다는 녹번동의 정비공장으로 가서 어떻게 해보자는 모양인데, 그 속셈은 무엇일까? 보아하니 그가 일하는 '정비공장'이라는 곳도 길모퉁이 '빳떼리집'인 모양이고, 저 남자는 전무가 아니라 역시 무슨 양아치족이어서……. 하지만 소나타를 끌고 다니는 품으로 보아 전무이긴 전무일 테고…….

여기까지 생각이 갈팡질팡하던 구찬은 또다시 자신에 대해서 짜증이 났다. 도대체 나는 왜 자꾸만 이러는 것일까? 왜 자꾸만 따지고, 의심하고, 쓸데없이 정신력을 낭비하고. 그는 이것도 일종의 정신병이리라고 생각했다. 철저하게 도시적인 정신병.

낚시하는 사람들이 만나면 늘 그러듯이 두 사람은 저녁을 먹으며 전국 각지의 최근 조황에 대한 정보를 주고받았고, 그러다가 소주잔을 내밀고 피식 웃으며 한 전무가 불쑥 물었다.

"댁 이름이 좀 별나더군요."

"구찬이라는 이름 말예요?"

한 전무가 머리를 끄덕였다.

"뭐가 그렇게 구찬은 게 많아 이름을 구찬타고 했어요?"

"어떤 사람은 구차한 이름이라고도 하죠."

구찬도 푸석하게 웃었다.

"내 이름은 대단한 실패작인 모양예요. 아버님 뜻은 그런 게 아니었지만요."

"무슨 뜻으로 그런 이름을 지어 주셨나요?"

"인생에는 아홉 가지 찬미할 만한 이유가 존재한다는 뜻으로 내 이름을 그렇게 지었다는군요."

"아홉 가지 찬미 이유가 뭔데요?"

"그걸 아무도 모른답니다. 식구들이 내 이름에 들어간 아홉 구(九)가 뭐냐고 물으면 아버님은 빙그레 웃으시며 어디 한 번 알아맞혀 보라고만 그러셨어요. 이제는 아버님도 돌아가셨으니 아홉 구의 의미는 영원한 비밀이 되었고, 그래서 난 결국 나 자신도 의미를 알지 못하는 수수께끼 이름을 죽을 때까지 달고 다니게 생겼어요."

한 전무가 다시 키득키득 웃었다.

"실례의 말씀입니다만 서 사장님은 대단히 복잡하게 살아가는 모양입니다. 자기 이름을 놓고도 그렇게 생각이 많은 걸 보니까요."

그가 구찬을 사장이라고 부른 우연의 일치는 단순한 습관의 소산에 서였지, 백화점 주인이라는 사실을 알고서 사용한 호칭은 아니었다.

식사를 끝낸 다음 그들은 차를 끌고 남양장 여관으로 가서 방을 정하고는 다시 주차장으로 나가 두 자동차의 짐칸을 열고는 내일 푸랭이섬으로 끌고 들어갈 짐을 한참 정리했다. 예기치 않았던 동행이 생겼으니 취사도구 따위의 겹치는 물건들은 두 개씩 가지고 갈 필요가 없었기 때문이었다. 한 전무의 장비 속에서는 의약품과 비상식량은 물론이요, 50미터짜리 밧줄도 한 타래 나왔다.

"장비를 보니까 본격적으로 하실 모양이군요. 밧줄까지 가지고 오셨으니."

구찬의 말을 한 전무는 비아냥거리는 소리로 들었는지 조금쯤은 퉁명스럽게 한 마디 했다.

"밧줄이야 안전을 위해서 가지고 다니는 물건이지만, 거 댁에서 가져온 기타는 뭐요? 무인도에서 기타 치면 고기떼라도 몰려드는 마술피리 같은 건가요?"

한 전무가 얘기한 '기타'는 기타가 아니라 우쿨렐레였다. 우쿨렐레는 구찬이 장거리 여행할 때면 거의 언제나 따라다니는 악기로서, 이번에도 짐을 챙길 때 무심결에 따라 들어온 모양이었고, 그래서 꼭 이왕 여기까지 따라왔기 때문만이 아니라 어쩐지 떼어 놓고 싶지가 않아내일 아침 배에 실을 물건들 쪽으로 챙겨 두었는데, 한 전무의 눈에는 공연한 짐만 만든다고 눈에 거슬린 모양이었다.

"아, 그거요. 그건 기타가 아니라 우쿨렐레예요."

구찬은 더 이상 설명하지 않았다. 한 전무도 생전 처음 보는 이상하고 작은 '기타'에 대해 무엇을 물어봐야 할지도 모르겠어서였는지 더 이상 질문하지 않았다.

짐의 분류를 끝내고 여관방으로 들어간 그들은 언제 다시 목욕하게 될지 모를 일이어서 단단히 때를 벗겼다. 목욕은 한 전무가 먼저 했는데, 구찬이 욕실에서 나왔을 때 한 전무는 벌써 가볍게 코를 골며 잠들어버렸다.

둘

"부욱 ― 부우우욱"

무적(霧笛)을 울리며 목포를 떠난 배가 느릿느릿한 바닷길 속도로 거무죽죽한 섬들이 흩어진 다도해를 헤치며 남쪽으로 내려갔다. 겨울 날씨가 정말 이래도 좋을까 걱정될 정도로 포근하고 쾌청한 하늘에 바람도 잔잔했고, 거의 열 개나 되는 주머니가 주렁주렁 달린 적갈색 낚시조끼와 청바지에 농구화 차림으로 갈아입은 한 전무는 앞쪽 갑판 바람통 옆에 쌓아 놓은 두 사람의 낚시짐 열네 뭉치의 한가운데 비스듬히 기대고 누워 또다시 잠이 들었다.

말쩡한 옷차림으로 난간에 붙어 재미있어하면서 바다를 구경하는 두 쌍의 남녀와 볼일이 생겨 뭍으로 나왔다가 돌아가려고 배를 탄 몇 명의 허름한 섬사람들, 그리고 나이가 서른은 되었을 텐데 "세상에 태어나 오늘 처음 이렇게 큰 배를 타 본다"면서 "왜 바다가 이러냐"고 실망이 역력한 경상도 남자 이외에는 앞갑판은 완전히 낚시 가는 사람들뿐이었다.

바다에 실망한 경상도 남자는 직장 일로 제주도에 출장을 간다면서, 처음 바다를 구경하게 되어 기대가 대단했었던 모양이지만, 벌써 한 시간 이상이나 항해했는데도 여기저기 섬들이 시야를 가릴 뿐 수평선이 탁 트인 망망대해가 나오지 않으니까 꽤나 답답한지 이 사람 저 사람 붙잡고 "언제 진짜 바다가 나오느냐"고 자꾸만 성화였다.

"이곳은 다도해여서 동해안 앞에 펼쳐진 바다하고는 다르다"고 아무리 설명해도 경상도 남자의 실망을 덜어 주는 데는 아무런 도움이 되를 못했다.

바다 … . 꿈과 소망과 상상의 바다와 현실의 바다 … . 인간은 실망과 환멸을 거치며 현실을 배우는 군거성 동물이리라고 구찬은 생각했다. 관념이란 정신적인 가공과정을 거친 현실이니까.

바람막이로 두툼한 누비바지를 겉에 입고 구찬은, 찝찔한 소금기로 눅눅한 쇠갑판 한쪽 구석에 비스듬히 누운 채로, 경상도 남자를 실망시킨 바다를 둘러보았다. 천천히 겹치고 벗겨지며 흘러가는 수많은 섬, 그리고 섬, 그리고 또 섬. 썰렁한 바위들 위로 솟아오른 등대. 험상궂게 시멘트로 지어 얼룩덜룩한 칠을 해 놓은 군인 초소들. 동서남북 어디를 가도 군사시설이 음산하게 도사린 나라.

섬들 사이에 펼쳐진 조각바다 위에는 여기저기 해태 양식장이 몰래 갖다버린 쓰레기 더미가 흩어졌고, 허연 스티로폼 덩어리들이 부표 깃발을 꽂고 끝없이 둥둥 떠서 출렁이는 풍경을 보고 구찬은 인간의 생명력과 자연에 대한 도전을 생각하기보다는 바닷물을 무자비하게 파먹어 대는 인간벌레들에 대해서 자책감을 느꼈다. 따지고 보면 철선을 타고 추자도로 향하는 구찬 자신을 포함해서 낚시 가는 모든 사람도 마찬가지이기는 했지만.

앞갑판 한 쪽에서는 불룩한 낚시복 차림의 남자 세 명이 추자군도 지도를 살피며 마치 군사작전을 짜듯 공략지점을 검토하느라고 바빴다. 그의 옆에서는, 아까부터 쇠못이 박힌 갯바위 신발을 일찌감치 꺼내 신고 옛날식 스노 타이어를 장착한 자동차가 굴러가는 소리를 치거덕 치거덕 내면서 쓸데없이 돌아다니거나 사진을 서로 찍어 대던 두 남자가, 조행(釣行)의 설렘이 이제는 상당히 진정되었는지 마주앉아 시끄럽게 소주를 마셨다.

구찬은 상추자도 추자항이나 하추자도 신양리 방파제 앞 다방에서 저런 사람들을 많이 보았다. 무슨 대단한 모험에 나선 탐험가처럼 쇠못 소리를 저벅거리며 돌아다니고, 채비와 포인트 파악에는 일가견이 있다는 듯 신참들을 모아놓고 큰 소리로 신이 나서 설명하고, 다방 여자들한테 수작이나 벌이고, 배를 타고 나서 낚시가 잘 안 되면 두꺼비만 계속 잡다가 급기야는 몰상식할 정도로 취해 선장더러 "저 뱃놈이 포인트를 제대로 몰라 낚시가 개판이 되었다"느니 해 가며 시비나 벌이고….

저쪽 층계 옆에는 그보다도 더 심한 사람들도 한 패거리 눈에 띄었다. 대구에서 왔다는 50대 후반의 세 남자는 뒤룩거리는 몸집과 거침없는 말투로 미루어 보아 어디 장바닥에서 개인사업을 하는 '사장님'들 같았는데, 어느 다방의 마담과 그녀의 친구 두 명을 동행했다. 보아 하니 본도나 어디 안전한 섬에서 사흘 동안 놀며 시간을 보낼 눈치였는데, '바다낚시'라는 어휘가 주는 묘한 낭만에 홀려 따라왔을 여자들은 그냥 치맛바람인 품으로 보아 낚시보다는 다른 활동에 열중할 눈치가

34

빤했고, 그들이 멋도 모르고 텐트 안에서 발가벗고 자다가 모기떼에게 당해 온몸이 퉁퉁 부어오를 광경을 상상하고 구찬은, 작년에 밖미역섬으로 남녀 두 쌍을 태워다 주고 돌아와서 어느 선장이 한 말이 문득 생각나서 푸시식 웃음이 나왔다.

"추자도에서 무인도의 낭만 좋아하며 섬에 들어가 벌거벗고 텐트에서 씹하다 모기 때문에 볼기짝에 멍들지."

아프리카 사파리라는 환상적인 모험 뒤에는 짜증스러운 파리떼의 성가심이 몰려들고, 졸음이 몰려올 듯한 쾌적한 여름 잔디밭에는 귀찮게 물어뜯는 개미떼가 살기 마련이었다. 그런데도 사람들은 인생과 세상을 한 쪽에서만 보면서 착각에 빠져 살아가고 ….

그렇지만 추자도로 나가는 배에 탄 대부분의 낚시꾼들은 한 전무와 비슷한 무리여서, 11월부터 남쪽으로 내려와 추자군도에 붙어 겨울을 나고 3월에 다시 북쪽으로 올라가는 '환상의 고기' 감성돔과 지내기 위해 철새처럼 몰려드는 남자들이었다. 옛날 조기를 쫓아 흑산도로 모여들어서 파시를 이루고는 했던 고깃배들처럼. 그래서 겨울이면 추자는 전국 각지에서 몰려드는 낚시인들로 얼마동안 어떤 특이한 떠돌이 집단사회가 이루어지고는 했다.

1983년에 처음 추자를 밟았을 때, 11월이나 12월에 들어와 직구도나 사자섬 같은 데 자리 잡고 석 달 동안이나 낚시하다 나가는 사람들이 꽤 많다는 얘기를 듣고 구찬은 도대체 그런 사람들 직업이 무엇이길래 그렇게 한가한지 의아하게 생각했었다. 같이 낚시 왔던 금성전자의 최 과장으로부터 설명을 듣고 곧 납득이 가기는 했지만.

"마누라가 식당이나 다방이나 술집해서 돈을 벌어주기 때문에 생활비 걱정 따위하고는 거리가 먼 사람, 낚시장구를 만들어 팔거나 해서 현장검증을 철저히 해야 하는 사람, 부도를 냈거나 무슨 죄를 지어 장기간 피신해야 할 사람, 그냥 감생이에 환장한 사람, 그야말로 온갖 인간군상이 다 모이죠.”

그해에 8일 동안 낚시하고 철수할 때, 구찬과 최 과장은 얼굴이 바닷바람에 거무튀튀해지고 수염이 걸레처럼 지저분하게 자란 어떤 남자를 중간의 어느 섬에서 배에 태우고 같이 나왔는데, 그들은 빈 몸으로 배에 오른 털보와 무심하게 이런 대화를 나누었다.

“철수합니까?”

걸레수염이 물었다.

그렇다고 최 과장이 말했다.

“언제 들어왔는데요?”

이번에는 구찬이 나서서 대답했는데, 그는 ‘무려 8일 동안이나 갯바위에서 지냈다’는 사실이 스스로 자랑스러워 자신만만하게 말했다.

“여드레 동안요.”

그랬더니 걸레수염이 대수롭지 않다는 듯 핀잔을 주었다.

“여드레 동안에 어떻게 감생이 손맛을 제대로 보나요? 갯바위 기어오르기 위해 한 달 동안 다리를 풀고, 한 달은 낚시를 하고, 적어도 두 달은 물살을 봐야죠.”

털보는 한 달 반째 갯바위에서 지냈는데, 오늘 철수를 하기는커녕 갯지렁이가 떨어져 미끼를 사러 제주도로 나가는 길이라고 했다. 이곳 낚시에 별로 경험이 없었던 최 과장은 딴에는 재치를 부린다고 농담을 한 마디 했다.

"갯바위에서 혼자 그렇게 오래 지내려면 적적할 텐데 제주 낚시방에서 과부라도 하나 구해 달래서 데리고 들어오시지 그래요?"

털을 깎으면 재수가 없다는 미신을 이왕이면 믿어주는 쪽을 택해서 낚시를 시작한 이후 한 번도 면도한 적이 없고 머리카락도 소금기로 허옇게 버캐를 썼으며 지난 다섯 주일 동안 낚시 동행과 소주를 한 말 여덟 되나 마셨다던 걸레수염이 한참 최 과장을 빤히 쳐다보더니 한심하다는 말투로 꾸짖었다.

"당신 낚시 첨 해요? 낚시하는 데 계집이 왜 필요해요?"

셋

남자들만 띄엄띄엄 틀어박힌 무인도…, 군중의 소음이 없는 세계…, 구찬은 또다시 그곳으로 도망가는 길이었다. 그렇다. 그는 어쩌면 아내의 말마따나 '상습적인 도망자'였는지도 모른다.

비겁해서일까? 이렇게 그가 무엇으로부터 도망치기가 벌써 몇 번째인가? 사람들을 피해서, 고뇌를 피해서, 살벌한 세계를 피해서, 그리고 아내를 피해서….

구찬은 아내가 지금쯤 집에서 무엇을 하며 시간을 보내는지 궁금했다. 수미는 또 어디서 무엇을 하고…. 일을 저질러 놓고는 시원히 마무리 지을 능력이 없어 무작정 도망이나 다니는 자신의 꼴이 구찬은 정말로 죽고 싶을 만큼 미웠다. 아내와 수미 두 사람도 지금쯤은 그를 죽이고 싶을 만큼 미워하겠지만.

아내 재명과 구찬의 사이가 이렇게 된 까닭은 누구의 탓으로 돌려야 옳은가? 참으로 믿어지지 않는 일이었다. 사랑할 때 그들 두 사람의 삶을 가득 채웠던 영롱함, 온 세상을 환희로 가득 채우기만 했던 신비한 기운이 이렇게 흔적도 남기지 않고 사라지기도 한다는 사실은 분명히 현혹하는 환멸의 한 가지 형태였다. 사랑을 목 졸라 죽이고, 대신 그토록 열심히 증오하는 능력이 구찬 자신이나 아내 재명의 영혼 속 어디엔가 도사리고 잠복했었다는 사실은 인간성에 대한 하나의 배반이었다.

대학 합창반에서 노래 부를 때면 서로 몰래몰래 훔쳐보며 흐뭇해하던 촌스러운 사랑. 재명의 가느다랗고도 긴 코와, 하얀 목덜미와, 엷은 분홍빛 블라우스의 깨끗한 소매와, 살빛 스타킹이 매끄럽게 감쌌던 얌전한 종아리와, 그리고 구찬이 그토록 사랑했던 재명의 모든 양상이나 현상이 어째서 더 이상 그에게 편안한 기쁨을 주지 않게 되었는지 그는 슬프고도 억울하기만 했다.

구찬이 졸업반이고 재명은 아직 3학년이었던 해의 어느 여름날, 저녁에 영화를 보고 나서 우이동 골짜기 술집으로 가 생맥주를 좀 마시다 보니 시간이 꽤 늦었고, 일부러 시간을 끌려고 하지도 않았는데 그만 택시를 못 잡고 통행금지 시간에 걸려 오도 가도 못하게 되었을 때, 그들은 어색해서 차마 여관으로 들어가지를 못하고 야경꾼을 피하려고 헉헉거리며 서둘러 산으로 올라가 아카데미 하우스 근처의 숲속으로 숨어 들어갔었다.

정신없이 두 마리 오소리처럼 덤불을 헤치고 들어가 우묵한 바위 밑에 숨어 숨을 돌리던 그들은 혹시 간첩으로 오인하고 경찰이라도 달려올까 봐 겁이 나서 불도 지피지 못하고 이슬을 맞으며 웅크리고 앉아

두런두런 한없이 긴 얘기를 나누기 시작했다. 시간이 흐름에 따라 그들은 밤의 정적과, 벌레 소리와, 물이 흐르는 소리와, 잎사귀들이 서로 부벼대는 소리와, 하늘에서 별들이 움직이는 소리와, 느릿느릿 시간이 지나가는 소리에 젖어들어 커다란 나무 밑에서 서로 몸을 기대고는 잠깐씩 잠이 들기도 했고, 학교와 동급생들과 합창반 지휘자 얘기도 했고, 아침이 되어 집으로 가면 부모님에게 어디서 밤을 새웠는지 뭐라고 거짓말을 하면 좋을까 의논도 했고, 그리고는 무척 한참이 지나서야 키스를 했다.

그것은 두 사람 모두에게 첫 입맞춤이었다. 그리고 그들은 첫 키스의 감미로운 맛이 어찌나 좋았는지 입을 맞추고, 또 맞추고, 또 맞추고, 그리고 또 맞추고, 그리고 그는 그녀의 젖가슴을 만지고, 잠시 그녀가 저항해서 더 이상은 만지지를 못하다가 오히려 그녀가 손으로 이끌어 주는 바람에 결국은 아래쪽의 맨살도 만졌다. 날이 멀리서 밝아오려고 할 때쯤에는 두 사람 다 사타구니가 미끄러운 분비물로 젖었지만 그들은 끝내 마지막 행위는 저지르지 않은 채로 동틀 녘에 숲에서 나왔다. 혹시 사람들의 눈에 띄어 산을 타고 남하한 간첩으로 오인받아 파출소로 끌려갈까 봐 아직도 걱정이 되어 사방을 두리번거리면서. 환하게 사방이 밝아오자 밤새도록 숨을 몰아쉬며 서로 더듬거리던 손길이 갑자기 멋쩍어져서 서로 눈길을 피하며.

며칠 후 합창연습을 끝내고 저녁에 둘이서 만나면 늘 그러듯이 생맥주를 같이 마시려고 무교동의 OB 선장에서 만나 다시 자리를 같이하고 마주 앉았을 때, 구찬은 지난 번 숲속에서 자신이 취했던 행동 때문에 아직도 어색해했고, 재명은 어쩐 일인지 무척 불안해 보였다. 서먹서먹하던 그들의 대화는 한 시간이나 걸려 두 사람 모두 세 조끼씩을 비운 다음에야 겨우 풀리기 시작했고, 그러더니 재명은 조금쯤 오른 술기운을 핑계로 삼아 불쑥 물었다.

"그날 밤 말예요. 아카데미 하우스 뒷산에서요. 구찬 씨 왜 나를 가지지 않았나요? 얼마든지 나를 차지해도 되는 줄 쉽게 알았을 텐데 말예요. 혹시 무슨 특별한 이유라도 마음에 걸리던가요?"

구찬은 그녀의 말투가 자신의 지나친 자제력에 대한 불평인지, 그녀를 무시하고 모욕했다는 항의인지, 그가 혹시 성적인 불구자는 아닌가 의심이 간다는 얘기인지, 아니면 그녀의 순결을 끝까지 범하지 않아 고맙다고 존경을 표하려는 완곡어법인지 전혀 판단이 서지 않았다. 그래서 잠시 뭐라고 듣기 좋은 거짓말을 해야 옳은지 아니면 유치하게 들릴지 몰라도 솔직하게 얘기하는 편이 나을지 궁리하다가 그는 사실대로 털어놓기로 작정했다.

"무엇인가는 남겨두어야 되겠다고 생각했어. 마지막 그것만이라도. 훗날을 위해서."

재명은 그의 말을 충분히 이해했다. 하지만 납득까지 한 듯싶지는 않았다. 아무래도 구찬에게 어딘가 의심이 가는 눈치가 역력했다.

그해 겨울 통행금지가 없는 해방의 성탄절을 맞아 펑펑 쏟아지는 눈을 맞으며 늦게까지 싸돌아다닌 다음, 왕십리에 사는 그녀의 집까지 구찬이 바래다주었을 때, 재명은 집으로 돌아가기가 싫고, 밤새도록 그와 함께 지내고 싶다며 골목에 들어설 기미를 보이지 않았다. 그들은 여관으로 갔다. 그리고 그날 밤에도 구찬은 훗날을 위해 남겨 둘 소중한 예식은 그대로 남겨 두었다. 두 주일 후에 해인사로 놀러가서 사흘 밤을 같이 지냈을 때도 마찬가지였다.

　마침내 결혼식을 올리고 경포대로 신혼여행 간 다음에야 재명은 구찬이 완전히 정상적인 남자라는 사실을 깨닫고 나서 드디어 안심하는 기색이 역력했으며, 여행을 끝내고 서울로 돌아올 때쯤에는 어찌나 좋았는지 오히려 그녀가 노골적으로 자꾸만 더 육체를 요구하고는 했다. 그러나 구찬은 달랐다. 너무나 실망했기 때문이었다.

　겨우 이까짓 즐거움을 그토록 소중하게, 그토록 대단하게 생각해서 여태까지 아끼며 지켜 왔는지 그는 한심한 자신에 대하여 심한 배반감까지 느꼈다. 그리고 하찮은 밤의 유희를 그토록 좋아하고 즐기는 재명에 대한 실망감도 가누기가 힘들 지경이었다. 어딘가 성스러운 비밀이리라고 끝까지 보존하기 위해서 금욕을 하는 사이에, 날마다 수억 마리의 인간이 밤이면 되풀이하는 단순하고도 동물적인 행위가 어쩌면 그의 상상 속에서 비현실적으로 화려하고도 비인간적인 어떤 관념으로 변질해 버렸는지도 모를 노릇이었다. 쓸데없이 지나치게 숭고해진 환상으로.

　결혼한 다음 처음 한 달 동안 그는 어딘가 부족한 듯싶은 자신의 어설픈 성생활에 대한 절망적인 죄의식에 시달려야 했다. 자신의 삶에는 더 이상 어떤 희망도 남지 않았으며 그것은 어느 누구도 아니요 자기 자신의 탓이라는 엄청난 좌절감이 자연스럽게 뒤따랐다. 인간의 삶에서는 그리 대단하게 황홀할 바도 따로 없고 그렇다고 해서 절망할 이유 또한 없다는 보편적인 깨우침에 그가 이르기 위해서는 두어 해의 시간적 여유가 필요했다. 그리고 이왕 주어진 제한된 기쁨이나마 축복으로 받아들이자며 그가 인생과의 타협을 이루기까지는 좀더 많은 시간이 걸렸다.

이렇게 젊은 환상이 식어가면서 육체적인 부부생활에 그가 조금씩 적응해 가던 무렵에 또 다른 삶의 장애물이 그의 발에 걸리적거리기 시작했고, 그에 따라 구찬의 '상습적인 도망'도 함께 시작되었다.

낚시 짐꾸러미들 사이에서 목이 비틀린 자세로 차갑고 눅눅한 갑판 바닥에 누워 잠을 자기가 불편했는지 한 전무가 어물어물 일어나 책상 다리를 하고 앉아서 담배를 피우기 시작했다. 아직도 시원스럽게 탁 트인 바다가 나타나지 않아 더욱 초조해진 경상도 남자가 잠깐 눈치를 살피더니 한 전무에게로 슬금슬금 다가가서 조심스럽게 물었다.

"바다가 나오려면 아직 멀었나요?"

아까부터 사람마다 붙잡고 그가 질문하는 꼴을 한참 지켜보았던 터라 한 전무는 태연하게 딴전을 부렸다.

"바다 말인가요? 바다가 어디 갔더라?"

경상도 남자가 멋쩍어져서 슬그머니 뒷갑판 쪽으로 사라졌다.

넷

한 전무가 서울에서 내려오기 전에 미리 예약해 놓았다는 추자도 김춘복 선장의 통통배 갈매기호는 여섯 명의 다른 낚시손님을 같이 태워 본도보다 북쪽에 위치한 검은가리와 소머리섬에 먼저 데려다 내려주고는 다시 한 시간 반이나 남쪽으로 돌아내려가 오후 네 시가 훨씬 넘어서야 푸랭이섬 남단의 족발부리에 도착했다. 구찬과 한 전무 두 사람이 내리기로 한 바위 턱에서는 서울에 사는 한 전무의 두 낚시친구가

'좋은 자리'를 인계해주려고 기다렸다. 대조동에서 세차장을 한다는 가무잡잡하고 코미디언 오재미를 닮은 김 사장과 당산동에서 '물장수'를 하는 키가 껑충한 고수머리의 서 사장은 갈매기호로 철수하려고 짐을 다 챙겨놓고 막장대 하나씩만을 들고 앉아 심심풀이로 연분홍 입술의 망상어를 낚던 중이었다.

두 사람과 짐이 안전하게 족발부리 바위 턱에 내려진 다음 서 사장과 김 사장은 그동안 잡은 20여 마리의 고기를 자랑삼아 보여주고, 지난 며칠 사이의 입질상태와 만만한 공략지점에 대한 설명을 늘어놓으며 짐을 실었고, 서울 식구들에 대한 소식을 잠시 주고받은 다음 배에 올랐다. 통통거리며 뒷걸음질로 물러가는 배의 앞머리에서 고수머리 서 사장이 팔뚝을 들어 보이며 소리쳐 작별인사를 했다.

"이따만 한 거 하나 잡아가지고 올라와, 뽄드 선생."

뽄드? 구찬은 어느새 또다시 쓸데없는 사고활동을 시작했다. 왜 한 전무의 별명이 뽄드일까? 007 제임스 본드와 한 전무의 공통점이 무엇일까 따져보던 그는 혹시 이 사람이 고등학교 아이들처럼 본드를 흡입하는 고약한 버릇 때문에 그런 별명이 붙지는 않았을까 터무니없는 의심도 해보았다. 어쨌든 갈매기호가 섬모퉁이를 돌아나가 시야에서 사라지고 발동기 소리도 들리지 않아 갑자기 파도와 정적을 의식하게 되자, 구찬은 접착제 얘기를 잊어버리고 열네 덩어리나 되는 짐을 절벽 위로 운반하는 한 전무를 돕느라고 정신없이 바빠졌다.

그들은 경사가 60도나 70도, 심한 곳은 90도까지 되는 절벽을 무나 배추 따위의 반찬거리가 담긴 자루에서부터 물통과 취사도구에 이르기까지 짐을 하나씩 끌고 거의 백 미터나 기어 올라갔다. 얕은 곳에 자리 잡았다가 태풍이 불거나 너울이 치면 바닷물에 휩쓸려 들어가 개죽음을 당하는 불상사를 피하기 위해서였다. 절벽은 바위가 삭아 잘못 밟으면 떨어져나가기도 쉬웠지만, 소라껍질 부스러기처럼 예리하게 깨진 곳이 많아 손을 베거나 옷자락이 걸려 추락하지 않도록 조심해야만 했다.

짐을 모두 옮기고는 해가 지기 전에 서둘러 숙소로 사용할 천막을 쳤는데, 그나마 가장 넓고 편편한 곳이라고 한 전무가 지정한 바위 턱은 구찬이 가지고 간 5인용 돔형 천막을 치니까 바닥의 한쪽 끝이 추녀처럼 허공으로 삐죽 나가버렸다. 풍상에 삭은 바위 귀퉁이나 모서리가 많기는 했어도 이곳 무인도의 바위는 어찌나 단단한지 시멘트 못이 박히지를 않았다. 두 사람은 텐트가 바람에 날아가지 않도록 못을 박으려다 여의치 않아서 대신 여기저기 돌아다니며 돌멩이를 몇 개 주어다 천막 안으로 들여가 사방을 눌러 놓았다. 그래도 혹시 잠을 자다가 잘못 추녀 쪽으로 구르기라도 하면 천막과 사람이 몽땅 백 미터 절벽 밑으로 떨어질 듯 아슬아슬해서 구찬은 별로 마음이 편하지 않았고, 둘이서 끼여 자기에는 좀 좁기는 하더라도 차라리 한 전무의 2인용 천막을 가지고 들어왔더라면 좋았으리라고 뒤늦게 후회했다.

절벽 꼭대기에 제비집처럼 올라앉은 천막 안에다 대충 짐을 정리하고 나서 구찬은 첫 번째 식사당번을 자청하고는, 귀한 식수를 함부로 쓰기가 싫어서 다시 절벽을 내려가 코펠에 담은 쌀을 바닷물로 씻어 가지고 올라왔다. 그러는 사이에 한 전무는 벌써 조그만 배낭과 고기 바구니에다 미끼와 채비와 손전등을 챙겨 넣고 카본 낚싯대 하나를 달랑 들고는 낚시 나갈 준비를 끝낸 상태였다.

"나 한 바퀴 돌고 올게요. 푸랭이섬에 고기하고 사람이 얼마나 붙었는지 보게요."

한 전무가 암벽을 기어 올라가 한줌 풀밭이 꼭대기에 달랑 올라앉은 언덕을 넘어 사라진 다음에 구찬은 밥을 불에 얹어놓고 절벽 끝에 주저앉아 오른쪽으로는 이미 낙조가 깔린 바다를 둘러보았다. 왼쪽 하늘은 벌써 거무죽죽 어둠이 썩어 들어오기 시작했고, 바닷물도 더욱 깊어진 듯 음산했으며, 무엇인지 끝나간다는 음산한 분위기가 바위들이 갈라진 틈바구니 구석구석으로 스며들었다.

바다의 끝 수평선에는 검붉은 빛이 덮였다.

바다가 끝나는 곳.

끝에서 바라보는 또 다른 머나먼 끝.

자, 그는 여기까지 왔다. 그리고 그는 또다시 유형자가 된 기분을 느꼈다. 이렇게 도망칠 때마다 그는 탈출하여 자유를 찾았다는 의식보다는 유리벽으로 둘러싸였으며 훨씬 넓기 때문에 더욱 적막하기만 한 새로운 형벌의 땅에 갇혔다는 좌절감에 빠지고는 했다.

자유⋯. 그것을 찾아낼 방법이 그에게는 없었다. 그것을 누릴 권리나 요구할 특권은 더더구나 없었다.

자유와 더불어 그는 모든 목적의식도 상실했다. 꿈과 이상을 잃으면서 그는 삶의 모든 가치를 더불어 잃고 말았다. 그래서 그는 갈 곳이 없어지고 말았다. 어디엔가는 목표가 남았어야 그쪽을 향해서 움직일 노릇이 아닌가? 방향조차 설정하지 않고 무작정 이렇게 떠다닐 수만은 없다. 어딘가에 발을 붙이고 무엇인지를 위해서, 누군가를 위해서 살아간다는 뚜렷한 존재의 핑계가 그에게는 필요했다.

여태까지 그래왔던 대로 아내와 수많은 사람들에게 떠밀리기만 하면서 살아간다면, 이렇게 갈팡질팡 뛰어다니고 도망쳐 봤자 도착할 곳이 없었다. 바쁘게 무수한 층계를 뛰어다니고 도망쳐 봤자 도착할 곳이 없었다. 무수한 층계를 바쁘게 헐떡이며 오르내리고, 낯선 군중 속에서 아우성치는 삶, 거기에는 결코 아무런 해답이 없었다. 인간이라면 그가 스스로 믿고, 그 믿는 바에 따라 행동하고, 그리고 세상 어느 다른 누구에게도 그렇지는 않더라도 자신에게만은 진실인 무엇을 간직해 두었어야 옳았다.

진실. 구찬은 이제 자신에게 아무런 진실이 남지 않았다고 믿었다. 따지고 보면 그는 아내를 속이고 간통죄를 저지른 흔하디흔한 한 사람의 천박한 남자일 따름이었다.

다섯

구찬이 밥을 다 하고 감잣국까지 끓인 다음, 천막 안에다 칙칙이를 뿌리고 모기향을 피워 놓고도 한참 기다린 다음에야 누가 풀을 헤치고 오는 서걱서걱 소리가 났다. 잠시 더 기다렸더니 한 전무가 손전등을 희번덕거리며 어둠을 헤치고 언덕을 넘어왔다.

낚싯대와 배낭을 바위벽에 기대 놓고 그는 손전등으로 고기바구니 속을 비춰 망상어 세 마리와 30센티미터나 되는 쥐치 한 마리를 꺼내 회를 떴다.

"서쪽 후미에서는 잡고기만 덤벼요. 이놈의 쥐치가 물었을 때는 핑 소리를 내며 줄이 튀기에 첫날부터 감생이 손맛 한 번 단단히 보는 줄 알고 깜빡 속았지 뭡니까. 저녁 먹고 우리 이쪽으로 내려가 봅시다."

다른 사람들도 푸랭이섬으로 많이 들어왔느냐고 구찬이 물었더니 한 전무는 잘 모르겠다고 대답했다. 시간이 없어서 섬을 다 돌아보지 못했는데, 그래도 어지간한 명당자리는 다 차지 않았겠느냐고 그는 추측했다.

"보짓골에는 네 사람이 앉았는데, 처음 보는 꾼들이에요. 진주에서 그저께 들어왔다더군요. 그리고 거기서 한 구비 안쪽에는 울산 사람 둘이 자리를 잡았는데, 아까 김 선장이 얘기하던 오 씨가 거기 자리를 잡았어요. 나중에 내가 오 씨를 소개해 줄게요."

본도에서 들어오는 동안 선장에게서 오 씨 얘기를 듣고 구찬은 그렇지 않아도 그를 만나보고 싶었었다. 도대체 어떻게 생긴 사람인가 궁금해서였다. 푸랭이섬은 울산 사람들이 워낙 단골로 많이 드나들어서 울산섬이라고 부르기도 했는데, 그들 단골 조사들 중에서도 특히 오 씨라면 선장들이나 추자꾼들은 모르는 사람이 없을 정도였다. 오 씨는 울산 시내의 어느 건물에 근무하는 경비원이었는데, 언젠가 직장을 잃고 몇 달 쉬는 동안 출세한 고등학교 동창들을 따라 처음 이곳에 들어왔을 때 어찌나 굵은 감성돔을 많이 잡았는지 남들에게 팔고도 남아 바닷물에 절여 말려 염장을 해서 한 자루나 짊어지고 나갔다고 했다.

"낮에는 파리가 꾀니까 구더기 슬지 말라고 쌀자루로 둘둘 말아 두었다가 밤이면 널어 말리고는 해서 가지고 갔죠." 나중에 한 전무가 곁들여 설명해 주었다. "이때 단단히 손맛을 보고 오 씨는 감생이한테 미쳐버리고 말았어요. 그래서 건물 경비원으로 취직이 된 다음에도 해마다 빠지지 않고 이맘때면 꼭 푸랭이섬으로 들어오곤 한답니다."

물론 웬만큼 낚시해 본 사람이라면 누구라도 그가 짊어지고 나갔다는 '염장 감생이 한 자루'는 낚시꾼 특유의 뻥이 많이 들어간 과장이라는 사실을 첫 마디에 들여다보았겠지만, 구찬은 그가 잡았다는 고기보다 오 씨 자신에 대한 호기심에 사로잡히고 말았다.

　직업상 시간적인 여유가 많지 않았기 때문에 경비원 오 씨는 여름이면 휴가를 항상 반납하고는 이때 비축한 기간을 신년휴가와 묶어 푸랭이섬으로 와서 낚시로 시간을 보낸다고 했는데, 금년에는 빌딩 내장공사가 잘못되어 휴가가 지연되는 바람에 좀 늦게 들어왔다고 했다. 이상하게도 그는 푸랭이섬과 전생에 무슨 인연이라도 몰래 맺었는지 같이 온 사람들은 모두 허탕 치더라도 오 씨만은 항상 톡톡한 재미를 보았고, 어느 골 어느 자리에 앉아도 그에게는 꼭 고기가 붙었다.

　하지만 호사다마라는 말마따나 그는 근년에 와서 사고도 많이 당했다. 젖은 솔잎을 밟아 미끄러져 발목이 삐는 정도야 보통이었고, 3년 전에는 촛불이 쓰러져 천막이 불타는 바람에 얼굴이 온통 심한 화상을 입어 성형수술까지 해야 할 지경이었다. 푸랭이섬 감생이를 너무 많이 잡아 고기의 씨가 마를까 봐 걱정이 된 용왕님께서 오 씨를 못 오게 하려고 혼내는 모양이라고 모두들 한 마디씩 했지만, 정작 오 씨는 이듬해에도 상당히 울퉁불퉁해진 얼굴로 어김없이 이곳을 찾아왔으며, 들어온 지 닷새째 되는 날 토사곽란을 일으켜 여러 섬으로 흩어진 꾼들에게 식량을 실어다 주는 배를 타고 혼자서 먼저 철수해야만 했다.

　작년에는 먼저 들어온 울산 사람들의 입을 통해 오 씨가 대구에 갔다가 교통사고를 당해 입원했다는 소식이 전해졌다. 그래서 사람들은 푸랭이섬 고기들이 오래간만에 다리를 뻗고 편히 자게 된 모양이라고 농담까지 했다. 그러나 막상 신정연휴가 되자 그는 어김없이 다시 나타났다. 아직 별로 성해 보이지 않는 몸에 목발을 짚고서 말이다. 오 씨는 막상 휴가를 맞았지만 추자가 아니고는 가서 시간을 보낼 마땅한 곳이 없었던 모양이었다.

그래서 추자 본도로 들어오기는 했어도 낚시할 만큼 거동이 온전치를 못해서 그는 절뚝거리고 선착장으로 나가 돌아다니며 낚싯배가 들어올 때마다 남들이 잡아온 고기나 구경하고, 물과 식량이나 연료 따위를 보급하러 나가는 배를 만나면 그것을 얻어 타고 돌아다니며 갯바위에서 아는 얼굴이 눈에 띨 때마다 손을 흔들어주고 "많이 잡았소?"하고는 소리를 질러 대며 여드레 동안의 휴가기간을 다 보낸 다음에야 울산으로 돌아갔다.

"그런 얘기 들었죠?" 한 전무가 웃으면서 말했다. "노름꾼은 돈이 떨어지면 도박을 그만두고, 난봉꾼은 좆기운이 떨어지면 계집을 가까이 하지 않지만, 낚시꾼은 죽을 때 관에다 낚싯대를 넣어 가지고 간다잖아요. 언젠가는 마량에서 의족을 한 사람이 갯바위 타는 걸 봤는데, 이 양반 아예 의족을 떼어 바위에 올려놓고는 뭉툭한 무릎으로 절벽을 턱턱 짚으며 기어올라가는 품이 정말 볼 만하더군요. 나도 낚시라면 꽤 좋아하는 편이지만 그땐 아주 두 손 다 들었답니다. 말하자면 오 씨도 그런 경지에 이른 사람인데, 그 사람 생각하면 자꾸 웃음이 나오면서도, 해마다 사고를 만나는 걸 보니 금년에는 또 혹시 무슨 심한 일이나 당하지 않을까 은근히 걱정되기도 해요."

여섯

족발부리로 들어온 지 이틀째 되는 밤이었다. 한 전무는 오늘 오후에 들어온 울산의 최 노인에게 인사드리러 간다며 저녁을 때운 다음 낚싯대를 챙겨 손전등을 밝혀 들고 어쩌면 오늘밤은 그쪽에서 낚시하며 안 돌아올지도 모르겠다고 하고는 삼봉바위를 넘어 보짓골 두꺼비바위로 가버렸다. 혼자 남은 구찬은 설거지를 끝낸 다음, 똑바로 디딜 공간이 모자라서 발목이 반쯤 옆으로 비틀어질 정도로 비좁은 골짜기를 타고 쪽바위로 내려와 어둠과 함께 앉았다.

자리를 잡은 지 얼마 후에 뼘치밖에 안 되는 살감생이 배되미 한 마리를 올리고는 입질이 끊어지기는 했지만, 구찬은 자리를 옮기지 않고 그냥 앉아서 버티기로 했다. 감성돔은 자꾸만 자리를 옮기며 낚아야 하는 쪽이 한 전무의 원칙이기는 했어도, 아직은 고기 욕심이 별로 없었던 터라 구찬은 그대로 눌러 앉아서 자살여행 생각에 다시 잠겼고, 그래서 자꾸만 자신의 내면으로 점점 더 깊이 파묻혀 들어가기만 했다.

멀리 남쪽 수평선 위로는 제주도의 아득한 불빛이 검은 수평선 위에다 황금가루를 뿌려 놓은 듯 얇은 켜를 이루었고, 구찬은 저 불빛들 속에서 오늘밤 얼마나 많은 신혼부부들이 서투른 성생활의 시작을 위해 노력하느라고 애를 쓸까 상상해 보았다. 그리고 그는 머리를 저었다. 결국 인간은 하찮은 동물이고, 사랑은 번식행위를 도모하기 위한 자기 최면에 지나지 않는다고 생각하면서.

어둠 속에서 시커먼 파도가 끝없이 꿈틀거렸고, 음산한 바닷물의 술렁임 속에서는 집요한 죽음의 율동이 함께 이루어졌다. 은회색 달빛을

50

받은 바위들을 빨아 먹으려는 듯 물결이 덮쳐 오고, 이어서 또 덮쳐 오는 파도. 검고 두툼한 파도의 혀들이 부서져 흩어지는 하얀 거품 속에서는 야광 플랑크톤들이 시퍼런 인광을 검은 물 위에다 뿌리며 차가운 기름처럼 흘렀다. 저 미세한 생명체들은 어둠의 두툼한 액체 공간 속에 묻혀서 기다리다가, 파도에 밀려 물더미가 깨질 때마다 갑자기 광채를 뿜으며 나타나서는, 한참 동안 수면에서 흐르거나 바위에 묻어 반짝이다가 다시 서서히 암흑 속으로 사라졌다.

그리고 소리. 골이 패인 암벽들 사이로 몰려 들어간 파도가 앞을 가로막는 바위덩이에 부딪쳐 분노하며 폭발하는 굉음. 적막의 진공 속에서 이렇게 울리는 포효를 들으면 그는 물이 터지는 폭음은 차라리 침묵이라고 생각하고는 했다. 도시에서 사람들이 말을 하느라고 놀리는 입을 보면 그는 오물거리며 소리를 내는 입술의 동작이 너무나 방정맞다고 항상 생각했었으며, 그런 우스꽝스러운 입놀림을 해서 인간이 의사소통을 위해 내는 소음이 얼마나 많은 거짓과 오해와 추악함을 유발해 내는가를 생각하면, 밤바다의 우렁찬 함성은 웅변하는 침묵이라고밖에는 달리 이름지어 표현할 길이 없었다. 역시 자연은 소리에서도 인간보다 훨씬 아름답고 솔직했다.

무인도의 하늘에는 인간이 오염시킨 공기가 없어서인지 별들이 훨씬 가까이 내려와 매달린 듯 깨끗하기만 해서, 그는 손을 뻗어 별들을 손수건으로 하나씩 하나씩 밤새도록 닦아 놓고 싶은 충동을 느꼈다. 어느 날 밤이었던가, 고삼저수지로 붕어낚시를 갔을 때, 동행했던 한국일보사 도서관장은 술이 좀 심하게 취한 상태로 좌대 바닥에 누워 별이 총총한 여름 하늘을 올려다보면서 자꾸만 이랬었다.

"하늘이 왜 곰보야? 왜 하늘이 곰보가 되었냐고!"

하늘이 어쩌다 저토록 어지러워졌을까 의아해질 정도로 노란 별들이 빽빽한 허공을 우러러보면서 구찬은 자신이 우주의 광활한 암흑 속에 홀로 앉았다는 사실을 다시금 시리게 의식했다. 엄청난 우주, 엄청난 진화의 과정에서 구찬이라는 한 마리의 인간, 그가 기여하는 바가 과연 무엇이었으며, 우주의 얼개 속에서 그가 차지하는 중요성은 또 무엇이었나?

우주와 시간의 시작과 끝이란 어떤 개념일까? 과연 시작과 끝이라는 개념의 존재가 우주에서, 세상에서, 인간의 삶에서 과학적으로 가능한 명제일까? 우주의 시작, 그리고 시작이 시작되기 이전, 아무것도 존재하기 이전에는 무엇이 존재했을까? 구찬 자신의 삶에서는 어떤 새로운 시작이 가능할까?

구찬의 상습적 도망은 삶의 한 토막을 종결하고 다른 시작을 준비하는 행위를 의미했다. 적어도 구찬 자신은 그렇게 믿었다. 아니, 믿었다기보다는 그렇게 되기를 기대하고 바랐었다. 삶의 한 토막이 잘려서 죽어버린다면, 그때 발생한 주검은 다른 삶이 움트도록 밑거름을 마련하는 자양분이 되었어야 옳았다. 그런데 어찌하여 그에게는 좀처럼 새로운 삶이 시작되지를 않는가?

이렇게 무인도의 밤에 와서 홀로 앉으면 그는 자신의 삶이 미세한 구석구석까지 첨예하게 확대되면서 머릿속으로부터 바깥으로 선명하게 뻗어나오는 섬망(纖網)의 촉감을 가끔 느끼고는 했다. 그리고 그는 방황의 바다에 떠서 파도에 밀려 이리저리 떠돌아다니는 자신의 모습이 환각의 눈앞에서 만져질 듯 보였다. 시원하게 말로 표현하기가 어려운 소외감. 자신으로부터도 단절되었다는 절박감. 그래서 질식하는 영혼.

그는 자신을 미워했기 때문에 자신으로부터 단절되었다. 죄의식이 없는 부도덕, 사라진 존엄성, 동물적인 몰락, 나태하고 무방비한 상태로 현실을 살아가는 삶 — 이런 어휘들과 자신을 궁극적으로 결부시켜야만 하도록 무책임하게 살아온 나날들에 대해서 어쩌면 그는 지금 자기 자신을 열심히 징벌하느라고 바쁜지도 모를 노릇이었다. 그래서 그는 방황하는 그의 영혼을 쏟아 버리고, 과거를 지워 버린 삶과 자아를 새로 얻어 어디에서인가 혼자 숨어 몰래 살고 싶은 마음에서 이렇게 자꾸만 도망치는 모양이었다.

어찌하다가 그는 이렇게까지 되었을까? 세상의 어느 은밀한 구석에서인가 꿈이 숨어서 틀림없이 그를 기다려 주리라는 환상이 무너진 까닭은 성숙하는 과정의 한 가지 부작용이라고 쉽게 넘겨버려도 되겠지만, 순진한 상상력에 얹혀 너무나 기름지게 살쪘던 사랑의 해골이 무너지고 나서 이렇게까지 아내를 미워하게 된 마음의 퇴락은 아무리 생각해도 억울하기 짝이 없는 일이었다.

조용조용히 얘기를 나누노라면 영혼과 영혼이 교감을 주고받으며 세상은 온통 새로운 빛깔로 채색되리라던 사랑에 대한 유치하기 짝이 없는 망상 속에서 재명과 결혼한 그는 대단히 빠른 속도로 한 꺼풀씩 환멸의 껍질들을 벗겨 나가기 시작했다. 관념적인 착각을 수정하는 과정에서 자꾸만 그들의 사랑이 산산조각 부서지는 원인이 아내가 아니라 자신의 탓이라는 진실을 환히 알면서도 자존심 때문에, 얼른 잘못을 고치지 못하는 성격 때문에, 그가 타고난 성격 때문에 구찬은 아내

뿐 아니라 자기 자신도 끊임없이 괴롭혔다.

"나더러 어떻게 하라는 말예요?"

언젠가 아내는 기가 막히다면서 이렇게 따지기도 했었다.

"나에 대한 당신의 요구가 좀 지나치다는 생각은 안 드나요?"

아내도 숨이 막혀 이제는 견디기가 힘들다고 했다. 그럴 만도 했다. 재명과 사랑을 학습하는 예식과정을 거치던 시절, 아니, 그녀를 만나기 훨씬 전부터 구찬은 이미 사랑의 개념과 그가 사랑하게 될 여자에 대해서 무척 구체적인 이상을 설정해 놓았었고, 이미 설정된 관념적인 이상에 재명이라는 현실적인 여자가 빈틈없이 일치하기를 바랐으며, 그가 구상한 이상과 그녀가 정말로 일치한다고 믿었다. 결혼해서 둘이 같은 집에서 실제로 살기 시작하기 전까지는.

그는 아내에게서 지나치게 많은 기쁨을 기대하고 요구했었다. 그는 아내가 조용하고 온순한 여자이기를 바라면서 또한 재치가 넘치고 발랄한 소녀처럼 행동하기를 바랐다. 그는 아내가 성녀이기를 바랐고, 그러면서도 그녀가 동시에 창녀처럼 행동하기를 바랐다. 그리고 그는 아내가 창녀처럼 굴면 그것이 천박해서 싫었고, 성녀처럼 굴면 여자다운 맛이 없어서 싫었고, 아내가 뜨거운 피와 욕정의 육신을 지닌 현실적인 여자이기를 바라면서도 또한 정신적으로 현실에 대해서 초탈하기를 바랐고, 성교를 하다가도 그는 내가 이렇게 동물적으로 굴면 아내가 나를 깔보지 않을까 걱정이 되어 슬그머니 숨을 가다듬기도 하고, 그런가 하면 또 어떤 때는 제대로 행위가 안 되면 자신이 사내로서의 구실을 못하는 불능자라고 아내가 속으로 비웃을까 봐 지레 더욱 위축되기도 했으며, 아내가 식탁에서 얘기하다가 입에서 밥알이 튀어나오거나 화장실에 들어가 변을 물로 쓸어내리는 쏴아 소리를 내면 자신도 별수 없는 인간 동물이면서도 아내의 그런 동물적인 면에 대해서 구역질이 났고, 물론 자신도 별로 대단할 구석이 없는 남자에 불과하다는 사실을 빤히 알면서도 여자는 누구에게도 빠지지 않는 미인이기를 원했고, 아내가 전혀 화장을 하지 않기를 바라면서도 동시에 요염한 여자가 되어 주기를 바랐고, 아내가 지닌 인간성이나 성격 따위를 좋거나 나쁘다고 판단해 볼 여유는 아예 자신에게 용납하지 않으면서 그녀가 지니지 못했어도 마땅히 지녔어야 한다고 구찬이 소망하는 면모들에 입각하여 언제부터인가 아내를 심판하고 미워하기에 이르고 말았다.

그러면서도 구찬은 이런 모든 보상을 남편으로서, 그리고 19세기적인 관념에 찌든 남자로서 당연히 기대할 권리가 자신에게 부여되었다고 철저히 믿었다.

그리고 그를 가장 괴롭게 만들었던 사실은 자신의 이런 고착된 관념들이 잘못이라는 점을 어느 누구 못지않게 스스로 잘 알면서도 그런 사고의 궤도를 수정할 능력이 그에게 없었다는 현실이었다. 그의 모든 환멸과 실망이 여자에게 속았기 때문이 아니라 자신의 관념체계에 의해서 오도되었기 때문이라는 원인분석은 잘 하면서도 더욱 점점 더 자신의 세계를 자폐시키기만 하는 현대적 도시성 괴물, 구찬은 자신을 그렇게 해석했다.

이렇게 치열할 정도로 구찬이 자꾸 아내에 대해서 마땅한 이유가 하나도 없이 저항하기 시작하자 아내도 곧 반격을 시작했다. 처음에는 결혼한 직후부터 남편이 왜 갑자기 그토록 냉담해졌는지 이해를 하지 못했다가, 자신이 어떤 해괴한 관념작용에 단계적으로 조금씩 희생되어 왔다는 사실을 어렴풋이 깨닫고 아내는 대단히 분개했다.

"당신이 완전주의자예요 뭐예요?" 아내가 따졌다. "도대체 세상에서 어떤 여자가 당신 비위를 맞추며 같이 살겠어요? 난 숨이 막혀요. 없는 잘못까지 당신이 상상하고 지어내면서까지 나를 미워하니 말예요. 이렇게 나를 바싹바싹 말라죽게 만들지 말고 차라리 나를 한 번 속 시원히 두들겨 패기라도 하세요. 원시인들이 그러듯 말예요."

아내의 항변은 어디까지나 타당했다. 이토록 숨이 막히는 정신적인 고문을 끝낼 사람은 오직 자기 자신뿐임을 알면서도, 구찬은 전혀 아무런 행동을 취하지도 않았고 취할 욕구도 느끼지 않았으며, 그러면서도 그는 진부하기 짝이 없는 도시현상인 '권태'가 그의 삶을 자꾸만 갉아먹는 현실이 억울하고 창피하기만 했다. 구찬은 그렇지 않은 줄을 빤히 알면서도 권태와 실망의 탓을 아내에게로 돌렸다. 그리고 그는 타인과 함께 어울리면서도 필연적으로 느껴야 하는 고독감을 모두 아내의 탓으로 돌렸으며, 이런 고통은 모두가 결혼이라는 전통적인 제도 때문이며, 그의 결혼에서 상대역인 재명이 따라서 이런 복잡한 불행의 원인이었고, 그래서 자신은 결과적으로 손해만 본다는 생각을 갖기에 이르렀다.

부부…, 사랑…, 사랑하는 남녀가 부부로서 같이 살아간다는 행위…. 그리고 부부가 되어 함께 살아가는 남녀의 동거에 뒤따르는 온갖 졸렬한 동작들. 아무런 의미를 담아서 전하지 못하는 한숨과 피곤한 고뇌. 이런 심리활동과 그로 인해서 발생하는 상황들이 얼마나 부질없고 소용없는 짓인지를 깨닫는 순간부터 시작되는 자멸감.

그리고 왜 사람들은 이렇게 답답하게 삶을 살아야만 하는가 한참 속이 상할 무렵에 집안에서는 또다시 지극히 연속방송극적인 재산싸움이 벌어졌다. 비록 타의 반이기는 했지만 치사한 집안싸움에 얽혀 들어가는 아내의 추악한 모습을 절망 속에서 지켜보다가 더 이상 구찬은 견디지 못하고 처음으로 도망치고 말았었다. 그것은 자신의 삶을 스스로 가눌 능력이 없어서 자행한 도망이기도 했다.

구찬이 올라앉은 바위 앞쪽 어둠을 머금은 물속에서 초록빛 야광찌가 슬그머니 옆으로 움직이기 시작했고, 물속에서 고기가 움직이는 어신이 시각적으로 전해질 때면 늘 그러듯이, 구찬의 머릿속에서는 어느새 온갖 잡념과 갖가지 심오한 고뇌와 치사한 감정의 희롱과 모든 사고 활동이 순식간에 중단되었다. 며칠씩이나 계속되던 찌뿌듯한 만성 두통도 사라지고, 갑자기 유리알 밤하늘처럼 맑아진 정신으로 그는 감성돔이 미끼를 쪼아댈 때마다 톡톡 튀는 찌를 지켜보았고, 어느새 심장이 두근거리며 그는 조심성이 많은 물고기를 유인하느라고 조금씩 조금씩 줄을 당겼고, 그러자 미끼가 도망치는 줄 알고 덥석 바늘을 물어 버린 고기가 필사적인 도망을 하느라고 낚싯줄이 물방울을 튕기면서 팽팽해졌다. 초록빛 발광체가 시커먼 바닷물 속으로 주욱 빨려 들어갔다.

옆으로 째며 달아나는 고기의 움직임과 온몸의 신경이 일치된 그는 오르가즘을 느끼며 전율했다. 찌와 더불어, 물속에서 이리저리 도망치는 발광체와 더불어, 눈에 보이지 않는 물고기와 더불어 어둡고도 어두운 바다, 깊고도 깊은 물속으로 빨려 들어가는 환각 속에서 그는 두 번, 세 번, 네 번 자꾸만 자꾸만 오르가즘을 했다. 아무도 없는 어둠의 깊고 깊은 속, 바위에서 이리저리 자리를 옮기며, 고기가 줄을 끊고 도망치지 못하도록 조심스럽게 당기고 조금씩만 여유를 풀어주면서, 그는 삶을 환희하기 시작했다.

일곱

구찬은 아까부터 똥여를 자꾸만 노려보는 한 전무의 날카로운 눈초리 때문에 불안했다.

두 사람이 올라선 돌출바위도 물속의 굴곡과 모양이 꽤 좋아 보였으며 잔물결도 쳐서 고기가 가장자리에 가까이 붙을 만도 넉넉했지만, 웬일인지 벌써 두 시간 이상이나 전혀 어신이 없었고, 그래선지 한 전무는 점점 더 똥여에다 탐욕스러운 눈독을 들이는 모양이었다.

누가 급한 김에 한 덩어리 얼른 싸 놓고 도망간 형세라고 해서 그런 지저분한 이름이 붙은 '똥바위'는 지금 그들이 올라선 뿔바위에서 100미터쯤 떨어진 곳에 있었다. 똥여는 소라껍질 모양으로 꼭대기가 뾰족하여 자리를 옮겨가면서 낚시하기가 썩 편하지는 않았어도 혼자서라면 서너 시간 가량은 겨우 버텨볼 만도 함직한 공간이 보였고, 바위 덩어리는 물이 다 들어오면 7미터 정도만 수면 위에 남고 나머지 밑동은 수면 아래로 잠겼다.

똥여 곁에서는 합수머리가 휘돌아 나가고 주변에서는 물속 바위에 한 차례 걸린 물살이 찰랑찰랑 파도를 일으켰다. 그러면서도 밑걸림이 별로 심하지 않을 듯한 지형이었다. 그래서 어떻게 무사히 건너갔다 나올 재주만 있다면 웬만한 낚시꾼으로서는 분명히 욕심을 부릴 그런 좋은 자리였다. 한 전무는 어제 저녁부터 열심히 물속 지형을 관찰하는 품이 필시 그곳으로 한번 들어가 보고 싶은 눈치였다.

"오래 전부터 나 저기 한번 밟고 싶었어요."

한 전무가 혼잣말처럼 중얼거렸다.

"물속에 잠긴 저 길다란 바위 보이죠? 물이 완전히 빠진 다음에 잘 골라 딛으며 이동하면 얕은 곳은 무릎까지 올라오고, 두어 군데만 허리가 잠기거나, 기껏해야 가슴까지 찰 거예요. 아마."

"그거 무슨 소리예요? 아무리 낚시도 좋고 감생이도 좋지만, 한 전무 뭐 빨리 죽어야 할 계획이라도 세웠나요?"

한 전무는 농담을 담았으면서도 걱정스러운 구찬의 말을 들은 체도 하지 않고 계속해서 뚱여를 살폈다. 그러는 한 전무에게서 구찬은 어떤 섬뜩한 동물적인 집중력을 느꼈다. 먹이를 노리는 본능적인 집중력. 그의 머릿속에는 오직 한 가지 생각, 정말로 오직 한 가지 생각밖에는 없었고, 지금뿐이 아니라 한 전무는 거의 언제나 머릿속에 한 가지 생각밖에 담아두지 않는 사람처럼 보였다. 거추장스럽게 한꺼번에 두세 가지 생각을 한다는 행위를 그의 직선적 사고기능이 도저히 용납하지 않는 듯싶었다.

한 순간에는 오직 한 가지 생각. 이것이 그의 정신적 세포구조였다. 구찬은 한 전무의 그런 면모를 오늘 아침에도 목격했었다. 갯바위로 들어오는 사람들을 네 명 태우고 식수나 석유 따위의 보급품을 여기저기 무인도에 내려 주기 위해 한 바퀴 푸렝이섬을 돌던 갈매기호의 김춘복 선장이 족발부리에서 한 전무의 모습을 발견하고는 반갑다고 인사를 건네려는 의미로 소리를 질러 물었다.

"괴기 많이 잡았소?"

그러더니 자기 딴에는 꽤 중대한 소식이니까 꼭 전해 줘야 되겠다는 생각이 들어서였는지 선장이 덤을 붙였다.

"이라크에서 전쟁이 터졌대요! 헌데 미국 비향기들이 어찌나 많이 몰려가서 싸담인가 뭔가를 묵사발냈는지 전쟁이 며칠 안에 끝나고 말 거라고 테레비에서 그러데요."

한 전무는 그러냐고 건성으로 대답하고는 낚시를 계속했다. 그런데 그의 건성 대답이라는 것도 그냥 건성 대답이 아니라, 마치 선장의 얘기가 그의 귓바퀴에서만 한 바퀴 돌고 사라져 뇌세포에는 전혀 아무런 정보도 전달하지 못했을 때의 그런 표백상태의 무반응이었다.

이라크의 전쟁얘기를 듣고 구찬은 그렇지 않아도 국내외 사정이 여러 가지로 뒤숭숭해서 작년 말에 모두 팔아 치울까 하다가 그동안 손해를 보면서도 차일피일 쥐고 미루며 지금까지 참은 손실이 아까워 차마 처리하지 못한 한국정유 9천 주의 값이 이제는 바닥세로 떨어지겠구나 하고 걱정이 되었고, 당장이라도 청계천 고가도로에서 자동차를 달리다가 떨어져 죽겠다던 자신도 이렇게 중동전쟁 때문에 신경이 쓰이는데 아무래도 중동에서 공급되는 석유와 불가분의 관계인 자동차를 밤낮으로 만지며 밥벌이를 하는 정비공장의 전무가 저토록 태연하게 밑밥 바구니에 담긴 크릴과 갯지렁이만 주물럭거리며 태평일까 의아했다. 그래서 힐끔 눈치를 보며 구찬이 물었다.

"걱정 안 돼요? 전쟁이 터졌다는데."

"왜요? 거기서 터진 전쟁하고 여기서 헤엄쳐 돌아다니는 감생이 입질하고 무슨 상관이라고요?"

60

한 전무는 구찬이 불쑥 무슨 질문을 던지더라도 한 마디로 즉석에서 대답할 준비가 항상 되어서 기다리는 사람처럼, 적절한 반응을 구사하기 위해 곰곰이 따지고 생각하는 일이 통 없었다. 자신이 한 말을 취소하거나 어떤 말에 대해서 뒤늦게 군더더기 설명을 덧붙이는 일은 더더구나 없었다. 때때로 구찬은 그와 선문답(禪問答)을 주고받는 듯한 착각에 빠지기까지 했다. 전쟁과 감성돔의 입질이라는 엉뚱한 화두에 걸려 이번에도 구찬은 멋쩍게 말문이 막혀 한참 동안 멀거니 찌만 쳐다보았다. 그러다가 구찬은 이렇게 세상하고 동떨어져 살아가면 불편할 때가 없느냐는 우문을 다시 한 번 던져보았다.

"불편하기는요. 아무리 이래 뵈도 난 살아가기 위해서 필요한 상식은 다 안답니다."

그의 말은 사실이었다. 직업상으로 필요한 자동차 정비에 대한 지식은 물론이려니와, 그는 자신의 삶에서 상당히 큰 부분을 차지하는 갯바위 생활에 필요한 지식도 완벽하게 갖춘 듯싶었다. 회를 쳐서 먹어야 하는데 식초가 없으면 사이다를 대신 풀어서 초고추장을 만들고, 소금이 부족하면 식기 뚜껑에다 바닷물을 증발시켜 마련하고, 행주가 없으면 깔깔한 쥐치 껍질을 말려 쓰는 요령에 이르기까지.

하지만 지나치게 잘난 체한다는 자격지심에서인지 그는 잠시 후에 슬그머니 설명을 보태었다.

"사실은 세상이 돌아가는 사정을 모르고 지내다가 때 아닌 봉변을 당하는 경우도 없지는 않아요."

한 전무는 그가 당했던 봉변의 구체적인 예를 두 가지 들었다.

첫 번째는 1987년 연초에 두 달 동안 낚시를 하고 서울로 돌아갔을 때 벌어진 사건이었다. 신문은커녕 어떤 정보의 매체도 존재하지 않는 무인도에서 살다가 나간 그는 정비공장의 사장인 형과 경양식집에서 점심을 먹다가 옆자리에 앉은 사람들이 "박종철, 박종철" 해가며 열을 올려 떠드는 정치시사적인 얘기를 우연히 들었다. 그런 정치가의 이름을 한 번도 접했던 적이 없는 한 전무는 무심결에 형에게 "박종철이 어떤 사람이냐"고 물었다. 그런데 그의 당연한 질문이 입에서 떨어지자마자 옆 좌석의 손님들이 쥐죽은 듯 갑자기 조용해지면서 힐끔힐끔 이쪽의 눈치를 살피기 시작했다.

온 세상을 떠들썩하게 만든 박종철 고문사건을 까맣게 모르는 데다가 방금 산에서 기어 내려온 파르티잔처럼 생긴 한 전무의 몰골과 인상이고 보니, 누군가 꽤나 수상히 여겨 식사를 하다 말고 슬그머니 나가 간첩신고를 해버렸고, 그런 바람에 그는 점심식사 현장에서 체포되어 서부경찰서까지 붙잡혀 가는 불상사를 당하고 말았다.

두 번째 사건은 오랫동안 대한민국의 경제적인 제왕 노릇을 했던 삼성그룹의 총수 이병철 회장이 병으로 세상을 떠난 바로 다음 주일에 발생했다. 공장이 좀 바빠서 한 전무는 연휴를 끼고 겨우 한 주일 동안만 갯바위를 타고 나서 새벽 3시쯤 서울로 돌아왔고, 눈을 좀 붙이고 나서 11시에 녹번동 공장으로 나갔더니 어느 정당의 선거운동원 두 명이 공장 직원의 수를 탐내서였는지 점심식사를 같이 하자고 찾아왔다. 3김 1노가 어떻고 해가며 한참 대통령 선거전이 가열되던 시기였다.

은평구청 앞 막국수집에서 소주 한 잔을 곁들여 점심을 먹으며 두 사람은 정비공장 식솔이 40명도 넘으니 그들에게 달린 가족들까지 가능하다면 설득해서 표를 좀 몰아주었으면 하는 눈치였다. 결과는 틀림없이 야당 김 모 후보의 승리가 빤하니까 혹시 도와주지 못하더라도 섭섭해 하지는 않으리라고 여유를 보이면서, 그들은 김 후보가 분명히 당선되리라는 증거로서 여의도 유세장에 몰려들어 열광하던 군중이 시청 앞까지 행진을 벌였던 사건을 제시했다. 그리고 지극히 당연하다는 듯 운동원들이 한 전무에게 이구동성으로 물었다.

"한 전무님도 여의도에 가 보셨겠죠?"

하지만 무인도에서 지내는 동안 그에게는 아무도 정치현황에 관한 소식을 전해 준 사람이 없었고, 그래서 그는 아무렇지도 않게 불쑥 이런 질문을 해버렸다.

"여의도 집회가 언제 열렸는데요?"

그랬더니 두 사람은 갑자기 굳어지면서 말문이 막혔다고 했다. 아마도 운동원들은 그가 한 말을 노골적인 협조 거절의 뜻을 가장 모욕적인 방법으로 전하는 표현쯤으로 받아들인 모양이어서, 묵묵히 식사를 끝내자마자 커피 입가심하러 다방으로 가자는 말도 없이 휙 돌아갔다.

"돌아설 때 그들의 표정을 보니까 꼭 나를 무슨 매국노라고 생각하는 그런 눈치더군요." 한 전무의 쓸쓸한 설명이었다. "하지만 평범한 시민에게는 경우에 따라서 가끔 뭔가 몰라도 되는 권리가 없나요?"

구찬은 한 전무의 이런 태도를 사회현실에 대한 무책임성이나 현실도피로 해석하고 싶지가 않았다. 그러기에는 그가 인간 집단생활의 상식적인 갖가지 공식체계와 너무나 동떨어진 존재였기 때문이었다. 그는 이런 무인도에서 평생을 살아가야 더 잘 어울리지, 아무리 뜯어봐도 성난 인간들이 아우성치고, 20점짜리 정치인들이 장터 뒷골목 깡패들과 비슷한 작태를 벌이고, 집단발작을 일으키듯 온 나라가 거의 발광상태에 이를 지경으로 축구나 정치에만 목숨을 거는 떼거지 문화가 설치고, 살기등등한 차량들이 들짐승처럼 날뛰는 대도시의 길거리하고는 연결지어 생각하기가 힘이 드는 그런 자연아(自然兒)였다.

편리하고 격리되고 냉정한 도시의 집단주택에서보다는 바위와, 파도와, 하늘과, 구름과, 암벽과 더불어 살아가기가 더 편한 사람⋯.

비교적 짧은 기간밖에 같이 지내지를 않았어도 구찬은 자꾸만 한 전무가 답답한 평균치 도시인들과는 어딘가 다르다는 인상을 물리치기가 쉽지 않았으며, 그래서 새로 사귄 무인도의 친구가 주책없이 좋아지기까지 했다. 사람이란 누구를 좋아하거나 싫어하기 시작하면 그의 모든 특성과 일반성까지를 몰아서 좋아하거나 싫어하는 경향으로 기울기가 십상이어서, "제 새끼는 똥도 맛있어 보인다"는 말처럼, 구찬은 어느덧 한 전무의 모든 면을 긍정적인 미덕으로 받아들이도록 길이 들어버리고 말았다.

여덟

한 전무는 서울 공장에서 한참 열심히 일을 하다가도 "손맛이 근질근질해지기만 하면" 시도 때도 없이 당장 구기동 집으로 들어가 짐을 싸서 차에 싣고 이렇게 물을 찾아온다고 했다. 물론 혈통부터가 다른 두 집안 사이에는 생활환경과 가치관의 차이가 뚜렷할 테니까 한 전무를 구찬의 형제들하고야 비교해서는 안 될 노릇이었다. 하지만 구찬은 어쨌든 녹번동에 차려놓은 자동차 정비공장의 주인이 도대체 어떤 인물인지 궁금해지기 시작했다. 회사의 운영과 직원들의 통솔을 걱정해야 할 사장이 동생인 한 전무가 직장생활에서 보여주는 그런 무책임하

64

기 짝이 없는 태도를 왜 말리지 않고 그냥 내버려두는지 소심한 경영인 서구찬으로서는 이해가 가지를 않았다. 그러나 경영원칙을 무시한 한 전무의 '시도 때도 없는' 탈출은 구찬 자신의 상습적인 도망과는 분명히 차원이 다른 행동의 단위였다.

한 전무는 구찬보다 나이가 서넛 아래로 아마 서른 두어 살이 되었음 직했고, 이력서에 포함될 만한 내용으로서는 어느 대학인지는 몰라도 그가 기상학과를 나왔다는 사항 이외에는 사회생활이라든가 교육적인 배경에 관하여 구찬은 더 이상 한 전무로부터 알아낼 방법이 없었다. 사실 구찬으로서는 한 전무가 어딘가 4년제 정규대학을 나왔다는 사실만도 뜻밖의 정보였다. 어느 구석을 봐도 학교를 비뚜로 나와 손에 기름을 묻히며 사회생활을 시작했을 듯싶은 그였다. 그런데 기상학을 전공했다니 구찬으로서는 꽤나 신기해서 그런 학문을 공부해야 할 무슨 특별한 이유나 포부라도 작용했었느냐고 슬쩍 떠보지 않을 수가 없었다.

"낚시하고 싶어서 날씨 공부를 했나요?"

그랬더니 한 전무가 피식 웃으며 이렇게 넘겨 버렸다.

"다 객기로 한번 그래 본 짓이니까 자꾸 따지지 말고 그냥 넘어가요."

얼핏 보기에는 이유나 동기가 없는 행동. 그러나 행동 자체로서 완벽한 의미를 지니는 행동. 그리고 곁눈을 팔지 않는 직선적인 사고의 단편들. 구찬은 그런 요소나 자질들이 한 전무의 삶, 그리고 그의 인간존재 자체를 구성한다고 믿었다. 말하자면 크고 복잡한 생각은 하지 않으며 살자는 신념이 그가 삶을 접하는 자세였다. 그는 사물을 보거나 삶의 현상을 살아가는 태도에서 여러 각도로 독특하고, 내다보는 방향이 확실했다. 그리고 구찬은 이 남자의 머릿속이 어찌나 질서정연하게 잘 정돈되었고 정비와 유지가 얼마나 잘 이루어지는지 깜짝 놀랄 때가 많았으며, 그래서 자신의 비논리적이고 모순된 정신활동이 상대적으로 더욱 구차하게 여겨지고는 했다.

구찬은 한 전무가 낚시하는 자세 자체에서도 남다른 면모를 애써 찾아보고 싶은 충동을 느꼈다. 그의 낚시에서는 멋과 운치가 보였다. 경기를 하다가 공을 넣더라도 어떤 농구선수는 몸놀림이 참 보기에 좋듯이. 무엇이, 그리고 어디가 그렇다고 딱 꼬집어서 얘기하기는 어려웠어도 어쨌든 그의 개별적인 동작과 지속적인 분위기에는 예리한 칼날처럼 깨끗한 뒷맛이 감쳤다.

아슬아슬한 절벽을 타고 돌아다니는 그의 모습 또한 얼마나 완벽하면서도 매혹적이었던가. 필수적인 장비만 뽑아 몽땅 쪽배낭에 꾸려 넣어 간편하게 짊어지고 면장갑을 낀 두 손으로 매달리며 기어올라도 구찬으로서는 발을 헛딛거나 미끄러질까 봐 통 마음이 놓이지를 않아 숨이 차오를 지경으로 경사가 가파른 80도 암벽에서도 한 전무는, 한 손에 고기바구니를 들고 다른 손에는 낚싯대를 두세 개나 펼쳐 든 채로, 마치 평지를 걸어가듯 비스듬히 옆으로 붙어 미끄러져 나아갔다. 그의 갯바위 신발 바닥에 붙은 철못에서는 강력한 흡반이 무수히 말미잘 촉수처럼 뻗어 나와서 바위 표면에 쩍쩍 달라붙기라도 하는 듯 그는 저속으로 허공을 비행했다.

차라리 '푸랭이섬의 원주민'이라고 하면 어울릴 듯싶은 한 전무, 사고력이 지극히 동물적인 단순성을 지닌 이 남자가 점심식사와 설거지를 끝낸 지금까지도 똥여를 공략하려는 집요하고도 섬뜩한 본능으로

66

계속해서 노려보았다. 그리고 구찬은 왜 한 전무가 똥여를 아까부터 탐내기 시작했는지를 나중에서야 이해하게 되었다.

오후로 접어들며 물이 완전히 바뀌어 입질이 적막하게 끊어졌다. 두 사람은 얼마동안 겨울 양지의 노인들처럼 바위에 앉아 햇볕만 쬐며 다시 물길이 휘돌아 물고기의 활성도가 살아나기만 무료하게 기다렸다. 그러더니 갑자기 한 전무는 구찬에게, 해마다 푸랭이 무인도에 들어와 사고를 당하고 나간다는 울산 오 씨가 어제 새벽 배를 타고 닭발고랑으로 들어온다고 했는데, 이왕 고기가 잡히지 않으니까 추가 답사하는 셈치고, 한 번 가서 만나보고 싶지 않느냐고 물었다. 한 전무에게서 온갖 재난의 얘기를 듣고 벌써부터 호기심이 솔깃해진 구찬이 선뜻 따라나섰고, 그들은 절벽을 올라가 닭발고랑으로 넘어갔다.

그것이 말하자면 문제의 시작이었다.

울산 오동석 씨는 보기에도 부담스러울 정도로 키만 홀쭉하게 크고 몸이 깡말라서, 광대뼈가 기분이 나쁠 정도로 튀어나온 인상이 첫눈에 어딘가 좀 재수가 없을 듯한 느낌이 들었다. 온 세상 사람들에게 굽신거리기만 하면서 말단인생을 살아왔기 때문인지는 몰라도, 첫 인사를 나누면서 코펠 뚜껑에다 막소주를 따라 권하는 엉거주춤한 그의 자세도 구찬에게는 그리 기분이 좋지가 않았다. 구찬이 허수아비 왕으로 군림하는 압구정 백화점에도 눈앞에서는 "서 사장님, 서 사장님" 해가면서 비굴한 몸짓을 하다가도 그가 돌아서기만 하면 "양자로 굴러들어 온 주제에 사장은 뭐 말라비틀어진 사장"이냐고 코웃음을 칠 사람들이 얼마나 많을까 하는 지레짐작 때문인지는 몰라도 그는 오 씨가 권하는 아첨 술이 별로 달지가 않았다.

공연히 넘어왔다고 은근히 후회하던 구찬과는 달리 한 전무는 갑자기 사냥하기에 만만한 얼룩말을 만난 암사자처럼 긴장한 표정이 역력했다. 바위 여기저기서 아직 덜 말라붙어 얼룩덜룩한 검붉은 핏자국을 보았기 때문이었다. 낚은 고기를 회로 쳐서 먹으려면 싱싱한 제맛을 살리려고 아가미를 칼로 찔러 고기의 피를 먼저 뽑아야 하는데, 그래서 갯바위가 피로 얼룩지게 마련이었다. 그런가 하면 먹어치우기에 조과(釣果)가 너무 많을 경우에는 잡은 고기를 꾸덕꾸덕하게 말려서 집으로 싸 가지고 가야 하는데, 그럴 때는 썩기 쉬운 내장을 미리 긁어내야 한다. 그렇게 해서 흘린 핏자국이 온통 바위를 뒤덮었으니, 닭발고랑의 검붉은 얼룩은 지난 하루 동안에 얼마나 많은 고기를 오 씨와 그의 동행 윤 사장이 잡았는지를 환히 보여주는 확고한 물적 증거였다.

신이 난 오 씨는 소나기 입질을 받아 라면상자로 하나 가득 감성돔을 올렸다면서, 새벽에는 57센티미터짜리 대물도 걸어 한참 걸려서야 꺼냈다고 잔뜩 자랑을 늘어놓았다.

'대물' 소리를 듣자 한 전무는 눈빛이 달라졌다. 잔챙이 열 마리보다 대물 한 마리를 노리는 승부, 어쩌면 그런 탐탁한 도전이 가능해졌는지도 모르기 때문이었다. 닭발고랑에서 대물이 나왔다면 푸랭이섬 다른 곳에서도 그만한 씨알이 나오지 말라는 법은 없었다. 한 전무는 오 씨와 윤 사장이 권하는 두 번째 소주와 싱싱한 회를 사양하고는 구찬에게 말했다.

"갑시다, 서 사장. 우리도 얼른 가서 하나 땡겨야지."

고랑의 이름 그대로 닭발처럼 갯바위가 삐죽삐죽 뻗어나간 지형이어서 구찬과 한 전무 두 사람도 여기서 한 쪽 구석에 끼어 박혀 그들과 함께 낚시해도 넉넉한 자리이기는 했지만, 그들이 자리를 뜨기로 했던 까닭은 구찬이나 마찬가지로 푸랭이섬에는 처음 들어왔다는 윤 사장이 노골적으로 못마땅해 하는 눈치가 마음에 거슬리기 때문이었다.

방어진 금방의 주인이라고 오 씨가 소개한 윤승환 사장은 둔탁한 얼굴이 펑퍼짐하여 욕심은 많아도 예리한 개성이 철저히 결여된 듯 보이는 남자였는데, 모처럼 줄기찬 손맛을 보는 참에 불쑥 찾아온 그들이 내심으로 달갑지 않았겠고, 사람의 표정을 바늘 끝처럼 선명하게 읽어내는 능력을 지녔던 한 전무는 대뜸 그런 눈치를 채고도 남았다. 더구나 바람이 일면서 파도가 살랑살랑 치기 시작했으므로 한 전무는 어서 족발부리로 돌아가 단단한 자리를 잡아 새롭게 승부를 시작하고 싶어 했다.

서둘러 족발부리로 간 그들은 채비를 바꾼 다음 몇 그루 안 되는 작달막한 소나무가 옹기종기 모인 숲을 지나 겹겹으로 뾰족하게 튀어나온 바위들 사이로 타고 내려가 굴 아래쪽 엉바위로 자리를 옮겨 서둘러 찌를 띄웠지만, 바람의 방향이 달라서인지 입질이 신통치 않았다. 닭발고랑에서부터 갑자기 동작이 훨씬 빨라진 한 전무는 곧 낚싯대를 거두자고 했다. 두 사람은 다시 자리를 옮겨 벼랑을 타고 게걸음으로 통바위까지 내려가 보았다. 바위의 생김새는 퍽 좋았지만 이상하게 이곳도 역시 잡어만 성화를 부릴 뿐 입질이 신통치 않았다. 그들은 엉뚱하게 학꽁치와 노래미만 몇 마리 건져가지고 족발부리로 돌아왔다.

그리고 그때부터 한 전무는 다시 뚱여에 눈독을 들이기 시작했다. 한 전무의 불길한 눈초리에 점점 걱정이 된 구찬은 천막으로 올라가 점심을 짓는 동안 몇 번이나 그의 표정을 살폈다. 그리고는 점심을 먹으면서 물었다.

"혹시 정말 똥여로 들어갈 생각은 아니겠죠?"

한 전무는 대답이 없었다.

그것은 들어가겠다는 의미였다. 구찬이 진지하게 물었다.

"큰 고기 한 마리 잡겠다고 과연 그런 위험한 델 꼭 들어가야 하나요? 목숨까지 걸고 말예요."

한 전무가 잠시 구찬을 빤히 쳐다보았다. 그가 말했다.

"서 사장님은 세상에서 목숨을 걸 만큼 중요한 일이 어디 따로 있다고 생각하세요?"

아홉

다시 새로운 하루가 밝아 아침 태양이 수평선으로 줄줄 녹아내리며 떠올랐고, 물보라에 젖어 빛깔이 무거워진 바위들을 덮어주려고 햇살이 밑으로 번져 내려왔다. 구름의 그림자가 흑초록 바닷물 위에다 거대한 갈색 얼룩을 여기저기 적셔 놓았으며, 주홍빛으로 뺨을 붉힌 구름들 사이를 찌르고 하늘로 뻗어 올라간 눈부신 빛줄기들은 파랗게 벗겨지는 머나먼 우주를 더듬었다.

한 전무는 족발부리가 본디 날물 때의 명당자리라며 들물에 입질이 활발한 자리를 찾아 또 삼봉바위를 넘어가 버렸고, 구찬은 일출경치가 빼어나게 좋은 뿔바위에 혼자 남아 버티고 앉아 물살에 쓸려 휘적거리며 오르락내리락 물마루를 타고 떠다니는 찌를 지켜보았다.

한 전무는 아직 대물을 걸지 못했지만, 자신이 없어서인지 아니면 쓸데없는 만용의 어리석음을 깨달았기 때문인지 아직 똥여에는 들어

70

가지 않았다. 그렇다고 해서 욕심을 완전히 버린 눈치는 아니었다. 폴리네시아 어디쯤에 태어났더라면 평생 바다와 물고기하고 살아갈 테니까 퍽이나 좋아했을 듯한 한 전무는 울산 오 씨의 57센티미터를 구경한 다음부터 잔챙이에는 아예 신경도 쓰지 않았다. 이렇게 오직 대물에 대해서만 나타내는 한 전무의 끈질긴 집념을 보고 구찬은 어느 날 갑자기 그러고 싶어졌기 때문에 1에서부터 1,000,000까지의 숫자를 차례대로 쓰느라고 몇 년이나 세월을 보냈다는 어떤 서양 사람이 생각났다. 다른 모든 일에서는 초탈하고 대범해 보이기까지 하던 한 전무가 커 봐야 겨우 몇 센티미터밖에 더 크지 않을 감성돔 한 마리 때문에 신경이 예민해지는 모습을 보니 참으로 종잡기가 어려운 사람이라고 구찬은 슬그머니 우스운 생각까지 들었다.

그래도 어쨌든 한 전무는 물과 하늘의 이치를 제대로 읽을 줄 아는 사람이었다. 애써 잡은 멋지고 큰 고기를 서울로 끌고 가서 사람들에게 보여주며 "나 이렇게 대단한 물건을 잡았노라"고 자랑하는 꾼들을 그는 매우 어리석다고 생각했다. 크고 좋은 고기는 차라리 시간이 경과하여 뒤따르는 환경의 변화 때문에 맛이 조금이라도 상하기 전에 먹어치워 배에 넣고 가는 편이 현명하다고 그는 믿었다.

"아무리 유명한 일식 횟집에서 내놓는 생선회라고 해도, 어디 갓 잡아 펄떡펄떡 뛰는 고기하고 맛이 비슷하기나 한가요?"

정말이었다. 퍽 잔인한 광경이기는 하지만, 뼈만 발라놓은 감생이나 농어의 머리가 힘없이 들먹이며 부릅뜬 눈으로 노려보는 동안 옆에 앉아서 곱게 썰어낸 생살을 비록 사이다 고추장 한 가지만 곁들여 먹더라도 서울의 최고급 횟요리는 상대가 되지 않았다. 그래서 그들 두 사람은 지난 나흘 동안 잡은 고기들을 저녁마다 큰 놈 순서대로 골라 거의 다 회를 쳐서 소주와 함께 먹어버렸다. 한 전무는 아무리 공을 들여 열심히 대물을 잡는다고 해도 분명히 그것은 누구에게 보여주면서 과시하기 위해서가 아니라 오직 자기 자신을 만족시키기 위해서 들이는 노력일 따름이었다. 그렇다면 헤엄도 잘 칠 줄 모른다면서 구태여 생명을 걸고 그가 똥여까지 건너갈 이유가 무엇이었을까? 아무리 인간의 목숨이 그리 대단치 않다고 하더라도 말이다.

다행히도 오늘은 새벽부터 입질이 지금까지 푸랭이섬에서 그들이 보낸 어느 날보다도 좋아졌기 때문에 한 전무가 똥여로 넘어가지 않더라도 어쩌면 대물을 걸어낼지도 모르겠다고 구찬은 은근히 안심이 되기도 했다. 어젯밤 별들이 유난히 맑게 깜박이는 하늘을 보고 오늘은 어쩌면 바람이 터질지도 모르겠다던 한 전무의 말마따나 첫 들물 때부터 물결이 일기 시작하더니, 바닥이 조금 뒤집혀 일어나 물빛이 부옇게 흐려지니까 마음이 놓인 고기들이 쏠리는 물살 속에서 부지런히 돌아다니며 공격적인 취이(就餌) 활동을 시작했다.

출렁거리며 써레질을 하는 바닷물 속으로 조금씩 잠겨 들어가는 바위들 사이로 소용돌이를 타고 넘으며 떼를 지어 율동하는 망상어나 학꽁치가 손으로 잡힐 듯 가깝게 떠서 놀았다. 잡어의 성화를 뚫고 미끼를 내려보내고 조금만 기다리면, 툭—툭—투둑 감성돔 특유의 어신이 왔다. 고기를 유인하느라고 조금씩 줄을 앞으로 조심스럽게 끌어주면 어느 순간 곰실곰실 찌가 물속으로 빨려 들어가는 듯하다가, 때를 맞춰 냅다 챔질을 하면 "핑!" 소리와 함께 팽팽해진 낚싯줄에서 침을 배앝아 뿌리듯 물방울이 튀었다. 그러면 힘차게 저항을 시작한 물고기가 몸부림치며 깊은 곳으로 처박히고, 한참 끌고 당기다가 지친 감생이가 떠올라 일으키는 하얀 거품이 술렁이는 수면에서 부서지고, 또다시 오르가즘이, 자꾸만 거듭되는 오르가즘이 구찬을 온몸으로 전율하게 만들었다.

두 손이 부르르 떨릴 정도의 흥분감이 거의 두 시간 동안이나 계속되는 사이에 수갑 열 고리에 여섯 마리의 감성돔이 늘어졌고, 망상어나 우럭 따위도 여덟 마리나 주렁주렁 매달렸다. 40 짜리를 걸었을 때는 혼자 한 손으로 뜰채를 대다가 힘이 겨워 고기도 떨어뜨리고 초리대가 잘못 바위 모서리에 걸려 재깍 부러져 나가기도 했다. 그러면 입질이 끊어지기 전에 어서 한껏 손맛을 봐야 되겠다는 생각에 그는 재빨리 낚싯대를 바꿔 채비를 새로 달았고, 혹돔을 노려보겠다는 욕심에 꼴뚜기를 한줌 미끼로 달아 원투용 릴대도 암초지대로 던져 받침대에 걸어 놓았다.

그러다가 물이 다시 바뀌면서 난장을 벌이던 고기들이 조용해지자 구찬은 숨을 돌리며 초코파이 한 쪽으로 허전한 배를 잠시 달랬다. 갯바위에서는 식사하기가 불편한 데다가 운동량이 워낙 많아 배가 쉽게 고팠다.

대충 요기한 다음 그는 본드와 니퍼를 꺼내 부러진 낚싯대를 손질해 보려고 했지만, 아직도 흥분감으로 손이 떨려서인지 제대로 붙지를 않아 포기하고, 점심을 먹으러 한 전무가 돌아오면 고쳐달라고 할 생각으로 바위 턱에 그냥 얹어 두었다. '본드 선생'이라는 별명에 걸맞게 한 전무는 접착제에 관해서라면 일가견이 확실했다. 부러진 낚시 끝대를 순식간에 말짱하게 붙여 놓는 일쯤은 물론이요, 찢어진 천막 자락이나

칼에 벤 손가락 상처에 이르기까지, 무엇이나 틈이 벌어진 곳만 보이면 그는 우선 접착제부터 꺼내들었다.

'본드 선생'도 아침 내내 어디선가 틀림없이 한바탕 손맛을 즐겼겠지 생각하며 구찬은 물고기를 사냥하느라고 파도 위로 정찰비행을 계속하는 갈매기들을 구경했다. 뿔여 주변에서는 새까맣고 미끈한 가마우지 한 마리가 아까부터 혼자 물속으로 냅다 꽂혔다가 다시 올라오고는 했다. 구찬은 새들 가운데 물속까지 쫓아 들어가 사냥하는 가마우지와 농병아리를 참으로 기특하다고 좋아했다. 어쩐지 자신의 한계성을 초월한 존재들 같아서였다. 그래서 그는 잡은 고기를 가마우지가 삼키지 못하도록 목에다 고리를 끼워 고기잡이에 동원하는 일본이나 중국의 어부들을 미워했다.

목을 졸라 먹이를 삼키지 못하게 방해하고는 입 안에까지 들어갔던 물고기를 다시 꺼내 빼앗아 먹는 인간의 잔인성. 그렇다. 인간은 태어날 때부터 본성이 악하고 잔인한지도 모른다. 그렇지 않고서야 구찬은 자신이 설정한 이상형이 아니라고 해서 죄 없는 아내를 벌레 보듯 하면서 그토록 치열하게 미워하지는 않았으리라.

구찬은 아내로부터 멀리 떨어져 서로 다른 공간에서 지낼 때면 조금쯤은 더 타당한 관점에서 자신이 그녀를 심판하는 성향을 보인다는 생각이 들었다. 완충역할을 하는 거리감은 구찬으로 하여금 마음 놓고 자신을 훨씬 객관적인 입장에서 탓하게끔 해주기 때문이었다. 아내가 곁에서 그를 지켜보면 구찬은 그의 치부를 들킬까 봐 자신을 보호하고 싶은 수비본능에 쫓겨 그녀를 솔직하게 평가하는 능력을 상실했다. 그러나 이렇게 떨어진 공간으로 인해서 비록 적용하는 기준이 어느 정도

완화되었다고 하더라도 그가 아내를 파악하는 방법은 '심판'이었지 판단이나 이해가 아니었다. 그리고 그는 자신의 이런 습성에 대해서도 나름대로의 타당성을 제기할 준비도 완벽하게 갖추어놓은 상태였다.

그는 아내, 그러니까 그가 상상했었던 '여자라는 존재'에 대한 실망과 환멸이 결국은 자신의 탓임을 깨닫고 죄의식을 느낀 다음 아내를 이해하기 위해 충분히 노력했노라고 한때는 믿었다. 하지만 그런 노력이 전혀 성공하지 못했던 까닭은 구찬이 아내에 대한 사랑의 불씨를 되살려 보려는 시도를 시작하려던 즈음에 그녀의 또 다른 추악함이 그를 실망시켰고, 그래서 그에게는 죄의식을 느끼지 않으면서도 아내를 계속해서 미워해도 좋을 만한 이유가 저절로 생겨났기 때문이었다. 다시금 싹틀 가능성도 잠재했던 사랑이 굳어질 기회가 없었던 떳떳한 이유라고 구찬이 내세운 핑계는 드디어 재산싸움에까지 뛰어들고 만 아내의 물욕이었다.

열

만일 그가 구찬이라는 이름을 얻어 큰아버지 서봉식의 셋째아들로 입적되는 불행한 사태만 벌어지지 않았었더라면 그의 인생은 무척 단조롭기는 해도 지금보다 훨씬 편안한 마음으로 살아갈 만했으리라고 그는 믿었다. 본명이 '현구'였다가 큰집 형들의 돌림자에 맞춰 "찬"자를 받아서 담아 '구찬'이 되어버린 그는 서울의 마포구 공덕동을 가로지르는 개천에서 오리를 치던 가난한 서봉한의 맏아들로 태어났다. 밑에 둔 두 동생과 아버지가 어느 해 여름 장마에 집 뒤쪽 공동묘지의 축대가 무너져 몽땅 깔려 죽었고, 이런 재앙에 어머니까지도 너무 놀라는 바람에 얻은 이름 모를 병으로 가을에 세상을 떠나 그는 여덟 살이라는 나이에 난데없는 고아가 되어버렸다. 그래서 큰아버지와 작은아버지 다섯 형제가 몇 차례 모여 의논을 벌인 끝에 그래도 형편이 가장 좋은 둘째형님 봉식이 양자로 들여 거두어주기로 합의가 이루어졌다.

그런데 큰아버지 봉식은 형제들 가운데 '형편이 가장 좋은' 정도가 아니라 근근이 먹고 살아가는 다른 형제들과는 달리 사실은 마포 일대에서 손꼽히는 떼부자였다. 38선이 막히기 전에 진남포에서 살다가 아무래도 세상 돌아가는 형세가 심상치 않으니 우선 형제들만이라도 이남으로 내려가자는 결정이 났을 때도 다른 형제들은 겨우 몸에 붙이고 나올 만한 재산밖에 가지고 오지 못했지만 봉식은 몇 차례 남북을 넘나들며 아편장사를 해서 엄청나게 벌어 모은 돈을 숯가마에 꽉꽉 밟아 넣어 세 바리나 나귀 등에 싣고 나와 아현동 고개에다 싸전을 열어 쉽게 정착했다.

그리고는 전쟁이 나서 후퇴하던 인민군이 공덕시장에 불을 질러 폐허가 되는 바람에 사람들이 뿔뿔이 흩어져 버리자, 봉식은 주인이 없어진 빈 땅에다 여기저기 말뚝을 박고 새끼줄을 둘러쳐서 잽싸게 차지했다. 전쟁 당시에만 해도 마포 일대는 시유지 땅이 대부분이었다. 그리고는 쉽게 얻은 땅에다 그는 엉성한 판잣집을 수없이 지어대기 시작했다. 다른 형제들은 그까짓 빈 땅에 판잣집은 왜 그렇게 열심히 짓느냐며 영문도 모르고 웃었다. 하지만 전쟁이 끝난 다음 시유지를 정부로부터 모조리 불하받고 은행돈을 끌어다 상업용 건물 세 채를 짓고 났을 때 봉식은 이미 억대의 돈을 주무르는 부자가 되어버렸다.

이렇게 마포 바닥에서 긁어모은 돈을 가지고 그는 '강남 개발' 초창기에 압구정동과 말죽거리로 일찌감치 진출하여 부동산을 차곡차곡 사들여 오늘날에 이르렀다. 그리고 이런 엄청난 부자의 양자로 들어간 구찬은 나이를 먹어감에 따라 자기도 모르게 자꾸만 위축되기 시작했다. 그의 삶 전체를 누구에게인가 몽땅 빼앗겨서 제 몫이 없는 인생을 빌붙어 살아왔다는 생각이 들어서였다.

구찬이라는 이름이 참 독특하다고 누가 얘기하면 그는, 친아버지인지 양아버지인지를 밝히지 않은 채로, 아버지가 인생에 대한 아홉 가지 찬미라는 뜻으로 그렇게 지어 주었노라고 얼버무리며 넘겨 버리고는 했고, 그의 집안내력을 비교적 소상히 아는 사람들에게는 그의 이름에 담긴 아홉 가지 찬미대상에 "떼돈, 땅, 중국 아편, 술, 여자가 포함되지만 나머지 세 가지는 모르겠다"고 다분히 자조적인 농담을 가끔 했다. 하지만 그는 큰아버지가 이름도 짓기가 귀찮아서 구찬이라고 했다는 자신의 엉뚱한 추측을 믿고 싶었다. 그래야만 그가 생각하는 자신의 삶에 대한 모든 개념들이 일관성을 지니게 되겠기 때문이었다.

구찬이 살아오면서 겪었던 대부분의 가정적인 핍박은 주로 사촌이었다가 호적상으로 친형제가 된 두 형으로부터 받은 고달픔이었다. 큰아버지는 혼자 땅장사를 하러 전국 방방곡곡을 돌아다니느라고 워낙 바빠서 조카들은커녕 자신의 형제들 심지어는 친자식들까지도 별로 곰살궂게 보살필 사정이 못되었다. 그래서 그는 혹시 구찬을 눈여겨 살펴보고 싶었더라도 좀처럼 그럴 만한 겨를이 없었으며, 큰어머니는 생활이 난잡한 남편의 무수한 여자들의 뒤를 캐고 쫓아다니며 싸워대느라고 역시 워낙 정신이 없어서 자식들에게 관심을 분배해 줄 만한 여력이 많지 않았다. 그래서 자연히 구찬은 대부분의 시간을 식모와 하인 아니면 촌수를 계산하기가 복잡한 형제들하고 보내야 했고, 거기에서부터 끝없는 절망이 겹겹으로 쌓여 나가기 시작했다.

그를 괴롭힌 적들의 성분은 퍽 다양한 족보를 구성했다. 큰아버지가 정실(正室)로부터 얻은 자식들 가운데 둘은 병으로 죽었지만, 살아남은 나머지 두 명의 형은 구찬에게 가장 가혹한 주적이었다. 계략과 적개심이 그들에게 별로 뒤지지 않는 누나 하나도 끈질기게 생존했다. 그리고 그를 양자로 들인 한참 후에 큰아버지였던 아버지는 돈암동에다 새살림을 차렸으며, 집안사람들에게는 '매화'라는 기생이름으로 통하던 소실의 몸에서도 딸 하나와 아들 하나가 새로 태어났다. 이들 모두가 구찬의 적이었다. 그리고 정실 자식들은 소실 자식들과 이를 악물고 싸우는 적대관계였다. 거기에서 그치지 않고 정실 자식들은 자기들끼리 항상 아웅다웅 다투었으며, 소실 태생 남매도 서로 사이가 썩 좋은 편이 못되었다. 말하자면 온 집안이 증오의 독을 마시며 무럭무럭 자라나는 잡초밭 같았다.

이렇게 미움이 무성한 잡초밭에서 가장 만만한 화풀이 대상이 구찬이었다. 구찬은 어려서부터 워낙 성격이 맞서 싸워서 누구 하나라도 이겨보려고 하기보다는 차라리 다툼의 자리를 피하려고 노력하던 소극적인 아이였다. 게다가 부모 양쪽 어디에서도 피를 물려받지 못했기 때문에 자신이 그만큼 더 불리한 입장이라는 사실을 구찬 자신은 항상 인식하며 살았다. 그래서 날이 갈수록 소실의 자식들까지도 점점 더 극성스럽게 덤벼 그를 괴롭혔다.

당시에는 어느 집안에서나 형이 심심하면 동생의 귀퉁이를 쥐어박는 짓이 전통이나 풍습처럼 당연하다고 통했으므로 사소한 주먹질은 제쳐둔다고 하더라도, 〈장화홍련전〉이나 〈콩쥐밭쥐〉에서나 벌어질 만한 그런 어처구니없는 구박을 당할 때면 그는 벌써부터 자살이라는 최후의 도피방식을 무척 여러 번이나 생각해 보고는 했다. 그래서 실제로 그는 양잿물을 구해 놓기까지 했지만, 끝내 마시지를 못했다. 실컷 당하기만 하다가 아무런 복수도 못한 채 제 손으로 죽어버렸다가는 오히려 형들이 쓸데없는 인간 하나 아예 잘 없어졌다고 좋아할 모습이 워낙 눈앞에 빤해서 억울하다는 마음이 들었기 때문이었다.

또 한 가지 구찬으로서 무척 괴로웠던 점을 꼽는다면, 학교에 내는 공납금과 책값은 물론이려니와 구슬과 딱지를 사려고 해도 '남의 아버지'에게서 돈을 타내야 한다는 사실이었다. 물론 양부모는 워낙 돈이 많았으므로 그런 푼돈을 가지고까지 구찬을 괴롭히지야 않았지만, 어쨌든 그는 돈을 타 써야 할 때마다 꼭 무슨 구걸을 하는 듯한 비굴함을 느꼈다. 따지고 보면 그것은 구찬이 아무런 권리도 내세우지 못하는 남의 돈이 아니었던가?

그래서 그는 번듯한 옷차림에 푼돈이 아쉬운 줄 모르며 초등학교를 다니면서도 마치 남의 옷을 빌려 입고 남의 용돈을 훔쳐 가지고 돌아다니는 듯한 죄의식에 늘 사로잡혀 만성적인 주눅이 들고 말았다. 마치 나는 내가 아니고, 나는 지금 내가 버티고 사는 곳에 속하지 않기 때문에 누구인가 불쑥 나타나 그를 쫓아낼지도 모른다는 막연한 불안감이 항상 그림자처럼 그를 따라다녔다. 학교에 가서도 그는 가난한 아이들과 부잣집 아이들 어느 쪽에도 끼지를 못했다. 돈 많은 집 아들 행세를 하자니 남의 돈으로 잘난 체한다고 누가 금방이라도 놀려댈지도 모른다는 불안감에 사로잡혔고, 가난한 아이들과 어울리려고 하면 교만한 위선자 취급을 받을 듯싶어서, 마치 우화 속의 박쥐처럼 허공에 뜬 존재가 되어 버렸다.

남의 삶을 공짜로 살아가는 듯 부담스러운 기분, 꾸어 온 인생의 주인공이라는 허탈감을 이렇게 해서 그는 아주 어린 나이에서부터 몸에 익혔다. 그리고 그는 이런 꺼풀만의 삶으로부터 탈출해야 한다는 절실한 위기의식도 거의 비슷한 시기에 느끼기 시작했다. 미처 영글기도 전에 그의 세낸 삶을 몽땅 남에게 도로 빼앗기지 않으려면 그가 살아가는 삶이 자신의 소유임을 증명해줄 만한 근거를 미리 마련해 놓아야 했기 때문이었다. 그는 스스로 살아가는 길을 마련하여 하루라도 일찍 독립해야 한다는 필요성을 깨달았고, 그래서 생각해낸 묘안이 마라톤 선수가 되겠다는 계획이었다.

열하나

자신의 소유라고는 옷을 벗겨 놓은 몸뚱어리뿐이었던 어린 구찬으로서는 타인들이 지배하는 집으로부터 탈출하거나 도피하여 독립할 마땅한 방법이 따로 없었다. 무능한 초등학생의 행동반경은 그렇게 좁았다.

그러다가 언제인가부터 그는 권투선수가 되어 볼까 하는 몽상에 가끔 빠져들고는 했다. 장갑을 한 켤레 사서 끼고 지극히 간소한 의상만 걸치면 더 이상 아무 도구나 장비가 필요하지 않을 테니까 돈이 별로 많이 들지 않으리라는 단순한 계산에서였다. 하지만 뭇사람들에게 두들겨 맞아 가며 돈을 번다는 상황이 형제들로부터 구박받는 현실 못지 않게 비참하리라고 여겨졌을 뿐 아니라, 아무래도 남을 폭력으로 이겨야 한다는 부담이 소심한 그에게는 너무나 컸었기 때문에 권투계획은 곧 포기해 버렸다.

구찬에게 두 번째 계획을 구상하도록 새로운 희망을 준 사람은 담임 선생이었다. 초등학교 4학년이 되었을 때 선생은 조회시간에 마라톤 선수 손기정을 민족의 영웅이라고 불렀다. 그래서 구찬은 만일 마라톤 선수가 되어 올림픽에 나가 금메달을 따기만 하면 인생에 대한 그의 모든 고민이 한꺼번에 싹 쓸려 없어지리라고 상상하기 시작했다. 금메달이라면 상금이 많을 테니까 집을 나가 혼자 살림을 차려 살면 되겠고, 못된 형제들은 민족의 영웅이 된 그를 새로운 눈으로 다시 보겠고, 수많은 사람들이 그를 무척 존경하겠고, 나라에서 무슨 포상금이 나올 모양이니 죽을 때까지 먹고 살 걱정도 할 필요가 없었다. 더구나 권투처럼 장갑조차 살 필요가 없었다. 혼자 피를 쏟을 정도로 무작정 죽어라고 뛰기만 하면 되리라는 생각에 그는 마라톤을 시작했다.

그는 뛰기 시작했다.

처음에는 식구들이 아무도 모르게 그는 새벽에 집에서 빠져나와 아직 자동차들이 별로 나와서 다니지 않는 전찻길을 따라 달렸다. 마음속에서 피를 줄줄 흘리며 그는 달리고 또 달렸다.

요즈음 사람들은 피둥피둥한 기름을 몸에서 빼느라고 사치스럽게 돈을 내고 체육관 안에서 제자리 달리기를 하지만, 구찬의 새벽 달리기는 머나먼 곳으로 벗어나는 탈출을 위한 하나의 필사적인 몸부림이었다. 그는 어서 빨리 올림픽에 나가 세계 신기록을 수립해야만 했다. 그래서 그는 날마다 뛰었다. 비가 내려도 뛰고, 눈이 펑펑 쏟아져도 뛰고, 아스팔트 복사열에 숨이 턱턱 막혀도 뛰고, 봄철 모래바람이 불어도 그는 하루도 빠지지 않고 뛰었다. 나중에는 형들이 그의 새벽 달리기를 알아내고는 "너 뭐 하냐, 그렇게 힘 뺄 일이 없으면 마포 종점에 나가 새우젓이나 사서 지고 와라" 하면서 웃고 놀리거나, 운동화를 감추고 장난을 쳐도 구찬은 전혀 아랑곳하지 않고 계속해서 달렸다. 언젠가는 너희들 모두 내가 왜 이러는지 깨닫게 될 날이 오리라고 다짐하면서.

구찬은 새벽이면, 아침을 먹고 학교로 가기 전에, 아현동 고개에서 출발하여 길거리 시계탑에서 시간을 확인해 가면서 마포 전차종점까지 뛰어갔다 왔고, 어떤 날은 굴레방다리를 지나 모래내까지 갔다 오기도 했고, 뛸 기운이 좀 부치는 날이나 저녁에 시간이 날 때면 다리에 힘을 붙인다고 무작정 여기저기 걸었다. 아현동에서 마포 전차종점을 지나 전도관 앞을 돌아 원효로로 꺾어들어 효창공원을 거쳐 도화동 고개를 넘고 다시 만리동 고개를 넘어 집까지 한없이 걸었으며, 또 어떤 때는 아현동에서 신촌을 지나 봉원사로 올라가 잠시 숨을 돌리고 송정내에서부터 기찻길을 따라 당인리 발전소까지 갔다가 동막으로 해서 집으로 돌아오기도 했다. 그러나 며칠, 몇 주일, 몇 달, 아니, 몇 년 동안 혼자서 훈련을 쌓았어도 2시간 29분 19초 2는커녕, 멀찌감치서 나마라도 비슷한 기록을 구찬은 올릴 재주가 없었다. 아무리 걷고 뛰어도 소용이 없었다.

어느덧 그는 중학생이 되었고, 형제들까지도 그의 달리기에 지쳤는지 더 이상 놀리거나 신경조차 쓰지 않을 정도가 되었을 무렵에, 구찬은 다시금 억울하고 비참한 기분이 들기 시작했다. 자신의 신체적인

능력으로서는 금메달을 따서 인생고뇌의 모든 해결을 한꺼번에 얻어
내기가 어렵겠다는 한계성을 인식했기 때문이었다. 고등학교 2학년이
었던 어느 가을날 새벽에, 효창공원에 혼자 쭈그리고 앉아 한참 곰곰
이 따져 본 다음에, 그는 마라톤 계획을 포기했다. 그날 아침의 허전
하고 참담했던 기분은 지금까지도 그의 기억에 생생했다.

아마 그때부터였으리라고 생각되지만, 스스로 돈을 벌어 무엇을 당
당하게 구입하여 소유하는 권리와 기쁨을 언젠가는 누리게 되리라는
기대가 서서히 무너지기 시작한 무렵부터, 그는 더욱 일그러진 눈으로
세상을 파악하기 시작했다. 세상의 어떤 미미한 대상도 차마 똑바로
보고 받아들일 용기가 없어졌기 때문이었는지도 모른다. 어쨌든 자신
의 무능력을 인식함으로써 비롯된 수치심과 열등감은 존재하지 않는
어떤 보상을 강제로라도 받아내야 한다는 집요한 욕구로 변했다.

그는 복수를 원했다. 그가 손해를 보았거나 누리지 못한 모든 정상
적인 대상과 상황에 대해서. 그에게 용납되지 않은 모든 개념에 대해
서. 그리고 그는 자신을 괴롭히는 일상적인 억울함에 대해서 누군가
다른 사람이 물어내야만 한다는 당위성을 자신에게 납득시키는 데 쉽
게 성공했다.

절망과 좌절 속에서 사춘기를 보내면서도 그러나 그는 자신이 기울
이려는 능력이 미치는 최선의 노력만큼은 소홀히 하지 않았다. 그가
아는 노력의 방법이 그것뿐이었기 때문에 그는 학교 공부를 열심히 했
다. 하지만 뒷구멍으로 돈을 좀 쓰기만 하면 대학 졸업장을 마련하기
가 지극히 간단한데도 곧이곧대로 공부를 열심히 해서 대학에 들어가
는 속 좁은 사람들을 한심하게 생각했던 집안 식구들은 구찬이 아무리

공부를 잘 해도 성적표를 보고 싶어하거나 칭찬을 늘어놓는 사람이 없었고, 오히려 기껏 학교 훈장이나 되어서 언제 돈을 벌겠느냐고 딱하다는 표정을 짓기가 십상이었다.

남에게서 세낸 인생, 어디선가 꾸어다 쓰는 삶…, 구차하게 가불을 해서 억지로 존속시키는 존재에 불과하다고 자신을 인식하던 구찬은 어서 출세하고 성공해서 모든 빚을 갚아야 한다는 초조하고 불안한 의무감과 강박관념에 쫓겨 대학의 전공과목도 그냥 "다른 식구들의 귀에 멋지게 들리겠지" 하는 단순한 이유에서 경영학을 택했다. 그런 답답한 분야의 학문을 배워 어디에 어떻게 써먹을지 전혀 아무런 대책도 없이.

만일 구찬에게 자신의 삶을 마음대로 선택해서 살아가는 자유가 주어졌더라면 그는 음악을 공부했을지도 모를 일이었다. 몸과 마음이 온통 찌들어 살아가면서도 그는 어렸을 때부터 유난히 노래를 잘 불렀고, 고등학교에서는 밴드부에 들어가 트롬본을 불었으며, 비록 어느 수준인지 스스로 판단하기는 어려웠지만 그에게 음악적인 소질이 꽤 많았던 사실만큼은 분명했다. 하지만 음악이라면 술을 마시며 기생더러 부르도록 시키는 노래 정도로밖에는 이해하지 못했던 양아버지에게 성악을 공부하러 대학에 가겠다는 말을 차마 꺼낼 엄두를 내지 못했다. 그나마 구찬이 취미로 성악을 배우고 싶어서 개인교습을 받아 보겠다는 뜻을 비쳤을 때 한심하다고 비웃지 않고 선뜻 돈을 내준 양어머니가 무척 고마울 따름이었다.

워낙 목소리가 좋고 노래를 잘 부르기도 했지만 구찬이 가곡이나 아리아를 즐겨 불렀던 까닭은 어쩌면 노래라는 형식이 한 쪽으로만 전달하는 표현이요 선언이라는 특성을 지녔기 때문이었는지도 모른다고 그는 자주 생각했었다. 어쨌든 그는 토론이나 반박이라는 부담과 장애가 없이 자신의 목소리로 무엇인지를 일방적으로 표현한다는 행위가 좋았다. 그리고 혜화동 성악 교수에게 교습 받으러 가면 가족으로부터 따로 떨어져 혼자 지내는 시간이 그만큼 더 많아진다는 해방감이 참으로 좋았었다.

아무튼 그는 대학으로 가서 전혀 즐겁지도 않고 쓸모를 스스로 찾을 길이 없는 경영학을 배웠고, 어영부영하다가 학교를 졸업했다. 그러는 사이에 그는 심재명을 만나 결혼했다.

졸업하고 나서 당연히 사회로 진출할 차례가 되었고, 그래서 구찬이 취직하려고 여기저기 기웃거리니까 양아버지가 역정을 냈다. 경영학을 전공했으면 사업체를 경영할 생각을 해야지 취직은 뭐 말라 죽은 소리이며, 또 취직한다고 해도 집안에 일자리가 얼마든지 많은데 구차하게 왜 남의 집은 자꾸 기웃거리느냐는 얘기였다. 그래서 앞으로 어떻게 해야 좋을지 눈치를 살피며 기다리는 사이에 그는 경영의 실제를 체험으로 배울 겸 두 형의 사업을 쫓아다니며 자질구레한 심부름을 했다.

아버지가 뒤를 조금밖에 밀어주지 않았는데도 맏형은 강남구청 뒤에다 건축자재상을 열어 별로 힘을 안 들이고 돈을 많이 벌었으며, 둘째 형은 성수동에다 중고등학교로 납품하는 책가방 공장을 차려 역시 짭짤한 돈벌이를 했고, 누이까지도 반포에서 옷장사로 톡톡히 재미를 보았다. 형제들이 너도나도 하나같이 쉽게 돈을 버는 모습을 지켜보다가 용기를 얻은 구찬이 나도 사업을 시작하겠노라고 슬그머니 말을 비쳤는데, 양아버지는 집안에서 학교 공부를 제일 열심히 한 학자가 돈벌이에 나선다니 기특해서인지 군말 없이 선뜻 사업자금을 뭉텅 내주었다.

차마 밥장사나 물장사는 얼굴이 뜨거워 못하겠어서 여기저기 나름대로 시장조사를 거쳐서 구찬이 이만하면 색다르고 남들의 이목을 끌리라고 판단내린 사업은 자수정이나 연수정을 가공하여 장신구를 만들어 미국과 유럽에 수출해 보자는 것이었다. 하지만 '남의 돈으로 하는 사업'이라는 부담스러운 관념이 좀처럼 머리를 떠나지 않아 생산, 시장개척, 판촉 등 모든 면에서 소심하고 우유부단하게 굴었던 탓으로 구찬은 영업을 본격적으로 미처 펼쳐보기도 전에 자본금의 절반을 속절없이 날리고는 사업가로서의 미래를 포기하고 말았다.

그래서 남들은 그토록 쉽게 성공하는데 왜 나만 이럴까 하는 참담한 절망감 속에서 구찬이 자기 자신과 아내를 집요하게 대신 괴롭히며 살아갈 즈음에 그를 더욱 깊은 좌절감 속으로 몰아넣는 사건이 터졌다. 양아버지가 칠순을 맞아 잔칫상을 받은 자리에서 껄껄 웃으며 이런 폭탄선언을 했기 때문이었다.

"이거 나도 어느새 고희라는 불상사를 맞았으니, 정리할 일들은 서둘러 정리하고 새끼들한테 재산분배도 해줘야 되겠어. 다른 집안들처럼 내가 죽은 다음에 유산을 놓고 자식들이 서로 싸우는 꼴은 보고 싶지 않으니까 말이야."

이때부터 형제들 간의 살기등등한 암투가 치열하게 벌어지기 시작했다. 뜯어먹을 고기가 그만큼 많으니 그럴 수밖에 없었다.

열둘

　양아버지는 가능한 한 집안에서 불화를 일으키지 않고 적절히 재산을 분배하고, 특히 그가 아끼는 돈암동 남매에게 탐탁한 물건 하나씩은 틀림없이 돌아가게 하려고 나름대로 무척 머리를 쓰기는 했는데, 워낙 재산이 많고 보니 그것은 생각처럼 쉬운 일이 아니었다.

　사람의 욕심이란 눈앞에 보이는 재물의 크기에 정비례해서 자라게 마련이었다. 공평하게 없는 살림에서라면 가난한 사람들이 김치 한 사발을 서로 나눠 먹기는 지극히 쉬운 일이지만, 아무리 핏줄로 이어진 부모자식 간이라고 해도 집채 덩어리를 누구에게인가 선뜻 양보하기란 쉬운 일이 아니었다. 저마다 전 재산을 몽땅 차지해야만 속이 시원했을 서 씨 집안의 친자와 서자와 양자가 서로 얽힌 복잡한 상황에서 형제들이 저마다 눈에 핏발을 세우던 경쟁은 지극히 당연한 현상이었고, 그래서 조각조각 알맞게 떼어주며 그들을 골고루 만족시키기란 여간 힘든 일이 아니었다.

　어쨌든 양아버지는 우선 "내 제사를 맡아줘야 할 상주니까" 하는 대단히 비과학적이고 봉건적인 인습에 따라 장남 호찬에게 모든 재산의 절반을 뚝 잘라 내주었다. 그것은 돈암동 남매에게 돌아갈 재산에 대해서 이의를 제기하지 말아야 하며, 다른 동생이 혹시 군말을 하더라도 방패막이 노릇을 해달라고 무마시키기 위해서 취한 조처였다. 하지만 물론 호찬은 네 채의 상업용 건물과 해운대의 호텔 하나로 만족할 사람이 아니었다.

　둘째아들 경찬과 딸 찬숙에게는 임대용 건물 두 채씩에다 천안에 신

축 중인 상가의 공동 운영권을 얹어 주었다. 돈암동 남매 찬미와 석찬
에게는 나중에 골프장이나 콘도미니엄으로 개발하면 좋으리라는 사업
계획서와 더불어 용평과 울진에 구입해놓은 낙엽송과 잣나무 산을 나
눠 주었다.

구찬에게는 압구정 백화점을 맡겼는데, 장신구 가공 수출업에서 실
패한 그의 불미한 경력을 감안해서인지 유독 구찬에게만은 선뜻 건물
의 등기를 해주지 않았다. 그리고 결국 그것이 집안싸움의 불씨가 되
었다. 전 재산의 절반으로는 아무래도 욕심이 덜 찼던 호찬이 백화점
을 탐내 아버지를 뒤에서 쑤시기 시작했던 탓이었다. 압구정 백화점을
자기에게 넘겨주기만 하면 호찬은 동생 구찬을 월급 400만 원짜리 사
장으로 그대로 앉혀 두어 평생 먹고 살 걱정이 없게 해주고, 무엇이 될
지는 아직 모르겠지만 나중에 따로 사업체를 하나 만들어주기로 각서
라도 쓰겠으며, 백화점은 5년 안에 재산을 열 배로 불려놓겠다고 호언
장담을 했다.

구찬은 재산을 5년 안에 열 배로 불릴 자신도 없었으려니와, 양자의
입장에서 적극적으로 소유권을 주장하고 나설 만큼 배짱이 두둑하지
를 않았고, 그렇다고 그렇게 큰 재산을 섣불리 포기할 자신이 없어서
차라리 양아버지가 어떤 확고한 결정을 대신 내려주기만 바라며 우물
쭈물 시간을 보냈다. 그러자 호찬은 날이 갈수록 더욱 적극적으로 아
버지한테 매달렸고, 이러다가는 어영부영한 남편 때문에 혹시 빈손으
로 밀려나지나 않을까 해서 걱정이 된 아내가 드디어 치사한 재산싸움
에 발 벗고 뛰어드는 사태가 벌어지고 말았다.

구찬은 아내가 시누이나 큰동서와 전화로 "세상에 그만큼 받으셨으

면 됐지 어떻게 이런 경우가 있느냐"면서 싸움을 벌이거나 분에 못 이겨 울기까지 하는 모습을 보면, 아, 어쩌다 아내가 이렇게까지 천박한 여자로 몰락하고 말았을까 하는 참담한 마음이 들기도 했고, 그렇게 되게끔 만든 자신의 무기력함이 미워지기도 했으며, 그에게서 사랑이라는 정신적인 선물을 못 받으니까 물질적인 보상이라도 챙겨두려고 발버둥을 치는 듯한 아내가 불쌍해지기까지 했다.

구찬은 아내가 그렇게 싸우는 꼴이 보기 싫었다. 그토록 비참하고 속물적인 아내의 모습이 보기 싫었다. 그리고 그는 스스로 나서서 힘껏 싸워 사태를 마무리짓지 못하는 자신이 싫었고, 호찬의 동물적인 탐욕이 싫었고, 그까짓 건물 하나 마음 편히 포기하지 못하는 자신의 처지가 싫었고, 실권이 전혀 없는 껍데기 사장이라고 은근히 그를 깔보는 듯한 백화점의 직원들의 눈길이 싫었고, 세상이 싫었고, 세상의 모든 짓거리가 싫었고, 나중에는 아예 집밖을 나서기는커녕 창밖을 내다보기도 싫어졌다.

그러던 어느 날 그에게 "아버지더러 가등기나마 해달라고 졸라보라"면서 잔소리를 늘어놓는 아내의 목소리가 듣기 싫어서, 꾹꾹 밟아 가슴 속에 눌러 넣어 두었던 울화가 갑자기 북받쳐 튀어나오면서, 온 세상에 대한 증오를 어디엔가 쏟아 버리고 싶은 충동적인 분노에 휘말려, 그만 애꿎은 아내의 뺨을 후려갈기고 말았다.

구찬이 아내에게 손찌검을 하기는 이것이 처음이었다.

열섯

압구정 백화점의 상속문제를 놓고 거실에서 천박한 말다툼을 벌이다가 난생 처음으로 남편에게 따귀를 맞고 너무 놀라서 한참 멍하니 구찬을 물끄러미 쳐다보던 아내 재명은 말없이 소파에서 몸을 일으키더니, 조용히 침실로 들어갔고, 조용히 문을 닫았다.

집안이 적막한 달밤의 무덤처럼 고요했다.

그리고는 한참 지난 다음에 방안에서 아내가 숨죽여 흐느껴 우는 소리가 들려 왔다.

선뜻 사과하고 싶지만 자존심 때문에 차마 못하고, 야만인이 되어버린 자신을 죽이고 싶도록 미워하며, 서먹서먹해서 침실을 들여다볼 생각은 엄두도 없어서, 거실과 부엌을 오락가락 바장이면서 담배를 피우고, 짤그랑 소리를 내지 않도록 조심스럽게 병과 잔을 찬장에서 꺼내 거실에 혼자 앉아서 술을 홀짝거리며 마시고, 그렇게 꼬박 뜬눈으로 밤을 새운 그는 동틀 녘에 혼자 짐을 꾸려 차에 싣고는, 퉁퉁 부은 눈으로 잠옷 바람에 말없이 현관에 서서 한심하게 지켜보는 아내에게 "낚시나 갔다 오겠다"고 퉁명스럽게 말하고는, 무책임하게 휑하니 집을 떠났다.

처음에는 이런 경우에 걸핏 그러듯이 어디 가까운 민물 낚시터로 가서 사나흘 머리를 식히고 돌아올 생각이었지만, 구찬은 그가 자행했던 첫 번째 본격적인 도망에서 두 달이 넘도록 집에는 아무런 연락도 하지 않은 채로 고흥군 득량만 바닷가에 숨어서 살았다. 고흥으로의 도망은 주변 현실과 아내에 대한 증오나 반발보다는 어쩌면 자신으로부터의

90

탈출을 위한 시도였는지도 모른다. 그것은 자신의 비굴하고 창피한 존재를 궁극적으로 벗어나거나 떨쳐버릴 길이 없는 바에야 차라리 아무도 보지 못하는 곳에다 숨겨 두겠다는 보호본능의 변이(變異)나 마찬가지였다.

구찬이 찾아간 곳은 몇 달 전 늦가을에 배낚시를 왔다가 며칠 묵었던 외딴 집으로, 잠실에서 봉제완구 수출회사를 하며 곁들여 부동산 투기도 열심히 한다는 사람이 집안식구들과 회사직원들이 여름에 사용하라고 지은 휴식처였는데, 가을 낚싯배의 선장이었던 현지인 신 씨가 맡아서 관리했다. 이곳 수문뒷개 바닷가에는 사람이 사는 건물이라고는 이 별장 한 채밖에 없었다. 소규모 젖소 목장이 올라선 산을 하나 넘어가기 전에는 어디로 전화를 걸거나 신문 한 장 얻어 볼 곳이 없었던 바닷가 별장은 바깥세상으로부터 철저히 단절되어 구찬의 은둔처로서는 참으로 이상적인 곳이었다.

죄를 짓고 도망을 와서 숨어 사는 범죄자나 간첩이 아니라고 동네 사람들에게 안심시켜 두기 위해 구찬은 건강이 좋지 않아 몇 달 쉬러 왔다고 별로 신빙성이 없는 소문을 산 너머 당동부락에다 신승직 선장을 통해 퍼뜨려 놓고는, 별장 안채에다 짐을 풀어 대충 살림을 차려놓았다. 그리고는 햇살이 눈부시고 하늘에는 침묵만이 가득한 텅 빈 바닷가에서 혼자만의 생활을 시작했다. 그의 나이 서른둘이 되던 해 3월 중순에.

바닷가 별장에서의 나날은 구찬에게 모처럼 찾아온 해방기였다. 인간의 때와 얼룩을 잊고, 재산싸움의 소음을 잊고, 같은 공간을 나눠 차지하고 살아감으로 해서 죄의식과 갈등을 일으키는 아내를 잊고, 무엇인가 자꾸만 따지며 살아야 하는 세상을 잊고 …. 당동부락의 수문 뒷개 시절은 물론 대단히 이기적이기는 하지만 구찬 혼자에게만큼은 더없이 편한 삶이었다.

시야에 들어오는 천지 만물에서 눈부시게 반사되는 이른 봄의 햇살과, 잡초 속에서 무더기를 이루며 피어나는 샛노란 밥풀꽃과, 죽은 생명의 석화된 증거물들인 깨지고 부서진 무수한 굴 껍질과 조가비, 겨우 털이 나기 시작한 네 마리의 새끼들을 데리고 조심조심 눈치를 살피며 마당을 지나 우물가로 가는 엄마 꿩과, 앞마당 감나무에 앉아 찌엿찌엿 울어대는 가슴이 빨간 새와, 훈훈한 바람에 살랑이는 풀잎과, 투명한 푸른빛이 감도는 대기와, 산 너머 새마을 확성기를 통해 바람을 타고 흘러오는 "떠나간 그 사람은 지금은 어디쯤 가고 있을까" 라고 탄식하는 애처로운 노랫가락과, 아지랑이 너머 저쪽으로 굽이굽이 산등성이에서 밭일을 하는 나이 많은 여자들과, 나른하게 바다 위에 떠서 통통거리며 돌아다니는 고깃배들과, 쓸쓸한 낙조가 뒤덮인 황금빛 바다와, 은박을 입힌 듯 싸늘한 달빛이 바위들을 뒤덮은 밤, 득량만 바닷가에서 구찬이 살아가던 세계는 이런 조각들로 이루어진 정적과 평화의 세계였다.

이기적으로 평화롭기만 한 세계에서 그는 아침이면 커피를 끓여 손에 들고 마시면서 마당을 거닐고, 낮에는 발바닥에 따스한 모래밭을 거닐고, 부슬비가 내리면 인적이 없는 바닷가를 거닐고, 잎사귀에 바람 스치는 소리가 나는 언덕 오솔길도 거닐고, 암초에 부딪혀 하얗게 깨어지는 파도를 구경하며 방파제를 거닐고, 단조로우면서도 겁나지 않는 생활을 하루씩 군것질하듯 살아갔다. 차를 몰고 가끔 고흥 읍내

로 나가 반찬거리를 사오고, 할 일이 없으면 낮잠도 자고, 부엌 수채
와 화장실 양변기를 청소하고, 빨래를 해서 마당을 가로질러 새하얗게
널어놓고는 혼자 흐뭇해하고, 해초 냄새를 심호흡하며 모래밭에 오글
오글 모여 사는 게들을 잡아다 젓을 담그고, 대문 앞 도랑에서 돌미나
리를 뜯어다 나물을 무치고, 울타리를 따라 쑥갓과 상추씨를 뿌려 농
사를 짓고, 큰 삽으로 모래를 파서 쏙을 잡아다 찌개를 끓이고, 썰물
이 저만치 빠지면 개펄 바위 밑에 숨은 낙지를 꺼내 회를 치고, 제초제
를 뿌린 다음 떨어진 씨앗을 주워 먹으러 모여드는 새를 말총 덫으로
잡아 잔인하게 구워 먹고, 마당에 여기저기 쌓아놓은 두엄 밑으로 모
여드는 지렁이를 입갑으로 잡아 별장 앞 둠벙으로 나가서 붕어나 장어
를 낚아다 매운탕을 끓이고, 갯바위에 나가 앉아 배되미와 놀래기와
가자미를 올려 바위에서 긁어낸 소라고둥과 함께 맑은국을 해 먹고,
밤에는 밤대로 야광 찌불을 띄우고 낚시를 하며 거의 모든 시간을 그는
혼자 보냈다.

그는 네 살 난 민수와 겨우 돌이 지난 민준이 두 아들 이외에는 전혀
사람이 그리운 줄 몰랐고, 정 막걸리 친구가 필요하면 매운탕을 끓여
들고 젖소 목장으로 올라가거나 신 선장과 마을 청년들을 별장으로 부
르기도 하고, 마음이 내키면 발을 벗고 남의 논으로 들어가 동네 모내
기를 돕기도 했다. 그는 어느덧 당동부락 사람이 다 되다시피 해서 산
너머 저수지로 낚시를 가면 길에서 만나는 도덕초등학교 아이들이 아
는 체 꾸벅 인사할 정도였다.

이렇듯 자의에 따른 유배생활을 두 달 가량 하고 난 다음에 구찬은
수미를 만났다.

열넷

당동부락의 수문뒷개 바닷가 별장에서 원시인처럼 구찬이 혼자 평화롭고도 즐거운 인생을 어느덧 두 달이나 보낸 다음이었다.

어젯밤에는 지붕이 들썩거릴 정도로 바람이 심하게 불더니, 부스터를 달고서야 겨우 두 군데 방송이 흐릿하게나마 나오던 텔레비전이 아침에는 화면에서 우글쭈글 고스트 현상이 생겨 눈이 어지러울 지경이었다. 그래서 안테나의 방향을 돌려 맞추려고 마당으로 나간 구찬은 별장 앞 방파제 끝에서 서로 교대해 가면서 사진을 찍어 주는 젊은 두 여자를 보았다. 그들은 선명한 빛깔의 치맛자락을 바닷바람에 팔랑거리며 바위에 올라서거나, 소풍을 간 여고생들처럼 모래밭에 엎드려 사진을 찍었고, 치맛자락을 손으로 감아쥐고 물속에 들어가 서서 사진을 찍고, 그렇게 수문뒷개 주변을 한가하게 오르락내리락하더니, 한 시간쯤 후에 바닷가 자갈밭을 따라 한없이 걸어 올라가서 사라졌다.

신 선장이 냄비에 담아 가져다준 열무김치로 점심을 먹고 났더니 비가 내리기 시작했다. 마침 토요일이어서 텔레비전이 낮방송을 하는 덕택에 구찬은 바깥 걸음을 하지 않고 방안에 누워 게으른 시간을 보냈다. 그러다가 더욱 빗발이 굵어지더니 오후 세 시쯤이 되자 누가 밖에서 대문을 흔들어대는 소리가 났다. 구찬이 마당으로 나가서 보니 아까 수문뒷개 방파제 주변을 돌아다니며 사진을 찍던 두 여자였다. 갑자기 내리기 시작한 비 때문에 우산도 없이 산 너머 민박집으로 가기가 힘드니까 날씨가 걷힐 때까지 별장에서 잠시 피신하면 안 되겠느냐는 부탁이었다. 마당에는 새로 별장을 짓기 전에 땅 주인이 살았던 헌 기와집 한 채가 별채처럼 따로 있었기 때문에 구찬은 그들에게 그곳의 방 하나를 따 주었다.

날이 다 저물었지만 빗발은 더욱 거세지기만 했고, 결국 세 사람은 별장에서 저녁을 지어 같이 먹기로 합의를 보았다. 두 여자에게서 자기소개를 들어보니, 머리를 후투티 추장새처럼 묘하게 일으켜 세운 여자의 이름은 소자였으며 나이가 스물셋이라고 했다. 다른 여자는 이름이 수미였고, 나이는 소자와 동갑이었다. 몇 주일 후에 추장새 소자가 부모를 따라 독일로 이민가게 되어 마지막으로 둘이서 고별의 여행을 위해 주말을 이용해서 소록도까지 갔다가 이제 서울로 올라가는 길이라고 그들은 설명했다. 두 여자는 분명히 동성애를 하는 사이까지는 아니었지만 이상할 정도로 서로 가까운 친구였다. 그리고 그들은 둘 다 아담할 정도로 키가 작았다.

별장에서는 가정용이 아니라 농업용 전기를 논에서 끌어다 썼기 때문에 비가 조금만 많이 내리면 정전이 되고는 했는데, 그날 밤도 예외가 아니었다. 텔레비전이 안 들어오고 창밖은 사방이 온통 캄캄한데 마당 가득히 비만 청승맞게 내리니까, 다른 날이었다면 틀림없이 퍽 우중충한 분위기였다. 하지만 오래간만에 그의 생활반경 안으로 젊은 두 여자가 들어와 앉았으니, 구찬은 솔직히 야릇한 죄를 짓고 싶은 자극적인 분위기와 기대감으로 첫 경험을 기다리는 소년처럼 마음이 설레기까지 했다.

나중에 생각해 보니 그는 별장에 비가 내리던 그날 밤에 이미 죄를 지으려는 준비를 시작했는지도 모를 일이었다.

어쨌든 세 사람은 구찬이 부엌에서 찾아낸 일곱 개의 양초 동강을 소주병에 꽂아 집안 여기저기 돌아가며 켜 놓았고, "모처럼 여자가 지어 주는 밥 좀 드시도록 해요"라고 추장새가 나서서 부산을 떨며 차린 저녁을 안방에 둘러앉아 함께 먹었다. 자연스럽게 설거지를 같이 하고 나서 그들은 우선 커피를 끓여 마셨고, 그래도 좀처럼 비가 멎을 기미가 없자 두 여자는 별채에서 밤을 보내기로 합의를 보았다.

구찬은 냉장고에서 맥주와 과자 부스러기를 꺼내 늘어놓았고, 세 사람은 이런저런 얘기를 나누며 시간을 보냈다. 두 여자는 그들이 함께 근무하는 종로의 대형서점과, 넉넉하지 못한 집안사정 때문에 대학을 못 나와서 대신 책이나 실컷 읽어보겠다는 같은 생각으로 같은 일터에서 만나 쉽게 친해진 그들의 관계와, 매장 아가씨들을 틈만 나면 괴롭히는 옹졸한 판매과장과, 얼마 전에 보았다는 한국 영화와, 어제 녹동에서 보낸 저녁과, 소자가 상상하는 독일 생활과, 자살한 독일 여배우 로미 슈나이더와, 지하철에서 슬그머니 비벼대는 치한들과, 수녀가 된 친구에 대한 얘기를 했다.

이곳 수문뒷개에서는 혼자 사니까 언덕 이쪽 바다는 몽땅 영토로 소유한 셈이라면서 수미가 "대감님"이라는 별명을 붙여 준 구찬은 며칠씩 사람을 전혀 못 보기도 하는 별장의 편안한 생활과, 집안의 재산 싸움 때문에 답답한 마음을 이기지 못해서 도시를 버려야 했던 사연과, 결혼을 통해 그가 여자에 대해서 느꼈던 실망과 그리고 그가 부당하게 실망했던 이유, 그리고 아무런 변화가 없어서 아름다운 바다와, 도시의 불빛이 더럽히지를 않아 더욱 총총한 밤하늘과, 물속의 풍성한 생명과, 온갖 사연을 숨기고 살아가는 별들에 대한 얘기를 했다. 그러면서 한참 시간이 지난 다음에는 구찬의 우쿨렐레에 맞춰 세 사람이 "넓

96

고 넓은 바닷가에 오막살이 집 한 채"와 "바람이 불면 산 위에 올라 노래를"과 "동그라미 그리려다 무심코 그린 얼굴"을 노래했고, 내친 김에 구찬 혼자서 "고요한 밤이었다"(Tecea la notte placida) 와 "눈동자 빛나는 그곳"(Dove guardi slendono raggi) 과 "오렌지 향기는 바람에 날리고" 까지 불러 대었다.

포근한 빗소리와, 두런두런 나누는 얘기와, 조용한 웃음 속에서 밤은 자꾸만 깊어 갔다.

두 여자가 다 그랬지만 특히 수미가 그에 대해서 눈에 띌 정도로 관심을 보이기 시작했다는 사실을 구찬이 처음 눈치를 챈 순간은 자정이 거의 다 되어 그녀가 이런 말을 했을 때였다.

"누가 서 선생님더러 손이 예쁘다는 얘기를 하지 않던가요?"

처음에는 수미의 말을 듣고 구찬은 대수롭지 않게 그냥 넘겼다.

"남자가 손이 예뻐 봤자 뭘 해요?"

하지만 그것은 그냥 지나가는 말이나 농담이 아니었다고 강조하려는 듯 수미가 무척 진지한 어조로 다시 말했다.

"아녜요. 정말 예뻐요. 난 저 조그만 악기 위에서 율동하는 선생님의 가느다란 손가락들이 너무나 아름답다고 생각했어요."

그러더니 자신의 돌출된 행동이 마음에 걸리기라도 하는 듯 그녀는 머리를 숙이고 입을 다물었다. 얼핏 무엇인지 두 사람 사이에서 오가는 교감을 눈치 챈 듯 추장새가 친구를 빤히 쳐다보면서 조용해졌다. 그제야 구찬도 어떤 뜻밖의 상황이 방금 벌어졌다는 사실을 깨달았다.

이때부터 수미에 대한 구찬의 상대적인 관찰이 조금씩 이루어졌다. 결코 미인은 아니었지만, 까맣고 작은 눈동자에 어떤 그리움을 담고 살아가는 스물세 살짜리 계집아이. 키가 168센티미터인 구찬의 옆에 서서 설거지를 할 때는 겨우 어깨에 닿을락말락할 정도로 무척이나 작은 여자. 하늘빛 블라우스의 단추구멍 하나까지도 말끔해 보이고, 어렴풋이 비쳐 내보이는 새하얀 브래지어의 어깨끈이 은근하고 상큼하던 그녀는 뾰족한 부리와 발이 무서워서 새라면 무작정 싫어했고, 잘 이해가 안 가는 설명이었지만 "지저분해서" 꽃을 싫어했다. 그리고 수미는 운동화가 항상 깨끗했다. 방금 빨아 넌 광목처럼.

수미는 북쪽 비무장지대로 군대에 간 '오빠'에게 보낸 소포의 영수증과 등기우편 접수증 같은 하찮은 종잇조각들을 차곡차곡 접어 지갑에 넣어 간직해 가지고 다니는 그런 여자였다. 정성스럽게 그런 종이들을 부적처럼 몸에 지니고 다니면 기다리는 사람이 머지않아 찾아오리라는 마음에서 그런다고 했다. 기다림이란 그녀에게는 꿈을 키우는 밭이었다. 가진 것은 초라할 만큼 적을지언정 정성을 다하면 소망이 하나씩 이루어지리라는 지극히 막연한 마음으로 그녀는 무엇이든 기다리기를 좋아했다. 그래서 깨진 빨간 단추 한 개, 경양식집의 성냥갑, 써지지 않는 관광지 볼펜 따위의 추억이 담긴 물건들이 그녀에게는 하나같이 소중한 재산이었다.

그런 '보물'들은 기다림을 꿈으로 채색하는 색연필과 같다고 수미는 말했다. 그래서인지 초라하고 누추할지언정 그녀는 가난한 마음만으로도 삶이 언제나 풍요롭다고 스스로 믿었다. 못 다한 마음의 소리가 알찬 포도송이처럼 영글 시간을 한없이 기다리면서 그녀는 지나간 순간들과 찾아올 순간들로 무수한 동그라미가 겹치는 파문의 무늬를 그려나갔다. 미래는 현재를 이끌어가는 길잡이요 과거는 현재를 잉태하는 밭갈이라고 생각하면서.

그리고 또 많은 얘기를 세 사람은 주고받았다. 추장새도 많은 얘기를 했다. 구찬도 역시 더 많은 얘기를 했으며, 여자들은 네 시쯤 되어서야 안채에 비치해둔 눅눅한 여벌 이부자리를 몇 장 얻어 가슴에 끌어안고 보슬비 속을 장난꾸러기 나비처럼 팔랑팔랑 뛰어 그들의 거처로 건너갔다.

퀴퀴한 홀아비 별장의 온 세상을 가득 채웠던 포근하고 싱싱한 분위기를 몰고 그들이 별채로 가 버린 다음 구찬은 이부자리를 펴고 방바닥에 누워서 짧은 촛불의 눈길이 부끄러운 듯 발그레 홍조를 띤 천정을 물끄러미 올려다보면서 수미가 왜 그의 손을 아름답다고 했을까 궁금해했다. 한 사람의 인상을 구성하는 속성이 얼마나 많은데 왜 하필이면 손이었을까?

키가 훤칠하게 크다거나, 눈동자가 생명으로 빛난다거나, 코가 시원스럽다거나, 입술이 도톰하다거나, 뺨이 탐스럽다거나, 목이 슬프도록 길다거나, 어깨가 우람하게 벌어졌다거나, 허리가 늘씬하다거나, 엉덩이가 매혹적이거나, 다리가 매끄럽다거나 해가면서 사람들은 온몸을 두루 살펴가며 첫인상을 얘기하고, 성격을 분석하고, 인품과 성격을 상상하는데, 왜 수미에게는 하필이면 내 손이었을까?

어쩌면 그것은 어떤 이상한 형태의 고백이었는지도 모른다고 그는 추측했다. 사랑하는 마음을 고백할 때는 거절의 두려움과 불만스러운 반응으로부터 자신을 보호하기 위해 간접적인 대상을 조심스럽게 골라서 완곡하게 표현하기 마련이다. 아니면 무엇인지 가장 먼저 눈에 띈 대상을 비유의 수단으로 삼거나. 그렇다. 바닷가의 외딴 별장에서 혼자 살아가는 남자가 그녀에게는 반야월이 상상했던 '산장의 여인'만큼이나 아름답고 낭만적인 개념, 행복한 슬픔의 개념으로 쉽게 각인되었겠고, 그래서 수미는 노골적이고 공격적인 눈의 표정을 보여주지 않으려고 조심하면서 시선을 낮추었다가 가장 먼저 눈에 띈 우쿨렐레에 얹힌 손을 편안한 비유의 방법으로 선택했겠지 ….

그리고 구찬은 오늘 밤에 수미가 그의 머릿속에 씨앗처럼 뿌려놓은 여러 인상의 조각들을 하나씩 맞지게 점검하여 하나의 포근한 개념으로 정돈했다. 까맣고 작은 눈동자, 스물세 살짜리 계집아이, 고등학교 1학년 때부터 발육이 중단되어 키가 무척이나 작아졌다는 여자, 하늘빛 블라우스의 말끔한 단추 구멍, 브래지어의 새하얀 어깨끈, 새들을 무서워하는 이유, 시들은 다음의 모습이 비참하고 지저분하다며 꽃을 싫어하는 마음, 방금 빨아 널은 광목처럼 깨끗한 운동화.

그리고 ….

군대에 간 젊은 연인에게 보낸 소포의 영수증과 등기우편 접수증을 차곡차곡 지갑에 넣어 간직하는 여자 …. 수미는 군대에 간 '오빠'를 '쌤'이라고 불렀다. 왜 미국 사람의 이름으로 부르느냐고 물었더니, 그녀는 구찬과 그녀의 사이를 가로막은 세대차의 어떤 신기한 지표를 하나 발견한 듯, 축복의 장애물을 만난 듯 즐거운 표정으로 웃었다.

"서 선생님은 나이가 많아서 잘 모르시겠지만요, '쌤'은 우리 뻐둥새 세대에게는 '선생님'이라는 말의 줄임꼴이에요. 쌤은 군대에 가기 전에 절 가르치던 가정교사였거든요. 참, '뻐둥새'는 뭔지 아세요? '뻐꾸기 둥지 위로 날아간 새'랍니다. 나처럼 약간 돌아간 애들을 가리키는 줄임말이죠."

구찬은 군대에 간 수미의 남자에 대하여 갑자기 죄의식을 느꼈다. 마치 수미를 이미 그에게서 빼앗아 두 연인의 사이를 갈라놓기라도 한 듯이. 그러면 안 되는데 ⋯.

이런 자그마한 생각들이 공중에서 물방개처럼 헤엄치며 끝없이 매암을 돌았고, 구찬은 갑자기 수미를 품에 안고 싶다는 이상한 욕망이 꿈틀거리면서 어디선가 속삭이는 소리가 들려오자 덜컥 겁이 났다. 그러면 안 되는데 ⋯. 그러면 안 되는데 ⋯. 그러면 안 되는데 ⋯.

결혼하기 전에는 물론이요 결혼한 다음 지금까지 구찬은 아내 이외에는 다른 여자를 염두에 두었던 적이 전혀 없었다. 하다못해 흔한 술집여자에게 돈을 주고 잠시 즐기는 '오입'조차 범해본 경험이 없었던 구찬이었다. 그런데 만난 지 하루밖에 안 되는 어린 여자에게서 성욕을 느낀다는 갑작스러운 욕구가 그에게는 참으로 납득하기 어려운 사실이었지만, 그래도 어쨌든 그는 수미를 발가벗겨 안고 싶었다. 지나치게 오랫동안 바닷가에서 혼자 살며 여자라고는 얼굴을 보지 못해서 어떤 착시현상을 일으킨 모양이니까, 정신을 차려야지. 그래 정신을 차려야지 ⋯.

이튿날은 별채의 두 여자가 꼭 서울로 올라가야 한다는 일요일이었다. 공상과 술기운으로 노곤해진 몸을 한참 뒤척이다가 다섯 시를 넘기고서야 겨우 잠이 들었지만, 구찬은 아침 일곱 시쯤에 일어났다. 어수선한 여러 가지 꿈이 자꾸 뒤엉키고 이어져 잠을 설쳐서인지 머리가 흐릿하고 뱃속이 묵직하여 몸이 개운치를 않았다. 하지만 창문으로 쏟아져 들어오는 햇살이 미칠 듯 화창했다.

별채가 벌써 궁금해진 그는 얼른 일어나 세수를 시늉만 간단히 하고

는 마당으로 나갔다. 녹동 쪽 거무스레한 산기슭에 엷은 안개 한 자락
이 축축하게 나지막했다. 동쪽 비탈 너머에서 노란 햇살이 부챗살처럼
퍼지며 뿜어 올라왔고, 날씨가 눈부시게 걷혀 나뭇잎마다 맺힌 물방울
이 햇빛을 받아 찬란한 이슬처럼 반짝였다.

검푸른 나무숲으로 울창하게 뒤덮인 동그란 섬들이 수평선을 따라
띄엄띄엄 늘어섰다. 밑을 잘라 버린 듯 바닷물 위에 여기저기 얹힌 작
은 섬들이 오늘은 어딘가 새롭고 달라 보였다. 산은 산이요 물은 물이
며 섬은 섬이라고 날마다 무심하게 보아 넘겼던 여러 섬이 오늘 아침에
는 물속에 몸을 숨긴 여인이 수면 위로 봉긋하게 내민 유방을 닮았다.
거대한 초록빛 브래지어들이 바다 위로 떠올랐다고 잠깐 상상하던 구
찬의 눈에는 어느새 섬의 푸르른 속을 탐스럽게 가득 채운 살빛 젖가슴
만 어른거렸다.

수미와 소자는 아까 벌써 일어나 이부자리를 곱게 정돈하여 별채 툇
마루에 개켜 내놓고는 방파제로 나가 무엇인지 한참 진지하게 얘기를
나누며 오락가락 하염없이 거닐었다. 이별하는 사람들이 주고받는 기
나긴 이야기.

세 사람은 아침을 지어 먹고 나서 지금까지 구찬이 수문뒷개에서 찾
아낸 '비밀의 관광명소' 몇 군데를 구경하며 두어 시간 돌아다녔고, 바
닷가 풀밭에 나란히 앉아서 지금은 기억이 나지 않지만 어쨌든 대단히
많은 얘기를 또 주고받았으며, 간단한 점심식사 후에 두 여자는 바닷
가를 떠났다.

똑같은 남색 등산용 가방을 하나씩 달랑 둘러메고 산을 넘어가는 두
어린 여자의 뒷모습을 멀리서 쳐다보며 구찬은 웬일인지 갑자기 허전

해졌다. 그것은 감미로운 슬픔 비슷한 허전함이었다. 이별의 아쉬움
이 담긴 허전함….

열다섯

　두 여자가 적막한 밤의 어둠을 젊은 목소리로 한바탕 휘젓고 아침
일찍 떠난 다음, 일요일 오후 내내 구찬은 멍한 마음으로 지냈다. 마
당의 잡초를 뽑고, 양말을 빨고, 쓰레기를 태우고, 집안 청소를 했지
만 무엇 하나 일이 손에 제대로 잡히지를 않았다. 그러다가 그는 속이
상할 정도로 너무나 눈부신 햇빛이 아까워서 두 칸짜리 낚싯대를 하나
챙겨 들고 도덕초등학교 옆 저수지로 넘어가 바람에 찰랑이는 물을 쳐
다보고 앉아서 몇 시간을 또 보냈다.

　저녁을 해 먹으려고 다시 산을 넘어오며 보니 들판 위로 어지럽게
흩뿌린 낙조가 무척 쓸쓸해 보였다. 어둠이 내리려고 하니까 마음이
함께 어두워지려고 하는 모양이구나 싶었다.

　별장으로 돌아간 구찬은 창가에 서서 땅거미가 스며드는 언덕의 밭
들을 한참 동안 멀거니 내다보았다. 그러자 학동으로 나가는 소나무
숲 흙길을 따라 혼자 걸어 내려오는 여자가 눈에 띄었다.

　수미였다.

　어쩐지 그녀가 틀림없이 돌아오리라고 아침부터 하루 종일 은근히
기대했던 구찬이기는 했지만, 그의 간절한 예감이 막상 낯익은 여인의
형체를 갖추고 언덕을 걸어 내려오자 구찬은 그냥 반갑다기보다는 어
지러운 현기증이 느껴졌다. 그는 산 밑까지 마중을 나갔고, 두 사람은
마치 이렇게 될 줄 처음부터 알았다는 듯 아무렇지도 않게 다시 바닷가

를 따라 걷기 시작했다.

수미는 사흘쯤 더 이곳에서 머물다 갈 테니까 그녀의 부모와 서점에다 적당히 변명을 해달라고 부탁하면서 광주에서 소자만 혼자 서울로 올려 보냈노라고 했다. 이유는 간단했다.

"선생님하고 조금만 더 같이 지내고 싶어서요. 소자한테는 내일 서점에 출근해서 아무 핑계나 대라고 그랬어요. 내가 여독에 시달려 휴식이 필요해서 뒤에 남았다거나 하는 뭐 그런 꾀병 핑계를 대던지 말예요. 하지만 그런 고상한 얘기를 아무도 믿어주지 않을 듯싶으면 그냥 왜 내가 이곳에 혼자 남기로 했는지 이유를 모르겠다고 해도 되겠고요. 온갖 다른 복잡한 생각들로 워낙 내 머릿속이 분주해서 소자한테 부탁해둘 적당한 핑계가 통 생각이 나지를 않더군요. 어차피 지금의 내 행동이 별로 논리적이지 못한데 결근 이유를 논리적으로 지어내기가 가능했겠어요?"

아침에 구찬을 별장에 남겨두고 언덕을 넘어 민박집으로 가는 동안에 이미 그녀의 머리가 복잡해지기 시작했다고 수미가 말했다. 민박집에서 나머지 짐을 챙겨 용동 군내버스 편으로 학동까지 나갈 때쯤에는 아무런 뚜렷한 이유가 없이 마음이 불안하고 초조해졌다. 그리고는 고흥으로 나가려고 녹동 완행버스를 타고 앉아서 차창 밖을 내다본 순간, 당동을 향해 외롭게 뻗어나간 시골길을 보고 수미의 눈에는 갑자기 눈물이 핑 돌았다.

고흥에서 광주로 나가는 버스를 타고 과역에 이르렀을 무렵까지 그녀는 아침에 느닷없이 찾아온 갑작스러운 슬픔의 정체가 무엇인지 통 이해가 가지를 않았고, 원인을 모르기 때문에 해답을 찾기가 더욱 어려웠다. 그리고는 깨달았다. 이것이 인생에서 몇 번밖에 찾아오지 않는 운명의 순간인 모양이라고.

수미는 여행을 떠날 때면 항상 이번에는 누구인가를 만나리라는 막연한 기대감으로 마음이 설레는 여자였다. 운명의 만남은 틀림없이 길에서 이루어지리라고. 하지만 지금까지 그런 만남은 한 번도 이루어지를 않았다. 그리고 방금 바닷가 별장에서 그런 만남이 마침내 이루어졌지만, 그것이 운명이라는 사실을 알지 못하고 그녀는 어리석은 작별까지 하고 말았다. 자신도 모르는 사이에.

벌교를 통과하면서 그녀는 점점 더 운명의 힘을 강렬하게 느꼈고, 죽을 때까지 두고두고 소중한 추억으로 삼게 될 경험으로부터 자신이 점점 더 멀어져간다는 생각이 들었다. 육감은 그렇게 서서히 믿음으로 바뀌었다. 하지만 구찬이 결혼한 남자라는 현실이 이때부터 그녀의 머릿속에서 윤리와 도덕에 대한 갈등을 일으켰고, 인간의 삶에서 진실로 각별한 순간이 과연 몇 군데나 되느냐고 자신에게 화를 내는 목소리도 어디선가 들려왔고, 어쩌면 짧은 평생 동안 기다리고 기다리던 사람을 이제야 만났는데 왜 하필이면 갈등에 발목이 얽혀야 하는지 잠시 답답했고, 낭만적인 모험이 시작되리라는 육감이 한 쪽 구석에서 다시 불끈 머리를 들었고, 그래서 운명적인 만남의 순간을 상실하지나 않을까 불안한 걱정이 되었고, 이렇게 꼬치꼬치 따지고 생각이 많아지면 세상에 되는 일이 무엇이겠느냐는 마음속의 반란이 끓어올랐다.

사평을 지나고 화순이 점점 가까워지자 수미의 마음이 덩달아 점점 더 조급해졌다. 그리고 광주에서 차를 내린 수미는 얼른 고흥으로 돌아오는 차표를 샀다. 가정을 둔 남자와의 부도덕한 관계라는 전제조건 따위의 따질 일은 나중에 얼마든지 따져도 되겠지만, 일단 별장으로 돌아오지 않고서는 후회할 기회조차 영원히 잃어버리고 말겠다는 판단에 따라서였다.

그렇게 다시 만난 두 사람은 득량만 바닷가 산책에서 돌아와 저녁밥을 지어 마주앉아 같이 먹고, 어젯밤처럼 맥주를 마시며 우쿨렐레 노래도 부르다가, 밤이 늦어 잘 시간이 되었다. 구찬은 군대에 간 수미의 '쌤'이 얼핏 머리에 떠올라 별채에 나가 따로 자라는 뜻으로 벽장에서 이부자리를 꺼내 그녀에게 주었다.

"그럼 이젠 건너가고, 내일 아침에 또 만나요."

수미가 빤히 그의 눈동자를 들여다보면서 잠시 침묵을 지켰다. 그리고는 말했다.

"나 광주에서 돌아오는 버스표를 살 때는 이렇게 안채하고 별채에서 둘이 따로 자겠다는 생각은 하지 않았는데요."

구찬은 어린 여자가 어찌 그렇게 당돌할까 잠시 의아하기는 했지만, 사실은 수미의 공격적인 제안을 은근히 고마워했다. 그는 언제나 여자에게 주도권을 내주고 이끌리기를 몰래 갈망하는 유형의 남자였으며, 결혼을 하는 과정에서 훨씬 적극적인 역할을 맡았던 사람 또한 구찬이 아니라 여자인 재명이었고, 그래서 항상 소극적이었던 그로 하여금 지금 우발적인 간통이라는 범죄행위를 범하고 불륜을 저지를 용기를 북돋우는 그녀가 진심으로 고마웠다. 그녀보다 나이가 훨씬 많은 어른으로서 그가 당연히 부담해야 하는 도덕적 분별력이나 심리를 제어하고 통제하는 책임을 져야 할 죄의식을 어린 소녀가 용서해주었다고 자신을 기만하기가 어렵지 않았기 때문이었다.

수미는 안방에다 두 사람의 이부자리를 나란히 폈고, 참으로 무책임하고도 쉬운 밤이 시작되었다. 여자의 자그마한 몸뚱어리 하나가 그토록 깊고도 한없는 기쁨을 주는 잠재력을 지녔다는 사실에 거듭거듭 놀라며 그는 자꾸만 밤의 정적 속으로 빨려 들어갔다. 그리고 불륜이 시작된 첫 한 시간 동안 왜 아내에게서는 이런 쾌락을 경험하지 못했었을까 구찬은 자꾸만 의아해지기도 했고, 아마도 그것은 수미라는 이름 말고는 별로 잘 알지도 못하는 여자와의 관계에서는 아무런 심리적인 예절을 갖출 필요가 없기 때문인 모양이라고 그는 생각했다.

그렇다. 불륜은 행동을 계산하는 방법 자체부터가 달랐다. 비록 일부러 계산하고 의도한 불륜은 아니었지만, 이렇게 해서 시작된 그들의 은밀하고도 기나긴 관계는 사랑이나 성행위 자체에 대한 변명이나 논리적인 합리화의 과정을 요구하지 않았으며, 신경을 써가며 적절한 순서와 순리적인 절차를 거치지 않고 직접 행동으로 들어가더라도 아무런 제약이나 억압을 받지 않았다.

그리고 구찬은 깨달았다. 구차한 정당화나 설명을 수반하지 않는 솔직한 동물적인 사랑이 차라리 더 순수하다는 사실을. 서로 좋아서 즐기고 기쁨을 나누는 행위, 그것은 행위 자체가 스스로 완벽한 존재 이유였다. 그는 아내에게서처럼 이상을 요구하며 바라던 바가 따로 없었기 때문에 수미에게서는 실망할 원인이 없었고, 모든 순간이 다 뜻밖에 얻은 기쁨이었기 때문에 하나같이 기쁘고 축복이라고만 여겨졌다. 사랑의 심리학에서 이미 한 차례 길고도 힘겨운 실패를 경험했던 구찬으로서는 너무나 쉽게 응해주는, 아니, 오히려 앞장서서 이끌어 주는 두 번째 여자와의 관계는 번거로운 생리적 의무와 동물적 이론 따위는 전혀 따질 필요조차 없는 그런 편하고도 자유로운 사랑이었다.

일요일이 지나고 월요일, 그리고 화요일이 다 가도록 그들은 별장에서 육체를 만끽했고, 싫증이 나면 바닷가로 산책을 나갔다 와서 다시 서로를 탐했다. 밤과 낮을 따로 가리지 않고. 방안에서, 모래밭에서, 달빛 바위 아래서.

그러다가 화요일 밤, 자정이 조금 넘어 기진맥진한 구찬이 어렴풋이 잠들려고 할 때, 수미가 울었다. 소리를 죽여가면서. 어깨를 아주 조금씩 진동하며. 구찬은 깜짝 놀라서, 웬일인지 불길한 생각에 겁이 나서, 주섬주섬 일어나 앉아 왜 그러느냐고 물었다.

수미가 아주 작은 목소리로 말했다. "아무것도 아녜요."

수미는 어깨를 오므리고 그의 품으로 안겨들면서 더 이상 설명을 하지 않았다. 구찬은 그녀가 쌤 오빠에게 죄의식을 느끼기 시작했음을 본능적으로 알았다. 배반을 했기 때문에. 그래서 구찬도 구찬대로 자기 몫의 죄의식을 느꼈다. 공모자로서. 그러나 그녀의 죄의식은 별로 오래가지 않는 듯싶어서, 수미는 다시 한 번 그의 몸을 원하고는 행위가 끝나자마자 곧 깊고도 편한 잠이 들었다.

이튿날 아침 아홉시가 조금 넘어서 구찬이 잠을 깨어 보니 수미의 모습이 보이지 않았다. 남색 여행가방도, 깨끗하고 하얀 운동화도 사라지고 없었다. 그가 잠든 사이에 그녀가 떠나버린 것이다. 그녀는 커피 탁자 위에 쪽지 한 장을 반듯하게 놓아두고 떠났다. 개인회사 경리 직원 여자들이 쓰는 그런 글씨로 또박또박 이렇게 적은 편지를.

서구찬 선생님께,

서로 빤히 얼굴을 쳐다보며 작별인사를 나눈다는 절차가 우리들 같은 사이에서는 어쩐지 어울리지 않을 듯싶어서 주무시는 사이에 이렇게 조용히 떠나려 합니다. 아름다운 시간이었다고 생각해요. 지난 며칠을. 썩 떳떳한 행동이었다고는 생각하지 않지만, 그렇다고 해서 죄의식이나 후회는 없어요. 내가 선택해서 취한 행동이니까요. 그리고 아시다시피 난 처녀의 몸도 아니었으니까 순결이 어쩌고 누가 책임져야 한다느니 하는 따위의 낯 간지런 소린 안할 작정입니다.

하지만 참 이상해요. 한 남자를, 그것도 나이가 열 살도 더 많은 결혼한 남자를 내가 이렇게 순식간에 좋아하게 되다니. 바다와, 별과, 잔잔한 노래, 뭐 다 그런 것들 탓이겠죠. 용감하게 약국에 가서 피임약 한 주일 치를 사서 가방에 넣고 이곳으로 들어오며 나는 내가 왜 갑자기 미쳐서 이런 해괴한 짓을 하는지 스스로 놀랍고 믿어지질 않더군요. 어쨌든 바닷가에서 우연히 만난 남자가 너무 멋있어서 품에 안겨 보지 않고는 그냥 떠나갈 수가 없다는 마음이 들었을 뿐예요. 논리가 성립되는 얘긴지 어쩐지는 모르겠지만요.

여기서 겪었던 일은 예쁜 추억으로 간직하고 싶어요. 그냥 추억으로서만요. 서로 찾으려고 노력하는 일은 없도록 해요. 이런 일이란 길어지면 추해지게 마련이니까요.

　　　　　　　　　　　　　　　　　　　　　　　　수미.

구찬의 죄의식을 말끔히 덜어주려는 의도가 역력했던 수미의 편지는 처음 얼마동안 그의 기분을 홀가분하게 해주었다. 그는 미련조차 느끼지 않았다. 마무리까지 아예 깨끗하게 잘 지었다는 이기적인 안도감뿐이었다.

말하자면 지난 며칠의 짧았던 사랑은 수미가 오래전부터 계획했던 범죄였고, 그래서 구찬은 그녀를 범한 가해자가 아니었다. 그녀는 그들이 두 번째로 함께 지낸 밤에 이렇게 고백하지 않았던가.

　"내 또래 여자애들은 평생 적어도 한 번쯤은 몸과 마음을 다 바쳐가며 미친년처럼 열정적인 사랑을 하고 싶어 해요. 결혼해서 애를 낳고 평범한 일생을 시작하기 전에 말예요. 나중에 아무리 후회하게 되더라도, 죽을 때까지 곱게 간직할 추억을 만들고 싶기 때문이죠. 슬픈 사랑이 아름답다고 느껴지는 이유가 무엇이겠어요?"

　그러니까 수미는 오래전부터 꿈꾸고 소망하던 추억을 만들기 위해 그를 찾아 바닷가 별장으로 돌아왔고, 이렇게 그녀는 자신이 묻혀놓은 흔적을 말끔히 지워버리며 사라졌고, 제자리에 홀로 남은 그는 처음 몇 시간 동안 정말 아무 일도 없었다는 듯 편안한 마음이었고, 오후 늦게 암초대로 원투 낚시를 나갔다. 하지만 구찬 자신은 얼른 시인하고 싶지가 않았어도, 그에게는 이미 커다란 변화가 마음속에서 일어난 다음이었다. 세상만사가 아전인수 격인 변명만으로 쉽고 간단하게 정리가 되지 않는다는 상식을 그는 곧 받아들이지 않으면 안 되었기 때문이었다.

　집으로 돌아와 저녁을 지어먹고 자리에 홀로 누운 그는 어느새 주변의 온갖 상황과 분위기가 흐트러진 듯 자꾸만 불안감을 느꼈다. 그리고 혹시 수미의 체취를 찾아낼까 싶어서 이부자리의 냄새를 맡으려던 그는 두 아들 민수와 민준이가 어떻게 되었는지 갑자기 걱정스러워졌다. 어젯밤까지는 분명히 참으로 벅찬 쾌락의 축복을 누렸는데도, 밤이 점점 깊어지는 사이에 그는 무엇을 얻었다는 만족감이 아니라 오히려 소중한 무엇을 잃어버린 듯 슬픈 기분이 들기 시작했다. 무엇을 잃었을까 따져 봐도 상실감의 원인을 알 길이 없었지만, 어쨌든 가누기 힘든 허탈감이 그의 마음을 흔들어대기 시작했다.

그때까지만 해도 구찬은 아직 모르고 있었다. 사랑이라는 것은, 비록 아무리 육체적인 욕정만의 사랑이라고 해도, 낚시바늘의 미늘처럼 한 번 박히면 쉽게 빠지는 인연이 아니라는 사실을.

길고도 긴 불면의 밤을 지내고 이튿날 아침 방파제로 나가서 바다 위로 떠오르는 맑은 태양을 물끄러미 쳐다보던 그는 아내와 자식을 버리고 이곳까지 도망쳐 와 혼자 숨어서 나는 과연 무슨 짓을 저질렀나 하는 갑작스럽고 소름끼치는 각성의 시간을 거쳤고, 다른 여자를 범한 데 대한 죄의식과, 무너진 이곳의 평화에 대한 초조감과, 이제는 그에게 주어진 부담스러운 삶으로 돌아가야 한다는 막연한 의식에 쫓겨 금요일 오후에 짐을 꾸려 서울로 올라갔다.

열여섯

긴 낚싯대를 옆구리에 낀 채로 비탈바위에 올라서서 훤히 밝아오는 동쪽 수평선을 둘러보고 한 전무가 말했다. "아침부터 모기가 들끓는 걸 보니 비가 한바탕 쏟아지겠어요. 바람도 터질 모양이고."

그렇지 않아도 극성스러운 추자도 모기가 날이 밝아오면서 더욱 맹렬하게 달려들어 옷과 장갑을 뚫고 마구 물어뜯었다. 모기들이 기운을 못 쓰는 1월 한겨울이었어도 구찬은 푸렝이섬으로 들어온 이후 날마다 아침이면 백여 마리씩, 손바닥에 핏자국이 시뻘게질 정도로 모기를 잡았었다. 여름이면 모기들의 성화가 더욱 심해져서, 섬에서는 대변을 보려면 무자비하게 덤벼드는 곤충 떼로부터 연한 엉덩이 살을 보호하기 위해 바닷물 속으로 허리까지 들어가 바지를 벗고 서서 일을 봐야 할 정도였다.

목포로부터 들어오는 배에서 만났던 대구 여자들이 어젯밤에는 벌거벗고 잠들었다가 하반신께나 시달렸겠다고 슬그머니 웃음이 나오면서도 구찬은 음울한 잿빛 날씨가 어쩐지 불안했다. 더구나 어젯밤 그가 부주의한 탓에 천막 밖 물통 위에다 그냥 내버려 두었던 망상어 한 마리를 쥐가 와서 눈알만 뽑아먹은 흉측한 모습을 보고는 어딘가 자꾸만 불안한 예감이 들던 구찬이었다.

그래도 낚시는 잘 되는 편이었다. 날이 밝으면서 물돌이가 시작될 무렵에 곧바로, 바위틈에 박아두었던 릴대의 드랙이 좌르르 풀려나가는 소리를 듣고 천막에서 달려나간 한 전무가 씨알이 퍽 굵고 검붉은 흑돔 한 마리를 한참 걸려서 끌어냈다. 그래서 구찬이 새우 밑밥을 버무려 서너 주걱씩 뿌려주며 좀더 공을 들였더니 떼를 짓지 않고 따로 돌아다니는 습성이 강하다는 감성돔이 어쩐 일인지 한자리에서 35를 넘는 놈으로만 네 마리가 나왔다.

얼마동안은 그래서 낚시에 몰두하느라고 두 사람은 정신이 별로 없었다. 몇 차례 미약한 입질 끝에 얼음낚시를 할 때처럼 시커먼 물속으로 쑤욱 끌려 들어가는 새빨간 오동나무 찌와, 덜컥 고기의 입술이 바늘에 걸리면서 손바닥으로 전해지는 상쾌한 충격과, 휘청거리며 무겁게 휘는 낚싯대와, 물에 젖어 반짝이는 줄이 물고기의 저항을 버티느라고 핑핑 소리를 내며 퉁겨질 때마다 사방으로 튀는 물보라와, 이리

112

저리 필사적으로 달아나는 감생이의 몸놀림과, 팽팽한 낚싯줄 끝에 매달려 올라오며 파르르 몸서리를 치는 찌와, 등가시가 사납게 박힌 지느러미로 물결을 차며 끌려오는 힘찬 감성돔의 쾌감을 구찬은 제법 한참 맛보았다.

그리고는 입질이 드물어졌다. 그는 으슬으슬해지는 몸을 풀려고 되짜리 막소주를 한 병 따서 한 전무와 두 잔씩 주고받은 다음, 건성으로 낚시를 띄우고는 빛깔이 탁해진 물결이 시커멓게 젖은 바위들을 더듬고 물러가는 물돌이를 지켜보면서 입질이 다시 시작될 시간을 기다렸다. 우렁찬 파도의 숨결에 귀를 기울이고, 구름에 뚫린 구멍으로 잠시 황금가루처럼 쏟아지는 햇살을 물끄러미 쳐다보고, 잡고기나 쓰레기를 버리면 주워 먹으려고 꺼욱 꺼욱 울면서 고깃배를 따라 떼를 지어 쫓아가는 갈매기들을 구경하며 무료하게 물고기를 기다리던 구찬은 어느덧 나른한 망상으로 빠져 들어갔다.

아마 이번에는 아내가 신문에다 "사람을 찾습니다" 하는 광고를 내지야 못했으리라고 구찬은 생각했다. 그가 처음 당동부락 수문뒷개로 도망쳤을 때는 집안이 창피하다고 말리는 식구들의 만류에도 불구하고 아내는 신문마다 구찬의 얼굴 사진까지 곁들여 광고를 실었지만, 물론 그것은 아무 소용이 없는 짓이었다. 더구나 지금은 문명과 문화가 닿지 않는 무인도로 들어왔으니까, 그는 세상 밖으로 나온 셈이었다. 하지만 득량만이나 파로호로 도망쳤을 때처럼 그는 가끔 안암동에 사는 대학동창 석진에게 장거리 전화를 걸어 아내와 아이들에 대한 소식을 물어 볼 길이 없었으므로, 섬에서 한 달 이상 지내려면 조금쯤은 답답하리라는 생각을 하던 참이었다.

날카로운 소리가 들려왔다. 여자의 비명처럼 길고도 높은 절망의 소리가 언덕너머 어디선가 아득한 곳으로부터 삐르륵 삐르륵 들려왔다.

처음에는 무슨 이상한 새가 울부짖는 소리인가 구찬이 잠깐 어리둥절했는데, 거듭되는 비명을 다시 들어보니 그것은 누군가 다급하게 호루라기를 불어대는 소리였고, 한 전무는 어느새 낚싯대를 갯바위로 집어던지고 삽시간에 천막으로 뛰어 올라가 굵은 밧줄을 대각선으로 어깨에 두르고는 삼봉바위 쪽 암벽을 기어오르기 시작했다.

"뭐예요?" 구찬이 소리쳐 물었다.

"사고예요. 갑시다."

외딴 섬에서는 누군가 사고를 당해서 도와달라고 소리를 지르는 경우에, 바람이 거꾸로 불 때는 사람의 목소리가 멀리 가지 못해서 호루라기를 불어 알렸다. 그런데 지금 소리가 들려오는 방향으로 미루어 보아 울산 오 씨가 또 당했구나 하는 예감이 덜컥 들었고, 그래서 구찬은 낚싯대를 팽개쳐 놓고는 허겁지겁 한 전무를 따라갔다.

앞장을 선 한 전무는 아침 이슬이 덜 말라 미끄러운 바위를 밟지 않으려고 조심하며, 삭아서 헐거워진 돌멩이를 잡고 몸을 지탱하지 않도록 분주하게 살피고, 남들이 벼랑을 타고 내려가기 위해 오래 전에 설치해 놓았지만 비바람에 삭아서 끊어질지도 모르는 위험한 밧줄 따위를 건드리지 않고 잽싸게 피하며, 날아가는 듯, 미끄러져 나아가는 듯, 두 발에만 체중을 싣고 암벽을 넘어갔다. 그리고 한 전무의 가벼운 몸놀림에 구찬이 다시 감탄하며 정신없이 쫓아가다 보니, 그들은 어느새 닭발고랑으로 내려가고 있었다.

왼쪽 끝 깎아지른 절벽 꼭대기에서는 오 씨 혼자 바위에 올라서서

114

얼굴이 눈물로 범벅이 되도록 엉엉 울면서 미친 듯 호루라기를 불어 대었다. 사고를 당한 사람은 오 씨가 아니라 방어진의 금방 주인 윤 사장이었다. 날씨가 추워져서 몸을 덥히느라고 미련하게 아침 빈 배에 소주를 마시다가 발을 헛디뎌 윤 사장이 7미터나 되는 절벽에서 떨어졌는데, 횡설수설하는 오 씨의 설명을 들으며 두 사람이 내려다봤더니 금방 사장은 바닷물에 찰랑찰랑 한 뼘쯤 겨우 잠긴 편편한 바위 턱에 걸려 큰대자로 팔다리를 쫙 벌리고 엎어진 채로 의식을 잃었고, 시뻘건 피가 그의 주변에 걸쭉한 물감처럼 엉겨 파도와 함께 출렁거렸다. 끔찍한 광경이었다.

"나쁜 놈들예요."

오 씨가 자꾸만 그 말을 되풀이했는데, 두서없는 그의 설명을 정리해 보니까 호루라기 소리를 듣고 근처 보짓골에서 낚시하던 진주 사람 넷이 헛바위를 넘어오기까지는 했지만, 그들도 역시 아침 추위를 잊기 위해 막소주로 조금 취한 김이었는 데다가 상황이 워낙 엄청나고 마침 밧줄도 가지고 오지 않았기 때문이었는지는 몰라도, 겁이 나서 잠시 주춤거리더니 바쁘다면서 도로 넘어가 버리더라는 소리였다.

"무인도에서 바쁘긴 뭘 하느라고 바빠?" 한 전무가 혼잣말처럼 한 마디 툭 내뱉었다. "갯바위낚시 초짜들이니까 겁이 나서 도망간 거지."

얼핏 살펴보니 마침 물이 들어오는 중이어서 어물어물하다가는 죽었는지 살았는지도 모르겠는 윤 사장의 몸뚱어리가 바위 턱에서 물결을 타고 쓸려나가 바다 밑으로 가라앉을 판이었다. 한 전무는 지체 없이 절벽을 조금 기어 올라가서는 소나무 밑동에다 밧줄의 한 쪽 끝을 고리로 만들어 걸고는 빙벽을 내려가는 등반인처럼 갯바위 신발로 바위를 찍어 버티며 미끄럽게 젖은 바위 턱으로 내려갔다. 발목까지 물에 잠긴 채로 한 전무는 이미 죽은 시체처럼 축 늘어진 윤 사장의 두 손을 죄수에게 포승을 짓듯이 밧줄 끝으로 단단히 묶어 자신의 목에다 걸쳐 놓고 들쳐 업더니, 조마조마한 마음으로 지켜보던 두 사람을 올려다보고 소리쳤다.

"끌어올려요!"

세 사람이 한참 끌고 당기며 기를 써서 거의 반 시간 만에 절벽 위에다 올려놓은 윤 사장은 얼굴이 형체를 알아보기 힘들 정도로 부서져 온통 피투성이였지만, 아직 숨은 끊어지지 않아서 호흡을 할 때마다 콧구멍 부근의 피범벅이 푸르륵 푸르륵 방울져 터지고는 했다. 뭉개진 그의 몰골은 차마 인간의 형상이라고 말하기가 어려웠다. 지친 한 전무가 뒤로 물러나 앉아 잠깐 숨을 돌리는 동안 구찬과 오 씨가 수건으로 그의 얼굴을 닦아내려고 허둥지둥 애를 썼지만, 콸콸 쏟아지는 피를 어떻게 거둘 길이 없었다. 그러자 담배 한 대를 어느 새 다 피운 한 전무가 별로 대수롭지 않은 문제를 놓고 무슨 걱정이 그렇게 많으냐고 핀잔을 주는 듯한 목소리로 말했다.

"내가 해볼 테니 잠깐 저리들 비켜요."

한 전무는 피투성이 구찬과 오 씨에게 몸에 지닌 담뱃갑을 모두 꺼내 은박지를 펴놓으라고 지시하고는 윤 사장 옆에 쪼그리고 앉더니 호주머니에서 접착제를 꺼냈다. 본드 선생의 본드였다. 그는 왼쪽 손에 든 수건으로 윤 사장의 얼굴에서 이마의 피를 조심스럽게 훔쳐내고는 닦아낸 자리에다 얼른 접착제를 펴서 발랐다. 미용실에서 계란으로 여자들의 얼굴을 덮어씌우듯.

116

구찬은 한 전무가 참으로 신기한 묘기를 부린다고 생각했다. 분명히 가운데 손가락 끝으로 접착제를 문질러 펴서 피투성이 얼굴에 바르는데, 무슨 마술의 콧기름이라도 발랐는지 한 전무의 손에는 전혀 달라붙지를 않고 윤 사장의 이마에만 얇은 막이 조금씩 덮여나갔다. 그리고는 두 사람이 펴놓은 은박지를 우표처럼 잘라 접착제 위에 가지런히 붙였다.

이마의 지혈이 끝나자 한 전무는 뺨으로, 그리고 턱으로, 이렇게 조금씩 조금씩 얼굴 전체를 접착제와 은박지로 덮어 나갔고, 입으로 쏟아지던 피는 수건으로 재갈을 물려 막았지만, 호흡을 해야 하니까 콧구멍은 그대로 남겨두었다. 그리고 두 콧구멍으로 쿨럭쿨럭 덩어리를 이루며 흘러나오던 피는 오 씨더러 옆에 지키고 앉아 수건으로 닦아 주라고 했다.

이렇게 일차적인 응급조치가 끝나자 한 전무는 그들더러 잠시 기다리라면서 절벽을 기어 올라가 자취를 감추더니, 잠시 후에 기다란 소나무 가지 두 개를 꺾어 가지고 돌아와서 윤 사장의 몸 양쪽 옆구리에 붙여 대고는 밧줄로 칭칭 감아서 이집트의 미라처럼 만들어 놓았다.

거동을 못하는 사람을 왜 그렇게 꽁꽁 묶어놓기까지 하는지 영문을 몰라 구찬과 오 씨가 멍하니 지켜보는 사이에 미라 만들기 작업을 다 끝낸 한 전무는 추위와 눈물로 얼굴이 시퍼렇게 얼어버린 오 씨에게 물었다.

"윤 사장을 후송시켜야 되겠는데, 같은 배로 나가시겠어요, 아니면 남아서 낚시를 더 하겠어요?"

"미쳤어요? 낚시를 더 하게. 윤 사장님을 따라가서 뒤처리도 해야죠. 그리고 또 내 휴가도 내일로 끝나니까 그렇지 않아도 섬에서 나가야 해요."

오 씨의 말이 채 끝나기도 전에 한 전무는 절벽을 올라가 울산 사람들의 천막을 걷고 대신 짐을 싸기 시작했다. 날씨가 점점 더 음산해지는 속에서 오 씨와 구찬이 짐 싸는 일을 도왔고, 한 시간쯤 후에는 철수준비가 다 끝났다. 윤 사장은 서서히 의식이 돌아오는지 콧구멍으로 여전히 피를 들락날락하면서 끙끙 앓는 소리를 내기 시작했고, 정오를 넘기자 구질구질한 비가 조용히 내렸다. 우비도 없이 비를 맞으며 갯바위에 서서 배를 기다리던 구찬은 발가벗고 벌을 서는 기분이 들었고, 드디어 물때가 바뀔 무렵이 되자 출장 낚시꾼들을 새로운 자리로 이동시켜 주려고 낚싯배가 한 척 나타났다.

세 사람은 호루라기를 불고 소리를 질러 저만치 그냥 지나가려던 배에게 비상사태를 알렸고, 드디어 낚싯배가 갯바위에 붙었다.

그제야 구찬은 왜 한 전무가 윤 사장을 미라처럼 꽁꽁 묶어놓았는지를 이해하게 되었다. 들물 때여서 그들이 자리를 잡은 갯바위보다 뱃전이 높아진 데다가 물결이 출렁이는 바람에 의식을 잃고 축 늘어진 사람을 위로 밀어 올릴 방법이 없었고, 그런 사실을 미리 예측했던 한 전무는 후송할 사고자를 밑에서 잡고 지렛대처럼 쉽게 들어 올리도록 빳빳하게 만들어 놓은 조처였다.

제법 굵어지기 시작한 빗줄기 속에서 울산 일행을 배에 실어 내보낸 다음 다시 삼봉바위를 넘어 족발부리로 돌아오면서 구찬은 오늘 한 전무가 보여준 동작 하나하나가 마치 무슨 오케스트라의 연주 같다는 생각을 했다. 연습을 대단히 많이 한 대역배우처럼 그의 모든 동작은 정확하고 빈틈이 없었다. 치밀하게 짜놓은 순서에 따라, 너무나 쉽게, 어떤 정밀한 기계의 나사를 하나씩 뽑았다가 역순으로 정확하게 다시 죄듯이, 발버둥치는 힘센 물고기를 가느다란 2호 목줄로 능숙하게 낚아 올리듯 … .

어쩌면 그는 자신의 죽음도 저렇게 철저히 연습해 두었을지도 모른다는 오싹한 추측을 문득 하면서 구찬은 무표정한 한 전무의 얼굴을 자꾸만 힐끗거리며 곁눈질했다.

열일곱

그날 밤 구찬과 한 전무 두 사람은 처음으로 긴 얘기를 나누었다. 어제 중들물에 47짜리를 걸었어도 아직 성이 덜 차서였는지 큰 고기를 찾아서 한 전무가 푸렝이섬을 온통 뒤져 대며 돌아다니는 반면에 구찬은 혼자 지내기를 남달리 좋아하는 성격이다 보니 마주 앉아 대화라는 사치를 부릴 만한 시간이 별로 많지 않았던 사정은 오히려 지극히 당연한 일이었다.

하지만 오늘은 큰 사고가 난 데다가 계속 추적거리며 비가 내리는 바람에, 닭발고랑에서 넘어온 그들은 팽개쳐 두고 간 낚싯대를 거두어 수건으로 물기를 닦아 들여놓고 젖은 옷을 갈아입은 다음 천막 안에서 밥을 해먹고는, 날이 저물자 그대로 눌러앉아 손전등을 천정에 매달아 놓고 회를 쳐 소주를 마시며 이런저런 얘기를 나누었다. 그들은 낚시를 왔다가 고기가 안 잡히면 본전을 찾는답시고 어촌 사람들이 애써 가꾸는 돌미역까지 몰래 뜯어가는 못된 낚시꾼들 얘기를 하고, 새로 출시된다는 신형 자동차의 첨단성능 얘기를 하고, 영화 〈빠삐용〉 얘기를 했다. 구찬은 머지않아 널리 보급되리라는 헬리콥터를 사서 무인도 낚시를 다니면 참 좋겠다는 얘기를 했고, 한 전무는 푸랭이섬에 처음 들어왔을 때 추자 사람들이 방목하는 염소를 야생으로 자라는 놈들인 줄 잘못 알고 한 마리 잡아먹었다가 혼이 난 얘기를 하고, 고흥 일대에서 해상 양식장을 습격하여 몇억 원어치씩 피조개를 약탈해 가는 마산의 해적 얘기를 했다.

구찬은 재명과의 결혼생활, 특히 결혼 직후에 그에게 밀어닥쳤던 환멸에 대한 복잡하고도 답답한 얘기를 한 전무에게 숨김없이 다 털어놓았다. 묘하게도 구찬은 자신의 생활태도와 사고방식에 대한 검증을 한 전무에게서 받고 싶은 충동을 불현듯 느꼈기 때문이었다. 그리고 구찬의 고백에 대한 한 전무의 분석과 평가는 무척 간단했다.

"여자도 그렇고 인생도 그렇고, 세상만사에서 이상이라는 건 미리부터 어디에 존재하는 게 아니라, 우리들이 머리를 썩여가며 만들어내는 착각이 대부분예요. 어떤 사람이 이상적인 인간형일까요? 생각해 보세요. 사실 인간이라는 존재가 얼마나 지저분한지 말예요. 공중목욕탕에 가서 한 번 옆에 앉아 때를 미는 사람들을 둘러보세요. 그들의 육신이 얼마나 추하게 생겼는지를요. 수술한 자국, 쭈그러진 피부, 축 늘어진 좆, 여기저기 부스럼, 그리고 허연 살덩어리에서 국숫발처럼 밀려나오는 때 … . 난 지금까지 감성돔이나 다른 물고기처럼 완벽한 선과 근육을 갖춘 남자의 벌거벗은 몸뚱어리를 본 적이 한 번도 없어요. 여자도 마찬가지고요. 그러니까 내가 보기에는 이상적인 여자를 상상하려는 시도 자체가 지나친 욕심예요."

120

나중에 구찬은 수미 얘기도 했다. 아내와 수미 두 여자 사이에서 갈등하다 시간이 흐를수록 점점 더 누적되는 참담한 고통을 견디지 못해 결국 여기까지 도망쳐 오고 말았다는 얘기도.

한 전무의 해답은 이번에도 쉽고 간단했다.

"서 사장님은 왜 그렇게 일을 스스로 복잡하게 만들어 가면서 살아요? 수미 씨가 그렇게 좋으면 부인하고 헤어진 다음 젊은 여자하고 살면 되잖아요. 아내한테 너무 미안하면 다른 여자를 떼어 버리고 집으로 돌아가고요. 그리고 두 여자 가운데 어느 쪽하고도 헤어지기 어렵다면 양가에 갓을 걸고 왔다갔다 하면서 살면 그만이고요. 자꾸 따지거나 생각하지 말아요. 그래 봤자 생기는 것도 없고 해결도 나지 않을 바에야 말예요. 인생이라는 건 그냥 몸으로 살아가는 과정이지 자꾸 생각하는 숙제가 아니잖아요."

한 전무는 인간이 살아가는 데는 공식이 따로 없다는 얘기도 했다. 저마다 독특한 연쇄작용의 흐름으로 이루어진 무수한 삶에서 수학적인 공약수를 찾아낼 방법이 없기 때문이었다.

"그냥 살면 그만이지 살아간다는 행위에서 구태여 무슨 의미를 찾겠다고 자꾸 그러나요? 인생의 위대한 목적이라고요? 아니, 뭔가 대단한 일을 했다고 유명해지면 뭘 하고, 온 세상이 우러러 볼 만큼 위대해지면 또 뭘 하려고요? 도대체 특별한 의미를 지닌 삶이라는 게 뭔가요? 그런 허망한 의미를 욕심내는 짓은 알고 보면 다 허영심의 소치에 불과해요. 남보다 잘나서 무얼 하겠다는 말입니까? 보이지도 않은 의미를 삶에서 찾으려고 하는 정신노동은 자학행위예요. 솔직히 얘기해서 난 인생이 도대체 뭔지 그런 거창한 얘긴 잘 몰라요. 하지만 그렇다고 해서 내가 살아가는 데 무슨 큰 불편함을 느끼느냐 하면 그건 아니고, 내 인생도 그런 대로 참 살 만한 인생이라고 늘 생각해요. 삶이란 자를 대고 줄을 치듯 그렇게 꼬장꼬장 따지며 살면 재미가 없다고요."

하지만 구찬은 그렇게 쉬운 삶을 살아가는 지혜를 터득하지 못해 늘 상념의 거미줄에 얽혀 허우적거리고, 그런 정신적인 속박을 견디기가 힘들어서 죽어버리고 싶은 충동까지 가끔 느낀다는 얘기도 했다. 그랬더니 한 전무의 대답은 더욱 간단해져서, 거의 퉁명스럽게 들릴 정도였다.

"죽으면 누가 뭐 준답디까?"

구찬은 궁금했다. 한 전무는 어디에서, 어떻게, 언제 이렇듯 늘 쉽게 해답을 구하는 길을 깨우쳤을까? 어쨌든 두어 시간 동안이나 그와 얘기를 나누는 사이에 구찬도 차츰 한 전무의 즉흥적이고 거침없는 해답들에 의해서 최면이라도 된 듯 덩달아 마음이 가벼워졌고, 그래서 그는 어느덧 아내도 잊고, 수미도 잊고, 두 아들도 잊고, 푸랭이섬 밖의 세상을 모두 잊고, 편한 마음으로 소주를 마시고 싱싱한 돔회를 씹으며 자꾸만 마음이 밝아졌고, 그들 두 사람은 다시 시시한 얘기로, 진짜 인생얘기로 돌아가서, 군대시절에는 이미자의 〈동백아가씨〉가 왜 그토록 슬프게 느껴졌는지 토론을 벌이다가 한참 웃었고, 동해안 주문진 방파제와 강릉 안인의 숭어 훌치기 얘기에 신이 났고, 볼락어회의 살맛과, 대한민국 사람들이 몸에 좋다면서 개구리에 이어 마구 잡아먹는 바람에 멸종위기를 맞게 된 강원도 지역의 까마귀와, 춘천의 막국수집과, 물고기의 신분을 망각하고 땅으로 기어 올라와 돌아다니는 문절망둑의 생태에 대한 지식을 주고받으며 점점 깊어가는 밤의 빗소리 속으로 빨려 들어갔다.

열여덟

형 호찬의 표현을 빌면, "사업이고 가족이고 다 개뻑다구같이 팽개쳐 버리고 달아나 혼자서 두 달이나 세월 좋게 탱자탱자 낚시나 하며 놀다가 온" 다음 세 주일쯤 지나서, 구찬과 수미의 재회가 이루어졌다.

고흥 바닷가 별장에서의 칩거를 끝내고 구찬이 드디어 집으로 돌아왔을 때는 아내가 지치고 풀이 꺾인 나머지 얼굴은 반쪽이 되다시피 해서 탈진한 심정으로 그를 기다린 지가 꽤 한참 되어서였다. 재명은 구찬의 대학동창이며 안암동에 산다는 하석진을 통해 두어 주일에 한 번씩 남편이 어딘지는 몰라도 멀쩡히 살아서 숨어 지낸다는 소식만 전화로 전해 들었을 뿐, 아무리 수소문을 해봐도 그의 종적을 찾아낼 길이 없었다. 하지만 집안 창피라고 시부모가 말려도 막무가내로 '남편을 찾는다'는 광고를 아내가 여러 신문에 현상금까지 걸고 줄줄이 냈던 까닭은 결코 집을 나간 남편이 그립거나 걱정이 되어서가 아니었다.

구찬이 행방을 감춘 사이에 양아들의 무책임한 행실을 빌미로 잡아 호찬은 백화점을 자신이 운영해야 한다는 뒷공작을 맹렬히 벌였다. 그래서 남편이 없는 사이에 혹시 백화점이 영원히 날아가지나 않을까 아내가 속을 퍽 끓였던 눈치였다. 그런 와중에서 구찬의 도망은 뜻하지 않았던 결실을 맺기도 했다. 재산문제로 남편에게 재명이 매까지 맞았다는 며느리의 눈물 섞인 하소연을 듣고 양아버지는 퍽 큰 충격을 받았던지, 펄펄 뛰는 호찬의 요란한 반대를 무릅쓰고, 드디어 압구정동 건물을 구찬과 재명 부부의 공동명의로 이전을 시켜서 넘겨주고, 아주 양도세까지 말끔히 정리해 놓았다.

결혼 초부터 며느리 재명을 은근히 아끼고 무척이나 생각해 주던 양 아버지는, 구찬이 또다시 이번처럼 무책임한 짓을 하거나 아내와 이혼하는 따위의 불상사를 일으켰다 하면, 백화점 명의를 아예 재명 혼자 앞으로 해버리겠다는 엄포를 잊지 않았다. 무릎을 꿇은 채로 한바탕 야단을 맞고 난 다음 구찬은 화가 어느 정도 가라앉은 아버지에게, 결국 이렇게 명의를 넘겨줄 바에야 쓸데없이 며느리의 애를 태우지 말고 왜 진작 그렇게 하지 않았느냐고 이유를 물어보았다.

"그랬다면 저하고 아내 사이에서 그토록 심한 분란이 나지를 않았겠고, 제가 아내에게 손을 대는 실수 역시 저지르지 않았을 텐데 말입니다."

"백번 사죄하고도 모자랄 처지에 그런 거 자꾸 묻지 마라." 아버지가 다시 호통을 쳤다. "인생이란 자꾸 설명하다 보면 점점 복잡하게 꼬여서 불편해지기 마련이니까."

어딘가 갑자기 한 전무의 간결한 말투를 닮아버렸다고 그가 얼핏 생각했던 아버지의 목소리에서는 구찬에 대한 불신이 역력했고, "결국 무분별한 도피행각으로 명명백백하게 확실히 증명되었듯이 너처럼 한심하고 못미더운 인간하고는 귀찮아서 따지고 싶지도 않다"는 뜻이 아버지의 심중에 깊이 박혔으리라고 그는 판단했다.

어쨌든 구찬에게는 아버지와 아내뿐 아니라 백화점 직원들을 포함한 주변의 모든 사람들의 눈치를 살펴야 하는 부담이 도망치기 이전보다 훨씬 커졌고, 그래서 그는 우선 아내의 호감을 사기 위한 노력을 소

124

극적으로나마 기울였다. 하지만 의도적으로 그가 도모한 노력은 남편으로서 정서적으로 부실했던 과거의 잘못에 대한 속죄라기보다도 바닷가에서 수미와 만들어놓은 비밀에 대한 죄의식에서 비롯했다. 그러니까 그것은 아내에게 하는 사죄가 아니라 자신의 양심을 달래주려는 목적에 따른 선택적 행위일 따름이었다.

그러나 아내 재명은 무엇인가 뉘우치는 듯싶은 남편의 태도로 미루어보아 그들의 부부관계가 이번 위기를 거치면서 앞으로는 차츰 개선될 기미가 나타난다고 착각한 모양이어서, 남편을 대하는 감정의 예리한 모서리가 훨씬 부드러워졌고, 혹시 남들이 얘기하듯 두 번째 신혼의 시작까지도 조금은 기대하는 눈치였다. 구찬은 불륜을 저지르는 남자들이 켕기는 구석을 숨기려고 갑자기 아내에게 잘해준다는 속설이 바로 이런 경우를 두고 하는 말이겠다는 생각이 들자 아내를 기만하려는 치사한 자신이 못마땅해서 다시 죄의식을 키우기 시작했고, 그러면서도 그의 속셈을 들키지 않으려고 마음가짐이 더욱 조심스러워졌다.

이렇게 구찬의 미묘한 내면적 갈등이 발전하는 속에서 백화점에 얽힌 잡다한 상황들이 분주하게 진전되는 한가운데 세 주일이 후딱 지나갔다. 그리고 어느 날 저녁 여섯 시가 조금 넘어 구찬은 사장실에서 밀린 매출전표들을 정리하다가 "책방에서 온 전화"를 받았다.

'책방'이라는 여비서의 말에 얼핏 육감으로 짚이는 바가 없지는 않지만, 설마 그럴 리야 … 생각하며 그는 전화를 받았다.

"서구찬입니다."

잠깐 동안, 몇 초 동안, 아주 한참동안, 전화를 걸어온 사람은 대답이 없었다.

그리고는 …. "저예요. 수미."

여비서가 방에서 나가고 문을 닫기를 기다리는 순간부터 본능적으로 반쯤 기대와 예상은 했지만, 수미의 목소리를 듣고 구찬은 발밑이 순식간에 무너져 내리는 듯 아찔한 기분을 느꼈다.

그리고 그는 깨달았다. 이것은 그가 그토록 오랫동안 애타게 기다렸던 전화였음을.

헤어진 지가 겨우 한 달조차 안 되었지만, 자신도 모르게 그는 수미로부터 전화가 걸려오기를 손꼽아 기다렸었다. 줄곧. 아내에게 겹겹으로 위선적인 화해의 시늉을 계속하면서, 그는 내심 다른 여자가 돌아오기를 기다렸다. 책임지고 싶지 않아서 차마 먼저 찾아 나서지는 못했을 따름이지만, 그는 그들의 사이가 별장에서 끝났다고는 결코 인정하지 않았으며, 오직 시작밖에는 하지 못한 낭만적인 모험을 계속하려고 그녀가 틀림없이 찾아오리라고 믿었기 때문에, 그는 계속 희망을 버리지 않고 기다렸었다.

수미가 말을 이었다.

"보고 싶어서 걸었어요. 전화요."

그리워한다는 그녀의 말에 대한 구찬의 반응은 용수철처럼 강렬하고 즉각적이었다. 자신이 앞으로 취하게 될 행동으로 인해서 평생 쌓은 공이 한순간에 수포로 돌아가려 한다는 느낌이 순간적으로 들기는 했지만, 그는 아랑곳하지 않았다. 그래, 통째로 무너지면 어떠냐고, 그는 그냥 한없는 안도감으로 마음이 놓였고, 그의 존재는 바늘에 찔린 풍선처럼 한꺼번에 바람이 빠지면서 주저앉았다.

수미는 그가 만나겠다고 할지 아니면 만나고 싶지 않다고 거절할지는 알 길이 없었지만, 그래도 지금 전설의 언덕에서 거의 한 시간째 그를 기다리는 중이라고 했다. 단성사에서 비원 쪽으로 조금만 올라가면 쉽게 찾으리라는 수미의 설명을 듣고 그는 맥줏집을 향해서 당장 출발했다. 그리고 백화점 건물을 나설 때쯤에 벌써 아내에 대한 그의 죄책감은 신기할 정도로 흔적조차 남기지 않고 사라졌다.

퇴근하는 차량들의 한가운데로 뒤엉켜 들어가는 바람에 더디기 짝이 없는 택시를 타고 한강 다리를 건너면서 그는, '무단가출'을 해서 두 달 동안이나 속을 썩여주고 겨우 집으로 돌아온 지 한 달이 채 안 되는데 다시 아내한테 배반을 자행한다는 미안한 마음보다, 수미를 다시 만나게 되었다는 기쁨에 젖어 그녀와의 거리가 점점 가까워지는 만큼 흥분감이 상승했다. 그러면서 마음 한편으로는 자신이 언제 이렇게까지 부도덕하고 불결한 남자가 되었을까 스스로 의아해 하면서도, 그래, 이것은 세상의 모든 이치로부터 예외로 분류해야 하는 상황이니까, 후회는 나중에, 늦은 다음에 하면 그만이라는 해괴한 논리를 앞세우며 미리 자신을 용서했다.

거의 한 시간이 어지럽게 지나간 다음, 사람이 별로 없는 한적하고 작은 술집에서 막상 구석자리에 마주앉게 되자, 구찬과 수미 두 사람은 만나는 장소의 배경이 워낙 달라져서인지 처음에는 퍽 서먹서먹하여, 달랑 마른안주 한 접시와 맥주 두 병을 시켜놓고는, 단성사에서 상영 중인 영화나 낙원시장의 떡 골목에 관한 두서없는 얘기를 더듬더듬 주고받았다. 마치 그들은 바닷가에서 만난 적이 전혀 없고, 지금은 선을 보러 나와서 열심히 상대방의 눈치를 가늠하며 건성으로 인사를 나누는 남녀처럼, 싸우고 난 다음 화해하려고 억지로 외식하러 나와서 식탁에 마주앉은 부부처럼, 그들은 서로 한 잔씩 술을 따라 앞에 놓고는 뚜렷한 방향도 없고 두 사람과 아무런 관계가 없는 화제로 얘기를 이어갔다.

거의 10분에 걸친 무의미한 대화 끝에 구찬은 그가 일하는 곳이 어디인지 전화번호를 어떻게 알아냈느냐고 그녀에게 물었다. 수문뒷개에서 짧은 동거를 하는 동안 수미는 "미래의 만남이 결코 없을 테니까 서로 어떤 사람인지 구태여 알아내고 싶어서 뒷조사를 하는 일은 없도록 하자"고 다짐하면서, 두 사람 다 그냥 오직 현재만 느끼고 생각하기를 원했었다.

구찬이 백화점 사장이라는 사실을 수미는 신승직 선장에게서 알아냈다고 털어놓았다. 구찬에게 반찬거리를 가져다주느라고 거의 날마다 당동부락에서 언덕을 넘어 수문뒷개로 걸음을 했던 신 선장이 구찬과 별장에서 같이 지내게 된 수미를 처음 보고 누구인지 퍽 궁금해 하는 표정이 역력하자, 그는 대단히 막연하게만 그들의 관계를 별장지기에게 설명했었다.

그렇다면 수미는 틀림없이 구찬을 만나러 다시 고흥까지 찾아갔다가 신 선장에게서 그의 연락처를 알아냈다는 뜻이었다.

"그래요. 갔었어요." 그녀가 말했다.

그러더니 수미는 무척 말하고 싶었지만 그럴 기회가 없어서 지금까지 마음속에 고스란히 담아두었던 얘기를 두런두런 꺼내서 구찬의 앞에 가지런히 늘어놓았다. 오늘의 대화를 마음속으로 미리 여러 차례 연습해두기라도 한 듯, 수미는 차근차근 그녀의 심정을 털어놓았다.

수미는 득량만 바닷가에서 서울로 돌아온 다음 며칠 동안은 그런 대

128

로 별다른 생각 없이 나날을 무사히 지냈다고 했다. 인생에서 단 한 번 자신에게 용납한 불장난을 만족스럽게 회상하면서. 마무리까지 아주 깔끔하게 지어 하나의 아름다운 추억을 완성했다고 생각하면서.

"하지만 한 주일이 지나고 났더니 그리움이 시작되더군요. 당신에 대한 그리움이요."

수미는 방금 그에게 처음으로 '당신'이라는 호칭을 썼다. 그것은 부부간에 주고받는 각별한 호칭이었다. 아내 재명에게서는 "여보"나 "당신"이라는 친밀하면서도 어색한 말을 거의 들어본 적이 없었던 구찬은 지극히 흔하면서도 새로운 호칭에 대하여 거의 충격적인 감동을 받았다. 그들 두 사람을 은밀하고도 깊이 이어주는 단 하나의 짧은 단어. "당신". 고맙고도 감격스러운 이 호칭은 두 사람 사이에서 지금까지 조금이나마 보류해 두었을지 모르는 거리감을 한꺼번에 완전히 제거하는 느낌을 주었다.

수미는 노란 술잔을 물끄러미 응시하면서 잠깐 슬픈 표정을 지었고, 나지막한 목소리로 말을 이었다.

"바닷가에서 저지른 한낱 부질없는 경험이었노라고 그냥 넘겨버리고 잊어버리기에는 우리들의 사흘이 너무나 깊고도 길었나 봐요…. 겨우 며칠이라는 짧은 시간 동안에 어떻게 이토록 깊은 정이 들기도 하는지 정말 믿어지지가 않는군요."

다시 한 번의 짧은 침묵.

"당신에 대한 그리움은 무엇인가 꼭 해야 할 얘기를 다 하지 못한 듯싶은 아쉬움으로 시작되었어요. 그래서 한 번만이라도 더 만나고 싶어졌고요. 꼭 한 번만 더 만나서 남은 얘기를 마저 하고는, 무엇이 참된 진실인지를 확인하고 싶다는 그런 아쉬움이었죠. 도시에서 제정신으로 다시 만나보면 바닷가의 환상은 현실이 아니었다는 확인이 이루어지겠고, 그러면 정말로 미련이 없는 마무리를 짓기가 쉽겠다고 생각했어요…. 하지만 난 그것이 환상을 조금이라도 더 길게 이어보려고 나 자신을 기만하는 헛된 핑계라는 걸 물론 본능적으로 알았어요. 그렇게 해서라도 아쉬움을 없애고 추억은 추억으로 남겨야 하겠다는 생각은 그냥 당신을 다시 만나야 한다는 욕심을 위한 핑계일 따름이었으니까요."

수미의 갈등은 그녀가 스스로 자신을 속이려고 한다는 사실을 깨달으면서 시작되었다. 그것은 이렇게 미련을 가지면 결국 문제가 복잡해지니까, 처음에 별장으로 돌아갔을 때 자신에게 했었던 약속을 꼭 지켜야 한다는 인식에서 시작된 갈등이었다. 그리고는 처음 서울로 돌아오려다가 광주에서 소자와 헤어지고 바닷가로 되돌아갔을 때의 복잡한 심정이 그녀의 마음속에서 그대로 다시 반복되었다.

"하지만 만나도 후회하고 안 만나도 후회할 바에는 차라리 만나고 후회하자는 유혹이 참 끈질기더군요. 후회하게 될까 봐 시도조차 못한다면 그건 어리석은 짓 아니겠어요? 인생도 한 번이요 젊음도 한 번뿐이라는데, 한 번뿐일지도 모르는 아름다운 기회를 쉽게 내버릴 마음이 내키질 않았어요. 바닷가에서 만나는 우쿨렐레가 아무렇게나 버려도 되는 단순한 우연은 아니잖아요. 운명 자체가 사실은 지극히 우발적인 현상이니까요."

왜소한 모습으로 앞에 앉아서 수미가 고뇌하는 독백을 경청하면서 구찬은 자신이 지난 며칠 동안 겪어온 미묘한 갈등은 한 마디도 털어놓지 않았다. 그리고 결혼생활의 파탄에 대한 책임을 교묘하게 아내 재

130

명한테 떠넘겼던 비겁한 행태를 자신이 수미에게 되풀이하려는 속셈이 아닌지 불안해졌다. 수미를 유혹을 주동하는 범인으로 만들어서 자신은 도덕적인 책임을 벗어나려는 비열한 계산을 혹시 그가 이미 시작하지 않았을까 걱정하면서.

그래서 그는 더욱 입을 다물고 듣기만 했다.

"갈등이 깊어질수록 난 아무래도 당신을 다시 만나지 않고는 매듭을 풀어낼 길이 정말로 없으리라는 핑계에 점점 더 쫓기다가 지난 일요일 새벽에 결국 난 광주로 내려가는 기차를 탔어요. 득량만 당동부락까지는 여덟 시간이 걸릴 테니까, 내 행동이 진정 잘못이라는 판단이 될 때는 언제 어디에서라도 포기하고 돌아오면 되겠다는 생각이었죠. 그러면 후회하기 싫어서 떠나기는 했지만, 결국 이성적인 판단을 내려 돌아왔다는 현명한 절충안이 되지 않겠어요?"

그러나 대전을 지나 기차가 호남선으로 들어서면서 수미의 심경에는 조금씩 자신의 행동을 정당화하는 쪽으로 변화가 일어났다. 운명은 거역하기가 불가능하고, 그래서 그녀는 불가항력의 힘에 끌려갈 따름이라고. 그리고는 고흥으로 내려가는 버스로 갈아탄 그녀는 마음이 편안해졌다. 미래는 운명에 맡겼으니까 나에게는 아무런 책임이 없다는 생각이 들자 그녀는 이제 어서 한시라도 빨리 구찬을 만나고 싶은 마음뿐이었다.

"학동으로 가는 버스로 갈아탄 다음에는 혹시 당신이 떠나고 없으면 어쩌나, 그래서 영원히 만나지 못하게 되면 어쩌나 조바심이 일기 시작하더군요. 그리고 별장으로 숨을 헐떡이며 언덕을 달리다시피 해서 넘어갔다가, 큼직한 맹꽁이자물쇠로 단단히 잠가놓은 철문을 보고는 얼마나 가슴이 철렁하고 슬프던지요. 자물쇠가 어쩌면 그렇게 매몰찬 상징물처럼 보였는지 모르겠어요 …. 얼마동안인가를 별장 주변에서 서성거린 다음에 난 어찌된 영문인지 궁금해져서, 당동부락으로 넘어가 마을사람들에게 길을 물어 신 선장님을 찾아가 만났고요. 당신이 이미 두 주일 전에 서울로 올라와 버렸다는 얘기를 해주더군요. 그리고 당신이 서울 압구정에서 어느 큰 백화점의 사장님이라면서 친절하게 전화번호까지 알려주었어요."

다시 한 번의 짤막한 침묵.

"처음 잠깐 동안은 눈앞이 캄캄하더니, 혼자서 반시간 가량 바닷가를 거닐며, 당신과 함께 같이 했던 자리들을 둘러보면서, 서서히 아쉬움이 진정되었어요. 다시 운명을 탓하면서요. 아, 이것은 내가 당신을 만나면 안 된다는 운명의 계시로구나 하는 생각이 들었으니까요. 내가 스스로 판단하지 못할 일을 운명이 대신 결정해준 듯싶은 기분이었죠. 그래서 서울로 돌아오는 동안은 버스 안에서 편안한 마음으로 정신없이 잠만 잤어요. 전날 밤 설쳤던 몫의 잠까지요."

그러나 천안에 이르렀을 즈음에 반쯤 잠이 깬 몽롱한 정신에서 그녀는 이제 정말로 다시는, 구찬을 만나지 않겠다고 그녀가 선택한 상황이 아니라, 만나지 말라고 금지하는 제한된 현실이 이제부터 그녀의 앞을 가로막았으리라는 사실을 어렴풋이 깨달았다. 그리고는 훨씬 더 긴장하고 맑아진 정신으로 낯익은 서울로 들어서면서 어느 순간엔가 그녀는 겁이 나기 시작했다. 구찬이 그녀를 더 이상 만나면 안 되겠다고 작정했기 때문에 그토록 오래 머물렀던 별장에서 떠나갔으리라는 결론에 이른 그녀는 "나는 버림을 받았다"는 불안감에 전전긍긍하기 시작했다.

"정말이지 지난 세 주일은 세상이 세상 그대로 보이지를 않았고, 그래서 난 신기루에 홀려 갈팡질팡하듯이 어떤 몽환적인 비현실 속에서 헤매는 듯한 기분으로 밤이면 여기저기 길거리를 방황했어요. 이러다가 영원히 못 만나고 끝나리라는 생각이 이제는 안도감이 아니라 점점 더 심해지는 두려움으로 바뀌었고요. 가슴이 먹먹할 정도로 참 슬프다는 생각까지 들더군요. 뭐랄까요, 바닷가에서 뜨거워졌을지도 모르는 당신의 마음이 어느새 다 식어버렸나 섭섭해서요."

이런 문제는 남이 그녀를 대신하여 처리해줄 문제가 아니기는 했지만 스스로 마음을 정하기가 정말로 쉽지 않아서 수미는 결국 이민 갈 준비를 하느라고 열흘 전에 직장을 그만 둔 소자를 전설의 언덕으로 불러내어 조언을 구했다. 수미가 부탁한 대로 소자는 "객관적이고 냉정한 판단"을 내려주었다.

"너 아무래도 제정신이 아닌 모양이야. 조심해라. 유부남과의 관계는 나쁘게 끝나는 경우가 대부분이니까 정신 똑바로 차리고 처신 잘해야 한다고. 늙으신 홀어머니 말년에 속 썩여 슬프게 만들어드리지 말고."

하지만 수미가 진심으로 원했던 바는 냉정하고 객관적인 친구의 반대가 아니라, 냉정하고 객관적인 동의였다. 그래서 그녀로 하여금 무분별한 용기를 내도록 부추겨주기를 바랐을 따름이었다.

"서울에서 밤마다 거리를 방황하면서 난 우연히 어디선가 당신하고 마주치기를 간절히 바랐어요. 우연한 재회는 일종의 계시나 마찬가지니까, 선택의 고민이 없어지잖아요. 그래서 쓸데없이 길거리를 참 많이 쏘다녔고요. 그러다가 기적처럼 어디서 당신을 만난다면 내가 무슨 행동을 어떻게 해야 할지 고민할 부담을 느끼지 않아도 되었겠죠···. 그러다가 신 선장님이 왜 당신 전화번호를 나한테 가르쳐 주었을까 생각해 보았어요. 그랬더니 아마도 그건 내가 당신을 다시 만나야 한다는 또 다른 계시일지도 모르겠다는 이기적인 해석이 가능해지더군요."

그러고도 갈팡질팡하는 그녀의 고민은 며칠 동안 더 계속되었다.

"소자로부터 아무런 격려의 말을 듣지 못한 다음, 결국 난 당신한테 전화를 걸어야 한다는 간절한 집착을 이겨내지 못했어요. 운명의 흐름에서 헤엄쳐 나오거나 거슬러 올라가지를 말고, 그냥 흘러가는 물에 떠서 내려가기로 작정했기 때문이었죠. 망가질까 봐 두려워서 인생을 마음대로 살아보지 못한다면 얼마나 바보 같은 짓인가 싶었거든요. 인적이 드물어서 잠을 자는 듯한 시골길에서 만난 인연을 분주한 도시의 기준으로 비판하거나 심판해서는 옳지 않다고 난 생각해요."

그래서 이왕 알게 된 번호니까 한 번만 운명을 실험해 보자는 심정으로 결국 수미는 그에게 전화를 걸었다. 자신의 당돌한 행동에 대하여 조금쯤은 지레 겁을 먹었던 그녀는 구찬이 아니라 그의 여비서가 전화를 받자 차라리 다행이라며 얼른 끊어버렸다. 두 번째도 마찬가지였다. 그리고 이제는 삼세번 진짜로 마지막이라면서 오늘 아침에 전화를 걸었고, 역시 여비서가 앞을 가로막았고, 하루 종일 초조한 시간을 보낸 다음 수미는 이러다가 영원히 여비서의 장벽을 넘지 못하고 말리라는 좌절감에 결국 저녁에 다시 걸고는 서구찬 사장님과의 통화를 부탁하고 말았다.

"이렇게 만나고 나니까 반갑고 즐거워서 전화 참 잘했다 싶어요. 일

단 저질러놓으면 마음이 편해지는 심리라고나 할까요. 그냥 만나면
될 건데 왜 그토록 고민을 많이 했을까 한심해서 웃음이 나오기도 하
고요."

열아홉

바닷가에서 시작된 두 사람의 짧고 낭만적인 모험은 지극히 통속적
이고 권태로운 기나긴 끝이 전설의 언덕에서 시작되었다.

두 사람이 적당히 술에 취했고 시간이 열한 시가 가까워지자 구찬은
"그만 가지" 하면서 자리에서 일어났다. 밖으로 나온 수미가 자연스럽
게 팔짱을 끼었고, 그의 오른쪽에 매달려 종로를 향해 걷다가 수미가
장난스러운 표정으로 올려다보며 물었다.

"그동안 나 보고 싶지 않았어요?"

구찬은 빙긋이 웃었다. 보고 싶었다는 완곡한 대답이었다.

수미의 표정이 잠깐 굳어지는 듯싶었다. 침묵이 흘렀다.

나중에 생각해보니 구찬은 이때 더 솔직하고 확실한 대답을 해줬어
야 옳았던 모양이었다. 수미는 구찬이 의도적으로 느끼지 않으려고 외
면하려는 감정까지도 본능적으로 읽어내고 미리 대신 표현해주고는
했지만, 여자가 갈등과 고민 끝에 다시 찾아온 이쯤에서부터는 더욱
분명한 반응으로 남자가 여자를 안심시켜주는 의무와 역할을 맡아야
했다.

두 사람은 어디로 가야 할지 목적지를 정하지는 않았지만, 사실은
이제부터 어떤 행동을 하려는지 마음속으로 동의한 상태였다. 그리고
그들의 합의를 먼저 말로써 표현한 사람 또한 수미였다.

그녀는 아무렇지도 않다는 듯한 어조로 "선생님, 오늘 밤 나 안아 주세요"라고 청했다.

새벽 두 시가 넘어서 따로따로 여관에서 나와 택시를 타고 집으로 돌아가면서 구찬은 그때 길거리에서 수미가 그에 대한 호칭을 '당신'에서 '선생님'으로 다시 바꿨다는 사실을 뒤늦게 깨달았다.

갑자기 상가에 들러야 할 일이 생겨서 좀 늦게 귀가하겠다는 촌스럽고도 상투적인 거짓말을 아내에게 공중전화로 한 다음 뒷골목 여관에서 방을 잡고, 더 이상 낭만이 아니라 불륜이 확실해진 행위를 하는 동안, 수미는 거침없고 대담한 표현을 적극적으로 사용했다.

"난 당신의 살 냄새가 그리웠어요."

"내가 육체에 너무 깊이 빠져 버린 모양이에요."

"참아 보려고 했지만, 난 헤어날 수가 없어졌어요."

낡은 커튼을 내린 창문으로 희미하게 스며드는 지저분한 도시의 불빛 속에서, 침대에 누운 채로 그를 빤히 올려다보고 수미가 숨김없이 고백하는 토막난 표현들을 들으며 구찬은 어떤 불길한 위험을 어렴풋이 예감했지만, 그러면서도 구찬은 수미의 적극적인 접근이 아직은 싫지가 않았다.

하지만 아내에게로 돌아가는 택시 안에서 구찬은 오늘 밤 수미가 그의 마음을 편하게 해주고 정신적인 부담이나 양심의 가책을 덜어 주려던 노력이 어딘가 지나치다는 기미를 깨달았다. 여인이 그를 지나치게 적극적으로 안심시키려는 배후에 잠복한 목적과 이유가 무엇일까? 그녀는 이런 말까지 했었다.

"선생님은 저에 대해서 책임지실 필요가 전혀 없어요. 전에 별장에

136

서 말씀을 드렸듯이요."

"우리 관계가 끝까지 가야 한다거나 선생님이 저를 버려서는 안 된다는 강요도 하지 않겠어요. 우리 서로 좋을 때까지만 그냥 좋아해요…. 영원히 계속된다면 그것 또한 좋겠지만요."

그리고 여관방을 나오려고 옷을 입는 동안 그녀는 이런 말도 했다.

"하지만 난 알아요. 우린 둘 다 쉽게 헤어지지 못할 거란 사실을요."

어딘가 차원이 달라진 적극성을 보이며 그날 밤에 그녀가 한 말은 무서운 예언이었고, 그 후 여러 해에 걸쳐서 그녀의 예언은 하나도 빼놓지 않고 현실이 되었다.

열흘 후에 다시 수미를 만나러 전설의 언덕으로 갈 때까지 구찬은 그녀가 자신에게 무제한으로 행동의 자유를 용납하겠다는 뜻을 밝힌 이유가 무엇인지를 곰곰이 따져보았고, 무제한의 자유란 환상에 불과하다는 결론을 내렸다. 인생의 어떤 양상에서도 무제한의 자유는 현실적으로 불가능한 환상일 따름이었다. 그리고 날이 갈수록 강렬해지는 수미의 태도가 불안감의 소치였으리라는 짐작도 갔다. 그리움에 대하여 상대적으로 소극적인 반응을 보였던 남자에 대한 불안감. 무엇인가 기대했던 만큼의 반응을 얻어내지 못했다는 실망의 꼬리를 물고 올라온 불안감.

아마도 무제한의 자유는 남자의 불완전한 결정과 불확실한 태도에 좌절하고, 그래서 앞을 가로막은 벽을 마주보고 서서 소리치거나 흐느끼다 지친 나머지, 그의 진심을 떠보고 가능성을 탐색하기 위해 제시한 전제조건이었으리라고 그는 생각했다. 어쩌면 그가 어느 날부터인가 갑자기 그녀를 만나주지 않으리라는 불안한 상황에서 자신의 확실한 위치를 찾지 못해 갈팡질팡하는 그녀의 마음을 '당신'이 억센 손으로 붙잡아 세워주기를 그녀는 간절히 원했으리라고 그는 계산했다.

무엇인지를 간절히 바라면서도 수미가 원하는 바를 솔직하게 밝히지 않았던 까닭은 그가 혹시 등을 돌리기라도 할까 봐 두려워했기 때문이었다. 그는 더 이상 비겁한 침묵의 속으로 숨어버리는 도피를 계속해서는 안 되었다. 자신이 판단하거나 결정하지만 않는다면 책임이 없어진다는 착각은 틀림없이 버림받는 희생자를 한 사람 더 만들어낼 따름이었고, 그런 필연적인 피해를 막으려면 그는 여자를 안심시켜주기에 충분한 결단력을 어떤 행동으로 보여줘야만 할 때가 되었다.

그해 가을에 구찬은 압구정동 백화점에서 별로 멀지 않은 신사동에다 아내 몰래 오피스텔을 하나 마련했다. 여관이나 호텔방을 드나들 때마다 남들의 눈길을 의식하지 않으면서 점심시간이나 퇴근 후에 마음 놓고 둘이서 만날 만한 장소가 필요하다는 절실한 사정이 구찬으로 하여금 행동에 착수하게 만드는 촉진제 역할을 했다. 그곳은 수미가 지하철로 30분이면 도착할 만한 가까운 거리였고, 그곳에서 그들은 이틀이 멀다 하고 저녁이면 만나서 두어 시간씩 같이 지내고는 했다. 두 사람 가운데 누가 급한 사정이 생겨 만날 약속을 못 지키는 비상사태에 대비하여 서둘러 전화도 들여놓았다.

수미는 그들의 보금자리에서 한강이 내다보이는 호젓한 전망을 무척 좋아했다. 그들은 틈틈이 매점들을 찾아 돌아다니며 이것저것 세간을 마련해서 하나씩 집안에 들여놓는 번거로움을 함께 즐거워했다. 물품의 선택과 구매 담당은 주로 수미가 맡았다. 그래서 그녀는 남녀가 짝을 맞춰 입기 편한 실내복과 하늘하늘하고 꽃밭처럼 화려한 잠옷을 사서 차곡차곡 접어 베개 위에 나란히 놓고, 밥풀처럼 작은 꽃을 수놓은 식탁보를 유리 밑에 깔고, 예쁜 아기 동물 그림을 그려넣은 찻잔과 밥그릇을 사서 선반에 진열하고, 노란 수선화 화분을 사다가 창턱에 올려놓고, 달력을 구해다 벽에 걸고는 다음에 만날 날짜에 동그라미를 열심히 치고, 커피를 끓여 내놓을 때 새색시가 입는 깡총한 앞치마를 세 벌이나 마련했다. 구찬의 호칭은 이때부터 '선생님'이 아니라 다시 '당신'으로 영원히 정착했다.

수미는 두 사람의 가짜 신혼생활에서 참으로 밝고도 행복한 나날을 한껏 찾았고, 그녀가 즐거워하는 모습은 언제나 그에게 기쁨을 전염시켜 주었다. 구찬이 저녁에 들러 술만 마시고 가버리지 않고 간단하게나마 저녁까지 차려달라고 하는 밤을 무척 좋아했고, 그녀가 아내 흉내를 내야 하는 가정적인 순간들과 식탁에 마주앉아 다정하고 자그마한 대화를 주고받는 시간을 지극한 축복으로 여겼다. 그리고 무엇보다도 그녀는 구찬에게 선물 줄 때의 표정이 가장 밝았다. 단둘이 살며 동네 뒷골목에서 구멍가게를 하는 어머니한테 생활비에 보태라고 얼마 안 되는 봉급을 가져다주고는, 거기에서 남은 빈약한 용돈을 다시 쪼개어 그녀는 손수건 따위의 작은 선물을 곱게 챙겨 그에게 주면서 이렇게 말하고는 했다.

"내 몸과 마음을 다 주었는데도 뭔가 더 주고 싶어서 드리는 선물이에요."

그러면서 그녀는 가끔 자신이 내놓은 초라한 선물에 대하여, 주고 싶은 만큼 넉넉하지 못하다며 아쉬워하고 부끄러운 표정을 보이고는 했다. 구찬은 그녀에게 신사동에 들어가는 경비에다 용돈을 따로 얹어

주겠다고 제안했지만, 수미가 단호하게 거절했다. 자신의 능력이 미치지 않는 과분한 선물은 가짜라는 생각에서였다.

"선물이라면 무엇보다도 진실해야 하지 않을까요? 지나치게 비싼 물건은 허식과 위선으로 포장한 가짜 같아요. 작은 선물에서 얻는 기쁨이 오히려 훨씬 크다는 역설도 가능하고요. 이렇게 드리는 물건의 크기가 내 마음의 크기는 아니잖아요?"

대신에 그녀는 살림살이에 쓰려고 사온 방석이나 숟가락 따위의 생활용품을 생일이나 성탄절 선물처럼 정성껏 포장해서 그에게 가져다 주고는 '개통식'을 하자면서 즐겁게 웃고는 했다.

직장을 다니면서 신사동 살림까지 챙겨나가기가 어린 그녀에게는 퍽 부담스러울 듯싶으니까, 봉급을 대신 줄 테니 힘이 들면 서점을 그만두라는 구찬의 제안 역시 그녀가 거절했다. 창동 집에 어머니를 혼자 남겨두고 그녀가 가출하여 둘이서 본격적인 동거생활을 한다는 가능성은 아예 그녀로서는 고려할 엄두조차 내지 않았다. 두 사람의 관계가 외부로 알려지고 상황이 확대되어 주변 사람들이 끼어들고 간섭하게 되면 사태가 지나치게 복잡해질지도 모른다는 걱정 때문이었다.

신사동에서 몇 달 동안 정기적으로 만나면서 어딘가 그들의 삶이 타성으로 빠져 들어가려는 기미를 보이기 시작하자, 구찬은 그들의 관계가 애초부터 단순히 동물적 욕정을 충족시키려는 육체적인 차원에서 맺어지지를 않았듯이, 지금도 물론 흔해 빠진 전형적 불륜의 형태가 아니라는 사실을 그녀에게 그리고 자기 자신에게 거듭거듭 증명하려는 노력을 게을리하지 않았다. 그래서 수미가 서점에 나가지 않는 날이면 그들은 신사동의 밀폐된 공간을 틈틈이 벗어나 스키장과 온천 도시 등 이곳저곳 돌아다니고, 때로는 며칠씩 같이 제주도나 경주 같은 상업적인 관광지로 놀러가고는 했다.

하지만 구찬의 이런 노력에서는 머지않아 한계가 드러나리라는 징후가 어느덧 머리를 들었다.

스물

구찬과 수미가 외딴 바닷가에서 만나 서울에다 보금자리를 마련하고 시간제 동거를 계속하는 사이에, 한여름 무더운 밤의 광풍과 평화스러운 가을의 잔잔함, 그리고 겨울 마음의 움츠림이 한 차례 순환을 끝낸 다음, 이듬해 봄이 되었다. 구찬은 이것이 그에게 참으로 각별한 봄이 되리라는 예감을 느꼈다. 1년이라는 시간적인 단위가 하나 매듭을 짓고 나면, 행복하지만 부자연스러운 그들의 관계가 당연하면서도 갑작스러운 어떤 이유로 종말을 맞느냐 아니면 부활과 재생의 새로운 힘을 얻어 영원히 되풀이되는 쳇바퀴를 타느냐를 결정해야 하는 선택의 순간이 오리라.

그들의 운명을 결정짓는 사건이 웬일인지 이번 봄에 꼭 터질 듯싶은 느낌이 자꾸만 구찬의 마음속에서, 소리 없이 여러 차례 진동했었다. 우호적이고 정상적인 조건에서였다면, 지금은 두 사람 사이에서 아이가 하나 태어났음직한 무렵이었다. 그리고 구찬은 알 길이 없었다. 그들의 실험적인 동거생활의 성공여부를 결정지을 사건이 어떤 형태로 그들 앞에 닥칠지를 ….

구찬은 현재의 상황을 지속시키기에 도움이 되는 사항들과 그렇지 못한 사항들을 마음속으로 점검해 보았다. 어디를 봐도 그들에게는 완벽한 조건이었다. 하지만 가장 중요한 한 가지 요소가 불확실했다. 그것은 정수미였다.

아무도 알지 못하는 편안한 집안에 틀어박혀 같이 지내는 은밀한 생활의 타성에 젖어서인지 아니면 우연히 아는 사람들의 눈에 띌까 봐 차츰 바깥출입이 조심스러워졌는지는 몰라도, 둘이서 여행을 다니는 횟수가 부쩍 줄어들더니 이제는 시내 외출까지 겨우내 삼가다 보니까, 구찬이 보기에 수미는 영락없이 "숨겨놓은 여자"라는 모멸적인 전형이 되고 말았다. 옛날식 천박한 표현을 쓰면, 그녀는 '첩'이 되었다. 그리고 수미 자신도 그런 여인의 필연적인 숙명을 의식하는 듯 가끔 불안한 표정을 보이고는 했다.

그래서 언젠가는 느닷없이 터져 나올 듯싶은 위기에 대한 일종의 예방조치를 취하려는 뜻으로 그는 봄을 맞아 강화의 전등사로 가는 두 사람의 나들이를 계획했다. 절기로만 입춘을 지났을 뿐 봄이라고 하기에는 아직 좀 일러서 시골로 나가면 차가운 바람이 목덜미를 싸늘하게 파고드는 시기였지만, 무엇인가 서둘러 손을 써야 되겠다는 조바심에 구찬은 더 이상 기다리고 싶지가 않았다.

구찬은 일요일 아침에 일단 백화점으로 나갔다가, 딸의 취직을 부탁하려는 고등학교 동창생을 만나러 소공동을 다녀온다고 비서에게만 거짓말로 일러두고, 아홉시 반에 신촌에서 수미를 만나 강화로 출발하는 버스를 타도록 시간표를 짰다. 하지만 혹시 버스에서 아는 사람이라도 만나면 어쩌나 불현듯 걱정이 되었고, 모처럼 새해의 첫 여행인데 조금이라도 편히 다녀오자는 생각에 시외버스를 이용하려던 계

142

획을 바꿔 콩코드를 몰고 나갔다.

우유부단하고 소심한 성격 탓에 그렇지 않아도 약속시간을 어기기가 겁이 나서 항상 넉넉하게 먼저 나다니던 구찬이 신촌에 나타난 시간은 아홉시가 조금 넘어서였다. 비록 약속시간보다 거의 30분 전에 도착하기는 했지만, 그의 시간 습성을 잘 알았던 수미였으니 어쩌면 미리 나와서 그녀가 기다릴지도 모른다고 구찬은 기대했다. 수미 역시 "첫 나들이"라는 말에 퍽 마음이 들뜬 상태였으니 말이다.

그러나 구찬이 버스 정류장에 도착해서 보니, 휴일인데도 오늘따라 백화점 근처 도로변 주정차 특별단속만 유난히 심했고, 수미의 모습은 보이지 않았다. 정류장이 잘 보이는 가까운 곳에 차를 세우고 기다리기가 여의치 못해서 구찬은 차를 끌고 주변 일대를 빙빙 돌며 수미가 나타나기를 기다렸다. 그리고 수미가 약속시간이 되어도 나타나지 않자 그는 초조해졌다. 별로 그래야 할 이유가 없었지만, 어쨌든 그는 초조했다.

무려 45분 동안이나 광흥창과 홍대 입구와 신촌 5거리를 빙빙 돌다가, 초조함이 짜증으로 서서히 바뀔 즈음에야 수미는 약속시간보다 10여 분 늦게 도착했다. 열세 바퀴를 돌고 다시 정류장으로 갔더니, 수미가 승강장 의자에 웅크리고 앉아 불안한 표정으로 여기저기 둘러보며 기다리는 모습이 눈에 띄었다.

늦어서 미안하다며 황급히 차에 오른 수미는 그의 눈치를 살피며 "화 많이 나셨어요?"라고 구찬에게 물었다.

구찬은 헝클어진 분위기를 추스르려면 그렇지 않다고 거짓말을 해야 된다고 제대로 판단하기는 했지만, 웬일인지 차마 그런 말이 입에서 나오지 않아서 그냥 아니라고 머리를 한 번 가로 젓기만 했다.

성산대교를 건너려고 차가 서교동을 빠져나가는 동안 수미는 초조한 표정으로 힐끔거리며 구찬의 눈치를 끊임없이 살폈다. 구찬은 수미가 지각한 이유를 알지 못했기 때문에 그녀가 왜 불안해하는지 알 길이 없었고, 그래서 초조해하는 그런 곁눈질이 부담스러워서 싫었다. 그는 수미가 늦은 이유가 궁금했지만, 묻지 않기로 했다. 지금의 아슬아슬한 분위기가 더욱 나빠질 빌미가 될까 봐 걱정스러워서였다. 구찬은 왜 약속시간에 늦었는지 그녀가 설명해주기를 바랐지만, 심하게 주눅이 들린 수미는 어떤 변명도 하지 않고 계속해서 눈치만 살폈다.

그는 짜증스러운 표정을 그녀에게 보이지 않아야 되겠다고 작정했지만, 너무 늦게 내린 결정이 성공을 거두기는 어려우리라고 판단했다. 수미는 이미 구찬이 어느 정도 화가 났는지를 첫눈에 확인하지 않았던가.

한강을 건너고 김포를 지나 고촌의 고개를 넘어갈 때까지 그들은 거의 아무 말도 주고받지 않았다. 구찬은 수미가 지나치게 경계하는 시선이 싫었다. 구찬은 공연히 짜증을 부림으로 해서 그녀로 하여금 겁을 먹게 만든 자신이 싫었다. 구찬은 겁에 질려 몸을 도사리는 수미가 결과적으로 그를 나쁜 사람으로 만들어놓았다고 생각해서 그녀가 못마땅했다. 그리고 어쩌다 보니 이제는 여자에게 부담스러운 존재가 되어버린 자신이 싫었다.

수미가 훌쩍훌쩍 울기 시작했다.

겁이 덜컥 난 구찬은 복잡해진 머릿속이 순식간에 하얗게 얼어붙었다. 사태를 바로잡아야 할 기회를 놓쳤다는 사실을 본능적으로 깨달았기 때문이었다. 그는 왜 그러느냐고 황급히 물었다.

"그렇게 화를 내시면 무서워요."

그러더니 수미는 새벽에 어머니가 토사곽란을 일으켰고, 그래서 아침에 동네 약국이 문을 열기를 기다렸다가 오느라고 약속시간에 늦었다는 설명을 했다. 늦으리라는 사실을 구찬에게 알리고 싶었어도 그녀에게는 그렇게 할 방법이 없었다. 혹시 구찬의 아내가 덜컥 받을까 봐 집으로는 어떤 사정이 생기더라도 전화를 걸지 못하는 그녀의 처지였다.

전전긍긍하며 택시를 잡아타고 겨우 약속장소에 늦게 나타난 그녀는 구찬이 보이지 않자 먼저 와서 한참 기다리다 화가 나서 가버린 줄 알았다고 했다. 그리고 잠시 후에 차를 몰고 나타난 구찬을 보니 정말로 화가 많이 난 표정이었다. 구찬은 지난 겨울 언제인가부터는 표정을 감추는 순간적인 노력에서 성공한 적이 거의 없었다.

아무리 노력하더라도 오늘의 나들이를 성공시키기가 불가능하리라고 판단한 구찬은 그렇다면 서울로 돌아가자고 차를 돌렸다. 그만큼 다급한 사정이었다면, 좀 위험한 짓이기는 했지만, 미리 집으로 전화해서 약속을 취소하고 어머니를 돌봐야 할 일이지 무엇 하러 억지로 신촌까지 나왔느냐고 구찬은 최대한 부드러운 목소리로 타이르듯 말했지만, 실제로 그의 입에서 나온 목소리는 자꾸만 점점 더 치밀어 오르는 짜증을 좀처럼 가누기가 어려웠다. 그것은 사과하기에 너무나 늦어버린 나머지 오랜 기간에 걸쳐 누적된 작은 죄의식의 집합을 감당하지 못하고 폭발한 감정이었고, 그래서 그는 성을 냈다는 사실이 미안해서 더욱 기분이 언짢아졌고, 점점 더 화를 내는 구찬이 무서워서 자꾸 울어대는 수미가 더욱 미워졌고, 광화문에서 헤어질 때 그들은 작별인사조차 제대로 하지 않았다.

스물하나

두 사람의 관계를 향상시키려는 목적으로 계획했던 그들의 봄나들이 실험여행은 그렇게 무참히 실패로 끝났다. 결과적으로 그것은 차라리 시도하지 않았더라면 오히려 더 좋았을지 모르는 서투른 모험이었다.

두 사람 사이에서 처음 터져나온 자그마한 충돌은, 당연한 일이었지만, 피차간에 심한 후회로 이어졌고, 그들은 거의 한 달 동안 과장된 사과와 장황한 설명을 곁들여가며 관계회복에 많은 노력을 기울였다. 하지만, 비가 내린 후에는 땅이 더욱 단단히 굳어진다고 하는 속담과는 달리, 두 사람의 눈치 보기는 부쩍 더 심해지기만 했다. 우울한 슬픔의 구름은 그들 주변에 점점 더 짙게 끼었고, 어느 틈바구니로 자꾸 들어오는지 알 길이 없는 겨울밤 외풍처럼 차가운 상호간의 경계심은 때때로 살얼음처럼 아슬아슬하기까지 했다.

그것은 구찬으로서는 이미 충분히 예상했던 위기의 징후였다. 이런 조심스럽고 살벌한 조짐은 새해로 접어들어 나이를 한 살씩 더 먹은 무렵부터 가시화되었지만, 구찬은 사실 그보다도 훨씬 전부터 별다른 뚜렷한 이유 없이 그들의 사이가 조금씩 서먹서먹해지는 불길한 기운을 문득문득 감지했었다. 그래서 긴장한 그는 자기도 모르게 점점 더 자주 얕은 짜증을 부렸고, 그의 하찮은 감정적인 돌출에 놀라서 수미는 자꾸 과잉반응을 보이며 겁먹은 표정을 짓고, 웬만하면 남자의 기분을 상해주지 않으려고 말을 삼가고는 했다.

만일 그들이 정상적인 부부였다면 이런 경우에 한 쪽이 잔소리를 하거나 크게 꾸짖고 간단히 넘어갔을지도 모를 일이었다. 그러나 그들의 관계는 정상적이 아니었다. 그래서 두 사람의 비정상적인 관계로 인하여 여자가 겪게 되는 모든 손해를 보상해줘야 한다는 책임감에 밀려 그는 불만스러운 문제가 어렴풋하게나마 드러나더라도 차라리 모르는 체하며 그냥 넘어가기가 십상이었고, 그래서 가끔 사소한 말다툼으로 해소하며 불만의 간격을 차츰 좁혔어도 좋았을 그들 사이에는 작은 불만의 때가 한없이 쌓여가기만 했다.

그런가 하면 수미는 수미대로 혹시 솔직한 마음을 드러내느라고 그에게 지나친 정신적 부담을 주었다가 구찬으로부터 버림을 받을까 봐 겁이 나서였는지, 얼핏얼핏 무엇인지 마음을 한 조각 떼어 숨기고는 했다. 이렇게 불만을 해소할 기회를 자꾸 유보해두는 새로운 습성으로 인해서 수미가 때로는 꼭 해야 할 말조차 제대로 못한다는 사실을 그는 벌써부터 알았다. 하지만 그는 이런 징후를 앞장서서 적극적으로 제거하는 노력을 게을리했다.

수미의 표정에서 그늘이 스치는 순간들이 늘어나면서 구찬은 날이 갈수록 어색해지는 두 사람 사이의 분위기가 누구의 탓인지를 따져보았고, 어쩌면 그것은 수미와 구찬의 공동책임일지 모른다고 한때는 믿었다. 그렇다면 그것은 구찬 혼자만의 책임이 아니고, 혼자서만 해결해야 할 문제가 아니었다. 남자와 여자가 서로 잘 해주려고 함께 노력하면 상승효과가 생기지만, 서로 경계하면 그들의 관계는 급속도로 냉각되기가 보통이었다. 그래서 두 사람이 함께 해결책을 모색했어야 옳았겠지만, 두 사람 다 무책임하게 관망을 계속할 따름이었다. 그리고 그 책임의 절반은 수미의 몫이라고 그는 계산했다.

물론 구찬은 이런 냉정한 계산방법이 얼마나 잔인한 짓인지를 아직 깨닫지 못했다. 어쨌든 수미의 얼굴에서 섬광처럼 스쳐 지나가는 공포의 표정을 그가 처음 포착했던 때는 필시 그들의 냉각기가 심각할 정도로 한참 진행된 다음이었으리라고 그는 생각했다. 그리고 수미가 느끼는 공포감의 책임은 오직 구찬 혼자서, 자기 자신이 혼자서 져야 한다는 진실을 알아내는 데는 별로 많은 시간이 걸리지 않았다.

사실 그는 자신의 탓을 선뜻 시인하고 싶지가 않았기 때문에 엉뚱한 곳에서 해답을 구하려고 했을 따름이지, 문제의 핵심이 무엇인지는 이미 오래 전부터 확실하게 알았다. 그래서 구찬이 일단 진실을 인지하고 났더니, 해답은 지극히 단순하고, 간단하고, 명백하게 드러났다.

수미가 두려움을 갖게 된 동기는 구찬이었다. 구찬의 마음속에서 벌어지던 갈등이 그녀를 불안하게 만든 유일한 동기였다. 신사동에 집을 마련하여 안정된 만남이 확보된 무렵부터 그녀는 구찬을 괴롭히던 감정의 변화를 일찌감치 포착했었고, 그의 불확실한 태도는 그녀의 불안감을 촉발했다.

젊은 여자를 어딘가 숨겨놓고 이른바 이중생활을 반 년 이상 계속하는 사이에, 득량만 바닷가에서의 눈부신 감격과 신선한 기쁨이 조금씩 녹슬기 시작하자, 아내에 대한 죄의식이 야금야금 구찬의 벅찬 기쁨을 갉아먹기 시작했다. 그리고 작년 늦여름에, 아내에게는 임원으로 낚시를 간다고 거짓말을 하고는 수미의 휴가를 이용하여 동해안 일주 자동차 여행을 떠나 화진포에서 장사까지 호젓하고 즐거운 나날을 보내는 동안, 그는 불현듯 여태까지 재명에게는 수미에게처럼 그가 잘해

주었던 적이 없다는 가책을 처음으로 진지하게 느꼈으며, 결혼한 후에는 둘이서 제대로 장거리 여행 한 번 나서 본 적이 없었다는 미안함에 속이 상했다.

하지만 그는 바람을 피우는 남자 ···.

아, 그가 "바람을 피우는 남자"가 되었다니, 이것은 얼마나 진부하고 통속적인 얘기인가!

어쨌거나 간에 그는 바람을 피우는 다른 일반적인 남자들처럼 숨겨 놓은 여자에 대한 죄의식으로 인해서 아내한테 그만큼 더 잘해 주고 싶은 마음이 내키지를 않았다. 그것은 그가 서구찬 자신 만큼은 다른 통속적인 남자들과 크게 다르다고 믿으려는 심리적인 방어장치의 유치한 반발 때문이었다. 그래서 그는 수미에게 목걸이나, 반지나, 옷을 사 줄 때마다 아내에게는 그런 선물을 안 사주는 데 대한 후회를 반복했고, 그렇다고 해서 뒤늦게나마 보상조차 해주지 못하는 옹졸한 자신을 정신적으로 학대하는 악순환을 계속했다.

두 여자에게 공평하지 못하고 그래서 떳떳하지 못한 자신의 행실에 대한 혐오감은 왜 그들이 동등한 자리에 위치하지 않는지를 자신에게 납득시키려는 과정으로 엉뚱하게 왜곡되었다. 그것은 자신을 기만해 가면서라도 병든 양심을 구제해보려는 헛된 시도였다. 그리고 이런 왜곡의 과정에서 곧 아내와 수미를 비교하는 새로운 습성이 그의 마음속 한 구석에 조금씩 뿌리를 내리고 서서히 자리를 넓혀나갔다.

물론 비교가 이루어지던 초기에는 얼마동안 수미가 월등하게 높은 위치에 섰다. 수미는 세상 밖에서 만난 여자라는 착각으로 인해서였는지 몰라도, 구찬은 그녀를 번잡한 사람들이 뒤엉키는 세상의 때가 전혀 안 묻은 싱싱한 존재라고 상상했다. 그렇지만 곧 그는 세상살이로 얼룩진 아내를 미워하고 신선한 수미를 사랑해야 옳다고 판단하는 그의 심리적인 기준에 대해서 회의를 느꼈다. 다분히 불공평하게 수미의 편을 들려고 했던 그의 시각은 아내가 아닌 다른 여자와의 관계가 왜 필요한지를 자신에게 단순히 납득시키기 위한 독선적인 자기최면의 한 가지 형태일 따름이었다. 뿐만 아니라, 불행한 아내를 버려두고 나만 이렇게 행복해도 되는가 하는 죄의식과 자격지심은 곧 아내 또한 한때는 수미 못지않게 신선하고 아름다운 여인이었다는 과거의 재발견에 이르렀다.

은행잎이 눈부시게 샛노란 가을 날 오후, 경복궁 길에서 숨바꼭질을 하자며 나무 뒤로 숨어 다람쥐처럼 몰래 내다보고 장난치던 수미의 귀여운 매력은 재명의 모습에서 과거에 그가 늘 발견했던 기쁨이었다. 결혼하고 나서 겨우 한 주일쯤 되었을 무렵에, 낮잠을 자다가 커피주전자를 태워먹은 아내를 보고 그는 서투른 살림솜씨가 얼마나 순수하고 귀엽다고 생각했었던가. 처음 사랑할 때는 그렇게 결함조차 매력으로 둔갑을 하게 마련이었다.

이러한 과거의 재확인은 그가 결혼생활을 거치며 아내를 제대로 보살펴주지 못했다는 죄의식으로 이어졌고, 다시 가정을 지켜야 한다는 지극히 상식적인 책임감과 결합하여, 어느덧 수미에게 지나칠 정도로 잘해줘서는 안 된다는 이상한 공식이 이루어졌다. 결과적으로 그는 수미로 인하여 아내를 재발견한 셈이었다. 그래서 구찬은 죄의식의 크기를 상쇄할 정도로 재명에게 공을 들이려는 시도가 이루어져야 하지 않을까 하는 일시적인 결론에 이르기도 했었다.

구찬의 머릿속에서 전개되는 이런 갈등을 수미는 여자의 본능으로 당장 포착했다. 그리고 자신이 남자에게 부담스러운 짐이 되기 시작했다는 인식은 더욱 그녀를 위축시켰다. 결국 구찬과 수미 두 사람은 잔병치레를 해가면서 건강을 키우는 대신, 지극히 사소한 징후들을 조심스럽게 참아가며, 속으로 곪아터지는 중병으로 발전하도록 상황을 악화시키고 말았다.

여름이 왔고, 두 사람은 바닷가에서의 첫 만남을 기념하는 1주기를 맞았다. 수미는 적절한 기회가 날 때마다, 무엇인지를 기대하는 듯한 표정과 어조로, "축하행사" 얘기를 여러 차례 했다. 구찬은 탄력이 많이 빠져버린 그들의 관계를 어느 정도나마 복원할 어떤 극적인 계기를 마련하고 싶었지만, 별다른 묘안이 떠오르지 않았고, 그래서 봄에 불발로 끝난 전등사 여행을 성사시키자는 제안을 내놓는 정도가 고작이었다. 그것은 사실 미제로 남은 숙제를 해치우는 의미밖에 없었다. 그래도 어쨌든 두 사람은 나름대로의 특별한 행사를 무사히 실천하여, 조심스럽게 겉으로만 즐거워하는 여행을 떠났다. 그러나 하루 종일 찜찜한 아쉬움은 그들에게서 시원스럽게 물러가지 않았다.

저녁에 서울로 돌아온 그들은 서교호텔에서 제법 비싼 저녁을 먹었다. 수미는 그에게 파란 넥타이를 선물했다. 구찬은 그녀에게 줄무늬 수영복을 선물하면서, 금년 여름에는 경포대 해수욕장으로 휴가를 가서 그녀의 멋진 수영솜씨를 보여달라고 했다. 수미는 경포대 5리바위와 10리바위를 너끈히 왕복하는 그녀의 수영솜씨를 몇 차례 그에게 자랑했었다.

그리고 식사가 끝나갈 무렵에 수미가 오랫동안 벌러오던 금기의 화제를 마침내 입에 올렸다.

"가정으로 돌아가고 싶으시다면, 보내드릴게요."

언젠가는 이와 비슷한 선언이 그녀의 입에서 나오리라고 어렴풋이 예상했던 구찬이었지만, 그래도 그는 갑작스러운 충격에 빠졌다. 지금까지 그는 갈팡질팡하는 마음을 바로잡을 길이 없어서 자꾸 미끄러져 내리기는 했었지만, 내리막길이 언젠가는 저절로 끝나리라고 막연히 바라면서 별로 저항하지 않았었다. 하지만 그가 기대했던 바와는 달리, 그의 추락에 갑자기 가속도가 붙었다.

그는 지금까지 수미와의 결별은 한 번도 진지하게 생각해본 적이 없었다. 수미와 아내에 대한 번뇌와 고민은 수미가 영원히 떠나지 않으리라는 전제조건하에서 이루어진 몽상이었지, 확고한 현실적 가능성은 결코 아니었다. 그만큼 충격의 역풍은 강력했다.

"그게 무슨 소리야?"

"당신이 갈등하는 모습을 옆에서 지켜보기가 너무나 괴로워서 내린 결정이에요. 이러다가 추한 꼴을 보이고 미움을 받게 되기 전에, 아직은 조금이나마 예쁜 모습이 나한테 남은 상태에서 떠나고 싶어요. 아름다운 뒤꼭지는 미움의 망각이 아니라 미련을 남기니까요."

처음 그들의 관계가 시작될 무렵부터 수미는 입버릇처럼 "언제까지나 당신의 마음을 편안하게 해드리겠어요"라고 다짐했으며, 심지어는 "혹시 언제라도 당신이 떠나고 싶어 하시면, 소월의 〈진달래꽃〉 여자처럼 말없이 보내 드리겠어요"라면서 웃기까지 했었다. 그런 말을 하면서 그녀가 늘 미소를 지었던 까닭은 구찬이 결코 그녀를 버리고 떠나지 않으리라는 확신으로 자신만만했기 때문이었다.

152

하지만 지금은 달랐다. 그녀의 목소리는 심각하고, 긴장하고, 불안하고, 슬펐다.

"난 지쳤어요. 무척 많이요. 이제는 낭만의 한계에 이르지 않았나 싶어요. 환상으로 현실을 가리기가 쉽지 않아졌으니까요."

구찬은 이런 경우에 무슨 말을 해야 위로가 될지 전혀 생각해본 적이 없었고, 그래서 선뜻 아무 말도 하지 못했다. 그리고 수미는 그녀가 지친 이유를 이렇게 설명했다.

"전 누군가의 가정을 파탄시킨 여자가 되었고, 당신은 내가 그런 죄책감을 잊게끔 조금도 도와주질 않았어요."

구찬은 "그런 쓸데없는 소리, 다시는 하지 말라"면서 가볍게 넘어가고 싶었지만, 지금은 전혀 그럴 만한 분위기가 아니었다. 한 번 시들어버린 꽃을 되살리기는 불가능한 일이었고, 헤어지지 않고 현상유지를 해주겠다는 약속으로는 그들의 위기를 해소하기에 미흡하리라는 진실을 두 사람 다 잘 알았다. 스스로 결단을 내리지 못하고 저절로 사태가 수습되기만을 무작정 기다리는 구찬의 태도는 모든 차원에서의 시효를 잃었다.

며칠 후에 신사동에서 다시 만났을 때의 수미는 태도가 크게 달라졌다. 남자가 떠나도록 용납하겠다던 그녀는 구찬을 절대로 포기하지 않겠다는 뜻을 분명히 밝혔다. 그들이 헤어져야 하는 이유가 그녀의 탓이었다면 모르겠지만, 지금은 그런 상황이 아니었다. 수미는 구찬의 죄의식을 그녀의 가장 큰 적이라고 판단했으며, 그러니까 그들이 헤어지기보다는 다른 해답을 찾아야 한다면서 이런 식으로 그를 설득하려고 했다.

"당신은 죄의식을 느낄 이유나 필요가 없어요. 우리가 뭘 잘못했다고 이렇게 괴로워하고 벌과 고통을 받아야 하나요? 내가 도대체 무슨 죄를 지었다고 자책감을 느껴야 하고요? 두 사람이 만나서 사랑하게 되었는데, 그들 가운데 한 사람이 이미 결혼한 신분이어서 안 된다는 그런 법은 없어요. 그건 자연법에 어긋나는 법이에요. 사랑은 시장에 가서 생선을 사듯 미리 이리저리 안팎으로 살펴보고 골라가면서 상대를 정하는 건 아니잖아요? 회사에서 면접시험을 보는 것도 아닌데 말예요. 아들 둘에 딸 하나를 둔 부잣집의 둘째 아들을 골라 사랑하는 여자가 세상에 과연 몇이나 되겠어요? 사랑 자체가 비이성적이라면, 계산하지 않는 사랑이 오히려 순수하지 않을까요?"

하지만 구찬은 얼마나 많은 세계 명작이라는 소설들이 따지고 보면 그런 식으로 부도덕과 간통을 미화시키는지도 잘 알았기 때문에 수미의 설득에 쉽게 공감하지 않았다. 그리고 구찬으로부터 적극적인 반응을 얻어내지 못하자, 여자의 공세 또한 차츰 형태를 바꾸어 나가기 시작했다.

"우리 떳떳하게 사랑하기로 해요. 너무 늦게 만나 마음 놓고 사랑하지 못하는 처지가 슬프기는 하지만요. 세상엔 우리들 말고도 정말로 나쁜 사람들이 얼마든지 많아요. 비양심적인 우리나라 정치인들과 기업인들, 살인 떼강도들, 유괴범들, 사기꾼들 …. 하지만 우린 그런 죄를 짓지는 않았어요. 우린 그냥 사랑만 했다고요. 그리고 사랑할 권리와 자유를 미리 빼앗긴 처지이기 때문에 괴로워하고요."

그러다가 수미는 이런 식으로 지나치게 밀어붙이면 궁지로 쫓기던 구찬이 겁을 먹고 도망칠까 봐 며칠 동안은 조금 옆으로 물러나기도 하고, 그의 마음이 그녀 쪽으로 쏠리는 기미가 보이면 때로는 그에게 필사적으로 매달리며 공격의 방향을 바꿔 은근히 아내와의 이혼을 간접적으로 요구하기에 이르렀다.

"사모님하고 그토록 냉담한 사이를 억지로 유지한다는 건 두 분 모두에게 가혹한 형벌이니까 차라리 헤어지고 재혼하시는 편이 나을 듯싶어요. 난 차라리 당신이 마누라를 두들겨 패는 그런 무식한 남자였으면 좋았으리라는 생각이 드는군요. 생각이 짧고 그래서 행동이 빠른 남자 말이에요. 도대체 뭘 재느라고 가타부타 마음을 잡지 못하면서 무슨 생각이 그렇게 많으신지 때로는 이해가 가질 않아요."

그러다가 다시 그녀는 갑자기 추적을 중단하고는 했다. 억지로 결혼을 강요함으로써 다 잡은 고기를 놓치는 어리석은 짓을 저지르고 싶지 않아서인지, 그녀는 엉거주춤하게 한 발자국 물러나서 그에게 슬그머니 여유를 주기 위해서였다. 바늘이 깊이 박힐 때까지 낚시에 걸린 고기가 떨어지지 않도록 줄을 잠깐 늦춰주듯이.

그러는 사이에 구찬은 본능과 양심 사이에서 오락가락하는 갈등, 그리고 거기에서 오는 수치심이 점점 깊어지기만 해서, 밤이 되어 어둠이 내리면 동물적인 육체가 갈등했고, 날이 밝아 주변의 수많은 사물이 현실로서 시야에 들어오면 양심이 갈등했다. 숨어서 돌아다니며 어둠 속의 쾌락에 탐닉한다는 동물적인 괴로움, 자신이 온전치도 못하고 떳떳하지도 못한 더러운 존재라는 인식, 이제부터 죽을 때까지 어떻게 행동하고 어떻게 살아야 옳겠는지를 알지 못해서 정처없이 헤매는 절박함에 시달리면서도 그러나 그는 선뜻 아내에게 돌아갈 마음은 없었다. 인간이란 결국 한 번 태어나 한 번만 살고 한 번 죽는 동물인데, 생명은 자꾸 삭아 없어지고 언젠가는 죽음을 맞아 존재가 끝나고 말텐데, 남들은 누구나 다 누리지만 그는 못 누렸고 잘 알지도 못했던 육체의 쾌락, 모처럼 발견한 한없는 기쁨을 그는 양심이라고 하는 어떤 추상적인 이유 하나만으로 인해서 차마 포기할 만큼 어리석은 남자가 아니기 때문이었다.

이제 그는 미끼를 만만하게 보고 잡아먹으려다가 입술에 박힌 낚싯바늘을 배앝아 버리려고 해도, 미늘이 빠지지 않아 살아날 기회를 놓쳐버린 지경에 이르렀다.

스물둘

결국 한 전무가 사고를 치고 말았다. 그저께 중들물에 47짜리를 벌써 올렸던 터라 그만하면 만족할 만도 했으련만, 그래도 성이 안 차서 기어이 욕심을 부리느라고 그는 똥여로 건너갔다가 꼼짝달싹도 못하고 갇혀버렸다.

그날은 한 전무가 하루 종일 멀리 원정을 갈 내색을 조금도 보이지 않았었다. 오히려 구찬이 아침부터 웬일인지 몸이 굼실거려 일찍 점심을 먹고는 삼봉바위를 넘어 멀리 엉바위까지 가 보았지만, 물때가 좋지 않아서인지 입질이 도통 신통치 않았고, 그래서 해가 떨어지기 전에 다시 천막으로 돌아왔다.

그런데 한 전무가 어디로 갔는지 보이지 않았다.

족발부리를 둘러보아도 한 전무가 없기에 아마 닭발고랑 쪽으로 넘어간 모양이라고 생각하며 구찬이 저녁을 지으려고 하니까 바람결에 무슨 이상한 소리가 실려 왔다. 처음에는 쓸리는 바닷물과 가파른 바위가 부딪히며 만들어내는 무슨 소리인가 했는데, 손과 숨을 멈추고 귀를 기울여 다시 들어 보니, 어디에선가 한 전무가 구찬을, 흐느적거리는 갈대의 가락까지 타면서, 물귀신 목소리로 구슬프게 불러대었다.

"서 사장님! 서 사장님!…. 서 사장님! 서 사장님!…. "

깜짝 놀란 구찬은 쉭쉭거리며 파랗게 뿜어 오르던 석유곤로의 불을 얼른 꺼버리고 한 전무의 목소리가 들려오는 뿔바위로 힐레벌떡 달려 내려갔다.

기막힌 광경이 구찬의 눈앞에서 펼쳐졌다.

날은 어둑어둑 저물어 오고, 때가 들물의 끝이어서 주변의 갯바위로 바닷물이 너울대는 거대한 혓바닥처럼 넘실거리며 덮어 올라왔다. 뿔바위에서 100미터쯤 떨어진 똥여 역시 수면 밑으로 거의 다 가라앉았다. 그리고 소라껍질 모양으로 뾰족하게 솟은 똥바위 꼭대기에 한 전무가 비스듬히 올라앉았다. 잡을 만한 돌출부가 별로 없는 시커먼 바위 저쪽 편에서 그는 자그마한 선반처럼 생긴 바위 턱을 두 손으로 부둥켜안고 거북처럼 매달렸다.

"거기서 뭘 하는 거예요?"

구찬이 다급하게 물었지만, 벌써 많이 지쳐서인지 한 전무는 얼른 대답하지 않았다. 구찬을 보고 일단 마음이 놓여서 우선 잠시 숨을 돌리는 눈치였다.

"물이 자꾸 불어나는데 안 나오고 왜 그래요?"

그제야 한 전무가 공연히 화를 냈다.

"누가 나가기 싫어서 안 나가는 줄 알아요?"

"왜 못 나오는데요?"

"발목을 삐어서요."

그렇다면 구찬이 똥여로 들어가서 한 전무를 데리고 나와야 한다는 얘기였다. 하지만 이미 수심이 한참 깊어져서 무모한 시도를 하기에는 지나치게 위험해 보였다. 똥여에 이르려면 물속에서 공룡의 등비늘처럼 울퉁불퉁 솟아올라 줄지어 늘어선 바위들을 징검다리로 삼아 딛고 건너가야 했다. 그러나 물이 깊고 날이 저물어 버섯 모양의 바위 정수리들이 육안으로는 잘 보이지 않았고, 바위들 사이에는 분명히 키를 넘기는 곳이 많을 테니까 발을 조금만 헛디디면 그대로 홈통으로 쓸려들어갈 판이었다.

구찬이 수중 바위들을 딛지 않고 구명조끼만 믿고 그냥 수영을 해서 건너가 한 전무를 구출해 데려올 재주도 없었다. 파도가 치지 않는 서울의 실내 수영장에서라면 몇십 미터 정도를 허부적거리며 겨우 헤엄을 쳐서 건너가겠지만, 사람을 하나 끌고 나오기는커녕 넘실대는 파도를 헤치고 혼자 몸으로나마 똥여까지 갔다가 무사히 돌아오기란 상상조차 하기 어려운 짓이었다. 한 전무 또한 수영실력이라면 초등학교 시절에 배운 개헤엄밖에 모르는 '왕초짜'였다.

자초지종부터 알아보려고 구찬이 한 전무에게 어찌된 영문인지를 물었다. 시끄러운 파도 때문에 소리를 질러대는 그의 얘기를 띄엄띄엄 들어 보니, 한 전무는 네 시쯤 물이 완전히 빠졌을 때, 뿔바위 일대에서 물고기들의 활성도가 느닷없이 살아나자 똥여에 틀림없이 큰 감생이들이 붙었으리라는 확고한 판단을 내렸다. 그래서 그는 구명조끼를 걸치고, 오른손에는 낚싯대를 하나만 들고, 왼손으로는 물 한 병과 크릴 미끼를 담은 빈 아이스박스를 끌고, 한껏 조심하며 똥여로 넘어갔다고 했다.

물속에 솟아오른 바위들을 골라 밟고 건너가다가 수심이 약간 깊은 곳에서는 아이스박스를 구명대처럼 눌러 붙잡고 매달려 물장구를 쳐서 바지만 적시고 똥바위까지 겨우 건너간 한 전무는 낚시를 할 만한 자리를 찾아 꼭대기로 기어 올라가다가 깨진 바위를 헛디뎌 미끄러지는 바람에 아이스박스를 놓쳐 떠내려 보내고, 거기다가 발목까지 삐고 말았다.

혼자 힘으로는 다시 섬으로 건너올 방법이 없어진 그는 뻣뻣하고 아픈 다리를 질질 끌고 겨우 안전한 높이까지 피신하기는 했지만, 호주머니에 넣어 두었던 호루라기조차 어느 틈에 빠져 없어져서 구원을 청하지도 못하고, 엉바위로 간 구찬이 삼봉 언덕을 넘어 돌아오기만 하염없이 기다리며 아까부터 이렇게 소리쳐 서 사장만 불러 대었노라고 했다.

구찬은 갑작스러운 상황에 어떻게 대처해야 좋을지 모르겠어서, 사실은 그럴 만한 용기가 전혀 없었지만, 밧줄로 몸을 묶고 자기가 구출하러 들어가면 어떻겠느냐고 물었다. 한 전무는 한심한 소리는 하지 말라고 했다. 한 전무의 말이 옳았다. 50미터짜리 밧줄로는 한 쪽 끝을 뿔바위에 고정시키면 나머지 자락으로는 똥여까지 절반도 닿지 않으려니와, 지금은 센 물살에 사람이 쓸려 내려가기 십상이니까 서투른 구출 시도는 위험하기 짝이 없었다.

구찬은 어쩌면 좋을까 잠시 생각해 보았다. 조류는 오후 네 시쯤에 바짝 나갔다가 들어오기 시작한 물이니, 다시 바닷물이 빠져 사람이 건너가서 한 전무를 데리고 오려면 새벽 세 시가 넘기를 꼼짝없이 기다려야 했다. 그때까지는 속수무책이었지만, 그렇다고 해서 언제 물에 빠져 죽을지 모르는 한 전무를 빤히 쳐다보고 앉아서 멍하니 기다리기만 할 처지도 아니었다.

마음만 급해서 어쩔 줄을 몰라 발을 동동 구르던 구찬 대신에 한 전무의 목숨을 구하는 구출작전의 주도권을 떠맡은 사람은 궁지에 빠진 한 전무 자신이었다.

"오늘 아침에 보니까 갈매기호가 낚시꾼들을 엉바위에 부려놓은 것 같아요. 그러니까 어서 그 사람들한테 가서 도움을 청해요!"

낮에 구찬이 삼봉바위를 넘어가서 만났던 두 명의 꾼들을 두고 한 얘기였다. 그들은 민속술집 주인이라는 양 사장과 철물점 주인 문 사장으로서, 둘 다 추자도에서 갯바위 사고의 전설이 되어버린 오동석과 같은 울산 바닥 사람들이었다. 그래서 갈매기호에 그들을 태우고 푸렝이섬으로 들어오는 길에 김춘복 선장은 당연히 울산 오 씨에 관련된 최근 사고소식을 그들에게 알려주었다.

이번에는 오 씨가 아니라 그의 동행 윤 사장이 어떤 사고를 당했는지 낱낱이 전해주면서, 김 선장은 추자도의 또 다른 신화적인 인물인 본드 박사를 잊지 않고 언급했다. 방어진 금방 주인 윤 사장의 얼굴을 접착제와 담뱃갑 은박지로 지혈시킨 본드 박사의 영웅적인 무용담을 장황하게 과장한 덤까지 곁들여 생생하게 전해들은 울산 꾼들은 구찬이 한 전무와 같이 낚시를 들어왔다니까, 도대체 어떻게 생긴 사람인지 궁금하다면서 나중에 한 번 짬을 내어 뿔바위로 넘어와 본드 박사와 인사를 나누겠다고 반쯤 건성으로 약속까지 했었다.

머지않아 틀림없이 또 하나의 추자도 전설로 확고하게 발전할 듯싶

160

은 사고상황을 본드 박사가 당했다는 말을 듣고 울산 꾼들은, 진심으로 걱정이 되어서라기보다는 필시 호기심에 끌려서, 라면을 먹다 말고 젓가락을 팽개치고는 냉큼 구찬을 따라 나섰다. 하지만 그들이 뿔바위로 넘어왔을 때는 어느덧 시간이 여섯 시가 다 되어 날이 저물기 시작할 무렵이었기 때문에, 사람의 숫자만 늘어났을 뿐 아무리 셋이서 힘을 합친다고 해도 당장 적극적인 행동으로 옮길 마땅한 묘책이 없었다.

처음에는 잠시 걱정스럽게 부산을 떨면서 사태를 다각도로 분석하고 중구난방 의견을 내기는 했지만, 전혀 통제할 능력이 없는 상황에서 서투른 구조를 한답시고 무리한 모험을 감행하다가는 더 큰 사고가 나서 멀쩡한 다른 사람들까지 다치거나 죽을지 모르겠다는 결론을 그들은 내렸고, 그래서 내일 아침 일찍 갈매기호가 석유와 담배를 싣고 들어오기로 했으니 구출작전은 그때 펼치기로 하고, 일단 기다리자고 합의를 보았다. 이어서 구찬과 울산 꾼들이 취한 실질적인 행동이라고는 기껏해야, 어둠 속으로 점점 자취를 감추는 한 전무의 형태를 향해 "괜찮아요?"라고 소리쳐 "네"라는 대답을 들어서 '상태'를 몇 차례 확인하고는, "우리들이 여기서 당신을 지켜주는 희망의 횃불 노릇을 하겠노라"는 뜻으로 가스등을 밝혀 바위에 얹어놓고는 등대처럼 똥여를 비춰주는 정도가 고작이었다.

몸을 피할 자리조차 넉넉하지 못한 바위 꼭대기에 매달려 버티다가 기운이 빠지거나 실수해서 다리가 삔 몸으로 바다에 떨어진다면, 한 전무는 어둠 속에서 작은 여(물속에 숨어있는 바위, 암초)로부터 물살에 실려 밀려나 순식간에 곧장 파도에 휩쓸려 어디론가 심해 속으로 사라져 시체도 못 찾을 처지였다. 그래서 아침 구조가 이루어질 때까지 혹시 졸다가 추락하는 일이 없도록 한 전무가 스스로 조심해야만 했고, 뿔바위의 세 사람은 무용지물이나 마찬가지였다.

흥분과 긴장이 빠른 속도로 풀렸고, 기나긴 기다림이 시작되었다. 울산에서 들어온 중년의 두 낚시꾼과 구찬은 어느새 캄캄하게 어두워진 뿔바위에 나란히 앉아서, 어차피 같은 상황이 아침까지 계속될 테니까 자꾸 조바심해 봐야 아무 소용이 없었던 터라 일단 걱정을 접고 마음을 진정시키고, 무료한 시간을 보내기 위해 잡담을 주고받았다.

울산 시외버스 정류장 근처에서 '전통 민속' 술집을 경영한다는 양선길 사장은, 한 전무가 바위에 여전히 붙어서 무사히 버티는지 손전등을 비춰 다시 한 번 확인해 보고는, 나지막이 킬킬 웃더니 농담을 던지는 여유까지 보였다.

"헌데 저 양반 어쩌다 저렇게 똥덩어리에 목숨을 걸고 매달리는 신세가 되었나요?"

한 전무가 왜 똥여로 건너갔는지를 구찬이 자세히 설명하자 울산 철물점의 문 사장은 "고기 욕심 때문에 갯바위에서 아깝게 죽은 사람들"의 사례를 여기저기서 주워들은 대로 잔뜩 열거했다. 영원한 해병이라며 조폭 깍두기머리를 하고 다니는 양 사장이 나름대로 재치를 발휘하며 맞장구를 쳤다.

"산악인들은 산이 거기 있으니까 산에 오른다더니 본드 박사는 감생이가 거기 있으니까 똥바위로 올라간 셈인가?"

이어서 자연스럽게 울산 오 씨가 전설을 복습하는 그들의 화제에 올랐고, 양 사장은 본드 박사 한 전무의 신원파악과 정체에 대해서 지대한 관심을 보였다. 내친 김에 그는 서 사장더러 무슨 사업을 하느냐고

162

물었다. 본디 개인적인 신상의 노출을 달가워하지 않았던 구찬은 낚시터에서 하는 돈 자랑이라면 아침마다 동네 뒷산 약수터로 골프채를 들고 올라오는 남자들만큼이나 유치하고 장소착오적인 과시의 한 가지 형태라고 생각해서, 그냥 "압구정에 점포를 하나 가지고 있다"고만 밝히고는, "낚시까지 포기하고 도와주러 오신 손님들을 대접할 저녁을 지으러 천막으로 올라가겠다"며 자리를 떴다.

라면을 먹다 말고 넘어온 양 사장과 문 사장 그리고 아예 저녁을 굶어 제법 배가 고파진 구찬은 따개비국에 하얀 밥을 지어 허기를 껐고, 설거지를 마치고 났을 때는 여덟 시가 조금 넘었다. 그들은 마실 물조차 없이 밤을 보내게 된 한 전무에게 보내주려고 릴에다 묵직한 주먹봉돌과 함께 생라면을 달아 십여 차례 뚱여로 던져보았지만, 투척 솜씨가 시원치 않은데다가 공기를 넣고 포장한 라면이 워낙 가벼워서 바람의 저항을 심하게 받아서인지 도저히 여에 닿지를 않았다. 한 전무는 낚시로 잡아놓은 고등어나 학꽁치조차 한 마리 없으니 꼬박 굶고 추위에 떨며 밤을 새우는 수밖에 별다른 도리가 없었다.

아홉 시를 넘기면서부터는 어둠속에 혼자 떨어진 한 전무뿐 아니라 뿔바위의 세 남자 역시 점점 지쳐갔다. 시간이 무척 더디게 흘렀다. 사람의 목숨이 걸린 상황이어서 한눈을 팔거나 한시라도 주의를 게을리 할 틈이 없으면서도, 도대체 언제 벌어질지 모르는 돌발적인 사태를 한없이 기다리기란 상상하기 어려울 정도로 피곤한 일이었으며, 그렇다고 해서 그들이 처한 조건을 빨리 끝내버릴 선택권조차 없었던 그들은 긴장된 권태의 피로감에 시달렸다.

부모형제의 죽음까지도 때로는 남의 일이나 마찬가지여서 장례식장에 모인 형제들이 재산싸움을 벌이는 경우가 적지 않은 세상이고 보니, 한 전무의 얼굴조차 아직은 직접 본 적이 없는 양 사장과 문 사장은 따분한 시간을 보내기 위해 자기들끼리 한참동안 갯바위 낚시꾼들에 얽힌 온갖 해괴하고 진부한 무용담을 주고받았다. 그리고는 여수 돌산에서 낚은 대형 다금바리와, 거제도 안경섬에서 느닷없이 터진 바람 때문에 그들을 구조하러 나왔던 낚시방 쾌속정이 높은 파도에 걸려 직각으로 발딱 일어섰던 겁나는 순간과, 낚싯줄에 끌려 나오기는커녕 배를 끌고 달아나는 대형 방어와 고삼저수지의 잉어, 날마다 목욕을 하려는 해녀들과 만성적인 식수난에 시달리는 어민들이 평도에서 벌이는 물 전쟁에 대한 잡담을 늘어놓았고, 그리고는 간간히 농담을 주고받으며 큰소리로 웃기까지 했다.

계속되는 피로감으로 말수가 적어진 구찬은 잡다한 상념에 빠져 침묵을 지키며 그들의 얘기를 듣기만 했으며, 가끔 눈치 없이 웃어대던 양 사장과 문 사장은 서 사장과 어둠 속의 한 전무에게 미안해서인지 얼른 웃음을 거두고는 두어 차례 헛기침을 한 다음 피곤하고 진지한 분위기로 돌아가고는 했다.

이러다가 혹시 어둠 속의 한 전무를 깜빡 잊어버리고 잡담을 계속하는 사이에 뚱여에서 사고가 나면 정말로 큰일이라는 철물점 문재형 사장의 제안에 따라 그들은 아예 시간을 정해놓고 10분에 한 차례씩 "한 전무님 괜찮아요?"라고 허공에다 소리를 쳤고, 그러면 어둠 속에서 "네, 괜찮아요"라는 지친 대답이 홈통을 넘어 들려오고는 했다.

그가 사고파는 물건들처럼 단단하고 투박한 인상을 주는 철물점 문 사장과 양 사장은 열시가 가까워지자 밤샘에 필요한 얘깃거리가 거의

바닥이 난 모양이었다. 그래서 그들은 양어장에 잡아다 넣고 입술이
너덜너덜하게 찢어질 때까지 낚았다가 풀어주고는 하며 붕어들을 괴
롭히는 민물 낚시대회와, 상품과 경품을 노리는 전문 낚시꾼들과, 사
방에 쓰레기를 버리고 돌아다니는 무식한 초보자들과, 끊임없이 발전
하는 각종 장비와 채비에 관해서, 낚시꾼들이라면 귀에 딱지가 앉을
지경으로 자주 듣는 식상한 얘기를 잠시 주고받다가, 그나마도 화제가
떨어지자 슬그머니 침묵으로 빠져 들어갔다.

그러더니 울산 두 사람 가운데 훨씬 참을성이 부족해 보이던 문 사
장이 구찬의 장대를 하나 빌려달라고 해서는 빨간 야광찌를 꺾어 끼우
고 저만치 골을 타고 물가로 내려가 슬금슬금 밤낚시를 시도했다. 하
지만 20분쯤 걸려 겨우 어린 깔따구 한 마리를 잡고는, 아무래도 묵묵
한 구찬의 눈치가 보여서인지 뿔바위로 올라와 낚싯대를 바위에 기대
놓고는 양 사장과 다시 드문드문 잡담을 시작했다.

"보름달이 뜨면 물속의 풍경이 어떨까?"

"무인도로 표류한 사람이 빈 병에 편지를 담아 띄워 보내면, 먼 곳에
서 그 편지를 발견한 사람이 진짜로 탐험대를 조직해서 구하러 갔던 경
우가 한 번이라도 있었을까?"

"유괴범이나 강간범은 왜 하필이면 너도나도 야구 모자를 쓰느냐 말
이야? 그러니까 낚시 모자까지 수모를 당하잖아. 한때는 신창원 같은
범죄자나 간첩이 꼭 낚시터로 꼬여들어 속을 썩이더니 … ."

그리고는 화제가 "나쁜 놈들"이라는 주제로 돌아갔고, "불량식품을
만들어 파는 인간 말종들"에 관한 양 사장의 짤막한 성토를 거쳐, "중
국과 한국에 사기꾼이 많은 이유는 중국인과 한국인의 머리가 유난히

좋기 때문"이라는 역설적인 주장을 문 사장이 내놓았고, 전화 사기와 불법 조업을 하는 '뙤놈'들과 독도를 자기네 땅이라고 들이대는 '왜놈' 들과 언제 무슨 짓을 저지를지 모르는 북한 '빨갱이들'을 한참 비교하던 두 사람은 "누가 뭐래도 세상에서 제일 한심한 인간들은 술 처먹고 택시를 잡기가 힘들어 119 불러 타고 집에 갔다는 무용담을 자랑스럽게 늘어놓는 한국인"이라고 의견을 수렴했다.

술 얘기가 나오자 민속주점의 양 사장은 밤 추위를 이기려면 "두꺼비의 힘을 좀 빌려야 되지 않겠느냐"는 제안을 냈고, 구찬은 별다른 생각 없이 천막으로 올라가 소주 두 병을 가지고 내려왔다. 세 사람이 돌아가며 한 잔씩 마실 때까지는 뿔바위에서 진행되는 상황을 어둠 속 똥여에 매달린 한 전무가 전혀 알지 못했다. 그러나 두 번째 잔이 돌아가며 서로 술을 권하는 소리를 듣고 어둠 속에서 왈칵 짜증을 부리는 한 전무의 목소리가 들려왔다.

"뭣들 하는 거예요!"

그것은 질문이 아니라 한심하다고 꾸짖는 소리였다. 거리가 멀고 어두워서 그의 얼굴 표정까지 살필 길은 없었지만, 지칠 대로 지치기는 했어도 한 전무는 무척 화가 난 듯싶었다. 그는 소란스러운 파도소리에도 불구하고 세 사람에게 잘 들리도록 또박또박 한 마디씩 잘라 소리쳤다.

"술 취하면 졸려요. 취하지 말아요. 셋 다 잠들면 안 돼요. 그러면 나도 졸아요. 여기서 졸다 떨어지면 나 죽어요!"

구조를 받아야 할 사람이 오히려 앞에 나서서 작전을 지휘하는 듯한 그 말을 듣고 구찬은 정신이 번쩍 들었다. 정말로 심각한 위기는 이제부터 본격적으로 시작되리라는 현실을 제대로 인식한 사람은 푸랭이 섬에서 한 전무 혼자뿐이었다.

진정한 시련을 코앞에 두고서야 뒤늦게 정신이 바짝 든 뿔바위의 세 사람은 잠시 진지한 논의를 거쳐 가장 합리적인 밤샘 계획을 정식으로 수립했다. 이렇게 무작정 몇 시간씩 모여 앉아서 오합지졸처럼 함께 버티기만 한다면 머지않아 모두 기진맥진해서, 아침에 막상 구출작업을 하려고 정작 기운을 써야 할 때는 힘이 부쳐 고생이 막심할 테니까, 군대식으로 돌아가며 한 사람씩 차례로 불침번을 서고, 나머지 사람들은 차라리 잠을 푹 자면서 힘을 비축하자는 얘기였다.

11시부터 새벽 2시까지의 첫 불침번은 구찬이 맡았다.

스물셋

울산 민속주점 양선길 사장과 철물점 문재형 사장은 족발부리 바위 턱의 천막으로 올라가서 한 전무와 구찬의 침낭을 가지고 와서는 바위 틈으로 쑤시고 들어가 고치를 튼 누에처럼 잠이 들었고, 구찬은 그들보다 10미터쯤 앞쪽 뿔바위 끝에 웅크리고 앉아 생명을 지키는 밤샘을 시작했다.

한 전무가 바닷물로 떨어지지 않고 똥여에 매달려 버티며 밤의 어둠을 이겨내도록 도와줘야 하는 책임을 맡은 불침번 구찬은 지금의 상황에서 그들 두 사람의 역할이 어쩐지 뒤바뀐 듯한 기분이었다. 정밀한 기계처럼 지극히 효율적으로 행동하는 한 전무를 자기 자신조차 제대로 가누지 못하는 구찬이 지켜줘야 하다니 ···.

그렇기는 했어도 지금은 그런 문제를 따질 처지가 아니었다. 최선을 다해서 그에게 주어진 분명하고 제한된 어떤 일을 해내기만 한다면, 그는 분석하고 따지거나 종합하여 결론을 내릴 부담이 전혀 필요가 없었다. 그것은 참으로 쉽고 편한 단순노동이었다.

비바람이 불거나 파도가 별로 심하지 않은 바다에서는 낮보다 고요한 밤이 깊어질수록 파도소리가 훨씬 우렁차게 울렸다. 더구나 오늘밤 구찬이 홀로 갯바위에 앉아 응시하는 어둠은 잠재적인 공포로 가득한 적막함이었다. 그래서 어둠과 함께 너울치는 홈통의 파도가 후미진 절벽의 바위로 파고들며 부딪쳐 무너지는 굉음에서는 죽음의 손짓이 수묵화처럼 눈에 선하게 보였다. 혼자서 마주 보면 어둠은 그렇게 온통 죽음이었다.

동짓달 보름이어서 바다에는 부옇고 엷은 달빛이 서리처럼 사방에 내렸다. 월광(月光). 그 싸늘한 단어. 그리고….

아니다. 지금 어둠 속에서 죽음의 손짓을 지켜보는 사람은 서구찬 혼자가 아니었다. 저만치 앞쪽에는 바닷물 위에 희끄무레한 바위 하나가 홀로 떴고, 똥덩어리처럼 생긴 저 음흉한 바위에 달라붙어 끈질기게 버티는 생명 하나. 어둠이 가시고 생명이 그를 데리러 와주기를 기다리는 인간 한광우였다.

한 전무를 위해서, 그리고 어두운 생각 밑으로 침잠하는 구찬을 위하여 어서 아침이 와야 했고, 그는 고대 이집트 사람들이 왜 태양을 신으로 섬겼는지 지금 같은 순간에는 쉽게 이해가 갔다.

구찬은 또다시 죽음을 생각했다. 확고한 현실적 가능성으로 한 전무 앞에 나타나서 기다리는 죽음의 모습…. 보통 사람들의 흔하고 무의

미한 죽음, 그리고 추상적인 개념으로서만 존재하는 죽음…. 주기적으로 상상 속에서만 이루어지는 구찬 자신의 미완성 죽음. 그것은 비현실의 차원에 존재하는 죽음의 환상일 따름이었다.

죽음은 정신적인 유희가 아닌 줄을 환히 알면서도 그가 여태까지 자꾸만 자살의 충동을 가지고 희롱했던 까닭은 상상 속의 죽음이 흔히 그의 불행과 죄를 용서해 주는 역할을 한다고 타성적으로 믿었기 때문이었다. 그것은 서구찬이 죽으면 그를 미워하고 혐오하던 수많은 사람들이 조금쯤은 동정하고 이해해 주리라는 잠재의식적인 위안을 제공하는 면죄부로서의 죽음이었다.

그리고는 잠시 동안의 동정을 얻기 위해 한없이 긴 삶을 포기해야 하는 행동, 정서적으로 전혀 내키지 않는 행동의 실천이 힘들고 그래서 더욱 복잡하게 번식하는 생의 고뇌로 머리가 터질 듯 아파오면, 그는 이렇게 상습적인 도망자가 되어 비겁하게 숨어버리고는 했다.

반면에 한 전무는 현재라는 순간의 차원에서 저 앞 축축한 바위에 매달려 현실로서의 죽음을 조우했다. 어디 누가 이기는지 두고 보자면서. 얼마나 추울까. 한 전무는…. 옷을 적시며 휘뿌리는 물보라를 몇 시간째 뒤집어써서 온몸이 얼어들어오고, 덜덜덜덜 떨면서, 아무리 남쪽이라고 해도 때가 1월인데, 저녁밥마저 굶고 주변의 어둠을 더듬어 확인할 손전등조차 없이, 높이 8미터에 총면적 30평방미터의 돌덩어리 위에 납작 엎드려서….

구찬은 뚱여에서 죽음이 한 전무를 짓궂은 눈으로 빤히 쳐다보며 마주 엎드려 시간의 승부를 벌이는 상상을 해보았다. 비록 미끄러져 바다로 떨어져서 추락사를 당하지 않더라도 그는 탈진해서 날이 밝아오기 전에 목숨이 굳어져 고드름처럼 꺾어지고 온몸이 뻣뻣하게 굳어 버릴지도 모를 일이었다. 죽음은 어떤 지정된 공식적인 과정을 거쳐 이루어지는 예식이 아니라, 순간적으로 찾아오는 현상이었다. 어떤 죽음은 보편적인 다른 죽음보다 예측기간이 조금 더 길거나 짧기만 할 따름이고.

한 전무가 자꾸 똥여에 눈독을 들이던 무렵에 구찬은 이렇게 물어보았었다.

"큰 고기 한 마리 잡겠다고 과연 그런 위험한 델 꼭 들어가야 하나요? 목숨까지 걸고 말예요."

그리고 한 전무는 이렇게 대답했다.

"서 사장님은 세상에서 목숨을 걸 만큼 중요한 일이 어디 따로 있다고 생각하세요?"

한 전무는 인간의 생명이 별로 소중하지 않다고 진심으로 믿는 사람이었거나, 아니면 아예 삶의 존귀함 따위의 관념은 시간을 낭비해가면서 꼬치꼬치 따지기를 귀찮아하는 기질이 다분했다. 생명이나 인생이란 통계학적으로 분류하고 생물학적으로 따지면 기껏해야 1회성 소모품에 지나지 않았다. 무수한 사람들이 고뇌하고 사색하고 후회하고 반추하고 환희하고 되새기며 비참하게 또는 장난스럽게 살아가는 인생, 그것은 관념이 아니라 그냥 짤막한 한 토막의 경험일 따름이었다. 한 전무가 생각하는 인생 토막이란 아마도 그러했는지도 모른다.

그렇다고 해서 저렇게 한낱 물고기와의 승부를 위해 아무렇게나 목숨을 건다면, 그것은 신성모독까지는 아닐지 모르겠지만, 구찬의 시각으로는 어떤 기준을 적용하더라도 분명히 "좀 심한 짓"이었다. 나처

럼 별로 신통치 않은 인생조차 자꾸만 길게 늘려보겠다고 전전긍긍하
며 아끼는 사람들이 세상에 얼마나 많은데, 한 전무는 별로 부담스러
워 보이지 않을 만큼 깨끗한 자신의 삶을 왜 저렇게 감생이 한 마리를
좇아가서 쓸데없이 버리려고 하는가?

물론 한 전무가 구찬에게 인생의 모양과 가치에 대하여 무엇인지를
가르치려고 시범을 보이기 위해서 저런 비논리적인 행동을 일부러 저
질렀을 리는 없었다. 하지만 구찬은 100미터 전방에서 한 전무를 뒤덮
어 묻은 어둠의 무한한 공간을 응시하며, 운명이 우연으로 빚어놓은
지금의 상황으로부터, 가상의 교훈을 스스로 찾아보려고 했다.

인간이 행동에서 얻는 기쁨이란 무엇일까? 구찬은 생각해 보았다.
알 길이 없었다.

만일 지금 저 여에 한 전무 대신 내가 들어가 엎드려 날이 밝아오기를
기다리는 처지가 되었다면, 비록 부정적인 행동이기는 하지만, 서구찬
그는 드디어 물로 뛰어들어 자살할 용기가 혹시 충동적으로나마 생길
까 하고 엉뚱한 상상을 해보았다. 그는 죽음을 찾으려는 여행을 하다가
우발적인 인연으로 해서 푸랭이섬으로 들어왔다. 그리고 스스로 만들
지 못한 기회를 상황이 그에게 베풀어주었다면, 그는 상상자살을 행동
으로 전이시키기에 충분한 동기를 얻게 되었으려나?

아마도 그러지 못했으리라. 똥여에서 뛰어내리기에 충분한 용기를
처음부터 갖춘 사람이라면 굳이 똥여로 들어갈 필요조차 없이 지금 당
장 구명조끼를 벗어던지고 여기서 심청이처럼 벌써 어둠 속으로 텀벙
몸을 던졌겠고 ….

구찬은 한밤중에 갯바위 낚시를 하다가 지금처럼 깊은 어둠의 한가

운데서, 위험하고 무서운 심연을 앞에 놓고 홀로 앉아서, 오직 내면으로만 파고드는 생각으로 오랜 시간 계속해서 몰입하다 보면, 자신의 몸뚱어리가 솜사탕처럼 점점 부피가 줄어들면서 죽음의 거미줄이 발목을 얽어 그를 바닷물로 빨고 들어가는 듯한 착각을 자주 일으켰다. 그리고 어둠 속에 잠긴 물귀신에게 끌려 들어간다는 착각은 가끔, 비록 지극히 짧은 한순간이기는 했지만, 스스로 몸을 던져 물로 뛰어들고 싶은 충동으로 이어지고는 했었다.

그것은 어쩌다가 아내와 함께 도시에서 열리는 음악회에 가서, 지극히 도시적인 검은 옷차림의 청중이 전시하는 지극히 인위적이고 위선적인 침묵과 정적이 숨 막히게 부자연스럽고 답답하여 냅다 고함을 지르고 싶어졌던 순간에 느끼고는 했던 바로 그런 충동이었다. 그리고 그것은 극도로 제한된 시야로 인하여 최소한으로 제한된 당위성에 최면이 되어, 다른 모든 우호적이고 객관적인 조건을 망실한 순간에 갑자기 압도해오는 그런 폭력적인 착각이었다.

만일 그가 오늘 오후에 거대한 바위로 똥을 조각해 놓은 듯 보이는 저 여로 건너가 사고를 당해서 한 전무 대신 차가운 바닥에 엎드려서 지금까지 열 시간째 계속 술렁이는 바닷물을 응시했다면, 혹시 어느 순간에 그는 순간적인 착각에나마 휩쓸려 얼른 바닷물로 뛰어들어 자기 자신을 포함한 여러 사람을 고달픈 삶으로부터 유예를 베풀어주는 은혜로운 행동을 취했을까?

아니다. 그는 음악회에서 소리를 지른 적이 단 한 번도 없었다. "야! 이 위선자들아!"

오늘 똥여로 건너가 엎드린 사람은 추리와 판단과정이 과도하게 복잡한 서구찬이 아니라 생각과 행동이 주변 조건에 별로 속박되지 않고 한결같은 한광우였다. 그래서 구찬은 지금 심청이처럼 바다로 뛰어들지를 않았다.

어젯밤 초저녁 낚시를 마감하고 나서, 가스등을 켜서 삼각대에 걸어 놓고 천막 앞에 마주앉아 오늘 쓸 채비를 점검하면서 잡담을 나누다가 어느 순간에, 아니, 어느 한순간이 아니라 점철되는 여러 순간에, 논쟁이 복잡해지려고 할 때마다 알렉산드로스 대왕의 쾌도난마처럼 일격을 가해 한 마디로 종결하는 한 전무의 적극적인 화법을 구찬은 새삼스럽게 부러워했었다.

"서 사장님 혹시 저수지에서 배스를 잡는 미국 낚시꾼들이 휴대용 나무를 가지고 다닌다는 얘기 들어봤어요?"

"아뇨. 그건 또 무슨 씻나락인가요?"

"이 친구들 우산처럼 폈다 접었다 하는 플라스틱 나무를 가지고 호수 한가운데로 들어가 맨바닥으로 내려 보내 펼쳐놓고, 근처 고기들을 가짜 수초대로 유인해서 잡는답니다. 그리고는 낚시가 끝난 다음 다시 접어 끌어올려서는 집으로 나무를 가지고 간대요. 뭐 꼭 그렇게까지 치사하게 고기를 잡아야 하는 건지, 참."

구찬이 맞장구를 쳤다.

"우리나라 민물꾼들 극성스러운 욕심도 저리 가라 하면 슬퍼할 지경이잖아요. 얼마 전에 잡지를 보니까 '최고의 테크니션을 위한 최첨단 병기'라는 낚싯대 광고가 나왔더군요. 구부린 못과 수수깡 찌만 가지고 선비들이 즐기던 도락이 이제는 최첨단 기술을 동원한 전쟁으로 둔갑한 셈이죠. 대항할 무기라고는 미끼를 훔쳐 먹으려는 주둥아리밖에 없고 IQ가 기껏해야 30밖에 안 되는 실력으로 최첨단 병기와 맞서 싸울 물고기들이 참 불쌍하다는 생각이 들어요."

한 전무가 웃었다.

"절후와 지형 따위의 자연조건을 읽어내는 기술이야 꾼들에게는 필수적인 상식이겠지만, 수중 온도와 어군을 탐지하는 장비까지 들고 다니며 낚시하는 사람들을 보면, 그거야 어디 핵무기로 빈대를 잡는 격이죠. 그렇게 해서 바위틈에 숨은 고기들까지 모조리 잡아 죽이면 과연 세상 낚시꾼들이 모두 평생 행복해질까요? 낚시는 기다림과 우연이 엮어내는 즐거움이어야 하는데, 지나치게 과학적이고 공격적인 복잡한 낚시는 생각이 너무 많아 골치만 아픈 인생이나 별반 다를 게 없겠죠."

이 말을 하면서 한 전무는 구찬을 힐끗 곁눈질했다. 왜 그런 생각이 들었는지는 모르겠지만, 구찬은 그가 수미 문제를 두고 빗대어 그런 비유를 했다는 느낌을 받았다. 만남과 사랑을 최첨단 학문으로 분석하고 과학적으로 행동하는 구찬이 수미를 낚시하는 방법에 대하여 ⋯. 맨몸으로 부딪혀야 하는 인생을 우주공학으로 풀어내려고 하는 어리석음에 대하여 ⋯.

그래서 자격지심에 떠밀리는 기분으로 구찬이 물었다.

"그건 사랑하는 방법이 지나치게 복잡해서 이렇게 자꾸 도망다니는 나를 두고 한 얘기 같군요. 한 전무가 보기에 내가 그런 식으로 인생을 살아간다고 생각하나요?"

한 전무는 뚜렷하게 부정이나 긍정을 하지 않은 채로, 어떤 새로운 비유를 생각해내려는 듯 잠깐 침묵했다. 그리고는 말했다.

174

"탁구장에 가면 사랑하는 남녀 한 쌍이 토닥토닥 공을 주고받으며 즐거워하는 모습을 가끔 보게 되죠. 정말 한심할 정도로 실력이 초짜인 그들은 돈을 걸고 눈을 부라리며 승부에 집착하여 탁구공을 잡아죽이려는 듯 두들겨 패는 젊은이들보다 훨씬 행복해 보입니다. 그리고 훨씬 더 실력이 뛰어난 직업선수들은 서로 미워하면서 탁구를 쳐요. 마치 전쟁하는 듯한 꼴이죠. 서 사장은 토닥토닥 남녀하고 국가대표 선수 가운데 누가 탁구를 더 즐겁게 한다고 생각하나요?"

구찬은 대답하지 않았다. 그리고 그는 한 전무의 말을 이렇게 알아들었다.

"당신은 행복한 시간을 즐기려고 정수미라는 아가씨하고 지금까지 연애를 계속했을 텐데, 왜 그렇게 골치를 썩여가며 일부러 즐거움을 쫓아버리나요?"

그리고 그는 더 이상 설명을 보태지 않았다. 구찬은 시간이 흐를수록 한 전무와의 대화가 점점 더 이심전심 선문답을 닮아간다고 느꼈다. 한 전무는 전혀 앞뒤가 연결이 되지 않는 듯싶지만 예리한 의미들을 망가트려 막연히 재구성해서 반쯤만 들어보면 일목요연하고 일사불란하게 전개되는 오묘한 화법을 구사했다. 그것은 전체적으로는 전혀 일관성이 없지만 개별적인 논리는 저마다 완벽해서, 마치 인과관계나 삼단논법이나 어떤 수사학적인 논리의 필요성이 사라지는 그런 완벽함이었다. 그래서 이상하게도 구찬은 가끔 무슨 환각을 보는 듯, 한 전무가 구태여 공을 들여가며 말로써 표현하지 않은 행간의 의미들을 별로 힘들이지 않고 막연히 해석하고는 또렷하게 알아들었다.

그래서 구찬은 삶과 죽음에 대한 한 전무의 개념적인 기준을 어렵지 않게 이해했고, 어느 정도까지는 이해했지만, 그럼에도 불구하고 그 것을 자신의 행동지침으로 받아들이기는 불가능했다. 서구찬은 결국 한광우가 아니었다.

왜 어떤 사람은 질서정연하게 조목조목 따지고 말끔하게 정리하겠 다며 아무리 애를 쓰더라도 점점 더 인생이 복잡하게 뒤엉키기만 하는 반면에 또 어떤 사람은 아무렇게나 말하고 행동하더라도 거침없이 살 아가기가 어렵다고 느낄 필요가 없는지 참으로 불공평하다고 구찬은 생각했다.

지금 당장은 더 이상 수미에 관한 얘기를 풀어놓고 싶지가 않았던 구찬은 무인도에서 지내다가 기계까지도 피로감을 느끼는 도시를 그 리워해야 할 이유는 오직 하나, 이른 아침에 팔팔 끓인 구수한 커피 냄 새가 방안을 그윽하게 적시는 순간뿐이라며 일부러 화제를 돌렸고, 한 전무는 잔바람이 불어 물색이 탁하고 좋은 날 이른 아침의 팽팽한 챔질 과 돌덩이처럼 물속에서 꿈쩍도 하지 않는 좋은 씨알을 끌어내느라고 뜰채를 들이대며 법석을 부리는 초짜들 얘기를 하다가 피식 웃고는, 손질을 끝낸 낚싯대를 차곡차곡 접으며 똥여로 힐끗 눈길을 던졌다. 며칠 동안 워낙 자꾸 넘겨다보던 끝에 일종의 버릇이 되어 무의식적으 로 그랬겠지만, 아무튼 무심결에 똥여를 향하는 한 전무의 시선을 포 착한 구찬은, 모처럼 적의 취약점을 발견한 칼잡이처럼, 절호의 입질 을 놓치지 않으려고 당장 상대방의 허점을 찔렀다.

"휴대용 나무를 끌고 다니는 미국 꾼들이나 푸랭이섬의 한 전무나 고기 욕심은 마찬가지 아닌가요? 원투(遠投)를 해도 될 듯싶은데 찌낚 시만 고집하며 위험한 똥여로 들어가려는 욕심 역시 지나친 극성 같은

데요. 구태여 목숨을 걸고 그렇게까지 해서 큰 고기 한 마리 잡으면 뭘 해요?"

이 말을 하면서 구찬은 게으른 초짜들처럼 또 꼬장꼬장 따진다고 한 전무가 핀잔을 주리라고 예상했다. 하지만 한 전무에게서 돌아온 대답은 지극히 원시적인 진리였다.

"작은 놈들 잡아봤자 먹을 게 별로 없잖아요."

스물넷

"자요?"

고요한 무인도 푸랭이섬에서 심야의 정적을 깨트리고 갑자기 소리친 사람은 한광우 전무였다.

"아뇨!"

도둑질하다가 들킨 사람처럼 깜짝 놀라 엉겁결에 발딱 일어나 앉으며 서구찬이 마주 소리쳤다. 꼭 졸았다고 하기는 어렵겠지만 구찬은 편안하게 바위에 반쯤 몸을 기대고 누워서 꼼짝도 하지 않고 온갖 잡념에 빠져 조금은 몽롱한 상태였었다. 자정을 넘기기 전에는 10분 간격으로 소리쳐 부르고 손전등을 희번덕거리며 조난자의 상태를 확인하던 불침번들이 잠잠해지고 나서 한참 지나자, 그를 구해줘야 할 세 사람이 한꺼번에 잠이 들지나 않았는지 오히려 걱정이 된 한 전무 쪽에서 경고를 보내기로 작정했던 모양이었다. 무안해진 구찬은 소홀했던 의무에 대해서 사죄하는 뜻으로 되물었다.

"배고프지 않아요?"

잠깐 기다렸다가 뜽여에서 지친 대답이 건너왔다.

"아뇨."

"춥지는 않고요?" 구찬이 다시 물었다.

지나치게 빠른 질문을 받고 다시 잠깐 침묵을 지키더니, 소기의 목적을 이미 달성한 한 전무가 한숨이 섞인 목소리로 짜증을 부렸다.

"힘드니까 자꾸 말 시키지 말아요."

조용하고 단조로운 파도 소리가 어둠속으로 돌아와서 제자리를 잡았다.

뜽여에서야 보이지 않았겠지만 아무튼 조심스럽게 구찬은 몰래 기지개를 켜고, 헛기침 두어 번으로 뱃속에서 썩은 기운을 우려내고, 물을 한 모금 마셔 정신을 가다듬은 다음 주위를 둘러보았다.

더디게 흐르는 시간이 어느덧 자정을 훌쩍 넘겨 내일에 이르렀다. 대기권을 포화한 열기가 대기를 굴절시키지 않아서인지 겨울 하늘에서는 별빛이 여름밤보다 훨씬 밝고 요란하게 명멸했다. 투명한 유리로 거리감을 압축한 우주에는 검은 공간만 남았다. 그리고 얼음가루처럼 빛나는 우주공간을 가로질러 차가운 달이 중천을 통과하는 중이었고, 뜽여는 썰물에 얹혀 조금씩 떠올라서 이제는 갯바위에 부딪혀 무너지는 파도가 솟구쳐 올라가 한 전무의 옷을 적실까 봐 걱정할 필요는 없어졌다. 이미 젖을 대로 다 젖은 다음이지만⋯.

구찬이 피식 웃었다. 어떤 현실적인 기시감 때문이었다.

상대방이 졸지 않도록 서로 감시하게 된 구찬과 한 전무의 처지는 고흥에서 그가 목격했던 과거의 기억 한 토막과 흡사했다. 이민을 떠난다는 친구와 함께 수미가 수문뒷개 별장에 처음 모습을 보이기 한 달

178

쯤 전에, 논산 손님들을 태우고 득량만으로 당일 출조를 나갔던 신승직 선장이 복어 반 바가지를 들고 오후 세 시쯤에 당동부락으로 돌아왔다. 논산에서 내려온 낚시꾼들이 입감만 따 먹는 고약한 고기라며 재수 없다고 버리려는 것을 아깝다며 거두어 가져왔는데, 막상 복어를 먹으려 하니 부락에는 제대로 요리할 줄 아는 사람이 아무도 없었다. 그러자 도덕면 수로 공사를 맡아 평택에서 내려와 신 선장 집 문간방에서 지내던 최 기사가 나섰다. 내장만 깨끗이 긁어내면 되지 않겠느냐는 배짱에서였다.

신 선장을 포함한 동네 장정 여덟 명이 최 기사가 끓인 복어 매운탕을 안주로 삼아 소주를 아홉 병이나 마시고 나서는, 그날 밤 온 동네가 조마조마하며 긴장된 시간을 보내야 했다. 복어를 잘못 먹고 시골 주민들이 여럿 죽었다는 기사가 심심치 않게 신문에 실리고는 했었는데, 요리는커녕 토목공사밖에 모르는 타향사람이 끓인 복어를 나눠 먹었으니, 집으로 돌아간 당동부락 사람들은 공연히 술자리에 끼었다고 저마다 당장 후회하기 시작했다.

그래서 그들은 혹시 누가 죽지나 않았는지 서로 이웃집을 기웃거리며 초저녁부터 염탐질을 계속했다. 누가 어디서 알아왔는지는 모르겠지만, 복어 독이 오르더라도 잠이 들지만 않으면 금방 죽지 않으니까 병원으로 냉큼 달려가면 된다는 소리를 듣고 그들은 밤이 늦도록 잠을 안 자려고 낑낑대고 서로 경쟁을 벌이듯 버티었고, 신 선장은 가끔 집집마다 순찰을 돌며 "졸지 마!"를 외쳐대었다. 결국 자정을 넘길 때까지 사망자가 한 명도 발생하지 않아서 마침내 모두들 안심하고 잠자리에 들기는 했지만, 그들의 한심한 꼬락서니를 보았더라면 한 전무가 틀림없이 한 마디 했으리라.

"그렇게 걱정할려면 뭐땀시 먹었담."

만난 적도 없는 당동부락 사람들에게 물론 한 전무는 그런 소리를 한 적은 없었지만, 그가 했을 만한 말을 구찬과 수미의 방정식에 한 전무의 화법으로 대입시킨다면 아마도 이런 뜻이 되었으리라.

"골치 아픈 사랑을 뭣 하러 해요?"

어쨌든 당동부락 사람들은 구찬보다 훨씬 용감했다. 그들은 죽더라도 복어를 먹어야 되겠다는 단호한 선택을 했다. 그리고 인생에는 복어 매운탕과 사랑 말고도 살아가면서 결정하고 선택해야 할 문제들이 무진했다.

스물다섯

어둠속의 똥여를 응시하며 구찬은 생각했다. 한 전무라면 나처럼 꼼짝달싹 못하는 상황에는 애초부터 빠질 리가 없었겠지만, 그래도 만일 빠졌다고 가정한다면, 그는 어떻게 행동했을까? 아마도 수미를 버렸으리라. 서슴지 않고.

구찬이 살아가야 할 올바른 길을 한 전무처럼 명쾌한 선문답적 행동으로 보여주는 대신, 오래전부터 그에게 충실한 인생의 나침반 노릇을 해왔던 석진이라면 또 어떻게 했을까? 석진이는 어떤 형태를 취했거나 간에, 비록 훨씬 신중하게 처신하기는 했겠지만, 한 전무나 마찬가지로 수미와 오래전에 결별했으리라. 객관적으로 그리고 이성적으로 냉정하게. 한 집안의 기둥 노릇을 충실히 수행하기 위해 언제나 반듯하고 모범적으로 처신해왔던 석진이는 물론 처음부터 불륜의 길로는 들어서지도 않았겠지만….

　대학동창인 하석진은 구찬과 마찬가지로 입양된 아이로 성장했다는 불우한 과거의 공통된 인생행로 때문에 두 사람의 사이는 졸업한 이후에도 지금까지 변함없이 각별했다. 자식이 없어 대를 잇지 못하는 큰집에 양자로 들어가 상속자로 성장했기 때문에 석진은 별다른 생활의 고통은 겪지 않았지만, 그래도 일부러 친부모를 의식적으로 밀리해야 했던 우울하고 부자연스러운 그의 어린 시절과 청년기의 삶은 구찬과 어딘가 같은 운명의 길을 가는 듯싶어서, 두 사람은 심성이 나약했던 성숙기에서부터 늘 서로 정서적으로 의지하고 도와주는 상담역을 기꺼이 맡고는 했었다.

　쌍용양회 영업부에서 근무하며 이제는 중학교 여교사와 결혼하여 세 아이의 아버지가 된 석진은 지극히 평범한 도시인이 되기는 했지만, 필요하다면 상대방의 감정을 해치는 어려움을 무릅써가면서까지 솔직하게 진실을 말해주는 정직한 성격이었기 때문에, 구찬으로서는 석진이에게라면 계집애처럼 여린 마음까지도 부끄러워할 부담을 느끼지 않으면서 유일하게 속마음을 털어놓는 정신적인 형제 사이였다.

　그리고 수미와의 관계에 대한 자초지종을 훤히 꿰뚫어 알았던 석진은 몇 차례나 진지하게 구찬을 타일렀다.

　"부도덕한 관계가 시작되는 경우, 처음에는 부담을 안 주겠다고 열심히 맹세하는 젊은 여자가 나중에 정말로 고생을 시키고 남자를 몰락의 구렁텅이로 몰아넣는다는 상식적인 속설을 마음에 새겨야 한다고. 인생의 진리는 참으로 유치하다니까. 너 정말 조심해야 해."

　안암동 친구의 경고는 우여곡절을 거치면서 결국 구찬이 혼자서 감당해야 하는 현실의 형태를 갖추고 말았다.

수미와의 관계는 첫 만남의 1주년 기념행사로 삼았던 어설픈 전등사 여행 이후, 점점 더 헝클어지는 바람의 실타래처럼, 휘몰아치는 광풍의 나날로 이어졌다. 헤어졌으면 좋겠다고 슬프게 좌절하거나 포기하는 듯싶다가 며칠 만에 다시 죽어도 헤어지기 싫다며 갈팡질팡하는 수미의 심리적인 변덕 때문에 사태는 날이 갈수록 복잡하게 뒤엉켰지만, 물론 번복과 재번복을 반복하고 재반복하는 그녀의 심리적인 갈등은 구찬이 그녀를 이끌어주는 나침반 노릇을 주저했기 때문에 빚어진 결과였다.

비가 유리창을 집요하게 두드리며 궁상맞게 주룩주룩 흘러내리는 초저녁이나 무슨 이유에서인지 심하게 피곤한 밤이면 수미는 조울증의 증세를 보이는 날이 많아졌고, 대부분의 경우 침묵 속에서 기계적인 성행위가 천천히 이루어지는 그런 날이면 그녀는, 옷을 입고 난 다음 탁자 위에서 기다리다가 다 식어버린 커피에는 손을 대지 않은 채로, 괴롭고 우울한 눈으로 창밖을 내다보며 이런 말을 했다.

"인생에서 가장 피곤한 일은 사랑인가 봐요. 오늘 같은 날이면 사랑하기가 너무나 슬프고 힘들어요."

이런 식으로 침울한 시간을 답답하게 보내고 난 다음 며칠 후에 만나면 그녀는 어느새 태도가 완전히 돌변하여, 마치 무슨 마약에 취하기라도 한 듯, 성난 동물처럼 온몸으로 덤벼들어 그에게 휘감기면서 흐느끼고는 했다.

"내가 지금 왜 이런 행동을 계속하는지 이해가 가질 않아요. 더 이상 이러면 안 된다는 걸 머리로는 분명히 알겠는데, 더 이상 이래서는 안 된다고 마음은 끊임없이 말리는데, 몸이 말을 안 들어요."

어떤 날은 이런 말도 했다.

"솔직히 난 쾌락과의 싸움에서 패배한 모양이에요. 이래서는 안 된다고 아무리 버티려고 해도 몸이 이렇게 당신을 그리워하는 걸 보면요."

그리고 또 이런 말도 했다.

"이제는 헤어지자고 하시더라도 제가 못 헤어지겠어요. 나 더 꼭 안 아줘요. 떨어지지 않게요."

그러더니 마침내 울음을 터뜨리고는 이렇게 말했다.

"날 버리지 말아요. 부탁이에요."

참으로 절실했던 어린 여자가 애원하는 절규에 구찬은 눈물이 울컥 치밀어 올랐지만, 그 눈물은 마음속에 머물렀고, 눈까지 흘러나오지는 않았다. 날이 갈수록 심해지는 그녀의 정신적인 격동을 구찬으로서는 감당하기가 어려워서였다. 갈팡질팡하던 수미의 마음이 이제는 헤어지지 않겠다는 쪽으로 점점 기울고, 그래서 점차적으로 강도가 심해지는 압박으로 인해서 구찬의 부담이 덩달아 커져갔고, 선택과 운신의 폭이 좁아짐에 따라 구찬의 심리적인 방어체제 또한 수비를 위해 요지부동하는 쪽으로 도사렸기 때문이었다.

언젠가 그들의 관계를 "가해자이며 피해자이기도 한 두 사람이 함께 파멸로 가는 공모에 가담한 셈"이라고 했던 석진의 표현에 구찬은 분명히 공감했지만, 그러면서도 그는 양심적인 부담의 몫을 수미와 공평하게 나누지는 않았다. 실질적으로 그의 눈에는 여자의 깊은 고통이 자신의 피상적인 고뇌보다 훨씬 작거나, 때로는 아예 아랑곳하지 않을 정도로 미미하게 보이기도 했기 때문이었다. 그것은 아마도 수미 자신을 그가 대처해야 할 부담으로 간주했기 때문이리라. 함께 가면서 보호해야 할 대상을 그는 부당하게 적으로 삼을 만큼 지레 두려워하기 시작했던 모양이었다.

해결할 기미가 전혀 보이지 않는 두 사람의 관계를 두고 석진이는 하도 답답했던 나머지 구찬에게 이런 진지한 충고까지 했었다.

"평생 수미라는 여자가 결혼을 안 하고 버티는 경우에 네가 끝까지 지켜줄 자신이 없다면, 너도 지금쯤은 뭔가 적절한 결심을 해야 되지 않겠니? 혹시 수미를 첩의 위치에 영원히 묶어둘 생각이 아니라면, 이제는 그 여자가 나이를 더 먹어 기회가 없어지기 전에 누구하고인가 결혼해서 마음의 안정을 찾게끔 네가 풀어줘야 맞는 거 아니냐?"

석진이는 매우 원색적인 "첩"이라는 표현을 거침없이 사용했다. 그것은 구찬이 스스로 입에 올리기가 두려웠던 진실을 응시하는 돋보기와 같았다. 그리고 석진의 입에서 튀어나온 부끄러운 어휘는, 어떤 다른 사람이 아니라 바로 석진이가 한 말이었기 때문에 더욱, 등골이 오싹해지는 느낌이 들 정도로 구찬에게는 무서운 표현이었다. '첩'은 수사학적 첨삭의 필요가 없이, 논쟁의 여지가 없이, 그냥 직시해야 하는 확실한 낙인이었다. 그것은 더럽고, 추하고, 모욕적인 호칭이어서, 비록 지금 당장은 아니더라도 언젠가는 수미가 꼭 벗어나도록 그가 도와줘야 마땅한 현실적인 수모였다.

비록 충분히 진심으로 수미를 사랑해주지 못하는 부족한 남자이기는 했지만, 구찬은 그녀를 '첩'의 위치에 잡아두려던 의도가 전혀 없었다. 그러나 아무리 낭만으로 덧칠한 불륜일지언정 불륜은 불륜이었고, 수미는 어느 누구도 부정하지 못할 그런 구체적인 개념으로부터 자유롭거나 떳떳할 권리가 없었고, 공모자이며 가해자인 구찬 역시 마찬가지였다. 아무리 아름답게 치장하고 위장하더라도 이제 그녀는 '첩'의 세속적 정의와 범주를 벗어날 길이 없었고, 그녀를 묶어놓은 비열한 개념을 구성하는 한 부분이 바로 무책임한 서구찬 자신이었다.

스스로 판단하고 결정하여 행동으로 옮기는 능력이 구찬에게 결핍되었듯이 이제는 수미 또한 스스로 판단하고 행동하는 기능을 서서히 상실했다. 그래서 여자가 원해서 스스로 그의 곁에 머무는 단계가 아니라, 떠나려고 해도 떠날 여력이 남지 않아 가해자에게 포박된 상태에 이르렀음이 분명했으므로, 문득문득 그는 수미가 참 측은하다는 느낌이 들었다. 그리고 어린 여자를 이렇게까지 괴롭히고 나서 아직도 무엇이 부족하다고 계속 붙잡아 두려고 한다면, 구찬 역시 비참해질 앞날이 빤할 따름이었다.

이렇듯 어떻게 해야 할지를 빤히 알면서도 여태까지 알지 못한다고 생각했던 구찬에게 남은 유일한 선택이 무엇인지는 분명해졌다. 여자가 탈출할 최후의 기회를 박탈해서는 안 된다는 이성적인 목소리도 단호했다. 최소한의 양심이라도 지키려면 그는 어떤 형태로든 끝을 내야 한다는 내면의 명령을 따라야 했다. 그것이 그에게 남은 마지막 의무였다.

그럼에도 불구하고 그는 아직 의무를 지킬 기미를 보이지 않았고, 참다 못한 수미는 자꾸 좁아지기만 하는 궁지로 몰리던 자신의 처지를 마침내 심각하게 인식하고는 냉혹하고 무관심한 그를 노골적으로 탓하기 시작했다.

곰팡이 냄새가 눅눅하던 장마철 어느 날, 신사동의 갇힌 공간에서 술을 함께 마시다가 좀 취한 상태에서 수미가 그에게 말했다.

"당신은 잔인한 남자예요. 나는 어린 여자여서 자제력이 부족하니까, 당신이 나를 가라고 먼저 타이르면서 보내줘야 되는 거 아닌가요?"

그리고 또 어느 날은 더 과거로 소급해서 거슬러 올라가며 그를 이렇게 원망했다.

"내가 이렇게 헤어나지 못할 지경으로 사랑에 빠지기 전에 당신이 진작 나를 말리셨어야 하지 않나요?"

그리고는 두 사람 다 과거로 회귀하기가 영원히 불가능해졌다는 사실이 곧 밝혀졌다.

스물여섯

곱디고운 잔털로 짠 인디언의 담요를 덮어놓은 듯 푹신해 보이는 잿빛 하늘에서 탐스러운 눈송이가 하얗게 펑펑 무더기로 쏟아져 내리던 날, 내일 신사동 집에서 만나기로 한 수미를 갑자기 한시라도 더 빨리 보고 싶어져서 차라리 오늘 만나자고 서점으로 전화를 걸려고 사무실에서 수화기를 집어 들며, 서구찬은 이런 일상적이면서도 갑작스러운 충동이 아마도 자연의 섭리인 모양이라는 생각이 들어 혼자 피식 웃었다. 안전하고 어두운 밤, 화사하고 밝은 대낮, 우울하게 부슬거리는 봄비, 무더운 여름 장마철의 권태, 그리고 하얀 강아지처럼 뛰놀고 싶어지는 첫눈—사람들은 온갖 핑계를 사랑의 계기로 삼으려 한다. 그리고 자연의 힘이 인간의 심성에 충동적으로 미치는 그런 영향력 하나가 그날 오후에 구찬으로 하여금 수미에게 예고 없는 전화를 걸게 만들었다.

186

운동복 중간도매업자로부터 구수한 도가니탕 점심대접을 받고 구찬이 백화점으로 돌아온 직후에 눈이 내리기 시작했다. 주먹만큼이나 큼직한 눈송이들이 14층 사장실 유리벽 바깥쪽에서 하늘로부터 팔랑팔랑 춤을 추며 내려와 인간 군상이 깔린 지상으로 내려가는 풍경을 보고, 그는 얼른 일이 손에 잡히지를 않아서, 회전의자를 돌려 창가로 가까이 끌어다 놓고는 서울을 굽어보았다. 유리로 밀폐된 벽 안에서 수직으로 내려다보는 풍경은 벌써 여러 해 동안 날마다 그의 눈에 무감각해질 정도로 익숙해진 여러 도시지옥도(都市地獄圖) 가운데 하나였다.

날카로운 직각을 이루며 사방으로 중첩하는 건물의 모서리와 직선들, 직사각형 지붕을 얹고 직선 아스팔트 도로를 따라 답답하게 서로 꽁무니를 밀어대며 직선으로 느릿느릿 이동하는 차량들, 그리고 직선으로 줄지어 늘어선 전선주와 신호등이 전깃줄로 지저분하게 뒤엉킨 복잡한 풍경 속에서 천박한 직사각형 간판들이 아우성을 쳤다. 복권가게, 한의원, 뒷골목 여관, 건강원, 왕만두, 김밥, 예식장, 보청기, 동양철학원, 비만 성형, 가발 백화점, 노인 병원, 안경점, 아래위로 얹힌 빵집과 커피 연쇄점, 자동차 전시장, 복권을 파는 편의점, 주유소, 노래방, 참치 전문점, 은행, 가구점, 치과, 구멍가게 크기의 셋방 교회, 감잣국, 세무사, 부동산, 수능학원, 닭갈비집 …….

구찬은 길거리를 오가는 사람들을 내려다보았다. 까만 머리에 하얀 눈을 유대인 키파(kippa) 모자처럼 달랑 얹고 짧은 다리로 한없이 어디론가 서둘러 짧은 거리를 오가는 도시인들의 안간힘, 번거롭게 무한히 복제되는 권태의 질병, 콩알만큼 작은 머리와 가슴속에 아픔과 슬픔을 터지도록 가득 담고 바퀴벌레처럼 떼를 지어 몰려다니며 억지로 살아가는 사람들, 고달픈 생존을 위해 작은 목소리로 다투는 그들의 모습을 축복으로 한꺼번에 모두 깨끗하게 덮어 씻어주려고 눈송이들이 줄기차게, 부지런히 밑으로 쏟아져 내려갔다.

그리고 구찬은 성탄절을 두 주일 앞두고 날마다 매상이 크게 오르는 요즈음, 포근한 눈이 이렇게까지 가득 쏟아지는 날이라면 무엇인지 필시 좋은 일이 생길 듯싶은 예감을 느꼈다. 여행을 떠날 때마다 누군가 소중한 사람을 만나리라는 설렘에 늘 가슴이 두근거린다던 수미의 말처럼. 오늘처럼 어떤 기쁜 기적이 찾아올 듯싶은 날이라면, 비록 겨우 하루 동안이나마, 백설이 덮어주려는 힘겨운 고뇌를 구태여 세상으로 끄집어낼 필요가 없었다. 대신 온갖 번거로움을 잠시나마 잊고, 그냥 하얗게 사랑만 하고 싶다는 자연스러운 충동이 순간적으로 구찬을 사로잡았다.

그는 내일 만나면 수미에게 주려고 분홍빛 꽃무늬 종이로 화려하게 포장하여 책상 서랍 속에 준비해 놓은 성탄절 선물을 생각했다. 예쁘고 따뜻하고 하얀 모피 모자. 세상의 어느 여자나 마찬가지로 수미는 온갖 선물을 좋아했고, 마음에 드는 선물을 구찬에게서 받을 때마다 두 눈이 해돋이를 맞은 풀잎의 이슬처럼 빛났다. 선물은 하루 먼저 주면 기쁨이 하루 더 많이 늘어나게 마련이었고, 그래서 그는 모자를 쓴 수미의 귀여운 모습을 내일까지 기다렸다가 봐야 할 필요가 어디 있겠느냐는 생각에 수화기를 집어 들었다.

전화를 받은 수미는 웬일인지 반가워하기보다는 놀란 듯, 무엇인가 경계하는 듯, 잠깐 멈칫하더니 조심스럽게 물었다.

"무슨 급한 일이라도 생겼나요?"

"아냐. 그냥 빨리 보고 싶어서 그래. 내일까지 기다리기가 갑자기 답답해져서."

수미는 주춤거리며 무엇인가 머릿속으로 잠깐 따져보는 눈치더니, 아리송한 말을 한 마디 남겼다.

"혹시 좀 늦더라도 기다려 주세요. 꼭 갈 테니까요."

저녁이 되자 아름다운 눈송이들이 지저분한 진눈깨비로 바뀌어 시커먼 길바닥을 질퍽하게 덮었고, 오늘은 수미의 태도가 어딘지 찜찜하고 미심쩍다는 기분이 들어 일부러 잠시 시간을 끌다가, 보통 때보다 30분쯤 늦게 구찬은 수미에게 줄 모자를 큼직한 백화점 봉투에 담아 들고 압구정을 출발했다. 궂은 날씨에 도로에서 차량들이 뒤엉켜 신사동으로 가는 동안 그는 택시 안에 앉아 자꾸 짜증이 나려고 했지만, 오늘만큼은 즐거운 기분을 망치고 싶지 않아서 어떻게 해서든지 수미를 만나게 될 순간까지 참아야 되겠다고 자신의 마음을 다스렸다.

수미는 침대 옆 2인용 동그란 탁자에 발렌타인 한 병을 꺼내놓고 앉아서 안주도 없이 마시며 그를 기다렸다. 구찬이 현관으로 들어서자 그녀는 자리에서 반쯤 일어나서 그를 맞아주려는 시늉을 하다가 도로 주저 않았다. 얼마나 마셨는지는 모르겠지만 퍽 취한 상태였다. 그리고 그를 기다리는 동안 얼마나 울었는지 두 눈두덩이 흉할 정도로 퉁퉁 부어올랐다.

반가워하는 기색을 별로 보이지 않으려는 그녀와 구찬이 마주 앉았다. 물론 어서 오라는 인사조차 그녀는 하지 않았다. 구찬이 어색하게 모자 선물을 건네주었다. 그녀는 선물을 뜯어보려고 하지도 않고 옆으로 밀어놓더니, 마지못해서 고맙다는 말을 했다. 하지만 전혀 기

미늘   189

쁜 표정이 아니었다. 그리고 그녀는 선물이 무엇인지조차 물어보지
않았다.

도대체 왜 이러느냐고 꼬치꼬치 따지며 물어볼 분위기가 전혀 아니
었으나, 그렇다고 해서 모르는 체하고 그냥 넘어가기에는 수미의 상태
가 지나치게 심각했기 때문에, 구찬은 혹시 오늘 낮에 서점에서 속이
상할 만한 무슨 불쾌한 일이 있었는지를 그녀에게 물었다. 수미는 길
게 한숨을 짓고, 진눈깨비가 시야를 막아버린 창밖을 잠깐 말없이
내다보고 나서, 느닷없이 기다림에 관한 얘기를 했다.

"당신을 기다리느라고 너무 지쳤나 봐요."

그렇다고 해서 술을 마셔가며 울기까지 할 필요가 과연 있었는지 구
찬은 궁금했다.

"난 당신을 기다릴 때면, 잠깐씩이나마 가끔 이렇게 울고는 했어
요. 때로는 술까지 마시면서요. 요즈음에 와서는 훨씬 더 자주 그랬
지만요."

아무래도 얘기가 길어지겠다는 생각에 구찬이 외투만 벗어 눈을 털
어 의자 등받이에 걸어놓고는 선반에서 술잔을 꺼내다 앞에 놓고 앉아
발렌타인을 조금 따랐다. 그를 기다리면서 왜 울었는지를 구찬이 물었
다. 수미는 대답을 해야 하나 어쩌나 잠시 궁리하던 끝에 솔직하게 털
어놓았다.

"당신이 오지 않을까 봐 걱정이 돼서, 혹시 당신이 오지 않을까 봐 무
서워서요. 그래서 힘을 북돋우려고 술을 꺼내 마시기 시작했어요. 그리
고는 조금 더 지나니까 눈물이 저절로 흘러나오더군요. 하염없이."

수미는 그를 쳐다보지 않으려고 계속 시선을 피하며 말을 이었다.

"당신은 2년을 넘기지 못하고 틀림없이 언젠가 날 버릴 거라고 생각해요. 그런 생각이 들기 시작한 지도 퍽 한참 되었지만요. 요즈음 자꾸만 멀어지는 당신 모습을 보면, 그런 두려운 생각이 내 머리에서 떠나질 않아요. 그래서 언제부터인가 당신이 갑자기 나를 찾아 이 집으로 오지 않으리라는 불안감 속에서 난 하루하루를 살아가게 되었고요.

그래요. 머지않아 언제부터인가 당신은 날 찾지 않을 거예요. 어쩌면 오늘은, 어쩌면 오늘부터 당신이 이곳으로 찾아오지 않으리라는 불안한 마음으로 여기 혼자 앉아서 당신을 기다리는 심정이 어떤지를 당신은 알 길이 없겠죠."

구찬은 생트집을 잡지 말라고 그녀의 말을 단호하게 잡아뗄 자신이 없었다. 그것이 극도로 신경이 과민해진 그녀의 지나친 억측이라고, 터무니없는 망상으로 멀쩡한 사람을 죄인으로 몰아세우지 말라고 태연하게 억울하다며 반박할 만큼 구찬은 위선적인 인간은 아니었다.

이것은 말도 안 되는 헛소리라며 의혹을 불식시키기 위해 토론을 벌여야 할 주제가 아니라, 그냥 말없이 들어주면서 마음속으로 속죄해야 할 진실이었다.

"당신은 단 한 번이라도 나를, 누구인가를 애타게 기다려본 적이 있나요? 그래요. 없겠죠. 하지만 난 언제부터인가는 오지 않을 당신이 오늘만이라도 꼭 한 번 더 찾아오기를 날이면 날마다 불안하게 기다리는 삶에 익숙해지고 말았어요. 난 여기 말없이 앉아서, 승강기가 5층으로 올라올 때마다, 복도 끝에서 승강기 문이 열리고 발자국 소리가 나기 시작하면, 그것이 누구의 발자국이며 어느 방으로 가는지를 초조하게 귀를 기울이며 조마조마한 마음으로 듣고는 했답니다. 오늘은 오시려나? 아니, 혹시 오늘부터 안 오시는 건 아닐까? 그러다 발자국 소리가 다른 방으로 들어가 버리고 조용해지면, 나는 숨을 죽이고 다시 기다리기 시작하죠. 그러다 보니 이제는 웬만한 경우에는 발자국 소리가 나면 그것이 남자인지 아니면 여자인지, 그리고 어느 방으로 가는 사람인지 식별이 가능할 만큼 내 귀가 어느새 훈련이 되고 말았어요. 그렇게 한참 기다리다가 드디어 당신의 발자국 소리가 들려오면, 아, 나는 그러면, 당신이 오셨구나, 오늘은 오셨구나 하면서, 흥분한 가슴이 두근거리기 시작하죠."

따로 할 말이 없었던 구찬은 미안하다는 뜻으로 그녀의 어깨를 가볍게 안아주려고 자리에서 몸을 일으켰지만, 그런 수법이라면 오래전부터 이미 이골이 났다는 듯 그녀가 슬그머니 따라 일어서더니, 그의 손길을 의도적으로 피하려는 확실한 목적으로 취한 행동이었겠지만, 선반에 얹어두었던 커피 주전자를 꺼내 들고는 수도꼭지를 틀어 물을 반쯤 받아 끓이기 시작했다.

구찬이 제자리에 앉았다. 두 사람은 커피가 끓는 동안 침묵을 지켰다. 커피가 다 끓은 다음에는 수미가 그의 앞에 찻잔을 가져다 놓고는 커피를 타서 주었는데, 구찬이 아니라 수미 자신이 마시는 그런 식으로 타 놓았다. 어디엔가 몹시 정신이 팔린 수미는 자신이 지금 취하는 행동을 의식하지 못하는 눈치였다.

구찬은 그녀더러 만들어 달라고 한 적이 없는 커피에 손을 대지 않고 술잔만 물끄러미 응시했다. 멍한 표정으로 수미가 하던 얘기를 이어갔다.

"한때 난 당신이 말미잘처럼 나쁜 남자라고 생각했었어요. 꼼짝을 하지 않고 제자리만 지키다가 나처럼 연약하고 가엾은 물고기가 가까이 지나가면 독침으로 쏘아 기절시켜 잡아먹는 말미잘 아시잖아요. 그런데 언제부터인가 당신이 말미잘보다 훨씬 나쁜 사람인지도 모르겠다는 생각이 들기 시작하더군요. 말미잘이라면 어느 날 갑자기 도망쳐서 자취도 없이 사라지는 그런 짓은 하지 않으니까요."

잠깐 침묵이 흘렀다. 그리고 수미가 덧붙여 말했다.

"진짜 말미잘처럼 제자리를 지키며 한없이 기다리는 망부석의 마음을 당신이 알 리가 없죠. 난 항상 돌아오지만, 당신은 언젠가 틀림없이 어디론가 도망치고 말 그런 사람이니까요."

전에는 그런 적이 없을 정도로 거의 함부로 말을 하고 구찬을 거침없이 공격하는 그녀를 보고 그는 수미가 술을 얼마나 많이 마셨기에 이토록 취했을까 궁금한 생각이 들었고, 그래서 언제부터 신사동에 와서 그를 기다렸는지 물어보았다. 수미는 네 시간 전부터 기다렸다고 했다. 구찬이 다시 물었다. 아까 점심때 통화할 때는 마치 오늘 늦게 오거나 자칫하면 못 올지 모른다는 투로 얘기를 하더니 왜 그렇게 일찍 왔느냐고.

"오늘은 일찍 조퇴했거든요. 누군가 만나려고요."

만난 사람이 누구인지를 구찬이 물었다.

"쌤 오빠를 만났어요. 오늘 아침에 전화했더군요. 휴가 나왔으니까 한 번 만나자고요."

구찬은 말문이 막혔다. 군대에 간 '쌤 오빠'는 구찬과 수미의 관계에 대해서 아직까지 전혀 아는 바가 없었다.

"오늘 만나서 내가 다 고백했어요. 오빠한테. 전부 다. 바닷가 별장에서 만난 얘기부터, 오늘 저녁에 당신을 만나러 오기로 한 이 집에 대해서도요. 그리고 내가 간절히 부탁했어요. 날 용서하고, 그리고 헤어져 달라고요. 다시는 만나지 말자고요."

구찬은 수미가 그런 고백을 한 다음 쌤 오빠에게서 무슨 말을 들었는지 알 길이 없었고, 물어볼 용기도 없었다.

"같이 앉아서 길게 감상적인 얘기를 계속하기가 너무나 괴로워서 우린 빨리 헤어졌어요. 오빤 자리에서 일어서려고 하질 않더군요. 아무래도 질질 끌면 점점 더 힘들어질 듯싶어서 단호하게 끊어야 한다는 생각이 들어서 내가 먼저 일어섰어요. 오빠는 날 붙잡으려고 하질 않았어요. 첨엔 섭섭했지만, 나중엔 오히려 그러는 편이 고맙다는 생각이 들더군요. 난 뒤를 돌아보지 않았어요. 미련을 보이고 싶지가 않았고, 눈물은 더욱 보이고 싶지가 않아서요. 그리고 난 곧장 이곳으로 왔어요. 네 시간 전에요."

수미는 잠시 마음을 정리하고 나서 차분하고 또렷한 목소리로 설명했다.

"남자가 그렇게 절망하는 모습 첨 봤어요. 오빠가 날 얼마나 진심으로 사랑하는지도 확실히 알게 되었고요. 이제는 다 소용없는 일이 되었지만요."

그리고 수미는 이런 말도 했다.

"지하철을 타고 이곳으로 오는 동안 난 미친년처럼 정신이 나간 듯한 기분이었어요. 불장난을 하다가 집을 다 태워먹은 듯 허무하기만 했고요. 난 어린 마음에, 첫사랑과 결혼하여 지극히 무난하게 한평생을 보내는 인생이 어딘가 부족하다는 어리석은 생각이 들어, 나이를

194

먹고 평범한 일상의 굴레를 쓰기 전에 아름다운 사랑을 한 번 하고 싶었지, 더러운 여자가 될 생각은 조금도 없었는데 … ."

그리고 수미는 슬프게 울었다.

스물일곱

흰 눈이 펑펑 쏟아지는 날 헤어진 '쌤 오빠'의 이름이 무엇인지 수미는 끝내 밝히지 않았다. 그가 어떤 남자인지 구체적인 설명 또한 그녀는 구찬에게 한 적이 없었다. 그리고 그와 이별한 이후 오늘날까지 수미는 헤어진 남자에 관해 단 한 번도 언급하지 않았다. 그것은 그녀가 사랑했던 두 남자를 수미 나름대로 따로나마 성실한 마음으로 깍듯이 존중하려는 예우였다. 그녀는 구찬을 위해 다른 남자와 헤어졌고, 그녀의 선택은 끝났다. 그래서 첫사랑의 남자가 기억에서 하얗게 지워졌을 리는 없었겠지만, 그는 구찬의 앞에서 다른 남자를 다시는 언급하지 않았다. 그것은 '오빠'의 이름을 더 이상 더럽히지 않으려는 그녀의 확고부동한 마음가짐을 단호하게 보여주는 처신이기도 했다.

그날 밤 수미는 집으로 돌아가지 않고 신사동에서 자겠다고 했다. 두 눈이 퉁퉁 부어오른 꼴을 하고 집으로 갔다가는 엄마한테 뭐라고 설명해야 할지 모르겠다는 이유에서였다.

"당신은 집으로 가셔도 돼요. 나 혼자 자고 갈 테니까요."

그날 수미는 "눈이 퉁퉁 부어오른 얼굴"을 핑계로 대기는 했지만, 물론 그녀는 혼자 집으로 돌아가서 편히 잠을 청하기에는 너무나 절박한 심정이었다. 지금까지는 구찬과의 관계가 여의치 않게 되면 그녀에게는 마지막으로 돌아갈 곳이 하나 남았었다. 물론 수미는 구찬과의 관계를 속이고 군대에 간 오빠에게로 태연히 돌아갈 만큼 뻔뻔스럽고 비양심적인 여자는 아니었다. 하지만 최후의 도피처를 상징하는 '옛사랑'의 존재 자체가 이제는 확실하게 사라진 막다른 골목에서, 어린 여자가 혼자 남아서 무엇을 어떻게 하겠는가?

막다른 골목에 이르렀다는 절박한 심정은 구찬도 마찬가지였다.

수미의 다른 남자가 그녀를 언제라도 돌려보낼 편리한 피난처라는 비겁한 인식이 그의 잠재의식 속에서 상당히 오랫동안 떠나지 않았었다. 그래서 좁아진 자신의 행동반경 때문에 참으로 마음이 궁색했던 무렵에 그는, 조금이나마 죄의식을 벗어나려는 궁여지책으로, 친구 석진이의 진지한 충고를 마침내 받아들여, 비록 아주 짧은 기간 동안이었지만, 그녀를 과거로 돌려보내려는 시도를 퍽 진지하게 고려했었다. 물론 수미의 '과거'는 아직 관계를 정리하지 않고 어디엔가 따로 남겨두었던 옛 애인을 포함하는 개념이었다. 구찬과 헤어진 다음에 누군가를 만나서 수미가 처녀 행세를 하며 새로운 사랑을 시작하기보다는 과거의 남자에게로 돌아간다는 선택이 훨씬 쉽다고 여겨졌기 때문이었다.

하지만 다 쓰고 나서 깨진 그릇을 옹기장수에게 돌려주려고 하는 짓은 여자에게뿐 아니라 '오빠'에게도 저질러서는 안 될 잔인하고 무자비한 행동이었다. 구찬은 그렇게까지는 졸렬하고 몰상식한 남자는 아니었다. 그런데 어쨌든 이제는 가장 기초적인 상식에도 어긋나는 그런 나쁜 기회조차 그는 끝내 놓쳐버렸고, 여자를 풀어주거나 냉정하게 쫓아버린다는 선택의 여지조차 잃어버린 구찬은 이제부터 수미를 끝까지 혼자서 무한정 책임져야 했다.

그래서 그는 진눈깨비가 휘몰아치던 그날 밤에, 그녀가 돌아갈 곳이 하나도 남지 않게끔 세상으로부터 수미를 철저히 격리시킨 장본인이 구찬 자신이라는 인식으로 인해서, 슬픈 절망에 빠져 무슨 일을 저지를지 모르는 그녀를 혼자 신사동에 내버려두고 집으로 갈 수 없었다.

물론 수미가 외박하기는 이때가 처음은 아니었다. 친구 소자가 이민을 떠나기 전에는 서로 집을 찾아가 둘이서 함께 자는 일이 워낙 잦았었고, 그래서 전화로 집에 안 들어간다고 알려주기만 하면 어머니는 착한 딸을 무작정 믿어주었다. 신사동에 거처를 마련한 다음에는, 어머니를 의도적으로 속인다는 사실이 퍽 미안하고 마음이 켕기기는 한다면서도, 수미는 몇 주일에 한두 번씩 "어쩐지 오늘 밤에는 일찍 헤어지기가 아쉽다"거나 사소한 일로 두 사람이 다투고는 감정을 해소할 시간이 필요한 경우가 닥칠 때마다, "친구 집에서 자고 간다"면서 그녀는 구찬과 함께 밤을 지내고는 했다.

수미는 친구의 집으로 간다는 거짓말로 어머니로부터 쉽게 외박을 허락받았지만, 구찬의 사정은 그렇게 여의치 않았다. 구찬은 양평에서 열리는 친구 아버지의 회갑연으로 가는 길에 반가운 동창 여러 명을 만나 오늘밤은 양수리 강변에서 밤낚시를 하며 놀다가 내일 아침에 백화점으로 곧장 출근하겠다는 복잡한 핑계를 생각해냈다. 아내는 속이 빤히 들여다보일 만큼 그토록 어수룩한 거짓말에 넘어갈 호락호락한 여자가 아니었다. 아내 재명은 그런 사정이 생겼다면 왜 낮에 미리 연락을 취할 노릇이지, 저녁상까지 다 차려놓은 지금에 와서야 알려주느냐고 화를 냈다. 그리고는 구찬이 어물어물 변명하려고 하자 어쩐 일인지 아내가 먼저 덜컥 전화를 끊어버렸다.

　미심쩍어하는 아내의 목소리가 마음에 가시처럼 박힌 채로, 구찬은 수미와 무척 불안하고 조금쯤은 비참한 하룻밤을 보냈다. 두 사람은 별로 말을 하지 않았다. 일단 옷을 벗은 다음부터 그녀는 울음마저 그쳤다. 그녀가 받은 상처가 얼마나 컸는지는 모르겠지만, 수미는 이제 유일하게 남은 한 남자에게 영원히 매달리겠다는 처절한 각오로 격렬하게 몸짓했다. 그것은 생존을 위한 몸부림이었다.

　그리고는 여드레 후에, 수미의 이별로 인한 충격으로부터 두 사람이 미처 헤어나서 감정을 제대로 수습할 겨를도 없이, 구찬과 수미가 다시 만나 알몸으로 같이 잠을 자던 신사동으로 새벽 네 시가 조금 지났을 때 아내가 처남을 대동하고 들이닥쳤다. 아마도 눈이 펑펑 쏟아지던 날, 구체적으로 어떤 사항이나 내용을 정보로 제공했는지는 확실치 않았지만, 구찬이 아내에게 전화로 무엇인가 결정적인 단서를 제공한 모양이었다.

　사실 그는 이런 상황이 머지않아 닥치리라고 벌써부터 충분히 예상했던 터였다. 범죄의 흔적을 지우려는 진지하고 지능적인 노력하고는 본디 거리가 먼 구찬이었던지라, 보나마나 그는 틀림없이 불륜의 여러 흔적을 사방에 여기저기 남겼으리라고 그는 생각했다. 그런 단서를 아내가 어디서 어떻게 찾아냈는지는 알 길이 없었다. 그러나 가장 크게 아내의 의구심을 자극한 요소는 틀림없이 배반당한 여자의 육감이었던 듯싶었다.

　당연한 현상이었지만 아내는 남편에게 일어나는 갖가지 미세한 변화를 여자의 본능으로 빠짐없이 포착했다. 고흥으로 두 달 동안 도망쳤다가 돌아온 다음 그들의 망가진 관계를 복원하려는 남편의 시도에서 아내는 곧 다분히 작위적이고 어색한 기미를 알아챘다. 어딘가 억지스럽고, 이가 빠지고, 절름거리는 듯한 남편의 선심은 분명히 무엇인지를 숨기려는 기만처럼 느껴졌다. 그것은 흔히 숨겨놓은 여자가 생긴 다음에 남자들이 흔히 보여주는 행태였다.

남편에게 닥쳐온 새로운 변화의 동기를 의심하기 시작한 아내는 차근차근 추적을 시작했고, 구찬은 점점 더 깊어지는 의혹의 그늘을 아내의 시선에서 여러 차례 확인했다. 그리고는 드디어 아내는 구찬에게 혹시 다른 여자가 생기지 않았느냐고 노골적으로 캐묻기 시작했다.

하기야 구찬이 취한 행동으로 미루어보면 아내가 눈치를 채고도 남을 만했다. 수미와의 관계가 복잡하고 깊어짐에 따라 자신이 그만큼 더 불결해졌다고 느낀 그는, 그렇게나마 두 여자에게 공평히 속죄해야 한다는 엉뚱한 생각으로, 점점 더 아내와의 잠자리를 멀리했고, 자칫 말을 실수해서 꼬투리를 잡히지 않기 위해 가능한 한 대화도 피했다. 그리고 이제는 수미와 잠깐씩만 같이 시간을 보내는 만남이 어쩐지 양쪽 여자 모두에게 무성의한 가식처럼 여겨질 지경에 이르자, 끝없이 시달리기만 할 노릇이 아니라 이왕 내친김이니 걱정을 내려놓고 홀가분한 마음으로 한껏 즐기기나 하자는 반항적인 충동까지 생겨났다. 그래서 수미와 밤새도록 같이 지내려고 서울을 벗어나 가끔 외박까지 하기에 이르렀는데, 그럴 때마다 구찬이 자기 딴에는 완벽한 이유라고 내세웠던 핑계들이 지금 돌이켜 따져보면 너무나 속이 빤한 거짓말들 뿐이었다.

그렇게 거짓의 껍질이 자꾸만 두꺼워짐에 따라 아내의 의혹은 더 많은 구체적인 근거를 확보하기가 어렵지 않았겠고, 잘못을 감추려는 구찬의 헛된 노력은 날이 갈수록 더 많은 치부를 노출시켰다. 사태는 통제하기가 어려울 지경으로 악화되었다. 하지만 잘못한 놈이 더 큰 목소리로 화를 내는 격으로, 죄를 지어 의심을 받으면 받을수록 진실을 감추는 데 실패한 자신에 대하여 더욱 분개하던 구찬은 결국, 자신의 허물은 아랑곳하지도 않고, 집요하게 뒷조사를 벌이며 그를 추적하는 아내를 거꾸로 미워하기에 이르렀다.

신사동으로 들이닥치던 날 새벽에 재명의 얼굴을 일그러뜨렸던 배반감과 굴욕과 분노의 표정을 구찬은, 아내에 대한 두려움보다는 기습을 감행할 정도로 치사한 여자에 대한 메스꺼움으로 인해서, 오랫동안 생생하게 기억했다. 독기를 살기등등한 눈으로 뿜어내면서 아내는 수미한테 짤막하게 한 마디로 물었다.

"너 몇 살이야?"

알몸으로 날벼락을 맞은 수미가 꽃무늬 이불로 몸을 감싸서 숨기며 겁에 질린 목소리로 대답했다.

"스물넷요."

그리고 구찬에게는 아내 재명이 이렇게 명령했다.

"당신 오늘 백화점 나가지 말고 곧장 집으로 와요. 나하고 얘기 좀 해야 하니까요."

그날 새벽에 신사동에서는 더 이상 통속적인 난장판이 벌어지지 않고, 재명은 더 이상 두 남녀에게 어떤 말도 하지 않고, 심지어는 집안을 둘러보지도 않고, 싸늘하게 몸을 돌리더니 복도를 따라 내려가 승강기를 타고 바람처럼 사라졌다.

울상이 된 수미가 물었다. "이제 우린 어떻게 되는 거예요?"

그녀의 질문에 구찬은 아무런 시원스러운 대답을 할 말이 없었다. 지금 당장 그의 발등에 떨어진 불은 수미가 아니라 아내 재명이었다.

서둘러 옷을 입고 집으로 뒤쫓아간 구찬에게 아내가 단호하게 물었다. "어떻게 하겠어요?"

그녀의 질문에 구찬은 역시 아무런 시원스러운 대답을 하지 않았다.

격렬한 감정들이 안팎으로 충돌을 거듭하던 며칠 동안의 혼란스러운 상황이 조금 가라앉은 다음에 당시의 상황을 곰곰이 따져본 구찬은 그날 아내가 그에게 했던 질문은 그의 의중을 묻기보다는 무엇인지를 강력하게 요구하는 명령에 가까움을 깨달았다. 아내는 구찬에게 가정으로 돌아와 달라고 애원하는 그런 초라한 눈초리가 아니라, 단순한 속죄를 넘어 스스로 어떤 처벌을 달게 받겠다는 남편의 결단을 원하는 눈치가 역력했다. 아내는 무엇인지 분명한 행동을 단숨에 취하기를 그에게 요구하려는 태도였지만, 구찬은 재명이 요구하는 바가 무엇인지조차 처음에는 짐작할 길이 없었다.

이른바 삼각관계라는 이런 경우에는 대부분, 구찬이 상식적으로 예상하기로는, 아내와 애인 가운데 남자가 누구를 선택할지 양자택일 결정을 내리고, 그러면 비록 원만한 합의는 아니더라도 대충 상황이 아물기가 보통이었지만, 보아하니 구찬 부부의 문제는 그렇게 마무리를 지어도 되는 단계를 훌쩍 넘겨버린 것이 분명했다. 지난번 고흥으로 도망쳤을 때와는 달리 이번에는 아내가 남편을 용서하고 받아들이는 대신, 구찬이 무엇을 어떻게 해야 할지를 보아하니 재명이 미리 정해놓았고, 그것을 남편이 스스로 알아내어 행동으로 옮기기를 아내는 강력하게 요구했다.

그렇게 남편이 충족시켜야 하는 조건을 미리 설정하고 밀어붙이려던 아내는 처음에 구찬이 도대체 젊은 여자를 어디서 만나 어떻게 바람을 피우게 되었는지에 대해서는 별로 관심을 보이지 않았다. 재명은 앞으로 남편이 어떻게 하겠는지에 대한 의향만 집요하게 물고 늘어졌다. 그러나 선생님한테 야단맞는 초등학교 아이처럼 꾸중을 듣기만 하면서 대답을 못하고 태도를 빨리 결정하지 못하는 남편의 무성의하고 무책임한 반응 때문에 재명은 속절없는 시간이 흐를수록 짜증이 더욱 심해졌다.

그러다가 궁지로 몰리면서 극도로 긴장하여 정상적인 판단력과 분별력을 상실한 상태에서 구찬은 멍청하게도 아내의 동정심을 조금이나마 구해보겠다는 미련한 계산에 따라 고흥 바닷가에서 벌어진 어줍잖은 낭만적 사랑에 대한 고백을 스스로 털어놓기에 이르렀다. 남편이 군색하게 띄엄띄엄 늘어놓는 변명을 대충 듣고 재명은, 가족과 사업을 팽개쳐 버리고 시골로 내려가 숨어살면서 무엇을 했나 싶었더니 기껏 어린 계집을 만나 놀아났다는 사실을 알고는, 극심한 배반감을 느꼈다. 더구나 그런 여자와 서울로 함께 올라와서 살림까지 차린 남편이라면 순간적인 실수를 저지른 정도가 아니라 장기간에 걸친 계획적인 범죄를 교묘하게 진행시킨 악질적인 위선자였다. 이때부터 재명은 구찬을 양심이라고는 털끝만큼도 없는 비열한 인간이라고 직설적으로 닦아세우는 공격을 한층 더 강화하기 시작했다.

구찬이 범한 한심하고 어리석은 악수는 거기에서 그치지를 않았다. 아내는 분명하게 선을 그었다. 아내 쪽에서 돌아오라고 애원이나 부탁을 하기는커녕, 용서나 타협을 해주리라고는 착각 또한 꿈조차 꾸어서는 안 되고, 어영부영 넘어가는 여성적인 양보 따위는 아예 바라면 안 되었다. 그런데 아내의 이런 조건에 남편이 미련한 저항을 벌이기 시작했던 것이다.

아내는 철저한 분풀이와 복수를 원했다. 아내는 구찬이 고흥으로 도망쳤다가 두 달 만에 집으로 돌아왔을 때 양아버지가 했던 선언을 즉시 실천해 주기를 은근히 바랐다. "또다시 이번처럼 무책임한 짓을 하거나 아내와 이혼하는 따위의 불상사를 일으켰다 하면, 백화점 명의를 아예 재명 혼자 앞으로 해버리겠다"고 시아버지가 규정했던 원칙에 따라, 백화점을 아내에게 고스란히 넘겨주고, 구찬은 알몸으로 집에서 사라져주기를 재명은 원했다. 다른 식구들의 눈치가 보여서 노골적인 말로 요구하지만 않았을 뿐, 그녀는 구찬이 알아서 그렇게 해주기를 바랐다. 그래서 구찬은 "아, 여자들은 역시 돈밖에 모르는구나"라는 회의에 빠졌고, 아내가 조금만 따뜻하게 호소했다면 내 마음이 달라졌을지 모르겠지만, 이토록 혹독하게 몰아세운다면 나도 무작정 참기만 하지는 않겠다는 반발이 일어났다.

그것은 아내를 "돈밖에 모르는 치사한 여자"로 몰아세우고 여자의 약점을 찾아내면 자신의 죄가 그만큼 탕감되리라는 기묘한 논리에 따른 방어심리였다. 자신을 보호하려는 구찬의 본능은 이렇게 반격의 형태를 취하면서, 아내에 대한 그의 죄의식이 희석되었고, 결국 그는 불륜의 가장 큰 물적 증거인 신사동 집을 처리하기는 했지만 수미와의 관계를 선뜻 정리하지 못한 채로 눈치를 살피는 나날을 보냈다. 미적거리며 시간을 질질 끄는 그의 버릇이 이번에도 고스란히 되살아났다.

재명은 아내로서의 기득권을 그녀의 자의적인 방식에 따라 되찾고 복원하기 위해 치열한 추적을 조금도 늦추지 않았다. 아내는 끝없이 구찬을 괴롭혔다. 그녀는 오로지 남편을 괴롭히기 위해서만 존재하는 여자 같았다. 그녀는 구찬의 짜증을 자극하고, 남편을 답답하게 만들어 더욱 멀리 쫓아버리기를 서슴지 않았다. 그리고 아내는 놀라울 만큼 맹렬하고 사나워졌다. 처음에는 속이 상하면 혼자 주방 식탁에 잠옷 바람으로 앉아서 무엇인지 자꾸 먹어대기만 하더니, 시간이 흐르는 사이에 그녀는 끓어오르는 분노를 배설하는 새로운 방법을 끊임없이 개발했다.

설득과 탄원 대신에 아내는 공격적이고 파괴적인 투쟁을 벌이기로 작정한 듯싶었다. 재명은 구찬과 하루가 멀다 하고 다양한 구실을 내세워 싸움을 벌였으며, 때로는 사흘이나 굶어가며 자신을 육체적으로 학대하거나, 그렇게 해서도 울화를 참기가 어려워지면 꽃병이나 화장대 거울을 부숴놓기가 다반사였다. 언제부터인지는 몰라도 그가 수미를 만나 외박하는 날이면 집에 혼자 버려진 아내는 두 아들에게 대신 분풀이를 하느라고 매질을 시작하더니, 급기야는 구찬이 보는 앞에서도 아이들을 때렸다. 구찬이 매질을 말리려고 하면 이번에는 아내가 냄비나 석쇠 따위를 휘두르며 그에게 덤벼들었다.

이런 싸움은 얼마 안 가서 다른 식구들에게까지 질병처럼 전염되어 번져나갔다. 직접 집으로 사위를 찾아오거나 전화를 걸어서 "세상에 남의 귀한 딸을 데려다 이래도 되는 거냐"고 따지는 처갓집 식구들과 구찬은 빠른 속도로 사이가 냉각되었다.

이런 치열한 불화를 틈타서 형 호찬은 "바람을 피우는 짓도 돈을 버는 재주나 마찬가지로 소질이 따로 있는 법"이라고 비아냥거리면서 다시 백화점에 눈독을 들이고 호시탐탐 기회를 노렸다. 그래서 아내는 시아주버니 때문에 백화점을 놓고 더욱 신경이 예민해졌고, 구찬과 두 아이는 그만큼 더 시달려야만 했다.

그런가 하면 우유부단한 구찬의 성격을 워낙 잘 알기 때문에 비교적 오래 참고 지켜보기만 하던 양아버지는 구찬을 불러다 꿇어앉히고는 사태가 이런 식으로 지지부진하게 계속된다면 당신이 직접 나서서 행동을 개시하겠노라고 세 차례나 잔소리를 늘어놓았다.

"넌 계집을 다루는 요령이 너무나 형편없구나. 가정을 지키든 버리든 난 더 이상 상관하지 않을 테니까, 아무 쪽으로든 빨리 정리하고 마무리를 짓도록 해. 아니면 내가 무슨 조처인가 취하고 말 테니까."

그러나 구찬이 온 세상으로부터 자신이 완전히 혼자만 고립되었다는 심각한 인식을 갖게 된 계기는 끝까지 그를 이해하고 곁에 남아주었던 친구 석진이마저 아내 재명의 편으로 넘어갔을 때였다.

"너 재명 씨더러 이성적으로 행동하지 않는다면서 너무 심하다고 그렇게 탓하면 안 된다." 석진이가 말했다. "가정파탄을 맞은 여자라면 눈이 뒤집히는 게 당연하거든. 너처럼 비정상적으로 냉정한 사람이 아니고서는 지극히 당연한 일이라고. 너 같으면 제정신이겠니? 입장을 한 번 바꿔놓고 생각해 봐. 다른 남자하고 한두 번 바람을 피우는 정도가 아니라 아예 몰래 살림까지 차려놓은 아내를 너 같으면 사랑으로 감싸고 용서해 주면서 가정으로 돌아와 달라고 애원하겠어? 넌 재명 씨한테 섭섭하다고 생각하면 못써. 넌 어떻게 그토록 너 자신만 생각하니? 잔인한 사람은 재명 씨가 아니라 너야. 사람이란 누구나 남에게는 가혹하고 자신에게만 관용을 보이는 경향이 심해. 특히 너하고 나처럼 어려서 진정한 사랑을 별로 받아보지 못하고 자란 사람들은 불행한 과거에 대한 보상을 받고 싶은 나머지 온 세상의 사랑을 독차지할 권리가 우리에게 있다고 착각하기 쉽지. 하지만 착각은 어디까지나 착각이야."

구찬은 이제 정말로 갈 곳이 없어졌다. 수미에게 말고는.

스물여덟

아내 재명의 편을 들며 구찬과의 만남을 은근히 기피하려는 눈치가 요즈음 부쩍 역력해진 친구 석진이를 포함하여, 주변의 모든 사람들은 구찬이 보기에 하나같이 논리적으로 옳았다. 비록 그들이 연합전선을 이루듯 편을 짜고 하나로 뭉쳐서 그를 집중적으로 공격하지는 않았지만, 저마다 다른 이유로 그를 적대시하는 사람들에게 둘러싸인 구찬은 논리적으로 그들이 모두 옳다고 시인했다. 하지만 그의 마음만큼은 논리를 따라서 움직이지를 않았다.

그는 이제 머리와 마음이 무슨 결단을 내리고 앞으로 나아가려고 해도, 육체적인 미련이 뒤에서 붙잡고 매달리는 바람에 몸이 말을 듣지 않았다. 함께 오래 살다보면 서로 닮는다고 하듯이, 어쩌면 그는 다분히 충동적인 수미와 조금씩 닮아가는 모양이었다. 그래서 언젠가 수미가 말했듯이 그는 이성이 아니라 감성적인 육체의 노예가 되었는지도 모를 일이었다.

"더 이상 이러면 안 된다는 걸 머리로는 분명히 알겠는데, 더 이상

206

이래서는 안 된다고 마음은 끊임없이 말리는데, 몸이 말을 안 들어요.”

구찬이 수미를 포기하고 싶지 않았던 뚜렷한 이유는 구찬 나름대로의 논리로서는 합리적이고 현명하기까지 했다. 파탄을 향해서 전속력으로 치닫는 기존의 부부관계를 억지로 유지해봤자 아내 재명과의 미래는 참담한 고통밖에 기다리는 것이 없었지만, 수미에게 돌아가면 틀림없이 고난을 이겨내는 힘을 가진 사랑이 그를 지탱시켜 주리라고 구찬은 믿었다. 그렇게 믿고 싶었기 때문에 그는 그렇게 믿었다.

난데없는 ‘본처’ 재명의 기습을 받고 너무나 놀라고 겁에 질린 나머지 감히 앞으로 나서지 못하고 멀찌감치 물러나서 서성이며 눈치만 살피는 수미와의 미래 또한 영원히 불투명한 미완성의 형태를 못 벗어날지는 모르겠지만, 그래도 그들에게는 사랑과 희망이 남아서 기다려주었다. 비록 구찬으로서는 자신의 의지력을 전혀 행사하지 못하여 선택이 아니라 불가피하게 몰린 입장이기는 할지언정, 이제 구찬 자신과 수미 그들은 배가 난파하여 같은 뗏목에 몸을 싣고 표류하며 함께 쫓기는 동지가 되었다.

들통이 난 신사동 보금자리를 서둘러 정리하여 없앤 다음이어서 구찬과 수미는 그들만의 장소가 따로 없었기 때문에 며칠에 한 번씩 술집에서 만나 얘기를 나누다가 사방을 둘러보며 여관에 들어가 몇 시간쯤 함께 지내고는 뿔뿔이 집으로 돌아가야 하는 옹색하고 불편한 나날이 계속되었다. 그것은 가장 저질스러운 불륜행위의 표본이었다.

어쨌든 그들의 은밀한 관계까지 본부인에게 발각된 마당이니 이제는 두 사람이 구질구질하게 숨어 다니는 짓은 그만두어야 옳았다. 그들에게는 떳떳하고 확실한 위치를 당당하게 마련하기 위한 어떤 돌파

구가 필요했다. 세상에 노출되고 집밖으로 쫓겨난 수미나 마찬가지로 구찬 역시 막다른 골목에 갇혀 고양이를 물든지 아니면 죽든지 사생결단을 내야지 별다른 선택의 여지가 없어졌고, 그래서 곧 어떤 각오를 하겠거니 하고 수미는 기다렸다.

하지만 아무리 기다려도 소용이 없었다. 더 이상 물러날 구석이 없는 궁지에 몰려서조차 어찌 해야 좋을지 구찬은 여전히 갈피를 잡지 못했고, 무한정 기다리기만 했다가는 점점 더 큰 파멸밖에 기대할 바가 없으리라는 판단에 따라 수미는 조금씩 정신을 차리고 일단 스스로 중심을 잡은 다음, 속 시원한 행동을 취하지 않으려는 남자를 아직은 앞장서서 이끌고 갈 입장은 아니었으므로, 뒤에서 떠밀기라도 해서 용기를 북돋아 주리라고 결심했다. 그렇게 해서 그녀는 구찬에게 아내 재명과 이혼하라고 솔직히 요구하는 끈질긴 설득에 돌입했다.

"당신은 끝내 날 보내주시지 않았지만, 당신이 마땅히 가야 할 곳이 어딘가 있기만 하다면 난 당장 보내드리겠어요. 어떤 여자들은 사랑은 쟁취하는 거라면서 사랑하는 남자를 다른 여자에게서 빼앗은 건 죄가 아니라고 그러지만, 난 꼭 그렇게까지 해서 당신을 차지하고 싶진 않아요. 내가 그랬죠? 혹시 언제라도 당신이 떠나고 싶어 하시면, 김소월의 여자처럼 진달래꽃을 한 아름 따다가 가시는 길에 뿌리면서 말없이 보내 드리겠다고요. 나 혼자 산장의 여인처럼 잊혀져, 외롭고 병든 몸으로 외딴 곳에 숨어서 평생 혼자 살다가 죽는 한이 있더라도, 난 정말로 당신을 고이 보내드리겠어요. 당신이 지킬 만한 사랑이 나 말고 아직 어디엔가 다른 곳에 남아서 기다린다면, 난 당신을 당장 돌려보내 드리겠어요. 하지만 이제 당신은 갈 곳이 없어졌잖아요. 그런데 왜

208

당신은 나에게로 당당하게 오지를 못하시나요?"

수미는 구찬이 처자식을 훌훌 털어버리고 선뜻 그녀에게 오지 않는 이유가 백화점 때문이라는 결론을 내리고는 이런 식의 설득을 시도했다.

"백화점에 그렇게 미련을 두실 필요는 없잖아요? 돈이고 재산이고 그런 거 다 버리고 우리 시골로 가서 농사나 짓고 살아요. 무얼 하더라도 우리 둘이서 못 먹고 살려고요. 백화점을 빼앗기고 당신이 알몸으로 쫓겨난다면, 그리고 혹시 당신이 취직하기 어려워진다면, 그땐 내가 이 작은 두 손으로 열심히 벌어서 당신을 먹여 살리겠어요. 광주리를 이고 돌아다니며 장사하건 추어탕을 만들어 팔건, 하다못해 식당에서 밥 짓는 부엌데기 노릇을 해서라도 이 몸이 다 부서지도록 일해서 내가 당신을 벌어 먹이겠어요."

그럼에도 불구하고 남자에게서 별로 뚜렷한 반응이 나타나지 않자 수미는 감상적인 호소로나마 그의 마음을 움직여보려고 했다.

"나는 내 사랑을 지키고 키우려는 어린 여자이지, 당신의 사랑을 파괴하려는 나쁜 여자가 아니에요. 그래요. 아니라고요. 그런데 당신이 보기에는 내가 끝내 부질없는 '하룻밤 불장난'에 불과했던가요? 옛 유행가의 유치한 표현을 빌자면 말예요. 별장에서 우리 두 사람이 함께 보낸 사흘이 당신에게는 전부였던가요? 나도 그땐 그렇게 생각했었어요. 예쁘고 소중한 그림 한 폭을 수집하고 난 다음에 돌아설 때처럼요. 하지만 서울로 돌아와서 당신에게 다시 전화를 걸었을 무렵에는 난 이미 당신을 운명으로 받아들일 각오를 했던 거예요. 오직 당신만의 여자가 되겠다고요. 그래서 난 고스란히 기다리던 과거로 돌아가는 대신 당신과의 위험한 미래를 선택하겠다고 작정했고요."

그리고 수미는 구찬을 크게 감동시킨 말을 한 마디 덧붙였다.

"사랑이 밥을 먹여주느냐고들 하지만, 당신이 내 곁에 머물러 주기만 한다면 난 얼마든지 사랑만 먹고 살아갈 자신이 있어요."

양쪽에서 압력을 받으며 가랑이가 점점 찢어져 더 이상 똑바로 서서 버티기가 불가능한 지경에 이르자, 자꾸 그를 괴롭히던 아내와는 달리 어떻게 해서든지 그의 마음을 편안하게 해주려고 그토록 간절하게 노력하는 수미에게 그의 마음은 빠른 속도로 기울어져 쏠리기 시작했다. 수미가 그런 정도까지 각오했다면 구찬으로서는 벅찬 역경을 감수하며 새로운 삶을 설계할 용기를 내기가 어렵지 않을 듯싶었다. 그래서 그는 두 사람의 관계를 떳떳한 형태로 발전시켜 합법적으로 함께 사는 길을 모색하기에 이르렀다.

마침내 그는 그들의 불륜이 정당한 사랑으로 탈바꿈하려면 날이 갈수록 자꾸만 추악해지는 아내와 이혼하고 수미와 정식으로 결혼하여 새로운 가정을 꾸리는 방법밖에 없다는 결론에 도달했다. 그래서 처음으로 그는 아내에게 이혼이라는 해결방법을 제기했다. 하지만 그가 선제공격에서 사용한 화법은 "내가 원한다"가 아니라 "당신이 원한다면"이었다. 혹시 아내 쪽에서 원하기만 한다면 이혼에 '동의'하겠다는 뜻을 대단히 완곡하게 암시하면서.

그의 속셈을 훤히 꿰뚫어본 아내는 태도가 서릿발처럼 단호했다. 재명은 이제 더 이상 남편에게 존댓말조차 사용하지 않았다.

"그래서 이혼하면 재산을 반씩 나눠 가지고 나가서, 그년하고 시시덕거리며 마음 놓고 행복하게 오래오래 잘 살아보려고? 착각하지 마.

난 그런 꼴 차마 못 보겠으니까, 죽어도 이혼은 못해 줘."

구찬은 재산을 반씩 나눠받겠다는 욕심이 전혀 없으니까, 백화점이고 집이고 모두 다 아내에게 주겠노라고 약속했다. 이 무렵에는 형이 "정수미라는 여자가 틀림없이 재산을 노리고 저렇게 악착같이 구찬이에게 매달리는 모양이니까, 백화점을 낯짝조차 모르는 남에게 빼앗기기 전에 어떻게 손을 써야 되지 않겠느냐"고 아버지를 설득하며 탈환 공작을 다시 개시한 직후였고, 그래서 구찬은 재산 따위는 연연하지 않겠다는 선언을 통해 자신뿐 아니라 수미의 결백을 동시에 증명하기에는 지금이야말로 더없이 좋은 기회라고 생각했다.

하지만 아내는 구찬이 행복을 도모하도록 도와줄 선심을 써야 할 아무런 의무가 자신에게 없다면서 절대로 양보할 기미를 보이지 않았다.

"나도 어디 바닷가로 놀러갔다가 좋은 남자 만나서 혹시 내가 먼저 결혼하게 된다면, 그땐 당장 이혼해줄 테니까 아무 소리 말고 얌전히 기다려."

이렇듯 저항을 해서 뚫고 앞으로 나아갈 길이 도저히 보이지 않게 되자 구찬은 애초부터 아내가 탐탁하지 못한 여자였기 때문에 그가 다른 여자에게로 눈을 돌리지 않았겠느냐는 식으로 자신을 정당화하기가 훨씬 수월해졌다.

구찬은 불결하다고 믿었던 자신의 사랑을 아름다운 꿈이라고 다시 믿기로 작정했다. 그리고 얼마 안 가서 그는 실제로 그것이 진실이라고 믿게 되었다. 온 세상 모든 사람이 자신의 사랑을 가장 지고하다고 저마다 믿듯이, 그는 흔하디흔한 간통사건에 지나지 않을지도 모르는 그의 사랑 또한 어느 누구의 사랑보다도 숭고하다고 생각했다.

수미와의 관계는 남들의 무책임한 간통처럼 그렇게 천박하고 통속적인 사건이 절대로 아니라고 진심으로 믿게 된 구찬은 그의 사랑을 아내가 올바르게 이해하지 못한다고, 부끄러울 바가 없는 그의 마음을 세상 사람들이 이해해 주지 않는다고 오히려 분개하고 섭섭하게 생각했다. 그리고 아내가 자신을 미워한다는 이유로 해서 그는 재명에 대한 죄의식까지도 전보다 훨씬 덜 느꼈다.

구찬은 자신의 행동이 옳다고 스스로 믿는 데서 그치지 않고 그의 믿음에 대하여 타인들의 동의까지 구해보려고 시도했다. 그는 낚시친구나 술친구들에게, 자주 만나는 석진이나 다른 동창생들에게, 조금이라도 그의 입장을 이해해줄 만한 모든 사람에게, 심지어는 체육관에서 가끔 만나는 동네 남자들에게까지도 기회만 나면 자신의 심정을 토로하고 위안을 받아내려고 했다.

그러나 보통 때는 "남자가 바람 한 번 피웠다고 그까짓 일로 뭘 그러느냐" 하면서 웃어넘길 만한 사람들이 뜻밖에도 구찬의 얘기를 꼼꼼히 다 듣고 나면 한결같이 그에게로 탓을 돌리기가 십상이었다. "아무리 젊은 여자가 좋더라도 잠시 오입 정도는 모르지만 조강지처는 절대로 버려서는 안 된다"고 그들은 말했다. "어영부영 그러다가는 가정은 물론이요, 아내고 뭐고 두 여자를 다 잃고 말리라"는 경고도 그들은 잊지 않았다.

그리고 시간이 흐름에 따라 구찬은 그들의 경고가 놀라울 만큼 정확한 예언이었다는 사실을 뒤늦게 확인하고 겁이 났다. 얼마 전에는 그들 두 사람의 가까운 미래에 닥칠 운명을 수미가 정확하게 예언했듯이, 이제는 다른 사람들이 그의 먼 훗날에 전개될 미래를 족집게처럼 예언했는데, 세상의 모든 사람이 그의 앞날을 환히 내다보는 반면에 구찬 혼자만이 자신의 운명을 모른다는 사실은 참으로 두렵기 짝이 없는 일이었다.

하지만 그는 한 가지 사실만큼은 정확하게 스스로 예측했다. 만일 구찬이라는 불륜의 존재를 수미의 어머니가 혹시 알아내게 되면 사태가 엄청나게 복잡해지리라는 그의 빤한 예측은 신사동의 새벽 기습 이후 한 달 만에 현실로 나타났다. 양어머니가 팔을 걷어붙이고 나선 결과였다. 구찬이 정신을 차리기를 아무리 기다려도 못마땅한 현상유지만 계속할 따름이지 별다른 소용이 없자 양어머니는 어떻게 해서든지 그의 가정이 파탄을 맞는 꼴은 대신 막아 보겠다는 생각으로 수미의 어머니를 찾아가 만나서 현재 진행 중인 상황의 자초지종을, 신사동에 차려놓은 살림까지도 알려주며 낱낱이 털어놓았다.

너무나 놀라고 기가 막힌 어머니가 결혼한 남자와의 불륜관계를 어서 당장 끊으라면서 딸의 신발을 모두 빼앗아 감추고는 수미를 감금하다시피 하며 닦달을 내는가 하면, 백화점 사장실로 구찬을 찾아와서는 한 번이라도 더 딸을 만나려고 했다가는 그를 경찰에 신고하겠다며 직원들 앞에서 창피를 주자, 어찌 할 바를 모르게 된 수미가 책방에 사표를 내고는 덜컥 가출해서 행방을 감추고 말았다. 어디론가 사라지면서 그녀는 물론 구찬에게 아무런 사전 연락을 취하지 않았다.

스물아홉

수미가 어느 외딴 시골로 도망가서 자살이라도 할까 봐 긴장하고 다급해진 구찬은 모든 일을 젖혀두고, 아내가 눈치채지 못하도록 몰래, 경찰과 세 군데 흥신소까지 동원하여 그녀를 찾는 일에만 몰두했다. 병원과 경찰 안치소를 모조리 찾아다니며 신원불명인 젊은 여자의 시체들을 빠짐없이 확인하라는 당부도 잊지 않았다. 둘이서 함께 여행했던 곳들은 물론이요 수미가 언젠가 한 번이라도 가 본 적이 있다고 말했던 절이나 관광명소들 또한 빠짐없이 찾아보도록 만반의 조처를 취했다.

보름 동안의 수소문 끝에 그는 영등포구 구로동(현재는 구로구)의 면장갑 공장에서 여공으로 취직하여 기숙사 생활을 하던 그녀를 간신히 찾아냈다. 그녀는 나중에 구찬이 찾아오기를 애타게 바랐기 때문이었는지는 몰라도 공장에서 가명이 아니라 본명을 썼고, 주소 따위의 모든 인적사항을 정확하게 남겼기 때문에 그나마 행방을 찾아내는 단서가 되었다.

공장에서 불러내어 근처 꽃우물이라는 경양식집으로 데리고 가서 저녁을 사 먹이는 동안 수미는, 고된 생활과 정신적인 고통으로 인하여 극도로 피곤하고 야윈 초췌한 모습으로, 한참 고팠던 배를 측은한 모습으로 찬찬히 채우며, 가출생활에 대한 얘기를 담담한 목소리로 털어놓았다. 너무나 지친 나머지여서인지 그녀는 울지를 않았다.

"나에게 마지막 남은 피난처나 마찬가지였던 엄마한테 며칠 동안 야단을 심하게 맞고 나서는 어찌나 앞날이 막막하고 신세가 고달픈지 첨엔 세상과 작별할까 하는 절망적인 생각까지 해봤지만, 죽음 말고도 세상을 떠나는 방법이 또 있다는 생각이 들더군요. 나 자신을 추스를 길이 없을 때는 당신처럼 어디로 도망치면 되겠다고요. 전 역시 당신을 자꾸만 닮아가는 모양이에요. 하지만 당신이 언젠가는 나를 찾아와 주리라는 희망을 버리지 않았기에 전 그나마 도망칠 용기가 생겼는지도 모르죠. 그래서 밤마다 하염없이 당신을 기다렸고요."

워낙 지쳐버렸던 탓으로 수미는 집으로 우선 돌아가라는 구찬의 말을 듣고 고분고분 따라 나섰다. 구찬에게 다시는 눈앞에 나타나지 말라며 살기가 등등했던 수미 어머니는 딸을 무사히 집으로 데려다 준 그에게 "어쨌든 고맙다"고 못마땅한 표정으로 말했다. 엄마를 다시 만난 수미는 눈물을 소리 없이 비치기는 했지만, 울지는 않았다.

한 주일 동안 입원해서 겨우 건강을 되찾은 수미에게 구찬은, 아내는 물론이요 수미 어머니 몰래, 한남동에다 작은 아파트먼트 하나를 마련해 주었다. "또 가출하게 되면 처량하게 공단 기숙사에 들어가 고생하지 말고 몸이나마 편해야 되지 않겠느냐"고 반쯤 농담을 하면서.

새로운 은신처가 생기자 수미는 상당히 안심하는 눈치였고, 무척 고마워했다. 걷잡을 수 없는 절망의 수렁 속으로 자꾸만 빠져 들어가는 한이 있더라도 구찬이 그녀의 곁을 떠나지 않으리라는 물적 증거라고 그녀가 한남동 집을 해석하며 받아들였기 때문이었다.

하지만 그가 집을 마련한 동기는 수미가 짐작했던 것처럼 여관을 전전하는 거북한 처지가 싫어서 신사동 오피스텔 대신 새로운 거처를 마련해야 한다는 현실적인 문제를 해결하기 위해서가 아니었다. 그는 양자로서 부잣집에 기생하며 형들의 등쌀을 견디어내야 하는 삶의 불안감에 오랫동안 시달려왔고, 그래서 만일의 경우에는 언제라도 탈출하여 독립할 도피자금을 마련하여 여기저기 숨겨두었었는데, 요즈음에는 혹시 아내에게 추적당해 최후의 '군자금'마저 빼앗기지나 않을까 은근히 걱정하던 터였다. 그래서 그는 수미에 대한 최소한의 의무를 수행한다는 느낌으로, 지금까지 많은 고통을 받은 데 대한 일종의 위자료로서, 차라리 집을 사서 수미에게 선물하기로 현명하게 작정했었다.

엉거주춤한 '삼각관계'는 그렇게 다시 이어졌다.

수미와 구찬은 두 사람 다 훨씬 조심스럽게 처신하여 재명에게 꼬리를 잡히는 일은 없었지만, 아내의 두 번째 기습에 대한 두려움과 불안감은 떨쳐버리기가 쉽지 않았다. 아무리 태연한 척하면서 그래도 어떤 수작을 뒷구멍에서 벌이는지 다 안다는 아내의 눈초리와 마주칠 때마다 구찬은 살얼음판에서 줄타기를 하는 듯 조마조마한 마음이 바늘방석과 같았다.

수미의 어머니 또한 그들이 두 번째로 차린 살림을 분명히 눈치를 채기는 했지만, 딸의 한심한 신세가 마음이 아프기는 해도 혹시 수미가 또 가출을 감행하여 무슨 일을 저지를지 모르겠어서 그냥 모르는 체하며 지내기로 작정한 눈치였다.

그래서 아무런 대책이나 해결의 실마리가 없이, 구찬은 날마다 백화점 일이 끝나면 늙은 개처럼 어깨가 축 늘어져 얌전히 집으로 가서 죄많은 남편 노릇을 하느라고 곁눈질을 하며 아내에게 시달렸다. 그리고 또 어떤 날은 수미를 찾아가서 며칠 동안 괴로웠던 울적한 마음이 한꺼번에 위로받고는 했다. 그러는 사이에 그는, 여러 남자들이 기회가 날 때마다 그에게 누누이 경고했던 바와 같이, 두 여자 모두에게서 자꾸

216

만 멀어져서 곧 버림을 받으리라는 느낌이 들었다.

서 씨 집안에서는 모두들 구찬 부부의 삶이 그럭저럭 '정상'으로 돌아간 모양이라고 편리하게 상상하고는, 관심과 호기심을 그들 자신의 번거로운 일상으로 돌렸다. 그리고는 허공에 뜬 이런 생활을 무려 2년이나 질질 끌며 이른바 '권태기'로 접어들던 어느 여름날, 미미하면서도 당연한 실수이기는 했지만, 구찬이 절대로 저질러서는 안 되는 뜻밖의 사건이 터졌다.

구찬은 약속시간이 아니라 아예 그녀를 만나러 가기로 한 날을 깜박 잊어버렸고, 그래서 저녁에 한남동에 들르지를 않고 곧장 집으로 가버리고 말았다. 술과 안주를 마련해 놓고는 마냥 기다리기만 하다가, 혹시 바빠서 다른 일을 처리하고 늦게라도 구찬이 들르지 않을까 싶어서, 수미는 혼자 한남동에 남아 결국 그곳에서 자고 이튿날 아침에 집으로 돌아갔다.

수미는 이에 대하여 백화점으로 전화를 걸어 사과나 설명을 요구하지 않았다. 구찬이 약속을 완전히 까먹었다는 사실을 깨닫고 수미는 다음에 만났을 때 아예 지난 번 깨진 약속을 언급조차 하지 않았다. 그들 사이에는 위기조차 제대로 인식하지 못할 지경의 위기가 찾아왔지만, 구찬은 그것을 위기라고 느끼지 못하는 모양이라고 그녀는 판단했다.

두 달쯤 후에 똑같은 상황이 벌어졌을 때, 수미는 마지막 남은 누더기 자존심이나마 살려두기 위해 역시 이튿날 전화를 걸지는 않았지만, 다음에 만난 자리에서 왜 약속을 어겼느냐고 넌지시 묻기는 했다. 물론 지난번에 어긴 약속까지 그녀는 일부러 상기시켜 주었다.

내가 어쩌다 이런 인간이 되었을까 하는 놀라움으로, 주체하기 어려울 정도로 당황한 구찬은 큰 실수를 했다고 수미에게, 저녁 내내 몇 차례나 거듭해서, 진심으로 사과했다.

그러고도 삼세 번째로 똑같은 상황이 반복되자, 어떤 확실한 해결을 시도하려고 단 한 발자국조차 더 이상 전진하려고 하지 않던 구찬 때문에 오래전부터 기진맥진했던 수미가 가슴 깊이 담아두었던 말을 드디어 입 밖에 꺼냈다.

"저한테 왜 이런 굴욕적인 벌을 주시는 건가요? 이제는 제가 그토록 미워지기라도 했나요? 제가 무엇을 그토록 크게 잘못을 했길래요? 싫어졌으면 차라리 그렇게 솔직히 말씀하세요. 지금이라도 제가 포기하고 물러날 테니까요. 꼬박꼬박 생활비를 받아 껍데기뿐인 살림을 하면서, 이렇게 빈 집에서 오지도 않을 남자를 한없이 기다려야만 하는 것이 진정 저한테 주어진 운명의 전부인가요?"

수미의 말을 듣고서야 그는 최근에 무관심으로 인하여 자신이 여자에게 얼마나 심한 학대를 무심결에 저질렀는지, 나도 모르는 사이에 우리들이 어쩌다 이렇게까지 완전한 남남이 되어버렸는지를 불현듯 깨달았다. 전에는 앞으로 다가올지 모르는 위험이 무엇인지를 알기 때문에 늘 불안했었지만, 이제 그는 타성에 빠져 불안해하지 않는다는 사실 그 자체의 위험성조차 알지 못하는 지경에 이르렀다.

그러다 보니까 이제는 새로운 형태의 종말이 가까웠지만, 그는 더 이상 돌이키기가 불가능한 최후의 위기가 몰래 다가와서 그의 코앞에 닥치더라도 감지하지 못할 지경으로 파멸과 몰락에 대해 무감각해지고 말았다. 그는 숨 막히는 압박감과 절박함, 그리고 분노에 대해서까지도 둔감해진 가사상태로 접어들었다. 기나긴 갈등과 싸움으로 몸과 마음이 함께 지친 그는 악의가 없으면서도, 본의가 아니면서도, 차라리 의도적인 사악함보다도 훨씬 나쁜 태만함의 죄를 아무렇지도 않게 범했다.

그리고 수미는 구찬이 알지 못하는 구찬의 잘못을 계속해서 지적했다.

"저한테는 이제 극심한 피로감밖에는 아무것도 남지 않았어요. 지금은 너무나 피곤해요. 제가 이렇게 피곤한 이유가 무엇인지 당신은 알기나 하시나요? 그건 나 혼자만의 운명을 스스로 감당하기 힘들어서가 아니에요. 이제는 그렇지가 않아요. 제가 힘겨워하는 까닭은 … 당신의 운명까지도 제가 함께 감당하기가 너무 벅차기 때문이죠. 이렇게 어린 저한테 두 인생의 번뇌를 책임지고 해결하라며 떠맡기시는 건 좀 심하다는 생각이에요. 솔직히 말하자면요. 당신의 번뇌와 고뇌까지 저한테 떠맡기시는 건, 어떤 객관적인 시각에서 보더라도, 지나치게 가혹한 일 아닌가요? 지금은 … 그럼에도 불구하고 … 제가 이렇게 힘겨워하면서도 억지로 버티는 까닭은, 저마저 당신 곁을 떠나버린다면, 세상을 힘들어하는 나약한 당신이 어떻게 되려나 불안하고 걱정스럽고 슬프기 때문이에요."

수미의 어린 꾸짖음에 말없이 귀를 기울이면서 구찬의 머릿속에서는 갈팡질팡 단말마적인 어휘들이 죽음을 앞두고 어디로 가야 하는지 방향을 알지 못하는 불나방들처럼 날아다녔다. 자멸감…. 종말감…. 수렁의 밑바닥 …. 그러면서 몸과 마음의 피로감이 두 눈으로 와락 쏟아졌다.

권태롭고 무감각한 지경에 이른 삶에서는 뚜렷한 동기나 자극이 없더라도 인간은 과격한 행동을 저지르는 경우가 적지 않고, 그래서 수미에게서까지 잔소리를 듣고 싶지 않다는 생각에, 아, 머리가 너무나 무겁다는 지극히 단순한 이유로, 그는 두 번째 도망을 치고 말았다.

서른

그는 아침에 조금 늦게 집을 나와 백화점으로 가는 대신, 은행에 잠깐 들러서 한남동 집으로 수미에게 여섯 달치 생활비를 송금해주고는, 무작정 떠나는 길에서 써야 할 경비만 좀 넉넉히 챙겨가지고, 빈 몸으로 우선 춘천까지 차를 몰고 갔다. 온갖 잡다한 생각에 잠겨 호반을 타고 가서 여기저기 배회하며 이틀을 지낸 다음, 그는 우연히 눈에 띈 낚시방으로 들어가 두 칸에서 네 칸까지의 낚싯대와 장비 그리고 가방까지 한 벌을 몽땅 구입했다.

그는 몇 군데 가게를 더 들러 취사도구는 물론이요 낚시터에서 갈아입을 간편한 옷과 천막, 그리고 식료품까지 구해서 차에 모두 싣고는 소양호 신월리의 우묵골짜기로 들어갔다. 그는 이제 거리가 멀어진 석진에게조차 전화를 걸지 않고 호숫가에 안전하게 숨어서 42일 동안을 살았다. 서울 사람들이 어떻게 지내는지 전혀 모르는 상태에서, 도시인들로부터 완전히 단절된 상태에서, 그는 얼마동안이나마 그렇게 해서라도 숨을 돌리고 싶었다.

뜨거운 한여름의 이글거리는 태양, 바람 한 점 없는 한낮에 푹푹 썩어 들어가는 듯싶은 정적, 상류의 높다란 나무에서 짝을 구하려고 울

220

부짖는 쓰르라미의 긴 비명, 파랗게 찰랑거리는 호수의 맑은 물, 가끔 멀리 지나가는 설악산행 유람선 난간에 늘어선 남녀들의 알록달록한 새 옷, 당장 사방으로 쏟아져 내릴 듯 별이 많은 밤하늘, 해가 지기만 하면 인생처럼 집요해지는 모기, 새벽에 멀리서 슬프게 우는 쏙독새, 물에 비쳐 거꾸로 잠긴 산들, 낚싯대를 뽑아 힘차게 달아나려고 하는 대물 잉어의 흥분감, 천막 바닥을 펑 적시며 땅바닥을 타고 스며드는 소나기, 숨 막히는 열기를 악취처럼 내뿜는 우거진 풀잎들, 며칠씩이나 땀을 흘리며 목욕을 하지 못한 몸에서 나는 썩은 냄새, 드높고 흰 구름 조각들, 새벽에 고요하고 잔잔한 수면에서 보얗게 피어오르는 물안개, 물고기가 만든 파문이 은은하게 퍼져나가는 동그라미, 운무가 짙은 허공을 날아가는 하얀 왜가리, 후루룩 물속으로 끌려 들어가는 야광찌, 벌레를 쫓기 위해 피운 모닥불에서 잔가지가 탁탁거리며 튀는 소리 … .

평화로운 도피생활의 나태한 행복감에 젖어 하루하루가 얼마나 빨리 지나가는지 감각조차 희미해지던 어느 날, 구찬은 깔깔한 마른 반찬과 끼마다 거듭되는 붕어 매운탕에 신물이 나서, 쌀과 찬거리를 실어다 주는 뱃사공에게 돈을 주고는 읍내 시장에 가서 무씨를 한 봉지 사오라고 부탁했다. 그렇게 해서 남의 감자밭 한 쪽 귀퉁이에 심은 무가 어느새 다 자랐고, 그는 틈틈이 잎을 거두어 열무김치를 몇 차례 담가 먹기도 했다.

'김치'까지 담가가며 오랫동안 그곳 호숫가 풀밭 속에 틀어박혀서, 구찬은 시작도 없고 끝도 없이 반복만 계속되는 갖가지 생각에 잠겨 시간을 보냈고, 그러다가 아내와 수미와 두 아들 생각으로 다시 머리가 지끈 아파 오려고 하면 시골에서 옆집으로 마실을 가듯 가까운 고랑에 앉은 낯선 사람들을 걸핏 찾아가 잡담을 나누며 술을 마시고는 했다.

띄엄띄엄 호숫가를 따라 떨어져 앉아 나날을 보내는 한가한 낚시꾼들은 그런대로 하나의 생활 공동체를 형성하여 그들끼리 크고 작은 사건들을 엮어가며 함께 살았다. 대부분의 사람들은 번잡한 주말에 떼를 지어 시끄럽게 몰려들어 이틀이나 사흘 동안 떠들썩하게 와싹 놀다가 나갔지만, 한두 주일 이상 장기간 머무는 사람들은 자기들끼리 따로 집단을 이루어, 미끼와 반찬거리를 서로 주고받거나, 조황과 입질의 형태 그리고 쯔쯔가무시 진드기에 관한 정보를 사이좋게 부지런히 나누었다.

낚시 말고는 세상살이에 대하여 천하에 다른 아무 일도 생각하지 않는 태평한 낯선 사람들과 그들이 엮어나가는 무책임한 생활은 구찬에게 가장 잘 어울리는 즐겁고 편안한 인생이었고, 당분간이나마 그런 삶을 이어가는 남자들이 우묵골짜기에는 구찬까지 포함하여 일곱 명이나 되었다. 자주 밥을 같이 먹고 친목을 도모하는 대화를 나누고는 하다가 그들은 나중에 자연스럽게 '반상회'를 구성하기에 이르렀다.

부슬비가 내리던 어느 주말에는 처음부터 떠날 때까지 이름을 숨기고 방송 극작가라고만 신분을 밝힌 한 남자가 우묵골짜기로 들어왔다. 입으로는 "자연과 더불어 보내는 시간"을 열심히 찬양하던 작가는 낚시보다 술에 훨씬 더 관심이 많은 사람인 듯싶어서, 첫날 자리를 잡고 낚싯대를 펼쳐놓자마자 소주를 까서 홀짝거리기 시작했다.

여수에서는 돈 자랑을 하지 말고 벌교에서는 주먹 자랑을 하지 말라지만, 낚시터에서는 술 실력 자랑만큼 못난 짓이 없었다. 그러나 문제의 방송작가는 술병을 들고 하루 종일 이리저리 돌아다니며 "한 잔 합시다" 집적거려 다른 사람들의 낚시를 열심히 방해했다. 그리고는 저녁에 빗발이 더 축축해져서 분위기가 사뭇 구질구질하던 무렵에는, "양주 한 병 정도는 거뜬히 끝낸다"고 자신의 술 실력을 거듭거듭 자랑하며, "같이 한 잔 하자"고 여러 꾼들에게 더욱 성화를 부렸다.

신길동에서 꽃집을 한다는 현 사장이 참다못해 슬그머니 반상회를 소집했다. 그래서 낚시를 중단하고 작가의 천막으로 모여든 일곱 사람이 작심하고 덤벼들어 집중적으로 작가에게만 소주를 권했고, 양주 한 병이 거뜬하다던 작가는 동틀 녘이 되자 흙탕물 속에 얼굴을 처박고 엎어져 잠이 들 정도로 취했다. 정신을 잃은 그를 천막 안으로 끌어 넣어 주려고 하는 사람이 아무도 없었다. 그리고는 날이 밝고 나룻배가 나타나자마자 그는 허둥지둥 천막과 낚싯대를 거둬 싣고 작별인사조차 없이 도망쳐 버렸다.

이런 사건을 하나 거치면 낯선 이웃들의 유대가 더욱 돈독해지기 마련이었고, 구찬은 도시에서 별로 맛볼 기회가 없는 '반상회' 인생의 환희에 몸이 저릴 지경이었다.

언젠가 한 번은 점심 반찬으로 먹다 남아서 물에 버린 소시지 조각에 오글오글 모여든 가재를 뜰채로 건져 냄비에 가득 담아 삶아서 잔뜩 먹고는 반상회 일곱 명이 단체로 심한 변비에 걸리기도 했다. 그래서 그들은 콩밭으로 들어가 쪼그리고 앉아 한없이 끙끙거리다가, 도저히 해결이 안 되면 다른 사람이 위생 젓가락을 가지고 밭으로 들어가 서로 후벼 파서 관장을 시켜 주기도 했다. 한 사람이 벌거벗은 엉덩이를 하늘로 치켜들고 다른 사람이 현미경을 들여다보는 집중력으로 항문을 열심히 뚫어주던 이런 희한한 경험 역시 도시의 삶에서는 상상조차 하기 힘든 축복의 행사였다.

호반에서는 이런 하찮은 사건들이 인생의 전부였다.

그러는 사이에 새로 들어오는 사람들과 철수하는 사람들의 얼굴이 자꾸만 바뀌었고, 한가한 평일에는 반상회 터줏대감들이 "수상한 족속들"이라는 이름을 붙여준 남녀들이 가끔 나타났다. 갯바위처럼 위험하지 않은 곳인 데다가 여름 휴가철이 겹쳐서인지, 한눈에 봐도 그리 떳떳한 사이가 아닌 남녀가 같이 들어와 천막을 치고 며칠씩 지내다 나가고는 했는데, 언젠가는 예순이 다 되었음직한 남자가 스물이 겨우 되었을 듯싶은 젊은 계집을 데리고 들어왔다. 구찬은 그들의 행동을 유심히 지켜보면서, 자기도 수미와 같이 어디를 가면 남들의 눈에 저렇게 추하고 불결해 보일까 추측해 보았다.

아마도 그렇게 보이리라. 틀림없이.

이곳에서의 생활이 다섯 주일째로 접어들자 구찬은 우묵골짜기의 사건들을 점점 더 자주 서울과, 세상과, 아내와, 수미를 연결지어 생각하게 되었다. 이제는 긴장감이 풀어질 만큼은 풀어졌기 때문이었다. 그리고 경비까지 바닥나자 결국 그는 도망자로서의 평화를 그만 포기하고 권태가 기다리는 도시로 돌아가야 되겠다는 결정을 내렸다.

하지만 그의 마음은 서울을 떠나 춘천으로 내려올 때와 별로 달라진 구석이 없었다.

서른하나

첫 불침번이 끝나고 교대할 시간이 가까워져서 두 번째 불침번을 서기로 한 울산 철물점 문재형 사장을 깨워 준비를 시켜야 하나, 아니면 10분이라도 더 자도록 그냥 내버려둬야 좋을지 구찬이 잠시 궁리하려니까, 갑자기 뚱여에서 잔뜩 지친 목소리로 그를 부르는 한 전무의 목소리가 들려왔다.

"서 사장님."

구찬은 불길한 예감에 머리끝이 주뼛해지면서 벌떡 일어나 얼른 뚱여를 향해 손전등을 비춰 바위벽에 모로 달라붙은 한 전무의 거무스레한 형체를 확인해 본 다음에 소리쳤다.

"나 여기 있어요. 왜 그래요?"

"졸려요." 밤새도록 뼛속까지 스며든 추위로 덜덜 떨면서 한 전무가 말했다. "나 자면 안 되잖아요."

때는 새벽 두 시가 다 되었지만, 해가 뜨고 갈매기호가 들어오려면 아직도 멀었다. 그래서 구찬은 고속도로에서 졸며 운전하는 사람에게 그러듯이 한 전무에게 아무 말이나 자꾸 했다.

"무슨 얘기 할까요?"

"아무 얘기나요."

"숫자를 셀까요?"

"마음대로 하세요."

두 사람이 서로 질러대는 소리에 잠이 깬 울산 양 사장과 문 사장이 바위틈에 침낭을 벗어놓고 손전등을 번득이며 뿔바위 끝으로 와서는,

구찬으로부터 상황설명을 들었다. 그리고 세 사람은 같이 어울려 똥여를 향해 밑도 없고 끝도 없는 질문을 질러대기 시작했다.

"한 전무님 아이는 몇이나 두었어요?"

"그애들 몇 살인데요?"

"어느 학교에 다녀요?"

"공부는 잘 하고요?"

"맏아들 이름이 뭔데요?"

그리고는 조난자가 조금이나마 흥미를 느낄 만한 내용으로 화제가 돌아갔다.

"감생이 제대로 챔질하는 방법 내가 가르쳐 줄게요."

"요새 소래시장에서 민물새우 한 말에 얼마 하는지 알아요?"

"백곡저수지에서는 어떤 미끼가 잘 들던가요?"

한 전무의 잠을 깨우기 위해 당황한 세 사람이 한바탕 떠들어대며 두서없이 진행하던 심야의 소란을 중단시킨 장본인은 어느 정도나마 정신을 차린 한 전무였다.

"그만하면 됐어요. 대답하기 힘들어요."

똥여는 다시금 정적의 어둠 속으로 잠겼고, 구찬은 문 사장과 정식으로 불침번을 교대하고는 바위틈으로 내려가 따뜻한 침낭으로 기어들어갔다. 몸은 더할 나위 없이 포근했지만, 구찬은 방금 끝난 어수선하고 시끄러운 분위기의 여운 때문에 좀처럼 잠이 오지 않았다. 잠이 안 오기는 벌써 몇 시간 자고 나서 일어난 양 사장도 마찬가지였고, 그래서 울산의 두 사장은 뿔바위에 나란히 앉아 두런두런 잡담을 주고받았다.

226

구찬이 얼른 잠을 이루지 못한 또 하나의 이유는 곧 닥쳐올 변화에 대한 긴장감 때문이었다. 보아하니 그는 오늘 날이 밝으면 도피생활을 끝내고 도시로 돌아가야 할 처지였다. 이런 사고를 당하고도 한 전무가 낚시를 계속한다면 모르겠지만, 철수하게 된다면 구찬 역시 서울로 함께 돌아가 접촉사고 뒤처리도 해야 하고, 그래서 이번 여행에서는 자살계획이 미수로 끝날 예정이었다.

밤의 어둠 속에서 차가운 파도 소리에 조금씩 최면이 되어 그의 마음이 안정을 찾으면서, 구찬은 서울로 돌아가면 아내가 이번에는 그에게 어떤 반응을 보일지 궁금한 상상 속으로 침잠해 내려갔다. 한 달 반을 춘천 호수의 후미진 골짜기에서 보내고 집으로 돌아갔을 때는 아내가 거의 아무런 반응을 보이지 않았었다. 그녀 나름대로의 새로운 생활에 정신이 팔려 무척 바빴던 덕택이었다.

두 번째 도망을 끝내고 오후 세 시가 조금 넘어 서울에 도착한 그는 아내와의 필연적인 조우를 잠시나마 지연시키기 위해서 집으로 들어가는 대신 아내에게는 전화조차 걸어주지 않고 먼저 백화점으로 갔다. 사무실로 들어선 첫 순간부터 어쩐지 그는 직원들의 눈치가 퍽 이상하게 달라졌다는 느낌을 받았다. 그리고 그가 사장실로 들어가 봤더니, 구찬의 자리에 아내가 앉아서 기다렸다.

상황파악을 하지 못해서 어리둥절한 표정으로 문간에 엉거주춤 멈춰 선 구찬에게 아내가, 자리에서 일어날 생각조차 하지 않은 채로, 지난 여섯 주일 동안에 벌어진 사정을 간략하게 설명했다. 양아버지 서봉식 회장이 경고했던 대로, 구찬이 다시 "무책임하게 줄행랑을 놓은" 다음, 백화점의 명의는 재명에게로 넘어가는 서류 절차가 시작되어 현재 진행 중이었고, 아내가 이제는 명실공히 사장이 되었다는 내용이었다.

구찬은 경영권이 형 호찬이 아니라 아내에게 넘어간 것이 그나마 다행이다 싶어서 처음에는 조금 마음이 놓였다. 하지만 나중에 알고 보니 그것은 큰 오산이었다. 남편 서구찬을 무력화하는 아내의 작업에서 이것은 시작에 불과했다.

구찬이 우려했던 바와는 달리, 아내는 그의 두 번째 도피행각이 신사동 불륜의 소굴을 기습하여 파괴한 아내에 대한 일방적인 반발로 이루어진 우발범죄적 행동으로서, 수미와는 전혀 관련이 없다고 믿었다. 처음에는 혹시 두 사람이 어디 먼 곳으로 사랑의 도피를 했을지 모르겠다고 의심한 나머지 재명은 시어머니와 함께 수미의 어머니를 찾아갔었다. 하지만 여자가 혼자 서울에 남아 장신구 보세공장에 취직하여 날마다 얌전히 출퇴근한다는 사실을 겹겹으로 확인한 다음, 아마도 구찬이 수미와 이별하고는 마음을 진정시키려고 혼자 낚시를 갔으리라고 아내는 잠정적으로 결론을 내렸다.

아내는 한남동 집에 대해서는 전혀 눈치채지 못했다. 수미는 한남동의 빈 집에 가끔 들러 전기와 가스를 확인하면서 어머니와 함께 창동 집에서 지냈고, 이 무렵에는 불쌍한 딸의 딱한 처지를 동정하는 쪽으로 마음이 기울었던 수미 어머니는 재명 앞에서 두 사람을 감싸주기를 전혀 마다하지 않았기 때문이었다.

수미 문제가 일단 끝났다고 믿게 된 아내는 얼마동안 남편의 존재를 껍데기만 남은 무능력자로 만드는 작업에 주력했다. "용돈이라면 얼마든지 주겠고, 골프를 다니건 무엇을 하건 상관조차 하지 않겠으니, 창피하게 매점의 직원들 앞에는 무조건 얼굴을 내밀지 말라"는 아내의 지시에 따라 구찬은 당구장과 낚시터, 바둑집과 체육관에서 빈둥거리거나, 먹고 자다가 틈틈이 하는 하품 말고는 전혀 할 일이 없어졌다.

그는 무의미한 장소들을 전전하며 놀고먹는 화려한 떠돌이 인생이 되고 말았다. 백화점 경영권을 아내가 아니라 차라리 형 호찬이 탈취했더라면 아마도 그는 오히려 이토록 무력해지지는 않았으리라는 엉뚱한 억울함에 시달리는 나날이 계속되었다. 구찬은 아내가 미워할 가치조차 없는 함량 미달의 인간으로 서서히 전락했다.

처음 얼마동안 재명은 남편 또는 남자라고 그를 우러러보기는커녕, 동격으로조차 대우하지 않겠다는 의도적인 멸시나마 열심히 했지만, 백화점 사장으로서 바깥활동을 하는 사이에 그런 혐오와 원한까지도 얼마 후에는 그녀의 표정에서 점점 사라지는 듯싶었다. 미워하려면 마음이나마 피곤하지만, 무관심이라는 치명적인 복수를 수행하는 일은 아내에게 전혀 아무런 부담을 주지 않았다. 그는 아무도 거들떠보지 않는 거세된 남편으로서, 존재가치가 전무한 존재로 무너져 내려갔다.

이런 와중에서 아내에게는 뜻밖의 변화가 일어났다. 백화점 사업에 갑작스럽지만 단단하게 재미를 붙인 재명은, 남편을 상대해서 싸우는 졸렬한 보복의 차원을 넘어, 성실한 기업인이라는 새로운 역할에서 훨씬 더 큰 인생의 보람을 찾았다. 집안에 갇혀 살면서 생활 속에 파묻혔던 이런 당찬 진면목을 본격적으로 드러내던 며느리를 기특해하는 시아버지로부터 깊은 신임까지 크게 사는 바람에 재명은 더욱 더 신이 나서 자주 백화점을 그녀의 막강한 보루로 공고하게 구축해 나갔다.

아내가 열심히 하는 만큼 사업은 덩달아 번창하여 아주 빠른 속도로

승승장구했고, 성공의 후광을 받아 생동감이 넘치면서 화색이 돌기 시작한 아내의 얼굴은, 날마다 외출하느라고 화장에 훨씬 더 많은 신경을 쓰는 까닭에서였겠지만, 몰라볼 정도로 예뻐지기까지 했다. 아내는 출세와 성공을 위해 진력하느라고 가족을 돌보지 못하는 남자가 성전환 수술을 한 여자와 영락없었다. 타고난 성격이 적극적이고 소신과 목적까지 뚜렷했던 아내는 어쩌면 은근히 속으로만 원하던 바를 현실에서 구체적으로 성취하게 되자, 나름대로 삶의 목적과 기쁨을 찾아 챙기고는, 남편 쪽은 쳐다보지 않았다. 구찬이 눈에 띄지 않아야 아내는 그만큼 더 행복했고, 이제 구찬은 그녀에게 미워하거나 무시할 가치조차 없는 남편이 되었다.

남자와 여자가 만나 살아가는 과정이란, 처음에는 아름다운 부분들만 골라서 선별적으로 보고 사랑하다가 서로 점점 더 많은 약점과 치부를 확인하면서 천천히 미움에 이르는 과정이 허다하지만, 구찬은 이런 당연한 과정을 거치던 아내의 감정이 자신에게 위협으로 닥쳐들자 퍽 서러워졌다. 언제부터 누가 먼저 잘못했거나 간에, 순결에서 더러움으로 가던 그들의 결혼생활은 십우도(十牛圖)를 거꾸로 뒤집어 보는 듯한 안타까운 격이었다.

그러나 아무리 낡고 망가진 사랑이라고 해도 구찬은 차마 고장난 장난감처럼 아무렇게나 내버리면 안 된다고 믿었기 때문에 아내의 주변에서 머물며 미적거렸었다. 인간의 삶은 하나로 이어진 기나긴 여정이지, 토막토막 잘라 붙이고 자꾸 시작만 새로 하는 1회성 유희가 아니라는 생각에서였다. 그리고 이제는 미움에서조차 행동의 주체는 구찬이 아니라 아내였다. 그렇게 인간 서구찬은 그냥 미생물의 크기로 사라졌다.

수미와의 관계 또한 형편이 별로 크게 다르지 않았다. 춘천에서 돌아와 처음 구찬이 그녀를 찾아갔을 때 수미는 그녀의 마음속에서 벌어지는 심경의 변화를 이렇게 고백했다.

"처음 만났을 때 내가 당신한테 했던 모든 말은, 적어도 그 당시에는 다 진실이었어요. 그리고 한때는 내가 당신을 보내주지 않겠다는 마음이 진실의 자리를 차지했었고요. 사랑하면 가져야 한다는 것이 잠시나마 나의 신념이었고, 그러니까 나는 어떤 형태로든지 당신을 소유하지 않으면 안 된다고 믿었던 거죠. 하지만 지금은 어찌 해야 좋을지 모르겠어요. 마음이 하는 일이라서 나로서도 어쩔 도리가 없어요. 그래요. 이제는 몸이 아니라 마음이 내 말을 듣지 않게 되었어요."

그리고 어느 일요일 한가한 대낮에, 아내가 백화점에서 바쁜 시간에 자신은 별로 할 일이 없었던 구찬이 만나자고 해서는 한남동으로 찾아갔더니, 수미가 이런 질문을 했다.

"왜 당신은 단 한 번도 나를 사랑한다는 말을 하지 않으시는 건가요?"

참으로 놀랍고도 무서운 발견이었지만, 그때 처음으로 되돌이켜 생각해 보니 그는 정말로 수미에게 단 한 번이나마 사랑한다는 말을 해 본 기억이 없었다. 무엇이, 어떤 심리적인 장치가 지금까지 그 소중한 말을 못하도록 그를 막아 왔을까? 팽개쳐 버린 아내에 대한 마지막 의무감에서였을까? 아니면 어딘가 다른 곳에 존재할 듯싶은 '사랑'이라는 어떤 이상적인 관념을 끝내 포기하지 못해서였을까?

사랑? 그가 한때는 강렬하게 수미에게서 느꼈던 낭만적인 정서가 사랑이 아니라면 ….

그렇다면 그것은, 그렇다면 이것은 무엇이란 말인가? 무엇이 그를 이토록 수미에게서 헤어나지 못하게 만들었는가? 그가 수미에게 품었던 감정은 기껏해야 종교에서 모든 죄악의 근원이라고 손꼽는 수욕(獸慾)에 불과했던가? 단순한 동물적인 본능의 작용 이외에는 아무것도 아니라는 말인가?

그럴 리가⋯. 그럴 리가 없다.

그럴 리가 없다면, 그렇다면 과연 또 다른 무엇이 사랑의 개념 속에 존재한다는 말인가? 비록 구찬과 수미를 지금까지 연결해준 질긴 끈이 동물로서의 욕정에 지나지 않는다고 해도, 이제는 그것이 주는 기쁨과 쾌락마저 거의 다 삭아 버렸고, 그냥 죄의식에 찌든 욕망만 남았을 뿐이라고 그는 생각했다. "남들도 아니고 사모님한테" 구찬이 백화점을 빼앗기고 무시당하는 신세로 몰락한 이유가 자기 자신 때문이라고 결론을 내린 까닭에서인지, 수미는 요즈음 그를 만나서 옷을 벗어야 할 시간이 되면 마치 수청을 드는 노예처럼 그에게 무감각한 반응만 계속할 따름이었다.

아무런 정열을 담지 못한 성행위가 그렇게 한남동에서 밤낮으로 무료하게 반복되기만 했다. 그런데도 마지막 남은 무의미하고 무감각한 욕망조차 차마 포기하지 못하는 구찬, 무감각하게 희석된 절망에 빠진 그를 위해서 수미가 대신 어떤 마지막 행동을 취하려는 기미가 엿보이기 시작했다.

"이제는 당신이 나를 떠나는 단계가 아니라 제가 당신을 떠나야 할 때가 되었다는 생각이 가끔 들기는 하지만, 마음의 준비를 하기가 참 어렵군요."

수미가 그를 떠난다고 해서 구찬은 이제 몸과 마음이 홀가분해졌다고 자유롭게 아내한테로 돌아갈 처지가 아니었다. 그에게는 그럴 선택의 권리가 더 이상 없었다. 온몸이 더러운 때를 입은 누추한 몸과 너덜너덜한 마음을 가지고 그는 어느 누구에게도 돌아갈 자격이 없었다.

두 여자 사이에서 어느 쪽에도 뿌리를 내리지 못하고 주유소 풍선 인형처럼 허공에 떠서 흐느적거리며 흘러 다니는 남자. 두 여자 모두에 대한 죄의식에 찌들리고, 고통은 점점 심해지고, 자기 자신뿐이 아니라 주변의 모든 사람을 덤으로 파괴했다는 자책감.

악몽…. 이것은 분명히 끝없이 계속되는 악몽인데, 왜 그는 눈을 뜨고 돌아다니면서도 얼른 깨어나지를 못하는가? 만성 행동결핍증 때문이겠지…. 그리고 이러한 그의 우유부단함으로 인해서 두 여자는 얼마나 큰 고통을 받았는가?

이미 오래 전부터 그의 인생은 살 만한 가치가 없어졌고, 구찬에게 남은 선택이라고는 죽음뿐이었다. 그래서 그는 죽음으로 가는 세 번째 도망의 길을 떠났고, 목포의 어느 골목길에서 죽음을 생각하다가 한광우 전무를 만나 이곳 푸랭이섬으로 들어왔다.

서른둘

"할문아, 나 눈이 없어진다."

울먹이는 목소리의 주인공은 네 살 난 민준이였다. 구찬의 작은 아들 민준이는 "할머니"라는 호칭을 "할무니"로 잘못 알아들었고, 그래서 "할머니야"라는 호격을 제멋대로 "할문아"라고 만들어 불렀다. 구찬 부부뿐 아니라 할머니와 할아버지도 어린 아이가 만들어낸 호칭이 참 재미있다고 생각하여 아무도 애써 문법을 바로잡아주려 하지 않았다. 때로는 완벽하지 않은 인간의 모습이 훨씬 아름다운 법이기 때문이었다.

그날 저녁에 몹시 졸리웠던 민준이는 아마도 눈앞의 사물들이 희미하게 사라지는 듯한 시각적 현상을 두 눈이 없어지는 줄 착각하고는 덜컥 겁이 났던 모양이었다. 그래서 구찬과 아내 재명은 아들의 언어와 착각 때문에 한참 웃었다.

참으로 행복했던 저녁시간이었다. 옛날 옛적에 ….

"엄마, 나 발이 반짝반짝해!"

이것은 큰아들 민수가 여섯 살 때 한 말이었다. 방바닥에 쪼그리고 앉아서 텔레비전 만화를 한참 동안 열심히 보던 민수는 발이 "저린다"는 올바른 표현을 알지 못해서 그런 말을 창작해냈었다. 그날 저녁에도 재명과 구찬 부부는 어린 자식의 신기한 어휘 구사력에 감탄하며 한참 웃었다.

한 전무가 졸다가 바다에 추락하지 않도록 지키느라고 불침번을 서고 나서 침낭 속에 들어가 바위틈에 처박힌 구찬은 어느새 슬며시 불안하고 얕은 잠이 깜박 들었는데, 마음이 어수선해서인지 꿈을 꾸는 대신 그는 과거의 작은 토막들을 머릿속에서 줄지어 이어가며 행복했던 시절을 몽롱하게 회상했다. 그리고 그의 인생에서 행복했던 여러 순간에는 항상 두 아들의 모습이 보였다.

온 세상이 구석구석 눈이 부실 지경으로 빛나던 어느 화창한 봄날 일요일 오후에는 아내가 집에서 남편의 머리를 깎아주었다. 머리카락이 봄바람에 날릴까 봐 장판을 하듯 마룻바닥에 신문지를 차곡차곡 깔아

놓고, 남편을 그 한가운데 부처님처럼 덩그라니 앉히고, 다른 신문지 한 장은 머리를 들이밀도록 가운데 구멍을 뚫어 이발소 앞치마처럼 두르고는, 아내가 가위로 싹독싹독 정성껏 구찬의 머리를 깎아주었다.

그리고는 며칠 후에 베르톨트 브레히트의 연극을 보고 그들 부부가 동숭동에서 저녁에 집으로 돌아왔더니, 엄마와 아빠가 했던 그대로 마룻바닥에 신문지를 깔아놓고는 민수가 민준이의 머리를 깎아놓았는데, 솜씨가 워낙 어리고 보니 영락없이 쥐가 뜯어먹은 꼴이었다. 그리고 그날도 구찬과 아내는 방을 치우며 한참 웃고 또 웃었다.

행복은 그렇게 작고 짧고 시시한 순간들이 모여서 만들어진다.

그리고 또 어느 해 설날을 맞아 일가친척이 서봉식 회장의 집에 잔뜩 모여, 윷가락을 던지고 술을 마시고 화투짝을 때리며 무척 북적거리던 이른 저녁에, 한쪽 구석에 혼자 앉아서 텔레비전을 보던 아버지에게로 민수가 슬금슬금 다가오더니 속삭여 물었다.

"아빠 세상에서 누가 제일 좋아?"

구찬은 지극히 당연한 대답을 했다.

"그야 물론 민수 너하고 니 동생 민준이지."

그랬더니 아들이 그의 어리석음을 순진한 시각으로 깨우쳐 주었다.

"하기야 다들 그러더라. 그러니까 나 말고, 아빠가 세상에서 진짜로 제일 좋아하는 사람이 누구야?"

"엄마."

한때는 민수와 민준이가 그렇게 온 세상 사람들이 가장 좋아하는 아이들이었다. 마당 잔디밭에 그네를 사다놓고, 예쁜 옷을 입힌 귀엽고 행복한 아이들이 깔깔거리며 노는 모습을 멀찌감치 떨어져 앉아 그냥 쳐다보기만 해도 무진장 행복했던 시절, 사라진 시절에 대한 그리움의 뒤쪽에서 문득문득 들려오는 목소리, 그렇다, 구찬은 두 여자에게 지쳐버린 지금까지도 아이들은 한없이 그리웠다. 사라진 아이들의 목소리….

세상의 모든 사랑 한가운데서 행복했던 아이들 민수와 민준이는 언제부터인가 엄마한테 매를 맞기 시작했고, 그들이 매를 맞았던 이유가 아버지 구찬 때문이었고, 그래서 그들은 아버지에게 등을 돌렸고, 아버지를 무시했다. 고흥으로 도망칠 때는 구찬이 아내에게 손찌검을 했고, 서울로 돌아가서 그가 수미와 살림을 차린 다음에는 아내가 아이들에게 매를 들었다. 그들의 가정은 그렇게 가장 원시적인 형태의 폭력으로 폐허가 되었다.

백화점 경영이 즐거워 성격까지 많이 밝아진 아내가 뒤늦게 아이들에게 다정한 화해를 시도했지만, 민수와 민준이는 부모가 나쁜 사람이라고 이미 깊은 각인을 끝냈고, 그래서 머지않아 "결손 가정의 문제아"들이라고 낙인이 찍힐지도 모르는 두 아이가 갑자기 어디서 깔깔 웃었고, "할문아, 나 눈이 없어진다"면서, "엄마, 나 발이 반짝반짝해!"라면서 누군가 웃는 듯싶더니, 뒤이어 누군가 소리를 질렀다.

"사람은 손가락이 몇 개예요?"

얼핏 잠이 깬 구찬의 귀에 한 전무가 하는 대답이 들려왔다.

"다섯 개요."

"개구리는요?" 뿔바위 어둠 속에서 두 번째 불침번 문 사장이 물었다.

"앞에 네 개에 뒤에 다섯 개던가요?" 한 전무가 지친 목소리로 대답했다.

"개구리가 손가락이 어디 있어요? 발가락이지."

울산 양 사장이 소리치고는 스스로 자신이 기특하다는 듯 웃었다. 필시 술집에 오는 손님들에게서 듣고 나중에 써먹으려고 일부러 암기해 두었던 농담이겠지 …. 구찬이 둘러보니 울산 두 사람은 한 전무가 졸지 못하도록 손전등을 희번덕 뚱여 쪽으로 비추며 다시 고함치기를 열심히 수행하는 중이었다.

"타잔이 실존 인물이었다면 그 후손들은 지금 어디서 어떻게 살아갈까요?"

"한 전무는 그렇게 대물 욕심이 많으면 왜 아예 방어나 다금바리 낚시를 하지 않나요?"

차츰 기운이 더 빠지는지 한 전무는 타잔이나 다금바리처럼 길게 대답해야 할 질문에는 반응을 보이지 않았다. 그래서 자꾸만 뚱여에서 대답을 거르자 겁이 난 울산 꾼들은 더욱 열심히, 한 마디로 대답하기 쉬운 질문을 골라서 계속 말을 붙였다.

"한 전무가 일한다는 공업사는 어디 있어요?"

"지하철 녹번역에서 어느 출구로 나가는데요?"

"물고기에서 붉은 피가 나온다는 거 이상하지 않아요? 파충류 따위의 냉혈동물은 피가 푸른 빛깔이어야 오히려 잘 어울리지 않을까요?"

어떤 생명체의 핏빛이 붉은가 아니면 푸른가 하는 따위의 무의미한 대화가 어떤 경우에는, 지금처럼 인간의 생명을 지키려고 주고받는 경우에는, 과연 얼마나 소중한 가치를 갖게 되는지를 구찬은 생각해 보았다. 뚱여를 향해 건너가는 대화의 내용은 지금 그들이 처한 상황의 심각성하고는 너무나 거리가 멀었다. 하지만 언어의 통화가치는, 어떤 인간관계에서나 마찬가지로, 상황의 기준에 따라서 달라진다.

물고기의 피가 사람과 같이 붉은 색이라는 우발적인 사실이나 마찬가지로, 구찬은 물고기의 고체성 생명과 액체성 생명 또한 신비의 대상이라고 믿었다. 겨울에 얼음낚시를 해서 낚은 고기를 얼음판에 몇 분만 버려두면 막대기처럼 딱딱하게 얼어붙어서, 조금만 힘을 주어 손으로 꺾어도 떡처럼 툭 부러진다. 그것은 고체가 된 생명의 속성이다. 하지만 딱딱한 붕어를 집으로 가져다가 욕조의 물속에 넣어주면 몇 분 안에 녹아서 붕어가 다시 살아나 헤엄을 치며 돌아다닌다. 액체로 되살아나는 생명 …. 생명은 액체일까, 아니면 기체일까? 고체는 분명히 아니겠는데 ….

철학과 현실은 톱니가 서로 들어맞는 적이 별로 없기 때문에 인생은 이해하기가 어렵고, 그러니 세상에서 나는 무엇을 얼마나 많이 알고 살아가는지 엉뚱한 생각으로 구찬이 빠져 들어가려고 할 즈음에는, 거의 반시간 동안이나 고래고래 소리를 지르느라고 한 전무와 울산 사람들이 지쳐버렸고, 그래서 질문이 점점 줄어들더니, 나중에는 더 물어볼 말이 없어져서인지 자꾸만 잠잠해졌다. 그러더니 다시 걱정이 된 한 전무가 새로운 제안을 했다.

"노래라도 불러요. 할 말이 없으면. 교대로 한 곡씩."

뿔바위 사람들은 그의 제안을 받아들였고, 양 사장과 문 사장이 젓가락 장단에 썩 잘 어울리는 술집 노래를 하나씩 불렀다. 그러자 한 전무가 물었다.

"서 사장님 거기 없어요? 자나요?"

나를 왜 찾느냐고 구찬이 소리쳐 물었다.

238

"서 사장님 노래 잘 부른다고 그러잖았나요? 한 곡 뽑아 봐요."

"알았어요. 신청곡은요?" 구찬이 물었다.

"꽃피는 동백섬에 하는 조용필 노래 알아요?"

"유행가는 잘 몰라요. 아리아를 하나 불러 줄까요? 〈별은 빛나건만〉 같은 거 어때요?"

"아리아가 뭐예요?"

"오페라에 나오는 노래요."

"나 고상한 명곡 노래 잘 몰라요. 좀 알아듣기 쉬운 걸로 해요. 〈쌀 타러 가자〉 알아요?"

"뭘 타러 가요?"

"'내 배는 살구배, 내 배는 쌀배다' 하는 노래 있잖아요."

그러더니 한 전무가 "창고에 쌓인 쌀 어떻게 먹나요. 쌀 타러 가자, 쌀 타러 가" 하면서 어설픈 솜씨로 노래를 불러 시범을 보였다.

"아, 그건 알아요."

"그럼 그거 불러요."

구찬은 뿔바위가 무슨 무대이기라도 한 것처럼 조금 더 앞으로 나가서는, 목청을 가다듬고 노래를 부르기 시작했다. 생전 처음으로 인간의 생명을 살리기 위한 노래를. 한겨울 바다 한가운데 무인도에서. 두 여자를 버리고 도망 온 머나먼 유형지에서.

"창공에 빛난 별 물 위에 어리어
바람은 고요히 불어오누나.
내 배는 살같이 바다를 지난다.

쏸타 루치아, 쏸타 루치아.

내 배는 살같이 바다를 지난다.

쏸타 루치아, 싸안타아아루치아아아 …”

서른셋

아침 일곱 시가 좀 지나서 날이 겨우 밝아오려고 할 즈음에야 보급
품과 출장 낚시꾼들을 싣고 들어온 갈매기호가 푸랭이섬으로 들어왔
다. 거의 한 시간 전부터 뿔바위 세 사람이 소리를 지르고 노래를 불러
도 응답이 없었던 한 전무는 낚싯배가 불침번 구조대 세 사람을 태우고
가서 확인했을 때는 거의 의식을 잃은 상태였다. 김춘복 선장과 구찬
이 뚱여에 내려 그를 갑판으로 끌어올리려고 했더니 두 손을 꺽쇠처럼
망치로 찍어 박아 놓기라도 한 듯 한 전무는 바위에 매달려 엎드려서
잘 떨어지지 않았다. 그것은 의식이 아니라 본능의 저항이었다.

다시 뿔바위로 건너가 울산 사람들의 도움을 받아 천막을 철거하고
장비를 대충 꾸려 배에 싣고 추자로 나오면서 구찬은 따개비로 뒤덮인
바위에 긁혀서 껍질이 벗겨지고 시퍼렇게 피가 얼어붙은 한 전무의 손
가락들을 하나씩 폈다. 그리고는 닭발고랑에서 사고가 났을 때 본드
박사의 시범을 보고 배운 그대로, 찢어진 손바닥에 접착제를 꺼내 발
라서 응급조처를 해주었다.

김 선장은 한 전무를 집으로 업고 올라가서 미지근한 방에 눕히고
는, 동상예방을 위해 손발에서 피를 조금씩 뽑았다. 한 전무는 아직도
정신을 못 차리고 한겨울 눈밭에서 개가 떨듯 정신없이 떨기만 할 뿐

240

고드름처럼 굳어버린 의식을 좀처럼 되찾지 못했다.

　구찬은 두 사람의 낚시장비를 아무렇게나 여러 개의 자루에 담아 선장집 삭구창고 한쪽 구석에 차곡차곡 쌓아 맡겨 두고는 점심을 먹은 다음 빈 몸으로, 이제 겨우 의식이 돌아오는지 흑돔 채비에 대해서 뭐라고 끊임없이 헛소리를 계속하는 한 전무를 배에 싣고, 김 선장과 함께 목포로 나갔다.

　병원에 실어다 입원시킨 다음 선장은 섬으로 돌아갔고, 서울의 녹번동 자동차 정비공장으로 구찬이 연락을 취해 사고사실과 병원의 위치를 알려주었을 때는 오후 여섯 시였다. 한 전무의 형과 아내는 새벽 네 시가 다 되어서야 여섯 시간을 걸려 목포까지 내려왔다.

　형은 혈색만 조금 더 발그레할 뿐 날렵한 인상이 한 전무와 그대로 빼닮은 남자였고 한 전무와는 대조적으로 아내는 몸집이 너그럽게 퉁퉁했다. 구찬이 기진맥진한 몸을 쉬려고 쪽잠을 자던 여관으로 황급히 찾아온 그들은 병원으로 종종걸음을 치는 동안 한 전무의 생명을 구해줘서 고맙다고 구찬에게 지나칠 지경으로 잔뜩 인사치레를 했다. 그들이 병실로 들어가서 보니, 잠을 푹 자고 나서 피로가 많이 풀린 한 전무가 멍하니 눈을 뜨고 누워서 천정을 몽롱하게 응시하다가, 아내를 보고는 멋쩍은 웃음을 지었다. 한참 걱정했는데 지금은 멀쩡한 한 전무의 꼴을 보더니 안심이 되면서도 화가 좀 났는지 형이 한 마디 했다.

　"넌 정말 못 말리겠구나. 아무리 고기에 미쳤기로서니 다시는 낚시 안 한다고 나한테 철석같이 약속해놓고 지하실에 내려가 낚싯대를 모조리 분질러 버린 지 겨우 두 달 만에 도대체 이건 또 무슨 난리야?"

　한 전무가 천연덕스럽게 엷은 미소를 지었다.

한 전무를 식구들에게 인계한 다음 이른 점심까지 먹고 구찬이 목포를 떠난 시간은 열한 시쯤이었다. 짐칸의 뚜껑이 찌그러지고 뒤 범퍼가 축 늘어진 차를 한가하게 몰아 쉬엄쉬엄 서울로 올라오면서 구찬은 내내 한 전무를 생각했다. 그리고 그는 자신의 삶에 대한 이런 생각 저런 생각을 다시 한 번 뒤져가며 정리해 보았다. 그리고 영산강을 지나 송정에 이르렀을 때 그는 이미 굳게 결심했다.

그래, 나도 한 전무를 본받아서, 그가 취할 만한 적극적인 행동을 취해야 되겠다고 그는 생각했다. 얽히고설킨 주변의 모든 일을, 서울에 도착하자마자 당장, 쾌도난마식으로, 이번에는 틀림없이 말끔히 처리해 버리겠다고 그는 속으로 거듭거듭 맹세했다. 미늘이 박혔다면 바늘을 분질러서라도 뽑아 버려야 한다고. 그리고는 천안에 이를 때까지 속이 편했다. 일단 어떤 결정을 내리고 문제를 접어두면 마음은 당연히 편안해지기 마련이었다.

한 전무는 구찬보다 사흘 늦게 올라와 서울에서 며칠 더 통원치료를 받고는 구정 연휴를 지낸 다음에야 공장으로 나왔다. 그동안 망가진 콩코드를 아파트먼트 주차장에 세워 두고 아내의 그랜저로 볼일을 보고 돌아다니던 구찬은 연휴가 끝나자마자, 화요일에 녹번동 공장으로 전화를 걸고는 아침 일찍 사고처리와 콩코드 수리를 위해 한 전무를 찾아갔다.

물론 보험처리를 빨리 해두는 편이 두 사람 모두에게 꼭 필요한 일이기는 했지만, 구찬이 서둘러 녹번동으로 공장을 찾아간 까닭은 한 전무가 별 탈 없이 건강을 회복했는지 궁금했을 뿐 아니라, 도시에서는 한 전무가 어떤 삶을 살아가는지 알고 싶어서였다. 도시에서 만나

242

는 자연아의 모습은 과연 어떠할까….

꽁무니가 찌그러진 차를 끌고 강북 지역의 해묵은 중심지를 통과하여 청와대 뒷산을 넘어 구기터널을 지나 녹번동 소방서에서 길거리를 따라 내려가니 도원극장 옆에 바싹 붙은 정비공장이 금방 눈에 띄었다. '범아공업사'라는 간판을 내건 공장의 널찍한 마당으로 구찬이 차를 끌고 들어갔을 때는 갖가지 사고로 앞유리가 찢어지고 엔진 덩어리가 납작해지거나 문짝이 덜렁거리는 자동차들이 여기저기 시체처럼 널브러진 지저분한 격전지 풍경이 눈앞에 펼쳐졌다.

양철 지붕을 덮은 어두컴컴한 작업장에서 시커먼 기름때를 먹은 작업복을 걸치고 도장작업을 지켜보는 한 전무의 모습이 눈에 띄자 구찬이 차에서 내렸다. 마치 무슨 기계의 묘지처럼 보이는 작업장에서는 한 전무가, 삐었던 다리를 조금 거북하게 절름거릴 뿐, 말짱한 모습으로 부지런히 돌아다녔다. 구찬이 마당에 멈춰 서서 인간견학을 하듯 그를 지켜보고 있으려니까 얼핏 마당 쪽으로 시선을 돌린 한 전무가 구찬을 보고 반갑게 웃으며 환한 마당으로 나왔다.

사무실로 들어가 낡아빠진 소파에 마주앉아 한 전무가 권하는 요구르트를 같이 마시며 구찬은 생각했다. 감생이 대물을 잡아 보겠다고 갯바위 가파른 절벽을 오르내릴 때나 서울에서나 그의 모습은 별로 달라 보이지를 않는다고. 지금 그의 앞에 앉은 이 남자는 무인도에서만 살아가고 도시에는 전혀 어울리지 않는 그런 사람은 결코 아니었다. 공장장과 엔진반장을 불러 작업을 지시하고, 아는 사람들이 들어오면 헤픈 미소까지 지어가며 빠짐없이 인사하고, 여기저기서 걸려오는 전화를 일일이 다 받고, 그러면서 구찬과 잡담 또한 성실하게 주고받았다. 그렇다, 그는 무인도에서 낚시에 충실했던 만큼이나 도시인으로서의 평범한 생활에도 지극히 충실한 평균치 시민이었다.

구찬이 그렇게 말했더니 한 전무가 웃었다.

"알고 보면 나도 잡놈이라고 그랬잖아요."

그러자 구찬은 깨달았다. 한 전무가 진정으로 행복한 사람인 까닭은 평범하기 때문이라는 사실을. 구찬은 생각했다. 아, 그래, 행복이란 많은 사람들이 착각하듯 어떤 대단한 이상을 이룩하거나, 또 다른 많은 사람들이 자위하듯이 어떤 목적을 추구하는 과정 자체에서 얻어지는 부산물이 결코 아니라, 조금쯤은 불만스러운 평범함 속에서 존재하는 그대로 거두어들이는 축복이라고. 그리고 작고 평범한 일상의 행복을 얘기하는 사람들 또한 많았다. 하지만 말로는 작은 행복을 추구한다면서 실제로 그런 삶을 선택하여 살아가려는 사람이 과연 세상에 얼마나 될까?

자칭 '잡놈'의 권태로운 삶, 그것은 얼마나 크나큰 행복인가. 두 아들의 손을 잡고 서울대공원에 가서 점심을 먹고, 온 가족이 멍청하게 한 줄로 늘어서서 사진을 찍고, 한없이 보통스러운 아내가 세탁해 준 옷을 걸치고 지하철에 찡겨 출근하고, 직장동료들과 돼지갈비 집에 둘러앉아 부장님과 과장님 험담을 하고, 그렇게 고달프고 심심한 나날을 보내다가 드디어 며칠 틈이 나면 울산의 오 씨처럼 무인도로 낚시를 가는 삶.

책임을 서로 묻지 않겠다며 뒤늦은 각서까지 만들어 보험회사에 사고 보고서를 접수시키는 일을 다 처리하고, 콩코드 수리가 끝나면 집으로 연락해 주마고 약속한 다음, 택시를 잡으려고 길로 나오는 구찬

244

을 배웅하러 뒤따라 나오던 한 전무가 싱긋 웃으며 물었다.

"헌데 그거 어떻게 되었어요? 서 사장님 집안일요."

"집안일요?"

"여자 문제요."

"아, 잘 해결됐어요."

"어떻게요?"

"헤어졌어요. 수미라는 여자하고요."

"잘 됐군요. 축하합니다. 그런 경우에는 대개 그렇게 끝나기는 하지만요."

"그렇던가요?"

한 전무와 헤어진 그는 택시를 잡아타고 운전수더러 압구정으로 가자고 했다. 은평구청과 수색을 지나 강변도로로 나간 그는 물끄러미 한강을 내다보았다. 이상과 행복을 지나치게 열심히 꿈꾸느라고 오히려 불행만을 추구해온 자신의 삶이 유유한 강물을 타고 그와 반대방향으로 흘러 내려갔다.

그가 수미와 헤어졌다고 한 전무에게 했던 얘기는 절반만이 사실이었다. 그는 목포에서 서울로 올라오면서 단단히 결심했던 대로 자의에 따라 그녀와 헤어지지는 않았다. 구찬이 그녀와 결별하기 전에 수미가 종적을 감춰버렸고, 그리고 수미는 구찬이 그녀를 구로동 공장으로 찾아오기를 간절히 바랐을 때와는 달리 이번에는 어떤 단서도 뒤에 남겨놓지 않았다.

서른넷

구찬이 무인도 푸랭이섬에서 서울로 돌아왔을 때는 더러운 도시의 모습이 시각적으로 전혀 변함이 없었다. 멈추지 않는 소음과 탁한 공기와 누군가 술을 먹고 라면을 게워 놓은 길바닥의 토사물과 미친 듯 뒤엉킨 차량들이 서울의 풍경에서는 여전히 어지러웠고, 중동에서는 이라크 전쟁이 맹렬했으며, 신문과 방송엔 날마다 예체능계 입시 부정과 수서 지구의 수상한 택지 분양과 뇌물을 받아 외유를 다녀온 국회의원들에 대한 언짢은 소식투성이였다.

그리고 구찬 자신도 달라진 구석이 별로 없었다. 서울에 도착하자마자 수미를 만나 헤어져야 되겠다고 고속도로를 달려 올라오면서 거듭거듭 다져먹었던 결심은 저녁 일곱 시쯤에 압구정동 집으로 돌아와 승강기를 타고 올라가는 사이에 어느덧 흔적조차 없이 사라져, 다시금 어물어물 수동적으로 살아가는 일상생활의 뭉개진 잠재의식으로 돌아가 버렸다.

집에는 아무도 없었다. 아내는 즐거운 설날 대목의 마무리를 하느라고 백화점에서 바쁜 시간을 보냈고, 두 아들은 방학을 며칠 보내러 외갓집에 가고 없었다.

구찬은 담배 한 대를 피우며 숨을 돌리고 나서 우선 한남동으로 전화를 걸었다. 하지만 그것은 수미를 만나서 헤어지자는 선언을 하기 위해서가 아니라, 그냥 보고 싶다는 뜻을 전하기 위해서였다. 구찬이 서울에 없는 동안 혼자 어떻게 지냈느냐고 물어보면 수미가 무슨 대답을 하겠고, 그러면 어떤 형태로든 대화가 자연스럽게 시작되겠지 ….

246

여러 차례 신호가 가기는 했어도 수미는 전화를 받지 않았다.

창동으로 전화를 걸어볼까 잠깐 생각했지만, 그만두었다. 수미 어머니가 받고서 이번에는 왜 또 도망쳤느냐고 물으면 변명할 말이 별로 없어서였다. 그는 백화점으로 전화를 걸어 그가 서울로 돌아왔다는 사실을 아내에게 알려줄 생각은 하지 않았다. 일단 돌아왔으니 어떻게 해야 할지 아직 수미에 대한 마음의 정리가 끝나지 않았다는 판단에 따라서였다.

천천히 목욕을 하면서 그는 수미가 그동안 어떻게 지냈을지 자꾸만 궁금해졌다. 시간이 흐름이 따라 그는 수미에게 혹시 어떤 심리적인 불상사가 발생하지는 않았을지 은근히 걱정이 되기 시작했다. 그래서 그는 옷을 갈아입고 다시 한남동으로 전화를 걸었다.

역시 받지 않았다.

그는 오늘 저녁에 서울로 돌아왔는데, 가능하면 오늘 안으로 빨리 만나고 싶다는 내용을 응답기에 녹음해 두었다.

간단히 커피와 토스트를 챙겨 먹은 그는 다시 한 번 한남동으로 전화를 걸었다. 역시 대답이 없었다.

수미에게 혹시 무슨 나쁜 일이 있지나 않았는지 조금쯤 걱정이 된 그는 수미가 없더라도 지금 잠깐 집에 들러보겠노라는 말을 다시 응답 전화기에 녹음해두고는, 택시를 잡아타고 한남동으로 찾아갔다. 혹시 그동안 수미가 들어와서 전화기를 틀어보고 지금쯤은 갑자기 돌아온 그를 만나려고 기다릴지도 모른다고 헛된 상상을 하면서.

그가 아파트먼트의 문을 열었을 때는 썰렁한 바람이 집안에 가득할 뿐, 예상했던 대로 수미의 모습은 당연히 보이지 않았다. 그리고 마치 주인이 방금 이사 가기라도 한 듯, 벽에 걸렸던 수미의 옷들과 탁자에 놓였던 찻잔과 자질구레한 장식품들이 하나도 눈에 띄지 않았다. 심지어는 슬리퍼와 벽에 걸렸던 사진들까지 몽땅 사라지고 없어졌다. 버림받고 뒤에 남은 가구들이 해골처럼 앙상해 보였다. 구찬의 잠옷이나 셔츠와 넥타이 따위의 옷가지와 칫솔과 구두만 두 개의 트렁크에 담겨 덩그렇게 거실 한가운데서 주인이 찾아가기를 기다릴 따름이었다.

구찬은 놀라거나 당황하지 않았다. 마치 이럴 줄 미리 알고 찾아온 듯한 기분으로. 그가 무인도에서 한 전무와 인연을 맺고 돌아오는 사이에 이곳에서 무슨 일이 벌어졌는지 그는 쉽게 짐작이 가고도 남았다.

여인이 떠나갔다.

수미가 …. 아마도 영원히 ….

이것은 그가 단순히 예상했던 상황이 아니라, 사실은 은근히 원하고 기다렸던 결말이었다. 스스로 매듭짓지는 못했지만, 수없이 여러 번 마음속으로 결심했던 종말이 바로 이것이었다. 그래서 그는 슬픔보다는 안도감을 느꼈고, 마음은 한없이 담담했다.

그는 텅 빈 벽과 약간의 쓰레기만 남은 방들을 하나씩 기웃거렸고, 한참 만에야 욕실 문에다 초록빛 플라스틱 압정으로 박아놓은 쪽지 한 장을 발견했다. 수미가 남겨놓은 작별의 편지였다.

선생님, 결국 떠나가게 되었군요. 바닷가에서의 첫 만남이 워낙 아름다웠기에 내 한평생 떳떳하지 못한 여자로서 그늘에 숨어지내는 고통까지 감수하더라도 당신과 함께 살아볼 마음이었지만, 다시 사라지신 걸 알고는 더 이상 못 참겠더군요.

248

겨우 네 줄밖에 없는 우쿨렐레로 그토록 아름다운 소리를 만들어내던 당신의 여린 손가락들, 그리고 소주병에 꽂힌 촛불 속에서 생명이 불타오르던 당신의 눈동자 — 당신의 눈에서 즐겁게 뛰놀던 생명의 빛이 그토록 힘없이 사라지다니, 참 슬퍼요.

당신은 빗소리에 목숨을 걸 용기가 있나요? 나처럼요? 아마 그런 용기가 당신한테 있었다면 우린 이렇게 헤어질 필요가 없겠죠.

당신 참 나쁜 사람이라고 생각해요. 며칠 고민하던 끝에 내가 사모님을 찾아가 만나 뵙고는 더욱 그렇게 생각되었어요. 사모님을 만난 건 당신 대신 이 기회에 사모님과 나, 둘이서 무슨 결판을 내야 되겠다는 절박한 생각에서였어요. 당신이 두 여자 가운데 아무도 구제하지 못하고 스스로 헤어나지도 못하시는 걸 보니까 나라도 무슨 행동을 취하지 않으면 안 되겠다는 결론을 얻었기 때문이죠. 결국 내가 물러나야 한다는 판단이 서기에 사모님께 그동안의 일을 진심으로 사과하고 이렇게 멀리 떠나기로 했죠. 내 열쇠하고 집문서는 사모님한테 전해주라고 관리인한테 맡겨두기로 약속했고요.

가능하면 난 아무하고나 어서 빨리 어디선가 만나 비록 행복하지는 않더라도 얼른 결혼해서 남들처럼 애 낳고 평범하게 살면서, 지금까지 우리 둘이서 함께 겪어온 험난한 일들을 모두 잊고 싶어요.

정말로 슬퍼요. 이토록 추하게 끝난다는 현실이. 눈물은 감동적이지만 너무 헤픈 눈물은 역겨웁듯이, 처음 만났을 때 바닷가에서 은둔하던 당신의 모습이 그토록 낭만적이더니, 이제는 당신이 병적으로만 보여요. 차라리 이렇게까지 당신을 혐오하고 경멸하게 되기 전에 헤어졌더라면 훨씬 좋았을 걸 그랬어요.

난 처음부터 당신한테 드릴 것이 하나도 없었어요. 내 마음 말고는요. 그러면서도 난 당신한테서 이것저것 참 많이 받고 싶었죠. 여기 아프다 저기 아프다 해가면서 당신한테 어리광을 부려도 좋을 만큼 당신이 날 사랑해주길 난 바랐어요. 하지만 다 소용없는 일이었어요. 그래서 이제 난 아름다운 블룸만 한 조각 남기고 영원히 떠나려 합니다.

　나는 떠나가지만 당신을 잊지는 않겠어요. 마음은 당신에게 남기고 몸만 그냥 떠나니까요. 흔적만 남기고요. 눈물의 흔적요.

　넘치게 사랑하면 평생의 죄가 되는 모양이에요.

수미

　아무도 없는 빈 아파트먼트의 문을 잠그고 밖으로 나오면서 구찬은 화창한 봄날 잠깐이나마 만나서 차를 같이 마실 사람이 아무도 없어서 대낮에 빈 하숙방으로 돌아가는 처량한 고학생이 된 듯한 기분을 느꼈다.

　압구정으로 되돌아가는 동안 구찬은 착잡해진 그의 마음이 세상에 아무런 흔적을 남기지 않으려고 조금씩 하얗게 지워진다는 상상을 했다. 집으로 올라가서 커피 한 잔을 앞에 놓고 창가에 앉아 우울한 도시를 굽어보며 그는 곰팡이로 가득 찬 듯 흐릿한 머릿속에서 두서없이 오가는 생각들의 갈피를 잡아보려고 정신을 가다듬으려 했지만, 그의 뇌세포는 잠시 후에 말라죽기로 작정을 했는지 포자처럼 푸석푸석하기만 했다.

　그는 편안하게 비어버린 마음의 넉넉한 공간에 슬픔과 서러움이 천천히 가득 차기를 기다렸다. 그러나 아직은 그가 무엇인지를 느끼기에는 너무 이른 듯 현실감각이 좀처럼 제자리로 돌아오지를 않았다.

　아내가 돌아왔다. 구찬이 창가에 자리를 잡고 앉은 지 채 15분도 안 되어서였다. 한남동 아파트먼트의 관리인으로부터 방금 구찬이 그곳을 다녀갔다는 전화 연락을 받고 백화점에서 늦일을 보다 말고 득달같이 집으로 달려왔노라고 아내가 밝혔다.

"당신 한남동에 갔다 왔지?"

다 알고 묻는 아내에게 구찬은 변명이나 거짓말할 필요를 느끼지 않았다.

"그년이 남겨놓고 간 편지도 읽었겠고?"

구찬이 머리를 끄덕였다.

"당신은 악마야! 신사동에서 꼬리가 잡혔을 때만 하더라도, 서구찬이라는 인간이 조금이나마 양심의 가책을 받고 정신을 차리려나 기대했었는데, 정말 끝까지 이러기야? 마지막으로 한 번 더 기회를 주려고 했었는데, 정말 이러기냐고!"

그리고는 아내의 단호한 선언이 뒤따랐다.

"그 계집년이 물러갔다고 해서 내가 당신을 용서하고 받아주기를 바란다면 그건 방자한 오만이요 사치스러운 착각이야. 난 당신이 벌써 스스로 뉘우치고 제 발로 돌아왔다고 하더라도 절대로 용서하지 않았을 테니까. 지금까지 내가 당신 때문에 겪은 온갖 고통과 굴욕은 무엇으로도 결코 보상받을 길이 없고, 제대로 보상받지 못하는 한 나는 죽을 때까지 나의 존경스러운 남편으로서 당신을 믿고 의지하며 살아갈 생각이 추호도 없어. 실컷 바람을 피운 다음에 회개하고 돌아오는 남편을 받아들이며 모든 손실을 감수하는 그런 전근대적이고 멍청한 조선시대의 여자는 이제 이 세상에 없어. 지금까지 내가 당신을 내가 사는 집에 드나들게 내버려 두었고 앞으로도 내버려 두려고 하는 까닭은 오직 민수와 민준이를 생각해서야. 이건 아무리 형편없는 인간이더라도 아이들에게는 아버지가 있는 편이 없는 것보다는 그래도 낫지 않겠느냐 하는 통속적인 생각에서 내린 결정이니까 그렇게 알고 살아가도록 해."

구찬은 그런 비난을 할 만한 권리가 아내에게 충분하고도 남는다고 믿었다. 그가 아내에게서, 수미에게서, 그리고 어느 누구에게서 용서받는다는 조건은 자연법에 어긋나는 일이었다. 그래서 구찬 스스로 자기 자신을 용서하고 싶지가 않았다. 스스로 자신을 용서하기가 타인의 용서를 받기보다 훨씬 더 힘든 일이기는 하지만 ….

그렇다면 이제 그는 어떻게 해야 하고, 나머지 삶을 어떻게 살아가야 한다는 말인가? 그는 삶이 두려웠다. 자신의 삶을 스스로 살아갈 능력이 없었기 때문에 ….

짧은 삶에 넘치는 아픔 ….

운명이란 결국 괴이하고 거창한 개념이 아니라 아주 작은 무슨 미끼를 삼키려다가 목구멍에 박히는 하나의 작은 미늘 돋은 바늘인지도 모르겠다고 그는 생각했다.

서른다섯

허연 매연을 꽁무니로 뿜으며 줄줄이 이어지는 성난 차량들의 행렬에 휩쓸려 택시가 당인리를 통과할 즈음에 구찬은 갑자기 무슨 생각이 났는지 운전수더러 압구정동이 아니라 강남 터미널로 가자고 했다.

몸집이 두툼하고 얼굴 표정도 넉넉한 운전사가 거울로 힐끗 그를 훔쳐보고는 물었다.

"갑자기 어디 출장이라도 가실 일이 생각난 모양이죠?"

"그래요."

더 이상 별다른 설명이 손님에게서 나오지 않으니까 운전수는 마포를 지나 원효로에 이를 때까지 몇 차례 힐끔힐끔 눈치를 살피기만 했다. 그러다가 반포대교로 접어들 무렵에 투실투실한 운전수는 다시 거울로 구찬의 눈치를 살피며 물었다.

"터미널 가신다고 그러셨죠?"

"예. 호남선 타는 쪽요."

그러더니 운전수의 시선이 조금쯤 거북하게 느껴져서 구찬은 묻지도 않은 설명을 덧붙였다.

"추자도에 가 볼 생각예요."

"뭔 일로요?"

"낚시요."

운전수는 멀쩡한 양복 차림으로 무슨 낚시를 가느냐고 의심하는 눈치였고, 그래서 구찬이 다시 설명을 붙였다.

"지난번 거기로 낚시 갔다가 장비를 몽땅 선장 집에 두고 왔어요. 동행이 사고를 당하는 바람예요. 그래서 이왕 가는 김에 손맛도 좀 보고 올까 해서요."

운전수는 그제야 이해가 간다는 듯 표정이 좀 밝아지면서 한 마디 물었다.

"지금 추자도는 감생이가 한창이죠?"

"그래요. 낚시 좋아하시는 모양이로군요. 감생이 철도 아시고."

"사업이 망해서 택시를 몰게 되기 전에는 나도 가끔 추자를 드나들었어요. 어쨌든 부럽습니다."

구찬이 쓸쓸하게 웃었다.

"알고 보면 부러워할 일이 아니에요."

"왜요?"

구찬은 대답하지 않았다.

다리를 다 건너가도록 잠시 서로 말이 없다가 신호에 걸려 기다리는 동안 운전수는 다시 거울로 구찬을 힐끗 돌아다보고는 물었다.

"추자 가시면 대개 어느 섬으로 들어가시나요?"

"대놓고 들어가는 곳은 따로 없고, 봐서 푸랭이섬으로 갈까 해요."

"난 전에 직구엘 잘 들어갔었어요. 푸랭이섬에서는 어느 포인트가 잘 무나요?"

"글쎄요. 뿔바위 쪽이 좋아 보이더군요. 그 앞에 똥여라는 곳이 있는데, 이번에 들어가면 거기 앉을 생각예요."

"무슨 여가 이름이 그래요? 지저분하게."

"그야 뭐 다 생긴 대로 가는 거죠."

무슨 말인지 알아듣지를 못한 듯 어색한 표정을 보이며 운전사가 입을 다물었다.

미늘의 끝

하나

회덕 분기점에서 호남 고속도로로 접어든 다음 차량이 약간 뜸해지는 듯싶자 운전에 여유가 생긴 한광우 전무는 빠끔이로 뒤에 앉은 문제의 여인을 다시 한 번 힐끔 쳐다보았다.

수미라는 이름의 여인은 갤로퍼하고라면 어느 모로 보나 어울리지를 않았다. 험상궂은 지프의 뒷좌석에 혼자 타기에는 너무나 가냘프고 연약해 보이기 때문이었다. 한 전무는 논산을 향해 달려가는 앞차들을 주시하며 운전을 계속했다.

서울을 떠날 때 한남동 낚시방 앞에서 처음 그녀를 보고 한 전무는 대뜸 수미가 꽤나 팔자가 복잡한 여자이리라는 인상을 받았었고, 시간이 흐를수록 그가 받았던 첫인상은 점점 더 확신으로 굳어져 갔다. 한 전무가 그런 생각을 했던 까닭은 그녀가 서른을 조금 넘긴 나이가 되도록 서구찬 사장과 '불륜의 관계'를 거의 10년 동안이나 질질 끌어왔다는 데 대한 선입견 때문만은 아니었다.

수미가 박복한 여자이리라는 첫인상을 주었던 까닭은 연약함 때문이리라고 한 전무는 생각했다. 저렇게 연약한 몸으로는 자신의 운명을 감당하기가 쉽지 않으리라고 여겨질 정도로 수미는 몸집과 첫인상이, 그리고 모든 면모가 자그마한 여자였다. 만일 크기를 측정하기가 가능했다면, 그녀의 온갖 몸짓과 언행 또한 작은 범주에 들어갔다.

서 사장에게서 워낙 많은 얘기를 들어 지나칠 정도로 잘 알면서도 한 전무가 직접 만나기는 오늘이 처음이었던 그녀는 키가 남자의 어깨에 겨우 닿을락말락해서 1미터 50센티미터조차 제대로 차지 않을 듯싶었다. 그녀는 옷차림 또한 앞으로 닥칠 운명에 전혀 대비하지 않고 살아가는 데 익숙한 여자라는 인상을 주었고, 그래서 그녀의 가냘픈 몸매가 더욱 불쌍해 보였다. 소매가 없는 파란 블라우스에 속이 비칠 것처럼 희고 얇은 바지를 걸친 말끔한 옷차림은 그들이 가야 할 목적지의 험한 생활하고는 아무리 봐도 어울리지 않았다.

첫눈에 수미가 불쌍해 보인 까닭은 그녀의 눈동자 때문이었는지도 모르겠다고 한 전무는 생각했다. 검은 눈동자가 어찌나 컸는지 흰자위가 아예 없는 듯 보이던 수미의 눈은 무척 순해 보였다. 그것은 무방비 상태로 위험에 노출된 꽃사슴처럼 슬퍼 보이는 눈이었다. 그리고 그것은 어리석은 소의 눈이기도 했다.

슬프고 불쌍해 보이는 눈, 깨끗하게 그려 넘긴 가느다란 눈썹과 해맑은 피부, 가느다란 코와 얇은 입술, 수미의 얼굴은 어디를 봐도 금방 다쳐 피가 흘러나오기 직전만 같았다. 다칠까 봐 걱정이 되어 보호해주고 싶은 저 얼굴 때문에 서 사장은 차마 가엾어서 아직까지도 수미를 버리지 못하고 그냥 미적미적 그늘에 숨겨두고 살아온 모양이었다.

저렇게 연약한 여자가 어떻게 그토록 오랜 세월 동안 수모를 받고 시달리며 견디어 왔는지 한 전무는 그것도 통 알 길이 없었다. 구체적으로 어떤 수모를 당했는지는 잘 모르겠지만, 다른 여자와 결혼한 남자를 해바라기처럼 쳐다보며 제 2의 여인으로서 살아온 삶이라면 결코 순탄하지는 않았으리라.

혼자 힘으로는 자신의 몸뚱어리 하나 추스르기조차도 힘들어 보이는 여자가 굴곡진 인생을 그토록 오래도록 잘 견디며 살아오다니 참으로 신기했고, 그래서 한 전무는 장희빈의 몸집도 저렇게 작고 연약했으리라고 엉뚱한 상상을 했다. 모질고 질긴 여자치고 몸집이 큰 법이 없었다.

그는 노처녀와 숨겨 놓은 여자는 아무리 나이를 먹어도 갤로퍼의 뒷자리에 혼자 앉은 수미처럼 '여편네' 티가 전혀 나지 않는 까닭이 무엇인지 그것도 궁금했다. 아기를 낳아 기르면서 날마다 지저분한 남편의 치다꺼리를 하는 사이에 자신도 어느새 망가지는 결혼생활의 축복을 받지 않았기 때문일까?

한 전무는 서구찬 사장이 거북해서인지 한 번도 그에게 직접 인사를 시키지 않던 수미를 이번에는 왜 불쑥 갯바위로 함께 데리고 가기로 했는지 그것도 궁금했다. 몇 달에 한 번씩 낚시를 떠나자고 느닷없이 전화를 걸어오고는 하던 서 사장이었기 때문에 이번에도 그냥 평범한 또 한 번의 조행이 되려니 했었다. 그런데 이번에는 서 사장이 이튿날 일부러 다시 전화를 걸어와서 한 사람 동행이 따라가도 되겠느냐고 물었다. 그는 동행이 "초짜(初者)"라고만 했지 여자라고는 말하지 않았다. 한 마디만 귀띔했어도 한 전무는 오늘 함께 떠나는 사람이 누구인지를 알았을 텐데, 필시 어떤 불길한 목적을 가지고 서 사장은 일부러 얘기를 하지 않았음이 분명했다.

한 전무와 수미 그리고 서구찬 사장을 태운 갤로퍼는 호남 고속도로를 따라 한없이 남쪽으로 내려갔다.

둘

앞으로 몸을 수그리고 앞창을 통해 하늘을 올려다보더니 서구찬 사장이 옆자리에서 혼잣말처럼 중얼거렸다.

"날씨가 많이 꾸물거리죠?"

그들은 유성 진입로를 지나 계속 호남 고속도로를 달렸다. 정확히 어디쯤인지는 모르겠지만 오른쪽으로 깊은 골짜기가 하나 내려다보였는데, 물을 받아 저수지를 만드느라고 산기슭을 깎아 놓아 대지의 속살이 시뻘겋게 드러난 꼴이 도살당한 짐승처럼 황량했다. 조금만 더 가면 논산저수지의 한 자락이 나타날 무렵이었다.

다시 뒤로 편히 기대어 앉으며 서 사장이 자문자답했다.

"바람도 제법이고요."

자꾸만 얘기를 나누고 싶어하는 서 사장에게 무엇인가 반응을 보여야 한다는 책임감을 느낀 한 전무가 말했다.

"갯바위 타기에는 아주 좋은 날씨잖아요. 감생이란 놈은 바람이 좀 불고 갯바위에 파도가 일어야 입질이 활발해지는 고기니까 말예요."

평일인 데다가 한가한 시간이어서 차량이 많지 않았기 때문에 고속도로의 단조로운 풍경은 우중충한 날씨로 더욱 썰렁해 보였다. 장거리 운행이어서 엔진에 무리가 갈까 봐 잠시 냉방기를 꺼 버린 대신 바깥바람이나 잘 들라고 반쯤 열어 놓은 옆창으로 후끈거리며 쏟아져 들어오는 바람에서 찐득찐득한 비 냄새가 났다. 그저께까지만 해도 필리핀에서 대만 해상까지 올라온 태풍 제니스의 기세가 제법이더니 또 비가 내릴 모양이었다.

텔레비전 일기예보에서 내보내던 위성사진을 보면 며칠 동안 태풍 제니스의 새카만 눈도 선명했고 구름이 회오리를 치며 퍼져나간 폭이 5백 킬로미터는 되어 보였다. 해마다 이맘때쯤이면 태평양에서 거의 매주일 태풍이 하나씩 나타나 바다를 타고 북쪽으로 기어 올라오는데, 대부분의 경우 중국 대륙으로 상륙해서 소멸되거나 일본이 길을 가로막아 별탈이 없었지만, 가끔 제주도까지 쳐들어오는 태풍이 여름에는 늘 남해 바다낚시에 방해가 되었다.

하지만 제니스가 갑자기 기운이 빠져 어제 오후부터 열대성 저기압으로 바뀌었으니 비는 제법 내리더라도 낚시가 어려울 정도로 바람이 터질 걱정은 별로 없었다. 적어도 어젯밤 텔레비전의 일기예보에서는 그렇다고 했다.

"하여튼 이놈의 여름엔 태풍과 태풍 사이로 피해 다니며 도둑질하듯 낚시를 해야 한다니까요." 서 사장이 투덜거렸다. "거기에다 물때까지 봐야 하니 우리처럼 한가한 사람이 아니고서는 갯바위질은 때맞춰 다니기도 힘들겠어요."

이라크 전쟁이 터지던 해에 '자살여행'에 나섰던 서 사장과 한 전무의 차가 목포 낚시점 앞에서 일으킨 접촉사고를 인연삼아 같이 추자도 푸랭이섬(青島)으로 들어가 갯바위를 탄 이후 지금까지 두 사람은 장거리 바다낚시를 1년에 한두 번씩은 꼭 동행했던 터라 이제는 웬만큼 자주 만나는 술친구보다도 훨씬 가까운 사이가 되어버렸다. 그들 두 사람처럼 며칠씩이나 몇 주일, 때로는 두어 달 동안 가정과 직장을 떠나 무인도로 들어가고 싶으면 아무 때나 마음 놓고 훌훌 서울을 벗어나 갯바위 생활을 같이할 친구는 많지 않았다. 한 전무는 말이 전무이지 형의 자동차 정비공장에서 실질적인 사장 노릇을 했으니까 운신이 항상 편했고 압구정 백화점 여사장의 남편인 서구찬도 그야말로 놀고먹는 신세여서 운신이 편하기는 마찬가지였다.

그리고 또다시 몇 달 만에 만나 도시를 버리고 무인도로 떠나는 한 전무와 서구찬 사장 그리고 수미를 태운 갤로퍼는 호남 고속도로를 따라 한없이 남쪽으로 내려갔다.

세 사람은 여산 휴게소에서 시뻘건 기름이 둥둥 뜬 육개장을 시켜 늦점심을 먹었다. 다시는 만나지 않을 사람들만 상대로 하는 장사여서인지 고속도로 휴게소는 항상 표정이 살벌했고, 어느 휴게소나 마찬가지로 이곳의 음식 역시 맛이 참 없었다. 모르는 사람들이 잠깐 들러 간단한 식사와 단체 배설을 하고 떠나는 곳, 인간의 사막이었다. 식당은 냉방시설도 시원치 않아 끈끈한 바람이 사막답게 후끈거렸다.

한 전무와 서 사장은 서울을 떠난 이후 여기까지 오면서 꾸물거리는 날씨에서부터 요즈음 이곳저곳 저수지 붕어 사정, 심지어는 이리역 열차사고 때 이주일이 하춘화를 극장에서 업고 나왔다는 등 온갖 잡다한 얘기를 한참 나누었다. 그렇지만 그들은 정작 자리를 같이한 수미에 관해서는 한 마디도 얘기를 하지 않았다.

두 남자는 가능한 한 수미 쪽으로 시선조차 돌리려고 하지 않았다. 서 사장과 한 전무 둘이서 낚시를 다녀올 때면 그들의 대화 가운데 절반가량은 정수미라는 여자와 관련된 내용이었지만, 막상 수미가 그들과 같이 떠난 이번 여행에서는 사정이 전혀 그렇지를 않았다. 마치 누군가에 대해서 한참 흉을 보다가 본인이 나타나자 입을 다물어 버린 듯한 그런 분위기였다.

초면인 한 전무를 아직은 거북하게 여겨서인지 수미는 한남동에서 인사를 나눈 다음 지금까지 그에게 전혀 말을 걸지 않았다. 수미는 서 사장에게도 별로 얘기를 하지 않았다. 그리고 서 사장도 덩달아 어색

262

해져서 수미에게는 말을 삼갔다. 그래서 두 남자는 마치 그들의 그림자처럼 붙어다니는 정수미라는 여자가 아예 존재하지 않는 듯 행동했다. 참으로 해괴한 분위기였다.

이런 어색한 침묵은 수미의 동행이 아무래도 예사롭지 않은 사건이라는 조짐 같았다. 한 전무는 그렇다면 수미가 어떤 특별한 이유 때문에 험한 갯바위 낚시로 가는 길을 따라 나섰는지가 궁금해졌다.

아침에 한남동에서 만났을 때 수미는 작고 조심스러운 목소리로 한 전무에 대해서 '구찬 씨'로부터 얘기를 많이 들었노라고 흔하디흔한 인사를 했다. 서 사장은 그래서 수미가 한 전무를 벌써부터 한 번 만나고 싶어했다는 해설을 곁들였다. 그렇기 때문에 오늘 서로 인사를 시키러 일부러 그녀를 데리고 나왔다는 설명 같았다. 한 전무는 그런가 보다 하고 처음에는 그냥 넘어갔다. 하지만 지금 생각해 보니 서 사장이 수미를 달고 나온 까닭은 따로 있었다.

그들은 평도로 들어가는 배를 내일 아침에 타기 위해 고흥에서 오늘 밤을 보낼 예정이었다. 고흥이라면 서 사장과 수미가 처음 만난 곳이었다. 아마도 두 사람은 오늘 그들이 처음 만난 자리로 함께 되돌아가고 싶은 모양이었다.

첫 만남의 추억을 위해서일까?

아니면 여태까지 미적미적 끊지도 못하고 제대로 맺지도 못하던 수미와 서 사장의 관계에 혹시 어떤 전환점이 닥치기라도 했을까? 그래서 그들은 마지막으로 마음을 정리하기 위해 출발한 자리로 되돌아가려는 마음인지도 모를 일이었다. 그렇다면 이번에는 정말로 그들의 관계가 끝나려는가? 아니면 혹시 … .

따지고 보면 그들의 첫 헤어짐은 별로 이별답지가 않았다.

똥여에서 당한 사고 때문에 푸렝이섬 낚시를 중단하고 서울로 올라간 다음 사고처리를 위해 범아공업사로 찾아왔을 때 서 사장은 분명히 그랬었다. 수미하고의 관계가 끝났다고. 그러나 그것은 서 사장 혼자의 생각이었다. 아내 재명과 수미 두 여자 사이에서 갈팡질팡 어쩔 줄 모르는 서 사장의 꼴이 참으로 한심해서, 2천 개의 학을 접어 봐도 소용이 없다면서, 실망의 편지 한 장을 남기고 수미가 종적을 감춰 버렸기 때문에 그들의 사이가 일시적으로 중단되었을 따름이었다.

한 전무를 찾아왔던 그날로 서 사장은 또 자살여행을 떠났고, 이번에도 역시 상상 속의 자살은 '미수'로 그쳤다. 푸렝이섬의 똥여로 들어가 앉아 낚시를 하면 한 전무가 당했던 것처럼 바닷물이 차올라 고립되고, 그러면 어쩔 도리가 없이 죽으리라고 서 사장은 계산했었다. 하지만 그것도 역시 환상적인 계산에서 그치고 말았다.

그는 며칠 동안 똥여를 쳐다보기만 하다가 결국 건너가지는 않았고, 그리고는 감생이 입질이 좋아져 손맛을 한참 즐기다가, 삶을 계속하기에 충분할 만큼 기분이 좋아져서 다시 서울로 올라왔다. 그리고 한 번에 모질게 정을 끊어 버리기가 너무 힘들어서 수미가 그를 찾아 돌아왔고, 끝나지도 않고 완전한 결합도 아닌 엉거주춤한 관계에 발목이 얽혀 나이 서른을 넘겨 버린 수미는 정말 떠나려고 해도 이제는 너무 늦어버렸다.

여산 휴게소에서 시뻘건 기름이 둥둥 뜬 육개장을 시켜 서 사장과 수미를 앞에 나란히 앉혀 놓고 늦점심을 하던 한 전무는 어쩐지 이번에는 낚시를 위한 낚시가 아닌, 그러니까 절름발이 낚시를 가는 듯한 기분이 얼핏 들었다. 목적이 뚜렷하지가 않아서 헛걸음질을 하는 기분이 랄까, 그러면서도 어딘가 허전한 구멍이 나기는 났는데 무엇 때문에 속바람이 드는지 한 전무는 통 알 길이 없었다. 귀에 못이 박히도록 얘기로만 들어오던 여자가 오늘 아침 불쑥 나타나더니 지금은 아무런 변명이나 설명조차 없이 유령처럼 그의 앞에 가만히 앉아 버티기만 해서일까? 그리고 자신이 데리고 나타났으면서도 수미가 마치 모르는 여자인 듯 행동하는 서 사장의 태도 또한 어딘가 석연치 않았다.

한 전무의 어깨 너머로 바깥 주차장을 내다보던 서 사장이 목을 길게 뽑으며 말했다.

"어럽쇼."

무슨 일인가 해서 한 전무가 뒤를 돌아다보았다.

"이제는 비까지 내리잖아." 서 사장이 덧붙여 말했다.

셋

광주를 벗어나면서부터 화순까지 후텁지근한 안개비가 계속해서 뿌리더니 벌교에서는 빗발이 조금 두터워져 눅진한 부슬비로 바뀌었다.

운전을 교대하여 이제는 서 사장이 차를 몰았기 때문에 한 전무는 한가하게 바깥 구경을 했다. 그는 이곳을 거칠 때마다 벌교 읍내에 박힌 역사(驛舍)를 보면 그렇게 반가울 수가 없었다. 일제강점기의 시골 간이역처럼 예쁘장하고 자그마한 건물의 정취가 유별나기 때문이었다. 차에서 내려 역의 승강장으로 들어가면 어딘가 코스모스 꽃밭을 누가 몰래 숨겨놓았을 것만 같았다.

차량이 붐비는 벌교역 앞길을 더듬더듬 빠져 나오면서 서 사장은 오늘처럼 날씨가 궂으면 수면에 산소가 많이 발생해서 민물고기의 움직임이 활발해져 바다보다는 오히려 저수지 붕어낚시가 재미있겠다는 얘기를 했고, 뭐니 뭐니 해도 낚시는 집에서 채비를 준비하고 지금처럼 목적지를 향해서 가는 동안이 가장 즐겁다는 얘기도 했다. 조행이 늘 그렇듯이 목적지가 가까워지면 가까워질수록 그들의 화제는 아무래도 점점 더 낚시 쪽으로 쏠리기 마련이었다.

사방에 비가 내려 더욱 아늑하게 느껴지던 차 안에 갇힌 세 사람은 바깥세상으로부터 두터운 빗물의 안개 벽으로 격리되었고, 한 전무는 이렇게 젖은 날씨는 언제나 변함없이 항상 포근하다고 생각했다.

그들은 벌교 버스 정류장에서 좌회전을 하여 고흥반도의 목을 타고 남쪽으로 내려가기 시작했다. 서 사장과 한 전무는 이제 평도에서 가끔 나오는 대물 돌돔 얘기를 슬금슬금 꺼냈다.

서 사장은 그가 지금까지 잡았던 큰 고기 얘기를 했다.

한 전무도 그가 지금까지 잡았던 큰 고기 얘기를 했다.

낚시얘기가 그들 두 사람에게는 퍽 편했다. 아무리 수없이 되풀이해서 들어봐도 꾼들에게는 대어를 잡는 얘기처럼 재미있는 화제가 없기 때문이었다. 그리고 낚시가 화제인 동안이라면 그들은 수미에 대해서 별로 신경 쓰지 않아도 괜찮았다. 이런 대화에서는 그녀가 빠지는 편이 오히려 자연스러웠기 때문이다.

서 사장은 난생 처음 파로호에서 월척을 잡고는 어찌나 흥분했는지 심장마비를 일으킨 어느 교수가 서울대학병원에서 며칠 만에 깨어나자 가장 먼저 한 말이 "내 월척! 내 월척!"이었다는 얘기를 했다. 한 전무는 양수리에서 대어를 낚고 놀라서 아예 심장마비로 죽어버린 사람 얘기를 했다. 서 사장은 충주댐의 대물은 입질을 하면 찌가 올라올 때 불을 붙인 담배를 다 피우고 나서야 다시 찌가 내려가고, 그때 챔질을 하더라도 늦지 않다는 낚시꾼답게 과장된 얘기를 했다.

아직도 여전히 수미는 그들의 대화에 끼어들지를 않았고, 서 사장과 한 전무는 그녀에게 억지로 말을 시키려는 노력을 전혀 기울이지 않았다.

한 전무는 초평저수지에서 해빙기 낚시를 하다가 물에 빠진 어떤 사람이 기어 나오려고 하면 주변의 얼음이 자꾸만 꺼져 익사 직전이었는데 근처 군부대에서 헬리콥터가 날아와 구조해 주자 구경하던 조사들이 박수를 열심히 쳤다는 얘기를 했다. 서 사장은 물왕리에서 누가 휘두른 낚시에 뒤쪽 나무에 앉았던 물오리가 바늘에 꿰어 떨어졌다는 얘기를 했다. 한 전무는 물왕리에서 누가 밤낚시를 하다가 1미터나 되는 초어가 낚싯대를 물고 들어갔는데, 헤엄쳐 들어가 대를 꺼내려고 잡아당겼더니 바늘에 걸린 대어가 자동차 전조등처럼 두 눈을 부라리며 노려보는 바람에 놀라서 낚싯대를 던져 버리고 허겁지겁 도망쳐 나왔다는 얘기를 했다. 서 사장은 철원의 용화저수지에서 잉어가 물고 들어간 낚싯대를 꺼내려고 헤엄쳐 들어갔다가 낚싯줄이 발에 엉켜 물에 빠져 죽은 사람 얘기를 했다.

두 사람이 그동안 겪었거나 주워들은 얘기를 하느라고 어느새 과역에 이르렀지만, 수미는 여전히 입을 열지 않았다. 한 전무는 저렇게 아무 말도 없이 계속 다물고만 왔으니 지금쯤은 수미의 입에서 아마도 구린 냄새가 나리라고 생각했다.

얼마 후에는 서 사장도 덩달아 말수가 적어졌다. 갑자기 무슨 불쾌한 일이나 슬픈 사건이 뒤늦게 머리에 떠올랐는지 표정이 침울해지며 그의 목소리에서 힘이 빠지기 시작하다가, 그는 결국 입을 다물어 버렸다. 서 사장은 무엇인지 곰곰이 계산하는 눈치였다. 한 전무의 눈치를 살피는 듯싶기도 했다. 나중에는 시선까지 피하는 기미가 분명해졌다. 이유는 모르겠지만 혹시 나 때문에 화가 났는지도 모르겠다고 생각하며 한 전무 역시 입을 다물고는 바깥의 축축한 골짜기 경치만 멍하니 구경했다.

서 사장이 힐끗 그를 쳐다보았다. 그리고는 여전히 사뭇 심각한 표정으로 물었다.

"오늘밤 우리 어디서 잘 거예요?"

한 전무는 서울에서 전화로 미리 예약해 놓은 낚싯배 유명호의 선장이 사는 동네에서 민박을 해야 내일 아침에 출발하기가 편하지 않겠느냐고 말했다.

"선장집이 어딘데요?" 서 사장이 물었다.

"바깥단장요."

"그게 어디예요?"

"고흥반도 남단에 붙어 있어요."

서 사장이 다시 곁눈질로 한 전무의 눈치를 살폈다.

"혹시 말예요." 서 사장이 말했다. "우리 오늘밤은 녹동 쪽에서 자고 내일 새벽에 바깥단장으로 내려가면 안 될까요?"

고흥으로 들어선 세 사람은 바깥단장으로 가는 대신 서 사장이 원하는 대로 녹동을 향해 방향을 돌렸다. 득량만 바닷가 별장에서 지내던 시절에 익혀 놓은 길이 훤했던 터라 이곳에서는 서 사장이 운전을 계속했고, 그들은 도덕면 학동 버스 정거장에서 우회전하여 가야리 당동부락으로 들어갔다.

수문뒷개 별장의 열쇠를 보관하는 신승직 선장은 날씨가 궂어 몸이 아파서 작업을 중단하고 일찍 집으로 들어와 쉬는 중이었다. 키가 훤칠한 6척에 떡대가 시원하게 벌어진 신 선장은 대통령 선거 때 여당 후보의 운동원으로 활동하던 '동네 후배 아이들'에게 기찻길에서 집단 폭행을 당한 이후로 몸에서 성한 곳이 별로 없어 비만 오면 삭신이 쑤셔 견딜 수가 없을 지경이라고 했다. 개똥까지 고아서 먹어 봤지만 소용이 없어 눅진한 날은 얼른 술을 마시고 취해 버리는 편이 그에게는 상책이었다. 오늘도 그는 벌써 꽤나 취한 상태였다.

고기잡이가 시원치 않아 여러 해 동안 가지고 있던 배 남해호를 팔아버리고 고흥 읍내에다 우물 파는 사무실을 차렸다는 신 선장은 기찻길에서 맞아 입술과 뺨이 찢어져 준수한 얼굴에 두 곳이나 험상궂은 상처가 남았다지만, 첫눈에 심성은 퍽 좋아 보였다. 그는 별장에서 워낙 오래 묵다 간 손님이어서인지 서 사장을 잘 기억했다. 수미도 기억하는 눈치였지만 서먹해서인지 별로 아는 체를 하지 않았다. 서 사장 또한 수미를 신 선장에게 구태여 인사를 시키고 싶어 하지 않았다.

한 전무는 신 선장과 명함을 주고받았고, 당동부락에서 간단히 저녁 식사를 끝낸 다음 그들은 흙길을 타고 언덕을 넘어 수문뒷개 별장으로 갔다. 바닷가에는 신선초를 재배한다는 민가 한 채와 나란히 붙은 별장뿐이었고, 다른 집은 하나도 없었다.

잡초가 무성한 별장 마당에 갤로퍼를 들여놓고 서 사장과 수미는 안채에다 간단히 짐을 풀었다. 한 전무는 별장을 짓기 전부터 본디 그곳에서 땅 주인이 살았다는 허름한 행랑채처럼 보이는 바깥채에 들었다.

그리고 수미는 아직도 말이 없었다.

넷

비가 그쳐 서 사장과 수미가 바닷가로 산책나간 다음 한 전무는 별장에 혼자 남아 목욕을 했다. 뒤쪽 흙 담장 앞 우물가에 발가벗고 서서 그는 빗물과 땀으로 끈적거리는 몸을 두레박으로 좍좍 물을 부어 씻어 냈다.

방으로 돌아간 그는 큰 수건으로 몸을 보송보송하게 닦고는 바지와 셔츠 한 장만 걸쳤다. 속옷은 입지 않았다. 속옷을 입지 않으니 헐렁헐렁한 겉옷이 무척 편안했다. 뜹뜹하던 몸이 상쾌해졌다.

그는 툇마루로 나가 앉아 생울타리 너머로 바다 풍경을 둘러보았다.

온 세상이 젖었다.

넓고 넓은 하늘이 모두 잿빛으로 젖었다.

언젠가 이른 봄 백도에서 갯바위에 앉았을 때 그는 맑은 날씨였는데도 하늘이 황사(黃沙)로 저렇게 잿빛이었던 때가 기억났다. 황사현상을 도시에서만 보았던 한 전무는 백도 앞에 펼쳐진 바다의 수면에서부터 하늘을 가득 메운 모래의 벽이 참으로 웅장하다고 생각했었다. 그날 바다에는 중국 대륙의 누런 먼지와 섬 앞으로 조금 남은 바닷물 말고는 아무것도 존재하지 않았다. 참으로 단순하고도 거대한 풍경이었다.

지금도 하늘은 잿빛이 가득했지만, 그것은 먼지가 아니라 물에 젖은

270

구름의 두께였다. 하늘이 잔뜩 젖었고, 바닷물도 빗물로 젖었다. 바닷가 모래밭에 띄엄띄엄 얹어 놓은 몇 척의 낡은 고기잡이배도 젖었다. 방파제도 젖었고 방파제 너머 마늘밭도 젖었고 마늘밭 너머 언덕 여기저기에 박힌 시커먼 바위들도 흠뻑 젖었다.

바다 앞에 버티고 들어선 섬 득량도도 역시 축축하게 젖었다. 시커먼 나무로 뒤덮인 득량도의 껍질을 여기저기 비집고 나온 허연 바위들이 모조리 거무죽죽 젖었다. 그리고 고깃배 서너 척을 묶어 놓은 선착장 끝에 나란히 앉은 서 사장과 수미의 뒷모습도 젖었다.

세상 만물이 물에 젖어 아침 이슬처럼 촉촉한 형광(螢光)을 은은히 내뿜는 풍경 속에서 두 사람은 아까부터 꼼짝도 하지 않았다. 수미가 남자의 어깨에 머리를 얹고 남자가 한 팔로 수미의 허리를 감고 앉아서 그들은 꼼짝도 하지 않았다. 그들은 아무 얘기도 하지 않는 듯 전혀 꼼짝하지 않았다.

하지만 그들은 아까부터 무엇인지 심각한 얘기를 나누는 눈치가 분명했다. 초저녁 바닷가를 산책할 만도 한데 저렇게 꼼짝하지 않고 붙어 앉아서 버티는 품을 보면 무척 할 얘기가 많은 모양이었다.

무엇을 저렇게 열심히 의논할까? 서울에서 여기까지 오느라고 여덟 시간 동안 참았던 얘기를 한꺼번에 하려고 저러는가? 어쩌면 그들은 나에게 무엇인지 말해야 할 텐데 어떻게 그 얘기를 꺼내면 좋을지를 의논하느라고 저렇게 열심히 머리를 짜내는지도 모르겠다고 한 전무는 생각했다.

어쨌든 첫 만남의 장소로 되돌아온 남자와 여자가 아름다웠을 무렵의 추억을 되새기는 산책을 포기한 채로 저렇게 고민하는 까닭은 어떤 위기를 맞았기 때문임이 분명했다. 처음 몇 차례 만나고 그만둘 일이지, 저런 관계는 오래갈수록 부담스럽기 마련이라고 한 전무는 생각했다. 서 사장은 결혼하기 전에는 단 한 번도 여자와 자본 적이 없었다고 했으니, 여자와의 서투른 관계란 시작되는 바로 첫순간부터 끝나는 마지막 순간까지 한없이 계속되는 하나의 기나긴 위기라는 사실을 배울 기회를 제대로 얻지 못했으리라.

그러나 수미는 그를 만나기 전에 이미 군대에 간 '오빠'와 육체관계를 경험했던 모양이었고, 그래서 바로 이곳 별장에서 처음 같이 지낸 밤에 그녀는 이미 처녀의 몸이 아니었노라고 서 사장이 고백했었다. 23살의 수미는 그러니까 "책임을 지지 않아도 좋으니 그냥 우리 좋아할 때까지만 좋아해요"라고 32살의 남자를 안심시켰다.

서구찬은 그녀의 말을 그대로 믿었다.

하지만 그들의 관계는 처음 약속했던 대로 이곳 바닷가 별장에서 끝나지를 않았고, 가시처럼 깊이 운명 속에 박혀버렸다. 서 사장의 표현을 빌리면, "미늘처럼 꽂혀 좀처럼 빠지지 않는" 그들의 사랑은 서울에서 이어졌고, 눈치를 챈 서 사장의 아내가 추적을 시작했고, 결국 수미와 서 사장은 신사동에서 알몸으로 같이 자다가, 들이닥친 아내와 처남에게 현장이 발각되는 지극히 지저분하고도 촌스러운 상황에 이르렀다.

서 사장의 아내로부터 추적을 당하던 끝에 저항을 시작한 남녀는 한남동에다 새로 집을 마련하여 다시 살림을 차렸지만, 이미 그때부터 그들 사이에는 황사현상이 시작되었다. 먼지의 벽에 가려 그들은 어디로 가야 할지 앞이 보이지 않았고, 지금도 저렇게 선착장의 축축한 풍경 속에 나란히 앉아 탈출을 모색했다.

몇 달 만에 한 번씩 만나 서 사장이 살아가는 애기를 들을 때마다 한 전무는 왜 사람들이 그렇게 복잡한 모양으로 살아야만 하는지 납득이 가지 않았다. 서 사장의 삶은 밤낚시를 하다가 엉킨 낚싯줄처럼 풀기가 어려웠다. 엉킨 낚싯줄을 푸느라고 보내는 한평생 — 대부분의 사람이 그렇게 복잡한 인생 때문에 발버둥치다가 이리 얽히고 저리 설켜서 무엇 하나 제대로 마무리 짓지 못한 채로 죽어가기 마련이었다. 산다는 것은 그냥 살아가는 과정이지 저런 식으로 자꾸만 복잡하게 생각하는 숙제가 아니라고 한 전무는 울타리 너머로 선착장을 쳐다보며 생각했다.

서구찬과 수미는 젖은 하늘과 젖은 바다와 젖은 풍경에 젖은 뒷모습이었다. 그들은 유형지로 쫓겨 와서 그들 두 사람만이 서로 의지하며 살아가는 모습이었다.

그래서 그들은 불쌍하고 초라해 보였다. 묵직한 물기로 흠뻑 젖었기 때문에 그들은 더욱 불쌍하고 초라해 보였다.

한 전무는 그들의 모습이 젖은 풍경으로 젖은 것이 아니라 눈물로 젖었는지도 모르겠다는 이상한 생각을 해보았다. 그들을 꼼짝 못하게 구속하는 처량한 조건 때문에 … . 그들 두 사람이 어딘가 함께 있고, 어디선가 같이 지내면, 같이 있다는 바로 그 이유 때문에 그들은 불행하기만 할 따름이었다. 그런데 전혀 행복하지 않은 줄 알면서 저렇게 두 사람이 서로 상대방의 주변에서 매암을 돌며 매달리는 이유가 무엇인지 한 전무로서는 도대체 이해가 가지 않았다.

사랑한다면 행복해야 옳은데, 자꾸 슬프고 쓸쓸해지는 골치 아픈 사랑을 그들은 왜 계속할까?

무엇이 인간으로 하여금 아픔을 포기하지 못하게 하는 것일까?

아무리 따져 봐도 참으로 알 길이 없었다.

한 전무의 인생 계산법에서는 살면서 고민하면 고민하는 만큼이 손해였다. 번뇌는 인생의 풍경을 살벌하게 만드는 녹슨 철조망이나 마찬가지였다. 번뇌는 인간관계에서 생겨나게 마련이니까, 아무리 인간이 사회적인 동물이어서 서로 돕고 함께 살아가야 한다고 하더라도, 따지고 보면 사람이란 함께 모이는 숫자가 많으면 많아질수록 그만큼 머리만 복잡하게 만드는 존재였다.

어떻게 보면 한 전무가 생각하는 인생의 모양새는 갈매기의 창자와 같았다. 갈매기는 창자가 직선이어서 무엇을 먹으면 생각이고 뭐고 없이 곧장 뒤로 배설되었다. 갈매기와는 달리 인간의 내장과 두뇌가 노끈 타래처럼 얽힌 꼴을 보면 사람의 삶이 어째서 그렇게 꼬이고 되꼬이는지 쉽게 이해가 갈 노릇이었다.

젖은 날개가 무거워서인지 날아다니는 새가 한 마리도 눈에 띄지 않는 바닷가 풍경에서는 모든 것이 젖었다. 하늘과 태양은 구름에 젖어 보이지 않았다. 푸른빛이 칙칙하게 젖어버린 바닷물은 바람이 비늘처럼 끊임없이 밀어대며 파도를 일렁였다.

바람도 거무죽죽하게 젖었다.

그리고 선착장에서는 무겁게 젖은 뒷모습으로 서구찬과 정수미가 나란히 앉아 한없는 얘기를 주고받았다.

274

다섯

　유명호가 나로도를 왼쪽으로 끼고 퉁퉁거리면서 천천히 돌아 남쪽으로 뱃머리를 돌리는 동안 한 전무는 득량만에서 한 마리도 남기지 않고 몽땅 사라진 바닷새들이 모조리 이곳으로 날아온 모양이라고 생각했다. 눅눅한 갯내가 가득한 이곳 하늘은 끼룩끼룩 시끄럽게 울어대며 공짜 먹이를 얻으려고 어선의 꽁무니를 거지떼처럼 따라다니는 갈매기로 가득했다. 어떤 갈매기는 바람을 거슬러 올라가려고 공중에서 제자리에 멈춰 한참 안간힘을 쓰다가 포기하고는 방향을 돌려 바람을 타고 멀리 날아가 버리기도 했다.

　배를 타고 여행하는 사람은 누구나 갈매기 구경을 좋아하지만 수미는 달랐다. 수미는 갈매기를 좋아하지 않았다. 그녀는 어떤 새도 좋아하지 않았다. 부리와 발톱이 뾰족해서 무섭다며 수미가 세상의 모든 새를 싫어한다고 언젠가 서 사장이 한 전무에게 설명했었다.

　시들면 초라하고 지저분해지기 때문에 수미는 꽃도 싫어한다고 그랬다. 이유야 어떠했든 남들이 다 좋아하는 꽃과 새를 싫어한다던 수미는 화투방처럼 꽃장판을 깐 객실에 들어가 혼자 누워 있었다. 부리와 발톱이 날카로운 갈매기가 사방에서 모여드는 것이 싫기도 했으려니와 멀미가 나려는지 속이 거북해서였다.

　파도가 심상치 않았다. 밤새도록 질금거리던 비가 잠시 멎기는 했지만, 오늘 역시 해를 보지 못하리라는 일기예보였다. 벌써부터 파도가 이만큼 술렁일 정도였으니 깊은 바다로 나가면 요동이 제법 심할 모양이었다.

고기잡이보다는 낚시꾼과 관광객에 더 신경을 써서인지 유명호는 번듯한 화장실까지 갖추고 하얀 페인트로 치장한 놀잇배에 가까웠다. 선장실 지붕 위에는 뽕짝가요를 틀도록 확성기까지 부착해서 제법 유람선다웠지만 방파제나 갯바위에 부딪혀 선체가 깨지지 말라고 뱃전을 둘러가며 자동차 폐타이어를 줄줄이 걸레 뭉치처럼 달아 놓아 바깥쪽 몰골은 아무래도 흉측했다.

한 전무와 서 사장은 객실 뒤쪽에 놀잇배처럼 차양을 얹은 후미의 긴 의자에 나란히 앉아 이른 아침 바다를 구경했다. 화장실 옆에 둘둘 말아 쌓아 놓은 닻줄에 비스듬히 몸을 기댄 한 전무는 난간에 턱을 괴고 바다를 응시하는 서 사장을 힐끗 쳐다보았다. 지금도 역시 무엇인지 깊은 생각에 잠긴 심각한 표정이었다. 수문뒷개 별장에서 밤을 보낸 다음 바깥단장 선창가로 이동하여 갤로퍼를 음식점 앞에 세워 놓고 유명호를 탄 지가 벌써 한 시간 전인데, 서 사장의 표정은 오늘 날씨만큼이나 좀처럼 걷힐 줄을 몰랐다.

어제부터 왜 저렇게 궁상인지 모르겠어서 궁금하면 단도직입적으로 물어 보는 것이 상책이라고 생각한 한 전무는 정말 단도직입적으로 물었다.

"무슨 일예요?"

"예?" 서 사장이 한 전무에게로 시선을 돌리며 엉겁결에 반문했다.

"어제부터 수미 씨하고 계속 심각하잖아요."

대답이 없었다.

"두 사람한테 무슨 일이 생겼으니까 그런 거 아녜요?"

서 사장이 등대를 쳐다보았다.

276

엉거주춤한 순간이었다.

그리고는 서 사장이 말했다.

"수미가 임신한 모양예요."

"또요?"

한 전무가 알기로만도 수미는 서 사장 때문에 여태까지 벌써 세 번이나 낙태수술을 한 몸이었다.

서 사장은 '또'라는 말이 머쓱했는지 등대 너머 해태 양식장으로 시선을 돌리며 입을 다물었다.

"어쩔 거예요?" 한 전무가 물었다.

"뭘요?"

"이번에도 낳지 않을 거예요?"

"그걸 어떻게 해야 할지 모르겠어요."

"뭐가 문젠데요?"

"이번에는 수미가 아기를 낳고 싶어 하는 눈치예요."

"그럼 낳으면 되잖아요."

"낳는다는 게 그렇게 간단한 일이 아니니까 그렇죠."

"왜요?"

"미혼모로서 수미가 자식을 키우는 일도 그렇고, 나중에 자식이 성장해서 자기가 사생아라는 사실을 알고는 성격이 비뚤어져 나쁜 길로 들어서기라도 하면 또 얼마나 평생 우리 두 사람 속을 썩이겠어요?"

서 사장은 뭔가 잠시 혼자 생각에 잠겼다가 말을 이었다.

"그리고 자식은 안 낳으면 언제라도 원할 때 낳아도 되지만, 일단 낳아 놓으면 … 되돌아갈 방법이 없잖아요."

"그럼 지금 낳지 말고 나중에 낳자고 그래 봐요."

서 사장이 씁쓸하게 피식 웃었다.

"그 나중이 언제인데요?"

"그걸 내가 어떻게 알아요? 서 사장하고 수미 씨의 일인데."

서 사장이 머리를 끄덕였다.

한 전무는 그것이 무슨 뜻인지 알 수가 없었다. 서 사장의 말이나 표정이나 몸짓은 무슨 뜻인지 분명치 않을 때가 많았다. 그래서 인생에 관한 서 사장과의 대화는 늘 제자리걸음을 하는 기분이 들게 했다. 끝도 없고, 발전도 없고, 결론도 없기가 보통이었다.

나로도 끝 후미진 바위 턱에 거지처럼 지저분한 모습으로 올라앉은 낚시꾼을 멍하니 쳐다보면서 서 사장이 말했다.

"처음 한두 번은 일부러 그랬는지도 몰라요."

"뭐가요?" 한 전무가 물었다.

"가끔 그런 생각이 들어요." 서 사장이 다시 한 전무에게로 시선을 돌렸다. "늘 빈틈이 없는 여자인데도 피임 문제만큼은 조심성이 모자라는 것 같고, 그래서 수미가 일부러 임신했을지도 모른다고요."

"일부러 임신하다뇨?"

"나를 확실히 잡아두기 위해서 말예요."

다시 잠깐 생각에 잠긴 다음 ….

"아마 나를 떠보고 싶었는지도 모르죠. 임신했다고 하면 내가 기뻐하며 어서 낳으라고 할지 아니면 불편해할지 알아보려고요."

"일부러 임신했다면 왜 아기를 낳지 않았을까요? 서 사장이 싫다고 해도 수미 씨가 병원에 가서 그냥 낳아 버리면 그만 아닌가요?"

278

"그렇지 않아도 내가 반대하건 말건 일단 낳아놓고 보자는 생각이 가끔 들기는 했었다더군요. 하지만 그랬다가는 나를 영원히 잃을지 모르겠다고 걱정이 되어 그만두었대요. 낳고 싶으면 나중에도 기회는 얼마든지 있다는 계산에서요."

"둘 다 그렇게 우물쭈물하다가는 결국 아이를 갖지 않게 될 텐데, 차라리 수미 씨가 자꾸 낙태하느라고 몸이나마 버리지 않게 아예 단산을 해 버리지 그래요?"

"그런 생각을 안 해본 건 아녜요. 수술한다면 내가 해야 되겠죠. 하지만 수미는 내가 정관수술을 받는 것도 반대예요. 영원히 아기를 못 갖는다는 건 수미와 나에게는 또 다른 형태의 절망적인 종말이니까요."

"이러지도 저러지도 못하겠으면 아무 생각도 안 하면 될 거 아녜요?" 한 전무가 단순하게 결론을 내렸다.

서 사장이 한숨을 지으며 말했다.

"하지만 수미의 뱃속에서는 태아가 자꾸 자라는데, 뭔가 행동을 취하긴 취해야죠."

나로도를 벗어나니 또 다른 섬이 나타났고, 그리고는 또 다른 섬이 나타났다. 사람들이 사는 섬들은 몇 채 안 되는 마을이나 언덕에서 바닷가까지 내려오는 길이 구불구불 걸쳤고, 옆구리를 깎아 내어 만든 조각밭이 부스럼처럼 헐었다. 푸르른 섬들은 여기저기 밑둥이 시뻘겋게 잘린 채로 바닷물에 떠다녔으며, 썩은 해초 빛깔의 바위에는 다닥다닥 따개비가 하얗게 앉았다. 영겁 동안 물에 씻긴 바위들이 희끄무레 탈색이 되었다. 세월의 빛깔이 벗겨져 사라진 풍경이었다.

"내가 수술하면 좋아할 사람은 따로 있어요." 서 사장이 허탈하게 말했다.

"그게 누군데요?"

"내 아내요."

"아주머니요?"

"벌써부터 아내는 내가 수술받기를 원했었거든요."

"왜요?"

"내가 어디서 다른 여자한테 자식 하나를 얻어 집으로 데리고 들어갈까 봐요. 노골적으로 나한테 그런 얘기를 했어요. 당신 아버지처럼 족보를 복잡하게 만들지 말라고요."

"서 사장 아버님이라면, 양아버지 얘긴가요?"

"맞아요. 아버지는 여자관계가 무척 복잡해서 전국 방방곡곡 각 도에 살림을 하나씩 차리셨고, 매화라는 이름의 돈암동댁한테서 태어난 찬미와 석찬 때문에 재산문제로 한참 복잡했었어요. 그러니까 내가 죽은 다음에 어디 숨겨 두었던 자식이 나타나 재산을 한몫 내놓으라고 덤비는 꼴은 보지 않겠다는 게 아내의 얘기예요."

"아주머니는 서 사장이 수미를 다시 만나게 된 걸 아시나요?"

"아는지 모르는지 난 모르겠어요. 아낸 수미 얘긴 입에 담으려고 하지도 않으니까요. 하지만 아마 눈치는 벌써 챘을 거예요."

"묵인한다는 뜻인가요?"

"무시한다는 게 더 정확한 표현이겠죠."

그들의 대화는 수미 때문에 중단되었다. 객실 꽃장판 바닥에 누워서 쉬던 그녀가 비틀거리며 나오다가 문짝을 잡고 매달린 채로 멈춰 섰다. 얼굴이 창백했다. 사방이 터진 바다로 나오면서 파도가 점점 심해지자 멀미가 나기 시작하는 모양이었다.

여섯

유명호는 옆으로 기우뚱거릴 뿐 아니라 쓰레질을 하는 바닷물에 휘청거리며 앞뒤로도 널을 뛰어서, 절벽에다 뱃전을 대기가 쉽지 않았다. 선장이 몇 차례 뒤로 물러났다가 다시 바위 턱으로 접근시켰지만, 거대한 미역처럼 흐느적거리며 칭칭 휘감는 파도가 바위에 부딪쳐 허연 소금 거품을 일으키며 사방으로 흩어질 때마다 배가 주루룩 뒤로 밀려나고는 했다. 그런가 하면 배와 해초를 휩쓸고 물러가면서 물길이 바위벽을 치고 뛰어오르는 높이 또한 만만치 않아서, 이런 날은 천막을 섣불리 얕은 곳에 쳤다가는 언제 바다로 쓸려 들어갈지 모를 노릇이라고 한 전무는 미리부터 계산을 했다.

그러나 이런 정도의 파도는 한 전무와 서 사장 단둘이었다면 배를 내리는 데 전혀 문제가 되지 않았을 터였다. 평도가 외딴 섬이어서 워낙 바람을 많이 타는 데다가 날씨까지 험해 평소보다 요동이 훨씬 심하기는 했지만, 오르락내리락 쉬지 않고 흔들리는 배에서 갯바위를 직접 오르려면 늘 이런 정도의 위험은 따르기 마련이었다. 배와 바위 사이에 끼어 사고 당하는 일이 없도록 뱃머리가 가장 높이 치솟는 순간 바위 턱으로 뛰어내리는 요령은 초짜가 아니라면 누구에게나 기본이었다.

선장은 한 전무가 좋아하는 혹돔 명당자리인 넙치바위에다 그들을 내려주려는 욕심이었다. 이곳은 바위 턱이 제법 넓어서 일단 내리기만 하면 천막 두 개를 나란히 칠 자리가 넉넉했지만, 선착장에서 배를 내

려 반대편에서 산을 넘어 평바위까지 오려면 깎아지른 절벽을 50미터
나 밧줄을 타야 하기 때문에 수미 같은 여자에게는 어림도 없는 길이었
다. 수미는 고흥에서 여기까지 오는 동안 멀미를 계속해서 지치기도
했지만, 임신까지 한 몸이라고 하지 않았던가.

한 전무가 선장실을 향해 돌아서서 소리쳤다.

"선장!"

앞창이 가로막은 데다가 발동기 소리에 한 전무가 외치는 소리가 잘
들리지는 않았겠지만, 고종식 선장은 무슨 일인가 해서 천천히 배를
후진시키며 오른쪽 귀에다 손을 갖다 댔다.

한 전무가 여기는 안 되겠다는 시늉을 하고는 산 너머를 가리키며
소리쳤다.

"선착장으로 갑시다!"

평도의 북서쪽으로 파고 들어간 선착장을 향해서 유명호가 암벽을
따라 돌아가는 사이에 뱃머리의 방향이 바뀌었고, 그래서 남풍이 섬에
막혀 바람의 세력은 훨씬 꺾였지만, 거센 파도는 여전해서 뱃머리가
솟구쳤다가 가라앉기를 널뛰듯 계속했다.

배가 굽바위를 돌면서 드디어 작은 섬마을이 모습을 드러냈다. 방파
제 안쪽에는 네댓 척의 고기잡이배가 굵은 밧줄에 묶인 채 서로 기대고
늘어서서 바람을 피했다. 낚시터에 도착할 때마다 어김없이 찾아드는
가벼운 흥분감에 어느새 빠져버린 한 전무는 객실 현창으로 바깥을 내
다보며 서 사장과 수미에게 관광안내원처럼 평도에 대한 설명을 시작
했다.

직경이 2~3킬로미터밖에 안 되는 작은 섬이기 때문에 걸어서 한 바

퀴를 돌더라도 한두 시간이면 넉넉한 평도는 십여 채의 가옥에 한 사람이나 두 사람씩 노인이 집을 지켰지만, 행정상으로는 무인도였다. 집집마다 젊은이뿐 아니라 아이들까지 '본토'로 진출하면서 가족 전체의 주민등록을 옮겨가는 바람에 서류상으로는 이곳에 아무도 살지 않게 되었기 때문이었다.

납작하게 땅바닥에 달라붙은 집들 사이로 제주도처럼 돌담이 구불구불 비틀거렸고, 거무죽죽 비에 젖은 바람막이 방파제에서 좁은 길 한 가닥이 산을 넘어 넙치바위 쪽으로 사라졌다. 마을 위쪽 비탈에 몇 뙈기 밭이 모자처럼 얹힌 마을의 풍경은 축소판 울릉도였다. 자동차는 물론이요 경운기조차 없으며, 자가발전으로 전기를 스스로 만들어 쓰는 이곳 마을은 옴팡지게 작은 골짜기에 들어앉아 바람을 타지 않았고, 서 사장은 "갯바위에서 버티기 어려울 정도로 심하게 바람이 터질 경우에는 천막에서 고생할 일이 아니라 민박을 들면 되겠다"며 수미를 안심시켰다.

사람이 아무도 살지 않는 듯 황량해 보이는 마을이었지만 배가 선착장으로 들어서자 비탈길에 노인 한 사람이 어디선가 나타나 서둘러 방파제로 내려왔다. 마을 이장 송종필 노인이었다. 한 전무 일행이 오늘 아침에 도착하리라는 연락을 받고 방안에 앉아 선착장을 내다보며 기다리다가 낯익은 유명호의 모습이 나타나자 냉큼 내려오는 눈치였다. 고등학교를 졸업한 다음 집에서 빈둥빈둥 놀던 이장의 아들을 기술이나 배우라고 한 전무가 서울로 데려다 범아공업사에 취직시켜 놓은 이후로 이장은 한 전무라면 더욱 각별하게 생각하는 사이였다.

섬사람답지 않게 허옇고 투실투실한 얼굴에 불그레한 혈색 그리고 머리가 듬성듬성한 이장은 한 전무 일행과 반갑게 인사를 나누고는 배에서 짐을 내리는 일을 도왔다. 두 개의 천막과 아이스박스 두 개와 낚시가방과 취사도구 보따리와 밑밥 배낭과 무나 파 따위를 담은 식량상자와 구명조끼와 물통과 섬에서 구하기 힘든 식량과 부식 그리고 절벽을 기어오를 때 사용하는 밧줄 등등 짐이 방파제에 수북하게 쌓였다.

한 전무는 고종식 선장에게 한 주일 후에 철수할 텐데 아침 들물까지는 봐야 하니까 그날 오전 10시쯤에 다시 들어오라며 배를 고흥으로 돌려보냈다.

그들은 짐을 운반하기 쉽도록 단단히 여민 다음 하나씩 메고 손에도 하나씩 들었다. 그래도 짐이 너무 많아서 두세 행보를 하기로 결정한 그들은 수미에게는 짐을 주지 않았다. 길이 험하기 때문에 제 몸 하나 끌고 가기조차 힘들겠으리라는 한 전무의 판단에 따라서였다. 수미는 땅을 밟고 나서야 멀미가 좀 가시는지 숨을 돌리면서 섬을 둘러보았고, 한 전무는 평도의 명물인 보리막걸리의 맛이 참 걸다는 설명을 덤으로 붙였다.

작전에 나서는 병사들처럼 짐을 지고 돌담 사이로 비탈길을 따라 언덕에 높이 오르니까 다시 바람이 씽씽거리며 하늘을 가로질러 달려갔다. 파란 빛깔이 사라진 지 오래인 하늘에는 시커먼 구름이 낮게 떠서 빠른 속도로 날아다녔다.

깔딱고개를 넘어서자마자 허리까지 올라오는 억새밭 사이로 오솔길이 하나 실뱀처럼 바다를 향해 미끄러져 내려갔다. 건강한 여자의 무성한 음모처럼 수북하게 자란 억새밭에서 골을 타고 뻗어 나간 길이 영락없는 사타구니 형상이었는데, 오른쪽 넓적다리에는 소를 놓아먹이는 목초지가 비스듬했다. 바람이 신경질적으로 방향을 바꿔가며 불어 댈 때마다 소먹이 풀은 비늘무늬를 만들며 이리 쏠리고 저리 쓰러졌다가는 일어나고 곧 다시 휘적거렸다.

평시에는 바짝 말랐던 개울에 산에서 몰려 내려온 빗물이 오솔길을 따라 시끄럽게 흘렀다. 풍화가 계속되는 중이어서 삭은 바위가 푸석푸석하게 부스러지는 사이로 실개천이 모습을 드러냈다 사라졌다 하면서 흘러내렸다. 바위를 밟으며 건너뛰어 개울을 건너는 지점에 이르면, 풀과 관목으로 뒤덮인 사타구니의 왼쪽 넓적다리에 커다란 도장부스럼처럼 대간첩작전을 위한 군사용 헬리콥터 착륙장을 만들어 놓았다. 편편하게 다져 놓은 푸른 풀밭에다 하얀 페인트를 칠한 돌멩이로 둥그렇게 테를 두르고 한가운데 'H'라고 표시해 놓은 꼴이 전쟁의 그늘이 드리운 분단국가의 몹쓸 낙인처럼 보였다.

돌멩이와 바위를 징검다리 삼아 밟고 건넌 그들 네 사람은 흙이 무너지고 경사가 급해서 늘 아슬아슬한 벼랑길을 오르락내리락 5백 미터가량 전진했다. 벼랑길 끝은 절벽이었고, 절벽의 한 토막이 잘라져 바다로 50미터쯤 밀려나간 듯 우뚝 치솟은 고추바위로 가느다란 산길이 이어졌다. 이곳 좁은 통로는 갯바위에서 배를 내려 넙치바위로 곧장 올라가는 길처럼 밧줄을 타고 절벽을 넘지 않아도 낚시 지점에 쉽게 닿았고, 힘이 들기는 하지만 수미도 제법 기운을 차렸는지 남자들을 곧잘 따라왔다.

사막을 건너는 작은 행렬처럼, 등반대처럼, 짐을 지고 그들은 두 손으로 바위 모서리나 쩌귀를 잡고 벼랑길을 내려갔다. 한 발짝 내려갈 때마다 한 전무와 서 사장이 교대로 앞뒤에서 수미의 손을 잡아 줘야 했다.

한 전무가 만져본 수미의 손은 아주 작고 가냘팠다.

일곱

마당바위에서 절벽을 타고 위로 뻗어 올라간 좁다란 길은 헬리콥터 착륙장 벼랑에서 넘어오는 뒤쪽 오름길보다는 경사가 덜 급해서 발 디딜 곳만 조심하면 여자 혼자서라도 넉넉히 오르내릴 만했고, 한눈에 살펴봐도 천막을 칠 만한 자리가 세 군데나 되었다. 좋은 날씨에는 마당바위에서 조금 올라간 펑퍼짐한 자리에 5인용 천막을 쳐도 괜찮았다. 하지만 지금처럼 날씨가 나빠져 혹시 본격적으로 바람이 터지면 절벽을 때리고 올라오는 물길이 20미터나 치솟기 때문에 그들은 각각 30미터와 50미터 높이의 바위틈에 두 개의 천막을 따로 쳐야 했다.

한 전무가 사용할 2인용 천막은 어느 구석에라도 잘 비집고 들어갈 만큼 작았기 때문에 아랫자리를 맡았고, 조금 넓은 위쪽 바위 턱에는 서 사장의 돔형 천막을 치기로 했다.

여기저기 절벽으로 몰려와 부서지는 파도소리가 무섭다는 수미를 절벽에 혼자 남겨 두기가 걱정스러워서 서 사장더러 같이 남아 천막이나 치라고 말하고는 한 전무와 이장은 나머지 짐을 가지러 선착장으로 돌아갔다.

꾸물거리는 날씨에 언제 다시 비가 퍼부어 쏟아질지 몰라서 짐을 다 나른 다음에 이장 노인은 언덕너머 집으로 돌려보냈고, 서 사장과 한 전무가 바람과 싸우며 아래턱에 2인용 천막을 치는 동안 수미는 이미

쳐 놓은 위쪽 천막 안에서 식사를 준비했다.

　홈통으로 이어지는 바윗골에서 휘돌아 나오는 바람의 비명소리와 구석구석 쓸려 들어왔다가 꾸룩꾸룩 바닷물이 빠지는 소리를 들으며 세 사람은 천막 안에 둘러앉아 점심을 먹었다. 반합에다 고슬고슬하게 지은 밥에서 모락거리며 피어오르는 하얀 김이 따뜻하고 아늑해 보였다. 축축하게 젖은 짐을 어수선하게 쌓아 놓은 속이어서 찌개를 끓이고 제대로 반찬을 준비할 여유가 없어서 깡통 깻잎과 햄과 마늘장아찌와 병에 담아온 김치와 고추장만 늘어놓고 먹었지만, 밥이 목구멍을 넘어가자마자 비바람에 뻣뻣했던 온몸에 훈기가 돌았다.

　석유곤로에다 미리 끓인 물로 즉석커피를 타서 마시며 한 전무와 서 사장은 잡담으로 잠시 휴식시간을 보냈다. 두 사람은 건조시키려고 길바닥에 널어놓거나 자루에 담아 야적한 벼를 밤중에 화물차까지 끌고 와서 싣고 가는 요즈음 시골도둑 얘기를 했고, 조직화한 기업형 소도둑 얘기를 했고, 소형 쾌속정에 잠수부를 싣고 다니며 남의 양식장에서 피조개나 전복 따위를 훔쳐가는 남해의 해적 얘기도 했다.

　한 전무는 오늘처럼 바람이 센 날씨라면 동해에서는 황어가 바닷가로 몰려나와 정신없이 잡힌다는 얘기를 했다. 그러자 두 사람은 어느새 낚시와 손맛 얘기로 바빠졌다. 목적지에 도착했다는 안도감에서인지 수미까지도 한두 마디씩 조심스럽게 그들의 대화에 끼어들기 시작했다.

　식사하는 동안 반찬을 권하거나 커피를 내주며 수미는 서 사장을 몇 차례 '당신'이나 '여보'라고 불렀다. 버젓하게 아내를 둔 남자를 '당신'이라거나 '여보'라고 부르는 소리를 듣고 한 전무는 어딘지 이상하고 어색하다고 느꼈지만, 막상 서 사장과 수미는 그런 명칭에 퍽 익숙한 눈치였다.

점심을 먹고 나서 한 전무가 그의 천막으로 돌아갈 때쯤에는 다시 부슬비가 으슬으슬 뿌리기 시작했다.

한 전무는 짐을 정리한 다음, 작전 전야에 탄약을 점검하는 병사처럼, 미끼를 한쪽으로 가지런히 늘어놓고 상태를 확인했다. 밑밥으로 뿌릴 막새우는 비를 맞아도 상관이 없기 때문에 자루의 목을 단단히 죄어 묶어서 바깥에 내놓았다. 대물 흑돔을 잡기 위해 원투용 미끼로 삼을 쏙 스무 마리와 성게 한 바가지는 아이스박스 안에다 보관했다. 비싼 붉은갯지렁이도 본격적으로 낚시를 시작할 때 꺼내려고 아이스박스에 넣어두었고, 냉동 크릴새우는 녹여서 내일 아침부터 쓰기 위해 플라스틱 바가지에 담아 천막 안 한쪽 구석에 두었다. 바깥에 내놓으면 쥐가 먹어치울 것이 뻔해서였다.

대충 정리를 끝낸 그는 플라스틱 미끼통에다 청갯지렁이 한 줌과 곁에서 녹기 시작한 크릴새우 덩어리 한 조각을 깨뜨려 담았다. 비를 맞아도 상관이 없을 만큼 이미 땀에 절어 꿉꿉해진 더러운 옷을 걸친 채로 거추장스러운 우비는 천막 입구에 접어서 놓아 둔 채 한 전무는 쭈그러진 헝겊모자를 쓰고 호주머니가 주렁주렁 달린 구명조끼를 걸치고는 미끼통과 카본 장대 하나만 들고 밖으로 나갔다. 빗발이 조금씩 굵어지는 중이었고, 수면에 떨어진 빗방울이 우툴두툴 거꾸로 박힌 못처럼 바닷물에서 솟아올랐다. 바람이 좀 거셀 뿐, 완벽한 감생이 날씨

288

였다.

　아직 들물이 멀어 한참 썰물이기는 했지만, 혹시 입질이 없는지 탐색해보려고 한 전무는 거센 물살을 피해 고기가 숨을 만한 굴곡을 찾아 휘돌이에 낚시를 던졌다. 좁쌀 봉돌 밑에 달린 청갯지렁이 토막이 천천히 바닷물로 가라앉았고, 수면에 자빠진 채로 떠서 흘러가던 찌가 발딱 일어섰다. 미끼를 단 바늘이 2미터 수심을 유지하면서 물살을 타고 천천히 떠가면 근처에 숨었던 고기가 조심스럽게 접근할지도 모를 노릇이었다.

　잠시 기다려도 입질이 없자 한 전무는 왼손으로 대를 잡고 오른손으로 크릴새우를 뜯어내어 한 번에 몇 마리씩 10초의 간격을 두고 바닷물에다 뿌렸다. 멀리서 회유하는 고기를 유인하기 위해서였다. 어디선가 흘러오는 크릴을 한두 마리씩 먹어치우며 따라 올라오던 고기는 결국 바늘에 꽂힌 미끼를 보겠고, 그때쯤 밑밥을 중단하면 틀림없이 입질이 오리라.

　물의 흐름을 따라 느릿느릿 움직이던 찌가 둥둥 떠가서 줄이 모자라 물살이 당기는 힘에 물 밑으로 무겁게 빨려 들어갈 때쯤이면 가라앉으려는 낚시를 꺼내 반대방향으로 던지고, 한참 후에 또 빨려 들어가려고 하는 찌를 다시 꺼내 새 자리로 던지기를 한 전무는 얼마 동안인가를 계속했지만, 통 입질이 없었다.

　그는 마당바위 모서리에서 파도가 부서지는 근처로 자리를 옮겨갔다. 물 속에서 부글거리는 포말이 뜨물처럼 희뿌연 곳이어서 돌돔이나 줄돔 따위가 경계심을 풀고 입갑에 덤비기 좋은 곳이었다.

　그는 띄울낚을 계속했다.

서울에서부터의 고된 장거리 여행에 이어 심한 파도를 헤치며 오랫동안 배를 타고 온 끝이었기 때문에 피곤해서인지는 몰라도, 한 전무는 흔들리는 물을 들여다보다가 어느새 환각을 느꼈다.

흔들흔들 떠가는 찌에 계속해서 시선을 고정시키면 어느새 자신도 찰랑거리는 물결에 최면이 되어 바다로 빨려 들어가는 기분이었다. 이런 착각은 서 사장 역시 가끔 경험한다고 했으며, 늦봄의 나른한 저수지에서도 비슷한 환각은 자주 일어났다. 밉상스런 봄바람에 비듬처럼 밀려 일어나는 물결 속에서 찌의 움직임에 정신을 집중하다가 눈이 피곤해져 시선을 돌리면 물가의 언덕과 나무들이 서서히 뒤틀리며 공중으로 흘러 올라가고는 했다.

한 전무는 물결치는 수면 밑에서 회오리바람 모양의 거품을 일으키며 휘돌이가 해저로 빨려 내려가는 장면이 눈에 보였다. 그는 자신이 물에 빠진 모양이라고 착각했다. 물에 빠져 죽는 사람의 눈에는 저런 깔때기 거품이 보일 텐데…. 물속에서 총알처럼 헤엄쳐 돌아다니며 사냥하는 펭귄의 눈에도 보이겠고….

그때였다.

톡.

감생이가 미끼를 쪼는 어신이 대를 타고 손으로 전해 왔다.

그는 순간적으로 긴장해서 가슴이 두근거리기 시작했지만, 머리는 오히려 냉정하게 차분해졌다. 농어나 우럭처럼 덥석 미끼를 물지 않고 눈치를 살피는 움직임을 보니 망상어나 감생이가 분명했는데, 다시 생각해 보니 입질의 감각이 틀림없는 감성돔이었다.

그는 감생이가 어떻게 행동할 것인지를 예측하기 시작했다. 민물에서는 잉어가 영물이라지만, 똑똑하기로 치면 자연스럽게 물살을 타면서 조류가 흘러가는 쪽으로 후진하며 미끼를 뜯는 쥐치나 낚싯줄까지 살피면서 미끼를 공략한다는 감성돔하고는 상대가 되지 못했다. 그래서 감생이를 잡으려면 물고기의 눈에 보이지 않게 가느다란 2호로 목줄을 써야 했다.

툭.

고기가 다시 미끼를 건드렸다.

그는 좀더 기다렸다. 아직은 때가 아니기 때문이었다.

투둑 투둑.

미끼를 물어도 좋은지 고기가 본격적으로 탐색을 시작했다.

한 전무는 살그머니 줄을 끌었다.

미끼가 도망가는 줄 알았는지 감생이가 바싹 쫓아오느라고 입질이 조금 빨라졌다.

한 전무는 조금만 더 조금만 더 기다리며 계속해서 천천히, 아주 천천히 줄을 끌었다. 그리고는 고기가 덤벼드는 순간에 대를 잡아챘다.

감생이가 덜컥 걸리는 감촉이 손목으로 전해졌다.

고추찌가 파도치는 검은 물속으로 주욱 빨려 들어갔다.

낚싯대가 반원을 그리며 휘어내렸고, 줄에서 물방울이 튀었다.

그는 대를 겨우 수직으로 세우기는 했지만 물속으로 끌고 들어가는 고기의 힘이 너무 세어 주체하기가 어려울 정도로 두 손이 떨렸다.

틀림없는 대물이었다.

물을 가르며 낚싯줄이 왼쪽으로 주욱 나아갔다. 감생이가 바위틈으로 처박히면 줄이 긁혀 흠집이 생기고 그러면 고기가 떨어질 테니까 한 전무는 다시 장애물이 없는 곳으로 조심스럽게 감생이를 끌어냈다. 그러자 이번에는 다시 오른쪽으로 고기가 째고 나갔다.

감생이는 몸부림을 치지 않았다. 목줄을 끊거나, 본줄을 돌쩌귀에 감거나, 초리대를 부러뜨리거나, 어떻게 해서든지 도망칠 자신이 있다는 듯 유유히 왼쪽으로 물을 가르고 도망치다가는 다시 오른쪽으로 방향을 바꾸며 탈출기회를 기다렸다. 한 전무도 이것이 평도에서 걸어낸 첫 고기니까 너만큼은 절대로 떨어뜨리지 않겠다는 자신감과 여유를 가지고 고기가 방향을 바꿀 때마다 마당바위의 언저리를 따라 좌우로 이동하며 줄을 당겼다가 늦추고는 했다. 릴대가 아니어서 줄의 여유가 5미터뿐이기는 했지만, 그는 5미터의 승부를 성급하게 서두르지는 않았다. 물고기가 서두르지 않는데 사람이 서둘러야 하는 이유가 없기 때문이었다.

얼마 후에는 물 속에서 고추찌가 달린 줄을 끌고 도망치는 감성돔의 거무스름한 모습이 보였다. 하얀 비늘이 희번덕거리며 수면 가까이 떠올랐다.

한 전무는 감성돔이 세상에서 가장 잘 생긴 고기라고 늘 생각했다. 수억 년 동안 진화할 필요조차 없을 정도로 완벽하다는 상어보다도 그는 감생이가 더 멋지다고 믿었다. 산호초 고기처럼 납작해서 물을 가르는 힘이 엄청나고, 은빛과 검정으로 빛나는 비늘의 무늬가 철갑 같았고, 호저의 가시만큼이나 빳빳한 등지느러미 또한 얼마나 용맹스럽던가.

한 전무가 물을 차고 달리는 고기와 싸움을 벌이는 광경을 보고 서 사장이 뜰채와 낚싯대를 들고 절벽을 내려왔을 때는 감생이의 힘이 상

당히 빠진 후였고, 40센티미터가 넘는 돔은 2호 목줄조차 끊지 못하고
얌전히 따라 올라왔다.

비바람에 물이 뒤집힌 끝이어서인지 떼를 지어 은신처를 찾아 바위
틈 가장자리로 몰려나온 고기가 소나기 입질을 시작하자 한 전무는 감
성돔 세 마리에 팔뚝만한 놈으로 농어 몇 마리를 한바탕 건져내느라고
사뭇 두레박질을 하는 기분이었다. 서 사장 자리도 입질이 왕성하기는
마찬가지였다. 저녁때가 가까워지면서 빗발이 조금씩 굵어져 수미는
천막 안에 틀어박혀 꼼짝도 하지 않았지만 두 사람은 고기가 제대로 암
초대에 붙었다고 좋아하며 정신없이 낚아냈다.

서 사장은 욕심을 부려 성게를 한꺼번에 세 개씩 바늘에 끼워 릴을
던졌다. 파도에 릴대가 꺼떡거리며 거짓 어신을 보내는가 하면, 바다
밑 돌바닥에서 바늘이 물살에 쓸려 몇 차례 줄이 얽히거나 터지기는 했
지만, 오후 다섯 시쯤에 서 사장은 결국 힘센 돌돔을 한 마리 걸었다.
물속으로 줄을 끌고 들어가기만 하고 올라오지 않으려는 고기와 한참
을 싸우고 나서 절벽까지 서 사장이 뒷걸음질을 치며 끌어당기는 동안
한 전무는 뜰채를 뻗어 힘차게 물을 차며 째고 달아나는 고기를 겨우
꺼냈다. 60센티미터가 넉넉했다.

오늘의 대어를 낚은 서 사장은 신이 났다. 손바닥을 한껏 벌려 뼘으
로 고기를 몇 번이나 재어보면서 자랑스러워 싱글벙글 좋다고 어쩔 줄
을 몰랐다. 수미에게도 자랑하고 싶어서 소리쳐 불렀지만, 빗소리 때
문에 들리지 않는지 아니면 피곤해서 잠이라도 들었는지 그녀는 천막
에서 얼굴을 내밀지 않았다.

"첫날부터 이러니 이번 낚시에선 아무래도 무슨 일 나겠어." 어제 만

난 이후 가장 밝은 표정으로 돌돔을 아이스박스에 넣으며 서 사장이 말했다.

수미의 임신이니 뭐니 세상살이를 잠시 동안 모두 잊고 참으로 즐거워하는 서 사장을 보고 한 전무는 사람이 행복해지기란 참으로 간단한 일이라고 생각했다.

아홉

빗발이 제법 굵어진 데다가 바람까지 더욱 심해져서, 저녁을 먹고 날이 어두워진 다음에는 두 사람 다 낚시를 포기했다. 손전등은 반사경에 습기가 차면 못 쓰게 될 테고, 어둠 속에서 젖은 바위를 잘못 밟고 미끄러져 바다로 떨어질까 봐 위험하기 때문이었다. 오늘은 그만하면 씨알이 괜찮은 쪽으로 잡을 만큼 잡았고, 내일부터는 날씨가 걷힌다니 밤낚시를 쉬고 차라리 잠이나 푹 자두는 편이 현명한 일이었다.

한 전무는 밧줄과 통조림과 밑밥 막새우 따위의 물건은 빗물에 젖더라도 나중에 다시 말리면 그만이니까 바깥에 내놓았고, 구명조끼는 벗어서 베개로 쓰기 위해 잘 접어서 머리를 둘 자리에 반듯하게 놓고는 손전등을 천막 천장에 매달아 천막 안을 밝히고 앉아서 내일 쓸 바늘을 묶었다. 오늘의 입질을 보아하니 몇 차례는 줄이 터져나갈 듯싶어서 미리 채비를 많이 준비해 둬야 되겠다는 판단에 따라서였다. 바깥에서는 바위를 치는 성난 파도소리가 심상치 않았다.

한 전무가 5호와 7호 바늘을 다섯 개씩 매고 났더니, 천막 자락을 들추고 서 사장이 머리를 들이밀었다. 모자와 우비에서 빗물을 줄줄 흘리며 그는 왼손에 든 소주병과 오른손에 든 큼직한 게르치 한 마리를 보여주었다.

"날씨도 구질구질한데 우리 회쳐서 술이나 한 잔 합시다."

한 전무는 서 사장이 앉을 자리에서 물기를 대충 손으로 닦아내는 시늉만 했다. 서 사장은 자리에 앉으면서 반쯤은 농담인 듯싶은 어조로 말했다.

"초저녁이어서인지 잠은 안 오고, 불을 꺼놓은 천막 안에 멍하니 누워 억지로 시간을 보내자니 지금까지 살아온 인생이 갑자기 슬프고 허무하다는 생각이 들어 한 전무와 우정의 대화라도 나눌까 해서 내려왔어요."

아까 마당바위에서 돌돔을 올릴 때는 그렇게 싱글벙글 좋아서 어쩔 줄을 모르더니 무슨 일로 어느새 또 변덕스럽게 슬프고 허무해졌는지 모르겠다는 생각을 하며 한 전무가 물었다.

"수미 씨는 무얼 하나요? 혼자 내버려 두면 무서워할 텐데."

"잠이 들었거든요." 소주병과 게르치를 한 전무가 내미는 냄비에 집어넣고 우비를 벗으며 서 사장이 말했다. "오는 동안 멀미까지 하더니 기진맥진했나 봐요. 피곤해서인지 눕자마자 금방 잠이 들었어요."

"겁이 많은 여자 같더군요." 찌통에서 회칼을 꺼내들고 한 전무가 말했다. "혼자 있으면 무서워하고, 파도소리도 유난히 무서워하는 눈치데요."

"그리고 무서워하는 게 또 있죠."

"그게 뭔데요?"

서 사장은 한 전무의 말을 못 들은 체 대답하지 않았다.

"서 사장님 얘기만 들어서는 제법 당돌한 여자 같던데요." 한 전무가 대답을 유도하려고 말했다. "수미 씨요."

"첨엔 그랬죠. 하지만 그동안 수미도 세월에 시달리면서 이제는 많이 변했어요."

바깥에서 빗발이 요란하게 쓰레질을 치느라고 천막 자락이 바람에 펄럭이는 소리가 시끄러웠다. 아마도 어제 밤부터 오늘 오후까지는 태풍의 눈이 지나가느라고 그나마 바람이 조금쯤 잦았지만, 태풍 제니스가 이제는 숨을 넘기기 직전에 마지막 기운을 쓰는 모양인데, 보아하니 남은 여세가 밤새도록 제법 맹렬하리라고 한 전무는 생각했다.

"그래요." 서 사장이 말했다. "내가 처음 만났을 때 수미는 참으로 당돌한 여자였어요. 별장으로 다시 찾아와서 '나 선생님하고 같이 잘래요'라고 아무렇지도 않게 말할 정도였으니까요."

소녀라고 해야 옳을 정도로 청초하고 순수한 모습으로 그렇게 발가벗고 찾아온 여인은 부담 없는 사랑을 바닷가에서만 추억으로 남기자고 했었다. 하지만 서 사장에게는 득량만 별장에서 수미와 보낸 사흘이 계속될 고민을 위한 짧은 시작일 따름이었다. 바닷가를 떠나면 서로 찾지 말자고 약속했던 그들은 서울에서 다시 만났고, 도시에서 갖게 된 재회에서 스물세 살의 여인은 여전히 미래를 생각하지 말고, 좋아하는 동안만 그냥 한껏 좋아하자고 그랬다. 그래서 서구찬은 서울로 연장된 공간과 시간에 대해서는 끝날 때가 되면 저절로 끝나리라고, 별로 심각한 걱정은 하지 않았다.

"잠시 스쳐 지나갈 우연한 관계라고 쉽게 생각했던 만남의 시작이 내 인생에 박혀 들기 시작한 미늘인 줄은 전혀 알지도 못하면서 말입니다. 뭐랄까요. 우리 두 사람은 짧은 한순간의 덫에 걸려 시간의 좁은 울타리에 갇힌 포로가 되어버렸죠. 과거에 포박되어 미래로 가는 길이 막혀버린 한 쌍의 포로가 되어버렸다고요."

당돌하고 어린 스물세 살의 여자가 이런 식으로 그들의 기나긴 만남을 지피기 시작했다는 설명을 서 사장에게서 귀에 못이 박히도록 벌써 여러 번 들었던 한 전무에게는 그것이 때로는 서 사장 자신이 시작한 일은 아니니까 끝낼 책임이 그에게 없다는 변명처럼 들리기도 했다. 같은 이유에서인지는 몰라도 서 사장은 가끔 수미를 의도적으로 유혹하는 젊은 여자로 부각시키기도 했다. 그래서 한 전무는 어쨌든 그렇게 적극적인 수미였기 때문에 소극적인 서 사장과 좋은 짝이 되었는지 모르겠다는 생각까지 했었다.

정신적인 사랑은 알고 보면 사실은 육체에서 시작된다는 진리를 그에게 깨우쳐 준 여자가 바로 수미였노라고 서 사장은 믿었다. 젊어서인지는 몰라도 적극적으로 수미가 성을 즐기고 향유하는 모습이 그에게는 그토록 솔직하고 순진해 보였고, 그래서 그는 마음속으로 세상에 태어나서 처음으로 누구하고인가 타인과 진짜로 무엇을 함께 누린다는 의식이 눈을 뜨기 시작했다.

서 사장의 아내는 깔끔하고 빈틈없는 성격 탓이었겠지만 공식적인 결혼생활에 따르는 기본적인 예절에 맞춰 성생활을 관리했노라고 서 사장은 설명했다. 그녀는 늘 의식을 치르듯, 행위를 끝내고 나서 말끔히 닦아 낼 수건을 차곡차곡 접어 침대 머리맡에 미리 준비해 놓기 전에는 몸을 열어 주지 않았다. 그래서 그는 가끔 넥타이를 맨 채로 행위를 하는 기분이 들기까지 했다. 그런 부부생활 끝에 나타난 수미는 단조롭고 따분한 일상에 변화를 가져다주었고, 변화는 새로운 삶을 의미했다.

"삭막하던 내 인생의 사막에 봄비가 내리고, 여기저기 새싹이 파릇 파릇 돋아나는 소리가 실제로 내 귀에 들려오는 듯했어요." 서 사장의 설명이었다. "지금까지와는 다른 새로운 어떤 인생의 막이 오른 셈이 었죠. 나는 왜 여태껏 이런 삶을 알지 못한 채로 그렇게 살아왔을까 후 회까지 되더라고요."

그러는 사이에 운명의 미늘은 그의 삶으로 점점 더 깊이 박혀 들어 갔다.

"우린 언제 헤어져야 한다는 확실한 순간을 설정해 놓지 않은 채로 계속해서 자꾸만 만났고, 그러다 보니까 이별이라는 전제가 점점 희박 해졌던 거예요." 술기운이 올라 혀가 풀어지기 시작하던 서 사장이 말 했다. "행복을 영원히 기대할 수가 없으리라고 인생을 포기했던 시점 에 나타난 싱싱한 사랑을 내가 어떻게 포기하겠어요? 그래서 어느덧 헤어짐의 필요성은 사라졌고, 이별의 전제는 점차 헤어지기 싫다는 확 신으로 바뀌어갔죠. 사라져 없어진 줄 알았던 사랑의 감정이 되살아나 고 헤어짐이 부담스러워지자, 헤어지기 싫으면 헤어지지 말아야 한다 는 결론에 이르기는 아주 쉬운 일이었어요. 달면 삼키고 쓰면 뱉는다 고 했는데, 단것을 일부러 뱉어야 할 까닭이 과연 뭔가 하는 결론 말입 니다."

그들의 만남이 길어지는 사이에 두 사람의 관계가 복잡하게 변질되 기 시작했다. 처음에는 몇 번 더 만나고 나면 홀가분하게 헤어지리라 는 생각에 마음 놓고 아무 데나 데리고 다니던 수미를 어느새 그는 남 들의 눈에 띄지 않게 숨겨 가며 '관리'하는 단계로 넘어갔다. 그들의 사랑은 어느덧 표면으로 떠올랐다가는 치명적인 결과를 초래하는 비밀이 되었기 때문이었다.

수미의 태도 역시 달라졌다. 제 2의 여인으로 숨어서 사는 동안 당돌함은 무디어졌고, 반면에 이러다가 언젠가는 필연적으로 버림받으리라는 두려움이 싹트더니, 그 싹은 빠른 속도로 자라나 그녀의 마음속을 더러워진 솜처럼 가득 채웠다. 집을 마련하고 몰래 살림까지 차렸지만, 수미의 불안한 요구가 날이 갈수록 심해지더라고 서 사장이 말했다. 무엇인가 본질적으로 빈 구멍이 메워지지 않았기 때문이었다. 그녀는 조금 발길이 뜸해져 남자가 며칠만 찾아가지 않으면 "마음이 변했느냐?"고 추궁하면서 점점 부담스러운 압력으로 작용했다. 그리고 인생의 기쁨을 가져다주던 수미가 위험의 잠재력으로 모습이 바뀌어 가는 사이에 서 사장은 막연한 두려움과 위기의식이 조금씩 심해졌다.

타인들의 시선을 피하느라고 수미의 존재를 숨기려니까 아무래도 그녀와 떨어져서 지내야 하는 시간이 저절로 늘어났다. 그런 시간이면 그는 지금 수미가 집에 처량하게 혼자 앉아서 무슨 생각을 할까 불현듯 걱정이 되고는 했다. 그는 아내와 잠자리를 같이한다는 기본적인 의무에 대해서도 수미에게 죄를 짓는 듯한 이중적인 윤리의식에 시달렸다. 그리고 수미와 함께 지내는 시간에 혹시 무심결에나마 아내나 두 아들에 관한 얘기가 입 밖에 나와 버리면 수미에게 마음의 상처를 주지나 않았는지 눈치가 보이기까지 했다.

"그렇게 두 여자 사이에서 줄타기를 하려니까 난 무슨 범죄자가 된 기분이었어요." 서 사장이 말했다. "나의 존재가 좀도둑처럼 옹졸하고 왜소하게 느껴지더군요. 그리고 이렇게 잔머리를 굴려가며 살아가는 삶이 과연 나의 인생인가 하는 슬픈 생각을 했고, 나에게는 인생의 목적이 겨우 이것뿐인가 하는 심한 모멸감까지 느꼈어요."

열

바깥에서는 좀처럼 그칠 기미를 보이지 않는 비가 줄기차게 내렸고, 천막 안에서는 한없이 제자리걸음만 반복하는 그의 인생처럼 서구찬은 지금까지 그가 한없이 반복했던 얘기를 한없이 계속했다.

"솔직히 얘기하면 난 아내가 수미와 나의 관계를 알게 되더라도 처음에는 화를 좀 내겠지만 결국 용서할 줄 알았어요."

냄비 뚜껑에다 한 전무가 썰어 놓은 게르치 회에는 젓가락조차 대지 않고 플라스틱 잔으로 소주만 계속해서 따라 마시며 서 사장이 혼자만의 생각에 골몰했다.

"그러면 아내에 대한 죄책감으로 주눅이 들어 내가 결국 가정으로 돌아가고, 수미는 순리에 따라 나를 포기하고 자기가 갈 길을 찾아간다거나 뭐 그런 비슷한 결말을 생각했던 거죠. 남자가 그까짓 바람 한 번 피우는 건 죄도 아니라고 말예요."

하지만 어림도 없는 일이었다. 수미의 존재가 노출된 다음에 재명은 절대로 그를 용서나 이해로 받아주지 않으리라는 태도를 분명히 했다. 밖에서 온갖 못된 짓을 하고 돌아다니다가 지치고 갈 곳이 없어져 집으로 돌아온 꾀죄죄한 남자를 받아주는 너그러움은 조선시대의 여자에게나 어울리는 멍청한 짓이라고 아내는 말했다. 배반을 당하고 자존심

300

이 무참히 짓밟힌 아내에게서 용서와 관용을 바라는 남편은 이기적이고 오만하고 야비하고 뻔뻔스러운 인간이라는 말도 곁들였다.

아내는 두 아들의 장래를 위해서 구색으로서나마 집안에 '아버지'라는 '간판'을 갖춰두어야 한다는 생각에 서 사장을 내쫓지는 않았다. 같은 이유에서였겠지만 아내는 이혼도 결코 해주지 않으리라고 선언했다. 그리고는 어느 날 집안에서 가장 눈에 잘 띄지 않는 구석진 골방으로 남편을 내몰았다. 너무나 당황하여 어떻게 처신해야 할지조차 모르겠는 상태에서 그는 구석방에 갇혀 격리생활로 들어갔다.

그것은 감옥이나 마찬가지였다. 그리고 아내와 두 아이의 얼굴을 보기가 민망스러워서 그는 집에서 지내는 동안 가능하면 구석방에서 밖으로 나오지를 않았다.

골방으로 쫓겨 들어간 바로 다음날 아침, 아이들더러 밥을 먹으라고 아내가 부르는 소리를 듣고 거북하기는 하면서도 뻔뻔스럽게 식탁으로 나간 서 사장은 멋쩍어서 얼굴이 후끈 달아올랐다.

그의 식사가 식탁에 준비되어 있지 않았기 때문이다.

잠시 어색한 침묵의 순간이 흘렀다.

아내는 태연하게 식사를 계속했다. 민수와 민준이는 아빠와 엄마의 눈치를 슬금슬금 살피면서 조심스럽게 숟가락을 놀렸다.

어찌할 바를 모르고 머뭇거리다가 구석방으로 돌아간 그는 아이들과 식사를 끝낸 다음 아내가 그의 상을 따로 봐 주려는 모양이라고 짐작했다. 얼굴을 마주하기 싫으니까 따로 먹으라고 말이다. 하지만 아내는 끝내 그에게 아침식사를 마련해 주지 않고 그냥 백화점으로 출근했다.

그 이후로 서 사장은 지금까지 식구들과 같은 상에서 식사를 함께 한 적이 한 번도 없었다.

그들 부부는 성생활을 완전히 중단한 것은 물론이요, 이때부터 그는 스스로 식사를 준비해서 따로 먹었다. 저녁에 커피를 마시고 싶으면 혼자 부엌으로 살금살금 나가 직접 끓여서 골방으로 몰래 가지고 들어가 홀짝거렸다. 아침에 화장실을 갈 때도 '남'들과 마주치지 않으려고 발길이 뜸해지는 시간을 골라서 살그머니 방문을 열고 바깥 동정을 살핀 다음에야 나갔다. 그는 자기 집에서 좀도둑처럼 발소리를 죽여 가며 살았고, 어쩌다 식구들과 시선이 마주치면 얼른 얼굴을 돌렸다.

서구찬의 설명을 들어보면 그의 아내는 바깥 생활이 점점 더 바빠졌고, 그에 따라 남편의 존재를 거의 망각할 지경에 이르렀다. "남편이고 사랑이고 다 잃어버린 여자니까 난 이제는 돈 말고는 아무런 관심도 없다"는 비장한 선언을 한 아내는 발 벗고 사업의 일선에 나섰다. 담배까지 배워가면서 그녀는 백화점 운영에 몰두했다. 그녀는 백화점에서 생존의 의미를 찾으려 했고, 가정과 남편은 더 이상 그녀에게 존재하지 않는 모양이었다.

"아무것도 해결이 나지 않은 채로 아내와 나의 격리된 동거가 한없이 계속되었어요." 서 사장이 말했다. "아무것도 해결이 나지 않은 채로 한없이 말입니다."

서 사장은 둘이서 갯바위로 낚시를 나오면 늘 그러듯이 오늘 또다시 그의 '뒤죽박죽 인생'에 대한 끝없는 분석을 계속했다. 그는 시간과 기억이 뒤엉킨 착각 속에서 수미와 아내 사이를 갈팡질팡하다가는 그보다 훨씬 앞 얘기로 돌아가기도 했고, 먼 과거와 가까운 과거와 과거에 고정된 미래를 혼동해가며 오가기도 했다.

워낙 생각이 많은 사람이어서인지 본디 말이 많은 서 사장이었지만, 오늘은 유난히 더 그랬다. 그는 마치 죽음을 앞두고 한꺼번에 몰아서 고해성사를 하고는 싶은데 남김없이 모든 진실을 고백할 시간이 모자라서 마음이 조급한 나머지 점점 말이 빨라지는 사람 같았다. 조금 술에 취하기 시작한 그는 말끔히 정리해야 할 엄청난 양의 과거를 되새기는 데 정신이 팔려 가끔 순간적으로 바로 앞에 앉은 한 전무의 존재를 의식하지 못하는 듯싶기도 했다.

서구찬이 반복하던 얘기는 한 전무가 벌써 여러 번 들은 얘기가 대부분이었지만, 그래도 그는 잠자코 다시 들었다. 서 사장은 마음대로 안 되는 자신의 인생을 놓고 걸핏하면 남들을 탓했다. 그는 자기 마음대로 살아가는 삶이 그에게는 주어지지 않았다고 느꼈다. 그래서 그는 늘 남의 삶을 살아가는 기분이라고 그랬다.

서구찬은 장마 때 축대가 무너져 집이 깔리는 바람에 가족을 모두 잃고 사실상 고아가 되었던 여덟 살 때 이미 그의 인생이 흙더미 속에 묻혀버렸노라고 믿었다. '현구'라는 이름조차 돌림자를 맞추기 위해 '구찬'이라고 바꿔서 큰아버지 서봉식의 셋째아들로 입적되면서 그의 존재는 서류상으로도 사라졌다. 큰아버지의 양자가 된 그는 친자와 서자의 복잡한 심리적인 관계에 묶여 의심과 미움의 성장기를 보냈는데, 그때부터 그의 인생은 허무의 때가 묻기 시작했다고 서 사장은 말했다. 사촌이기도 하고 형제간이기도 한 사람들에게서 받았던 구박으로부터 해방되기 위해서 마라톤 선수가 되려고 했다는 얘기도 나왔다. 이것 역시 한 전무가 수없이 여러 번 들었던 내용이었다.

"마라톤은 아무리 뛰어도 제자리 같은 기분이 들더군요." 서 사장이 말했다. "뛰어가야 하는 거리가 너무 멀었기 때문예요. 가도 가도 끝이 없는 길이었죠. 마치 내 인생처럼 말예요. 마라톤은 웬일인지 영원히 목적지에 닿지 못하리라는 강박관념을 나에게 심어 주었어요. 그래서 너무나 내 인생을 노골적으로 상징하는 것 같아서 결국 난 마라톤의 장래를 포기했어요."

어려서부터 음악에 대한 '소질'이 두드러졌던 서구찬이 성악을 공부하다가 끝내 오페라 가수가 되려던 꿈을 포기했던 사연도 한 전무는 잘 알았지만, 어쨌든 또 한 번 얘기를 들었다.

"오페라는 내 인생과 너무나 동떨어진 느낌이었어요." 서 사장이 말했다. "화려한 의상을 걸치고 조명을 받으며 무대에 오르기에는 나 자신과 나의 진짜 인생이 워낙 초라했거든요."

집안 식구들의 눈치를 봐야 했기 때문이라고는 하지만 어쨌든 대학에서 전혀 마음에 없던 경영학을 전공한 다음 세상으로 나와서도 인생이 뜻대로 풀리지 않기는 마찬가지였노라고 그는 말했다. 자수정과 연수정을 가공한 장신구를 수출하려던 그의 사업이 어째서 망했는지를 그는 비슷한 이유를 들어서 설명했다.

"보석이라는 게 나에게는 너무나 고상한 품목이었어요." 서 사장이 말했다. "고아원으로 갔어야 잘 어울렸을 나로서는 진짜 귀족의 입맛을 알 길이 없었던 거예요. 실패는 오히려 당연한 결과였다고 생각되는군요."

소주를 잔에 다시 채우는 서 사장의 손이 조금 떨렸다.

열하나

　바깥에서 들이치는 빗발에 여기저기 천막 자락이 사방에서 젖어들자 한 전무는 비닐 바닥에 고인 물을 수건으로 훔쳐내느라고 바빴다. 하지만 서구찬 사장은 눈앞에서 진행되는 현실상황에 대해서는 관심이 없는 듯, 바닥에 흐르는 빗물은 아랑곳하지도 않으면서 그가 큰집에 양자로 들어간 이후 형제들에게 자꾸 시달리다 보니까 자신도 모르는 사이에 자살의 유혹과 충동에 조금씩 익숙해지더라는 얘기만 열심히 했다. 물론 이것 역시 한 전무가 수십 번도 더 들어본 내용이었다. 그리고 빙글빙글 돌면서 제자리걸음을 되풀이하던 독백의 주제는 늘 그러듯이 결국 수미와 아내 사이에서 갈등하는 서 사장 자신에게로 돌아갔다.

　"이러지도 못하고 저러지도 못하면서 엉거주춤 세월만 보내는 내 꼴이 오죽 답답했으면 그랬겠어요? 급기야 수미는 한남동 집의 열쇠를 아내한테 전해 주고는 편지 한 장을 남기고 자취를 감춰버렸어요."

　다시 술을 채운 잔을 입에 대지도 않고 아까부터 손에 든 채로 서 사장이 말했다.

　"하지만 두 번씩이나 속았던 아내는 우리 관계가 완전히 끝났으리라고는 믿지 않았어요. 불륜남녀의 관계란 부모와 자식의 인연처럼 끊기가 어렵다는 사실을 아내는 잘 알았으니까요. 결혼한 다음 부부생활에 실망한 남녀가 첫사랑의 애인을 다시 찾아가 만나서 간통으로 연결하는 경우가 이 세상에는 얼마나 많던가요."

　그리고는 지루하고 답답한 소강상태가 넉 달쯤 지난 다음, 행방을 감추었던 수미가 다시 서 사장을 찾아왔노라고 했다.

"수미가 나한테 전화를 걸어온 건 이렇게 비가 줄기차게 쏟아지던 밤이었어요." 서 사장이 말했다. "구로동의 꽃우물에서 나를 기다리겠 다고 하더군요. 면장갑 공장에서 일하던 수미를 내가 찾아냈을 때 둘 이서 저녁을 같이 먹었던 경양식집이죠. 꽃우물이라는 곳 말이에요. 부랴부랴 달려가서 만났더니 그러더군요. 그냥 보고 싶은 마음을 주체 할 수가 없어서 돌아왔노라고요. 그리고는 한 시간 동안이나 계속해서 울었어요."

서 사장은 아내 몰래 다시 두 사람의 보금자리를 세 번째로 마련해 야 했지만, 이제는 경제적인 여유가 워낙 넉넉하질 못해서 방배동에다 겨우 전세로 작은 아파트먼트를 하나 얻었다. 그녀는 서 사장과 재회 한 다음 오랫동안 창동 어머니한테는 연락조차 취하지 않았고, 두려운 세상과 단절된 상태로 혼자 숨어서 살았다.

자꾸만 되풀이되는 재회의 감격은 잠깐뿐이었고, 답답한 관계가 끈 질기게 이어졌다. 그와 이별하고 따로 사는 삶을 한참 연습하고 돌아 온 4개월 동안에 수미가 무척 많이 변했더라고 서 사장은 말했다. 무 엇보다도 우선, 수미는 겁이 무척 많아졌다. 그녀는 서 사장이 없으면 그녀의 삶 자체가 끝장이라는 사실을 그와 헤어져서 혼자 지내는 동안 뼈저리게 재확인했고, 그래서 다시는 헤어지기가 무서웠다. 그녀는 어떤 사태가 닥치더라도 서 사장으로부터 절대로 다시는 떨어지지 않 아야 되겠다고 결심하고 돌아왔다.

방배동에서는 걸핏하면 우는 일이 많아졌다. 수미는 밤에도 울고 낮 에도 울었다. 이제는 시간이 얼마든지 남아돌았던 서 사장이 거의 날

306

마다 찾아가서 위로하고 안심을 시키려고 해도 그녀는 혼자 있기가 겁이 난다면서 자꾸만 울었다. 울면서 그녀는 "날 버리지 말아요"라거나 "헤어지자고 그러지 말아요"라거나, "날더러 떠나라고 하지 마세요"라는 소리를 입버릇처럼 했다.

"나중에는 듣기가 싫어질 정도로 그런 소리를 했어요." 서 사장이 말했다. "그리고는 언제 다시 들이닥칠지 모르는 아내를 늘 무서워했죠. 아파트의 열쇠와 남편을 돌려준답시고 아내를 찾아가기까지 했다가 몰래 돌아와 또 살림을 차렸으니 이번에 아내한테 꼬리가 밟혔다가는 정말로 무사하지 못하리라고 겁을 냈어요."

참으로 당돌하기 짝이 없었던 수미의 이러한 변화는 서구찬의 마음을 더욱 무겁게 했다. 도대체 그들이 헤어져 지낸 4개월 동안 어디에서 무엇을 하다가 왔는지 몰라도 그녀는 무슨 일엔가 단단히 혼이 난 모양이라고 서 사장은 생각했다.

"언젠가는 벽지의 무늬가 마치 내 아내가 노려보는 눈 같다며 무서워서 잠을 못 자겠다고 하는 바람에 이튿날 당장 아무 무늬가 없는 종이로 도배를 새로 했던 적도 있었죠. 무슨 꽃을 그린 무늬였는데, 수많은 그 꽃들이 벽을 가득 채운 아내의 눈으로 보였던 거예요. 밤낮으로 깜박이지도 않으면서 자기를 감시하고 노려보는 수많은 눈으로 말예요."

또 언젠가는 서 사장이 초저녁에 찾아가 잠시 사랑을 한 다음 피곤해서 깜박 잠이 들었던 적이 있었다. 선잠을 자던 서 사장은 아무래도 기분이 이상해서 섬뜩한 기분을 느끼며 잠시 후에 깨어났다고 했다. 불길한 예감을 느끼며 얼른 일어나 살펴보니 수미가 누웠던 옆자리가 비었고, 그녀는 경대 앞에 앉아 거울에 비친 그녀의 모습을 멍하니 쳐다보고 있었다.

수미는 창녀처럼 짙은 화장을 한 모습이었다. 눈썹을 까맣게 그리고 입술을 새빨갛게 칠한 그녀의 모습을 보고 그는 겁이 덜컥 났다. 혹시 정신이상을 일으키지나 않았는지 해서였다. 옛날 시골 마을에서 흔히 발견되던 '미친년'의 모습을 연상시켰기 때문이었다. 무당처럼 요란하게 알록달록 온몸을 장식한 미친년이 ….

그리고 이런 이상한 징후를 보이기 시작한 무렵에, 그러니까 그들의 관계가 3년쯤 계속된 다음부터, 그녀는 서 사장더러 집을 나와서 그녀와 본격적으로 동거생활을 하자고 강력하게 요구하기 시작했다.

"수미가 그러더군요. 불안한 미래를 안은 채로 영원히 숨어서 살아가기는 싫다고요. 그러니까 드러내놓고 떳떳하게 둘이서 같이 살자고요. 아내가 이혼을 안 해 주면 어떠냐면서 말예요. 꼭 정식으로 결혼하지 않더라도 그냥 내가 집을 나와 우리 둘이서 아기를 낳고 같이 살면 되지 않겠느냐는 얘기였죠. 아내가 간통죄로 우릴 잡아넣으면 잡혀가고요. 그러면 아내가 어쩔 수 없이 이혼해 주거나, 우리들의 관계가 기정사실화되지 않겠느냐는 것이 수미의 생각이었어요."

이왕 다 드러난 판이니까 더 이상 숨길 일조차 없으니 아무러면 어떠냐고 서 사장이 수미와 공개적인 동거생활을 대뜸 시작하지 않았던 까닭은 아내에 대한 죄의식이나 두 아들에 대한 미련 때문이 아니었다. 이번에 그가 내세운 이유는 수미의 불안정한 '미친년' 정신상태였다.

한밤중에 잠옷 바람으로 거울 앞에 앉아서 짙은 창녀 화장을 하는 따위의 돌발적인 행동을 수미는 몇 달에 한 번씩 느닷없이 보여주고는 했다. 대부분의 경우 두 사람이 사소한 말다툼을 하거나, 서 사장이 약속을 잊어버리고 집으로 찾아가지 않는다거나, 심지어는 이유 없이 그녀가 극도로 불안하고 긴장한 경우에, 수미는 이런 섬뜩한 행동을 보였다. 수미는 아무런 뚜렷한 이유를 설명하지 않으면서 그녀가 가장 아끼던 접시들만 골라 작은 망치로 잘게 깨트려 쓰레기통에 버린다거나, 머리모양을 배추처럼 아주 보기 흉하게 부풀려 올린다거나, 생일 선물로 서 사장한테서 받은 비싼 목걸이를 잃어버렸다며 멍한 표정을 짓고는 했는데, 서 사장은 그런 행동에 대해서 심리적인 부담을 많이 느낀다고 했다.

차마 말로는 못하겠는 무언의 항의처럼 보이지만 동기를 알 길이 없는 그녀의 이런 특이한 행동 때문에 서 사장은 수미에 대해서 아내 못지않게 은근한 두려움을 느끼기 시작했다. 미쳐버린 여자하고 같이 살아야 하는 조건이라면 도저히 감당할 자신이 없다고 그는 몇 차례 솔직하게 한 전무한테 털어놓기도 했다. 하지만 한 전무는 그것이 책임지기 싫어서 서 사장이 내세운 핑계나 구실에 지나지 않는다고 의심했다. 그리고 한 전무는 수미처럼 연약한 여자가 아직까지 미쳐버리지 않았다는 사실이 오히려 이상하다고 생각했다.

열둘

아래쪽 마당바위 주변에서 암벽을 때리는 파도소리가 갑자기 천둥처럼 꽈르릉 울렸고, 천막 천장에 매달아 놓은 손전등이 겁에 질린 듯 흔들렸다. 휘청휘청 흔들리는 불빛은 물론 소리가 아니라 바람 때문이었는데, 휘파람 소리를 내는 바람의 힘에 쓸려 천막 전체가 한쪽으로 쏠리며 바깥 밑자락이 빨래처럼 펄럭거렸고, 이리저리 방향을 바꿔 가면서 공격을 계속하는 바람살을 타고 흩날리던 빗발이 방수용 덮개 틈바구니로 파고들어 천막의 솔기를 타고 내려오다가 방울을 맺어 가끔서 사장의 이마로 떨어졌다.

"꽃도 시들면 추해지듯이, 사랑도 시들면 마찬가지예요."

술기운으로 눈동자에서 맥이 풀린 서 사장이 한 전무를 멍청하게 쳐다보며 말했다.

"사랑의 종말은 꽃의 종말이나 마찬가지로 추하기 짝이 없어요. 인생의 종말도 추하고요. 모든 종말이 추하다고요. 그리고 내 인생은 종말만 추한 정도가 아닌 모양이에요. 처음부터 그랬어요. 처음부터. 본질적으로 인생은 이런 꼴이 아닐 텐데, 내 인생은 왜 처음부터 끝까지 자꾸 이럴까요?"

"서 사장님 많이 취했어요." 한 전무가 말했다. "이젠 올라가서 주무셔야 되겠군요. 시간도 늦었고."

서 사장은 입을 다물고 한 전무를 또다시 멍청하게 쳐다보았다. 숨이 가쁜지 잠시 몰아쉬면서 그는 한 전무가 누구인지 모르는 사람이어서 정체를 알고 싶기라도 한 듯 한참 동안 침묵을 지키며 멍하니 쳐다보았다.

서 사장은 계속해서 멍하게 쳐다보기만 했다. 무척 피곤한 얼굴이었다. 혈색이 헬쑥할 만큼 창백한 것이 당장이라도 빈혈로 쓰러지지나 않을지 한 전무는 걱정이 되었다.

마침내 서 사장이 비틀거리면서 몸을 일으켰다.

"나도 피곤하게 살고 싶어서 피곤하게 사는 건 아녜요."

겨우 의식이 돌아오는 듯 한 전무를 빤히 쳐다보면서 그가 말했다.

"속 편히 살고 싶어도 내 인생이 그렇게 생겨먹지를 않았기 때문에 그러는 거죠. 똥여처럼요."

취한 손으로 우비 상의에 달린 모자를 앞으로 당겨 쓰면서 서 사장이 말했다.

"그러니까 난 가서 잠이나 자겠어요."

"천막까지 데려다 드릴까요? 심하게 취하셨는데, 비에 젖어 바위가 미끄러우니까 헛발이라도 디뎠다가는 위험할 텐데요."

"내 걱정은 말고 손전등이나 내놔요. 그리고 내일 아침 왕창 한번 땡깁시다. 이따만 한 놈들로 왕창요."

"좋아요. 그럼 잠이나 푹 자도록 해요. 한숨 잘 자고 나면 세상이 훨씬 더 환하게 보일 테니까요."

열셋

바람이 이리저리 방향을 바꿔 가며 휘몰아쳐서인지 바닥으로 계속해서 빗물이 스며들어 한 전무는 옆구리와 양말이 젖었고, 잠결인데도 종아리가 얼얼하게 굳으며 쥐가 나는 듯싶기도 했고, 그래서 한 전무는 온몸이 척척하다고 느끼며 어렴풋하게 정신이 드는 중이었다. 으슬으슬 춥다는 기분까지 들었다. 그래서 이제는 일어나야 되겠다는 생각을 했고, 귀찮더라도 일어나서 옷을 갈아입든지 어떻게 해야 되겠다고 생각했는데, 바로 그 순간이었다.

비명 소리가 들려왔다.

여자의 비명 소리였다.

찢어지는 듯한 비명 소리는 소름이 끼칠 정도로 요괴스러웠다.

한 전무는 벌떡 일어나며 사고가 났다고 생각했다.

호루라기 소리가 나지 않으니 서 사장이 사고를 당한 모양이었다. 수미에게 사고가 났으면 서 사장이 호루라기를 불었으리라.

밖으로 달려 나갔더니 어슴푸레 날이 밝아 오는 가운데 비는 그쳤지만, 세찬 바람에 천막 자락이 낡은 깃발처럼 펄럭였다.

수미가 계속해서 비명을 질러 대었다.

"아아아아아아아악!

아아아아아아악!

아아아아아아악!"

한 전무는 혹시 초들물을 보려고 새벽 일찍 낚시를 내려간 서 사장이 사고를 당하지나 않았는지 마당바위를 내려다보았다. 파도가 바위에 부딪쳐 하늘로 치솟아 올랐다가는 마당바위로 좌르르 쏟아졌고, 얼핏 둘러보니 사람은 아무도 없었다.

한 전무는 천막 바깥에 놓아두었던 밧줄을 어깨에 울러 멨다. 그리고는 위를 올려다보았다. 경사가 가팔라서 서 사장의 천막은 보이지 않았고, 어디서 비명을 지르는지 수미의 모습이 보이지를 않았다. 누가 무슨 사고를 당했는지 모르겠지만 한 전무는 어서 위로 올라가서 구해줘야 되겠다는 생각뿐이었고, 어젯밤 술이 좀 과한가 싶더니 아침에 소변이라도 보다가 서 사장이 실족해서 뒤쪽 절벽으로 떨어졌을지 모르겠다는 생각이 들었다.

312

잠시 비명을 멈췄던 수미가 계속해서 다시 요괴의 소리를 질렀다.

"아아아아아아아악!

아아아아아아악!

아아아아아아아악!"

한 전무는 강간당하는 여자의 비명소리가 저렇게 다급하리라고 생각했다. 비명소리가 계속해서 들려오자 한 전무는 바위들 사이로 구불구불 기어 올라가면서 혹시 서 사장이 수미를 구타하는지도 모르겠다는 엉뚱한 생각이 들었다. 내 속을 그만 좀 썩이라면서…. 하지만 그것은 참으로 서 사장답지 않은 짓이었다. 서 사장은 여자를 두들겨 팰만한 배짱을 가진 남자가 아니었다.

그래도 수미의 비명이 계속되었고 한 전무는 마음이 점점 다급했다. 하지만 비에 젖은 바위가 미끄러워서 얼른 올라가기가 힘들었다.

여자의 비명이 갑자기 멈추었다.

바다에서 파도소리가 더욱 요란하게 들려왔다.

바람소리도 요란했다.

한 전무는 허겁지겁 자꾸만 위로 올라갔다. 너무 서두르다 보니 면장갑을 끼지 않은 채여서 손바닥이 바위 모서리에 긁혀 여기저기 찢어지며 피가 났다. 비명소리가 그치자 그는 더 걱정이 되었다. 무슨 일이 벌어지는지 알 길이 없어서였다.

절반쯤 올라갔더니 드디어 수미의 모습이 보였다. 그녀는 천막 앞에 서서 망부석처럼 굳어 버린 모습이었다.

"무슨 일예요?" 한 전무가 소리쳤다.

수미는 대답하지 않고 바다를 내려다보기만 했다. 미친 여자처럼 멍한 표정이었다.

　무엇을 보고 저렇게 얼이 빠졌을까 이상하다고 생각하며 한 전무도 바다를 내려다보았다.

　바람이 불어오던 오른쪽에서는 바닷물이 바위들 사이로 파고들어 마당바위를 향해 돌진하며 덤벼들어 몸부림을 치고는 미친 용처럼 소용돌이를 일으켰다. 하늘을 찢으며 바람이 날아가는 칼날 소리가 울렸고, 마당바위 오른쪽에 부딪쳐 20미터나 치솟은 물길이 무수한 방울과 거품을 거대한 혓바닥처럼 휘둘러대면서 마당바위를 단숨에 뛰어넘어 왼쪽 바다로 떨어졌다.

　그리고 한 전무는 보았다.

　아래쪽 그의 천막에서는 보이지 않았지만 이만큼 올라오니까 마당바위 오른쪽으로 바싹 붙은 바위들이 보였다. 무너지는 물길이 바위들 사이로 넘나들었다.

　그리고 파도가 가라앉으며 물러나는 물길 속에서 한 전무는 물에 빠진 서 사장을 보았다.

　목이 왼쪽으로 부러진 허수아비처럼 꺾인 채로 엎어진 서 사장은 큰 대자로 팔다리를 뻗은 채 그렇게 물 위에 엎드려 무기력하게 파도에 쓸려 내려갔다.

　천천히, 천천히, 그는 물길에 휩쓸려 바깥쪽으로 흘러나갔다.

　서 사장은 파도에 전혀 저항하지를 않았다. 그는 아무것에도 저항하지 않았다. 인생에서 무엇에도 적극적으로 저항한 적이 없었던 서 사장은 바다에 맞서 아무런 저항을 하지 않았다. 그리고 다시 보니 그는 구명조끼조차 몸에 걸치지 않았다.

314

헤엄쳐 나오려는 시도를 하지 않는 서 사장은 보아하니 벌써 죽은 것 같았다. 꺾어진 각도를 보고 한 전무는 아마도 목이 부러져서 죽은 모양이라는 생각이 들었다.

그리고 방향을 거꾸로 잘못 잡아 위로 올라오던 한 전무로서는 저 아래 바닷물에 빠진 서 사장을 구하기 위해 아무것도 할 수 없었다. 푸랭이섬 똥여에서 한 전무가 물에 빠져 죽지 않도록 〈싼타 루치아〉를 불러주었던 서 사장이 혹시 아직 살았다고 해도, 이제는 그에게 밧줄을 던져 구해 내기에 너무 먼 거리로 한 전무가 올라와 있었던 것이다.

수미가 천막 앞에 망부석처럼 굳어 버린 채로 지켜보는 동안, 어찌해야 좋을지를 모르겠어서 한 전무가 잠시 주춤거리는 동안, 큰 대자로 팔다리를 벌리고 물 위에 엎어진 서 사장이 천천히 커다란 원을 그리며 물결에 휩쓸려 나갔다.

그리고는 마당바위에서 30미터쯤 앞에서 바다 속으로 빨려 들어가는 소용돌이를 타고 서 사장은 가라앉았다.

그는 다시 물 위로 떠오르지를 않았다.

더듬거리며 그냥 걸어 내려갔다가는 너무 늦을 것만 같아서, 하기야 이미 늦었어도 한참 늦어버린 다음이었지만 그래도 자꾸 늦을 것만 같아서, 한 전무는 엉덩이를 깔고 미끄러지기도 하고 주저앉기도 하며, 밧줄을 어깨에 멘 채로 반쯤 앉은 자세로 바위를 타고 밑으로 내려갔다. 굴러 떨어지듯 겨우 마당바위까지 내려간 그는 무엇을 어떻게 해야 좋을지 생각하기 전에 우선 물속을 살폈는데, 여기저기 굽어봐도 바다로 빠진 서 사장은 보이지를 않았다. 혹시 보이면 건져내야 하겠어서 그는 밧줄의 한쪽 끝에다 고리를 지었고, 서 사장이 물 위로 떠오르더라도 그는 카우보이가 아니어서 이것을 던져 제대로 옭아낼 수나 있을지 모르겠지만 어쨌든 그런 걱정은 나중에 알아서 처리할 일이니까 우선 매듭부터 얽었다. 구명조끼를 입지 않고 빠졌기 때문에 서 사장이 물속에서 떠오르지를 않고 어디 바위 턱에 걸려 얹혔다면 고리를 지은 밧줄로 얽어 끌어내기는 어려울 테니까 그가 물속으로 들어가서 어떻게 해 봐야 할 텐데 아직은 파도가 너무 거세어서 섣불리 그러기는 어렵겠다고 한 전무는 판단했고, 서 사장을 꺼내려고 하다가 어쩌면 나도 죽겠구나 하는 생각이 불현듯 들었지만 죽을지 어떨지는 나중에 따질 일이었고, 일단 물속으로 들어가기는 해야 되겠으니까 얕은 곳이라면 구명조끼를 걸치면 덜 위험하겠다는 계산을 했고, 이제는 비명을 지르지 않고 겁만 잔뜩 먹은 표정으로 수미가 바위 비탈을 뒤따라 내려오자 한 전무는 그녀에게 얼른 다시 작은 천막으로 올라가 그의 구명조끼를 가져오라고 지시했다.

서 사장이 구명조끼만 걸쳤더라도 물속으로 가라앉지는 않았을 테니까 건져내기가 수월했으리라고 한 전무는 생각했지만, 남이 저지른 잘못을 뒤늦게 이제 와서 대신 후회해도 소용이 없는 일이었고, 사람이란 무엇인가 이왕 늦어진 다음에야 후회를 하게 마련이어서 이미 후회할 때는 다 소용이 없으니 후회는 아무짝에도 쓸데없는 낭비였기 때문에 그는 "이럴 줄 알았으면 어쩌고저쩌고" 쓸데없는 후회 따위는 집어치우고 이쪽저쪽 물속을 기웃거리며 서 사장을 찾아보았다.

날이 점점 밝아와서 물 밑 바위에 붙은 돌미역이 귀신의 머리카락처럼 물살에 쓸려 너울거리는 사이로 망상어가 몇 마리 떼를 지어 오락가

316

락 돌아다니는 것이 보이기는 했지만 서 사장의 모습은 끝내 보이지 않았다. 수미가 가지고 내려온 구명조끼를 껴입은 그는 다시 밧줄을 어깨에 메고 파도가 흘러가는 쪽으로 암벽을 타고 따라가면서 계속 물속을 살펴보았다.

서 사장의 모습은 어디에서도 보이지 않았다.

열넷

거의 한 시간 동안이나 찾아봤지만 순식간에 사라진 서 사장의 모습이 눈에 띄지 않자 한 전무는 도움을 청하러 마을로 넘어가 봐야 되겠다고 결정했다. 혹시 서 사장이 떠오르면 건져낼 사람이 한 전무밖에 없기는 하지만, 수미 혼자 절벽을 타고 넘어가 마을사람들을 불러오는 일은 너무 위험하니까 자신이 가야 되겠다고 한 전무가 설명했다.

수미는 그가 하는 말을 알아들었는지 어쨌는지 멍하니 고개를 끄덕이기만 했다. 그녀는 완전히 넋이 나간 듯 울지도 않았다. 정신이 나간 여자….

"수미 씨는 여기서 자리를 지키며 혹시 서 사장의 시체가 파도에 쓸려 올라오지나 않는지 잘 살펴보도록 해요." 한 전무가 말했다. "혹시 시체가 떠오르더라도 섣불리 건질 생각은 하지 말고요. 그러다 또 사고가 나니까요. 그냥 잘 지켜보기만 해요."

내가 방금 수미에게 서 사장을 '시체'라고 했던가? 밧줄을 벗어 놓고 암벽 길을 기어 올라가며 한 전무가 생각했다.

삽시간에 '시체'가 되어 버린 인간 서구찬….

서 사장은 바다 속으로 사라졌고, 푸랭이섬에서 온갖 사고를 당하다가 결국은 파도에 휩쓸려 들어가 끝내 실종된 울산 오 씨처럼, 이제 그의 모습은 자칫했다가는 영원히 다시는 볼 수가 없게 된 존재였다.

깔딱고개를 넘어 송종필 이장을 찾아가 자초지종을 얘기하고 시체 수색작업을 도와 달라고 부탁한 다음 서둘러 마당바위로 한 전무가 돌아왔더니, 수미는 아직도 멍한 표정으로 천막 앞에 꼼짝 않고 앉아 바다를 내려다보고 있었다.

서 사장은 물론 파도에 쓸려 올라오지를 않았고, 주검을 확인하지 못한 수미는 현실을 믿지 못해서 아직 눈물을 흘리지 않았다.

시체 수색작업을 돕기 위해 이장이 가장 먼저 취한 행동은 여수경찰서에서 파견된 평도 초소에 사고신고를 하는 일이었다. 그리고는 마을 사람 셋을 데리고 마당바위로 넘어왔다.

이장이 데리고 온 세 명의 마을 어부는 처음 얼마 동안 심각한 표정으로 부지런히 암벽을 오르락내리락거렸다. 그러나 사라진 서 사장을 어떻게 해볼 재간이 없어 속수무책이었던 그들은 따로 할 일이 없었다. 그래서 쓸데없이 기웃거리며 돌아다니던 그들은 음탕한 염탐꾼처럼 서 사장과 수미가 어젯밤 같이 잔 천막 안을 자꾸 기웃거렸다. 그들의 꼴이 신경에 거슬렸는지 수미가 자꾸 얼굴을 찡그리자 눈치가 보여서인지 이장은 별로 시킬 만한 일도 없는 그들을 마을로 돌려보냈다.

이장과 한 전무와 수미는 나란히 위 천막 앞에 앉아 바다를 내려다보았다.

그들은 바다를 구경하는 일 말고는 아무것도 할 수가 없었다.

파도가 쉴 새 없이 밀려왔다. 하나가 밀려와 까만 거북손이 다닥다닥 달라붙은 바위에 부딪혀 눈부시게 새하얀 포말을 뿌리며 솟구치고 뛰어올랐다가 무너질 때쯤이면 두 번째 파도가 어느새 저만치서 머리를 버쩍 들고 일어나 달려오고, 이어서 세 번째 파도가 일어나고, 그리고 계속해서 다음 파도가 달려와 무너졌다. 아무리 바위라 한들 언젠가는 닳아 없어지지 않겠느냐고 파도는 물보라를 머리에 얹고 흩뿌리며 솟구치고 주저앉기를 반복하면서 차례로 달려와서 한없이 부딪치고 무너졌다.

파도는 거대하게 움직이는 물바위라고 한 전무는 생각했다. 무거운 춤을 추며 쉬지 않고 밀려드는 파도의 집요하고도 엄청난 힘을 보고 한 전무는 인간은 바다와 싸울 생각을 하지 말아야 한다고 항상 믿어왔다. 그리고 바다가 이제 서 사장의 목숨을 회수해 갔다. 마침내…. 그토록 집요하고 끈질긴 고뇌의 목숨을 순식간에 싹둑…. 정말로 그렇게 인생의 마무리를 짓지 못하겠다면 바다가 대신 정리해주겠다는 듯….

바다가 빼앗아간 인간의 생명은 서 사장뿐이 아니었다. 그러나 빼앗아 가는 것보다 훨씬 더 많은 생명을 바다는 잉태했다. 남극의 바다는 플랑크톤이 너무 많아서 검은 빛깔이라고 하지 않던가. 끊임없이 이어지는 삶과 죽음의 순환을 밑에 깔고 끝없이 파도치는 바다의 엄청난 부피를 응시하며 한 전무는 아무런 저항도 하지 않고 팔다리를 벌린 채 큰 대자로 둥둥 떠가다가 물속으로 빨려 들어가 사라진 서 사장의 마지막 모습이 눈앞에 어른거렸다.

그것은 바다에 정복을 당하는 인간의 모습이었다.

그것은 기나긴 고통을 삼켜 없애는 바다의 모습이었다.

열다섯

"수미 씨, 아까 한참 동안 계속해서 비명을 지르던데요."

하얗게 벗겨지던 거센 파도가 이제는 조금쯤 수그러진 바다를 가로질러, 뱃머리를 치켜들었다가 곤두박으며, 치켜들었다가 곤두박으며, 다시 치켜들었다가 곤두박으며 손죽도를 향해 나아가는 철선을 천막 앞에 앉아서 한참 물끄러미 응시하던 한 전무가 물었다.

"그럼 서 사장님이 처음 물에 빠질 때부터 줄곧 지켜보고 있었던 건가요?"

한 전무 옆에 앉아 마당바위를 멍하니 내려다보던 수미가 시선을 돌리지 않은 채로 머리를 끄덕였다. 그들보다 조금 아래쪽 바위에 앉아 담배를 피우던 이장이 두 사람을 올려다보았다.

사고가 발생한 지 두 시간이나 지났지만 그녀는 아직도 울지를 않았다. 너무나 갑작스럽고 놀라운 죽음이어서, 믿어지지 않는 진실에 얼이 빠져버렸기 때문이리라고 한 전무는 생각했다. 그래서 눈으로 본 진실이 아직 두뇌에는 입력되지 않는 상태인 모양이었다.

"그럼 서 사장이 어떻게 물에 빠졌는지 수미 씨는 아시겠군요." 한 전무가 물었다.

대답이 없었다.

"어떻게 된 영문인지 수미 씨가 본 대로 당시 상황을 얘기해 주지 않겠어요?"

수미는 침묵을 지키며 멍하면서도 심각한 표정으로 잠시 더 바다를 내려다보았다. 잠시 머릿속을 정리하는 듯 보이던 그녀의 표정이 조금

320

씩 조금씩 침울함으로 어둡게 절어 들어갔다.

한 전무는 수미의 옆얼굴을 응시하며 잠자코 기다렸다.

얼굴이 멍석처럼 둥글넓적한 이장도 덩달아 기다렸다.

이윽고 수미가 입을 열었다.

"몸이 끈적거리고 으슬으슬해서 아침에 일어났더니 옆이 허전하더군요."

수미가 천천히, 단어를 하나씩 손으로 집어 골라서 문장을 배열하듯 아주 천천히 얘기했다. 혹시 무슨 중요한 말을 빼먹거나 얘기의 순서가 틀릴까 봐 조심스러운 말투였다.

"눈을 뜨고 둘러보니 그이는 벌써 낚시하러 내려가고 없었어요."

천막 자락을 들추고 수미가 밖을 내다보니 바람소리는 요란해도 비가 그친 다음이었다고 했다. 그녀는 을씨년스러운 새벽의 거무죽죽한 바다 풍경을 보고 갑자기 마음이 슬프고 우울해졌다. 왜 그런지 확실히 이유는 모르겠지만, 눈을 뜨자마자 이미 마음이 무거웠다고 그녀는 말했다. 서울을 떠날 때부터 우울하고 답답했던 마음이 궂은 날씨 때문에 좀처럼 걷히지 않는 모양이라고 그녀는 생각했다.

"그이가 무얼 하나 내려다봤더니 저 아래 바위 끝에서 아이스박스를 의자로 삼아 깔고 앉아 낚시를 하더군요." 수미가 말했다. "언제부터 낚시했는지 모르겠지만, 파도가 사방에서 술렁대는 바위에 그렇게 홀로 나가 앉은 모습이 퍽 쓸쓸하고 초라해 보였어요."

수미는 바람에 날리는 머리카락이 흐트러지지 않도록 손바닥으로 눌러 가며 천막 앞에 나와 앉아서 한참 동안 구찬의 모습을 지켜보았노라고 그랬다. 어슴푸레 밝아 오는 새벽에 홀로 앉아 구찬이 무엇을 생각할까 궁금했고, 수미도 무엇인지 밝히지는 않았지만 역시 많은 생각을 했다고 말했다.

"그이는 몇 차례 앉았다 일어났다 하더군요." 수미가 말했다. "미끼를 갈아 다시 낚시를 던지기도 하고요. 그러다가…."

수미는 자기도 모르는 사이에 자신의 약점이 드러나자 갑자기 입을 다물어 버리는 죄인처럼 얘기를 중단했다.

"그래서요?" 한 전무가 물었다. 이제부터 본격적인 얘기가 나올 참이니 묻지 않을 수가 없었다.

수미는 마당바위를 내려다보면서 웬만해서는 입을 열 눈치가 아니었다.

"그래서 어떻게 되었나요?" 한 전무가 다시 물었다.

수미는 꺼림칙한 표정으로 이장을 힐끗 쳐다보고 나서 말했다. "그리고는 물에 빠졌어요."

한 전무는 '빠졌다'는 표현이 어딘가 부족하다고 느꼈다. 어딘가 이상하고 어울리지 않았다. 이장이 옆에 앉아 쳐다보는 눈초리가 거북하고 마음에 걸리기 때문이었는지 몰라도 수미는 해야 할 얘기 가운데 어느 한 부분을 숨기려는 것 같았다.

"빠지다뇨?" 한 전무가 구체적으로 물었다. "혹시 큰 고기라도 걸려서 꺼내려고 하다가 빗물에 젖은 바위를 잘못 밟고 미끄러져 떨어지기라도 했나요?"

수미가 아니라고 천천히 머리를 저었다.

"그럼 파도에 휩쓸려 들어갔나요?" 한 전무가 물었다. "내가 천막에서 나와 내려다봤을 때는 물길이 20미터나 솟구쳐 저쪽으로 떨어지기도 하던데요."

"첨엔 그렇게 파도가 높지 않았어요."

더 이상 입을 열기도 귀찮다는 듯 힘없는 목소리로 얘기를 이어가던 그녀는 다시 이장을 곁눈으로 살핀 다음 입을 다물었다.

"그렇다면 어떻게 빠졌다는 얘긴가요?" 한 전무가 물었다.

그러자 수미는 곤혹스러운 표정으로 잠시 한 전무를 빤히 쳐다보고 나서 말했다.

"그냥 빠졌어요."

"그냥요?"

"그래요. 너무 순식간에 벌어진 일이어서 어떻게 빠졌는지 잘 기억이 나지 않아요."

"물에 빠진 다음에는 어떻게 되었나요?" 한 전무가 물었다. "헤엄쳐 나오려고 허우적거리거나 사람 살리라고 소리 지르지 않던가요?"

"너무 갑작스럽고 정신이 없었기 때문인지 그것도 기억이 나지를 않아요." 수미가 말했다. "헤엄을 쳐 나오려고 허우적거렸는지 정확히 생각이 안 나요. 워낙 거센 파도여서 헤엄이고 뭐고 다 소용도 없었겠지만요. 그리고 살려 달라고 소리 지른 것 같지는 않아요. 소리를 질렀다고 해도 파도가 워낙 요란해서 들리지를 않았겠지만요."

한 전무는 더 이상 묻지를 않았다.

물어 봤자 아무 소용도 없으리라는 판단이 섰기 때문이었다.

그녀는 분명히 무엇인가 진실을 숨기는 듯한 눈치였다.

이장이 도움을 요청했다는 초소 근무자들은 좀처럼 나타나지를 않았다. 한 전무는 "이렇게 기다리기만 할 일이 아니라 몇 군데 전화를 걸어 연락을 취하고 우리도 나름대로 손을 써야 되겠다"며 이장더러 곧 뒤따라갈 테니 먼저 마을로 넘어가라고 했다. 자꾸만 무엇이 마음에 걸리는지 말을 삼가는 수미와 단둘이 얘기를 나눌 기회가 필요하기 때문이었다.

이장이 사라진 다음 한 전무는 아까부터 수미에게 묻고 싶었던 말부터 우선 물었다.

"나 이장 댁에 넘어가면 서 사장님 부인한테 사고가 났다는 연락을 해야 되겠는데요."

수미의 표정이 굳어졌다. 얼어붙은 그녀의 표정을 살피며 한 전무가 말을 이었다.

"사고가 났으니 가족한테 신속하게 연락을 취하는 건 불가피하거든요. 그런데 서 사장 아주머니가 내려오시면 아무래도 수미 씨와 마주치게 될 텐데, 어떨까 모르겠어요."

수미의 표정이 더욱 어두워졌다.

"어떻게 하시겠어요?" 한 전무가 물었다.

수미가 힘없이 물었다. "그러니까 날더러 자리를 피해 달라는 말씀이신가요?"

"글쎄요." 한 전무가 말했다. "이왕 죽은 사람은 죽은 사람이고, 더 이상 문제가 복잡해지면 곤란하지 않을까요."

"그럼 난 어떻게 해야 하지?"

갑자기 헝클어진 얼굴로 수미가 자신에게 물었다.

"그럼 이제 난 어떻게 해야 되는 거지?"

열여섯

이장 집으로 넘어간 한 전무는 우선 고흥의 신승직 선장에게 전화를 걸기로 했다. 서 사장의 부인에게보다는 전화를 걸기가 덜 부담스러워서였다. 섬으로 들어오기 전에 저녁을 같이 먹으며 받아두었던 명함을 여기저기 호주머니를 뒤져 찾아내어 신 선장의 집으로 먼저 걸었다. 아직 고흥설비 사무실로 일하러 나가기가 전이기 때문이었다.

간단히 자초지종을 설명한 다음 한 전무는 신 선장에게 잠수부를 구해서 데리고 평도로 들어와 달라고 부탁했다. 서 사장의 시체를 인양하기 위해 경찰이 잠수부까지 신속하게 동원해 주지는 않으리라고 판단했기 때문이었다.

말을 더듬어댈 정도로 놀란 신 선장이 만사를 젖혀두고 당장 평도로 들어오겠다고 약속한 다음 한 전무는 구기동 집으로 아내한테 전화를 걸었다. 사고가 생겼다고 알리기 위해서였다. 아무 소식도 듣지 못하고 지내다가 느닷없이 남편이 내려간 평도에서 낚시꾼이 사고로 죽었다는 뉴스가 텔레비전에 나오기라도 했다가는 아내가 쓸데없이 걱정을 할 일이 빤한 이치여서였다.

그리고는 서 사장의 부인에게 전화를 걸었다. 백화점 번호밖에는 알지 못하는 한 전무에게 집 전화를 가르쳐 준 사람은 수미였다.

서 사장의 부인 재명은 아직 출근시간 전이어서 가정부와 함께 아침식사를 준비하다 말고 전화를 받았다.

"여보세요, 압구정동입니다."

한 번도 만난 적이 없으면서도 서 사장을 통해 얘기를 워낙 많이 들어 그녀가 얼마나 매몰찬 여자인지를 잘 알았기 때문이 은근히 마음을 도사렸던 한 전무의 귀에는 서 사장 부인의 목소리가 상상했던 만큼은 쌀쌀맞지 않았다. 그보다는 지나치게 인위적이고 사무적인 음성이어서 어떻게 들으면 무척 세련되고 사교적이기까지 했다.

"저는 서 사장님과 가끔 낚시를 다니는 한 전무라는 사람입니다."

한 전무가 자신의 정체를 밝히고 잠시 기다렸지만 서울에서는 반응이 없었다. 서 사장 부인이 무엇인가 마음속으로 잠시 계산하고 정리하는 모양이었다.

꽤 오랜 침묵이 흘렀다.

그리고는 마지못해서 서울 여자가 지극히 사무적으로 말했다.

"얘길 들어서 한 전무님 누군지 알아요."

한 전무는 서 사장의 부인이 굳은 표정이 되었으리라고 상상했다. 무슨 이유에서인지는 확실히 모르겠지만 그녀의 목소리가 한 전무를 적이라고 판단한 듯싶은 말투로 바뀌었기 때문이었다. 서 사장이 늘 얘기하던 바로 그런 차갑고 빈틈없는 여자의 목소리였다.

"사고가 생겨서 그러는데요." 한 전무가 말했다.

서울에서는 여전히 별다른 반응을 보이지 않았다.

다시 침묵이 흘렀다.

그리고는 재명이 물었다.

"자살인가요?"

그것은 무엇인가 확신하는 듯 넘겨짚는 말투였다. 한 전무는 서 사장 부인의 확신이 과연 무엇에 대한 확신일까 궁금했지만, 지금은 그런 문제를 따질 겨를이 없었다.

"아뇨." 한 전무가 말했다. "빗물에 젖은 마당바위로 새벽에 혼자 내려가서 낚시하다가 실족한 사고 같은데, 아직 시체가 떠오르지를 않았으니까 확실히는 모르겠어요. 어쨌든 서둘러서 좀 내려와 주셔야 되겠는데요."

전혀 놀라거나 슬픈 기미를 보이지 않으며 지극히 사무적인 목소리로 여자가 말했다.

"거기까지 가려면 어떻게 해야 하나요?"

평도로 들어오는 교통편을 재명에게 자세히 설명해 준 다음 한 전무가 마당바위로 돌아갔을 때는 초소장 윤 순경이 두 명의 전경을 데리고 와서 사고현장을 살펴보는 중이었다. 갓 고등학교를 졸업한 듯 어려 보이는 전경이 위 천막과 아래 천막을 오르락내리락 거리며 사진을 찍어 댔다. 마을사람 몇 명이 건너편 헬리콥터 착륙장까지 몰려와서 한가하게 구경했다.

키가 작고 눈도 작은 윤 순경은 서 사장의 시체 인양작업에는 전혀 관심을 보이지 않고 위 천막에 들어가 앉아서 '상황파악'에 열중했는데, 한 전무가 나타나자 밖에서 잠시 기다려 달라고 지시하고는 수미를 상대로 심문을 계속했다.

한 전무는 혹부리 바위에 걸터앉아 바다를 내려다보았다. 새벽에 그토록 위세를 떨쳤던 바람은 서 사장을 죽였으니 소기의 목적을 달성하기라도 한 듯 느긋하게 가라앉기 시작해서, 파도가 더 이상 마당바위로 뛰어오르지를 않았다.

윤 순경이 천막 안에서 수미의 표정을 살피며 물었다.

"사고를 당한 서구찬 씨를 아까부터 '그이 그이' 그러시는데, 사고자가 댁의 남편인가요?"

수미는 아니라고 했다.

윤 순경은 수첩에다 부지런히 무엇인지를 적어 넣고는 다시 물었다.

"아가씨는 어젯밤 서구찬 씨하고 같이 취침했나요?"

수미가 머리를 끄덕였다.

"혹시 어젯밤 같이 취침하는 과정에서 둘이서 다투거나 하는 일은 없었나요? 사고자의 요구를 아가씨가 거부했다던가 해서 말입니다."

한 전무는 윤 순경의 질문이 묘한 방향으로 집중되는 듯한 느낌을 받았다. 수미를 의심하는 눈치가 분명했다.

윤 순경은 정수미와 서구찬 사장의 관계가 언제 어디에서 어떻게 시작되었는지를 꼬치꼬치 캐물었다. 서구찬의 부인이 그들의 관계를 아는지, 그리고 아가씨는 부인을 아느냐고도 물었다.

수미는 거북하고 곤혹스러운 모든 질문에 차근차근 대답했다. 눈에 보이지 않는 어떤 차단막 속에 들어앉아 엉뚱한 다른 생각을 하는 듯 멍한 표정으로, 다른 곳에 정신이 팔리기라도 한 것처럼, 그녀는 지극히 사적인 질문에 대해서 별다른 거부반응을 보이지 않으면서 자동적으로, 그리고 건성으로, 창피함이나 짜증을 전혀 드러내지 않으면서, 부끄러움에 완전히 면역이 된 여자처럼 무감각하게, 하나도 빼놓지 않고 대답했다.

정수미에 대한 조사를 끝낸 다음 윤 순경은 '현장검증'을 위해 한 전무와 수미를 함께 데리고 마당바위로 내려갔다. 그는 사고당시의 상황을 전경들과 함께 일일이 확인했다.

그리고는 한 전무에게 질문을 시작했다. 이름과 직업, 나이, 현주

소 따위의 인적사항 확인을 거쳐 초소장은 언제부터 서 사장과 아는 사이냐고 물었다. 이번 낚시를 오게 된 과정에서 누가 먼저 오자고 했는지, 약속이 이루어진 시점이 언제인지를 캐물었다. 태풍 제니스 때문에 날씨가 대단히 나쁠 줄 알면서 여자까지 동행하여 두 남자가 위험한 갯바위 낚시를 꼭 왔어야 하는 이유가 무엇이었는지도 물었다.

잠시 후에는 점점 사적인 질문으로 바뀌어갔다. 사고가 난 순간에 한 전무와 수미가 정확히 어느 위치에서 무엇을 하고 있었는지를 묻고는, 두 사람이 여러 해 전부터 서구찬을 통해 얘기를 들어 서로 잘 아는 사이였다면서 왜 이번 낚시여행에서야 처음 만났느냐는 질문을 하며 초소장이 한 전무의 표정을 유심히 살폈다. 그리고 혹시 서구찬 몰래 둘이서 만난 적이 정말 한 번도 없었느냐고 그는 세 차례나 재확인했다. 두 남자가 같이 낚시 왔는데 왜 여자는 한 사람만 데리고 왔는지 납득이 가지 않는다는 견해도 일부러 강조해서 밝혔다.

한 전무는 윤 순경의 질문이 자꾸만 이상한 방향으로 흐르는 이유가 어젯밤 이곳 마당바위에서 여자 하나를 놓고 두 남자 사이에서 문제가 생겨 혹시 오늘 새벽에 치정살인이 나지는 않았는지를 의심하기 때문이 아닌가 하는 생각이 들었다.

한 전무의 추측은 곧 사실로 밝혀졌다. 조사를 끝낸 초소장이 마을로 돌아가기 전에 이런 말을 했기 때문이었다.

"이따가 손죽도로 나가는 배가 뜨니까 두 사람은 나하고 같이 여수의 본서로 가서 조사받으셔야 되겠습니다. 천막을 걷고 준비해 주시기 바랍니다."

"하지만 … ." 한 전무가 바다 쪽을 가리켰다. "시신이 떠오르는 경우를 위해서 누군가 자리를 지켜야 하잖아요."

익사한 시체는 한 번, 꼭 한 번 언제인가는 떠오르고, 그리고는 다시 가라앉으면 영원히 찾을 길이 없었다. 그러니까 오늘 당장 떠오르지는 않을지라도 이제부터 누군가는 항상 바다를 지켜야 했다.

"두 사람 다 사고자하고는 가족도 아니면서 뭘 그래요." 초소장이 퉁명스럽게 말했다. "이곳 일은 내가 이장님한테 부탁해 둘 테니까 걱정 말아요. 그리고 행여 도망칠 생각은 말고요. 여기선 도망갈래야 갈 수도 없지만요."

당동부락의 신승직 선장은 잠수부 두 명과 잡부로 쓸 장정까지 둘을 더 구해서는 한 전무 일행이 평도로 타고 들어왔던 배의 고종식 선장에게 연락을 취했지만, 천안에서 내려온 다른 낚시꾼들을 싣고 유명호가 이미 새벽에 출항해 버려서 배편을 쉽게 댈 수가 없었다. 여기저기 수소문 끝에 신 선장은 그가 팔아 버린 배 남해호를 몸살로 자리에 누운 선주에게서 빌려 직접 끌고 부랴부랴 동래도 포구를 출발하여 점심때가 다 되어서야 도착했다.

열일곱

이장과 신 선장에게 마당바위 현장을 지키도록 맡기고 수미와 함께 한 전무는 키도 작고 눈도 작은 윤 순경으로부터 감시와 호송을 받으며 여수로 출발했다. 수갑을 차지만 않았을 뿐, 윤 순경은 두 사람을 마치 죄수처럼 함부로 다루었다.

330

엉뚱한 의심을 받는다는 사실에 수미는 퍽 긴장한 눈치였다. 그녀는 한 전무보다 자신이 무슨 이유에서인지 훨씬 더 위험에 처했다고 느끼는 모양이었다. 아마도 아까 마당바위에서 이장 영감을 의식하고는 무엇인가 숨기고 얘기하지 않은 내용 때문인지도 모를 노릇이었지만, 어쨌든 수미는 겁을 먹은 기미가 역력했으며, 그래서인지 아직도 서 사장의 죽음에 대한 슬픔을 제대로 느끼지 못하는 듯싶었다.

통통배를 타고 손죽도로 나가는 동안, 그리고 손죽도에서 정기선 덕일호로 바꿔 타고 여수에 도착할 때까지 수미는 사뭇 긴장한 표정으로 많은 생각을 했다. 그녀는 별로 말을 하지 않고 열심히 갖가지 궁리를 하느라고 내내 깊은 생각에 잠겼다.

한 전무는 수미가 무슨 생각을 저렇게 많이 할까 궁금했다. 막상 서 사장이 죽어 버렸으니 뱃속에 생겨난 아기를 어떻게 해야 좋을지 아마 그런 걱정을 가장 먼저 했으리라고 한 전무는 생각했다.

한 전무와 수미는 여수경찰서에서 밤늦도록 따로따로 조사를 받았다. 심문대상은 한 전무가 먼저였다.

얼굴이 네모지고 고집스러워 보이던 최도식 형사는 "꼭 의심을 하기 때문이어서라기보다는 사실확인 차원에서 모든 가능성을 검토하겠다"면서 노골적으로 한 전무를 의심하는 질문을 계속했다. 결혼한 남자 두 명과 부도덕한 젊은 여자 하나가 으슥한 바닷가에서 밤을 보낸다면 살인사건이 벌어질 무대와 상황으로는 조금도 손색이 없기 때문이었다.

최 형사가 수미를 '부도덕한 여자'라고 규정한 기준은 참으로 객관적이고 정확한 판단이었다. 그리고 부도덕한 여자를 놓고 결혼한 남자 두 사람이 갈등을 일으켜 우발적인 살인이 이루어졌으리라는 추측 또

한 대단히 객관적인 가능성이었다.

"왜 있잖아요." 최 형사가 말했다. "홧김에 갯바위에서 슬쩍 밀기만 해도 되니까 말예요."

최 형사는 한 전무와 수미가 몰래 눈이 맞아 관계를 가지다가 비밀이 탄로가 날 위험에 처하자 둘이서 짜고 계획적으로 서구찬을 섬으로 데리고 내려와 살해했을 가능성까지 꼼꼼하게 따졌다. 수미가 임신했다는 사실을 알아낸 수사관은 태아가 혹시 한 전무의 아이가 아닌가 하는 터무니없는 의심까지도 서슴지 않았다. 그래서 무엇인가 급박한 사정이 생겨 수미와 한 전무가 서구찬을 죽이고 나서 아이를 낳은 다음, 친자확인 소송 따위를 벌여 백화점 사장의 유산을 뜯어내자는 음모를 꾸몄을지 모를 일이라는 기상천외한 추리도 나왔다.

최도식 형사는 겁을 먹은 수미를 조사실로 데리고 들어가 한 전무에게 물었던 내용과 똑같은 온갖 질문을 되풀이했고, 수미는 한 전무와 비슷비슷한 대답을 했다.

두 혐의자의 진술이 대부분 일치하자 최 형사는 서구찬이 혼자 낚시하다가 실족사를 당했다는 잠정적인 결론을 내리기로 작정했다. 그래도 "심증과 물증이 항상 일치하지는 않기 때문"이라면서 최 형사는 사체가 인양되면 부검을 통해 다시 조사를 하겠다며 일단 수사를 종결짓고 두 사람을 평도로 돌아가도록 "귀가 조치"를 취했다.

경찰서에서 풀려난 한 전무와 수미는 저녁을 먹으려고 근처 관문동 골목의 국밥집으로 갔다. 구석자리를 잡은 한 전무가 삼겹살과 소주를 시켰다.

수미는 오래 누적된 피로에 불안감이 겹쳤다가 마침내 긴장감이 풀어져서인지 기진맥진한 기미가 역력했다. 그리고 별로 말을 하지 않았다. 그녀는 여전히 어딘가 다른 곳에 정신이 팔린 듯싶었다. 도망치고 싶기는 하지만 자꾸 제자리로 돌아오게 되는 악몽이 계속해서 반복되듯이, 겹겹으로 엉킨 실타래처럼 뒤숭숭한 머릿속에 휘말려 얼이 빠진 듯, 수미는 좀처럼 주변 현실에 대해서 반응을 보이지 않았다. 최 형사가 무엇을 물어보더냐는 한 전무의 질문에도 그녀는 자세한 대답을 하지 않았다. 무엇인지 그녀에게서는 틀림없이 어떤 말 못할 사연이나 속사정이 정신을 몽땅 빼앗아 가는 모양이었다.

그러나 어쨌든 할 말은 해야 되겠다고 한 전무는 작정했다.

"어떻게 하시겠어요?" 한 전무가 물었다.

"뭘요?"

"아침에 내가 물어 봤잖아요. 서 사장님 사모님이 내려오실 텐데, 그러면 어떻게 하시겠느냐고요. 서로 마주치면 수미 씨나 저쪽이나 두 사람 다 거북하지 않을까요?"

수미는 대답하지 않았다.

한 전무 생각에는 두 여자가 만나면 무슨 일이 벌어질지 손바닥처럼 빤한 노릇이었다. 남편을 이곳까지 끌고 와서 죽게 한 여자를 거듭해서 배반당한 아내가 가만 내버려 둘 리가 없었다.

"수미 씨가 자리를 비켜주는 게 현명하지 않을까 모르겠군요." 한 전무가 말했다.

수미는 대답하지 않았다.

"오늘 밤차로 올라가세요." 한 전무가 권했다. "역까지 제가 모셔다 드릴 테니까요."

열어덟

수미를 서울로 올려 보내고 나서 여관에 들어 오래간만에 편안한 잠을 자고 아침에 일어난 한 전무는 몸이 가뿐했다. 며칠 동안이나 험악했던 날씨도 오늘은 그의 몸만큼이나 쾌청했다. 숙면으로 피로가 풀리자 마음까지 홀가분해진 그는 이렇게 상쾌한 기분을 그가 느낀다는 사실이 어제 죽은 서 사장한테 퍽 미안하게 여겨졌다.

여관을 나와서 선짓국으로 아침식사를 한 다음 그는 시간이 너무 이르기는 했지만 달리 갈 곳이 없고 따로 할 일조차 없었던 터여서 한 시간 가량 일찍 여객 터미널로 나갔다. 날씨가 풀렸기 때문인지 배를 타러 나온 사람이 많았다. 북적거리는 풍경은 서 사장이 죽었건 말았건 평상시와 마찬가지였다. 소금물이 두고두고 썩은 찝찔한 갯내, 여객들의 보퉁이, 비닐 끈으로 묶은 라면 상자, 서투른 양복차림, 바닷바람에 그을린 얼굴, 그런 모든 일상의 풍경은 어디 하나 변함이 없었다.

그는 터미널 마당 여기저기 콘크리트 의자에 자리를 잡고 앉거나 나무 밑에서 담배를 피우며 배를 기다리는 사람들을 둘러보았다. 혹시 서 사장의 부인이 내려왔는지 찾아보기 위해서였다. 오늘은 여수에서 덕일호가 거문도로 떠나는 날이어서 서 사장 부인이 안 내려왔을 확률이 컸다. 덕일호를 타면 손죽도까지 들어가기는 쉽지만 평도로 들어가는 철선을 바꿔 탈 수가 없었다. 철선은 페리호 '데모크라시'하고만 연결 운항을 하기 때문이었다.

그래도 한 전무는 부인이 내려왔기를 바랐다. 손죽도에서 통통배 어선을 한 대 대절하여 평도까지 들어가는 방법까지 그가 알려줬으니까,

비록 평도까지는 들어가지 못하더라도 손죽도에서 하루 묵을 셈치고 어쨌든 내려왔어야 했다. 아무리 매정한 여자라고 하더라도 남편이 죽었는데 객지에서 하루쯤 더 고생하기를 마다해서는 안 될 일이었다. 백화점과 사업이 아무리 중요하다고 하더라도 남편의 죽음이 당연히 먼저였다.

선착장 마당에서는 서 사장의 부인이 눈에 띄지 않았다. 그녀의 얼굴을 모르기는 했지만 한 전무는 서 사장에게서 자주 얘기를 들어 그녀의 매몰찬 얼굴을 한눈에 알아볼 수 있으리라고 확신했다. 그리고 한 전무는 그녀가 틀림없이 아직은 안 내려왔으리라고도 확신했다.

그는 대합실로 들어가 알아볼 만한 얼굴을 다시 찾아보았다. 벽에 걸린 텔레비전으로 아침 뉴스를 보는 깡마른 남자, 바닥을 감귤 껍질로 지저분하게 어질러 놓은 다음 달걀을 까서 손바닥의 소금에 찍어 먹는 할머니, 더러운 나무의자에 앉아 신문을 읽는 뚱뚱한 남자, 더덕더덕 옷을 껴입고 아이스박스를 깔고 둘러앉아 컵라면을 먹는 여섯 명의 낚시꾼, 오징어로 아침 소주를 마시는 누더기 행려병자, 갖가지 수상한 주간지를 진열한 가판대 앞에서 아기를 업고 서성거리는 젊은 여자, 출항 시간표와 매표소 앞에 모여 시간을 확인하는 사람들, 화장실 입구에서 껌과 화장지를 파는 아주머니, 그리고 또 사람이 많았지만 서 사장의 부인이라고 여겨지는 세련된 여자는 눈에 띄지 않았다.

그리고 다도해의 아름다운 사진이 담긴 관광포스터 밑에 언제 돌아왔는지 수미가 벤치에 앉아서 기다렸다.

얌전히 앉아서 한 전무의 시선이 자신에게로 오기를 기다리던 수미는 두 눈이 퉁퉁 부어 있었다. 눈을 뜨기가 힘들 정도로 금붕어처럼 부어오른 눈이었다.

무척 지치기는 했지만 여전히 초조한 표정으로, 푸석푸석 초췌한 모습으로, 무릎에 큼직한 손가방을 얹어 놓고, 하얀 운동화를 신은 두 발을 얌전히 가운데로 모은 채, 어제 옷차림 그대로, 소매가 없는 파란 블라우스에 속이 비칠 듯 얇은 흰 바지차림으로, 수미는 가만히 앉아서 한 전무를 기다렸다.

수미가 그의 눈에 띈 순간 한 전무는, 서 사장이 득량만 바닷가에서 혼자 지내던 무렵에, 친구를 광주에서 서울로 올려 보내고 혼자 수문 뒷개 별장으로 다시 찾아왔다던 수미의 모습이 어떠했을까 상상해 보았다. 그리고 편지 한 장을 남기고 행방을 감추었다가 4개월 후 비가 쏟아지던 어느 날 밤 꽃우물에서 다시 서 사장을 만나려고 기다렸을 때의 모습은 또 어떠했을지 상상해 보았다.

도저히 상상이 가지 않았다. 하지만 그는 평도의 마당바위에서 서 사장의 아내가 수미를 만나면 머리채를 휘어잡고 욕설을 퍼붓는 장면만큼은 쉽게 상상이 갔다.

아무래도 상황이 복잡하게 꼬이리라는 예감을 느끼며, 내 힘으로는 더 이상 어쩔 도리가 없으니 될 대로 되라는 심정으로, 한 전무가 수미에게로 갔다. 그녀 앞에 멈춰 선 한 전무는 무슨 말을 해야 좋을지 모르겠어서 아무 말도 하지 않았다.

수미가 먼저 입을 열었다.

"대전까지 올라갔다가 새벽차로 도로 내려왔어요." 그녀가 말했다. "한 전무님이 어느 여관에 들었는지 알 수가 없었지만, 이곳 배 타는 곳으로 미리 나와 기다리면 만나게 되리라는 생각을 했죠."

336

열아홉

여수를 떠난 덕일호는 백야등대를 거쳐 나로도를 향해 보돌바다를 건너기 시작했다. 크고 작은 섬들이 싱싱하고 검푸른 소나무 숲을 머리에 이고 길게 방파제를 뻗어 낸 채로 물 위에 떴다. 허옇게 여기저기 바위를 드러낸 작은 섬의 밑동이 죽은 코끼리에게서 토막으로 잘라낸 발 같았다.

하얀 페인트를 칠한 난간 위로 몸을 수그리고 서서 한 전무는 섬 등성이를 깎아 만든 밭뙈기와 빨간 깃발 하얀 깃발을 누덕누덕 휘날리는 고깃배와 바위 꼭대기에 외롭게 올라선 몇 그루의 해송을 둘러보았고, 악착같은 인간의 흔적이 섬들과 더불어 점점 뒤로 멀어지자 그는 거품을 일으키며 뱃전을 비켜 흘러가는 바다를 구경했다.

태풍이 사라졌고, 그래서 맑은 날씨가 한없이 푸르기만 했다. 창공은 새로운 시작을 손짓했다. 열린 바다로 나오니 아직 바람의 꼬리가 남아 바다의 수면을 할퀴면서 뜯어내어 뾰족뾰족한 잔물결을 일으켰지만 위험한 흰 파도는 벗겨지지 않았다. 빗물이 말끔히 씻어낸 바다와 하늘은 가시거리(可視距離)가 무한대였으며 선명한 대기를 투과하는 태양은 물로 헹구어낸 듯 시원스러웠다.

햇살이 뜨겁고도 시원스러웠다. 태양이 뿌려 주는 행복의 가루가 파도에 실려 수평선을 따라 반짝이며 돌아다녔고, 저만치서 비바람에 살아남은 해파리 한 마리가 나들이를 나와서 춤추는 유령처럼 노니적거리고 떠갔다. 어디선가 돌고래가 나타나 무지개가 영롱한 물보라를 뿜어 댈 것만 같은 찬란한 바다의 시간이었다. 거센 파도가 가라앉은 바다의 출렁임 밑에서는 가리비조개가 자연의 법칙을 거부하고 날아다니며 물속의 비상(飛翔)을 위해 끊임없이 진화를 계속하리라고 한 전무는 생각했다.

그러나 서구찬은 거기에 없었다.

빗물이 말끔히 씻어낸 바다와 하늘은 가시거리가 무한대였지만, 그것은 서 사장이 다시는 보지 못할 무한대의 거리였다.

한 전무는 언젠가 이른 봄 백도에서 그의 시야를 직각의 벽처럼 가렸던 바다의 황사현상이 머리에 떠올랐다. 그것은 가시거리 1킬로미터로 잘린 사각형의 세계였다. 우주를 가득 채운 먼지가 네 방향을 막아놓고 그곳에서 꼼짝하지 않고 버티었다. 그는 황사로 밀폐되었던 그날의 바다가 서구찬의 세계였는지도 모르겠다고 생각했다. 먼지로 막아버린 가시거리 1킬로미터의 고치 속에 갇혀서 결국 인생을 몽땅 낭비하다가 물밑으로 사라져 어디론가 가버린 사람이었으니까 말이다.

서구찬은 우쿨렐레라는 작디작은 기타와 무인도에서 불러대던 〈싼타 루치아〉를 남겨 놓고 사라진 참으로 요령 없는 남자였다. 살아가는 요령을 너무나 몰랐던 사람, 인간 서구찬은 인생의 사과를 어떻게 골라 먹어야 할지를 전혀 알지 못했다. 그의 인생은 한 상자의 사과 가운데 썩은 것부터 골라서, 더 썩어 먹지 못하게 되기 전에 먹어야 한다면서 결국 싱싱한 사과는 전혀 먹어보지 못하고 죽은 꼴이었다.

한 전무는 썩은 사과만 골라서 먹는 인생은 참으로 어리석다고 생각했다. 그는 낚시하다가 큰 고기를 잡으면 남들에게 보여주고 자랑하기 위해 아이스박스에다 얼음을 채워 얼려서 서울로 가지고 올라가는 미련한 짓은 하지 않았다. 그는 가장 큰 고기부터 골라내어 잡은 그날로 회

338

를 쳐 먹어 없앴다. 게르치나 감생이나 무슨 고기나 다 마찬가지였다.

그날 잡은 고기로 갯바위에서 회를 치면 햇빛을 받은 살에서 형광빛 분홍 비슷한 무지개 빛깔이 영롱하게 빛난다. 그것은 찬란한 생명의 광채였다. 횟집 물깡에서 하루만 지내도 물고기에서는 그런 광채가 사라진다. 암으로 죽어가는 병원의 환자나 마찬가지로 횟집의 물고기와 냉동시킨 물고기는 생명의 빛을 간직하지 못한다.

한 전무는 서구찬의 삶에서는 게르치의 살에서 빛나는 생명의 광채가 없었다고 생각했다. 인생은 싱싱할 때 가장 열심히 살아야 하는데, 서 사장은 인생이 언제 싱싱한지조차 알지 못했다.

한 전무의 바로 옆에서는 여행길에 나선 등산복 차림의 젊은 남녀가 아름다운 날씨로 추억을 만들기 위해 교대해 가면서 서로 상대방의 사진을 찍어 주었다. 바다의 증명사진을 찍는 환한 몸짓과 거침없는 미소, 그들은 비바람이 끝난 다음의 푸른 하늘과 바다를 배경으로 삼았다.

그러나 서구찬은 푸른 하늘과 바다를, 그리고 맑은 날씨를 다시는 보지 못할 터였다.

가시거리 1킬로미터였던 황사현상의 세계에서 철저한 외톨이로 평생을 보낸 서구찬은 이제 아무것도 느끼거나 보지를 못한다. 아니다. 가시거리 1킬로미터의 세계조차 못 되었다. 물고기의 비늘을 뒤덮는 그런 차가운 점막으로 온몸을 고치처럼 감싸고 자신의 내면에 숨어서 살았던 서구찬의 인생은 가시거리가 백 미터가 못 되었다. 한 전무는 사람이란 그렇게 황사의 벽에 갇혀, 안개의 벽 속에 갇혀, 눈에만 보이는 반경 속에서 아웅다웅 살다가 가는 모양이라고 생각했다. 서 사장은 그렇게 끝내 가시거리가 백 미터인 인생의 안개지대를 벗어나지 못하고 죽었다.

새로운 생명을 잉태한 젊은 여자 하나를 또 다른 황사지대에 홀로 남겨 놓은 채로….

떠났다가는 다시 돌아오기를 한없이 되풀이했던 수미 역시 시야가 제한된 황사의 세계를 끝내 벗어나지 못할 모양이었다.

유복자이며 사생아인 태아를 뱃속에 담은 수미의 인생은 과연 가시거리가 얼마나 될까? 거인의 파이프 담뱃대를 꽂아 놓은 듯한 둥그런 환기통에 몸을 기댄 채로 갑판 바닥에 앉아 무엇인가 깊은 생각에 잠겨 멍하니 바다를 쳐다보는 수미의 눈에는 그녀의 미래가 얼마나 멀리까지 보일까?

짙은 황사 속에 남은 수미와 태아가 앞으로 어떻게 되려는지 한 전무는 생각해 보았다.

알 길이 없었다.

살아서조차 인생이 복잡하기만 하던 서 사장은 죽고 나서도 역시 복잡한 사람이라는 사실 말고는 아무것도 알 길이 없었다.

수미는 서울로 올라가다 말고 이번에도 다시 서 사장을 찾아 되돌아왔어야만 했던 이유를 아까 여객 터미널 관광포스터 밑에 앉아서 이렇게 설명했었다.

"그이를 죽여 놓고 아무렇지도 않은 듯 혼자 서울로 돌아갈 수가 없었어요."

한 전무는 서 사장을 죽인 것은 바다이지 그녀가 아니라고 말했다.

"아녜요. 내가 죽였어요." 수미가 고집했다.

340

어째서 그렇게 생각하느냐고 한 전무가 물었다.

"나 때문에 그이가 자살했으니까 그렇죠." 수미가 설명했다.

"자살이라뇨?" 한 전무가 물었다.

"그이는 파도에 휩쓸려 들어가거나 실족해서 바다로 떨어진 게 아니라 자살하려고 뛰어들었던 거예요."

"뛰어들었다고요?" 한 전무가 물었다.

수미가 힘없이 머리를 끄덕였다.

"혹시 잘못 본 거 아녜요?" 한 전무가 물었다. "천막에서 마당바위까지는 거리가 꽤 멀고, 사고 당시에는 아직 날이 완전히 밝지를 않았을 테니까 하는 말예요."

"잘못 본 거 아녜요." 수미가 말했다. "뛰어드는 걸 내 눈으로 똑바로 봤으니까요."

갑자기 머리가 복잡해지면서, 내가 이해하지 못하는 어떤 상황이 벌어지려고 하는구나 하는 생각이 들면서, 한 전무가 찬찬히 물었다.

"혹시 그런 얘기 경찰에서 조사받을 때 했어요? 서 사장이 자살했을지도 모른다는 가능성 말예요."

수미가 머리를 저었다.

"아뇨." 그녀가 말했다. "안 했어요. 그런 얘기 함부로 했다가 쓸데없이 의심받고 싶지는 않아서요. 하지만 한 전무님만큼은 진실을 알아야 할 듯싶어서 말씀드리는 거예요."

잠시 생각해 보고 나서 한 전무가 다시 물었다.

"나로서는 도대체 서 사장이 자살했으리라는 가능성이 조금도 납득이 가지는 않지만, 어쨌든 자살인 경우라고 해도 말예요. 왜 서 사장이 자살했다고 생각하시나요?"

허탈한 표정으로 출항시간표 위에 걸린 시계를 힐끗 쳐다보고 나서 수미가 말했다.

"그건 내가 그이를 궁지로 몰아넣었기 때문예요."

"궁지라뇨?"

"그이가 자살할 수밖에 없었던 궁지로요."

"그게 무슨 얘긴가요?"

하지만 너무 피곤해서 입을 열기가 귀찮다는 듯 수미는 더 이상 설명하지 않았다.

스물

둥그런 환기통에 몸을 기댄 채로 수미는 갑판 바닥에 앉아 무엇인가 깊은 생각에 잠겨 멍하니 바다를 쳐다보았고, 여행길에 나서 추억을 만들기에 바쁜 젊은 남녀는 똑같은 하늘과 똑같은 바다를 배경으로 삼아 똑같은 사진을 아직도 자꾸만 찍어 대었고, 후갑판 한가운데 둘러앉은 여섯 명의 낚시꾼은 방탄조끼만큼이나 두꺼운 구명조끼를 걸치고 갯바위 신발을 철거덕거리며 돌아다니거나 농구 골대보다도 큰 뜰채와 비싼 고급 낚싯대를 공연히 꺼내 펼쳐 들고 여봐란 듯 자랑스럽게 매만지며 무척 행복해했다.

서 사장의 부인은 끝내 덕일호를 타러 나타나지 않았다.

혹시 두 여자가 마주치면 도망칠 곳이 전혀 없는 배 안에서 별로 아름답지 못한 사태가 벌어질까 봐 퍽 걱정이었던 한 전무는 수미더러 승선이 시작되기 전에 서 사장 부인이 없는지 선착장 주변을 한 바퀴 살

342

펴보라고 했었다. 불상사에 미리 대처하기 위해서였다. 수미는 서구찬의 아내를 두 차례나 직접 만난 적이 있어서 얼굴을 잘 안다고 했다.

여기저기 돌아다니며 둘러본 수미는 죽은 애인의 미망인을 찾아내지 못했다. 그 말을 듣고 한 전무는 머리채를 휘어잡고 '이년 저년' 난장판이 벌어지는 꼴을 보지 않게 되어 다행이다 싶기는 했지만, 서구찬의 아내가 배에 타지 않았다는 사실이 도리어 섭섭해지기 시작했다. 아무리 원한이 사무쳤기로서니 남편이 죽었다는 소식을 듣고 당장 달려 내려오겠다는 말이 없었던 서 사장의 부인은 참으로 독한 여자이리라고 그는 생각했다.

이미 죽어버려서 꾸짖고 벌할 수조차 없어진 남편이라면 못 이기는 체하며 너그럽게 용서함직도 한데, 부인은 그럴 마음이 전혀 내키지 않는 모양이었다. 그의 죽음을 애도하기는커녕 그녀는 죽은 남편에 대한 보복과 복수를 어떤 형태로든 중단할 눈치가 아니었다. 앙갚음을 할 대상이 없어졌어도 미움은 삭지 않아서였다. 죽음은 인생살이의 종말이지만, 남편에 대한 그녀의 형벌은 죽음으로 끝날 듯싶지가 않았는데, 죽음을 초월하는 사랑이라면 소설이나 영화에 나오면 그럴듯한 얘기이겠지만, 도대체 죽음을 초월한 미움은 또 무엇일까 한 전무는 좀처럼 알 길이 없었다.

한 전무는 어제 나누었던 서 사장 부인과의 첫 통화내용이 아무래도 마음에 걸렸다. 부인 재명은 사고가 났다는 말을 듣고는 무슨 사고냐고 알아보려 하지도 않고, 다짜고짜 남편이 자살했느냐고 물었다. 마치 자살하리라고 이미 오래 전부터 예상했거나 기다렸다는 듯한 말투였다.

왜 수미와 부인 두 여자 모두 서 사장이 자살했으리라고 똑같은 생각을 하는지 한 전무는 궁금했다.

"난 구찬 씨가 도망친 목적이 나를 떼어버리기 위해서였다는 결론을 내렸어요." 수미가 말했다.

덕일호에서 내린 한 전무와 수미는 신 선장이 평도로부터 배를 끌고 그들을 데리러 나오기를 기다리며 손죽도 바닷가를 거닐었다. 그리고 두 사람만의 시간이 모처럼 마련되자 수미는 서 사장과의 '불륜관계'에 관해서 그녀의 입장을 차근차근 한 전무에게 설명하는 중이었다.

"구체적으로 그때 내가 왜 그런 결론에 도달하게 되었는지는 지금 잘 기억이 나질 않아요. 하지만 구찬 씨가 목포에서 전무님을 만나 무인도로 들어가 낚시하며 세상을 잊어버리고 지내는 동안, 나는 뒤에 혼자 남아 온갖 억측과 망상에 빠져 나 자신과 피곤한 싸움을 벌여야 했어요. 그리고 그이가 행방을 감춘 이유가 무엇일까 피곤한 추리를 하던 끝에, 이제는 백화점 사모님이 아니라 나 자신이 구찬 씨의 가장 큰 적이 되었다고 믿게 되었어요. 상상을 자꾸 거듭하면 그것이 현실을 수정하는 새로운 사실로 굳어지기 마련이고, 그래서 난 나 자신이 버림받은 여자라는 진실을 받아들여야 되겠다는 결론에 이른 셈이죠."

길게 직선으로 뻗어나간 방파제에는 고기잡이배들이 밧줄에 묶인 채로 파도에 얹혀 출렁거렸다. 배가 바위에 부딪혀 파손되지 않도록 옆구리에다 줄줄이 매달아놓은 폐타이어들이 흉측했고, 선장실 위에 보자기처럼 얽어맨 비닐 지붕이 방정맞았다. 포구 건너편 후묵진 산자락에는 납작한 집들이 층을 지어 단단히 들어앉았다.

수미가 짧은 한숨을 짓고 나서 말을 이었다.

"그래서 우리 다시는 만나지 말자는 편지 한 장만을 그이에게 남기고 난 한남동 집을 나왔고요. 지금 생각하면 너무나 경솔한 짓이었어서 후회가 막심하지만, 이제 후회한들 무슨 소용이겠어요? 사실 처음엔 작별하겠다고 시원스럽게 결단을 내린 나 자신이 기특하게 여겨지기까지 했었답니다. 비록 내가 버림받기 전에 내가 당신을 먼저 버리겠다는 방어본능과 보복심리가 크게 작용한 행동이기는 했지만요. 특히 내가 마음이 달라지더라도 돌아갈 곳을 아예 없애버리겠다고 백화점 사모님을 찾아가 한남동 집에 대한 비밀을 털어놓은 나 자신의 용기가 퍽 대견하다는 생각이 들었어요. 그런데 채 사흘이 안 되어서 난 엄청나게 후회하기 시작했어요. 가만히 생각해보니까 그것은 내가 정말로 헤어지고 싶어서 취한 행동이 아니라, 그이의 진심을 확인해보고 싶어서 그랬을 뿐이라는 사실을 깨달았기 때문이었죠. 구찬 씨가 정말로 나를 적으로 생각하여 다시는 만나지 않겠다고 작정했는지, 아니면 지난 번처럼 나를 찾아 나서려는지 알아보려고요."

서 사장이 그녀를 찾아내지 못하게 하기 위해서, 그리고 이제는 정말로 어머니의 얼굴을 볼 염치가 없었던 그녀는 창동으로 돌아가지 않고 다시 구로동 공업단지로 들어갔다. 수미가 공단으로 돌아간 이유는 대학을 나오지 못한 그녀로서는 어디 당장 취직할 곳이 마땅치가 않기도 했지만, 우쿨렐레 때문이었다.

수미가 코스모스처럼 힘없이 바닷가를 거닐며 말했다.

"'공순이'들 아시죠? 공단에서 힘겹고 고달픈 삶을 살아가는 소녀 근로자들 말예요. 내가 잠깐 면장갑 공장에서 일했을 때 보니까 소녀 노동자들이 기숙사에서 밤이면 처량한 신세타령을 많이 하더군요. 가난

한 가족과 슬픈 사랑의 얘기 따위를요. 서로 슬픔을 나누고 위안을 받고 싶어서요. 바로 그런 어느 날 밤이었어요. 기숙사에서 그나마 나하고 좀 친했던 명순이라는 애가 나더러 집안은 멀쩡한 모양인데 어쩌다 공순이가 되었느냐고 묻더군요. 그래서 난 구찬 씨 얘길 했어요. 끝내 이루어지지 못할 사랑, 그리고 별장에서 우쿨렐레와 노래 때문에 맺어진 사연을요. 그랬더니 명순이가 그러는 거예요. 여기서 멀지 않은 곳에 아이들 책가방을 만드는 공장이 있는데, 자기 고향친구 연자가 거기 공순이라고요. 그 가방공장에서 얼마 전에 신제품으로 우쿨렐레를 생산하기 시작했다고 그러더군요. 도대체 책가방과 우쿨렐레의 공통점이 뭐기에 같은 공장에서 만드는지 모르겠다고 웃으면서요."

수미는 그날 밤 이것은 참 기구한 인연이다 싶은 이상한 예감이 들어서 어쩐지 마음이 설레고 잠이 잘 오지를 않았다고 그랬다. 그리고는 기적처럼 예감이 현실로 나타나 며칠 후에 서 사장이 공장으로 그녀를 찾아왔다. 정말로 우쿨렐레가 그들의 재회를 마련해 주었는지 어쩐지는 알 길이 없었지만, 수미는 그렇게 믿고 싶어했다.

"구찬 씨가 나를 버리고 추자도로 떠난 다음에 난 어떤 미신적인 소망에 따라 명순이와 연자를 찾아갔어요. 이번에도 우쿨렐레가 날 도와주기를 바라면서요. 결국 난 그래서 책가방 공장에 취직하고 다시 기숙사 생활을 시작했고요. 거기서 열심히 기다리기만 하면 그이가 꼭 날 찾아오지 않을까 싶어서요. 그리고는 하염없이 기다렸어요. 어느 날 불쑥, 환한 미소를 지으며, 구찬 씨가 날 찾아오기를 꿈꾸면서요. 잠든 숲속의 공주를 깨우러 온 왕자님처럼요. 그래서 나더러 왜 또 이런 곳에 와서 고생하느냐고, 눈물을 흘리면서 그이가 내 어깨를 쓰다

듣어주시고, 내 눈을 그윽이 들여다보고는, 어서 같이 가자고 날 이미 마련해 놓은 어딘가의 보금자리로 데리고 가기를 바랐어요."

두 사람이 오락가락 거니는 손죽도 어촌 앞으로 펼쳐진 바다에는 고기를 잡으려고 대발을 쳐놓았다. 부서진 부표조각과 비료부대와 밧줄 토막 같은 인간의 더러움이 파도를 타고 뭍에서 여기까지 흘러와 쌓인 자갈밭에서는 네댓 명의 어부가 도리깨로 그물에서 잡물을 털어 냈다. 초록빛 그물뭉치를 실은 경운기가 묵직하게 툴툴거리며 지나갔다.

"하지만 그이는 아무리 기다려도 우쿨렐레 공장으로 끝내 찾아오지를 않더군요." 수미가 말했다. "나중에 알게 된 사실이지만, 그이는 전혀 날 찾으려고 하지도 않았어요. 오히려 잘 됐다고 홀가분하게 생각했던 것이 분명해요. 며칠 동안 날 찾으려고 노력은 해봤지만 종적을 찾아낼 만한 단서가 잡히지 않았다고 그이가 언젠가 변명하더군요. 하지만 그건 분명히 거짓말이었어요."

그러나 수미의 독백을 꼼꼼히 새기며 잘 들어보면 그녀는 구찬이 찾아오기를 별로 오랫동안 기다리지는 않았던 듯싶었다. 그녀에게는 남자의 진심을 실험하고 확인하며 느긋하게 기다릴 마음의 여유가 넉넉하지 않았다.

"하루, 이틀, 그리고 한 주일, 두 주일이 지났지만 아무리 기다려도 구찬 씨는 저를 데리러 오지 않았어요. 그래서 몇 차례 저녁에 꽃우물에 나가서 무작정 기다려보았어요. 꽃우물은 구찬 씨가 전에 날 공단에 와서 찾아낸 다음 데리고 가서 저녁을 먹여주었던 곳이죠. 하지만 다 부질없고 소용없는 일이었어요. 그러자 막막한 마음에 갑자기 눈앞이 캄캄해졌어요. 이제는 정말로 끝이구나 싶어서 겁이 덜컥 나고, 공포감으로 숨이 막힐 지경이 되었어요. 한때는 사랑이 통제가 안 되더니 이제는 의심과 두려움을 주체하기가 힘겨운 나날이었어요. 나를 찾으러 오시기는커녕 내가 찾아가더라도 아예 받아주지 않으리라는 공포감이 어떤지는 잘 모르시죠?"

잡초가 무성한 갯가의 좁은 길을 따라 허벅지까지 통바지를 걷어 올린 젊은 아낙들이 함지박을 이고 휘적휘적 지나갔다. 수건으로 헝클어진 머리를 덮은 여인들에게서는 허름하고 지저분한 냄새가 났다.

"내가 불면증에 시달리기 시작한 건 이 무렵부터였어요." 수미가 말했다. "불면증의 고통을 아는 사람에겐 그것이 얼마나 괴로운지 설명할 필요가 없고, 모르는 사람한테는 아무리 설명해도 소용이 없어요. 하루 종일 속이 답답하고, 뇌세포가 푸석푸석해지고, 세상이 아득하고, 빈혈까지 생기고, 그러다가는 그냥 이렇게 시름시름 말라죽겠구나 하는 두려운 생각까지 들더군요. 너무나 불안해서 당장 미쳐버릴 것만 같은 지경이었죠. 그래서 더 이상 기다릴 인내심이 없어진 어느 날 결국 구찬 씨한테 전화를 걸었어요."

그렇게 해서 방배동에 마련한 세 번째 살림이 시작되었지만, 그들의 사정은 예전과 같지 않았다. 그들이 만나서 같이 시간을 보내는 집부터가 그랬다. 없는 돈으로 겨우 마련한 아파트먼트는 낡고 불편했다. 같은 승강기를 써야 하는 6층의 열 가구는 복도로 나란히 연결되어 옆집에 누가 드나드는지 서로 빤했고, 두 사람의 관계를 의심하는 이웃들의 눈초리를 접할 때마다 그녀는 코끼리의 발로 가슴을 짓밟히는 듯 정말로 비밀의 부담을 견디기가 힘들었다. 그래서 수미는 한 발자국 앞에 멀쩡히 서서 쳐다보는 타인들이 그곳에 존재하지 않고 그녀 자신

348

은 투명인간처럼 그들의 눈에 보이지 않는다고 상상하며 눈을 돌리고 하루하루를 보냈다.

"부모들로부터 무슨 소리를 들었는지는 모르겠지만, 이웃 아이들이 나를 빤히 올려다보던 시선은 정말 견디기가 힘들었어요. 사람들의 눈초리로 인해서 그렇게 자꾸 날카로워지는 신경 때문에 불면증이 덩달아 심해졌고, 혼자서 잠을 자려면 재깍거리는 시계의 초침소리가 나를 미치게 만들었어요. 부엌 서랍 속에 아무리 깊이 넣어둬도 시계소리는 시끄럽기만 했고, 정말로 나는 조금씩 미쳐가는 듯한 착각에 빠지고는 했죠."

낮은 처마 밑 그늘에 쪼그리고 앉아 손톱으로 마늘을 까는 할머니의 얼굴이 곶감처럼 검게 쪼글쪼글 구겨졌다. 말린 물고기가 허옇게 널린 바닷가에서 가죽처럼 질긴 얼굴에 주름이 촘촘히 앉은 어부 혼자 플라스틱 바늘로 찢어진 그물을 손질했다. 검붉은 뱃사람의 얼굴이 쓸쓸해 보였다. 섬과 바다의 삶은 그들에게 낭만이기에 앞서 험난한 고통이었다.

"그럴 때면 나는 지금의 내 자리가 과연 어디쯤일까 자꾸만 생각했어요. 난 창녀가 된 기분을 느꼈어요. 내 생활이라는 것이 숨겨 놓은 첩이나 창녀보다 나을 바가 전혀 없었으니까요. 남자가 아내의 눈치를 살피며 몰래 시간을 내어 뒷문으로 찾아오기를 기다리는 여자, 그것이 나였어요. 그래서 언젠가는 한밤중에 일어나 거울 앞에 앉아서 창녀처럼 짙은 화장을 해봤어요. 그런 얼굴이 나한테 잘 어울리는지 알아보고 싶어서요. 참 무섭더군요. 거울 속의 내 얼굴이 ···."

섬의 모서리를 돌았더니 두꺼운 동백 잎이 매끄러웠고, 후박나무 잎이 푸짐했고, 돌담에는 갖가지 잎사귀가 꽂혀 피어올랐다. 갈매기가 시끄럽게 울고 파도가 치는 단조로운 소리에 실려 온 붉은 미역의 아교 냄새가 메스꺼웠다.

"'독수공방'이라는 촌스러운 옛말이 어쩌다가 나에게 적용되는 현실 이 되었는지 기가 막히더군요. 나는 시간제로 사랑을 받다가 자꾸만 버림받는 여자가 되었고, 그렇게 방기된 상태로 혼자서 지내야만 하는 시간이면 꼼짝달싹도 못하게 된 나 자신의 처지가 자꾸만 한없이 슬펐 어요. 당연한 일이었지만요. 하루 이틀도 아니고 평생을 그렇게 살아 야 한다는 생각을 하면 내가 어쩌다 이런 꼴이 되어 버렸나 떳떳하지 못한 입장이 정말로 비참하기 짝이 없었어요."

학꽁치의 은빛 가루비늘을 뿌려 놓은 듯 하늘이 빛났고 파도가 울렁 거렸다. 수미가 기나긴 독백을 계속했다.

"제 발로 기어 들어간 운명이기는 했지만 첩의 팔자가 된 나로서는 어떤 새로운 출발도 불가능했어요. 그리고 절망적인 사랑은 두 사람의 거리를 자꾸만 더 멀어지게 했어요. 하지만 망가진 사랑이기는 해도 나에게는 구찬 씨의 사랑밖에는 허락되지 않았어요. 더 좋은 사랑이나 새로운 사랑을 찾아 나서기에는 나의 몸과 마음이 너무 낡고 헐었으니 까요."

정수리에 내려앉은 태양이 뜨거웠다. 갯바위 신발의 발등이 뜨거웠 고 바닷가의 검은 바위들도 뜨거워 보였다. 자갈밭에서는 지린 아지랑 이가 피어올랐다. 하늘에는 어느새 달구어진 열기가 가득했으며 움직 이지 않던 바람이 뜨거운 입김을 뿜어냈다. 한 전무는 잔등에 땀이 배 었다.

"나는 한순간을 영원한 추억으로 만들려다 운명의 집게발에 물린 여자가 되었던 거예요. 정말로 나는 그냥 아름답고 짤막한 추억 하나를 만들고 싶었을 뿐예요. 결혼한 다음에 어쩌다 궂은 날을 맞으면 가끔 마음속에서 꺼내 보듬어 보고는 다시 마음속의 비밀스러운 방에 넣어 두고 몰래 간직할 그런 추억 말예요. 하지만 작고 예쁜 비밀을 여자로서 하나쯤 간직한다고 해서 무엇이 나쁘겠느냐던 나의 계산은 완전히 틀려버렸죠. 성의 해방이라고 착각했던 행동이 따지고 보면 성의 노예화에 지나지 않는다는 현실을 뒤늦게 깨달은 여자처럼 나는 한 번쯤만 거쳐 지나가려고 생각했던 남자에게 어느덧 꼼짝도 못하는 포로가 되어 노예생활을 시작했던 것이죠. 육체의 노예인지 사회제도의 노예인지 어느 쪽인지는 몰라도 어쨌든 나는 노예가 되고 말았어요. 그리고는 한참 동안 밀고 당기는 심리전이 이어졌지만, 결국은 내가 목숨을 걸고 일방적으로 매달리는 형국으로 고착이 되더군요. 속된 세상의 진부한 개념을 뛰어넘은 사랑의 승리라고 생각했던 나의 행위가 결국은 승리가 아닌 패배로 내 앞에 버티고 서자 난 현실의 참된 모습을 뒤늦게야 제대로 보게 되었던 거예요."

바다가 말라붙어 바위에는 하얀 소금 때가 묻었고 자갈 사이로 꾸룩꾸룩 물소리가 흘러내렸다.

"우리들의 비극은 그렇게 시작이 되었어요." 수미가 말했다.

스물하나

"문밖을 나서기만 하면 하루에 몇 차례씩은 마주쳐야 하는 이웃들의 묘한 시선에서 초라해진 나 자신의 모습을 의식하기 시작하면서부터 였죠. 나는 떳떳하지 못하고 버림까지 받았다는 비참한 마음에 자꾸 외로워졌고, 그러다 보니 집에서 밤에 혼자 술을 마시는 일이 점점 많아졌어요."

맑은 하늘을 올려다보면서 수미가 한 전무에게 고백을 계속했다. 그들은 신승직 선장이 끌고 온 남해호를 타고 뱃머리에 나란히 앉아 평도로 돌아가는 길이었다.

"그러면서 현실감각을 조금씩 상실하는 느낌이 들고는 하더군요. 한밤중에 문을 닫아걸고 빈 집에 들어앉아서 술에 취하면, 시간과 기억이 자꾸 헝클어지고, 때로는 기억이 조금씩 수정되어 거짓이 진실로, 그리고 착각과 망상이 현실로 둔갑하고는 한답니다. 한 전무님은 물론 그런 경험은 없으시겠지만요. 내가 원하는 진실과 현실의 진실이 그렇게 일단 뒤바뀌기 시작하면, 난 내 인생을 똑바로 보는 능력을 잃게 돼요. 바람에 날리는 가랑잎처럼 망각의 공간으로 내 의식과 존재가 사라진다고나 할까요. 그나마 아름답다고 생각했던 추억이 흐릿하게 지워지고 현재의 아픈 기억만 남으면, 불행을 가져다준 과거를 자책하느라고 바빠서 미래는 아예 없어지죠. 의미의 껍질이 세월의 바람에 날아가고, 기억의 문이 닫혀버리면, 갇힌 시간으로부터 탈출하기가 무척 힘들어져요."

뜨거운 태양을 가리려고 이마에 자그마한 손을 대고 눈을 찌푸리며 수미가 말했다.

"정말로 힘든 시절이었어요. 난 별로 변덕스러운 여자가 아니라고 스스로 생각하지만, 그렇게 억지로 면벽을 하는 듯한 시간을 맞으면 연약한 감성이 받는 상처가 점점 깊어지고, 온갖 생각이 망상으로 자꾸만 뒤집히는 혼란에 빠져들고는 했어요. 이러다가 내가 미쳐버리지나 않을까 무서울 정도로요. 전무님이 한번 상상해 보세요. 무엇인지 분명히 하기는 해야 되겠는데 집안에 갇혀서 혼자 취할 만한 행동이 아무것도 없는 새벽을 맞으면, 그러면 때로는 괴이한 충동이 나를 사로잡고는 했어요."

아무런 반응을 하지 않는 세상에 맞서서 그녀가 할 일이나 대처할 능력이 아무것도 없다는 절대적인 절망감에 빠지면 그녀는 가끔 거울 앞에 앉아서 창녀처럼 요란한 화장을 한다거나, 온몸을 바늘로 찔러보고 싶은 강렬한 충동에 휘말리고는 했다고 수미가 말했다. 그러면 그녀는 내가 왜 이런 행동을 하는지, 내가 무슨 생각을 하는지 갑자기 알 길이 없어서 가슴이 답답하고 머리가 뻥 뚫린 기분을 느끼고는 했다. 그러면 사방이 꽉 막힌 화장실로 들어가 비명을 지르거나 아끼던 그릇들을 깨트려 버리는 따위의 이상한 행동까지 가끔 실제로 저지르게 되었고, 아무래도 자신이 정신이상을 일으키는 모양이라고 그녀는 더욱 불안해졌다. 서 사장 역시 그녀의 정신상태를 의심하기에 이르렀다.

"그런 나를 보고 구찬 씨는 무척 겁을 냈어요. 난 그런 소심한 반응을 보이는 구찬 씨가 야속해졌고요. 그래서 난 그이한테 투정이 아닌 짜증을 부리게 되고, 그이는 혹시 내가 무슨 짓이라도 저지를까 봐 더욱 나를 경계하고, 우리들의 사이는 당연히 날이 갈수록 점점 멀어졌죠. 사랑하는 사람들이 왜 서로 괴롭히게 되었을까, 우리 인생이 왜 이렇게 꽉 막히고 답답할까, 아무리 생각하고 어느 구석을 뒤져봐도 해답이 나오질 않더군요."

수미는 자신의 정신상태를 스스로 진단하기 위해 심리학 책을 몇 권 사다가 읽기까지 했다. 그리고 바깥세상에 대한 두려움 때문에 그녀의 의식이 현실에 전혀 반응하지 않으려는 성향을 보인다는 생각이 들었다.

"우리 두 사람은 마치 너무나 빨리 조로하여 양로원에 들어가 앉은 기분이었어요. 우리 두 사람의 인생은 이미 다 끝났기 때문에 붙잡혀 들어왔다는 기분요. 그래서 나로서는 최후의 수단을 동원하는 길밖에 다른 선택의 여지가 하나도 없었어요. 난 마지막 시도를 해야 되겠다고 결심했어요."

신승직 선장이 평도로 몰고 가는 남해호의 난간에 나란히 서서 바닷물을 굽어보며 수미가 한 전무에게 그녀가 선택했던 '최후의 선택'이 무엇이었는지를 설명했다.

"내가 미쳐버리기 전에 탈출을 위해 무엇인가 어서 손을 써야 할 때가 되었다고 나는 결국 판단을 내렸어요. 그리고 난 결심했어요. 그이가 집에서 골방에 갇혀 혼자 살아가고 나는 나대로 밤마다 독수공방을 하는 아까운 시간을 우리 둘이서 함께 지내야 되겠다고요. 그게 논리적인 현실이 아니겠어요? 구찬 씨가 이제는 당연히 사모님을 버려야 한다는 조건이 언제부터인가 나에게는 자연스러운 생각이 되어버렸어요. 나는 한 남자의 가정을 파괴하고 그의 처자식에게 불행을 가져다준 여자이기는 했지만, 사모님에게 미안하던 죄의식은 벌써 오래전에 사라졌죠. 더 이상 사랑하지도 않는 남자를 붙잡고 내주지 않는 앙칼진 아내의 보복에 오히려 내가 시달린다는 피해의식이 어느새 마음속에서 머리를 들던 참이었으니까요. 그만하면 구찬 씨와 나는 죗값을 충분히 치렀잖아요."

인생을 개척하는 도덕의 기준은 상황과 각도에 따라 눈금이 달라지게 마련이었고, 그래서 수미는 가해자였던 자신이 이제는 피해자의 입장에 서버린 셈이라고 믿었다. 수미 때문에 부인이 서 사장에게 버림을 받기는 했지만, 수미 또한 부인 때문에 서구찬으로부터 버림받았다는 계산에서였다.

"그이가 아내를 버리고 나한테 왔어야 한다고 내가 믿는 까닭은 구찬 씨의 실질적인 아내는 사모님이 아니라 나라고 믿었기 때문예요. 부인은 몇 년째 남편을 구석방에 처박아 두고 단 한 번도 성관계를 갖지 않았던 반면에 구찬 씨와 난 정상적인 부부생활을 계속했어요. 그리고 사모님이 백화점 경영에 바빠 바깥으로 나돌며 남편을 거들떠보지도 않았던 반면에 나는 구찬 씨의 발을 씻어 주고, 같이 목욕을 하고, 양말과 속옷까지 챙겨주며 모든 수발을 다 들었어요. 그렇다면 나에게는 구찬 씨를 떳떳한 나의 남자로서 차지할 권리가 생긴 셈이 아닌가요?"

서 사장과 아내 그리고 수미의 관계에 대해서 서구찬이 계산하던 방법은 수미의 방법과는 크게 달랐다. 아내가 그를 해방시켜 주지 않는 한 스스로 탈출을 시도하려는 의지조차 없었던 서 사장은 젊은 여인 수미의 뜻을 따르려는 기미를 전혀 보이지 않으면서 끝까지 요지부동이었다.

"그렇다고 해서 이제는 더 이상 물러설 내가 아니었어요." 수미가 말했다. "그이를 난 어떻게 해서든지 혼자서 소유해야 되겠다는 마음을 다지고는 내 결심을 결국 행동으로 옮겼고, 그래서 결과적으로 그이를 자살로 몰고 간 셈이죠."

수미가 하던 얘기를 갑자기 중단하고 입을 다물었다. 그리고는 남서쪽 수평선을 쳐다보았다. 무슨 일인가 싶어서 한 전무가 남서쪽으로 시선을 돌렸다.

언제 갑자기 나타났는지 모르겠지만 거기에는 신기루처럼 아득한 섬이 하나 떠 있었다. 자세히 보지 않으면 다시 사라질 듯 바다 아지랑이 속에서 한들거리는 까마득한 섬이었다. 한 전무가 무심결에 말했다.

"평도로군요."

수미의 눈에 갑자기 눈물이 핑 돌았다. 수평선에 홀로 뜬 저 섬에서 그녀가 혼자 소유할 수 없었던 남자가 끝내 죽음을 맞았기 때문이리라고 한 전무는 생각했다.

작고도 맑은 방울을 이루는 수미의 눈물에서 햇빛이 반짝였다.

거북해진 한 전무가 수미를 보지 않으려고 시선을 선장실로 돌렸다.

햇빛으로 얇게 덮인 바다가 흐느적흐느적 출렁였다. 조금 멀리서는 파랑(波浪)이 일었다. 그리고 더 멀리서 큰 배 한 척이 느릿느릿 한없이 떠갔다. 하얀 여름 하늘 아래 펼쳐 놓은 푸른 바다와 검은 섬, 그리고 수평선에 얹힌 평도의 주변에는 한낮 해무(海霧)가 깔렸는지 아지랑이처럼 어른거렸다.

단조로운 발동기 소리에 더욱 적막하게만 여겨지던 바다에서 어디에서인가 아득히 무슨 소리가 들려왔다. 해무에 가려 보이다가는 사라져서 보이지 않는 그런 소리였다. 그것은 바다귀신의 읊조림처럼 슬프고 은은했다. 그것은 제주도에서 후끈하고 끈끈한 바람에 실려 오는 여인들의 노래처럼 들릴락 말락 했다. 검은 갯바위 빛의 침묵 속에서

뇌신과 명랑으로 뼛속 고통을 달래며 파도에 거꾸로 꽂혀 물질하는 아낙들의 일노래는 조용히 흐느꼈고, 다시 들어 보니 그것은 제주도에서 흘러온 일노래가 아니라 한 전무의 바로 뒤에서 수미가 흐느껴 우는 소리였다.

그녀의 뺨에서는 눈물이 주룩주룩 한여름 유리창을 타고 흘러내리는 지저분한 빗발처럼 흘렀다. 콧물처럼 지저분한 눈물은 다른 뺨에서도 흘렀다. 그리고 그녀의 흐느낌은 조금씩 커졌다.

한 전무는 수미더러 울지 말라고 말할 마음이 없었다. 남자를 잃은 여자더러 울지 말라고 하는 말은, 어떤 종류의 여자가 어떤 종류의 남자를 잃은 경우라고 하더라도, 옳지 않은 일 같아서였다.

그래서 한 전무는 수미에게 아무 얘기도 하지 않았다.

마음을 진정시키고 그만 울라는 소리도 하지 않았다.

손수건을 내주면서 실컷 울라는 소리도 하지 않았다.

남자를 잃은 여자가 울음을 그치려면 죽은 남자가 다시 살아오는 것 말고는 다른 방법이 없었다.

아무리 가도 좀처럼 가까워지지 않을 듯싶던 평도가 이제는 뚜렷이 윤곽을 드러냈지만, 수미는 아직까지 멈출 줄을 모르고 계속해서 울었다. 그녀로 하여금 아기를 셋이나 잉태했다가 낙태수술을 받게 만들었던 남자의 죽음을 생각하며 그녀는 한 전무가 민망해할 정도로 슬피 울었다.

바다 한가운데서 한 번 터진 수미의 눈물은 좀처럼 그치지 않았고, 소평도와 까막여가 시야에 들어올 때쯤에 그녀는 아예 통곡했다. 뜨겁게 햇살에 달궈진 마당바위가 저만치 보일 때도 그녀는 계속해서 그렇게 울었다.

　너무나 노골적으로 슬퍼하는 수미의 모습이 민망해서 슬그머니 시선을 돌린 한 전무는 서 사장의 복잡한 삶을 한 입에 간단히 삼켜버린 섬과 바다를 둘러보면서, 망망대해를 흘러 다니는 외딴 섬처럼 홀로 떠다녔던 서 사장의 존재와 삶을 생각했다.

　서 사장의 인생은 하나의 무인도였다.

　그리고 서 사장의 무인도는 이제 바다 속으로 가라앉았다.

　한 전무는 왜 수미가 서 사장의 죽음을 자살이라고 믿는지를 알고 싶었다. 수미가 어떻게 궁지로 몰아넣었기에 서 사장이 자살하지 않으면 안 되었는지 그는 설명을 듣고 싶었다.

　그러나 수미는 더 이상 얘기를 하지 않고 울기만 했다.

스물둘

　낙조가 피를 쏟아 붉게 물들인 바다에서는 저녁 바람이 아직도 뜨거웠고, 마당바위는 비가 걷힌 다음 하루 종일 햇빛과 바람에 물기가 증발해서 바싹 말라 돌 틈에 돋아난 한 줌의 풀이 여름 볕에 누렇게 익었다. 헬리콥터 착륙장 너머 넙치바위 주변에서는 신 선장이 데려온 두 명의 잠수부가 오늘 하루의 작업을 마무리하기 전에 마지막 자맥질을 하느라고 물 위로 잠시 머리를 내밀었다가는 산소통을 짊어지고 검은 올챙이처럼 다시 가라앉고는 했다. 4킬로미터쯤 떨어진 까막여 주변에서는 평도 어민들이 동원한 고기잡이 통통배 세 척이 서 사장의 시체를 찾아 헤매었다.

한 전무와 수미는 시체 인양작업의 본부로 삼기 위해 마당바위에 초등학교 운동회에서처럼 나란히 쳐 놓은 두 개의 천막 앞에 앉아 붉은 서쪽 태양을 쳐다보며 얘기를 계속했다.

"내가 일단 아기를 낳을 테니까 그냥 집을 나와서 나하고 같이 살자고 그이한테 적극적으로 요구하기 시작했던 건 퍽 오래전부터였어요. 사모님이 이혼해 주건 안 해 주건 그런 건 상관이 없겠다는 생각이 들어서였죠. 구찬 씨의 실질적인 아내는 사모님이 아니라 나 정수미라는 결론을 내리고 나니까 누가 진짜 부인이냐 하는 문제를 놓고 무슨 소송이건 소송을 해도 내가 이기겠다는 엉뚱한 자신이 생겼던 거예요. 구찬 씨가 집을 나와서 무조건 나하고 같이 살면 부인이 어쩌겠어요? 하지만 내가 그런 얘기를 꺼낼 때마다 구찬 씨는 심한 갈등에 빠져 마음을 잡지 못하고 아무런 딱 부러진 대답을 못하며 흐지부지하다가 결국은 시간에 쫓긴 내가 다시 낙태를 하고는 그늘로 되돌아가기를 되풀이했죠."

"그런데 이번에는 무슨 일이 있어도 물러서지 않기로 작정하셨단 말이군요." 한 전무가 말했다.

수미가 머리를 끄덕였다.

"그래요. 아기가 태어날 때쯤인 내년 봄에 부인과 헤어지고 집을 나와야 한다고 내가 단호하게 밀고 나갔죠. 여자가 아기를 낳겠다면 남자는 물리적으로 어떻게 해볼 방법이 없잖아요? 말하자면 나는 남자의 그런 약점을 볼모로 잡으려는 속셈이었어요."

담배에 불을 붙이며 한 전무가 물었다.

"그렇게 고집하니까 서 사장이 뭐라고 그러던가요?"

"예상했던 대로 첨엔 역시 별다른 반응이 없었어요. 그인 첫술에 순순히 응하는 법이 없으니까요."

넙치바위에서 잠수부 한 명이 물 밖으로 나와 수경과 오리발을 벗고 산소통을 암벽 밑에 내려놓았다. 검정 고무 잠수복에서 물을 털며 그는 바위에 앉아서 기다리던 신 선장과 얘기를 주고받았다.

"나는 이틀이 멀다 하고 그이한테 어떡할 거냐고, 분명히 태도를 밝히라고 요구했어요. 당신이 가출하건 안 하건 난 아기를 낳을 테니까, 적어도 거기에 대한 마음의 준비를 해두라고 그랬죠. 그래서 구찬 씬 이번에는 아무래도 전에처럼 흐지부지 넘어가지 못하리라는 사실을 드디어 깨달았어요. 그래서 무엇인가 깊은 궁리를 하느라고 그인 말수가 눈에 띄게 줄더니 나중에는 며칠씩 통 말을 안 하기도 했어요. 항상 표정이 굳어 있었고요."

궁지로 몰린 서 사장이 갈등 속에서 어떤 무기력한 저항을 위해 무언의 시위를 벌이는 듯한 기간이 얼마쯤 지났다. 그리고는 서 사장이 수미에게 이렇게 물었노라고 했다.

"'아무런 대책도 없이 내가 불쑥 집을 나오면 우린 무얼 해서 어떻게 먹고 살지?'… 그러더군요. 막막한 앞날에 대해서 그인 전혀 대책이 없었던 거죠. 하기야 무슨 일에 대해서건 전혀 아무런 대책이 없던 그이이기는 했지만요. 난 구찬 씨가 가출하면 더욱 무기력해져서 폐인이 될지도 모른다는 가능성을 충분히 계산에 넣어두었어요. 그이가 어디 취직해서 월급봉투를 매달 나한테 가져다준다거나 하는 정상적인 남편노릇을 하리라고 기대하기는 어려운 일이었으니까요. 하지만 난 포기할 생각이 아니었죠. 그래서 난 일단 기본적인 자본금만 어느 정도

360

마련되면 의류 총판장이나 전자 대리점이나 하다못해 미용학원에 다녀 자격증을 따고는 미장원을 차려서라도 내가 발 벗고 나서서 생계를 책임지겠다는 계획을 설명했죠."

그리고는 수미가 입을 다물었다. 무슨 생각이 떠올랐는지는 몰라도 그녀의 얼굴에는 후회하는 빛이 침울했다. 하늘은 붉고 갈매기가 보이지 않았다. 붉은 파도를 물끄러미 쳐다보면서 수미가 다시 입을 열었다.

"그리고는 또 며칠이 더 지난 다음 그이가 불쑥 묻더군요. 기본적인 자본금이 필요하다고 그랬는데, 내가 원하는 돈이 얼마냐고요."

다시 침묵이 흘렀다.

그리고는 수미가 말을 이었다. "분명히 그렇게 물었어요. 내가 원하는 돈이 얼마냐고요."

마치 무슨 협상을 벌이려는 듯한 말투였다고 수미는 회상했다. 그래서 수미는 "난 당신한테서 돈을 원하는 게 아니라 우리들의 미래를 원한다"라고 잘라 말했다.

"그랬더니 그이가 못 들은 체하고 다시 묻더군요. 필요한 돈이 얼마냐고 말예요. 너무나 단호한 그의 태도를 보니까 아무래도 구찬 씨가 심상치 않다는 불안한 예감이 들었어요."

"심상치 않다뇨?" 한 전무가 물었다.

"그이는 나름대로 뭔가 단단히 결심한 눈치였어요." 수미가 말했다. "뭐랄까, 나에게 일종의 위자료 같은 걸 주고는 헤어진다거나 하는 그런 거요. 그래서 내가 그랬죠. 당신더러 꼭 돈을 마련하라는 뜻은 아니라고요. 그 동안 당신이 꾸려준 생활비를 아껴 이리 저리 굴려서 내가 이미 4천만 원을 만들어 놓았으니까 우선 그걸로 어떻게 해보겠다고요. 그건 급한 김에 내가 둘러댄 거짓말이었어요. 공장에서 받은 월급을 아껴 저금한 돈까지 해서 내 수중에는 겨우 7백만 원밖에 없었으니까요. 하지만 난 구찬 씨가 부담을 느끼길 바라지 않았거든요."

신 선장이 데리고 들어온 나머지 장정 두 명을 태운 전마선이 넙치 바위 너머 톱여를 돌아서 나타났다. 섬 뒤쪽에서 작업하다가 돌아오는 길이었다. 물속에 남았던 잠수부가 바위로 기어 올라갔고, 신 선장과 잠수부들이 장비를 챙겨 배에 실을 준비를 했다. 붉은 햇빛이 옆에서 비추는 까막여 주변에서 수색작업을 벌이던 어선들도 섬으로 돌아오는 중이었다.

전마선을 물끄러미 쳐다보며 수미가 말했다.

"다시 며칠이 지난 다음 구찬 씨가 날 찾아오더니 불쑥 통장 하나를 내밀더군요. 내 이름으로 된 통장이었는데, 1천만 원이 입금되어 있었어요."

서 사장은 앞으로 한 달에 1천만 원씩 10개월에 걸쳐 수미에게 1억 원을 만들어 주겠다고 약속했다. 그만하면 '기본적인 자본금'으로 충분하지 않겠느냐는 말도 반쯤 농담 삼아 덧붙였다.

"난 그 돈을 어디서 구했는지 궁금한 생각이 들었어요." 수미가 말했다. "구찬 씨는 혹시 갑자기 필요한 경우가 생길지도 몰라 그냥 마련해 두었던 돈이라고 그랬지만, 그렇지 않다는 사정을 난 알았으니까요. 통장을 내줄 때 그이의 표정이 썩 밝아 보이질 않았거든요."

"그래도 명색이 백화점 사장이었는데 그 정도 돈이야 없었겠어요?"

수미가 머리를 천천히 저었다.

"우리 두 사람 사이가 들통 난 이후 그이는 부인의 감시 때문에 방배동 생활비를 뽑아다 주기도 퍽 어려운 사정이었거든요. 그런데 어디서 한 달에 천만 원씩을 구하겠어요? 한 전무님도 잘 아시겠지만 구찬 씨는 전혀 그런 요령이나 융통성이 없는 사람이잖아요. 그리고 매달 1천만 원씩 입금시킬 여유가 정말로 있었다면 왜 아예 목돈으로 1억 원을 한꺼번에 주지 않았을까요?"

죄를 지을 능력도 별로 없는 서 사장이었지만 어쨌든 한 달 후에 그는 다시 1천만 원을 수미의 통장에 넣어 주었다.

"그러면서도 그이는 내년 봄이 오면 부인과 헤어지고 집을 나올지 어쩔지 여부는 시원하게 밝히지 않았어요. 구찬 씨가 나한테서 무엇인지를 숨기기 시작한 거예요."

수미는 가지런히 모은 무릎에 턱을 얹고는 머릿속을 정리하려는 듯 잠시 침묵을 지키며 까막여를 물끄러미 쳐다보았다.

"난 그이가 숨기려는 비밀이 무엇인지 궁금했지만 구찬 씨한테 캐묻진 않았어요. 물어본다고 해도 절대로 얘기해 줄 것 같지가 않았기 때문이죠."

"서 사장이 숨기려던 비밀이 무엇인지 짐작이 가기는 하나요?"

"모르겠어요. 그이는 내 통장에다 1억 원을 다 채워 준 다음 뭔가 폭탄선언 같은 걸 하고 싶었는지도 몰라요. 결국 우린 헤어질 운명이니까 나더러 그 돈을 가지고 어디 가서 잘 살라고 그랬을지도 모르고요."

"수미 씨가 원하는 대로 둘이서 같이 살기 위해 아내와 정식으로 이혼하려고 보다 적극적인 어떤 계획을 염두에 두었는지도 모르죠."

자리에서 일어나려고 두 손바닥을 무릎에 쓸어 털면서 수미가 말했다.

"그건 아닐 거예요. 그래도 어쨌든 난 비밀은 나중에 천천히 알아보기로 하고, 그이가 가져다주는 돈은 우선 꼬박꼬박 받아 모으기로 작정했어요. 나로서는 챙길 건 챙겨가면서 일단 일을 저질러 놓아야 할 입장이었으니까요. 그이가 숨겨 놓은 비밀이 무엇이며 1억 원을 채워 준 다음 그이가 어떤 행동을 취할지 알 길이 없었어도 난 보험 삼아서라도 돈을 준비해야 했고, 똑같은 이유에서 아기는 더욱 악착같이 낳아야 되겠다는 생각을 했죠. 돈과 아기는 그이를 내 편으로 마음을 돌리게 만드는 좋은 방편이 될 테니까요. 그래서 출산을 위한 계획도 적극적으로 추진했던 거지만요."

신 선장 일행을 태운 전마선이 마당바위를 향해 휘적휘적 물가를 따라왔고, 그들을 맞기 위해 수미가 몸을 일으켰다. 한 전무도 따라 일어섰다.

"눈치를 보니까 지난달에는 돈을 마련할 길이 없어 누구한테서인지 급히 꾸어다 준 눈치더군요." 수미가 말했다. "그리고 이번 달에는 구찬 씨가 아직 돈을 가져다주질 않았어요."

스물셋

비바람 때문에 지난 이틀 동안 바위틈에 숨어서 굶은 채로 지내서인지 낮부터 극성을 부리던 모기들은 밤이 되자 하루살이처럼 아예 떼를 지어 날아다녔다. 끈끈이 모기약도 별로 도움이 되지 않아 한 전무는 소매가 긴 옷을 걸치고 면장갑을 낀 채로 모닥불 앞에 앉아 불침번을

364

섰다. 한밤중에 근처에서 수면으로 잠시 떠올랐다가 다시 가라앉으면 영원히 시신을 찾지 못할까 봐 그들은 야간에도 교대로 두 시간씩 불침번을 서야 했다.

기진맥진 지친 수미는 자정까지 버티지를 못하고 조금 아까 결국 왼쪽 천막으로 들어가 잠이 들었다. 오른쪽 천막에서는 신 선장과 장정 둘이 잤다. 낮 작업으로 기진맥진한 잠수부들은 오늘 불침번에서는 쉬기로 하고 마을로 넘어가 숙소를 정했다.

자정까지 첫 불침번을 맡은 한 전무는 마당바위 밑에서 느릿느릿 출렁이는 검은 파도를 내려다보았다. 성이 나서 서 사장을 삼킨 파도였지만, 바람이 휘젓지를 않으니까 죽음의 파도는 마당바위까지 기어오르지를 못하고 누르스름한 따개비 층까지만 겨우 핥고는 쏴르르 미끄러져 내려갔다. 거대한 그릇에 담긴 시커먼 엿물처럼 파도는 서서히 치밀고 올라왔다가 가라앉고, 그리고는 다시 솟구쳤다가 무너졌다.

한 전무는 자살하려고 서 사장이 스스로 바다로 뛰어들었노라고 수미가 한 말이 생각났다. 그에게 평생 운명적인 짐이 되려고 태어나는 아기를 보고 싶지가 않아서 성난 파도를 향해 그가 뛰어내렸으리라고 수미는 믿었다. 아내를 버리고 가출한 다음 옷가게나 미용실을 열어 생계를 유지할 젊은 여자에게 빌붙어 기둥서방처럼 살아갈 앞날이 까마득해서 서 사장이 자살했다고 수미는 생각했다. 그리고 수미는 '도둑질'을 하기가 싫어서 구찬 씨가 자살할 수밖에 없었다는 추측도 했다.

아까 신 선장 일행이 천막으로 들어가 잠든 다음 모닥불 앞에 앉아 혼자 불침번을 서던 한 전무에게 잠시 말동무를 해주던 수미는 이런 얘기를 했다.

"그저께 밤 한 전무님하고 술을 마신 다음 천막으로 올라와서 구찬 씨가 나한테 솔직히 그러더군요. 사랑이 아무리 좋기로서니 정말로 도둑질까지 해야 하느냐고요. 정말로 우리들의 사랑이 그럴 만한 가치가 있느냐는 소리까지 했어요."

도둑질 소리는 처음 듣게 된 수미가 무슨 얘기냐고 놀라서 캐물었지만, 워낙 술이 심하게 취해서 횡설수설하던 서 사장은 "범죄를 저지르고 싶지 않다"는 소리를 몇 차례 반복하면서도 그가 언급한 도둑질이 구체적으로 무엇이고 또 무엇이 범죄인지 끝내 설명하지 않았다고 했다.

"당신은 알 필요가 없다면서 그이는 내가 왜 이렇게까지 타락해야 하는지 그 이유를 별들에게 물어봐야 되겠다면서 미친 사람처럼 히죽히죽 웃기까지 하더군요." 수미가 말했다. "별들에게 물어봐야 할 텐데 날씨가 이 모양이니 다 틀렸다고 정신나간 듯한 소리도 하고요."

밑밥 새우를 푸는 주걱으로 천천히 화톳불의 재를 긁어내던 한 전무의 머릿속에서는 별들에게 물어봐야 되겠다는 말을 했을 때 서 사장의 표정이 어떠했을지 선하게 보였다.

"나는 육감적으로 그것이 한 달에 천만 원씩 입금시켜야 하는 통장과 관련된 얘기이리라는 생각이 들어서 돈 때문에 혹시 구찬 씨가 무슨 나쁜 짓을 저지른 건 아니냐고 물어봤어요." 수미가 얘기를 계속했다. "무엇인가 마지막 파멸의 시작이 우리들 사이에서 머리를 든다는 불길한 예감이 들었기 때문이죠. 그리고 그이가 무엇인가 범죄를 저질렀다면 그것은 내가 사주한 범죄인 셈이라는 걱정이 되었고요. 하지만 아무리 물어봐도 그이가 자꾸 횡설수설만 계속하기 때문에 난 술이 깬 다음에 어떻게 된 연유인지 정색을 하고 다시 물어봐야 되겠다고 생각하며 그이의 잠자리를 봐 드렸죠. 그리고 결국 그이가 저질렀을지 모르는 범죄가 도대체 무엇이었는지 설명을 듣는다는 건 영원히 불가능해졌어요. 1억 원을 채워주고 나서 나에게 그이가 하려던 말이 무엇이었는지도 영원히 알 길이 없어졌고요."

한 전무 역시 '범죄'나 '도둑질'이라면 틀림없이 수미에게 준 통장 때문에 저질렀으리라고 추측했다. 주변머리가 썩 좋다고 하기는 어려운 서 사장이 1억 원이라는 돈을 아내 몰래 어디선가 마련하기는 아무래도 무리였다. 하지만 한 전무는 어떤 범죄나 도둑질 때문에 서 사장이 자살했으리라고는 믿지 않았다. 무슨 이유에서이거나 간에 그는 자살할 만한 용기를 타고난 사람이 아니었다.

수미는 끝까지 그녀의 주장을 굽히지 않았다.

"분명히 그이는 스스로 바다에 뛰어들었어요. 구찬 씨는 드디어 어제 새벽에 어떤 결단인지를 내린 모양이었고, 그리고는 내가 잠이 깨어 천막에서 나오기를 기다렸어요. 그이는 무엇인가 깊은 생각에 잠겨 낚싯대를 들고 서서 기다리다가, 나를 올려다봤어요. 그리고는 내가 나와서 자기를 내려다본다는 사실을 확인하고는 갑자기 나를 손으로 가리키더군요. 너 때문이라는 듯 말예요. 너 때문에 내 신세가 이렇게 되었으니 책임지라는 손짓 같기도 했고요. 아니면 너는 나의 최후를 똑똑히 봐 둬야 한다는 뜻으로 그랬는지도 몰라요."

그것은 수미의 설명이었지만 한 전무의 생각은 달랐다.

"수미 씨에게 손을 흔들어 준 건 아닐까요? 잘 잤느냐거나 뭐 그런 뜻으로 아침 인사를 하려고 말예요."

"아녜요." 수미가 고집했다. "그이는 나를 벌하고 싶어서 자신의 최후를 일부러 나한테 보여주려고 했던 것이 분명해요. 그이로 하여금 무엇인지는 몰라도 범죄를 저지르게 만든 나를 벌하기 위해서요. 그래서 그이는 나에게 손가락질을 했고, 그리고는 갑자기 하늘로 치솟아오르는 파도를 손가락으로 가리켰어요. 나는 이제 저 파도 속으로 뛰어들겠다는 뜻으로요."

그것도 역시 수미의 설명이었고 한 전무의 생각은 달랐다. 수미는 파도가 먼저 솟아올랐는지 아니면 서 사장이 손가락질을 먼저 했는지조차도 정확하게 기억하지 못했다. 모든 상황이 삽시간에 벌어졌기 때문이었다.

한 전무는 태풍이 몰고 다니는 큰 파도의 위력이 어느 정도인지를 잘 알았다. 그리고 서 사장이 사고 당시 손에 낚싯대를 들고 있었다는 수미의 설명도 문제였다. 거리가 멀어서 대가 휘었는지 어쩐지는 보이지 않았지만 어쨌든 낚싯대를 손에 들었다고 했다. 그래서 한 전무가 반박했다.

"자살할 사람이 왜 낚싯대를 손에 들었을까요?"

"그건 이유를 모르겠지만 어쨌든 파도를 가리킨 다음 바다로 뛰어들었어요." 수미의 기억이 고집했다.

"혹시 커다란 고기가 물었다고, 이거 보라고 신이 나서 손으로 바다를 가리킨 건 아니었을까요?"

"바다가 아니라 파도를 가리켰다니까요."

"낚시에 걸린 고기를 가리킨 다음에, 아니면 거의 같은 순간에 파도가 솟구쳐 올랐을지도 모르잖아요." 한 전무의 추리였다. "일부러 높은 파도를 기다렸다가 뛰어들었다는 건 납득하기 어려운 설명예요. 서

368

사장은 그냥 마당바위에 내려가 낚시하던 중이었고, 수미 씨가 천막에서 나오기 전에는 그렇게 큰 파도가 솟아오른 적이 없었을 거예요. 만일 마당바위를 뛰어넘는 파도가 전에도 몇 차례 덮쳤었다면 서 사장은 벌써 바다로 쓸려 들어갔을 테니까 말예요. 아니면 적어도 위험하다는 생각에 구명조끼라도 몸에 걸쳤을 테고요. 서 사장은 수미 씨를 보고는 반갑다고 손을 흔들어 주는 바람에 그만 파도가 덮치는 걸 보지 못했고, 그래서 바다로 쓸려 들어갔을지도 모르는 일이죠."

그러나 고집스러운 수미의 기억은 막무가내였다. 듣기 좋으라고 한 전무님이 자꾸 사고였다는 주장을 펴지만, 구찬 씨는 분명히 나를 벌하기 위해 바다로 뛰어들었다면서 수미는 그녀의 죄의식을 굽히지 않았다.

어쨌든 서 사장은 죽었다.

추자의 푸랭이섬 똥여에서 노래까지 부르고 밤샘해 가며 한 전무의 목숨을 건져 놓았던 서 사장이 바닷속으로 사라졌다.

한 전무는 별이 총총한 하늘을 올려다보았다.

바다의 하늘은 도시에서보다 아득히 깊었다.

스물넷

"구찬이 자식은 죽어도 하필이면 왜 이런 외딴 섬 구석에 와서 죽어 가지고 생사람 고생을 시키느냔 말이야!"

이것은 서 사장의 맏형이라는 호찬이 배에서 내리자마자 내뱉은 첫마디 말이었다.

"지가 로빈슨 크루소야 뭐야? 얌전히 서울 바닥에서 죽었더라면 애꿎은 사람들 이렇게 고생시키지는 않았을 거 아냐?"

땅딸막하고 단단한 몸집에 작은 눈이 분주히 곁눈질을 하고 두 뺨에는 욕심이 더덕더덕 두껍게 붙은 그는 졸지에 남편을 잃은 제수씨의 감정은 아랑곳하지도 않으며 동생에 대한 욕설을 거침없이 늘어놓는 바람에 선착장으로 마중 나온 한 전무와 평도의 송종필 이장으로 하여금 거북해서 어찌할 바를 모르게 만들었다. 아무리 양자로 들어와 보석가공사업에 실패해서 돈을 날리고는 백화점까지 차지해 집안의 재산을 축낸 밉살스러운 동생이라고는 하지만, 그의 미망인 앞에서 "구찬이 자식은 죽어서까지 속을 썩인다"느니 해가며 지나치게 언행을 함부로 하는 형이 참 못되었다고 한 전무는 섭섭한 생각까지 들었다.

이장과 한 전무는 호찬과 재명을 안내해서 그들이 숙소로 삼게 될 해녀의 집으로 올라가 얼마 안 되는 짐을 풀게 해주었다. 짐이라고 해야 한 사람에 여행가방 하나씩이어서 건넌방과 문간방에 그냥 들여놓기만 하면 그만이었다. 가방을 문간방에 들여놓으면서도 호찬은 집안이 왜 이렇게 너구리굴 속처럼 어두컴컴하냐면서 계속 투덜거렸고, 이장은 저렇게 눈치 없는 사람은 처음 보겠다는 듯한 시선으로 자꾸만 한 전무를 쳐다보았다.

한 전무가 보기에 호찬과 재명은 참으로 묘한 한 쌍이었다. 두 사람 다 등산에 나선 듯한 차림이어서, 운동화도 함께 나가 새로 사서 나눠 신고 왔는지 모양과 색상이 똑같았다. 고수머리를 짧게 깎아 더욱 정나미가 떨어져 보이던 호찬은 폴리네시아 무늬의 티셔츠 위에다 얇은 바람막이 점퍼 차림이었고, 재명은 갈색 바지에 노란 블라우스를 걸치

370

고는 쪽빛 스카프까지 둘러서, 두 사람은 상주가 아니라 현장답사를 나온 땅투기꾼 부부를 연상시켰다.

안타깝고 애처로운 죽음과는 너무나 어울리지 않는 남녀를 이끌고 깔딱고개를 넘으면서 한 전무는 남편이 죽었다는 연락을 받고 왔는데 상복은커녕 콧노래를 부르기에나 어울리는 옷차림을 하고 서 사장 부인이 이곳으로 내려온 의도가 무엇일까 궁금했다. 그녀를 배반한 남편이 가슴에 박아 준 원한과 미움을 그런 도발적인 옷차림으로 표현하고 싶었던 것일까? 재명은 평도에 도착해서 지금까지 거짓된 눈물이나마 흘리기는커녕 슬픈 표정조차 보이지를 않았고, 그래서 한 전무는 부인의 그런 태도가 어쩌면 그토록 속을 썩이던 서 사장이 일찍 잘 죽어서 홀가분하다는 마음의 표현인 모양이라고 생각했다.

그런데도 한 전무는 묘하게 서 사장의 부인에 대해서 밉기는커녕 불쾌감조차 느끼지를 않았다. 그녀에게는 물론 매몰찬 구석이 보이기는 했지만, 서 사장의 애기만 듣고 그가 지금까지 상상해 온 그런 정도로 독살스러운 여자만은 아닌 듯싶어서였다. 재명은 의외로 상냥하고 예의가 바른 여자였으며, 매몰찬 인상은 아마도 지나치게 세련된 몸가짐에서 풍기는 단편적인 면모인지도 모를 일이었다. 그래서 한 전무는 이제 비탈길을 내려가 사고현장인 마당바위에 도착하여 그곳에서 기다리는 수미와 재명이 정면으로 마주치더라도 어쩌면 별다른 불상사는 일어나지 않으리라고 은근히 마음이 놓이기까지 했다.

서 사장의 형은 딴판으로 달랐다. 그는 동생의 시신을 찾기 위해 고흥에서 신 선장과 잠수부와 장정까지 불러다 놓고 남해호를 대기시켜 가면서 며칠 동안 입맛을 잃어 식사조차 못하면서 고생하는 한 전무에게 고맙다는 한 마디 간단한 말은커녕, 인사를 나눌 때 한 전무를 쳐다 보는 눈초리부터가 못마땅한 찡그림으로 일그러졌었다. 아마도 호찬 에게는 한 전무가 그를 괴롭히기 위해 구찬과 함께 음모를 짠 공범쯤으 로 여겨진 모양이었다.

호찬은 귀찮게 그를 이곳으로 내려오게끔 만든 사고를 발생시킨 이 유가 적어도 절반쯤은 한 전무의 몫이라는 식으로 생각하는 눈치였다. 그래서 그는 헬리콥터 착륙장을 지나 벼랑길을 오르기 시작하면서 일 부러 한 전무가 듣도록 큰 소리로 "망할 자식 씨발 왜 하필이면 이런 데 와서 죽어 남들한테 이렇게 고생시키느냐"고 상소리까지 서슴지 않으 며 다시 투덜거렸다.

점점 더 잔소리와 불평이 심해지는 호찬과 도대체 지금 어떤 기분인 지 전혀 표정을 드러내지 않는 재명을 이끌고 이장과 한 전무가 마당바 위를 향해 내려가기 시작했다. 한 전무가 허리를 굽혀 밑을 살펴보니 신 선장 일행은 섬의 뒤쪽으로 수색을 나갔는지 아무도 보이지 않았 고, 두 채의 천막 사이에서는 수미가 홀로 앉아 떠오르지 않는 서 사장 의 주검이 나타나기를 한없이 기다리며 꼼짝도 않고 바다를 응시했다. 바다는 햇빛을 반사해서 눈이 부셨다.

파도소리가 요란해서인지 수미는 그들이 내려오는 인기척을 알아채 지 못하고 망부석처럼 계속해서 바다만 응시했다. 한 전무는 잠시 후 두 여자가 필연적인 만남의 순간에 어떤 행동을 취할지 알 길이 없었 다. 수미는 이미 이틀째 마음의 준비를 해왔겠지만, 10년 전 한남동 아파트먼트의 열쇠와 집문서를 주고 사라진 남편의 여자가 이곳에 와 서 기다리고 있으리라고는 상상조차 못했을 재명이었으니, 갑자기 두 여자가 다시 마주치면 얼마나 놀라겠는가. 수미와 서 사장의 관계가 결국 완전히 청산되지 않았다는 사실을 언제부터인가 이미 눈치채기는 했겠지만, 남편의 마지막 여행에 다른 여자가 동행했다는 비밀까지는 짐작하지 못했을 테니까 말이다.

절반쯤 내려왔을 때 등 뒤에서 호찬이 멀리서 수미를 보고 불쑥 물었다.

"헌데 저 여자 누구예요?"

"아, 예." 뒤를 돌아다보지도 않으면서 한 전무가 재빨리 말했다. "제가 낚시를 같이 하자고 서울에서 데리고 내려온 여자인데요."

그리고는 다행히 더 이상 아무런 질문이 나오지를 않았다. 호찬은 한 전무의 말을 믿었고, 재명은 밑에서 등을 보인 채로 기다리던 여자가 수미라는 사실을 아직 알지 못했다.

그들이 마당바위로 거의 다 내려간 다음에야 발걸음 소리를 듣고 수미가 뒤를 돌아다보았다.

그리고는 흠칫 놀랐다.

분명히 마음속으로 단단히 각오를 했겠지만 그녀는 재명을 보자 어떤 표정을 지어야 할지 몰라서 사뭇 어색해하며 엉거주춤 몸을 일으켰다.

재명은 무척 놀란 기색이 역력했지만, 재빨리 사태를 파악하고는 얼른 호찬의 표정부터 살폈다. 호찬이 눈치를 못 채었다는 사실을 알고 안심한 그녀는 어떻게 된 일인지 알고 싶다는 듯한 표정으로 한 전무를 쳐다보았다.

한 전무가 재명을 빤히 쳐다보았다. 조금 아까 일단 그가 둘러댄 말을 그냥 받아달라는 뜻이었다.

재명은 그에게서 시선을 피했다.

그리고 수미에게서도 시선을 피했다.

재명 역시 난처한 상황이 벌어지는 것을 원하지 않았고, 그래서 그녀는 호찬 앞에서 한 전무가 서울에서 데리고 내려왔다는 거짓말로 얼버무려 넘긴 수미를 난생 처음 보는 여자여서 누구인지 전혀 모르는 체 행동했다.

수미를 만난 적이 한 번도 없었던 호찬은 서둘러 사고 당시의 상황을 설명하는 한 전무의 얘기를 들으며 도대체 "여기서는 대낮에 웬놈의 모기가 이렇게 극성이냐"고 계속 투덜거렸다.

호찬은 동생이 사고를 당해 물에 빠져 죽었으면 맏형이 당연히 내려가 사태를 수습해야 하지 않겠느냐는 아버지의 지시에 따라 억지로 내려온 눈치가 분명했다. 그래서 그는 달랑 돈 1백만 원을 챙겨 가지고 재명과 함께 평도로 들어오기는 했지만, 일단 섬에 도착했으니 할 일은 다 한 셈이니까 대충 대충 볼일을 마무리하고는 어서 서울로 돌아가고 싶은 마음뿐이어서, 수미가 누구인지 의심할 겨를조차 없었다.

한 전무의 안내를 받아 건성으로 사고현장을 둘러본 그는 답답해서 한 곳에 붙어 있지를 못해 초소장도 찾아가 왜 빨리 인양작업을 끝내지 못하느냐고 쓸데없는 잔소리를 늘어놓았다. 그리고 나서는 그가 나서서 해야 할 별다른 일이 없어서인지 여기저기 돌아다녔지만, 워낙 작은 섬이어서 두 시간 후에는 호찬이 가볼 만한 곳이 하나도 남지 않았다. 그래서 그는 무슨 놈의 섬이 이렇게 작냐는 잔소리를 수십 번이나 되풀이하며 마당바위와 선착장 사이를 다람쥐처럼 정신없이 오락가락했다.

사사건건 불평이 심하던 그는 해녀의 집에서 저녁식사를 하며 반찬마다 비린내가 난다느니, 고추장이 왜 이렇게 맵냐느니 음식 타박을 한참 했다. 식사를 끝낸 다음에는 아무리 자가발전이라지만 이렇게 전기가 일찍 나가면 텔레비전조차 못 보고 무엇을 하며 밤을 보내느냐고 또 한바탕 잔소리를 늘어놓았다.

그리고는 이튿날 아침 동이 트자마자 그는 바쁜 일이 많아 서울로 가야한다며 신승직 선장더러 남해호를 띄우라고 거의 협박하다시피 해서 결국 손죽도로 나가 버렸다.

스물다섯

한 전무는 나흘 만에 처음 낚시를 드리우고 앉아 오르락내리락 물속에서 헤엄쳐 다니는 멸치 떼를 물끄러미 구경했다.

그는 지칠 대로 지쳤다.

모든 사람이 한여름 뜨거운 태양과 끝없는 기다림에 지쳤다.

서 사장의 시체는 아무리 기다려도 떠오르지 않았고, 모두들 기진맥진 지쳤다. 바다에 빠져 죽은 사람이라면 늦어도 사흘 안에 수면으로 한 차례 떠오르게 마련이었지만, 서 사장은 아무리 기다려도 나타나지 않았다. 그들의 시야를 벗어난 엉뚱한 곳에서 아무도 못 보는 시간에 한 차례 떠올랐다가 다시 가라앉았는지 아니면 거센 물밑 파도에 휩쓸려 어디론가 한참 흘러가다가 바위틈에 끼어 버렸는지 몰라도 서 사장은 모습을 보이지 않았고, 잠수부들은 더 이상 수색할 곳이 없다며 내일 철수할 예정으로 신 선장과 두 명의 장정과 함께 오늘 마지막 작업을 한다고 까막여로 나가고 없었다.

　피로와 슬픔으로 기진맥진한 수미는 아침부터 자꾸 헛구역을 하더니 지금은 천막으로 들어가 잠이 들었다. 입덧인지 아니면 병이 나려고 그러는지 몰라도 수미의 구역질이 심상치를 않아 한 전무는 그녀더러 내일 잠수부들과 함께 철수해서 서울로 올라가라고 몇 차례 일렀지만 수미는 좀처럼 말을 들으려고 하지 않았다.

　재명은 백화점 일이 궁금해서 서울로 전화를 걸어봐야 되겠다며 이장과 함께 마을로 넘어갔다. 백화점으로 자주 전화연락을 취하는 일이 물론 중요하기는 하겠지만 재명은 가능하면 수미와 함께 있고 싶지 않아 대부분의 시간을 마을에서 보내는 눈치였다. 분명히 어딘가 휴대전화를 숨겨 가지고 있을 텐데도 일부러 마을로 가서 전화하겠다는 핑계부터가 그랬다.

　여러 사람이 마당바위에 모여 북적거릴 때는 그런 대로 상대방을 모르는 체하며 잘 견디는 편이었지만 재명은 지금처럼 모두들 흩어져 일을 나가고 사람이 별로 없어 수미와 자꾸 시선을 마주쳐야 하는 자리를 사뭇 거북해했다. 정작 법적인 부인보다 서 사장의 죽음을 노골적으로 훨씬 더 슬퍼하는 젊은 여자 앞에서 여태껏 눈물이라고는 한 방울도 흘리지 않은 재명이 슬그머니 민망해진 나머지 오히려 더 자리를 피하려고 그러는 것이나 아닌가 한 전무는 생각했다.

　한 전무가 네 칸짜리 카본대 하나를 꺼내 들고 낚시를 시작한 까닭은 마당바위에 혼자 남아 하릴없이 서성거리거나 멍청하게 앉아서 시간을 보내기가 너무나 권태롭고 무료하기 때문이었다. 서 사장이 낚시하다가 물에 빠져 죽은 바로 그 자리에서 시체가 떠오르기를 기다리며

376

자기는 멀쩡하게 살아서 낚시한다는 사실이 조금쯤 미안하기는 했지만, 그런 논리적인 죄의식보다는 날마다 계속되는 현실적인 지루함이 그에게는 훨씬 더 견디기가 힘들었다.

한 전무가 가장자리에 걸터앉은 바위의 아래쪽 파도가 들락날락 찰랑거리는 조간대에는 따개비 층이 부스럼처럼 다닥다닥 뒤덮여 자그마한 화산군(火山群)을 이루었고, 따개비의 마을 옆에서는 거북손들이 서로 악착같이 달라붙어 또 다른 마을을 하나 만들었다. 따개비나 거북손의 군락지를 보면 한 전무는 그가 남겨두고 온 인간의 도시가 생각나고는 했다. 무수한 콘크리트 벽과 담에 갇혀 떼를 지어 따로따로 살아가는 인간집단이 도표와 눈금으로 인생의 좌표를 정해 놓고 전쟁을 벌이는 도시와 이곳 바위에 달라붙은 거북손의 마을이 너무나 서로 닮았기 때문이었다.

화폐단위가 세포를 이루고, 손익계산서의 숫자가 오장육부 노릇을 하는 세상에서 최첨단 정보의 그물에 갇혀 감정과 사랑을 통계로 풀이하는 사람들이 먹고 살기 위해 떼거리를 이루는 인간의 도시에서, 식욕과 물욕만이 왕성한 생존의 요령과 공식에 서툴렀던 서 사장은 결국 그가 늘 도피처로 삼았던 이곳 바다까지 쫓겨 와서 미늘처럼 박혀 빠지지 않던 그의 삶을 마침내 버렸다고 한 전무는 생각했다.

파도에 실려 둥둥 떠돌던 빨간 찌가 갑자기, 그러나 아주 천천히, 입질을 받고는 물속으로 빨려 들어가기 시작했다. 찌는 계속해서 어둡고 깊은 물속으로 끌려 내려갔고, 그는 힘껏 대를 낚아챘다. 미늘이 꽂히면서 고기가 힘차게 줄을 당기자 낚싯대가 반원을 그리며 휘었다. 바닷물의 유속(流速) 때문인지 아니면 고기의 힘이 좋아서인지 어쨌든 대를 뒤로 젖혀도 좀처럼 고기가 수면으로 떠오르지를 않았다. 당기는 힘이 너무 무거웠기 때문에 그는 혹시 물 밑에서 떠다니던 서 사장의 시체가 바늘에 걸리지나 않았는지 갑자기 섬뜩한 생각이 들어서 대를 부러뜨리거나 줄이 끊어지지 않도록 줄을 약간 늦추었다.

그 순간 고기가 옆으로 차고 나갔다.

시체가 아니었다.

깊은 물속에서부터 은빛 비늘을 시퍼렇게 초록빛으로 번득이며 이리저리 방향을 꺾고 몸부림치면서 도망을 가다가 끌려나온 고기는 쓸만한 농어였다.

스물여섯

하늘을 보니 천정(天頂)은 아직 푸르렀지만, 태양이 기우는 수평선을 따라 도시의 매연처럼 탁한 어둠의 안개가 깔리기 시작했다. 해가 뉘엿뉘엿 지면서 생명의 찬란한 빛이 죽음의 어둠을 향해 저물었다.

마지막 햇살이 바닷물에 반사되어 각광(脚光)처럼 밑에서부터 마당바위 양쪽의 절벽을 비추었고, 바위벽에서는 하루 종일 달아오르던 뜨거운 열기가 이제는 제법 수그러졌다. 바닷새들이 넙치바위 주변에서 하루의 마지막 사냥을 하느라고 시끄럽게 떠들며 분주한 시간을 바삐 보냈고, 게으른 갈매기 한 마리가 파도 위에 내려앉아 오르락내리락 둥둥 떠서 휴식을 취하다가는 한 전무가 밑밥으로 뿌려 주는 크릴새우가 그쪽으로 떠가면 한 마리씩 얄밉게 쪼아 먹었다.

해질녘에는 태양과 바다와 땅의 모든 빛깔이 부드러워지기 때문에 한 전무는 어디를 가나 땅거미가 질 무렵을 좋아했다. 그리고 그는 이

378

렇게 은근한 시간을 보내야 할 장소라면 뭍보다 바다를 훨씬 좋아했다. 사람들은 산의 경치를 절경이라 하지만 그는 수평선 위로 하늘뿐이고 밑으로는 물뿐인 극도로 단순한 바다 풍경을 겨울 설악의 백담계곡보다 아름답다고 생각했다.

가장 단순한 풍경이 가장 아름답게 여겨지던 그의 눈에는 바다라면 아무리 쳐다봐도 지루하지 않은 단조로움이었다. 그래서 검은 바위에 새하얀 눈이 온통 하얗게 덮인 아름다운 산은 직선 하나뿐인 대평원이나 사막의 텅 빈 세상만큼은 아름답지 못했다. 군더더기 생각이 적을수록 인생이 아름다워 보이듯이, 단순한 몇 개의 선과 공간으로만 이루어진 바다는 모든 순간에 달라지는 모양과 빛깔의 단순함 때문에 그만큼 더 아름다웠다.

마지막 날이라고 눈치가 보여 늦게까지 작업하는지 신 선장 일행은 아직 일을 마치고 돌아오지 않았고, 밤에 잠이 안 오면 어쩔 셈인지 수미는 천막 안에서 아까부터 잠든 채로 기척이 없었다.

가끔 망상어 입질이 들어와서 늘어졌던 줄을 팽팽히 차고 나가면 빨간 찌가 어두워지는 물밑으로 가라앉고는 했는데, 고기는 안 보이고 찌만 빨려 들어가면 한 전무는 또다시 물속에서 서 사장이 그를 잡아당기는 듯한 착각을 거듭 느꼈다. 한 전무나 마찬가지로 서 사장은 낚시를 하는 동안 자주 자신이 물속으로 물고기와 함께 빨려 들어가는 착각을 느낀다고 했었다. 어신을 포착하려고 오랫동안 찌를 응시하면, 똑같은 동작을 무한히 반복하는 파도에 최면이 되어 자기도 모르게 조금씩 물로 빨려 들어가는 듯싶었고, 물 위에 떠서 가물거리던 찌가 밑으로 끌려 내려가면 발밑이 꺼지면서 그가 올라앉은 바위와 함께 바다 밑으로 가라앉는 기분이라고 서 사장은 말했다.

그리고 바다는 마침내 서 사장을 파도로 휘감아 물속으로 빨아들이고 말았다. 죽음의 밑바닥까지. 미늘의 끝까지. 바다는 무엇을 가르치려고 그를 끌고 들어갔을까? 도대체 인생이 뭐냐고 답답해하던 서 사장에게 바다는 무엇을 가르치려고 했을까?

한 전무는 바다가 인간에게 늘 무엇인가를 얘기하거나 가르치고 싶어한다는 생각이 들고는 했다. 파도소리가 그의 귀에는 분명히 어떤 특정한 의미를 지닌 언어처럼 느껴져서였다. 파도의 소리는 똑같은 얘기를 한없이 반복하는 바다의 목소리였다. 너무나 탁한 삶의 불결함에 시달려 자연의 진리와 섭리를 좀처럼 알아듣지 못하는 인간에게 바다는 끈질기게 똑같은 가르침을 영원히 계속했다.

쏴르르 쏴르르.

하지만 바다의 가르침은 무엇일까?

쏴르르 쏴르르.

바다는 지금 나에게 무슨 얘기를 하려는 것일까?

쏴르르 쏴르르.

그리고는 어디선가 소리가 들려왔다.

오늘 혼자 앉아서 낚시하는 동안에 그는 아까부터 벌써 몇 번째 이런 아득한 목소리를 들었다. 그것은 바다의 소리였지만, 웬일인지 서 사장의 목소리 같았다. 근처 어디에선가 서 사장이 물속에서 나와 저만치 갯바위로 기어 올라가 뭐라고 그에게 소리치는 듯싶었지만, 서 사장의 목소리가 어디에서 들려오는지, 그리고 바다가 그에게 무슨 말을 하는지 한 전무는 시끄러운 파도 때문에 알아듣기가 힘들었다. 아마도 서 사장이 나 여기 이쪽 갯바위에 올라와 있는데 왜 못 찾고들 그러느냐고, 여기까지 표류해 와서 겨우 바위로 올라와 나흘째 버티며 구조를 기다리는데 거기서 도대체 무엇들을 하느냐고 화를 내는지도 모를 일이었다. 하지만 소리가 들려올 때마다 아무리 사방을 둘러봐도 갯바위로 올라온 서 사장의 모습은 보이지 않았다.

바람 소리인지 바닷물 소리인지 몰라도 환청은 언제나 기분이 나빴다. 죽은 자의 목소리는 더욱 그러했다. 한 전무는 어디에서도 나지 않는 소리를 듣고 싶지가 않았다. 그는 물속에 잠긴 서 사장이 부르는 소리를 듣고 싶지가 않았다. 그래서 그는 다른 데로 신경을 돌리려고, 주변에서 들려오는 소리로부터 신경을 돌리려고, 찌를 응시하며 입질이 들어오기를 열심히 기다렸다.

어디선가 그를 부르는 서 사장의 아득한 목소리가 또다시 들려왔다.

"한 전무님 — ! 한 전무님 — !"

그는 머리가 쭈뼛해졌다. 이번에는 그를 부르는 소리가 훨씬 분명하게 들려왔기 때문이었다. 그는 누가 어디에서 부르는지 둘러보고 싶었지만, 갑자기 굳어버린 목이 좀처럼 좌우로 돌아가려고 하지 않았다.

그리고 다시 소리가 들려왔다.

"한 전무님!"

이번에는 사람의 목소리가 분명히 들렸는데, 그것은 서 사장이 아니었다. 그리고 왼쪽이나 오른쪽이 아니라, 절벽 꼭대기에서 누군가 부르는 소리였다.

"그렇게 계속해서 부르는데도 안 들립디까? 대답이 없게."

절벽을 넘어 오느라고 힘이 들어 숨을 헐떡이며 마당바위로 내려선

이장 영감이 물었다. 낚싯대를 접으며 한 전무가 변명을 했다.

"잘못 들었나 했죠. 어디서 나는 소리인지 통 알 길이 없어서요."

이장이 원망스러운 눈길로 한 전무의 손에 들린 낚싯대를 힐끗 쳐다보았다.

"헬리콥터 착륙장에서부터 줄창 불러댔는데요. 내가 부르는 소리만 한 전무님이 진작 들었더라면 난 힘들여 여기까지 넘어왔다 다시 넘어갈 필요가 없었잖아요."

"무슨 일인데요?"

모난 바위에 걸터앉으며 이장이 말했다.

"나하고 같이 마을로 넘어가십시다."

두 사람이 주고받는 얘기에 이제야 잠이 깨었는지 수미가 천막 자락을 들치고 밖을 내다보았다. 병자처럼 핼쑥한 얼굴이었다.

"마을엔 왜요?" 한 전무가 물었다.

이장이 수미를 힐끗 쳐다보고 나서 말했다. "서 사장님 사모님이 전무님을 모셔 오라고 부탁하셔서요."

밖으로 나오려던 수미가 고의는 아니었어도 엿들어서는 안 될 얘기를 듣기라도 한 것처럼 주춤했다.

"왜 넘어오래요?" 한 전무가 물었다.

"한 전무님 그동안 고생이 많으셨는데 식사 한 번 제대로 대접해 드리지 못해서 미안하다고 사모님이 닭을 잡았어요."

밖으로 나오려던 수미가 도로 안으로 들어가고는 조용히, 천천히, 조심스럽게 천막 자락을 내렸다.

"헌데 말예요." 한 전무의 낚싯대를 가리키며 이장이 의아한 표정으로 물었다. "이런 경황에도 낚시가 그렇게 하고 싶어요?"

"그럼 심심한테 어떡해요." 한 전무가 말했다. "낚시 안 하면서 가만히 앉아 기다린다고 해서 죽은 사람이 더 빨리 떠오를 일도 아닌데."

이장 영감을 따라 마을로 넘어가면서 한 전무는 오늘 저녁 서 사장의 부인이 준비했다는 영계백숙을 먹고 나면 틀림없이 체하리라는 걱정이 들었다.

그동안 입맛을 잃어 며칠째 통 밥을 못 먹고 가끔 보리막걸리 두어사발로 끼니를 대신 때워 왔던 터여서 갑작스러운 닭고기를 소화시키기가 부담스럽겠기 때문만이 아니었다. 그보다는 서 사장의 아내와 개인적인 대화를 나누기 위해 처음으로 단둘이 자리를 같이 하게 되었다는 사실이 정신적으로 훨씬 더 부담스러웠다. 워낙 오랜 세월에 걸쳐서 사장이 그에게 심어 준 '무서운 여자'라는 선입견 탓이기도 하겠지만, 지난 이틀 동안 한 전무가 그녀에게서 받아온 지극히 사무적인 인상은 닭고기 소화에 방해가 되면 되었지 결코 도움이 되지는 않으리라고 한 전무는 판단했다.

서 사장의 부인이 평도에 도착해서 가장 먼저 취한 행동은 그녀의 사무적인 인상에 못지않게 빈틈없는 '계산'이었다. 호찬이 온갖 일에 대해서 불평을 잔뜩 늘어놓으며 딴전을 피우고 이리저리 돌아다니는 동안 그녀는 한 전무가 신승직 선장과 남해호에 치러야 할 돈, 그리고 잠수부를 불러 여태까지 작업을 계속하느라고 들어간 경비가 얼마인지를 차곡차곡 계산해서 갚았고, 그리고는 구석구석 돌아다니며 야전 사령관처럼 상황을 점검했다. 시체 수색에 동원되었던 마을 어선들까지 그녀는 일일이 집으로 찾아다니며 뱃삯을 남김없이 치렀고, 심지어

는 이장과 마을사람들에게 '심려를 끼쳐 드린 데 대한 보상금'도 내놓
았다.

　한 전무는 남편의 죽음에 대해서 눈물을 흘리지 않는 대신 돈으로
모든 보상을 하겠다는 듯한 인상을 받고 처음에는 재명에 대해 조금쯤
은 못마땅한 기분이 잠시 들기도 했지만, 그러면서도 이상하게 그녀가
흘리지 않은 눈물에 대해서 트집을 잡고 싶은 마음이 내키지 않았다.
다른 모든 면에서 저렇게 빈틈이 없는 여자라면 남편의 죽음을 슬퍼하
지 않아도 될 만한 이유 또한 빈틈없이 준비되어 있으리라는 묘한 어림
짐작 때문이었다.

　그리고 어쩌면 재명이 나쁜 아내라고 세뇌공작을 벌이듯 되풀이해
서 강조하던 서 사장의 일방적인 주장만 들어왔던 터라, 어딘가는 그
녀가 인간다운 다른 면을 분명히 지녔으리라는 막연한 기대가 자기도
모르게 자꾸만 머리를 들려고 했다. 어쨌든 서 사장 못지않게 부인 재
명도 완전주의자에 가까운 인간형이었고, 어쩌면 서 사장보다 오히려
재명이 더 철저한 완전주의자일지 모르겠다는 짐작까지 갔으며, 저토
록 완벽한 아내와 한 집에서 사느라고 서 사장이 답답한 압박감과 열등
감에 무척 시달렸겠다고 한 전무는 줄지어 생각했다.

　마치 서울에서 내려오는 동안 무슨 일부터 어떻게 처리해야 할지 곰
곰이 계획을 세워 놓고는 몇 차례 차근차근 머릿속에서 예행연습까지
마친 듯 모든 사무를 탁월한 능력으로 처리하는 재명을 지켜보면서,
그렇게 분주하고 정신이 없는 사이에 초소장까지 찾아가 인사하던 그
녀를 보고, 한 전무는 지극히 훈련이 잘된 여성 외교관을 연상했으며,
나중에 분비물을 닦아 낼 수건을 미리 준비해 차곡차곡 머리맡에 접어

놓은 다음에야 성관계라는 행사에 임했다는 아내에 대해 서 사장이 느꼈음직한 부담을 한 전무는 아직 닭고기가 한 점도 들어가지 않은 위장에서 벌써부터 느꼈다.

재명은 남편의 정부(情婦)인 수미에 대한 처신에서 역시 빈틈이 없었다. 호찬이 내려와 수선을 피우던 동안은 물론이요, 오늘 오후까지 그녀는 수미와 자신의 난처한 관계를 마을사람들에게 노출시킬 만한 언동을 전혀 드러내지 않았다. 호찬이 마당바위에서 수미를 가리키며 누구냐고 물었을 때 한 전무가 "내 여자"라는 거짓말을 한 순간에 그녀는 수미의 정체를 이장은 물론이요 마을사람들이 아무도 모른다는 귀띔을 제대로 받은 모양이었고, 그래서 마지막 순간까지 수미에 대한 비밀을 절대로 자신의 입으로 털어놓지 않을 터였다. 그것은 자신의 체면과 명예를 지키기 위한 계산에 따른 판단이었다.

그와는 달리 수미는 여수경찰서에서 조사받고 서울로 올라가다가 새벽차로 다시 내려오는 동안 재명을 만난 다음에 벌어질 갖가지 상황에 대해서 마음속으로 준비를 단단히 했겠지만, 막상 두 여자가 얼굴이 마주치자 마음이 흔들려 어쩔 바를 모르겠다는 눈치였다. 그들이 처한 예사롭지 않은 입장에 대해서 수미는 재명만큼 노련하게 대처할 능력이 모자랐던 것이 분명했다.

예상했던 대로 차라리 재명이 노골적이고 격렬한 감정표현을 했다면 수미는 그에 대응해서 적절히, 어쩌면 필사적으로 자신을 보호하고 나름대로의 권리를 주장하기 위해 반항적인 처신이라도 했으리라. 그러나 재명은 한 전무까지 셋이서 함께 한 자리에서는 물론이요, 단둘이만 남았을 때도 수미에게 전혀 아무런 내색을 하지 않았다. 여태까지 그들 사이에서 얽혀 온 과거에 대한 언급을 한 마디도 하지 않은 것은 물론이요, 이제 막다른 골목으로 들어선 상황의 마무리를 어떻게 지어야 좋을지 지금쯤은 분명히 마음속으로 태도를 정했음직도 한데, 재명은 무엇을 어떻게 하려는지 무엇 하나 절대로 표정에 드러내지를 않았다.

아무런 인연이 없는 섬사람들 앞에서 난장판을 벌여 스스로 꼴불견 노릇을 할 여자는 아니었지만 그래도 언젠가는 수미에게 맺힌 한을 말이나 행동으로 틀림없이 표현할 텐데, 시치미를 떼면서 재명이 공격을 미루는 바람에 수미는 시간이 흐를수록 점점 더 긴장했다. 긴장감은 수미의 피로를 가중시키는 듯싶었고, 한 전무는 혹시 서 사장의 부인이 수미에게 의도적으로 정신적인 고문을 가하려고 저러지나 않는지 궁금했다. 그리고 고문의 효과는 곧 나타났다. 지극히 초연하고 사무적이고 객관적인 재명에게 압도당한 수미는 자기도 모르게 점점 불안감을 표면으로 드러냈고, 이제는 주눅이 들어서인지 주체하지 못하던 눈물과 울음을 의식적으로 자제하기 시작했다.

재명이 노린 의도가 그것이었는지 어쩐지는 모르겠지만 수미는 재명 앞에서 자신을 어쩔 수 없이 "두 번째 여자"라는 사실을 스스로 인정하는 태도를 어느덧 취하게 되었다. 그리고는 안전한 거리를 유지하며, 경계하며, 수미는 언제 어떻게 시작될지 모르는 첫 번째 여자의 공격을 초조히 기다렸다.

마을로 넘어가면서 한 전무는 오늘 저녁식사를 서 사장 부인이 분명히 어떤 계산에 의해서 마련한 자리이리라고 짐작했으며, 수미처럼 긴장하지는 않았지만 어쨌든 재명과 이제부터 나누게 될 대화의 내용이 무엇이 될지 궁금해진 나머지 별로 마음이 편하지가 않았고, 그래서 아무래도 서 사장 부인이 준비했다는 영계백숙을 먹고 나면 틀림없이 체하리라고 생각했다.

스물일곱

한 전무가 이장을 따라 해녀의 집 마당으로 들어서자 문간방에서 기다리던 서 사장 부인은 얼른 밖으로 나오면서 별로 변변히 차린 음식도 없이 이렇게 넘어오라고 해서 미안하다는 말부터 몇 차례 했다. 이장을 보내고 방으로 들어가 상을 보니 말마따나 초라한 차림이기는 했다. 하지만 인구라고 해야 겨우 23명에다가 가끔 찾아오는 낚시꾼을 상대하는 구멍가게가 하나뿐이고 식수조차 귀한 평도에서는 지저분한 냄비에 담아 내놓은 백숙한 암탉과 보리막걸리와 소금을 뿌려가며 구운 볼락어 두 마리를 얹은 밥상이라면 진수성찬이었다.

마주 앉아 식사를 시작하면서 부인은 지저분하게 때가 낀 밥상과 짝이 맞지 않아 키가 다른 젓가락과 이곳 오두막들처럼 허름한 그릇에 대해서 몇 차례 미안하다는 말을 했다. 서울에서 손수 가지고 내려온 기물이 아니라 늙은 해녀가 혼자 살며 사용하는 부엌살림이니 오죽하겠건마는 재명은 마치 그런 누추함이 자신의 탓이라는 듯 자꾸만 사과했고, 한 전무는 그런 데까지 신경 쓸 필요는 없을 텐데 하는 마음이 들었다.

재명은 방안의 음침한 분위기에 대해서까지 컴컴해서 미안하다고 사과했다. 방안 조명은 알전구 하나뿐이어서 침침했고, 벽에 걸린 잠수복과 수경 따위가 거무죽죽 초라했다. 문간에는 해녀가 어디에선가 찾아낸 낡은 놋요강을 들여놓았다. 대처(大處)에서 들어온 여자 손님이 밤에 바깥 어둠이 무서워 측간을 다녀오기가 어려울 듯싶어 해녀 할머니가 마음을 써서 일부러 들여놓은 물건이라서, 차마 물리치기가 내키지 않아 바깥에 내놓지 못한 요강에 대해서까지 재명이 미안하다고 사과하자 한 전무는 지나치게 열심히 예의를 차리는 이 여자의 말과 행동을 어디까지 진심으로 받아들이고 어디서부터는 형식적인 인사치레인지 또다시 갈피를 잃었다.

그리고 초라한 진수성찬과 지저분한 그릇과 음침한 방에 대해서 한꺼번에 모든 보상을 하려는 듯 재명 자신은 대조적으로 두드러지게 말끔하고 아름다운 모습이었다. 상복이라기보다는 바닷가를 한가하게 산책하기에나 훨씬 잘 어울릴 까만 티셔츠와 청바지 차림인 그녀는 밤인데도 화장이 전혀 흐트러지지를 않았고, 부풀린 앞머리를 방금 손질해 다시 올린 모양이었으며, 곱게 다듬어 그린 눈썹과 까만 속눈썹에는 연필을 댄 흔적이 보였다. 은빛 립스틱을 바른 입술과 뺨의 피부에는 윤기가 돌고 코는 완벽한 직선이었으며, 가슴은 지극히 이지적으로 빈약했다.

필요하다면 언제나 미소 지을 준비가 갖추어진 재명을 보고 한 전무는 고급식당에서 내놓는 음식과 같은 여자라고 생각했다. 마치 평생 고객만 접대해서 세련된 듯한 몸가짐으로 그녀는 지금 완벽한 '손님 접대'에 임했고, 매니큐어를 칠한 손가락을 날치의 지느러미처럼 곧게 펴고 엄지와 검지만으로 닭을 뜯어 헌 접시에 산뜻한 솜씨로 담아 놓으며 그녀가 하는 말 역시 보기에는 무척 예쁘지만 맛이 별로 없는 호텔 음식 같았다. 그녀와의 대화는 무척 듣기에 좋기는 했지만 외교관의 접대용 발언처럼 맛과 끈기가 없었다.

　재명의 접대용 발언이 계속되었다.

　"남편 때문에 여러 가지로 애를 써 주신 온갖 수고는 물론이고, 서호찬 씨한테 수미가 한 전무님의 여자라고 거짓말을 해 신 게 뭣보다 고마웠어요."

　한 전무는 거짓말을 하고 고맙다는 말을 들으니 어딘가 좀 우습다고 말했다.

　재명이 얼른 되받아 말했다.

　"때로는 진실보다 거짓이 훨씬 값질 경우가 생기잖아요. 수미가 누구인지를 시숙이 알았다면 한바탕 난리가 벌어졌을 테니까요. 벌써 헤어진 줄 알았더니 남자 하나 신세 망치려고 악착같이 쫓아다니다가 결국 여기까지 끌고 와서 사람을 죽였다고 아마 젊은 여자를 잡아 패고 난리를 피웠겠죠. 아주버님은 수미라는 여자가 재산을 노리고 남편을 놓아 주지 않는다는 말을 벌써부터 자주 했었으니까요. 그리고 내친 김에 계집질하다가 잘 죽었다느니 뭐니 해가면서 남편 욕까지 거침없이 했을 거예요. 어쨌든 죽은 사람 시신조차 건지지 못한 판에 섬사람들 앞에서 제가 부끄러운 꼴을 당하지 않도록 거짓말을 해주신 거 정말 고마워요."

　중대한 문제가 발생하여 담판을 벌이는 사람들이 걸핏하면 정작 중요한 말은 다 빼놓고 핵심을 피해 가면서 쓸데없는 얘기부터 변죽만 잔뜩 올리며 기회를 노리고 눈치를 살피듯 한 전무와 서 사장 부인은 식사를 하면서 쓸데없는 잡담을 한참 동안 계속했다. 부인은 서 사장에게 요즈음에는 '밧데리집'이 골목마다 생겨나 자동차 공업사를 운영하기가 힘들지 않느냐고 물었다. 한 전무는 IMF니 뭐니 요즈음 같은 불황에 되는 장사가 따로 무엇이 있겠느냐면서 백화점 경영은 어떠냐고 되물었다.

재명은 백화점이라는 곳이 빈번한 눈속임 행사에 비싼 수입품 판매에만 눈독을 들인다고 사람들의 눈총을 받는 일이 퍽 부담스럽다면서, 슬쩍 화제를 돌려 남편처럼 섬에서 갯바위 낚시를 하다가 사고 당하는 사람이 많으냐고 물었다. 한 전무는 갯바위가 워낙 위험해서 사고가 많고, 푸랭이섬에서 해마다 사고를 만나기로 유명하던 울산 오 씨가 결국 파도에 휩쓸려 들어가 목숨을 잃었던 사건을 얘기해 주었다.

그렇게 위험한 낚시를 왜 자꾸 하느냐고 재명이 묻자 한 전무는 지하철을 타는 일도 위험하기는 마찬가지라면서 작년 겨울에 녹번 전철역에서 공업사 직원 하나가 지하철을 기다리다가 술 취한 사람이 장난삼아 떠밀어 전동차에 치어 죽은 얘기를 했다.

그리고는 조금씩 그들은 서구찬 사장에 대한 얘기로 접근했다.

재명은 바다에서 빠져 죽은 사람의 시신이 그녀의 남편처럼 이렇게 오랫동안 떠오르지 않는 경우가 많으냐고 물었다.

한 전무는 푸랭이섬에서 목숨을 잃은 울산 오 씨도 시신이 끝내 떠오르지 않아 장례조차 제대로 치르지 못했다고 말했다.

그렇게 시신이 영원히 떠오르지 않는 경우라면 우리들은 언제까지 이렇게 기다려야 하느냐고 재명이 물었다.

물론 잠수부들이 수색을 포기하고 결국 내일 철수하기로 했지만, 그래도 한 주일은 더 기다려 봐야 되지 않겠느냐고 한 전무가 말했다. 한 전무는 일기예보를 보니까 태평양에서 고기압이 발달하는 중이라고 했는데, 태풍이 올라오기 전에 인양작업을 마무리 지었으면 좋겠다는 소견을 덧붙였다.

후추를 친 깨소금에 닭고기를 찍어 먹고 보리막걸리로 입가심을 하면서 한 전무는 재명과 나누는 대화가 물에 뜬 기름과 같다는 기분을 자꾸만 느꼈고, 남편에게 얘기를 많이 들었다면서 그를 잘 아는 체하지만 사실은 몇 차례 서 사장과 낚시를 동행했다는 사실 말고는 그녀가 자신에 대하여 아는 바가 전혀 없다는 인상을 받았다.

그러면서도 그녀는 미아리 점쟁이들처럼 상대방을 유도하여 정보를 끌어내는 감각이 대단히 발달해서 낯선 사람과의 첫 진지한 대화에 전혀 불편함을 느끼지 않았다. 그래서 한 전무는 그녀가 얘기하는 진실을 잘 새겨들으면 진실처럼 들리지 않았고, 그녀가 무엇을 좋아한다고 말하더라도 정말로 좋아서 하는 소리인지 아니면 겉으로만 그러는지 판단하기가 힘들었다. 가슴이 아니라 머리와 입으로만 말을 하는 듯싶은 그녀를 그가 좋아해야 하는지 아니면 경계해야 하는지조차 한 전무는 판단이 서지 않을 정도였다.

재명은 어느 정도 비위에 거슬리는 말을 어쩌다 실수로 누가 그녀에게 하더라도 아무렇지 않은 듯 미소로 받아넘길 만큼 전술적인 대화에 훈련이 잘된 여자 같았다. 그래서 한 전무는 서 사장과 부인이 한 지붕 밑에서 살아오는 동안 마주 앉아 얘기를 나누는 자리를 가졌을 때 과연 서로 어느 만큼이나 진실을 주고받았을지 은근히 의문이 생겨났다. 어쩌면 그들 부부는 지금까지 속마음을 드러내며 주고받은 얘기보다는 무엇인가 불리한 결과를 가져올까 봐 입 밖에 꺼내지 않고 묻어 둔 얘기가 더 많았으리라고 한 전무는 생각했다.

한 전무는 서 사장 부인의 감정을 자극하지 않으려고 조심하면서, 실수로 말이 헛나간 체하면서, 아까부터 정말 물어보고 싶었던 핵심 질문 하나를 드디어 던져 보았다.

"제가 보기에 아주머니는 언행을 매우 조심하시는 분인 듯싶지만, 또 어떻게 보면 남들이 사모님에 대해서 뭐라고 생각하든 별로 신경을 안 쓰는 것 같던데요."

재떨이가 없어서 주전자 뚜껑에다 담뱃재를 털며 서 사장의 부인이 물었다.

"그게 무슨 얘기인가요?"

막걸리 두 되째를 대작했으니 한 전무와 비슷하게 취했겠지만 그녀는 전혀 흐트러지지 않은 모습이었고, 말투 또한 여전히 단정했다.

"여기 도착하신 이후 아주머니가 우는 걸 한 번도 못 봐서요."

그녀는 동작을 멈추었다.

물 흐르듯 거침없던 그녀의 말솜씨도 주춤했다.

그리고는 한 전무의 질문이 의도하는 바가 무엇인지를 따지려는 듯 재명은 정색을 하고 그를 빤히 쳐다보았다. 지나칠 정도로 노출된 그녀의 갑작스러운 반응에 조금 당황하기는 했지만 한 전무로서는 이제 와서 물러날 생각이 없었다. 그래서 무심결에 나온 얘기라는 인상을 주기 위해 차라리 그냥 밀고 나가기로 했다. 그러는 쪽이 재명에게 오히려 편하리라는 판단에서였다. 그녀의 세련된 대화 구사력으로는 이런 궁지에서 벗어나기란 간단한 일이라고 그는 믿었다.

한 전무가 말했다. "남편이 세상을 떠났는데 아내가 그렇게 눈물 한 방울 보이지 않는다는 건 보통사람들이 보기에는 아무래도 좀 심하다고 여겨질 것 같아서 하는 얘기예요. 지극히 상식적인 사고방식을 가진 이곳 섬사람들이나 이장 영감이 어떻게 생각할지 나로서는 좀 민망하더군요."

마땅히 할 말이 얼른 생각나지 않아서인지 재명은 무엇인가 부지런히 생각을 정리하면서 막걸리 주전자를 집어 들었다. 막걸리를 받으려고 주발을 내밀며 한 전무가 덧붙여 말했다.

"억지로나마 조금쯤 슬퍼하는 척했더라면 보기엔 훨씬 좋았을 텐데, 남들이 뭐라고 그러든 별로 개의치 않으시는 모양예요."

한 전무의 잔에 막걸리가 가득 차도록 따라 주면서 재명은 침묵을 지켰고, 무엇인가 한참 생각했고, 그리고는 주전자를 방바닥에 천천히 내려놓은 다음 한 전무의 두 눈을 도전적으로 쳐다보며 재명이 담담하게 대답했다.

"하지만 억지 눈물이 나오질 않는 걸 어떡하나요."

그것은 반항적인 항변이 아니었다. 변명은 더더욱 아니었다. 그것은 그냥 단순하고도 정확한 진술일 따름이었다. 그것은 접대용 발언은 물론 아니요, 전술적인 화술도 아니었으며, 예의를 갖추기 위한 겉치레는 더더욱 아니었고, 그것은 수비를 겸한 공격태세를 취한 부르주아적인 솔직함이었다.

이번에는 한 전무가 얼른 대답할 말이 없어서 침묵을 지켰다.

한 전무에게서 반응이 없자 그녀는 자신의 말이 너무 심하지 않았나 싶어서인지 그를 힐끗 쳐다보고는, 새 담배에 불을 붙여 물면서 설명을 덧붙였다.

"남편의 죽음에 대해서 내가 슬픔을 느끼지 않는다는 말이 아마 잘 이해가 안 가시는 모양인데, 어쨌든 그건 나의 솔직한 심정예요. 그리고 남편의 죽음이 슬프게 여겨지지 않는다는 걸 내 탓으로만 돌리지는 마세요. 그건 불공평한 처사니까요."

어떻게 들으면 참으로 인정머리 없는 소리였지만 한 전무는 어쩐 일인지 서 사장의 죽음에 대한 슬픔을 느끼지 못하겠다는 그녀의 마음이 은근히 이해가 갔다. 슬프지 않은 미망인의 추가 설명이 뒤따랐다.

"아마 죽음의 현장에 내가 없었기 때문에 더욱 그런지 모르죠. 남편이 죽었다는 사실이 아직은 전혀 실감이 나지 않으니까요."

한 전무가 막걸리를 들이켰다. 그가 이런 난처한 순간에 취할 만한 가장 안전하고 편한 행동이 그것이기 때문이었다. 담배를 한 모금 빨고 나서 그녀가 말을 이었다.

"그리고 슬픔을 느끼기엔 내가 남편에게 지금까지 너무 오래 그리고 너무 많이 시달렸고요. 왜 그런 말 아시죠? 부모가 3년을 아프면 효자가 없다는 얘기요. 그래요. 난 10년 동안이나 남편의 여자문제 때문에 정신적으로 계속 고민해 왔고, 그래서 남편의 죽음이 지금은 솔직히 얘기하면 기나긴 고통 끝에 찾아온 해방이랄까, 축복이라고까지 여겨져요."

한 전무가 막걸리 주발을 소반에 내려놓았다. 재명은 남의 얘기를 하듯 지극히 평온한 목소리로 말했다.

"살아 있는 동안 나한테 그토록 많은 고통을 주었던 남자에 대해서라면, 난 그의 죽음을 슬퍼해야 할 아무런 의무가 없다고 생각해요."

"그래도 부부 간이잖아요." 한 전무가 말했다.

무엇인가 계산해 보려는 듯 발을 내린 문 앞에 피워 놓은 모기향을 멍하니 내려다보면서 재명이 잠깐 침묵을 지키고 나서 말했다.

"부부요?"

한 전무는 볼락구이를 한 젓가락 입으로 가져갔다. 그리고는 말없이 기다렸다. 서 사장 부인이 권태로운 목소리로 말했다.

"우린 부부가 아니었어요. 서구찬 씨는 나에게 전혀 남편으로서 존재하지를 않았으니까요."

스물여덟

새 담배에 불을 붙여 물면서 재명은 남편이 아닌 남편에 관한 설명을 담담하게 계속했다.

"남편의 망가진 삶에 대한 해답을 나한테서 찾으려고 그러지 마세요. 그건 나에겐 너무나 부당하고 억울한 일이니까요."

무슨 사연 때문인지 평도로 흘러 들어와 빈 집을 얻어 혼자 사는 늙은 해녀가 안방 불을 끄고 잠든 지가 한참 되어 10시를 훌쩍 넘었지만 재명의 얘기는 끝날 줄을 몰랐다. '가정 파탄' 때문에 줄담배를 피우게 되었다는 재명은 술기운에 말이 조금 헤퍼지기는 했지만 몸가짐은 여전히 흐트러지지 않은 채로 죽은 남편과 그녀의 삶에 대한 회상을 계속했다.

"남편은 인간의 삶이란 인생 자체를 초월하고 능가하는 무엇이 더 있어야만 한다고 늘 상상했어요."

이것은 한 전무가 서 사장 자신에게서 자주 얘기를 들었고 수미에게서 이미 여러 차례 확인해서 잘 아는 그런 내용이었다.

"현재의 인생조차 제대로 충족시키지 못하면서 그 이상의 꿈을 찾아

내려고 했으니 남편의 삶이 얼마나 고달팠겠어요?"

이제는 배가 부를 만큼 불러서 닭백숙에는 손을 대지 않고 볼락구이와 생미역을 안주로 삼아 보리막걸리를 마시며 한 전무는 졸음이 오기 시작했지만, 그냥 참으면서 열심히 죽은 자에 관한 얘기에 귀를 기울였다. 남편에 관한 그녀의 관점에 대해서 재명이 무엇인가 한 전무로부터 공감과 동의를 구하고 싶어하는 듯싶었고, 한 전무는 어떤 형태로든 그녀의 정신적인 요구를 채워 주는 시늉이나마 해야 된다는 막연한 책임감을 느꼈기 때문이었다.

"그의 삶에서는 어느 구석을 봐도 예리한 날이 전혀 서지를 않았더랬어요."

남편이 제3자라는 듯 3인칭을 써가며 재명은 서 사장에 대하여 마치 남의 얘기처럼 설명을 계속했는데, 그것은 아마도 남편이 이미 오래 전부터 남이었음을 암시하려는 무의식적인 의도가 담긴 화법 같았다.

"그의 인생은 어떤 극적인 기승전결도 없는 그런 삶이었으니까요. 그리고 그는 아무런 극적인 요소가 없는 자신의 삶에서 감동을 찾으려 했고, 그것을 찾지 못하자 스스로 좌절해 버렸으리라고 난 생각해요."

재명이 무엇인가 한 전무로부터 공감과 동의를 구하고 싶어했던 까닭은 그녀가 한 전무에 대해서 경계심을 전혀 느끼지 않았고, 오히려 어떤 동지의식을 발견했기 때문인 듯싶었다. 한 전무가 재명을 상대로 그랬듯이 그녀 또한 한 전무를 계속 가늠했었음이 틀림없을 텐데, 어느 순간에인가 그녀는 눈에 보이지 않는 더듬이를 그의 마음속으로 찔러 넣어 한 전무에게서 그녀의 적이 아니라 동지가 될 잠재성을 탐지했음이 분명했다.

그녀는 첫 주전자의 막걸리가 거의 바닥날 무렵에 이미 한 전무가 죽은 남편을 위해 눈물을 흘리지 않았던 그녀에 대해서 도덕적인 우월감을 느끼는 그런 평범한 사고방식의 소유자가 아님을 인식한 모양이었다. 상대방이 그녀의 냉정함을 미워하려는 상식적인 충동에 휘말리지 않았음을 확인한 그녀는 남편의 죽음에 대해서 자신이 어떤 저항감을 느낀다는 사실을 시인하기가 별로 거북하지 않다는 인상을 주었다.

그렇기 때문에 왜 남들 앞에서 모양새나마 갖추도록 악어 눈물을 흘리지 않았느냐고 한 전무가 단도직입적으로 물었을 때는 그것이 비난을 위한 질문이 아니라 공동의 마당을 마련하려는 탐색의 신호로 받아들였다. 그래서 그녀는 타인의 언어와 행동을 해석한답시고 서투르게 왜곡하지 않고 그냥 받아들이는 상대에게라면 솔직한 의사를 제대로 전달하기가 쉽다는 말을 했고, 가장 단순한 사람이 가장 완벽하기 때문에 솔직한 질문에는 솔직한 대답이 최선이라는 알아듣기 힘든 설명까지 덧붙였다.

그녀는 남편이 살아온 과정을 이런 식으로 파악했다.

"인간 서구찬은 인생에서 있는 것은 제대로 못 보고 없는 것만 자꾸 찾으려다가 길을 잃고는 했던 셈이죠. 그렇게 엉뚱한 곳에서 엉뚱한 대상만 찾아다니던 모양이 때로는 내 눈에 무의미한 도피처럼 보였던 건 당연한 사실이고요. 뭐랄까요. 남편은 자신에게 쫓겨 평생을 도망다닌 그런 남자였어요."

서 사장 부인은 남편이 자신으로부터 도망치느라고 망가뜨린 남편의 삶에 대한 책임을 그녀가 져야 한다면 그것은 여자에게 너무나 부당하고 억울한 일이라고 믿었다. 인생이란 어차피 자신의 재산이요 짐이

어서, 자신이 책임져야 하니까, 생전에 남편이 그랬듯이 이곳 섬사람들이나 세상이 그녀를 탓해서는 안 된다고 한 전무를 납득시키려고 했다. 남편의 고통과 고민은 남편 자신이 상상해 낸 착각이었지 재명 그녀가 제공한 현실은 아니기 때문이었다.

"남편하고 나는 처음부터 잘 어울리지 않는 부부였던 모양이에요." 재명이 말했다. "좀더 정확히 표현하자면, 남편하고 어울려 부부로 살아갈 만큼 완벽한 상상 속의 여자가 세상에는 아예 존재하지 않았죠."
대학에서 합창반에 들어 같이 노래를 부르고, 그리고는 다른 학생들의 눈을 피해 둘이서 몰래 만나고, 남들처럼 연애편지도 주고받으며 사랑하던 시절에는 1년 선배였던 구찬이 일종의 완전주의자라는 사실을 재명은 대단한 매력이요 미덕이라고 생각했었다. 시간이나 약속을 철두철미하게 잘 지키고, 무슨 일을 해도 끝마무리까지 빈틈이 없었던 구찬은 재명의 눈에 마치 그리스의 조각품처럼 여겨졌다.
사랑의 편지까지도 그는 언제나 문학작품처럼 완벽하게 작성해서, 한 줄 한 줄의 시적인 표현은 낭만적인 꿈속에서 살아가는 분위기를 듬뿍 담고 늘 그녀를 찾아오고는 했다. 구찬은 그녀를 "안개 속의 신비한 여인"이라고 표현했는데, 재명은 자신에게 그런 황홀한 명칭이 주어지면 몸이 저릴 만큼 행복했다. 하지만 구찬이 그녀를 안개 속의 신비한 여인이라고 상상하는 데서 그치지 않고, 정말로 그녀가 안개 속의 신비한 여인이라고 믿었다는 사실이 얼마나 끔찍한 미래를 다져 나가고 있었는지를 그녀는 전혀 알지 못했다.
"가장 순수하고 낭만적인 사랑을 추구하던 그가 내 눈에는 모든 구석구석이 아름답게만 보였어요. 그건 퍽 오래 계속되었던 내 나름대로의 착각이었죠. 내가 그와 더불어 그런 순수하고 낭만적인 사랑에 참여한다는 현실이 나로서는 꿈만 같았어요. 하지만 그가 상상하고 원하던 사랑을 충족시켜 줘야 한다는 부담이 바로 나의 몫이라는 현실을 나는 미처 몰랐죠. 지고한 아름다움을 추구하던 그가 존경스럽고 신비하기까지 했지만, 그런 아름다움을 — 그가 원하던 아름다움을 나 자신이 완벽하게 갖춰야 한다는 무서운 현실의 부담을 난 물론 몰랐고요. 하기야 그때는 그의 우유부단함이 신중함이라는 미덕으로만 보이고, 그의 도피적인 사고방식이 피안을 찾으려는 환상적인 방황이라고 아름답게만 오해했던 나였으니까요."

구찬이 재명의 현실적인 존재에 대해서 실망하기 시작한 것은 결혼한 지 한 주일도 안 되어서부터였다. 아니, 바로 첫날밤부터였다고 그녀는 말했다.

그들은 구찬이 이상적인 관계라고 정의했던 대로 두 사람 다 서로 첫사랑이었고, 신혼여행에서 처음으로 성을 함께 경험하게 되었다는 아름다운 사실에 대단한 의미를 부여했다. 그리고 시작부터 모든 면에서 남편에게 만족을 주고 싶었던 재명은 초야의 예식을 위해서 《완전한 부부》 따위의 책을 결혼 전에 사다가 성감대니 뭐니 나름대로 미리 공부까지 하고 정신적인 결혼과 육체적인 결혼에 다 같이 대비했고, 그리고는 환희와 희열의 순간을 기다렸다.

그러나 정작 첫 번째 행위가 닥치니까 모든 과정이 한꺼번에 너무 빨리 끝나버려서 구찬과 재명은 똑같이 당황하고 말았다. 상대방에게 기쁨을 줘야 한다는 의무감에서 재명은 어색하게 음탕한 몸짓을 흉내내기까지 했지만, 동물 노릇을 하려니까 자기도 모르게 당황해서 정신을 제대로 차리지 못했다. 그때까지 마음속으로 다져두었던 모든 준비를 시도조차 제대로 못한 사이에 행위가 순식간에 끝나고 나니, 그녀는 어색하고, 민망하고, 창피하기도 하고, 그냥 혼란스럽기만 했다. 그리고 솔직히 좀 지저분하다는 생각이 왈칵 들었다.

"내가 뭘 잘못했는지는 정확히 모르겠지만, 어쨌든 우리들의 첫 성행위에 대한 실망은 나보다는 남편 쪽이 훨씬 더 심했던 게 분명해요. 아마도 그것은 너무나 빨리 행위가 갑자기 끝나버린 이유가 당연히 주도적인 역할을 맡아야 하는 남자의 책임이라고 생각했기 때문이었을 거예요. 어쨌든 이게 아닌데 하고 어색하게 생각하는 눈치가 침대에 나란히 누운 우리 두 사람 사이를 싸늘하게 파고드는 걸 난 피부로 의식했어요. 그리고는 피곤해서 잠이 들었다 자정이 넘어 어쩐지 옆이 썰렁하다는 기분이 들기에 눈을 떠 봤더니, 구찬 씨가 어둠 속에서 창가에 앉아 바다를 내려다보며 담배를 피우고 있었어요. 무엇인가 아주 깊은 생각을 하면서요. 잠든 체하며 내가 한참 눈치를 살펴보니까 남편은 긴 한숨까지 쉬더군요. 참 암담한 기분이 들었어요."

그들 부부의 성생활에 대한 실망과 환멸은 서 사장 스스로 언젠가 이미 한 전무에게 고백했던 바였다. 그리고는 이어서 아내의 미운 구석을 서구찬이 하나씩 차례로 발견하는 과정이 뒤따랐다.

구찬은 아내가 지성과 음탕함과 발랄함과 품위와 모든 여성적인 면모를 한꺼번에 두루 갖추어 지녔기를 바랐다. 그는 세상의 모든 여자가 저마다 하나씩 갖춘 좋은 면을 그의 아내 한 사람이 몽땅 다 갖추지 않았기 때문에 실망했다. 구찬의 그런 부당하고 가혹한 실망감에 대해

400

서도 한 전무는 서 사장을 처음 만나 추자도 푸랭이섬으로 낚시를 같이 들어갔을 때 이미 얘기를 들어 환히 알았던 터였다.

"남편은 관념만 가지고 희롱하며 살아갔지 현실에 대한 감각은 별로 없는 남자였어요." 재명이 말했다. "그래서 내가 겪어야 했던 고통은 엄청난 불편함 정도에서 끝나지를 않았죠. 난 남편의 앞에서는 관념적으로만 존재해야 했고, 서서히 형이상학적인 인형이 되어 버렸으니까요."

한 전무는 그녀가 쓰는 표현이 너무 어려워서 알아듣기가 힘들다는 말을 완곡하게 전했다. 재명은 잠시 머릿속에서 개념들과 어휘들을 정리하는 듯 짧은 침묵을 거친 다음에, 말하는 속도를 조금 늦추기는 했지만 구사하는 어휘의 선택은 크게 달라지지 않은 설명을 이어나갔다.

"진실은 간단하게 생각하면 한없이 간단해지고, 복잡하게 생각하면 점점 복잡해지기만 하죠. 그리고 내가 지극히 간단하게 파악하는 진실을 남편은 지극히 복잡한 개념으로 파악했어요. 나에게서 남편이 멀어져간 동기와 원인은 지극히 간단했어요. 서구찬은 나에게 싫증이 났어요. 그게 전부입니다. 자신 역시 불완전하기 짝이 없는 인간인 줄을 제대로 파악하지 못하면서 그는 그냥 지나치게 정상적인 수많은 여자들 가운데 하나일 따름인 나를 못마땅한 존재로 몰락시키는 일방적인 작업에 착수했죠."

그러더니 그녀는 훨씬 알아듣기 쉽고 구체적인 사례를 제시했다.

"난 결혼 후 처음 몇 달 동안 남편이 보는 앞에선 마음 놓고 화장실에 갈 수가 없었어요. 집안에서 편한 옷을 마음대로 걸치면 눈치가 보였고요. 모든 순간에 나는 완전한 모습이었어야 했기 때문이죠."

그리고는 갑자기 무슨 생각이 났는지 그녀는 감정이 북받치는 듯 입을 다물어 버렸다.

　한 전무는 그녀가 왜 순식간에 자제력을 잃었는지 알 길이 없었고, 이런 경우에 자신이 어떤 반응을 보여야 옳은지를 모르겠어서 그냥 속수무책으로 침묵을 지켰다.

　재명은 손에 든 담배에서 피어오르는 연기를 잠시 말없이 응시하며 격앙된 감정을 억제하느라고 속으로 숫자를 헤아리거나 무슨 그런 비슷한 방법으로 마음을 돌리는 눈치였다. 참으로 자제력이 대단한 여자인 모양이라고 한 전무는 다시 한 번 생각했다. 그리고는 다시 그녀의 감정을 숨기기에 충분할 만큼 차분해진 목소리로 재명이 말했다.

　"하지만 여자가 완벽하지 못하다고 해서 결혼까지 한 남편이 그렇게 막 함부로 미워해도 되는 걸까요?"

　한 전무는 불현듯 그녀의 정체에 대한 의심이 들기 시작했다. 남편의 죽음에 대하여 재명이 지금까지 전혀 슬픈 내색을 하지 않았던 까닭은 혹시 치밀한 자제력으로 구성된 연극이었는지 모르겠다는 생각에서였다. 여자의 마음이란 본디 읽어내기가 어려운데, 남들 앞에서 처신하는 훈련이 재명처럼 잘된 여자라면 얼굴만 읽어서는 마음속에서 어떤 감정이 어떻게 움직이는지 도저히 알 길이 없었다.

　어쩌면 그녀는 겉으로 태연히 웃으면 그녀의 마음 속 아픔을 세상이 보지 못하리라고 믿었는지 모른다. 그래서 그녀가 다른 여자에게 남편을 빼앗긴 패배자라는 사실을 자존심이 인정하고 싶지 않았기 때문에, 그런 남편의 죽음은 슬퍼할 가치가 없다는 표정의 가면을 쓰고 연극을 했는지도 모를 일이었다. 수미와 그녀 가운데 누가 참된 최후의 승리자인지를 한 전무로부터 확인을 받고 싶어서 재명은 가면을 쓴 채로 이렇게 열심히 증언을 계속하는 것일까?

"완벽하지 못하다고 해서 그것이 그렇게 큰 죄가 되나요?"

아까처럼 차분한 표정을 되찾은 다음 재명이 되풀이해서 말했다. 가면의 갈라진 틈으로 숨겨진 표정을 엿보려는 한 전무의 기대를 저버리면서 그녀는 재빨리 자세를 꼿꼿하게 바로잡았다.

"내가 완벽한 여자이기를 바라기 전에 남편은 자신부터 완벽했어야죠. 물론 첨엔 완벽한 남자처럼 보였어요. 내가 착각하고 홀렸던 처음 얼마동안요. 하지만 그것은 완벽성이 아니라 독선이었다는 사실을 난 곧 알게 되었어요. 열등감에서 나온 자존심 같은 그런 거 아시잖아요. 약점을 감추기 위해서 완전한 인간인 체하는 위선 말예요."

구찬이 아내에 대해서 실망했던 것 못지않게, 어쩌면 그보다 훨씬 더, 재명은 남편에게 실망했노라고 말했다. 구찬에 대한 재명의 실망은 날이 갈수록 심해졌고, 그래서 그녀는 남편이 그녀를 무시해도 될 권리가 그에게 전혀 없다고 믿기에 이르렀다. 그것은 정말로 속이 상하고 화가 나는 일이었다.

재명이 한 전무에게, 그녀 자신에게, 그리고 온 세상에 대고 물었다.

"남자만 꿈과 이상이 있고 여자에겐 그런 게 없던가요? 남편이 아내에게서 바라는 바가 있듯이 아내에게도 당연히 남편에게서 바라는 바가 있지 않겠어요?"

그리고 재명은 힘주어 말했다.

"남편에게만 인생이 있고 아내에게는 인생이 없나요?"

그리고 재명은 화를 내며 말했다.

"남자가 결혼생활에 대해서 권태를 느낄 땐 여자 역시 당연히 아주 권태를 느끼는 거 아니던가요?"

그리고 재명은 다시 화를 내며 말했다.

"남자만 원하는 바가 있고 여자에겐 그런 것이 없다고 누가 그러던가요?"

그리고 재명은 말했다.

"욕망과 소망은 남자에게만 있고 여자에겐 없던가요?"

그리고 재명은 말했다.

"남자는 행복을 원하는데 여자는 불행을 원한다고 누가 그러던가요?"

그리고 재명은 말했다.

"남자건 여자건 간에, 생동하는 인생과 사랑을 누가 싫어하겠어요?"

그리고 재명은 말했다.

"행복하기를 원하지 않는 사람은 또 어디 있고요?"

스물아홉

재명은 자신이 사랑을 지키려고 별로 진지하게 노력을 기울이지는 않았노라고 솔직하게 시인했다. 그리고 아무리 노력했더라도 소용이 없었으리라는 단서를 붙였다.

그녀에게는 남편을 지킬 만한 능력이 없었다. 그녀가 무엇인지 잘못했기 때문에 돌아선 남편이라면 혹시 돌려 세우기가 가능했을지 모르겠지만, 혼자서 돌아선 남자를 어떻게 돌려 세운다는 말인가? 그리고 재명이 사랑을 지키려는 노력을 포기했던 부분적인 이유는 자존심 때문이었다. 잘못이 없는 그녀를 싫다면서 돌아선 남자를 왜 아내가 돌아오라고 빌면서 무릎을 꿇어야 하는가? 빌어야 할 사람은 오히려 그녀를 소홀히 했던 남편이 아닌가?

그녀는 대상조차 없기 때문에 승산이 없는 싸움에 뛰어들어 공연한 손해를 보고 싶지는 않았다. 몸과 마음을 다 바쳐 결혼까지 한 남자가 신통한 이유조차 없이 그녀에게 냉담해진 마당에 왜 아내는 어리석게 계속해서 그를 사랑해야 한다는 말인가? 그것은 어리석을 뿐 아니라 미련한 짓이었다. 그러니까 아내는 정당방위를 한다는 측면에서 앞가림은 해야 되겠다고 재명은 작정했다.

그녀로부터 멀어져 가던 남편을 처음에는 불안하고 슬픈 마음으로 안타깝게 눈치만 살피던 그녀는 이렇듯 차츰 그에게서 멀어지더니, 나중에는 화가 나기 시작했다. 가까이 가기가 너무 피곤하고 힘들었던 남편을 그녀는 미워하기 시작했다. 아내를 못마땅하게 생각하는 남편을 미워한다는 행위라면 지극히 자연스러운 반작용이어서 그녀는 죄의식조차 느낄 필요가 없었다.

그리고 그녀는 두 사람이 인생의 목적지에서 돌아가기가 어려울 만큼 어느새 너무 멀리 벗어났고, 사랑의 정거장은 이미 저만치서 지나쳐 버렸다는 기분이 들었다. 인생과 사랑은 한 번 금이 가면 자동차 부속처럼 새것으로 바꾸기가 불가능하다는 진실을 재명은 터득했다. 사과가 썩기 시작하면 싱싱한 사과로 다시 만들기가 불가능하다는 사실과 같은 이치였다. 낳은 아이가 밉다고 해서 다시 뱃속으로 집어넣을 방법이 없는 것과도 같은 이치였다. 얼굴에 난 상처가 평생 지워지지 않듯이, 깨어진 조약돌은 강력한 접착제로 아무리 붙여 봐도 다시 떨어지듯이, 사랑이란 유리와 같아서 금이 가면 말짱하게 붙이기가 불가능했다.

세상에서 사랑처럼 어려운 일은 또 없으리라고 재명은 생각했다. 꺼진 사랑의 불씨를 다시 키우기가 새로 불을 지피기보다 정말로 훨씬 더 힘겨운 일이었다. 배가 고프면 더 춥듯이, 사랑이 꺼지자 그녀의 삶은 자꾸 추워지기만 했다. 좀처럼 햇빛이 들지 않는 그늘에서 희망을 찾기란 고달프기만 했다. 사랑을 받지 못할 뿐 아니라 상대방을 사랑하는 능력까지 상실하는 정신적 황폐가 얼마나 괴로운지를 재명은 깨달았다.

혼자 앓는 고통은 삭막했다. 사랑이란 더러워지면 식기처럼 다시 닦아서 쓸 수가 없었고, 망가진 인생과 사랑은 수선해 주는 곳이 없었다. 사랑의 감정은 한 번 죽은 다음 다시 살아날 기미가 보이지 않았다. 사랑이란 처음으로 돌아가 줄을 서서 기다리다가 다시 시작하면 되는 그런 놀이가 아니었다.

그토록 온갖 생각이 많은 남편이면서 왜 아내 생각은 해주지 않는지 재명은 그것도 슬펐다. 처음에는 그냥 슬펐지만, 시간이 흐르자 억울해졌다. 그리고는 화가 났다. 그리고 그녀는 깨달았다. 인간 서구찬은 자신이 완벽하다고 생각하지만, 그냥 꼼꼼하고 단작스러운 남자일 따름이었다. 그는 완전주의자라는 거창한 어휘로 위장하고 살아가는 꼬장꼬장한 좀팽이에 지나지 않았다.

하소연을 해도 소용이 없을 터여서 그녀는 남편에게 황량하고 삭막하고 서러운 속마음을 털어놓으려는 시도를 포기했다. 소용없는 하소연이란 자존심만 그만큼 더 상하게 만드는 일이기 때문이었다. 결혼생활이란 한 사람이 잘못하면 잘못을 저지른 사람보다 상대방이 더 피해를 받기 마련이었다.

남편의 무관심과 냉담은 아내의 마음속에서 증폭되어 슬픔이 분노로 변했다. 가장 가까운 사람에게 무시당하고 버림받는다는 일은 아픔을 넘어 보복의 욕구를 자극하는 상황이었다. 그래서 재명은 그녀가 당하는 이런 견디기 힘든 굴욕감과 좌절을 남편이 그대로 고스란히 맛보게 하고 싶었다. 하지만 마땅한 보복의 길이 보이지를 않았다. 그리고 냉담한 남편에게 고통과 회한을 갚아 줄 방법이 없다는 현실은 그녀로 하여금 더욱 화가 나게 만들었다.

보복의 욕구와 분노는 시간이 흐르면서 기운이 빠지고 지쳐서 저절로 수그러졌다. 그리고는 무기력의 세월이 왔다. 실패한 결혼생활이란 가진 것은 모두 버리고 새로운 시작조차 할 길이 없는 영원한 형벌이나 마찬가지였다. 새로 찾아갈 곳조차 없는 인생은 절망이 막아선 막다른 골목이었다. 무작정 남편을 따라가던 외딴 길에서 앞서 가던 길잡이가 갑자기 사라지고, 뒤에 혼자 남은 여자는 갈 곳조차 없어지기 마련이었다.

아무런 성취감을 기대하지 못하며 버림받은 상태의 삶에서는 심장에서 물기가 바싹 마르듯 마음이 답답했고, 머릿속에는 죽은 생각만이 낙엽처럼 하나씩 둘씩 쌓여 갔다. 도대체 사랑과 인생이 무엇인지 방향감각을 상실한 재명은 산 채로 관 속에 누워 땅 속에 파묻힌 채로 죽기만을 기다리는 듯한 기분이었다. 정신적인 감각이 자꾸만 죽어가고, 견딜 수 없는 좌절 속에서 밀어닥치는 권태와 절망은 죽음에 이르는 병이었다.

그리고는 결정적인 배반의 행위가 이루어졌다. 무관심과 좌절감으로 황폐해진 그들 두 사람의 정신적인 사막에 정수미라는 젊은 여자가 새싹처럼 돋아났던 것이다.

"평범한 아내는 정부의 경쟁상대가 되질 못해요. 첩은 예쁘게 아양만 떨면 그만이지만, 정실부인은 온갖 집안 살림을 꾸려나가고, 여기저기 사정을 살펴가며 남편 뒷바라지까지 하는 여자니까요. 짧은 첫사랑이나 하룻밤 풋사랑은 책임질 필요가 없는 추억이기 때문에 당연히 아름다워요. 현실 따위는 접어두고 단편소설 같은 사랑을 하는 새 여자의 위치로 내가 갔다면, 틀림없이 난 아름답고 깊은 사랑을 하려고 훨씬 정성껏 노력했겠죠. 하지만 정상적인 인생은 그렇게 할 여유가 없잖아요. 미래를 전혀 책임지지 않는 무책임한 사랑이야 누군들 못하겠어요? 미완성의 사랑은 때를 타고 더러워질 틈이 없어요. 뒤처리를 할 부담이 없으니까요. 잠깐의 만남은 기나긴 부담이 없어요. 그래서 짧게 행복하기는 지극히 쉽죠. 새 여자는 헌 여자가 되기 전에 새 여자의 모습 그대로 헤어지고, 그래서 오래 참고 정성을 다 하다가 낡고 헌 여자가 될 걱정이 없으니까요. 서구찬이라는 인간은 정수미라는 여자를 잠깐의 만남이라고 생각해서 마음 놓고 사랑했겠죠. 쓴맛은 아직 나지 않고 단물이 조금쯤 남았을 때 헤어지면 그만이라고 생각하고요. 책임을 감당하지 않는 사랑이야 얼마나 쉽던가요. 하지만 사람의 마음이 그렇게 싹둑 잘라지는 건 아니잖아요? 방종은 낭만이 아니죠. 기쁨은 고통을 수반하고, 기쁨을 얻기 위해서는 어느 정도 고통의 부담을 받아들여야 해요. 인생이란 잠깐 즐거웠다가 마는 게 아니니까요."

408

서른

"남편이 바람을 피웠다고 해서 구석방으로 내몰아 버린 다음에 내가 밥상조차 차려주지 않더라는 얘기까지 했단 말이죠?"

이 말을 하면서 재명은 참으로 치사하고 기가 막힌다는 듯 실망한 표정을 지었다. 아무래도 그가 말을 실수한 모양이라는 생각이 들기는 했지만, 사실이 그랬다면 못할 말도 아니잖겠느냐고 생각하며 한 전무가 머리를 끄덕였다.

몸에 밴 자제력의 힘으로 차분한 목소리를 되찾은 재명이 말했다.

"그게 그렇게 서운했던 모양이로군요. 하기야 그는 늘 자신이 가해자가 전혀 아니고 늘 피해자라고만 생각하며 살았으니까요."

그녀는 다시 남편을 지극히 냉정하고 객관적인 3인칭의 '그'라는 호칭으로 불렀다. 재명이 설명을 계속했다.

"그는 양심의 가책을 따르기가 이미 늦은 시간이 되었지만, 어쨌든 여전히 타인을 탓하기에만 바빴던 거예요. 흉악한 살인범들인 지존파나 막가파도 딴에는 사회 정의니 뭐니 할 말은 떳떳했듯이 말예요. 도대체 내가 느꼈을 분노와 배반감은 생각조차 하지 않고 그까짓 밥상에나 신경 쓰던 남자에게서 내가 무엇을 바랐겠어요?"

재명은 삭막해진 그들 부부 사이에 수미가 등장한 다음 자신이 취한 어떤 행동에 대해서도 미안하거나 잘못했다고 변명할 필요나 이유가 그녀에게는 전혀 없다고 생각했다. 새 담배를 피워 물면서 그녀가 말했다.

"남편으로서의 책임과 의무와 도리를 제대로 지키지 않으려는 남편에게 밥상을 차려 주지 않으려는 저항이 범죄행위를 구성하는지 어떤지 그런 건 나로서는 따지고 싶지 않아요. 나에게는 그것이 아주 자연스러운 행동이었으니까요. 그래요. 첨엔 너무 화가 나서 남편에게 밥상을 차려주고 싶은 생각이 추호도 없었어요. 그런 상황에서 배반당한 아내가 남편의 수발을 든다는 건 노골적인 노예생활을 상징하는 행위처럼 여겨졌으니까요."

배반당해 보지 않은 사람이라면 배반당한 심정이 어떤지를 모르리라고 재명은 말했다.

"정수미라는 젊은 여자의 존재가 표면화된 다음 나는 얼마 동안 이성을 잃었어요. 무엇이 옳고 무엇은 그른지 상황을 판단할 능력조차 없어진 거예요. 나는 세상을 몽땅 때려 부수고 싶은 심정이었고, 그것이 무슨 대단한 복수라도 되는 줄 알고 남편을 구석방으로 내몰고는 가족의 식탁에서 추방했던 거예요. 여자가 똑같은 짓을 했다면 그날로 집에서 매를 맞고 쫓겨나는 것이 자연스러운 세상인데, 배반당한 아내가 남편을 식탁에서 추방하여 구석방으로 쫓아내는 건 지극히 당연한 일이 아닌가요? 그것이 뭐가 잘못인가요? 왜 남자에게는 칠거지악이 없어서, 당연한 일을 한 내가 악녀 취급을 받아야 하나요? 난 그것이 참으로 부당하다는 생각이 들어요."

그녀는 잠시 흥분을 가라앉히려는 듯 접시 위에 놓인 모기향을 물끄러미 쳐다보면서 짤막한 생각에 잠긴 다음 말을 이었다.

"나는 내 인생을 망쳐 놓은 데 대해서 그에게 보복하고 싶었어요. 그땐 정말이지 미워하는 일이 내 삶에서 그렇게 중요할 수가 없었으니까요. 나는 미움이 곧 복수라는 생각을 했고, 남편에 대한 나의 증오심과 경멸을 극도로 분명하게 표현함으로써 남들이 보는 앞에서 여봐란 듯 그에게 복수를 감행할 생각이었어요."

그리고는 백화점 경영에 발 벗고 나서게 된 재명은 너무 바빠져서 나중에는 남편 수발을 하고 싶었더라도 그럴 수가 없어졌다고 했다. 이모가 구해 준 입이 무거운 가정부가 들어와서 그녀 대신 집안을 꾸려 나갔고, 재명은 밥상을 차리는 따위의 하찮은 가사에 신경 쓰지 않게 되었다. 보복하려는 욕구마저 상대적으로 사그라지기 시작했다.

하지만 구찬은 심통을 부리는 못난 아이처럼 구석방과 식탁에 대해서 불만의 집념을 갖게 된 모양이었다. 원래 아침이라고 해야 빵 한 조각에 우유나 커피 한 잔이 고작이었으니 별로 '차림'의 의미가 없었고, 점심은 당연히 나가서 먹게 마련이었고, 저녁은 항상 수미한테 가서 먹고 오는 주제였던 구찬으로서는 따지고 보면 밥상을 안 차려 준다는 불평을 할 입장이 아니었다.

"이런 설명까지 내가 해야 하다니 남편이 얼마나 유치한 남자였던가 하는 생각이 새삼스럽게 드는군요."

재명이 씁쓸하게 웃으며 말하고는 늙은 해녀의 손때로 찌든 낡은 부채를 활랑활랑 얼굴에 부쳤다. 답답해서 하는 부채질은 그녀의 몸가짐이 아까보다는 훨씬 흐트러졌음을 보여주었다. 그녀의 설명이 계속되었다.

"어쨌든 배반의 첫 충격은 미워하는 힘으로 얼마 동안 견디어 냈고, 그리고는 나 자신의 생활에 몰두하면서부터는 천천히 마음을 정리할 여유가 생기더군요."

재명이 가장 먼저 정리한 것은 수미라는 여자에 대한 태도였다. 헌 여자가 된 재명은 새 여자와 경쟁이 되지 않으리라는 현실을 순순히 받아들이기로 했다. 그것은 단순한 시차의 문제였지, 그 이외에는 아무것도 아니었다. 수미와 재명은 순서만 바뀌었다면 저절로 입장이 바뀔 그런 위치였다. 더구나 본처한테서 남편을 빼앗아 가기 위해 수미라는 여자가 온갖 재롱과 기술을 다 바쳐가며 얼마나 잘해 줬겠느냐고 재명은 계산했다. 그러니 남편을 증오하고 혐오하던 아내는 서구찬의 눈에 점점 더 미워졌겠고, 남편의 마음은 그만큼씩 더 저쪽으로 기울 수밖에 없으리라는 결과도 당연했다.

따지고 보면 수미에게는 서구찬이 인생의 전부였다. 그러나 재명에게는 그의 위치가 그렇지 못했다.

그리고 서 사장에게는 재명과 수미 어느 한쪽도 삶의 전부는 아니었다고 한 전무는 생각했다.

재명의 설명이 이어졌다.

"수미는 물론 완전한 여자가 아니었지만, 남편은 나하고의 부부생활에서 저질렀던 시행착오를 그 여자한테는 되풀이하지 않으려고 조심했겠죠. 만일 그가 수미한테 했던 정도의 절반만이나마 나한테 공을 들였다면 우린 아마 파탄을 맞지 않았을 거예요. 뭐랄까요, 그러니까 나는 어쩌면 그에게 일종의 실험용 흰쥐나 마찬가지였던 셈예요."

한 전무는 사고가 나기 전날 밤 서 사장에게서 그런 얘기를 들었던 기억이 났다. 그것은 구찬과 재명 부부가 두 사람 다 알았으면서 서로 솔직하게 털어놓지 않았기 때문에 상대방이 영원히 알지 못하게 된 진실이었다.

"그런데다가 나에게서는 수미와 싸워야 할 목적의식이 아예 없어져

412

버렸어요. 남편은 나에겐 되찾아 갖고 싶지 않은 불결한 남자였으니까요. 그리고 그를 포기하고 났더니 수미에 대한 미움이 어느 정도는 저절로 사라지더군요. 따지고 보면 남편과 나의 삶에 금이 가게 만든 갈등은 수미가 나타나기 훨씬 전부터 시작된 일이었고, 어쩌면 수미 역시 자신이 저지른 잘못으로 결국 신세를 망쳤으니 벌은 충분히 받았다는 판단이 섰기 때문이었나 봐요."

분노와 증오가 때로는 인간에게 엄청난 활력으로 작용한다는 묘한 진리를 재명이 깨달은 시기는 그녀가 삶에서 가장 큰 위기를 맞았던 때와 일치했다. 첨단기계로 인간의 행동을 통제하는 획일적인 현대사회에서는 정열이란 자칫 무분별한 정신병이라고 간주되기가 쉽지만, 남편과 다른 여자에 대한 증오는 재명이 스스로 해방을 찾는 원동력 노릇을 했다. 남편이 그녀를 실망시키는 바람에 인생이 겨우 이것뿐인가 좌절했던 재명은 가정파탄을 잊기 위해 백화점 경영에 몰두하다가 어느덧 남편이나 결혼생활의 테두리 밖에 그녀 모르게 존재했던 보다 큰 세계를 발견한 셈이었다.

새로운 삶의 의미와 삶의 새로운 의미를 찾은 그녀는 이제 분노와 미움의 힘에 짓밟히지 않으면서 살아가고 존재하는 길을 찾았고, 거기에 익숙해졌다. 그러자 그녀는 미움이 열등감의 한 가지 표현방법이기 때문에 자존심을 해치는 독소임을 깨우쳤다.

"내가 더 이상 증오의 미덕을 믿지 않게 되었던 것이죠. 난 그런 치사한 일들은 생각하지 않고 살아가기로 했어요. 치사하고 부질없는 문제 때문에 나의 소중한 인생을 낭비하고 싶지는 않았으니까요. 시간이 흐르면 세상이 달라지고, 세상이 달라지면 가치관까지 바뀌죠. 보세요."

재명은 그녀가 입은 청바지 자락을 두 손가락으로 집어 그에게 보여주었다.

"우리들이 입는 이 옷을 보시라고요. 전에는 우아함이 아름다움이었지만 요즈음에는 너덜너덜하고 누추한 옷차림을 아름다움이라고 믿어요. 그리고 단체적인 착각은 시간이 흐르면 진리가 된답니다. 그러니까 가치관이 달라지면 달라진 가치관이 지배하는 세상에 적응하기 위해서 인간이 당연히 달라져야 하겠죠. 그래서 난 달라졌고, 내 인생에 대한 책임을 질 자신이 생겼어요."

얼굴에 활랑거리던 부채를 내려놓고 그녀는 주전자를 집어 들었다. 한 전무가 빈 주발을 내밀었다. 막걸리를 따른 다음 주전자를 우그러진 양은쟁반 위에 놓으며 재명이 말을 이었다.

"하지만 남편은 여전히 새로운 상황과 환경에 적응하질 못했어요. 그래서 남편은 뒤로 처져 제자리걸음만 계속했고, 자꾸만 앞으로 나아가던 나하고는 그만큼 더 거리가 벌어졌죠. 거리가 멀어진 게 아니라 거리가 벌어졌다고요."

재명은 남편과 여자를 결코 용서하지는 않았고, 그들에 대한 원한이 그냥 동면이나 가사상태로 빠져 들어갔으리라고 믿었다. 서구찬과의 삶을 연연해하거나 과거에 대한 미련이 그녀에게는 전혀 남지 않았기 때문이었다. 나이 먹으면 지혜를 얻고 그에 대한 대가로 용기를 상실하는 것이 인간이지만, 재명은 지혜로워서가 아니라 그냥 복잡하게 생각하고 싶지가 않아서 구찬과 수미의 관계에 대한 흥미를 상실한 셈이었다.

잠시 남편 곁을 떠났던 수미가 다시 찾아와 서구찬을 몰래 만난다는

414

사실을 빤히 알면서 재명이 태연하게 모르는 체했던 까닭 역시 그들의 관계에 대한 흥미를 상실했기 때문이었다. 그들이 수십 번 헤어졌다가 수십 한 번을 다시 만난들 그녀는 전혀 신경 쓰지 않았을 터였다.

"남편하고 나 사이에서는 같은 집에서의 별거가 본격적으로 시작되었으니까요. 나에겐 나름대로 바쁘고 활기찬 시간을 보낼 백화점이 생겼고, 남편은 수미라는 여자와 사실상 부부생활을 계속했으니 우린 같은 지붕 밑에서 따로따로 살아가는 데 퍽 익숙해졌죠. 그래서 언젠가는 남편이 한 주일이나 몸살을 앓았지만, 내가 모르고 그냥 지나친 경우까지 생겼어요."

의도적으로 남편을 소홀히 했다는 사실에 대해서 그나마 재명이 조금이나마 죄의식을 느꼈던 것은 바로 그때, 서 사장이 아내가 모르는 사이에 몸살을 앓았을 때였다. 그가 몰래 수미한테 다녀오는 틈틈이 어쩌다 한 번씩 얼굴을 보면서 도대체 남편이 지금 어디에서 무엇을 하는지 알지 못한 채로 한 달이고 두 달이고 지내던 어느 날 그녀는 유령처럼 핼쑥하고 야윈 얼굴로 화장실에서 힘 없이 나오던 남편과 마주쳤고, 서 사장의 몰골이 왜 그렇게 되었는지를 나중에 가정부한테 물어본 다음에야 벌써 한 주일 전부터 그가 심하게 앓고 있다는 얘기를 들었던 재명이었다.

그렇다고 해서 남편에게 어디 아프냐고 물어보는 말 한 마디가 입에서 나오려 하지 않았고, 그래서 그냥 모르는 체하면서 넘어간 다음 잠시 그녀는 죄책감을 느꼈다. 하지만 그런 미안감은 몇 분 만에 발끈 사라졌다. 그녀로 하여금 남편이 앓는다는 사실을 모르면서 살아가는 악처가 되게끔 만든 장본인은 과연 누구였던가? 악이 악을 자극하는 악

순환의 첫 고리를 마련한 범인이 누구였던가? 그래서 그동안 잊고 지
낸 미움과 억울함과 보복하려는 모진 앙칼짐이 순식간에 모두 되살아
났다.

서른하나

다리가 저려오기 시작하는지 발의 방향을 돌려 앉으며 재명은 문밖
의 어둠을 한참 동안 우울한 표정으로 응시했다. 들릴락 말락 가벼운
한숨을 지은 다음 그녀가 물었다.

"서구찬 씨가 부르는 노래를 들어보셨나요?"

한 전무는 막걸리 주발을 때 묻은 소반에 내려놓으며 그렇다고 머리
를 끄덕였다.

"남편의 인생은 그가 부르던 노래처럼 아름답지는 못했어요. 노래
만 잘 부른다고 해서 인생의 전부는 아니지만요. 그렇지만 어떤 한 면
에서 뛰어난 사람을 보면 우린 그가 모든 면에서 그렇게 아름답고 훌륭
하리라는 착각을 하기가 쉽지만, 진실은 그렇지를 못해요. 우리가 추
구하는 이상은 대부분 꼭 죽은 내 남편의 노래와 같아요. 이상은 삶이
나 현실에서 어느 한 부분만을 골라 전체처럼 확대해 놓은 개념이기 때
문이죠."

한 전무는 아마 그러리라고 건성으로 동의했다.

"이상을 추구하는 순수한 시절에는 현실의 참된 모습이 제대로 보이
지 않는 모양예요. 인간을 전체적으로 파악할 능력이 없어지고요. 그
래서 제 눈의 안경이니, 눈에 뭐가 씌었다느니 하는 말이 생겨났겠지
만요."

416

재명은 자신이 하는 얘기가 타당하고 옳은지를 가늠하려는 듯 짤막한 침묵을 거친 다음 얘기를 계속했다.

　"그렇게 완전한 사람인 줄 알았던 남편이 처음 보석사업에서 실패했을 때, 난 오히려 그의 실패를 호의적인 각도로 이해했어요. 완전주의자가 장사에 실패하는 까닭은 사업과 정치란 원리원칙대로 하는 일이 아니기 때문이라는 생각이 들었기 때문이었죠. 그러니까 남편은 천박한 돈벌이 따위를 잘하기에는 지나치게 고고한 남자라고 말예요. 하지만 그는 보석사업뿐 아니라 사랑과 결혼생활, 그리고 삶의 모든 과정에서 상습적으로 실패를 거듭했어요. 그래서 생각했죠. 완전주의자인줄 알았던 남편은 오히려 평균치조차 못 되는 인간인 모양이라고요."

　재명은 운영부실로 매상이 지지부진하여 하마터면 압구정 백화점마저 남편이 들어먹을 조짐이 머리를 들자 맏형 호찬은 그것 보라면서 아버지에게 운영권을 넘겨받게 해달라는 압력을 넣기 시작했다고 털어놓았다. 그래서 이러다가는 "내 몫마저 날아가 버리는구나" 걱정이 된 재명이 발을 벗고 나섰다는 얘기였다.

　한 전무가 의아한 표정으로 물었다.

　"서 사장님은 집안에 들어앉아 지내기가 답답해서 아주머님이 백화점에 나가시기로 했던 것처럼 얘기하던데요. 그게 아니었나요?"

　"그렇게 얘기하던가요?"

　아차 실언을 했구나 싶어서 한 전무가 얼버무리며 말을 바로잡았다.

　"서 사장님이 자세한 내용은 통 얘기를 하지 않아서 경영에 문제가 있었는진 몰랐어요."

　답답한 가슴에다 천천히 부채질을 하면서 재명이 설명했다.

"남편은 나한테 일방적인 탈취를 당했다는 식으로 생각했을지 모르겠지만, 사실은 경영에 문제가 많았어요. 호찬 아주버님이 걸핏하면 지적했듯이, 대학에서 경영학을 공부했다면서 도대체 뭘 배웠는지 모르겠어도 남편은 기업을 꾸려나갈 만한 그릇이 못 되었어요. 그런데다가 사생활이 떳떳하지 못해서 남들 위에 군림하거나 이끌어 갈 자신감도 없었겠고요. 사장이라는 사람이 한눈을 팔고 두 살림을 차려 놓고는 딴짓이나 하며 돌아다니니 간부진은 간부진대로 불만이 팽배한데다가, 사업확장이나 경영쇄신 같은 중대한 문제가 제기될 때마다 우물쭈물하다가는 기회를 놓치기가 다반사였죠."

서호찬으로부터 위협을 느낀 재명은 아무래도 걱정이 되어 여러 차례 시아버지를 만나 '담판'을 벌이고는 마침내 경영일선에 뛰어들었다는 설명이었다. 아버지는 끝까지 재명뿐 아니라 못난 양아들 구찬까지 함께 보호하겠다는 의지가 뚜렷했고, 막상 재명이 백화점으로 나갔더니 그녀의 편에 서려는 사람이 상상했던 것보다 훨씬 많았다. 그들은 기다리기라도 했다는 듯 대부분 그녀의 앞에 열심히 줄을 섰고, 실질적인 경영권을 재명이 장악하는 데는 별로 시간이 걸리지 않았다.

부채질의 속도가 더욱 느려지면서 재명이 말했다.

"이렇게 해서 백화점을 살려놓아 사업솜씨를 인정받은 덕택에 시아버님과 나하고의 사이가 가까워지자 서호찬 씨가 넘보기를 그만둔 것까지는 좋았는데, 남편은 나 때문에 패배의식에 더 깊이 빠져 버렸던 모양예요. 알거지 신세로 백화점에서 쫓겨났다고 느낀 그는 설 땅이 없어지고, 소속감도 없어지고, 세상에서 그가 소유한 것이 하나도 없다는 소외감을 느끼게 되었죠."

418

따지고 보면 서구찬은 스스로 자신을 소외시키는 습성에 오래 전부터 익숙했고, 재명과의 동반된 삶으로부터 이탈하기 오래 전부터 사실상 외톨이로 살아왔다고 그녀는 믿었다. 자신이 정말로 완벽하냐 아니냐 여부와는 상관없이 완전주의자들은 흔히 주변의 다른 모든 사람이 완벽하게 사고하고 행동하기를 요구하는 성향을 보이는데, 불완전한 완전주의자였던 서구찬도 예외가 아니었다. 모든 면에서 늘 요구가 많았던 그는 세상의 모든 타인을 못마땅하게 생각했으며, 결점을 지니지 않은 인간이 없는 세상에서 흠을 발견할 때마다 하나씩 둘씩 사람을 멀리하다 보니 저절로 혼자만 남을 수밖에 없었다.

서른둘

　남들과 더불어 같이 사는 데 길이 든 사람이 아니었기 때문에 혼자여야만 오히려 마음이 편했던 서구찬은 자신이 완벽하다는 착각과 타인은 모두 그를 괴롭히기 위해서 존재한다는 피해의식에 사로잡혀 주변의 사람들을 받아들이지 않았고, 마찬가지 이유로 인해서 재명까지 멀리하기 시작했던 그에게는 평생 사람이 가까이 꾀지를 않았다. 적어도 그의 미망인 재명은 그렇게 믿었다.

　"남편은 자기 자신을 포함해서 진심으로 사랑했던 사람이 없어요." 재명의 설명이었다. "난 그가 수미조차 진심으로 사랑했다고는 믿지 않아요. 나이가 어려 나보다 육체가 싱싱하니까 걔한테 잠시 한눈을 팔았을 뿐이지, 수미가 정말로 모든 면에서 완전한 여자이기 때문에, 나보다 완전한 여자였기 때문에 그렇게 빠져들어 헤어나지 못한 건 아니었어요."

재명은 부채질을 멈추고 다시 짤막한 생각에 잠겼다.

"두 여자를 겪어 보니 그는 결국 세상 여자란 모두가 비슷하다는 지극히 빤한 사실을 뒤늦게 깨달았겠고, 그래서 완전한 여자의 추구를 포기하고는 더 이상의 방황은 하지 않았으리라는 생각예요. 남편은 결국 세상의 어떤 한 여자를 진정으로 사랑할 능력이 없었고, 자신조차 사랑하지 못하며 살았어요. 그러니 착각과 집념에 얽매어 삶을 어렵게 만들어 가면서 자기 자신조차 사랑하지 않는 사람을 세상에서 누가 사랑하겠어요?"

재명의 말을 듣고 나서야 한 전무는 서 사장이 죽었다는 소식을 접하고는 시체 인양작업을 돕겠다고 섬으로 찾아 내려온 친구나 후배나 동창이 없었다는 사실이 새삼스러워졌다.

"아내인 나하고는 한집에서 남남으로 살고 다른 집에 숨겨놓은 수미라는 여자에 대해서조차 만족하지를 못하고, 그러면서 점점 더 궁지로 몰리다 보니 남편은 자살 말고는 다른 선택의 길이 없었을 거예요." 재명이 답답한 목소리로 말했다. "그렇게 비겁한 죽음에 대해서 내가 슬퍼하고 눈물을 흘리기를 한 전무님이나 평도 사람들이나 세상의 어느 누가 기대했다면 그건 너무 심한 요구예요."

"왜 그렇게 생각하시나요?" 한 전무가 물었다.

"사실이 그러니까요. 평도에 도착할 때 내가 가짜 눈물이나마 흘렸더라면 남들이 보기에는 좋았을지 몰라요. 하지만 난 위선 같아서 그런 짓은 못하겠더군요. 난 언젠가 시골 상갓집에서 상주가 이 사람 저 사람과 잡담하다가 문상객이 새로 도착할 때마다 꺼이꺼이 청승맞게

420

곡을 하는 걸 보고는 참 우습다고 생각했었어요. 마치 죽음을 가지고 장난치는 듯한 인상을 받았기 때문이었죠. 그런 내가 남편의 죽음을 놓고 그런 장난을 칠 수는 없잖아요."

"내 얘긴 ….."

말을 가로막지 말라는 뜻으로 부채를 조금 들어 보이고는 지금 하던 얘기만큼은 어서 끝내야 되겠다는 듯, 나중에 후회하게 되더라도 할 말은 꼭 해야 되겠다는 듯, 재명이 서둘러 설명을 계속했다.

"이건 분명히 한 전무한테 욕을 먹어 마땅한 얘기지만, 난 처음 한 전무님의 전화를 받고는 남편의 죽음에 대한 슬픔을 느끼기는커녕 오히려 일종의 안도감을 느꼈어요. 참으로 구질구질하던 어떤 일이 드디어 막을 내렸구나 하는 그런 안도감 말예요. 마치 집안에서 지겹도록 오랫동안 병을 앓던 식구가 드디어 숨을 거두었을 때 느끼는 그런 기분 아시겠죠?"

한 전무가 입을 열려고 하자 재명이 다시 부채를 조금 들어 보이고는 말을 이었다.

"그의 죽음에 대해서 불쌍하다고 동정이 가기보다는 화가 막 나는 게 과연 내 탓인가요?" 재명이 말했다. "그의 죽음을 슬퍼하지 않고 화를 낸다고 해서 무조건 내가 나쁜 여자인가요?"

그제야 그녀는 부채를 내려놓고 입을 다물었다. 내가 하고 싶은 얘기를 끝냈으니 이제는 한 전무가 얘기할 차례라는 뜻이었다. 한 전무가 말했다.

"제가 한 질문은 그런 뜻이 아니었는데요."

재명은 그래도 내 심정을 이해하지 못하겠느냐는 듯 섭섭한 어조로

항변했다.

"무슨 뜻으로 한 질문인지 그런 건 저로선 사실 알 바가 아녜요. 내가 과연 이렇게 변명을 늘어놓아야만 하는 건지 어쩐지 그것조차 잘 모르겠고요. 하지만 자살함으로써 남편이 나를 이토록 나쁜 여자로 만들어 놓았다는 걸 생각하면 난 너무나 속이 상해요. 어떤 사람은 궁지에 몰려서 자살하고, 살아가기가 너무 심심해서 권태에 못 이겨 자살하지만, 남편처럼 자신이 해결하지 못한 고통을 남의 몫으로 떠맡겨 버리기 위해서 하는 자살은 세상에서 가장 비열한 죽음일 거예요. 자살 자체가 생에 대한 책임을 회피하는 행위인 데다가, 뒤에 남을 사람들에게 책임을 떠맡기는 무책임한 자살은 자살이 아니라 타살이라고 해야 옳아요. 남편은 자신이 죽기 위해서가 아니라 나를 죽이기 위해서 자살했어요. 그러면서도 자살을 하면 불쌍하다고 남들로부터 동정을 받기를 기대했다면 그것처럼 이기적인 범죄가 또 어디 있겠어요? 남에게 아픔을 주기 위해서 저지르는 자살이라면 난 전혀 동의하고 싶지가 않아요."

그녀의 남편 서구찬이나 마찬가지로, 일단 어떤 관점에 몰입하여 집요한 독선의 경지로 들어서면, 재명은 쉽게 객관적인 시각을 상실하는 여자인 모양이라고 한 전무는 판단했다. 그래서 그가 꼭 알고 싶어서 물어보려는 내용이 무엇인지를 전혀 파악하지 못한 그녀는 한 전무의 궁금증에 대해서 전혀 관심을 보이려고 하지 않았고, 그래서 현재의 제한된 대화내용으로부터 벗어나야 하는 필요성을 인식하지 못했다.

이러다가는 그가 벌써부터 궁금하게 생각했던 의문을 풀어낼 기회를 영원히 잃어버리고 말겠다는 판단이 선 그는 다시 그녀의 말을 가로

422

막으려고, 차량을 정지시키려는 경찰관처럼, 손바닥을 그녀에게 내밀어 보였다. 그리고는 다짜고짜 그가 원하는 바를 밝혔다.

"제가 알고 싶었던 건 서 사장의 죽음에 대한 사모님의 반응이 아니었는데요."

"그럼요?"

"왜 사모님은 서 사장이 자살했다고 단정하셨는지 전 그게 알고 싶었어요. 제가 처음 서울로 전화드렸을 때 사모님은, 자세한 상황설명은 아예 들어보려고 하지 않고, 마치 서 사장이 자살하기를 예상했던 것처럼 말씀하셨잖아요."

재명은 길을 잘못 들었다는 사실을 뒤늦게 깨달은 사람처럼 잠시 멈칫했다. 그리고는 물었다.

"내가 그랬던가요?"

"예, 그랬어요." 한 전무가 말했다. "서 사장이 사고를 당했다고 하니까 자살이었느냐는 게 사모님의 첫 질문이었어요."

재명은 기억을 더듬으려는 듯 모기향에서 피어오르는 연기를 말없이 한참 응시하고 나서 입을 열었다.

"글쎄요. 난 전화를 받았던 순간이 워낙 갑작스러운 일이어서, 당시의 상황은 지금 잘 기억이 나지 않지만, 어쨌든 웬만한 사고였다면 병원에서 전화를 걸었을 텐데 섬이라고 하니까 심각한 사정이리라는 생각이 들었던 듯싶어요. 그래서 남편이 죽었다는 생각이 저절로 떠올랐겠고, 죽었다면 당연히 자살이리라는 건 자연스러운 결론이었어요. 왜 그런 기분이 들었는진 정확히 몰라도, 어쨌든 전화받을 땐 그게 당연하다고 믿었어요."

"다른 가능성은 생각해 보지 않으셨나요? 여기 내려와서 현장을 다 둘러보고 자세한 설명을 들은 다음에도요?"

재명이 머리를 끄덕였다. 다른 생각은 해보지 않았다는 뜻이었다. 한 전무는 재명의 설명을 받아들이려고 하지 않았다.

"하지만 심증만 가지고는 자살이라고 단정하기가 어렵잖아요. 내 생각엔 단순한 사고였던 것 같으니까요."

"사고현장을 지켜본 수미는 그렇게 생각하질 않던데요."

"수미 씨가 착각했을 확률이 커요."

한 전무는 서 사장이 대물 한 마리를 낚시에 걸고는 신이 나서 수미를 올려다보면서 자랑삼아 이것 보라고 손으로 고기를 가리키다가 갑자기 밀려와서 그를 덮치려는 높은 파도를 미처 보지 못했기 때문에 사고를 당했으리라는 그의 견해를 밝혔다. 한 전무가 자신의 생각을 부연했다.

"수미 씨는 너무 심한 충격을 받은 나머지 아마 당시 상황을 잘못 이해했을 거예요."

"아녜요." 천천히 머리를 저으며 재명이 말했다. "난 구찬 씨가 자살했다는 수미의 판단이 옳다고 생각해요."

"그렇게 확신하시는 이유가 따로 있기라도 한가요?"

재명은 얼른 대답하지 않고 잠시 침묵을 지키다가 머리를 끄덕였다. 그리고는 다시 침묵했다.

서른셋

재명의 침묵이 계속되었다.

이토록 중요하고 치명적인 얘기를 꼭 해야만 하나, 아니면 마음속에 묻어 두고 그냥 살아가야 옳은 것일까, 얼른 판단이 서지 않는 듯 갈등하면서, 깊은 생각에 잠겨서, 재명은 접시 위에다 지렁이의 배설물처럼 나선형으로 토막토막 흘려 놓은 모기향의 재를 물끄러미 쳐다보면서, 갈피가 잡히지 않는 듯 한참 무엇인가 곰곰이 생각했다.

그녀는 한참 만에야 가벼운 한숨을 지으며 눈을 들어 한 전무를 마주 쳐다보았는데, 그에게서 무엇인가 다짐을 받고 싶어하는 듯한 표정이었다. 그것은 괴로운 고백의 아픔으로부터 그녀를 해방시켜 달라는 애원의 표정이기도 했다. 그리고는 이윽고 입을 열었다.

"남편이 자살을 선택해야만 했던 까닭은 초라해진 자신의 모습을 더 이상 스스로 용서하기가 불가능하다는 사실을 깨달았기 때문이었으리라고 난 믿어요."

입으로는 건성으로 말하면서 머릿속에서는 어떤 다른 생각이 분주하게 오가는 듯 재명은 다시 모기향에서 피어오르는 연기를 멍하니 내려다보았다. 한 전무는 지극히 단순한 진술을 하기 위해 재명이 왜 그토록 한참 망설이고 뜸을 들여야 했는지 얼핏 이해가 가지 않았다. 그런 막연하고 추상적인 얘기는 한 전무가 이미 여러 해 동안 서 사장에게서, 그리고 지난 며칠 사이에 수미에게서 벌써 여러 번, 그리고 다시 오늘밤 내내 재명에게서 귀에 박히듯 들어온 내용이 아니었던가.

"자신에게 실망해서 서 사장이 자살했다면 왜 여태까지 기다렸을까요?" 한 전무가 물었다. "도대체 그런 막연한 동기 때문에 자살했다는 사람은 난 본 적이 없기는 하지만, 정말 그래서 자살해야 했다면 벌써 오래 전에 했을 텐데요."

"남편이 요즈음 자신에 대해서 느꼈을 혐오감은 그렇게 막연한 게 아니었어요."

"막연한 게 아니면요?"

한 전무는 무엇인지 그가 알지 못하는 새로운 사실에 대한 얘기를 재명이 방금 시작했다는 인상을 받았다. 그래서 그녀가 겨우 입을 열기는 했지만 자칫했다가는 고백을 중단해 버릴지 모르겠어서 그는 가벼운 불안감을 느꼈다. 어쨌든 서 사장에 대한 새로운 비밀을 풀어내는 실마리를 그녀가 제시하는 눈치였지만, 한 전무는 그것이 어떤 비밀인지 알 길이 없었다. 재명이 말했다.

"여자 하나 때문에 남자가 얼마나 비참하게 몰락해야 하는지 슬프다는 생각이 들어요. 그리고 남편은 그토록 치사하고 추한 자신의 행동을 정말로 용서하고 싶지가 않았던 모양예요. 인간이 인간답지 못하게 산다는 추악함은 치욕이면서 죄악이니까요."

그리고 재명이 다시 입을 다물었다. 그녀는 모호한 비밀 속으로 뒷걸음질쳐 들어가려고 했다. 한 전무는 '그토록 치사하고 추한' 서 사장의 행동이 무엇인지 궁금했지만 재명이 쉽게 설명하지 않을 듯한 예감이 들었다. 서 사장의 어떤 행동을 의미하느냐고 물었다가는 그녀가 더욱 마음을 사릴 듯싶어서 섣불리 묻고 싶지 않았지만, 그래도 비밀을 알아내기 위해서는 물어야만 했다.

"서 사장님이 무얼 어떻게 했길래요?"

재명은 얼른 입을 열지 않았다. 한 전무는 재명이 쫓기는 기분을 느껴 더욱 움츠러들지 않도록 더 이상 추궁을 하지 않고 기다렸다. 두 사람이 침묵했고, 그렇게 침묵하며 기다리던 한 전무의 머리에 갑자기 떠오르는 생각이 하나 있었다. 서 사장이 수미에게 한 달에 1천만 원씩 가져다 주었다는 돈…. 한 전무는 그 돈이 어디에서 났는지가 궁금했다.

기습을 감행하기로 작정한 한 전무가 느닷없이 물었다.

"서 사장님의 '치사하고 추한 행동' 말입니다. 그거 혹시 돈 얘기 아닌가요?"

다시 침묵하며 재명은 부채질을 멈추고 모기향의 연기를 응시했다. 한 전무는 잠자코 기다렸다. 재명이 아니라고 부인하지 않는다는 사실은 서 사장이 최근에 수미에게 갖다 주었다는 돈 때문에 분명히 어떤 중요한 사건이 벌어졌음을 의미했다.

하지만 재명은 끝내 대답을 회피했다. 한 전무가 한참 더 기다렸고, 한참 더 침묵이 흘렀고, 마당에서 인기척이 나더니 손전등 불빛이 창호지 문에 어른거렸다. 바깥의 인기척이 멈춰 섰다. 그리고는 귀를 기울이는 모양이었다. 방안이 조용하니까 이상해서 상황을 살피는 것 같았다. 이윽고 신승직 선장의 목소리가 불렀다.

"한 전무님."

한밤중에 마당바위에서 여기까지 넘어오다니 드디어 서 사장의 시체가 떠오른 모양이라고 얼핏 생각하며 한 전무가 문을 밀어 열었다. 바깥에서는 신 선장이 심각한 표정을 짓고 서서 기다렸다. 한 전무가 물었다.

"무슨 일예요?"

"아가씨가 말입니다." 신 선장이 말했다.

서른넷

　수평선 위에 두텁게 얹혔던 어슴푸레하고 검붉은 해돋이의 기운이 서서히 걷히고 하늘이 맑고 푸른 빛깔을 띠기 시작하는 시간에 남해호가 시동을 걸어 놓은 채로 마당바위에 뱃전을 대고는 기다렸다. 작업복 차림의 잠수부들이 장비를 배에 싣고 먼저 배에 올랐다. 선장실에서 신승직이 마당바위를 내려다보면서 두 명의 장정에게 함께 데리고 떠날 환자를 태우라고 손짓했다. 두 청년이 수미의 천막으로 가서 한 사람이 자락을 들추었고, 다른 한 사람은 안에 누워서 기다리던 수미를 들쳐 업고 남해호로 갔다.

　창백하던 얼굴이 흉하게 햇볕에 타고 입술이 말라붙은 수미는 젊은 남자의 등에 업혀 지나가면서 한 전무를 멍하니 쳐다보았다. 며칠 동안 가꾸지 못해 몸이 흐트러지고 옷차림까지 후줄근해진 그녀는 시골 장터를 배회하는 미친 여자를 연상시켰다. 눈두덩이 통통 부어오른 그녀는 눈물이 글썽거렸고, 다시 소리 없이 울기 시작했다.

　며칠 동안 이글거리는 태양에 시달리고, 뜨거운 바위와 후끈거리는 여름 바다의 바람에 시달리고, 끝없는 기다림에 시달리고, 서 사장의 부인에 대한 긴장감에 시달리고, 갯바위에서 아무렇게나 끼니를 때우던 변변치 못한 식사로 끝내 탈진한 수미는 어제 오후 내내 천막에서 나오지를 못하고 잠만 자더니 결국 밤이 되자 병이 났다.

늙은 해녀의 집 문간방에서 서 사장 부인과 보리막걸리를 마시다 말고 아가씨가 심상치 않다는 신 선장의 말을 듣고 한 전무가 마당바위로 넘어왔을 때, 그녀는 몸살인지 일사병인지는 알 수가 없었지만, 식은 땀을 비오듯 흘리고 끙끙거리며 신음까지 했다. 하지만 신 선장이 초소장에게 이미 출항허락까지 받아놓았는데도 수미는 여수로 후송되기를 처음에는 완강히 거부했다.

서 사장의 시체를 인양할 때까지 절대로 이곳을 떠나지 않겠다고 고집을 부리던 수미는 새벽에 몇 차례 헛구역을 하다가 정신을 잃기까지 한 다음에야 겨우 한 전무의 설득을 받아들였다. 시체가 떠오르면 당장 연락해 줄 테니까 다시 내려오면 된다는 설명을 듣고 마침내 그녀는 날이 밝자마자 섬을 떠나기로 했던 것이다.

서 사장 부인은 수미가 섬을 떠난다는 말을 듣고는 아무런 반응을 보이지 않았고, 물론 마당바위로 배웅을 나오는 유치한 짓은 생각조차 하지 않았다.

낯선 남자의 등에 업혀 갑판으로 올라가 객실로 내려가기 전에 수미는 다시 한 번 한 전무를 돌아보았다. 무엇인가 마무리 짓지 못한 채로 섬을 떠나기가 못내 아쉬운 표정이었다. 삶의 모든 순간이 미완성의 한 조각이요, 삶 자체가 미완이고 삶 전체가 미완이지만, 그녀는 사랑과 증오를 마무리 짓지 못하고 그녀의 남자를 이곳 바다 밑에 남겨 둔 채 떠나가려고 했다.

신 선장과 잠수부들과 장정들과 이장과 한 전무가 서로 손을 흔들어 작별의 예식을 치르는 동안 수미는 먼지와 소금물로 더러운 때가 낀 객실 창문으로 마당바위를 내려다보았다. 한 전무는 어서 가라고 그녀에

게 손을 흔들어 주면서 이제부터 수미는 어떤 삶의 길을 가려는지 궁금
했다. 그리고 그녀의 뱃속에 담긴 사연 많은 생명의 미래는 또 어떻게
될지 궁금했다.

기운이 없어서인지 수미는 그에게 손을 흔들지 않았다.

배가 저만치 뒷걸음을 치다가 북쪽으로 선수를 돌렸다. 떠오르는 태
양의 햇살을 우현으로 받으며 남해호가 여수를 향해서 떠나갔다.

서른다섯

달빛으로 덮인 파도가 느릿느릿 어둠 속에서 오르락내리락 넘실거
렸다. 금속성 액체처럼 파도가 커다랗게 출렁였다. 밀려서 솟아올랐
다 무너지는 물더미에 실려 초록빛 야광을 발하는 찌가 오르락내리락,
오르락내리락, 오르락내리락, 오르락내리락, 한없이 똑같은 동작을
천천히 한없이 그리고 천천히 한없이 한없이 되풀이했다.

넘실거리는 파도에 실려 오르락내리락, 오르락내리락, 야광찌가 가
물가물 느린 물살을 타고 마당바위에서 점점 바깥쪽으로 조금씩 끌려
나갔다. 제자리에서 오르락내리락 거리는 듯싶으면서도 개똥벌레만
큼이나 작은 등대처럼 초록 불빛을 켜 놓은 채로 물살을 타고 나가던
찌는 낚싯줄의 여유가 없어지면 파도 속으로 조금씩 파묻혔다가 물살
을 타고 다시 솟아오르고는 했다. 한 전무는 물속으로 빨려 들어갈 정
도로 줄이 팽팽해지면 꼭대기에 파란 불빛을 얹은 찌를 대로 살그머니
끌어서 발밑에 다시 던졌다.

그는 바다 뜰낚시의 찌가 인생풍파에 시달리는 인간의 모습과 참 비

숫하다는 생각을 가끔 했다. 인생은 추풍낙엽이라고 했던가, 일엽편주라고 했던가, 어쨌든 한 닢의 잎사귀나 마찬가지였고, 촌스러운 옛 표현을 표절하자면, 낙화유수의 떨어진 꽃잎이었다. 가고 싶은 곳을 찾아 제 마음대로 가지 못하고, 파도에 실려 흘러가다가 줄이 미치지 않는 미지의 공간으로는 더 이상 나가지 못하는 찌, 그것은 목에 묶은 끈이 반지름을 이루는 공간 안에서만 살아가는 도시의 개, 제가 싸 놓은 배설물로부터 몇 미터를 벗어나지 못하며 목을 매고 살아가는 도시의 개와 마찬가지 운명이었다.

낚싯줄이 제한하는 행동반경 속에서 제자리만 오락가락하는 삶, 그것은 미늘이 입술에 꽂힌 채로 줄 하나에 매달려 제자리에서만 한없이 방황하던 서 사장의 인생이었다.

지금은 서 사장이 실종된 지 꼭 한 주일이 되는 날 새벽 세 시, 좀처럼 잠이 오지 않아서 한 전무는 아이스박스의 얼음이 녹아버려 흐물흐물해진 갯지렁이와 멸치처럼 말라붙은 크릴새우를 미끼로 써서 입질이 신통치 않은 밤낚시를 하며 시간을 보내는 중이었다. 한 전무는 도대체 시체가 어디까지 흘러갔는지 모르겠는데 여기서 이렇게 버티어 봤자 다 부질없고 소용없는 짓이라며 마음속으로는 모든 희망을 포기한 상태이기는 했지만, 물속에 잠겨 물고기에게 뜯어 먹히며 어디론가 흘러 다닐 서 사장의 죽은 모습을 생각하면 왠지 미안해서 차마 천막에 들어가 잠을 잘 마음이 내키지를 않았다.

압구정 백화점의 황 상무와 김 과장은 일찌감치 천막에서 잠이 들었다. 그들 두 사람은 수미를 데리고 철수한 신 선장 일행과 임무를 교대하기 위해 서 사장 부인의 연락을 받고 그저께 오후에 유명호를 타고 들어왔다. 세 사람은 꼭 열흘만 채우고는 평도에서 철수할 계획이었다. 이미 떠올랐다가 사라졌을지 모르는 시체를 무작정 기다리기는 무리였으므로, 양심에 거리낌이 끼지 않을 만큼의 시한으로 그들은 열흘이라는 기간에 합의를 보았던 터였다.

서 사장 부인은 섬에서 사흘을 보낸 다음 서울로 올라갔다. 어떤 사람이라고는 구체적으로 밝히지 않았지만 어쨌든 싱가포르에서 백화점을 방문할 중요한 손님이 곧 도착한다는 황 상무의 설명이 그녀에게는 섬을 벗어날 좋은 핑계였다. 평도에 도착하자마자 황 상무가 싱가포르 손님에 관해서 장황히 늘어놓던 설명은 어딘가 미리 짜 놓은 각본 같은 인상을 주었지만, 그래도 한 전무는 남의 일을 놓고 마음대로 나쁘게 해석하지는 않으려고 노력했다. 비록 사흘뿐이라고 해도 재명으로서는 충분히 성의를 표시한 셈이라는 계산에 따라서였다.

재명은 끝까지 눈물을 보이지 않은 채로 평도를 떠났다. 그녀는 이곳에서 내가 할 일은 다 끝났다는 듯 툭툭 털고 떠났다. 아무것도 마무리 짓지 못하고 실종된 서 사장과는 달리, 아무것도 마무리 짓지 못하고는 사생아로 태어날 아기를 자궁 속에 담은 채로 떠나간 수미와는 달리, 재명의 뒷모습은 그녀에게 얽힌 모든 일을 말끔히 마무리 짓고 떠나는 듯 홀가분해 보였다.

아무런 미련을 보이지 않고, 새로운 삶의 출발을 위해 의기양양하게 떠나면서, 재명은 경비로 쓰라면서 황 상무에게 2백만 원을 현금으로 맡겼고, 한 전무에게는 처음 만나는 사람에게 궂은일을 맡기고 떠나게 되어 미안하다고 깍듯한 사과의 말을 잊지 않았다. 아마도 '완전주의자'는 서 사장이 아니라 그의 아내였는지 모르겠다는 생각이 새삼스러

432

울 정도였다.

은빛으로 덮인 검은 파도에 얹혀 가물거리는 찌를 쳐다보고 앉아서 한 전무는 자신의 내면에 갇힌 채로 삶의 언저리에서 한 뼘 정도의 일생을 서투르게 살다가 이곳 바닷속으로 사라진 서 사장을 생각했다. 큰 고기가 미끼를 물고 사납게 도망치려고 하면 줄이 끊어져 나가지 않도록 풀어서 늦춰주듯, 적당히 당기고 적당히 풀어줘야 하는 요령이 인생의 법칙인데, 서구찬은 때맞춰 당길 줄을 모르고 언제 풀어줘야 할지를 알지 못하면서 요령 없이 살았던 사람이었다.

장승포의 어부 옥돌이는 언젠가 한 전무에게 작은 고깃배가 험한 파도를 얼마나 잘 견디는지를 얘기하며 한 짝의 고무신 같다고 했었다. 아무리 심한 파도를 만나더라도 일단 물 위에 뜬 고무신은 좀처럼 뒤집히거나 가라앉지 않는다는 것이 어부 옥돌이의 철학이었다. 그리고 가랑잎 또한 온갖 풍파를 타고 잘만 떠다니는데, 서 사장의 인생은 어찌하여 고무신 한 짝이나 가랑잎만도 못했던 모양인지 한 전무는 답답했다.

은빛으로 술렁이던 검은 파도에 실려 가물가물 떠가던 야광찌가 잠시 멈칫 하더니 깊은 물속으로 빨려 들어갔다. 푸른 불빛이 깊은 물속으로 가라앉았다. 한 전무는 낚싯대를 잡아챘고, 덜컥 고기가 걸렸다. 검은 물속이어서 눈에 보이지는 않았지만 물속의 고기가 필사적인 몸부림을 쳤고, 찌의 움직임은 살아 있는 생명이 어디로 향하는지 방향을 확실하게 보여주었다.

생명이란 참으로 아름답다는 생각을 하며 한 전무는 낚싯대를 한 손으로 잡고 자리에서 일어나 그가 곧 죽여야 하는 물속의 생명과 싸움을 시작했다.

다시 비가 내리려는지 아직 한낮의 여름 열기가 완전히 가시지 않아서, 한 전무는 피부가 불쾌할 정도로 끈적거렸다. 편안한 바위 턱에 올라앉은 그는 밤의 어둠 속에서 검은 파도를 타고 오르락내리락 거리는 초록빛 야광찌를 응시하며 아까부터 자꾸만 그의 뺨에 앉으려는 파리를 손으로 쫓았고, 더러운 곳에서만 산다고 믿었던 파리가 왜 아름답고 깨끗하기 짝이 없는 무인도에서 살아가는지를 생각했다. 아마도 인간이 찾아와 섬을 더럽혀 놓기 때문이리라.

오물과 쓰레기를 생산하는 인간의 발길이 닿으면 자연은 더러워지고, 그래서 파리 떼의 세상이 되는데, 그래도 어쨌든 무인도와 파리는 궁합이 맞지 않았다. 더러움과 아름다움은 궁합이 맞지 않는다. 그렇다면 인간은 더러움일까 아니면 아름다움일까? 아름다움과 더러움, 선과 악은 인간의 마음속에서 만나 필연적으로 공존한다고 그는 생각했다. 이러한 모순의 만남과 공존을 서 사장은 납득하지 못했던 것이 분명했다.

여인의 머리카락은 그토록 아름답지만, 어쩌다가 밥에 섞여 들어간 한 가닥 머리카락이 눈에 띄면 왜 불결하고 더럽다는 생각이 드는가? 그것은 아름다움이 곧 더러움이요, 선과 악이 어쩌면 하나이기 때문이리라. 그리고 더러움의 존재 또한 인간의 자연스러운 모습이라는 사실을 서 사장은 믿으려고 하지 않았었다. 세상과 궁합이 잘 맞지 않았던 서 사장, 어쩌면 그는 인간의 세상에서 살아갈 권리를 아예 타고나지 못했는지도 모를 일이었다.

서른여섯

바다에 내리는 안개비에 가려 신기루를 타고 솟아오르는 유령섬처럼, 보일 듯 말 듯, 평도가 수평선 위에 떠서, 천천히 기우뚱거리며, 자꾸만 멀어져 갔다.

며칠 맹렬하게 이글거리던 태양은 잿빛 구름 뒤로 숨었고, 흰 거품을 가르며 고흥으로 향하는 유명호 뱃머리에서는 흰 면사포 자락처럼 빗발이 흩날렸다. 태평양에서 발생하여 필리핀 해상을 올라오는 또 다른 태풍 케이트가 대만 해협까지 북상했다지만, 바람과 빗줄기가 아직은 별로 힘을 쓰지 못해서 시원한 비는 굳이 피하지 않고 그냥 맞을 만했다.

한 전무는 우비 한 장을 걸치고 앞갑판 밧줄 더미에 몸을 반쯤 기대고 누워서, 무거운 분위기로 축축하게 젖은 배의 뒤쪽 면사포 빗발 속으로 사라졌다가 다시 나타나기를 되풀이하는 평도를 착잡한 마음으로 건너다보았다. 열흘 만에 떠나는 섬이었지만, 그곳에서 보낸 기간은 한 달이 넘는 듯 힘들고 고통스러운 나날이었다. 혀끝으로 핥으면 까칠까칠할 정도로 윗입술 수염이 무성하게 자랐다. 몸과 마음이 다 기진맥진이었지만, 어쨌든 한 전무는 모든 일을 마무리 짓고 집으로 돌아가게 되어 한결 마음이 놓였다.

이제는 다 끝났다.

드디어 다 끝났다.

시답잖게 내리면서도 속옷을 적셔 오는 성가신 비를 피하려고, 축축한 대기에 가득 배어 버린 듯한 역겨운 죽음의 악취를 피하려고, 황 상무와 김 과장은 유명호의 객실로 들어가 유치한 무늬가 박힌 꽃장판에 한 쌍의 오뚝이처럼 올라앉아서 줄담배를 피워 대었다. 마당바위에 앉아 멍하니 바다를 지켜보기만 하면서 지낸 기간이 겨우 나흘뿐이기는 했지만 그들은 한 전무 못지않게 기진맥진했다. 그리고 지금 마주보고 앉아서 포격전을 벌이듯 교대로 담배연기를 뿜어대는 그들 두 사람에게는 어제와 오늘의 악몽이 얼마나 끔찍한 경험이었던가.

갯바위 생활이라고는 난생 처음이어서 따개비와 삿갓조개를 따다가 맑은 국을 끓여 먹고, 납작하고 불편한 냄비뚜껑으로 물을 마시고, 바위틈에서 대소변을 해결해야 하는 불편함조차 견디기 힘들어하던 그들 두 사람에게는 시체를 기다리는 역겨운 임무로부터 해방되어 좌변기와 매연차량과 아내가 기다리는 편안한 문명세계로 돌아가는 길은 차라리 하나의 승리였는지도 모른다.

몇 달에 한 번 낚시를 며칠 동행한다는 사실 이외에는 전혀 남남이었던 한 전무에게 시체인양의 모든 책임을 맡겨 두고 홀랑 섬을 떠나기를 미안하게 생각한 서 사장의 부인이 그녀의 자리를 대신 지켜달라고 불러내린 압구정 백화점의 황종근 상무와 김태석 과장은 따지고 보면 볼모나 마찬가지였지만, 불평 한 마디 없이 주어진 임무를 수행했다. 그만큼 그들은 재명에게 충직하고 성실한 가신(家臣)들이었다.

검정 상복에 까만 넥타이를 매고, 신발만큼은 불편해서인지 나이키 운동화를 신고서, 옛날 서양 무성영화에 등장하는 희극배우를 연상시키는 모습으로 그들은 심재명 사장님의 지시에 따라 전직 사장님 서구찬의 시체가 바다에서 떠오르기를 열심히 기다렸는데, 한 전무는 그들을 보면 우리나라 정치판과 조직폭력에서 두목을 열심히 섬기는 가신

436

들이 자꾸만 머리에 떠오르고는 했다.

하지만 황 상무는 가신일지언정 간신은 아니었다. 서 사장이 양아버지로부터 인수받기 전부터 이미 백화점 운영에서 큰 몫을 담당했던 황 상무는 나이가 환갑이 가까웠으며, 아직도 회사에서는 기둥노릇을 했다. 서 사장의 양아버지 서봉식 회장의 분신으로서, 백화점의 운영을 관찰하고 감시하는 통로로서, 가장 확실한 '실세'였던 황 상무는 재명이 사장으로 들어앉은 다음 현재의 사장과 과거의 사장 쪽으로 대부분의 간부직원들이 한꺼번에 몰려가던 와중에서 끝까지 중립을 지켰노라고 했다.

오래된 사회적 인습과 개인적 가치관에 따라 그런 처신이 최선이라는 소신을 가지고 회사운영 못지않게 모든 윗사람의 사적인 활동에 열심히 헌신하는 가신노릇을 했던 그를 서구찬 사장은 그만 자기편이라고 착각해서 크나큰 실수를 저지르고 말았다.

혈당 때문에 걱정이 많았던 황 상무, 그리고 나이가 스무 살이나 아래였지만 처신과 인생관이 쌍둥이처럼 그를 빼다 박은 듯한 김 과장은 어쨌든 이제 모두 할 바를 다 하고 가벼운 마음으로 돌아가는 길이었다. 그들은 책임을 완수했다는 안도감이 얼굴에 역력했으며, '과거의 사장님' 앞에서 일부러 슬퍼하려고 애쓰지는 않았지만 함부로 즐거워할 만큼 경박한 사람들은 아니었다. 신혼 4개월째여서 날마다 아침저녁으로 서울에서 기다리는 아내한테 한참씩 전화를 걸고는 하던 김 과장까지도 서 사장 부인의 시야가 미치는 자리에서라면 항상 표정관리에 신경을 썼다.

서른일곱

스스로 완전주의자라고 착각했던 서 사장이 도둑질까지 했다는 사실을 한 전무가 확인한 것은 황종근 상무를 통해서였다.

서 사장의 시체가 떠오르기 전날 밤, 딱딱하고 울퉁불퉁한 바위에다 쳐놓은 천막 안에서의 비좁은 생활에 익숙하지 못했던 황 상무는 끝내 잠을 이루지 못하고 자정을 조금 넘긴 다음 밖으로 나와 밤낚시를 하던 한 전무와 마주 앉아 오랫동안 대화를 나누었고, 김 과장은 천막 안에서 벌써부터 곤히 잠든 다음인지라 한 전무는 적절한 기회를 찾아 재명이 추하고 비열한 짓이었다고 규정한 서 사장의 행동이 무엇이었는지를 물어 보았다.

황 상무는 윗사람에 대한 아름답지 못한 비밀을 털어놓기가 거북해서인지 잠시 주저했다. 그러나 부인이 자리를 지키지 않고 서울로 올라가.버린 다음까지도 한 전무가 대신 한 주일이나 더 시체가 떠오르기를 기다려주는 모습을 보고는, 저토록 가까운 친구사이라면 서 사장에 관한 모든 비밀을 알 권리가 한 전무에게 있다는 판단을 내렸다.

그러리라고 한 전무가 추측은 했었지만 서 사장이 수미에게 가져다준 돈은 결국 부인 몰래 백화점에서 빼낸 것이었다.

황 상무가 "너무 창피한 사건"이라고 표현했지만, 얘기를 듣고 보니 서 사장이 돈을 빼낸 방법은 아닌 게 아니라 창피할 정도로 서툴고 촌스러웠다. 서 사장은 그에게 가장 충실한 심복이라고 믿었던 황 상무한테 한 달에 1천만 원씩 앞으로 1년 동안만 "비자금을 만들어 달라"고 부탁했는데, "거짓말 할 재주가 없어서인지 구체적인 방법조차 제시하지 못하고 무조건 돈을 빼내라는 지시였어요"라고 황 상무가 설명했다.

"백화점에서 사업장을 확장한다든가 뭐 그런 기회가 생길 때마다 나가는 돈의 액수를 불리든지 어떻게 해서 매달 25일에 돈을 만들어 달라고 그러더군요."

한 전무는 형 호찬이 서 사장한테 했다는 말이 생겨났다. "오입도 다 재주가 있어야 하는 것"이라고. 도둑질도 마찬가지였다. 그렇게 거짓말을 할 줄 모르는 서 사장에게 아직 순수한 면이 조금이나마 남아 있었다고 칭찬해야 옳은지 어쩐지는 모르겠지만, 어쨌든 종말은 그렇게 시작된 모양이라고 한 전무는 생각했다.

그리고 그것은 황 상무의 고민이 시작된 계기이기도 했다. 우선 돈을 만드는 방법부터가 문제였다. 서 사장이 어떤 젊은 여자와 한남동 아파트먼트에다 살림을 차렸다가 들통 난 이후로 사모님은 남편의 손을 거쳐 돈이 흘러 나가지 않도록 철저히 단속해 왔기 때문이었다. 사모님은 처음에는 돈이 없으면 계집질을 못하리라는 통속적인 이유에서 남편의 돈줄을 막아 버렸지만, 나중에는 그렇게 꼼짝 못하도록 남편을 묶어두는 짓이 일종의 복수라는 생각이 들어서였는지 백화점 운영에 적극적으로 참여한 이후로는 돈의 흐름에 대한 감시가 날이 갈수록 모질어졌다.

그런 판국에 백화점에서 흔적을 남기지 않으면서 목돈을 빼내기란 물론 쉬운 일이 아니었지만, 어쨌든 황 상무는 첫 달치 1천만 원을 마련했다. 그리고 서봉식 회장의 밑에서 녹을 먹기 시작한 이래 처음 범죄행위를 저지른 황 상무는 그날 저녁 혼자 청담공원 구석에 앉아 두 시간이나 울었다. 서 사장이 떳떳하게 가져가지 못하고 몰래 따로 장만해야 할 정도라면 분명히 양심적인 문제를 수반하는 더러운 돈일 텐데, 나이가 열다섯이나 아래인 사람이 그에게 이런 심부름을 시키다니 황 상무가 생각하기에 서구찬은 정말로 비열하고 치사한 사람이었다.

윗사람의 지시를 거역할 길이 없어서 나쁜 짓인 줄 빤히 알면서 돈을 만들어 주기는 했지만, 백화점에서 부부가 편을 갈라 암투를 벌이는 온갖 꼴불견을 지켜보던 끝에 남편이 상무를 시켜 아내의 돈을 빼돌리는 지경에 이르자 황 상무는 심한 갈등에 빠졌다. 사모님에 대한 양심의 가책 때문이었다. 그래서 두 번째 달의 돈을 겨우 장만해 놓은 다음 오랜 고민 끝에 황 상무는 서 사장과의 공범관계를 1년 동안이나 계속할 수는 없겠고, 절대로 그래서는 안 된다고 판단을 내려 결국 여사장에게 사실대로 보고했다.

"아무리 두 분이 벌써부터 대화가 단절된 냉담한 부부 사이긴 했지만, 그런 소리를 듣고 나니까 사모님은 눈앞이 캄캄해지는 모양이더군요." 황 상무의 설명이었다. "사모님은 거의 10분쯤 침통한 얼굴로 침묵을 지키며 연신 담배만 피우셨어요. 그러더니 저한테 세 가지 지시를 내리셨죠. 첫째는 서 사장님의 비행이 백화점 직원들한테 알려지지 않도록 각별히 조심하라는 것이었어요. 두 번째 지시는 앞으로 계속해서 꼬박꼬박 때 맞춰 사장님한테 돈을 만들어 주라는 것이었고요. 마지막으로는 회장님에게 이번 사건을 절대로 알리지 말라고 다짐까지 받아가며 부탁하시더군요."

황 상무는 지시받은 대로 계속해서 돈을 마련해 서 사장에게 건네주었다. 하지만 '고자질'을 하고 나면 마음이 훨씬 가벼워질 줄 알았던 그는 서 사장과의 공범관계를 벗어나지 못한 채 또 다른 양심의 가책으로 새로운 갈등을 시작했다. 부인 몰래 돈을 빼돌리는 남편 때문에 여사장에게 죄책감을 느꼈던 그는 이제 아내가 알면서도 모르는 체하는 가운데 열심히 도둑질을 계속하게 될 서 사장의 비참한 꼴을 생각하면 견딜 수가 없었고, 남편과 공모자였다가 이제는 부인과 공모자가 된 자신의 꼴 또한 이솝 우화의 박쥐처럼만 여겨져서 잠이 오지 않았다.

이리저리 궁리하던 끝에 황 상무는 이번 달에 돈을 건네주고 한 주일쯤 지난 다음 서구찬에게 이실직고했다. 아내가 자신의 비열한 행위에 대한 비밀을 알고 있다는 사실을 전해듣고 서 사장은 황망하고 허탈한 얼굴로, 처음 비밀을 알게 되었을 때 그의 아내가 그랬듯이, 거의 10분 동안 침묵을 지키며 담배만 피웠다. 그리고는 드디어 무엇인가 마음을 다져 먹은 듯 굳은 표정으로 그는 황 상무에게 앞으로는 '비자금'을 마련하지 말라고 했다.

그리고 얼마 후 서 사장은 한 전무와 평도로 낚시를 떠났고, 이제는 시체가 되어 집으로 돌아가는 중이었다.

그리고 이제는 다 끝났다.

드디어 다 끝났다.

서른여덟

서 사장의 부인 재명은 배의 뒤쪽 유람객을 위해 마련한 벤치에 앉아 몸을 반쯤 옆으로 돌리고는 바다에 내리는 안개비를 물끄러미 응시했다. 하지만 한 전무는 그녀의 눈에 빗발이 들어오지 않으리라고 생각했다. 머릿속에서 너무나 많은 생각이 오가기 때문에 그녀의 눈에 무엇 하나 보일 리가 없었다. 그녀의 눈에는 아무것도 보이지 않고,

어쩌면 그녀의 머릿속에는 아무런 생각이 떠오르지 않을지도 모른다는 사실은 멍한 그녀의 얼굴을 보면 쉽게 짐작이 갔다.

재명은 지금 어떤 표정이 그녀에게 어울리는지, 현재의 상황에서는 어떤 표정을 지어야 적절한지 신경 쓰지 않았다. 그래야 할 아무런 필요성을 느끼지 않기 때문이리라고 한 전무는 생각했다. 서 사장의 시체를 찾았다는 한 전무의 연락을 받고 서울에서 부랴부랴 평도로 다시 내려온 재명은 배에서 내릴 때까지만 해도 표정이나 몸가짐이 전혀 흔들리지 않은 상태였고, 처음 만났을 때나 마찬가지로 예의를 깍듯이 갖추며 한 전무에게 그동안 수고해 줘서 고맙다는 꼼꼼한 인사치레도 잊지 않았다.

선착장에서 한 전무와 이장의 안내를 받아 방파제로 간 그녀는 염을 하기 전에 물기를 빼고 어느 정도나마 건조시키기 위해 그곳에 안치한 서 사장의 시신을 직접 본 순간부터, 바로 그 순간부터 한꺼번에 흐트러졌다. 그녀는 이장이 재빨리 부축하지 않았더라면 그 자리에 주저앉았을 터였다. 충격이 그렇게 컸다. 서 사장의 죽은 모습이 그토록 참혹했다.

한 전무는 까마득한 옛날 갯바위 낚시의 초짜였던 시절, 거문도에서 한 시간이나 다시 배를 타고 나가야 하는 백도에서 밤낚시를 하면서 잡은 망상어를 아무 데나 바위에 던져두었다가, 이튿날 날이 밝은 다음 눈알이 없어진 물고기의 참혹한 모습을 보고 놀란 적이 있었다. 밤중에 쥐가 몰래 와서 눈만 파먹은 작고 예쁘장한 망상어의 주검은 무섭기까지 했다. 그리고 열흘이나 바닷물에 잠겼다가 떠오른 서 사장의 주검은 눈 빠진 망상어하고는 비교가 되지 않았다. 익사체가 된 서 사장,

그는 인간이 아니라 썩어가는 추악함이었다.

시체를 처리하는 일은 한 전무가 나서서 진두지휘했고, 그때부터 재명은 거의 아무 말도 하지 않았다. 서 사장의 죽음은 박테리아가 들끓는 부패의 덩어리였고, 그렇게 썩어 무너지는 남편의 모습을 보고 난 이후 어제와 오늘 재명은 감정이 탈진된 표정과 침묵으로 일관했다. 그것은 증오의 대상이 사라지고 난 다음 방향을 상실한 표정이었고, 인간의 종말이 결국 무엇인지를 목격하고 인생의 부질없음을 재확인한 절망감의 침묵이었다.

인간이 죽음을 두려워하고, 가능한 한 오래 살려고 발버둥을 치는 까닭은 어쩌면 서 사장이 죽은 모습처럼 그렇게 참혹한 순간이 자신에게 찾아오지 못하도록 어떻게 해서든지 잠시나마 더 오래 막아 보려는 안간힘에서이리라. 한 전무는 신경통에 특효라는 소문을 어디서 들었는지 모르겠지만 고양이를 잡아먹기 위해 걸핏하면 산을 뒤지며 헤매고 돌아다니는 평도의 최 노인 얘기를 듣고는, 이곳에서 살아가는 고양이를 모조리 다 잡아먹어 멸종되면 쥐만 자꾸 늘어나겠고, 그러면 쥐떼가 갯바위로 마음 놓고 내려와서 망상어의 눈알을 닥치는 대로 파먹겠구나 하는 엉뚱한 생각을 했었고, 건강하게 오래 살고 싶어서 애꿎은 들고양이를 사냥하는 노인의 모습이 결국 인간의 삶을 상징하는 한 폭의 허화가 아닐까 쓸쓸한 기분이 들었다.

결국 죽어야 할 삶이라면 하루나 한 달, 1년이나 10년을 더 살려고 그렇게 애써야 할 까닭이 무엇일까? 그리고 서 사장의 삶에서는 시간의 길이가 도대체 무슨 의미를 지녔었을까?

알 길이 없었다.

비가 내리는 바다를 물끄러미 쳐다보면서 재명이 지금 어떤 심정일 지 한 전무는 그것도 알 길이 없었다. 살았을 때 그토록 미워하던 남편 의 시신을 앞에 놓고 앉아 그녀는 무엇을 생각할까?

　아마도 미움은 아니리라. 이왕 죽은 사람을 미워해 봤자 무슨 소용 이겠으며, 미움의 행위란 결국 나한테만 손해라고 재명은 보리막걸리 를 마시며 말했었다. 하기야 미움으로써 인간이 무엇을 얻겠느냐고 한 전무는 생각했다. 더러움을 욕하는 입은 역시 때가 묻는다는 진리를 이미 깨달았던 그녀는 죽은 남편을 위해 흘리기를 마다했던 눈물 때문 에 자신에 대해서 화가 나지는 않았을까?

　비열하고 치사하기 때문에 그녀가 혐오하고 증오했던 남편이 죽고 난 다음, 이제 그녀를 기다리는 새로운 삶은 과연 무엇일까? 미움 또 한 하나의 목적이라면 목적인데, 증오의 목적지가 사라진 생의 종착지 는 어디일까? 모든 시작은 생명으로부터 비롯하는데, 생명이 사라진 남편은 그녀에게 어떤 존재가 되었을까? 미워할 대상이 사라져서 증오 의 어둠조차 존재하지 않고, 증오할 대상이 흐물흐물 썩어가는 순간 에, 모든 것에는 결국 종말만이 존재한다는 진리 앞에서, 새로운 시작 은커녕 잘못된 시작조차 없어진 지금, 이제는 증오의 시작으로조차 돌 아가지 못하리라는 절망감에 빠진 그녀는 증오가 얼마나 헛된 망상인 지를 새삼스럽게 깨달았으리라.

　부질없었던 미움과 갈등으로 세월이 망가지는 손해를 보고 나서 뒤 에 혼자 살아남아 인생을 되새기며 그녀는 얼마나 억울할까? 한 전무 는 서 사장과 재명이 왜 그렇게 삶을 낭비하며 살아왔는지 알 길이 없 었다. 좋아하는 대상과 목적을 찾으며 조금씩만 행복을 즐기고 살아가는 평범한 사람들이 참으로 많기만 한데, 그런데도 구찬과 재명처럼 미움과 고통만을 찾아 스스로 시달리며 살아가는 똑똑한 사람들은 또 얼마나 많던가? 생각이 깊고 인생의 진리를 잘 아는 철학자들 가운데 정말로 행복했던 사람은 몇이나 될까?

소식(小食)하는 사람이 장수하듯, 행복도 조금씩만 먹고 살아야 하는지도 모르는데, 불행만 잔뜩 찾아 먹어 소화불량으로 죽은 남편의 주검 앞에 앉아 재명은 언제까지 실패한 사랑과 인생의 멍에를 벗지 못하려는가?

왜들 그렇게 살아야 하는지 한 전무는 알 길이 없었다.

정말로 알 길이 없었다.

서른아홉

서 사장 부인의 옆에는 고흥에서 불러온 깡마른 장의사 손 영감이 죽음의 숙제를 좀처럼 풀지 못해서 벌 서는 듯 두 손을 무릎에 얹은 채 꼿꼿한 자세로 앉아서 똑바로 정면의 허공을 응시했고, 손 영감과 재명 두 사람의 앞에는 서둘러 옻칠을 한 검붉은 싸구려 목관이 놓였다.

그리고 비에 젖은 초라한 관 속에는 생전에 그의 영혼이 그러했듯 너덜너덜해진 육신으로 서 사장이 누워 있었다.

까막여로 고기잡이를 나가던 평도 어부 육손 아범의 배가 서구찬의 시체를 발견한 것은 어제 이른 아침이었다. 물살에 쓸려 내려가 어딘가 바위틈에 틀어박혔다가 뒤늦게 빠져 나와 수면으로 떠오른 듯한 시체는 너무 부패해서 배 위로 끌어올리기가 부담스러워 닻줄을 풀어 두 발목을 묶어 바다에 둥둥 띄운 채로 평도 선착장까지 끌고 들어왔는데, 그렇게 밧줄에 끌려 들어온 서 사장의 시체를 보고 한 전무는 너무나 화가 났다. 아무리 죽은 다음이기는 하지만 인간의 모습이 어쩌면 저렇게까지 참혹해지는가 싶어서였다.

두개골은 뒤통수가 한 움큼 깨져 나갔고, 머리카락은 온통 새하얗게 탈색이 되었으며, 얼굴은 소다를 넣어 만든 빵처럼 퉁퉁 부풀어 올랐는데, 우비를 걸친 사이로 드러난 손목의 살은 이미 썩어 없어져 흰 뼈가 드러났다. 물에 둥둥 떠가는 고무장갑만 봐도 섬뜩한 판에, 그런 몰골로 물 위에 엎어져 둥둥 떠 있는 서 사장의 모습을 보고 한 전무는 푸랭이섬에서 실종된 울산 오 씨처럼 차라리 시체가 영원히 떠오르지 않았더라면 더 좋았으리라는 생각을 했다.

방파제로 끌어냈더니 시체에서는 콧구멍과 귓구멍에서 한참 동안 물이 줄줄 흘러나왔고, 황 상무와 김 과장은 악취 때문에 손가락으로 코를 막고도 견디지를 못해 결국 방파제에 나란히 쪼그리고 앉아 한참 토하다가 민박집으로 올라가 버렸다. 한 전무는 시체가 더 빨리 부패하지 않도록 천막을 쳐서 햇볕을 가려 주었고, 고흥설비 사무실로 신승직 선장에게 전화를 걸어 장의사를 구해 얼른 들여보내 달라고 부탁했다. 결코 아름답지 못하게 살다가 죽어 간 서 사장의 참혹한 주검을 아내에게 보여주기 전에 조금이라도 추악함을 다듬어 놓기 위해서였다.

점심때쯤에는 장의사가 유명호 편으로 평도에 도착하리라는 연락을 받고 나서야 한 전무는 재명에게 시신을 찾았다는 연락을 했다. 여수 경찰서에도 연락을 취해서, 최 형사와 검시관이 나와 평도 초소장 윤 순경의 입회하에 서 사장의 깨진 두개골과 부러진 목뼈를 확인하고는 실족사라는 결론을 내리고 '사건'을 마무리 지었다.

수미에게는 서구찬의 시체를 찾았다는 사실을 알려 주지 않았다. 그녀가 남겨두고 간 연락처로 전화를 걸었더니 수미는 몸이 아파 아직 거동을 못했다. 한 전무는 수미가 그런 몸을 끌고 다시 내려오기를 원하지 않았고, 서 사장의 죽음을 마지막으로 지킬 법적인 권리는 어쨌든 아내인 재명에게 속한다는 판단에서 그냥 건강을 회복했는지 궁금해서 전화를 걸었노라고만 말하고는 끊었다. 이미 미완으로 끝난 그녀의 고통을 조금이나마 더 연장할 필요가 없다는 생각이 들었기 때문이었다.

모든 삶의 얘기는 꼭 죽음을 맞아서가 아니더라도 어디에서인가는 끝이 나야 하고, 지금은 수미의 얘기가 끝날 시간이라고 그는 판단했다. 수미에게는 구찬의 시체를 바닷속에 그대로 묻어 두는 편이 나았고, 이제는 수미가 세상에 파묻혀 잊힐 차례였다.

마흔

서 사장의 시신은 물기가 많이 빠지고 부인이 서울에서 내려온 다음 깡마른 장의사 손 영감과 한 전무 단둘이서 염을 했다. 마을사람들은 악취를 피해 조금 떨어진 비탈길에 옹기종기 모여 서서 구경만 했고, 이장은 물통을 가져다주거나 끈을 잘라서 건네주는 따위의 잔심부름만 했지 시체에는 차마 손을 대지 못했다.

시체를 건져 온 어부는 온통 썩은 내가 배어든 몸을 씻어야 되겠다며 집으로 올라간 다음 다시는 선착장으로 내려오지 않았다. 방파제에 나란히 쪼그리고 앉아 한참 토하다가 민박집으로 올라갔던 황 상무와 김 과장은 아무리 사모님을 돕기 위해서일지언정 흐물흐물할 정도로 부패한 시체를 손으로 만질 엄두는 내지 못했다.

죽음은 결코 아름답지가 않았다.

장의사와 한 전무는 서 사장의 몸에서 우비와 옷을 벗기고, 시퍼렇게 썩어가는 몸을 알코올로 닦아 냈다. 한 전무는 장의사가 코를 막으라고 내주는 솜을 쓰지 않은 채로 작업했다. 나는 아직 살았다는 사실이 죽어간 서 사장에게 미안해서 차마 악취를 거부할 마음이 내키지 않아서였다.

삶이 고통스럽다며 죽음을 찬미하는 자들이 얼마나 정신 나간 사람들인지를 생각하면서 한 전무는 장의사와 함께 서 사장에게 수의를 입혔다. 염을 끝낸 서 사장의 시체는 악취가 새어 나오지 말라고 비닐로 말끔히 포장해서 관 속에 넣었고, 서구찬 사장의 참으로 복잡했던 일생은 그렇게 끝났다.

마흔하나

부슬비는 계속해서 바다에 내리고, 한 전무는 하늘을 가득 채운 안개비를 응시하며 이런 생각 저런 생각 머릿속을 정리했고, 살아서 함께 낚시 왔다가 한 사람은 죽어 관 속에 담겼지만 다른 한 사람은 멀쩡히 살아서 같은 배를 타고 도시로 돌아간다는 생각을 하니 어쩐지 죄를 지은 듯한 기분이 자꾸만 들었다. 그러나 인간이란 어차피 죽음을 곁에 두고 살아가게 마련이었고, 인간에게는 죽음을 거부할 권리가 없었다. 그리고 서 사장의 죽음이 증명하듯이, 나의 죽음은 영원히 오지 않으리라고 아무리 착각을 계속하더라도, 인간은 너무나 쉽게 죽는다. 사람들은 타인의 죽음에서 자신의 죽음을 지켜보며, 이미 죽음을

448

삶으로 받아들이면서 살아간다. 죽음과 같이 살기는 하지만, 살아야 할 삶 또한 그들을 기다리기 때문이었다.

하기야 인간은 아메바의 시대로부터 억겁에 걸쳐 이미 죽기를 계속했고, 늙고 병들어 삭아 버린 삶은 죽어서 새로 태어날 삶에 자리를 비워 주었다. 새로운 삶이 태어나면 죽음은 저절로 망각된다. 그리고 삶이 이어지는 과정에서 사람들은 역시 타인의 죽음을 잊는다. 어차피 다른 시간에 태어났기 때문에 저마다 다른 시간에 삶을 끝내야 할 모든 사람이 같은 방향으로, 결국 함께 북망(北邙)의 길을 가지 않는가.

서 사장의 삶 가운데 절반은 살아 보지 못한 삶이었고, 그렇게 불완전 연소된 서 사장의 삶은 끝났지만 한 전무는 이제 자신의 삶을 이어 가기 위해 또 다른 시작으로 돌아가야 하고, 재명 또한 비록 지금은 충격으로 저렇게 무너졌지만 다시 일어날 시간을 맞아야 한다. 그녀 자신만의 몫으로 남은 인생을 살기 위해서.

끝없이 내리는 안개비가 한없이 바닷속으로 녹아 들어갔다.

마흔둘

한 전무는 안개비 속으로 유령섬처럼 점점 멀어지는 평도를 쳐다보면서 언젠가 마당바위로 다시 돌아가 저곳에 서 사장의 비를 세워 줘야되겠다고 생각했다. 그리고 비명을 뭐라고 써야 좋을지 궁리하던 그의 머리에 보리막걸리를 마시며 서 사장의 아내가 했던 말이 떠올랐다.

서구찬 씨는 참으로 인간답지 못하게 살았노라고.

인간이 인간답지 못하게 산다는 추악함은 치욕이면서 죄악이라고.

그렇다. 그는 참으로 인간답지 못하게 살았다. 그래서 한 전무는 마당바위에 세워 줄 서 사장의 비석에 이런 글을 넣어야 되겠다고 생각했다.

그는 인간답게 살지는 못했을지 모르겠지만
참으로 인간스럽게 살다가 죽었다.

서구찬 사장이 일생을 끝낸 평도는 드디어 안개비 속으로 사라졌고, 서 사장의 비석이 홀로 서 있는 한 전무의 상상 속에서도 부슬비가 내렸다.

헤겔의 시선과 베이트슨의 시선
《미늘》과 《미늘의 끝》에 부쳐

김윤식 문학평론가, 전(前) 서울대 교수

 * 《미늘》이 처음 출간될 당시에 작성된 평론입니다. 이번에 새로 출간된 《미늘》은 작가가 대대적으로 개작(改作)했으므로 이 평론의 내용과 조금 다릅니다.

1. 《할리우드 키드》의 이데올로기

객: 헤밍웨이의 작품들을 좋아하십니까. 선생의 월평 속에 가끔 이 작가가 언급됨을 보았는데요.

주: 대학 시절 영어공부 하느라 헤밍웨이의 소설들을 제법 읽었지요. 번역판과 대조해 가면서.

객: 대학 시절이라면, 1950년대 초쯤이겠는데요. 안 그렇습니까.

주: 물들인 군복과 워커(군화)를 신은 채, 갓 수복한 서울의 대학에 들자, 운동장엔 아직도 미군 주둔 철조망이 쳐져 있더군요. 서울역에서 조금 걸어 남대문 앞에서 바라보니, 청계천까지 훤히 드러난 폐허. 기둥만 남은 중앙우체국 건물이 지금도 기억됩니다. 제가 속한 세대는, 그러니까 갈 데 없는 전후세대. 모든 것이 폐허, 제

451

로 지점, 이른바 원점이었던 셈. 청계천 대학천(大學川)을 혹시 아실까.

문리대에서 직선으로 남쪽으로 청계천 쪽으로 오면 마주치는 곳. 여기 수많은 헌책방들이 늘어서 있었지요. 청계천은 복개되기 전이니까 시커먼 물이 그대로 흐르고 있고. 겉모양은 30년대 소설가 구보가 《천변풍경》을 엮던 그대로라고나 할까. 속은 그야말로 더 시커먼 물길. 온갖 장사치들이 들끓는 곳. 거기 책방도 그중의 하나. 미군들이 군사용으로 사용하던 문학교재에서부터 온갖 잡지, 단행본, 통속소설 등이 산더미처럼 쌓여 있지 않았겠는가. 물들인 군복을 입은 시골출신 대학생인 저를 그토록 매력적으로 이끌던 에로스가 거기 있었지요. 영어로 쓰인 문학이 그것. 헤밍웨이, 스타인벡, T. S. 엘리어트, W. 사로안, E. 콜드윈, 그리고 할리우드, 활동사진 배우, M. 먼로, 존 웨인, 게리 쿠퍼, 몽고메리 클리프트 등등.

객: 그러니까 선생의 출발점이란 제로 지점이라는 것. 거기 GI 문화가 있었다는 것. 학문적 출발도 기껏해야 뉴 크리티시즘 언저리였다는 것. 요컨대 GI의 쓰레기장에서 시작되었다?

주: 자장가를 부른답시고 저도 모르게 일본 군가가 흘러나왔다면, 어떠할까. 가관이긴 하나 실제로 그러한 세대로 있었다면 어떠할까.

객: 누구나 자기의 유년기, 청년기를 회고할 권리가 있다?

주: 그가 할 수 있는 정직함이 아니겠는가. 유년기에 배운 노래란 그것밖에 없으니까. 인격분열증이라 진단할 수 있을지는 몰라도 이를 감히 비난할 수 있을까.

객: ….

주: 월명사(月明師)나 송강보다, 혹은 그와 나란히 헤밍웨이가 있었을 뿐.

객: 월명사나 송강보다 헤밍웨이, 엘리어트가 먼저 혹은 나란히 있었다, 그래서 어쨌다는 것입니까.

주: 그렇다는 것이지요. 가끔 헤밍웨이가 제 의식 속에 출몰한다는 것. 지금까지도 말입니다. 또 헤밍웨이 작품을 할리우드에서 만든 활동사진을 통해서도 마주쳤다는 것. 〈태양은 다시 떠오른다〉의 배우 에롤 프린의 허무한 몸짓, 〈누구를 위하여 좋은 울리나〉의 게리 쿠퍼의 심각한 표정, 〈킬리만자로의 눈〉의 여우 수전 헤이워드의 그 유명한 들창코 ….

객: 알 만합니다. GI 문화에 중독된 세대의 권리랄까 어쩔 수 없음, 뭐 그런 것이겠는데. 문득 제 머릿속에 선생보다 제법 아래 세대인 작가 안정효(1941년생) 씨의 《할리우드 키드의 생애》(1992)를 떠올림은 웬 까닭일까요. 할리우드 영화가 키워낸 세대라고, 마포 공덕동 시장바닥 장사꾼집 출신의 안 씨가 깃발처럼 내세우고 있지 않습니까.

주: 할리우드 활동사진들이, 아메리카니즘(그들은 Pax Americana라 부르겠지만)을 알게 모르게 내세운다는 것은 모두가 아는 일. 도시의 고층건물 밑에 서 있는 외로운 사내의 표정, 그 얼마나 멋있는가. 그렇지만 그 건물 꼭대기에 Coca-Cola 광고판이 한순간 스쳐 지나가지 않겠는가. 갈 데 없는 이데올로기지요. 공덕동 시장바닥 출신의 안 씨가 할리우드 키드라 자처하며 본 무수한 이미지들이 이 이데올로기에 감염된 희생물이라 할 수 있을까.

객: 선생은 지금 F. 제임슨류의 마르크스주의의 무의식적 이데올로기 형태(내적 형식)를 들추어내고 있군요(F. 제임슨류의 《변증법적 문학이론의 전개》, 제5장 6절). 어떻게 보면 선생 세대 측의 자기분석이기도 하고. 이 점 아마도 선생의 정직성의 한 가지 표현인지 모르겠네요. 이데올로기 중독증 환자들.

주: ….

객: 그건 그렇고. 아니, 그러니까 헤밍웨이겠는데, 선생은 헤밍웨이의 어느 작품이 우선 마음에 드셨던가요.

주: 처음엔, 《태양은 다시 떠오른다》의 허무주의였고, 《누구를 위하여 좋은 울리나》의 자기 희생정신이 그 다음이었고, 《킬리만자로의 눈》을 거쳐, 그 다음은 《노인과 바다》.

객: 《노인과 바다》란 늙은 낚시꾼의 물고기 낚는 얘기 아닙니까. 비록 노벨상 수상작가의 작품(1954)이라 하나 그 짤막한 소설의 어떤 점이 그럴 법했던가요. 큰 물고기 한 마리를 오랜만에 잡아, 해안으로 끌고 오는 동안 상어 떼의 습격을 받아 뼈다귀만 끌고 오는 늙은 어부. 파멸되어도 패배하지 않는 것이 인간이다라는 알쏭달쏭한 말을 남기기도 하면서.

주: 전공자도 아니면서 제가 뭘 알겠습니까. 두 가지 시선을 던져 보면 어떠할까. F. 제임슨의 마르크스주의적 무의식에서 오는 시선이 그 하나.

객: 알겠소. 헤밍웨이가 미국의 국민적 작가로 군림한 것은, 그의 문체에 있다는 것. 문장에 대한 비할 바 없는 전문적 처리방식은, 기술제일주의에 다름 아니라는 것. 곧 기술계를 제패함으로써 세계를 제패한 미국 노동자의 기술제일주의의 이데올로기적 반영에 다름 아니라는 것. 토씨 하나에도 무수한 신경을 쓴 헤밍웨이의 글쓰기란 미국을 지탱하는 기능공의 이데올로기라는 것. 그렇다면 미국인도 아닌 선생이 헤밍웨이 문체에 심취한다는 것은 가소로운 일이 아니겠는가. 기껏해야 《무녀도》의 후손인 주제에.

주: 또 다른 시선도 있다는 것까지 검토하고 난 뒤에 비판해도 늦지 않을 텐데.

객: ….

2. 주인·노예의 변증법

주: 물고기 낚기란 무엇인가. 이 점에 주목한다면 어떠할까. 헤밍웨이
의 또 다른 작품에 《아프리카의 푸른 언덕》이 있거니와, 여기서는
사냥 아닙니까.

객: 낚시와 사냥은 동일하다? 그러니까 생각나네요. 선생이 즐겨 주장
하는 헤겔주의 《정신현상학》의 핵심인 그 유명한 '주인·노예의
변증법'.

주: 인간의 인간스러움은 무엇인가. '승인욕망'이라 요약되는 것. '나'
와 '너'가 있다 함은, '나'와 '너'의 대결이 있을 뿐. 이 경우 대결이
란, 동등한 실력을 전제로 한 것. 이 승인(위신투쟁 Prestige-
kampf)에 있어 최종결심은 '죽음'을 담보로 할 수밖에. 만일 두 사
람의 싸움에서 한쪽이 죽음이 두려워 굴복한다면 어떻게 될까. 노
예일 수밖에. 그렇지만 노예로부터 승인받는 주인이란 얼마나 허
망할까. 대등한 자의 승인 아닌, 쓰레기 같은 노예의 승인이란 그
래 진정한 승인일까. 주인의 가눌 수 없는 허무 의식의 발생은 이
때문에 필연적일 수밖에. 주인은, 죽음이 두려워 굴복한 노예를
무자비하게 취급하는 수밖에. 혹독한 노동에 부칠 수밖에.

객: 그 결과 주인은 향락(Genüss)에 빠질 수밖에. 모든 것은 노예들이
해주니까, 할 일이 없을 수밖에. 그 결과는 어떠할까.

주: 노예는 노동을 통해 자기를 인간스러움으로 회복하는 것. 가령 노
동이란 물건 만들기 아니겠는가. 물건 만들기란 설계도(의식)의
작용이며, 이때 노예는 기술(개념화 작용)에 나아가는 것. 개념화
작용에 임하는 노예란 이미 노예일 수 없는 법. 이 순간 노예는 주
인으로 둔갑하고 있지 않겠는가.

객: 그 대신 원 주인은 향락에 빠져 노예로 전락하고···.

주: 주인·노예의 변증법이 이로써 작동되고, 인류문명은 이 변증법의 전개이었던 것.

객: 낚시, 사냥이란 그 연장선상에 있는 것이다? 앞뒤가 안 맞지 않습니까. 낚시, 사냥도 일종의 노동인 만큼 주인이 노동에 나아간 셈 아닙니까.

주: 아주 첨예한 장면에 부딪쳤습니까. 낚시, 사냥이 '향락이냐 노동이냐'의 과제.

객: 주인·노예 변증법이 작동되지 않는 예외적 사례라는 뜻입니까. 노동하지 않는 존재가 주인인 만큼 낚시, 사냥이란 당연히도 향락 범주 아니겠습니까.

주: 엄밀히 말해 사냥, 낚시란 노동이겠지요. 실리적 목적이 '먹을거리'이니까. 그런데 주인은 노동을 거부하는 존재. 풀무질, 집짓기, 댐 공사 따위를 어찌할까 보냐. 그렇지만 사냥, 낚시만은 경멸하지 않는다 함은 웬 까닭일까. 당연히도 그것이 노동이 아니라는 시점에서 나온 것. 이 예외적 사실은 어떻게 설명해야 적절할까. 특권이 아니었겠는가.

객: 맹수나 큰 고기란, 그러니까 당초 인간의 위신투쟁(승인욕망)에 맞선 상대방(인간)이라는 뜻이겠는데. 생사를 건 투쟁에서 죽음이 두려워 상대방이 항복을 한 경우가 노예일 터. 이 순간 주인은 형언할 수 없는 공허감에 빠지는데 왜냐면 노예로 된 인간으로부터 승인받기란, 무의미하니까. 따라서 주인은 죽은 상대자(죽음을 두고 겨루었으니까 설사 그가 죽었대도 '나'와 대등한 존재였으니까)를 위해 죽음이 두려워 노예로 된 인간을 무자비하게 다루는 것이고. 이러한 주인인지라 그는 노예가 만든 생산물을 소비만 하는 것. 이른바 향락에 빠져 마침내 그는 노예로 전락할 운명에 놓여 있다. 그가 향락에 빠지지 않기 위한 한 장치가 낚시, 사냥이다?

주: 인간이란 당초 짐승의 일종. 맹수와의 싸움이란, 죽음을 건, 승인 욕망이 아닐 수 없는 것. 주인이 된 '나'가 할 수 있는 것이란, 지난날의 인류가 했던 수렵세계에의 향수 어린 재현이 아닐 수 없지요. 인간의 존엄과 동물에의 경시풍조란 예속적인 농경사회나 기술자의 사회에서 만들어진 생각일 뿐. 자기와 동등한 존재로 짐승을 놓고 그와 싸우는 일이란 신성한 것. 죽은 짐승에 대한 죄의식 따위란 없고, 대등한 자로서 경의의 대상일 뿐, 투우의 경우를 보면 금방 알 수 있지요. 동물의 고귀한 맹목성 위에서 성립되는 이 경기란 당초 스페인의 왕후들의 경기. 직업적 투우사의 출현(18세기 초)은 귀족계급의 쇠퇴에서 가능했던 것. 투우에서, 투우사의 죽음에 가까운 아슬아슬한 장면이 연출되는 순간, 거기에는 예로부터의 그 지고성(至高性)이 회황해지지 않겠는가. 이 순간 인간 모두는 주인의 자리에 서 있지 않겠는가.

객: "인간은 패배할 수 있게 만들어진 존재가 아니다. 인간을 파괴시킬 수는 있되 정복할 수는 없다"라는 《노인과 바다》의 명제는 막바로 "형제인 이 고기를 죽인 나는 이제 노예의 일을 하지 않으면 안 된다"(*I have killed this fish which is my brother and now I must do the slave work*)에 이어지는 것. 그러니까 헤겔의 《정신현상학》(제4장〔A〕)의 소설화라고나 할까. 그렇다면 헤밍웨이 소설은 주인의 처지에서 쓰인 것이겠는데요. 말을 바꾸면 정복자의 소설이다, 혹은 남성적 동물적 공격적 소설이다, 그러니까 그런 소설을 좋아하는 독자의 취향이란 미국식 패권주의에 감염된 것이다, 고로 이데올로기의 일종이다.

주: G. 바타이유의 해석도 이와 비슷하지요. 헤밍웨이가 구하고 있는 인간의 탁월성이란 주인의 눈에서 볼 때 비로소 가치있는 탁월성이라고(G. 바타이유, 《헤겔의 빛에 비추어본 헤밍웨이》).

3. 《미늘》이 선 자리

객: 선생이 안정효 씨의 중편 《미늘》(〈문학정신〉 1991. 3)이 발표되었을 때, 예외적으로 많은 지면을 할애하여 언급한 바 있었는데, 이제 그 의미를 조금 알겠군요.

주: 제가 그 작품에서 인용한 것은 세 군데였지요.

객: 기억납니다.

> (A) "난 지금까지 감성돔이나 다른 물고기처럼 완벽한 선과 근육을 갖춘 남자의 벌거벗은 몸뚱어리를 본 적이 없어요. 여자도 마찬가지예요."
> (B) 찌와 더불어, 물 속에서 이리저리 도망치는 발광체와 더불어, 눈에 보이지 않는 물고기와 더불어 어둡고도 어두운 바다 깊고도 깊은 물 속으로 빨려 들어가는 환락 속에서 두 번 세 번 네 번 자꾸만 자꾸만 오르가슴을 한다.

주: (A), (B)에서 동성애적인 남성지상주의랄까 에로티시즘을 읽어낼 수도 있겠지만, 따져 보면 바로 여기에 위신승인을 기본항으로 한 주인의 생리가 뚜렷이 드러나 있지 않겠는가. 완벽주의, 최고의 경지, 그러니까 전문가의 시선.
제가 《미늘》의 등장을 두고 이 나라 소설계에서는 낯선 부분이라 한 것은 이런 문맥에서이지요. 그리고 또⋯.

객: 묘사에 대한 언급이겠지요. 아마도. 가령 아무렇게나 뽑은 다음 대목.

> (C) 구찬은 아까부터 똥여를 자꾸만 눈여겨보는 한 전무의 날카로운 눈초리 때문에 불안했다. 두 사람이 올라선 돌출바위도 굴

곡과 모양이 꽤 좋아 보였으며 잔물결도 쳐서 고기가 가장자리
에 붙을 만도 했지만 웬일인지 벌써 두 시간 이상이나 전혀 어
신이 없었고, 그래선지 한 전무는 점점 더 똥여에다 탐욕스러
운 눈독을 들이는 모양이었다.

주: 특별한 대목이 아님에 주목할 것입니다. 490장의 중편 거의 전체가
이러한 묘사체로 일관되어 있지 않겠는가. 소설이 제일 잘해 낼 수
있는 이런 묘사란 경험(기억)에서 비로소 가능한 법. 제가 좋아하
는 헤밍웨이의 또 다른 작품에 《킬리만자로의 눈》이 있지요. 재능
있는 한 작가가 있었다. 향락에 빠져 허송세월. 재능을 탕진한 죄
과로 죽어 가는 순간을 그린 작품이지요.

어떻게 하면 그 재능을 되살릴 수 있을까. 마지막 도박으로, 돈 많
은 과부를 얻어, 킬리만자로로 가지요. 창작을 하기 위해. 죽어 가
면서 그는 이렇게 독백하지요. "여기까지는 받아쓰게 할 수 있겠지
만 콩트로 스카르트 광장에 대한 일은 받아쓰게 할 수는 없을 것이
다"라고. 대필(代筆) 불가능한 경지, 그것을 묘사라 부르는 것.

객: 《미늘》의 출현이 지닌 의미란 그러니까 이 나라 소설계의 낯선 부
분의 하나다로 요약되는 것이겠는데.

주: 조금 설명이 없을 수 없지요. 모두가 아는 바와 같이, 1970~1980년
대 이 나라 문학의 주류란 '사람은 벌레가 아니다'라는 명제로 요약
되는 것. 이러한 명제 위에 입각한 상상력의 방향을 뒤흔든 사건이
1990년대 입구에서 벌어졌다면 어떠할까. 냉전체제 붕괴가 그것의
하나. 노사문제의 해체 및 약화도 시간문제. 국민소득 얼마에 오르
면 노동자의 자기주장이란 한갓 모순개념에 지나지 않는 것.

그렇다면 앞서가는 새로운 상상력이란 무엇이겠는가.

객: 이번엔 '사람은 벌레다, 메뚜기다, 물고기다'가 그것. 사회학적 상
상력에서 생물학적 상상력에로 방향전환한 그 앞잡이가 1990년대

의 선두주자일 수밖에. 윤대녕의 《은어낚시통신》(1994)이 그러한 사례였을 터. 그렇다면 《미늘》의 등장은 무엇일까. 선생의 논법대로라면 헤겔주의의 등장이겠는데, 《위신승인》 시선에서 보면 '사람은 맹수다'로 요약될 법한데요.

주: 차라리 '사람은 남성이다'라 부르고 싶은 상상력이 아닐까. 90년대를 휩쓴 여성주의적 글쓰기(여성작가와 무관함)에 대한 대타의식화(對他意識化)로서의 의의가 좀더 뚜렷하니까.

4. 《미늘의 끝》이 선 자리

객: 《미늘》에서 '미늘'의 상징성을 선생은 문제 삼고 있지 않은 듯한데요. 낚시 끝의 안쪽에 있는 가시랭이 모양으로 되어 고기가 물면 빠지지 않게 된 작은 갈고리가 이른바 '미늘' 아닙니까.

주: 그럴까요. 헤겔의 주인·노예 변증법이 실상 인간의 급소 곧 미늘이 아니었을까. 어째서 서울의 녹번동 범아공업사 전무인 한 씨는, 공장일을 팽개쳐두고 소나타를 몰아 남해 푸랭이섬(靑島), 거기서도 제일 아슬아슬한 파도 속의 바위섬 똥여로 가서 물고기를 잡아야 했을까. 어째서 압구정동 모백화점 사장인 서구찬 씨는 사업 따위보다 낚시에 빠져 푸랭이섬까지 기웃거리며 뛰어다녔을까. 불세출의 탐험가 허영호 씨는 또 어째서 남극점을 향해 눈썰매를 끌고 다녔을까.

객: 헤겔의 '미늘'에 걸렸기 때문이다?

주: 한 전무나 허영호 씨가 아름답게 보이는 것은 미늘을 향해 회의없이, 스스럼없이, 일직선으로 돌진하고 있음에서 말미암은 것. 이를 '무지갯빛'이라 부르는 것. 생명의 빛깔, 횟집의 물고기에서는 없는 이 무지개.

460

한 전무는 썩은 사과만 골라서 먹는 인생은 참으로 어리석다고 생각했다. 그는 낚시를 하다가 큰 고기를 잡으면 남들에게 보여 주고 자랑하기 위해 아이스박스에다 얼음을 채워서 서울로 가지고 올라가는 미련한 짓은 하지 않았다. 그는 가장 큰 고기부터 골라내어 잡은 그날로 회를 쳐 먹어 없앴다. 게르치나 감생이나 무슨 고기나 다 마찬가지였다. 그날 잡은 고기로 갯바위에서 회를 치면 햇빛을 받은 살에서 형광빛 분홍 비슷한 무지개 빛깔이 영롱하게 빛난다(《미늘의 끝》의 한 대목).

객: '생명의 빛깔'이 바로 한 전무에겐 '미늘'이겠군요. 세속적 '미늘'을 초월한 '진짜 미늘'에 걸린 청동시대의 인물. 평생 그 무지개 추구에 미쳐 버린 사내. 그런데, 서구찬 사장의 경우는 다르지 않습니까?

주: 좋은 지적입니다. 《미늘》의 작가가 이번에 《미늘의 끝》을 쓴 이유랄까 명분도 이 점에 있지 않았을까.

객: 한밤중, 폭풍우 속 똥여의 바위 벼랑. 백척간두에 매달려 시간과 경쟁하며 죽음과 맞선 한 전무를 고무하며 〈싼타 루치아〉를 불러 제끼던 서구찬 사장은 그러니까 한 전무에겐 생명의 은인. 그로부터 둘은 틈만 나면 바다 낚시질에 두 코가 꿰어 있지 않았던가. 그렇지만 자세히 보면 서구찬의 경우 낚시질이란 일종의 방편이었음이 드러납니다. 서구찬이 한 전무에게 실토한 바에 따르면, 숨겨 둔 여인이 있었다는 것. 그녀로부터의 도피행이 점점 낚시에 깊어져 갔다는 것. 단순한 취미로서의 낚시가 여인의 등장으로 말미암아 죽음을 향한 낚시(자살 낚시행)로 발전해 갔다는 것. 취미로서의 단순낚시가 드디어 '미늘스런 것'이 되고 말았다는 것.

이에 비해 서구찬 사장은 그야말로 너절한 시정잡배. 우리 보통 인간이지요. 욕계 삼욕에 빠져 허우적대는 초라한 중생.

주: 그게 곧 한 전무의 경우와 결정적으로 구별되는 대목이지요. 한 전

무란 누구인가. 중편 《미늘의 끝》 전체를 통틀어도 그의 모습이란 드러나지 않습니다. 그는 어디까지나 한 전무. 자동차 수리공장인 범아공업사 전무. 실질적인 책임자일 뿐. 말을 바꾸면, 그는 끝까지 본색을 드러내지 않습니다. 그의 과거라든가 성장배경이나 가정 혹은 생활관계 따위도 전무하지요. 부재중 공장이 엉망이 되어 낚시를 다시 않겠다고 낚시도구를 몽땅 꺾어 버린 적도 있다 하나, 또 아내와 아들을 대동, 낚시에 가기도 했고, 구더기가 날개를 달고 날아가는 낚시터 장면을 내비치기도 하지만 오히려 그만큼 그의 현재를 강조하는 데 효과적일 뿐. 그는 당초부터 끝까지 '현재적'이자 '원형적'이지요. 이력서 없는 신과 흡사한 존재라고나 할까. 신을 닮은 저 희랍 서사시의 주인공 영웅이라고나 할까. 완벽한 인간 원형이 걸려든 '미늘'이 거기 있었지요. 진짜 인류의 미늘. 고귀한 헤겔적 미늘.

객: 중생의 미늘을 다룬 것이 중편 《미늘의 끝》이다?

주: 지금 갤로퍼 한 대가 서울을 떠나 남해로 향하고 있습니다. 운전대를 잡은 사내가 중년의 한 전무. 그 옆이 같은 또래의 서구찬 사장. 그리고 뒷좌석에 앉은 30세의 가냘픈 여인. 이름은 정수미. 8시간 만에 그들이 닿은 곳은 남해 항도. 이튿날은 평도. 낚시질에 여자를 동반하다니. 한 전무의 사전 속엔 어불성설. 그렇지만 서구찬 사전 속엔 다른 것과 동일한 비중이었던 것. 작가는 이 점을 분명히 하기 위해 노력을 기울이고 있습니다. 그 때문에 작품이 형상화의 밀도가 떨어져 부분적이긴 하나 이른바 통속화로 흐를 수밖에.

객: ….

주: 서구찬이란 누구인가. 8세 때 고아. 백부집에 입적. 대학 후배인 재명과 결혼. 32살 적엔 정수미라는 여인을 사귐. 정수미는 또 어떤 과거를 가진 여인인가. 좌우간, 그는 아내에게 들켜, 경제권도

빼앗기고, 두 아들 덕분에 겨우 이혼만은 면한 신세. 이런저런 너절하기 짝이 없는 얘기가 줄줄이 이어지지 않겠는가. 지금 임신 중인 정수미를 데리고 낚시질행이란 아내 재명으로부터의 도피행이자 정수미로부터의 도피행이기도 한 것. 미늘에 걸려든 물고기 신세. 낚시질행이 아니라 스스로 바다에 뛰어들어 고기밥이 되기 위한 것이었을 뿐. 문제는, 이러한 사정을 드러내기 위해 작가 안 씨는 상당한 부분 묘사를 포기했다는 사실.

(A) 수미는 세상의 모든 새를 싫어한다고 언젠가 서 사장이 한 전무에게 설명했었다.
(B) 한 전무는 대부분의 내용이 벌써 여러 번 들은 얘기였지만 그래도 잠자코 들었다.
(C) 이것도 역시 한 전무가 수없이 여러 번 들었던 얘기였다. 한 전무는 그가 포기한 이유도 이미 알았지만 어차피 또 나올 얘기여서 모르는 체하며 왜 마라톤은 그만두었냐고 일부러 물었다.

객: 남에게 베끼게 할 수 있는 그런 차원이렷다? 중편이 되기 위해 취해진 어쩔 수 없는 조처가 아니었을까요. 서 사장의 죽음이 (1) 자살이냐 (2) 타살이냐 혹은 (3) 우연사이냐를 두고 펼쳐진 이런저런 추리기법의 도입도 손에 땀을 쥐게 하는 훌륭한 작가의 솜씨로 볼 수 없을까요. 뿐만 아니라, 한 전무의 시선으로 드러나는 흐린 바다의 풍경, 특히 두 번씩이나 등장하는 바다의 황사 현상 장면의 묘사 ⋯.

5. 이중구속 ― 개인적 측면과 문화적 측면

주: 《미늘의 끝》이 지닌 매력은 따로 있는데, 헤겔의 시선이 간과한 측면이 아니겠는가. 노예도 '미늘'을 갖는다는 측면이 그것. 노예 이기에 갖는 미늘이란 무엇인가.

객: ….

주: 자살의 반대 측이란 무엇일까. 호기심의 강도랄까 삶에의 적극성이 아니겠는가. 이러한 것이 구체적 행동으로 나타나는 것을 두고 탐구라 부르겠지요. 이를 고차의 성격이라 부르겠지요. 고아이자 양자로 자란 서구찬 사장의 경우 그 성격은 어떠했던가. 성격을 변화시킬 수도 있을까.

객: 성격 바꾸기라면, 일찍이 파블로프의 개에 대한 실험이 연상되는데요. 이른바 신경증 생성 실험. 가령, 일정한 시간을 정해 놓고 종을 쳐서 먹이를 주던 단계에 익숙한 개를 이번엔, 수시로 종을 친다든가, 종을 쳐도 먹이를 주기도 안 주기도 한다면 개는 어떤 반응을 보일까. 삶에의 적극성이 둔해지거나 소멸되지 않습니까.

주: 이번엔 좀 색다른 실험을 해보면 어떠할까. 개에게 두 장의 도형을 보입니다. 한쪽은 원, 다른 한쪽은 타원. 이 둘을 식별하면 먹이를 준다. 식별 못하면 전기쇼크. 개는 열심히 이에 응합니다. 이번에 문제의 난이도를 높인다. 곧 원은 타원에 가깝게, 타원은 원에 가깝게. 개는 식별하기 위해 필사적. 또다시 난이도를 높여, 누가 보아도 원인지 타원인지 구별되지 않는 상태를 보여준다. 그러자 개는 어떻게 반응했을까. 실험자도 구별 못할 정도니까 실험자는 '한층 원에 가까운 것'을 멋대로 정하고 먹이를 주기도, 전기쇼크를 가하기도 할 수밖에. 개는 그래도 노력하지만 번번이 실패할 수밖에. 그러다 돌연 개는 파괴적인 행동으로 나아간다. 실험

기구에 몸을 부딪치기도 하고, 먹이를 거부하기도 하고, 혼수상태에 빠지는 놈도 있고.

객: 선생은 지금 베이트슨(G. Bateson, 1908~1980)의 '이중구속' (*double bind*) 개념을 말하고 있군요(《정신의 생태학》). 셰익스피어의 《햄릿》(제3막 3장)에 나오는 유명한 대사 "동시에 두 가지 일에 묶인 사나이처럼"(*To double business bound*)도 그런 것 아닙니까. 형을 죽인 죄에 떨며 열심히 기도하는 국왕의 독백 장면. 기도하고자 하는 마음과 죄인이어서 기도할 수 없는 마음의 갈등이 그것. R. 지라르는 이를 평론집 제목으로 사용한 바도 있고 (*To Double Business Bound*, 1978).

주: 신경증이 생겨나는 실험으로 이 문제를 제기한 점에 베이트슨의 특출함이 있겠지요. 실험실의 그 개는 무언가 몰랐다는 것이 이 실험의 핵심이지요. 곧, '식별의 콘텍스트'(문맥)에서 '도박하기의 콘텍스트'로 이행되었음을 개가 몰랐던 것. 이러한 변이를 빼앗긴 까닭. 주인과 함께 실험실에 들어갈 시점에서는, 개는 주인의 뜻에 맞게 열심히 노력한다. 그 길이 자기의 생존에 관련된다고 무의식 속에서 느꼈으니까. 그 때문에 개는 열성을 다한다. 그러나 어느새 열심히 하면 할수록 바보스런 상황에 직면. 이러한 상황변화를 모르는 개는 열심히 벌을 받을 뿐. 이때 발생하는 것은 지금까지 안정된 주인과 자기의 관계에 대한 두려움이다. 관계 파탄에 대한 위협. 주인의 명령이, 그리고 실험실의 당초 상황이 '식별하라!'인데, 어느새 상황전체가 강요하는 것은 '식별해도 소용없다'로 되어 버렸던 것. 주인은 '내 명령에 따라야 네가 안정된 삶을 살 수 있다'라는 명령을 발하면서 동시에 '네가 내게 복종할 수 없다'라고 하는 상황.

객: 헤겔에서 베이트슨이라. 그러니까 《미늘》에서 《미늘의 끝》이 각

각 이에 대응된다는 것. 이 모두는 심리학적이라든가 신경증 생성 실험에 멈추는 것은 아닐 터인데요. 선생이 자주 말하는 "모든 희랍인은 거짓말쟁이라고 한 희랍인이 말했다"에도 해당되는 것 아닙니까.

주: 러셀의 지적 태도, 논리적 계형(*logical types*)이 다르다는 사실을 알면 쉽사리 풀리는 문제라 할 수 없을까. 개의 경우 '식별하기'와 '도박하기'란 논리적 계형이 다른 것. 이를 동일한 것으로 인식하는 한, 모순에 빠질 수밖에. 위의 희랍인 문제도, 진·위 판별 불가능으로 보이지만, 집합(*class*)과 요소(*member*)의 계형을 설정하면 풀릴 수 있는 과제일 터.

객: 인간의 경우, '논리적 계형'들이 하도 많아서 이를 일일이 식별할 수 없을 정도 아닙니까. 더구나 문화적 문맥이 지역마다 시대마다 다르기도 하고 가령, 서구찬 사장의 경우, 그가 선 기본항이란 일부일처의 계형이겠지요. 숨겨 둔 여인, 정수미의 존재와 본처 재명을 동일한 계형으로 인식한 데서 생긴 비극이 아니겠는가.

주: 중편 《미늘의 끝》이란 서구찬 사장의 신경증 생성 과정을 추적한 것. 동시에 정수미의 그것까지도. 또한 구찬의 본처의 그것까지도.

객: 첩이란 무엇인가. 일처다부주의의 티베트나 일부다처주의의 이슬람문화권에서 보면 어떠할까. 한갓된 허구가 아니고 새삼 무엇일까.

주: 서구찬 사장을 죽게 한 진짜 원인은 무엇일까. 이 문제가 마지막으로 남게 되었습니다. 개인의 신경증일까. 문화도 일종의 마음의 생태계로 본다면 문화의 생태가 원인일까.

객: 개별적·주체적 콘텍스트에서 상위의 콘텍스트에로 옮아가면서 보다 큰 전체가 만들어 내는 유형에 대응해 가는 방식으로 이 문제를 풀 수 없을까.

466

주: ….

객: 그러고 보니 정작 《미늘의 끝》에 관해 우리는 거의 아무 말도 하지 않은 폭이 되고 말았군요. 멀리서 서 사장이 죽은 마당바위 앞바다 윤곽만 바라본 꼴이라고나 할까.

주: 이만하면 제가 안정효 씨의 독자의 하나라 할 수는 있지 않겠습니까. 비록 서구찬 사장을 죽음으로 몰아넣은 그 신경증(미늘)을 치유해낼 방도를 제가 명석하게 제시하지 못했다 할지라도.